유리탑의 살인

유리탑의 살인
硝子の塔の殺人
The Glass Tower Murder
Mikito Chinen
치넨 미키토 지음
김은모 옮김
READbie

주요 등장인물

코즈시마 타로 : 저택 주인 ······ 일호실

카가미 츠요시 : 형사 ······ 이호실

사카이즈미 타이키 : 요리사 ······ 삼호실

이치조 유마 : 의사 ······ 사호실

아오이 츠키요 : 명탐정 ······ 오호실

토모에 마도카 : 메이드 ······ 육호실

유메요미 스이쇼 : 영능력자 ······ 칠호실

쿠루마 코신 : 소설가 ······ 팔호실

사쿄 코스케 : 편집자 ······ 구호실

오이타 신조 : 집사 ······ 십호실

차례

THE GLASS TOWER MURDER
CONTENTS

유리탑 입체도

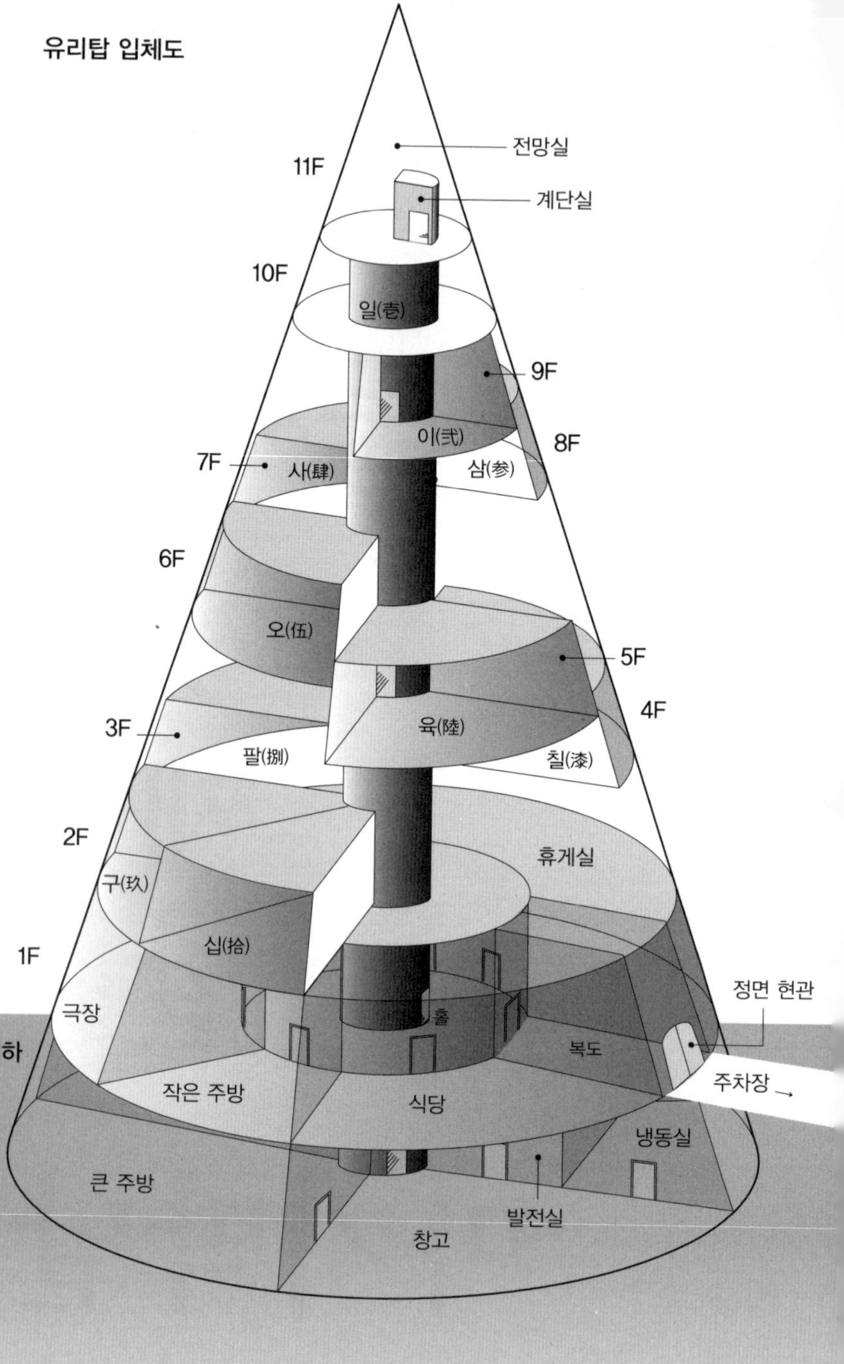

전망실
11F
계단실
10F
일(壱)
9F
이(弐)
8F
7F
사(肆)
삼(参)
6F
오(伍)
5F
4F
3F
육(陸)
팔(捌)
칠(漆)
2F
휴게실
구(玖)
십(拾)
1F
정면 현관
극장
홀
지하
복도
주차장 →
작은 주방
식당
냉동실
큰 주방
발전실
창고

유리탑 단면도

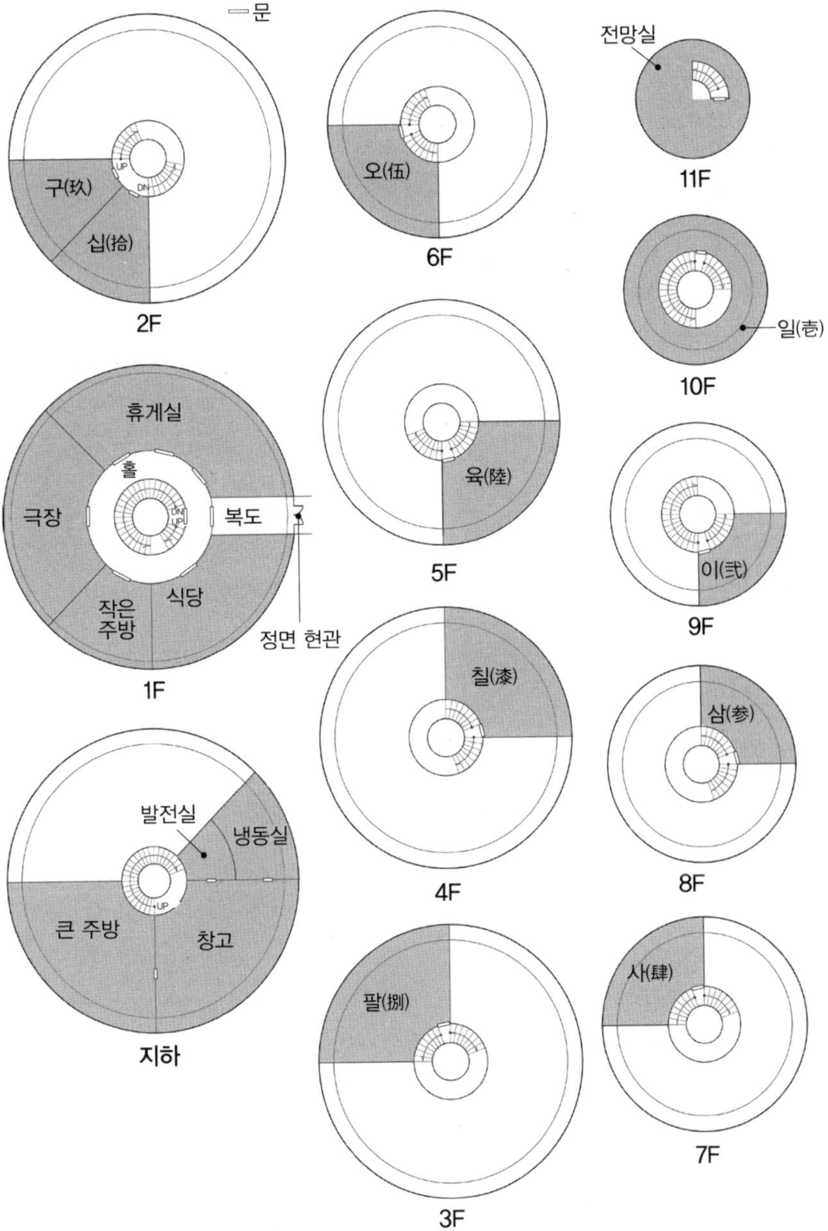
문
전망실
11F
UP
DN
구(玖)
십(拾)
2F
오(伍)
6F
일(壹)
10F
휴게실
홀
극장
DN
UP
복도
작은
주방
식당
정면 현관
1F
육(陸)
5F
이(弍)
9F
칠(漆)
4F
삼(参)
8F
발전실
냉동실
UP
큰 주방
창고
지하
팔(捌)
3F
사(肆)
7F

일러두기

- 등장인물 이름은 실제 발음을 반영하여 표기하였습니다.
- 그외 고유명사 표기는 국립국어원 외래어표기법을 따랐습니다.
- 국내 출판물과 작가명은 국내 통용되는 표기를 따랐습니다.

프롤로그

어쩌다 이렇게 된 걸까.

이치조 유마는 계단실 벽에 등을 기댄 채 털이 긴 카펫에 주저앉으며 하늘을 올려다보았다.

맑았던 하늘은 어느덧 두꺼운 구름에 뒤덮였고, 하늘하늘 떨어진 가랑눈이 이 공간을 형성하는 투명한 유리에 닿았다가 미끄러져 내렸다.

원뿔형 유리로 덮인 지름 약 10미터의 전망실은 현재 감옥 역할을 하고 있다.

여기 갇힌 지 몇 시간이 지났다. 바지를 통해 엉덩이에 전해지는 카펫의 냉기가 뼈와 살에 스몄다. 유마는 추위를 견디기 위해 걸친, 〈형사 콜롬보〉 촬영 때 피터 포크가 입었다는 후줄근한 코트의 깃을 여미고 몸을 웅크렸다.

"대체 어디서 잘못된 걸까……."

저도 모르게 입술 사이로 혼잣말이 새어 나왔다.

살의를 가슴에 품고 코즈시마 타로에게 다가갔을 때일까. 절호의 기회다 싶어 이 유리관에서 열리는 수상쩍은 행사에 참석하기로 결심했을 때일까. 아니면…….

"……그 명탐정과 만났을 때인가."

하얀 입김과 함께 내뱉은 말이 차가운 공기에 녹아들었다.

생각해 본들 아무 소용없다. 유마는 세운 두 무릎 사이에 머리를 묻었다. 이제 전부 끝났으니까.

이 이야기는, 《유리관의 살인》은 이미 막을 내렸다.

명탐정이 진실을 밝혀내 범인인 내가 갇히는 형태로.

유리 첨탑에서 일어난 처참한 연쇄 밀실 살인은 해결됐다. 이제 범인이 할 일은 없다. 그저 무대에서 조용히 사라질 뿐이다.

유마는 천천히 눈을 감았다.

조각 같은 얼굴에 냉소를 띤 명탐정의 모습이 눈꺼풀 안쪽에 비쳤다.

첫째 날

1

“아오이 씨 맞으시죠? 탐정이라고 하셨던가요.”

이치조 유마는 위스키 잔을 들고 난로 곁에 서 있던 여자에게 말을 붙였다.

“아니요, 탐정이 아니라 명탐정이에요. 아오이 츠키요라고 합니다. 잘 부탁해요, 이치조 유마 씨.”

내민 손을 잡으며 유마는 여자를 관찰했다. 나이는 이십 대 중반, 자신보다 약간 어리달까. 키가 175센티미터인 자신과 나란히 서도 뒤지지 않는 훤칠한 몸을 영국풍의 연갈색 체크무늬 스리피스로 감쌌다.

양복과 무늬를 맞춘 넥타이, 가슴 주머니에 꽂은 포켓치프, 굽이 낮은 가죽구두로 소화해 낸 남장이 아주 잘 어울린다. 부분 탈색한 짧은 머리는 헤어왁스로 풍성하게 볼륨을 살렸다. 가늘고 긴 콧대, 얇고 모양이 좋은 입술, 화장기가 없는 얼굴은 조각 같지만 쌍꺼풀 진 눈이 약간 처져 있어서 차가운 인상은 아니다.

"명탐정……."

유마는 그 말을 입속으로 굴리다가 츠키요를 처음 봤을 때 왜 가벼운 기시감을 느꼈는지 깨달았다. 츠키요의 차림새는 예전에 드라마에서 봤던 셜록 홈스와 똑같았다. 그러고 보니 이 저택에 들어왔을 때는 코트를 걸친 데다 사슴 사냥꾼 모자까지 쓰고 있었다.

"저어, 탐정과 명탐정은 어떻게 다른가요?"

당황스러워하며 묻자 츠키요는 자랑스럽게 가슴을 폈다.

"평범한 탐정은 의뢰인이 원하면 어떤 조사라도 하죠. 예를 들면 행방불명자 수색부터, 약혼자의 신원 조사, 더 나아가 불륜 증거 수집까지."

"명탐정은 다르다는 말씀인가요?"

"네, 달라요." 츠키요는 노래하듯 대답했다. "명탐정은 복잡하고 불가사의한 사건만 다루거든요. 경찰도 해결할 수 없을 만큼 어렵고 기이한 사건 말이에요."

"아아, 그런가요."

유마는 현실과 동떨어진 말과 행동거지에 압도당해 애매하게 고개를 끄덕인 후, 이 자리를 떠날 기회를 노렸다. 이미 목적은 달성했다. 더는 이 괴짜를 상대할 이유가 없다.

유마가 "그럼, 이만." 하고 말하려 했을 때, "이야, 명탐정이라고요." 하고 뒤에서 목소리가 들렸다. 뒤를 돌아본 유마는 눈이 휘둥그레졌다. 전통 의상을 차려입은 조그마한 노인이 서 있었다.

"쿠루마 선생님!"

유마가 허리를 쭉 펴자 본격 미스터리계의 중진인 쿠루마 코신은 사람 좋아 보이는 얼굴에 쓴웃음을 띠고 홀딱 벗어진 머리를 긁적였다.

"선생님이라는 호칭은 그만두게. 특히나 의사 선생님이 그렇게 부르면 더 낯간지러워."

"아니요, 그런……. 쿠루마 선생님은 쿠루마 선생님이시죠." 유마는 떨리는 목소리로 말했다.

옛날부터 미스터리 소설을 즐겨 읽었다. 그중에서도 특히 환상적일 만큼 불가해한 수수께끼를 탐정 캐릭터가 논리적으로 해명해 나가는 본격 미스터리를.

6년 전에 의사가 된 후로는 너무 바빠서 책 읽을 시간을 낼 수 없지만, 학창 시절에는 늘 문고본을 들고 다니며 틈만 나면 책을 읽었다.

중학생 때 왕도 중의 왕도인 애거사 크리스티를 접해 미스터리 소설에 빠져들었고, 《그리고 아무도 없었다》, 《오리엔트 특급 살인》, 《애크로이드 살인 사건》을 읽었을 때는 너무나도 예상 외의 진상에 망치로 머리를 후려친 것 같은 충격을 받았다. 그 후로는 에드거 앨런 포, 아서 코난 도일, 엘러리 퀸, 존 딕슨 카, 밴 다인, F. W. 크로프츠 등등의 작품을 게걸스럽게 읽어 나갔다. 그러한 해외 고전 미스터리를 대강 섭렵하고 나서도 읽을 작품은 모자라지 않았다. 일본에도 해외 고전 미스터리 못지않게 뛰어난 본격 미스터리 소설이 아주 많았으니까.

1980년대 후반부터 1990년대 초반에 걸쳐 시마다 소지의 《점성술 살인사건》으로 싹이 움트고 아야츠지 유키토의 《십각관의 살인》으로 만개한 신본격 무브먼트를 통해 노리즈키 린타로, 아리스가와 아리스, 우타노 쇼고, 아비코 다케마루, 오리하라 이치, 기타무라 가오루 등 눈부시게 재능 있는 작가들이 세상에 배출됐고, 그들은 경쟁하듯 다채롭고 독창적인 작품을 차례차례 선보였다.

쿠루마 코신도 신본격 무브먼트 초기에 두각을 나타낸 작가 중 한 명이었다. 특히 밀실을 주제로 한 작품에 뛰어나, 수많은 명작을 내놓았다. 만찬 때 유마의 고용주이자 이 저택의 주인인 코즈시마 타로가 쿠루마를 소개했을 때는 두 귀를 의심했다.

"그나저나 나를 안다니 기쁘군. 요즘 젊은 사람은 소설을 잘 안 읽으니까. 혹시 내 책을 조금은 읽어 봤으려나."

어떻게 대답해야 할지 유마는 고민했다. 쿠루마의 작품은 전부 읽었다. 가능하면 그렇게 대답하고 동경하는 작가와 느긋하게 이야기를 나누고 싶었다. 하지만 지금은 그럴 여유가 없었다.

이 자리에 있는 모든 사람과 말을 나누어 자신의 존재를 최대한 인상에 남겨야 하니까.

"옛날에 몇 권……."

읽어 봤습니다, 하고 말을 이으려 한 순간, 누가 뒤에서 떠밀었다.

"당연히 전부 읽었죠!"

유마를 밀치고 앞으로 나선 츠키요가 들뜬 목소리로 소리치며 쿠루마의 손을 양손으로 잡았다.

"쿠루마 선생님의 작품을 정말로 좋아합니다. 특히 데뷔작 《밀실유희》. 그건 최고였어요. 물리 트릭과 심리 트릭을 조합해서 만든 밀실, 그야말로 예술품이었죠. 그리고 후속작 《잠긴 문을 부수는 손》. 물론 거기 나온 밀실 트릭도 근사하지만, 첫 등장한 명탐정 도쓰카 가이 있잖아요. 차분하면서도 열정적으로 사건 해결에 임하는 명탐정의 캐릭터 조형도 매력적이었습니다. 그리고 '도쓰카 시리즈'의 최고 걸작으로 이름 높은 《투명한 열쇠》. 그걸 읽었을 때는 충격이 너무 심해서 정신이 멍해졌어요. 그 작품이야말로 밀실 미스터리의 최고봉이라고 생각합니다."

츠키요는 거의 숨 쉴 틈도 없이 말을 쏟아냈다. 방금까지만 해도 미모의 남장 여자라는 인상이었지만, 발그레해진 얼굴로 큰 눈을 반짝이는 지금 이 모습은 좋아하는 연예인을 만난 소녀로밖에 보이지 않았다.

"고, 고맙군. 내 작품을 그렇게 꿰고 있다니." 쿠루마는 몸을 살짝 뒤로 젖혔다.

"작품뿐만 아니라 선생님에 대해서도 잘 알아요. 쿠루마 코신, 73세. 1급 건축사로 활약하던 중 42세 때 도쿄 미스터리 문학신인상을 수상한 《밀실유희》가 베스트셀러에 오르며 일약 본격 미스터리계의 스타가 된다. 존경하는 작가는 존 딕슨 카, 특히 좋아하는 작품은 마치 대령이 활약하는 《기묘한 사건 · 사고 전담반》. 필명인 쿠루마 코신은 '카(car)'와 '마치(march)'• 에서 착상한 이름이고,

• 일본어로 쿠루마는 차(car), 코신은 행진(march)을 뜻한다.

작풍은 존 딕슨 카와 마찬가지로 밀실물이 많다. 특히……."

"자, 잠깐 진정하게. 자네가 미스터리에 박식하다는 건 잘 알겠어."

쿠루마가 달래자 츠키요는 그렇게 떠들고도 모자란지, 약간 불만스럽게 뺨을 부풀리며 입을 다물었다.

뭐야, 그냥 오타쿠인가. 한 발짝 떨어져서 두 사람의 대화를 듣던 유마는 속으로 중얼거렸다. 종종 미스터리 마니아가 셜록 홈스 복장을 차려입고 자칭 '명탐정' 행세를 하는 것이리라.

어이없는 기분으로 슬그머니 그 자리를 떠나려는데, 쿠루마가 가볍게 헛기침을 했다.

"실은 나도 자네 소문을 들었지. 미스터리 소설에 나올 법한 '명탐정'이 실제로 있다는 소문을."

유마가 눈을 껌벅거리자, 몸을 내밀고 있던 츠키요가 자세를 바로 했다. 츠키요의 얼굴에 맺혀 있던 천진난만한 웃음이 성숙한 미소로 바뀌었다.

"쿠루마 선생님이 알고 계실 줄이야, 정말 영광입니다."

츠키요는 가슴에 손을 얹더니, 커튼콜을 받은 배우처럼 우아하게 인사했다.

"올 초에 도쿄만에 정박 중인 호화 여객선에서 일어난 IT기업 사장 토막 살인 사건, 그것도 자네가 해결했다는 소문이 있던데, 그런가?"

유마의 입에서 "어?" 하고 목소리가 새어 나왔다. 그 사건은 알고 있었다. 이 시대를 풍미할 기업가라고 매스컴에서 치켜세우던 IT기업 사장이 호화 여객선 특실에서 토막토막 절단된 시체로 발견된 사건이다. 분명 방이 잠겨 있던 데다 다른 사람은 아무도 없어서 한때는 불가능 범죄라고 떠들썩했는데, 결국 사건이 일어나고 한 달쯤 지나 공동 경영자가 체포됐다.

츠키요가 무덤덤하게 "그렇습니다." 하고 대답해서 유마는 눈이 동그래졌다.

"하지만 그건 경찰이 수사해서 범인을 체포한 게……."

"피해자 주변을 조사해 공동 경영자와 문제가 있었다는 사실을 알아낸 것도, 최종적으로 공동 경영자를 체포한 것도 경찰이에요. 저는 알고 지내는 형사의 부탁으로 범인이 왜 그리고 어떻게 밀실을 만들었는지, 어째서 시신을 토막 낼 필요가 있었는지 밝혀낸 것에 불과합니다."

"그럴 수가. 경찰이 탐정에게 부탁하다니 말도 안 돼."

"네, 단순한 탐정에게 부탁하는 건 말도 안 되죠. 하지만……."

말을 끊은 츠키요는 의기양양하게 고개를 살짝 젖혔다.

"'명탐정'이라면 말이 되는 일이에요."

이 자칭 명탐정은 진심일까, 아니면 그저 농담하는 걸까. 당황한 유마와 달리 쿠루마는 들떴는지 얼굴빛이 약간 붉어졌다.

"사건의 상세한 내용을 잡지에서 읽고, 그런 처참하고 난해한 살인 사건이 실제로도 일어나는구나 싶어 놀랐지. 설마 그런 사건을 해결할 줄이야."

"아니요, 그렇게 대단한 사건은 아니었습니다."

츠키요의 말투에서는 겸손이 아니라 실망이 배어났다.

"분명 얼핏 보기에는 무시무시하고 복잡한 범행 같아요. 하지만 사실, 트릭은 별것 아니었어요. 시신을 토막 낸 건 시신의 일부를 이용한 물리 트릭으로 밖에서 자물쇠를 잠그기 위해. 방을 밀실로 만든 건 자신이 배에서 내린 후에 시신이 발견되도록 시간을 벌기 위해. 단순하죠. 제가 나서지 않았더라도 시간만 들이면 경찰이 진상을 알아냈을 겁니다. 좀 더 해명할 보람이 있는 수수께끼일 줄 알고 기대했는데……."

"아니야, 아니야, 굉장해. 그밖에도 다양한 사건을 해결해 오지 않았나. 롯폰기에 있는 고층 맨션 옥상에서 추락한 시체가 발견된 사건과, 아다치서의 유치장에서 살인범이 홀연히 사라진 사건, 그리고……."

쿠루마가 손가락을 꼽으며 하는 말을 듣고 유마는 자신의 귀를 의심했다. 전부 불가사의하기 짝이 없다고 뉴스에서 크게 다룬 사건이었다. 그 사건들을 해결하는 데에 이 자칭 명탐정이 관여했다니……. 하지만 츠키요의 표정은 밝아지지 않았다.

"그것들도 마찬가지입니다. 개요만 들으면 매력적인 수수께끼로 느껴지지만, 해결하고 보면 죄다 2류 범죄자가 일으킨 시시한 범행에 불과했어요. 명탐정의 능력을 최대한 발휘할 만한, 잔혹하면서도 아름답고 예술적인 범죄는 좀처럼 만날 수가 없네요."

아름답고 예술적인 범죄……. 처참한 사건이라도 일어나기를 바라는 듯한 그 말에 유마가 멍하니 있으니, 억누른 웃음소리가 들려왔다. 중년 남자가 몇 미터 떨어진 곳의 소파에 앉아 두툼한 입술을 끌어올려 웃고 있었다. 턱에는 수염이 삐죽삐죽 자랐고, 살이 쪘지만 딴딴해 보이는 몸을 감싼 양복은 구깃구깃 주름이 잡혔다.

"명탐정은 개뿔. 능력을 최대한 발휘해? 사건을 골라잡는 주제에."

남자의 태도가 거슬렸는지 쿠루마가 미간을 찌푸렸다.

"무슨 뜻이지? 어, 형사님이라고 했던가."

"그래, 맞아. 나가노 현경 수사1과의 카가미 츠요시다. 잘 부탁해."

카가미는 그렇게 말하고 "이거, 한 잔 더." 하고 술잔을 쳐들었다. 즉시 이 저택의 메이드인 토모에 마도카가 "네, 알겠습니다." 하고 다가와서 술잔을 받았다.

"이치조 선생님도 잔이 비셨네요. 한 잔 더 드릴까요?"

고전적인 메이드용 치마를 나풀거리며 다가온 마도카가 동그스름한 얼굴로 애교 있게 웃었다. 나이는 이십 대 후반이지만, 동안이라 미성년자처럼 보이기도 한다.

"아니요, 괜찮아요. 고마워요, 토모에 씨."

유마가 칵테일 잔을 건네자 마도카는 "그럼 실례하겠습니다." 하고 인사한 후 물러갔다.

"자, 그럼 질문에 대답하도록 할까." 카가미는 코로 픽 웃었다. "거기 자칭 '명탐정' 님은 분명 어려운 사건을 여러 번 해결한 걸로 경찰 내부에서도 유명해. 하지만 정말로 어려운 사건, 자신이 풀 수 없을 것 같은 사건은 의뢰를 거절하지."

카가미는 손가락을 하나씩 세웠다.

"점보 여객기에서 승객이 사라진 사건. 수영 선수가 수영장에서 불타 죽은 사건, 박물관 공룡 화석이 습격받은 사건……."

전부 대대적으로 뉴스를 탔고, 여태 해결되지 않은 사건이었다.

유마가 그 사건들의 내용을 떠올리고 있자니 카가미가 츠키요를 손가락으로 가리켰다.

"지금 언급한 사건이 발생했을 때도 경찰은 협력을 요청했지만, 당신은 거절했지. 즉, 당신은 해결 못 할 사건이다 싶으면 꼬리를 말고 도망치는 거야. 아닌가, '명탐정' 님."

카가미는 도발적으로 말했다. 그러나 츠키요의 표정에는 아무 동요도 없었다.

"몸이 두 개라면 말씀하신 사건에도 반드시 협력했겠죠. 하지만 아무리 명탐정이라도 혼자서 두 사람 역할을 할 수는 없으니까 부득이하게 거절한 거예요."

"바빠서 거절했다 그건가. 핑계 한번 좋군. 뭐, 명탐정인지 나발인지는 모르겠지만, 결국 그 정도인 거겠지."

소파에서 일어난 카가미는 마도카가 들고 온 술잔을 낚아채서 멀어졌다.

"무례한 사내로군. 아오이 씨, 마음에 담아 둘 것 없네."

쿠루마가 달랬다. 츠키요는 어깨를 살짝 움츠리고 미소 지었다.

"괜찮습니다. 명탐정은 여간해서는 이해받지 못하는 존재니까요. 특히 경찰 관계자에게는."

"그럼 됐지만. 그런데 이치조 선생."

느닷없이 말이 날아들어 유마는 "아, 네." 하고 당황한 목소리로 대답했다.

"자네는 코즈시마 군의 주치의지. 그럼 유리관에서 생활한 지 오래됐겠군?"

"아니요, 저는 반년쯤 전에 주치의가 됐습니다. 가족을 간병하느라 풀타임으로 일할 수가 없어서요. 평소는 산기슭 동네에서 지내다가 일주일에 두세 번 여기 와서 진찰합니다. 여기 살면서 일하는 건 메이드 토모에 씨와 집사 오이타 씨뿐이에요."

"아아, 그런가. 그런데 오늘 밤 코즈시마 군이 뭘 계획 중인지 들었나? 뭔가 중대한 발표를 하려는 모양이던데."

"아니요, 아무것도 못 들었습니다."

어차피 변변치 않은 일이겠지. 속으로 중얼거리는 유마의 머릿속에 지난달에 있었던 일이 떠올랐다.

"조촐한 행사를 할 예정이야."

침대에 누운 코즈시마가 혈압을 재던 유마에게 갑자기 말했다.

"행사요?"

태블릿의 차트에 혈압 수치를 입력하며 유마가 되묻자, 코즈시마 대신 침대 바로 옆에 대기 중이던 집사 오이타 신조가 "그렇습니다." 하고 공손하게 대답했다. 풀을 먹인 셔츠, 나비넥타이, 검은 양복 차림에 헤어왁스로 희끗희끗한 머리를 깔끔하게 매만진 모습은 그야말로 '집사' 그 자체였다.

"주인어른은 다음 달 네 번째 주말에 손님들을 유리관에 모시고 아주 중대한 발표를 하실 예정입니다. 그날 이치조 선생님도 참석해 주셨으면 합니다. 손님들은 밤에 진행되는 행사가 끝난 후 주무시고 가실 예정이니, 이치조 선생님도 그리하시기 바랍니다."

"대체 무슨 발표를 하시려고요?"

"그건 아직 말할 수 없어, 선생. 당일을 기대하라고."

침대에서 상체를 일으킨 코즈시마는 새하얀 턱수염을 쓰다듬으며 근엄한 얼굴에 천진난만한 웃음을 지었다.

어쩌면 생명 과학계를 뒤흔들 새로운 대발견을 했다고 '발표'하지 않을까 기대됐다. 데이토 대학 생명공학과 교수로 있다가 몇 년 전에 퇴임한 코즈시마는, 생명공학 분야에서 수없이 멋진 공적을 남겨 노벨상감이라고 기대를 한 몸에 받는 사람이니까.

하지만 아무래도 기대가 빗나간 모양이군. 유마는 아까 식당에서 만찬을 들 때 코즈시마가 소개한 손님들의 면면을 떠올렸다.

명탐정, 미스터리 작가, 형사, 영능력자, 미스터리 잡지 편집자, 아무리 생각해도 생명 과학계를 뒤흔들 대발견을 발표하기에는 적합한 청중이 아니다. 그렇다면 과학자로서가 아니라, 코즈시마의 다른 일면에 관련된 발표이리라.

코즈시마 타로는 중증의 미스터리광이자 수집가다. 윤택한 재산을 아낌없이 쏟아부어 국내외의 미스터리 소설 및 영화와 관련된 귀중한 자료를 사들여 유리관의 전망실에 모셔 놓았다. 이 자료들은 '코즈시마 컬렉션'이라고 불리며 마니아들 사이에서는 유명하다. 분명 또 뭔가 진귀한 물건을 발견했다고 자랑할 작정이겠지.

"발표 내용도 기대되지만, 유명한 유리관에 왔다는 것만으로도 감동이네요."

설렘이 배어나는 츠키요의 목소리를 듣고 유마는 정신을 차렸다.

"코즈시마 컬렉션을 볼 수 있다니 정말 영광이에요. 초대장이 왔을 때는 저도 모르게 환성을 지르며 펄쩍 뛰었다니까요."

츠키요는 기도하듯 깍지를 끼더니 반짝이는 눈으로 샹들리에가 매달린 높은 천장을 올려다보았다.

역시 이 자칭 명탐정은 그저 홈스 코스프레를 즐기는 미스터리 오타쿠 아닐까. 유마가 어이없이 바라보자 쿠루마가 입을 열었다.

“아오이 씨는 코즈시마 군과 아는 사이인가?”

“네, 제가 해결한 사건에 대해 듣고 싶으시다길래, 도쿄에서 몇 번 만나 명탐정으로서 비밀 엄수 의무를 어기지 않는 범위에서 말씀드렸습니다. 그런데 쿠루마 선생님은 코즈시마 씨와 어떤 관계이신지?”

“몇 년 전에 코즈시마 군이 내 소설 강좌를 들었어. 중증의 미스터리 마니아가 직접 작품을 써 보고 싶어 하는 건 흔한 일이지.”

“코즈시마 씨가 쓴 소설?” 츠키요가 소리를 빽 질렀다. “세계 유수의 미스터리 수집가가 쓴 소설은 어떤가요? 꼭 읽어 보고 싶네요!”

“그게, 아쉽게도 미스터리에 대한 애정과 좋은 작품을 쓰는 건 별개의 문제거든. 코즈시마 군이 쓴 소설은 뭐랄까……, 독창성이 없더라고. 늘 어디선가 본 것 같은 작품이 되고 말아.”

쿠루마는 쓴웃음을 지었다.

“본인도 그걸 느꼈는지 직접 소설을 쓰는 건 그만둔 모양이야. 강좌에도 더는 나오지 않았고. 다만 그 인연으로 오늘 밤 이렇게 초대를 받았지. 나도 유명한 코즈시마 컬렉션, 그리고 유리관 자체에도 흥미가 있어서 기꺼이 참석했어.”

“이 유리관은 코즈시마 씨가 발명한 트라이던트를 정확하게 모방해서 지었다면서요. 아까 만찬 때 듣고 처음 알았어요."

츠키요는 들뜬 목소리로 말하더니 난로 곁에 놓인 물건으로 시선을 돌렸다. 그것은 모형이었다. 현재 손님들이 모여 있는 이 건물, 나가노현 북알프스 남부의 조가타케산 중턱에 세워진 유리관의 정교한 모형. 선명한 포도주빛 장식 유리로 덮인 약 1미터 크기의 원뿔에 나선 모양으로 유리창이 달려 있다. 마치 첨탑에 투명한 뱀이 감겨 있는 것처럼 보인다. 원뿔 꼭대기에는 투명한 유리로 감싸인 공간이 있다. 거기가 바로 코즈시마 컬렉션이 보관되어 있는 전망실이다.

"산속에 세워진 원뿔 모양의 유리 첨탑. 본격 미스터리 소설의 무대로 적합한 건물이죠. 그야말로 살인 사건이 일어날 것 같네요."

유마의 심장이 크게 요동쳤다. 목구멍에서 딸꾹질 같은 소리가 작게 새어 나왔다.

"왜 그러시죠, 이치조 씨?"

츠키요가 쳐다보았다. 살짝 갈색빛이 도는 커다란 눈동자에 빨려들 것 같은 착각을 느끼며 유마는 갈라진 목소리를 짜냈다.

"아니요……, 아무것도 아닙니다. 딸꾹질이 좀 나서요."

"딸꾹질은 설탕물을 마시면 멎는다는데요."

"그렇군요. 그럼 시험해 볼까. 잠깐 실례하겠습니다."

유마는 몸을 돌려 그 자리에서 벗어난 후 재빨리 걸음을 옮겼다.

동요하면 안 돼. 저 자칭 명탐정은 그냥 농담을 했을 뿐이야. 자신을 타이르며 오른쪽에 펼쳐진 통유리창에 시선을 주었다. 예전에 스키 리조트였던 곳답게 밖에는 새하얀 눈이 쌓였고, 몇십 미터 저편의 어둠 속에 울창한 숲이 희미하게 모습을 드러냈다.

심호흡을 되풀이하며 휴게실을 나아갔다. 폭 10미터 이상에 길이가 족히 30미터는 되며, 부드럽게 곡선을 그리고 있는 이 공간에는 난로와 소파뿐만 아니라 당구대, 포커 테이블, 주크박스, 그리고 바 카운터까지 갖추어져 있다. 대리석을 반투명한 황갈색 장식 유리로 감싼 굵은 기둥이 여러 개라 눈에 들어오지 않는 사각도 많다. 저택 주인인 코즈시마를 제외한 모두가 이 휴게실에서 저마다 시간을 보내고 있었다.

모두에게 말을 붙여야 한다. 일단은……. 유마는 바 카운터로 다가갔다. 마도카와 함께 손님에게 술을 나르는 집사 오이타와 마주친 유마는 "고생 많으십니다." 하고 말을 걸었다.

"고생은요. 이치조 선생님, 즐거운 시간 보내시고 계신지요?"

오이타는 칵테일 잔이 얹힌 쟁반을 한 손으로 든 채 우아하게 고개를 숙였다.

"네, 하지만 술은 절제하고 있어요. 저는 코즈시마 씨의 주치의니까요."

"그런 말씀 마시고 마음 편히 계십시오. 의사가 아니라 손님으로 선생님을 모시라고 주인어른께서 분부하셨습니다."

"그런가요, 그렇게 말씀하시니 한 잔만 더 마실까."

오이타는 "네, 그러시죠." 하고 미소 짓고 멀어졌다.

"사카이즈미 씨, 칵테일 한 잔 만들어 줄래?"

유마는 티셔츠에 재킷 차림으로 바 카운터 안에서 셰이커를 흔들고 있는 갈색 머리 청년에게 말했다.

"오, 이치조 선생님, 어서 오세요. 뭘 만들어 드릴까요?"

요리사 사카이즈미 타이키가 쾌활하게 대답했다.

"음, 김렛. 그런데 칵테일도 만들 줄 아는구나."

"무슨 말씀임까, 선생님. 제 이름은 사카이즈미(酒泉)라고요. 술의 샘. 당연히 칵테일 정도는 만들 줄 알죠. 저는 요리할 때도 늘 술에 어울리도록 신경 써서 음식을 만든다고요. 오늘 드신 집오리 소테, 레드와인에 딱 맞지 않던가요? 맛있었죠? 엄청 비싼 와인이었슴다. 덕분에 저한테도 이렇게 국물이 떨어지네요."

사카이즈미는 카운터에 놓아둔 잔을 들어 피같이 붉은 와인을 한 모금 마셨다.

"아아, 맛있더라. 평소처럼 최고의 요리였어."

유마의 대답에 사카이즈미는 "그럼요, 그럼요." 하고 코를 벌름거렸다.

실은 너무 긴장한 탓에 음식의 맛이 전혀 느껴지지 않았다. 다만 자주 산기슭 동네에서 코즈시마에게 불려 와서 요리를 만드는 사카이즈미가 초일류 요리사라는 건 틀림없다. 지금까지 몇 번 요리를 대접받았는데, 매번 혀가 녹아내릴 만큼 맛있었다.

오늘 저녁, 각자 차를 타고 유리관을 방문한 손님들은 일단 자신이 묵을 방으로 안내받은 후, 오후 6시 반에 1층 식당에서 사카이즈미가 만든 프렌치 풀코스 요리를 먹었다.

그때 이번 행사의 주최자인 코즈시마는 손님들을 소개하고 나서, 자신의 미스터리 컬렉션에 대해 디저트가 나올 때까지 쉬지 않고 떠들어 댔다. 그 때문에 유마와 손님들은 서로 이야기를 거의 나누지 못했다.

오후 8시에 만찬이 끝나자 코즈시마는 "10시에 중대 발표를 할 테니, 그때까지 모두 휴게실에서 편안히 쉬고 있게."라는 말을 남기고 식당에서 나갔다.

"그나저나 발표라니, 대체 뭘까요?"

재빨리 셰이커에 술을 따르며 사카이즈미가 중얼거렸다.

"사카이즈미 씨, 흥미 있어?"

"딱히요. 저는 맛있는 요리를 만들 수 있으면 그걸로 만족임다. 그래서 코즈시마 씨의 의뢰가 들어오면 늘 기뻐요. 코즈시마 씨는 돈을 아끼지 말고 팍팍 쓰라고 하거든요."

"하지만 요리하는 것만이 여기 오는 목적은 아니잖아."

씩 웃음을 지은 유마는 메이드용 치마를 나풀대며 바쁘게 일하는 마도카를 엄지손가락으로 가리켰다. 사카이즈미가 마도카에게 호의를 품고 있다는 건 척 보면 안다. 지금까지 작업을 거는 모습을 여러 번 봤다. 마도카도 싫지는 않은 눈치였다.

"뭐, 물론 그것도." 사카이즈미는 머리를 긁적였다. "그 정도 낙도 없으면 아무리 돈을 많이 준들 정기적으로 이런 산속에 안 오죠. 게다가 솔직히 여기서 요리하는 거 조금 무서워요. 이 건물, 건축 기준법이랑 화재 예방 조례를 완전히 무시했잖아요."

"그런 법률은 잘 모르지만, 위반했겠지. 하지만 코즈시마 씨가 이 지역에 세금을 어마어마하게 내고 있으니 손을 못 댈 만도 해. 그나저나 토모에 씨랑은 잘돼 가?"

"제법 괜찮습다. 마도카가 쉬는 날 시내에서 데이트하기로 약속했어요."

사카이즈미는 쑥스러워하면서도 솜씨 좋게 셰이커를 흔들더니, 숏글라스에 투명한 액체를 따랐다.

"자, 김렛 나왔습니다."

유마는 잔을 들어 김렛을 단숨에 들이켰다. 진을 베이스로 한 독한 칵테일이 타는 듯한 자극과 함께 식도를 내려갔다.

"어, 괜찮겠습까. 꽤 독한 술로 원샷을 하시다니. 그러다 한 번에 훅 가요."

"술은 센 편이야. 고마워, 맛있네. 토모에 씨랑 잘되길 빌게."

술로 긴장을 희석하지 않으면 정신이 이상해질 것만 같았다.

와인잔을 들며 "감사합니다." 하고 명랑하게 답하는 사카이즈미에게 가볍게 손을 들어 인사한 후, 유마는 바 카운터에서 멀어졌다. 이제 말을 나누지 않은 사람은…….

유마는 십수 미터 안쪽의 포커 테이블에 앉아 있는 두 사람, 안경을 꼈고 선이 가는 중년 남자와 분홍색 드레스 차림에 머리까지 진분홍색으로 염색한 덩치 큰 중년 여자에게 시선을 돌렸다.

유마가 다가가서 "포커인가요?" 하고 말을 걸자 남자가 돌아보았다.

"아아, 코즈시마 씨의 주치의인……."

"이치조 유마입니다."

남자는 "처음 뵙겠습니다, 저는 이런 사람입니다." 하고 일어서서 품에서 명함을 꺼냈다. 받아든 명함에는 '월간 슈퍼 미스터리 편집장 사쿄 코스케'라고 적혀 있었다. 아는 잡지다. 본격적인 미스터리 소설부터 미심쩍은 초자연 현상까지 잡탕으로 잡지를 구성하는 것으로 유명한 월간지다.

“포커가 아닙니다.”

사쿄는 다시 의자에 앉아 딜러 자리에 있는 여자에게 몸을 돌렸다.

“이분과 포커를 치면 패를 전부 읽어 낼걸요.”

“유메요미 씨죠?”

새빨간 립스틱을 칠한 입술에 미소를 띤 여자, 유메요미 스이쇼에게 유마는 시선을 주었다.

“어머, 나를 아는군요.”

유메요미는 새하얀 파운데이션으로 떡칠한 얼굴을 누그러뜨렸다.

유메요미 스이쇼는 자칭 ‘영능력자’로 영능력을 사용해 사건을 해결한다는 텔레비전 프로그램에 정기적으로 출연하는 인물이다. 유마도 몇 번 그 방송을 봤지만, 연출이 너무 과도하고 수상쩍어서 늘 금방 채널을 돌렸다.

“물론이죠. 〈영능 탐정 사건 파일〉은 빼먹지 않고 봅니다.”

“어머, 그거 고맙네요.”

유메요미는 온통 프릴이 달린 분홍색 드레스에 감싸인 가슴을 의기양양하게 젖혔다.

“유메요미 선생님을 뵌 김에 점을 좀 쳐 달라고 부탁드렸어요. 이런 기회는 좀처럼 없을 테니까요.”

사쿄가 들뜬 목소리로 말했다. 살펴보자 포커 테이블에 놓여 있는 건 트럼프카드가 아니라 타로카드였다.

“내게 점을 치려면 실은 몇 달 전에 예약해야 해요. 뭐, 코즈시마 씨는 예전부터 내 활동을 지원해 주셨으니, 오늘은 이렇게 특별히 참석했지만요. 그쪽은 이치조 씨라고 그랬죠? 당신 운세도 점쳐 줄까요?"

유메요미가 카드를 능숙하게 섞었다.

"사양하겠습니다. 점괘가 안 좋으면 마음에 걸려서 기분이 찜찜해질 테니까요."

점에는 흥미가 없고, 영능력 같은 건 전혀 믿지 않는다. 말을 나눈다는 목적은 달성했으니 이제 볼일은 없다. 유마가 몸을 돌려 물러가려는데 "기다려요." 하고 날카로운 목소리가 날아들었다. 유메요미가 턱을 당기고 치뜬 눈으로 쳐다보았다.

"당신, 조심하는 편이 좋겠어요. 얼굴에 안 좋은 상이 보여요."

"안 좋은 상이라니……." 유마는 자기 뺨을 만졌다.

"그래요. 조만간 큰 말썽에 휘말리겠네요. 이 저택에 머무는 동안은 특히 조심해요. 이 땅에는 부정적인 감정이 잔뜩 고여서 농축돼 있으니까."

유메요미의 기분 나쁜 말에 인상을 찌푸리면서도 유마는 "조심하겠습니다." 하고 포커 테이블에서 물러났다.

안 좋은 상은 무슨 얼어 죽을 안 좋은 상이야. 어떻게든 받아들일 수 있는 소리를 적당히 꺼내서 상대를 현혹한다. 사기꾼의 상투 수단이다. 유마는 주변을 살피며 천천히 이동했다. 손님들은 각자 시간을 보내고 있고, 고용인들은 그들을 접대하느라 바쁘다. 휴게실에서 자유롭게 지낸 지 삼십 분쯤 지나자 처음에는 어색했던 분위기도 많이 풀려서 사람들의 마음이 느슨해졌다.

지금이라면 괜찮다. 유마는 기둥 뒤편으로 이동했다. 시선을 주는 사람은 아무도 없었다. 조급한 기분을 억누르고 아주 자연스럽게 휴게실에 있는 출입구 세 개 중 하나로 다가가서 소리가 나지 않도록 조심스레 문을 당기고 문틈으로 잽싸게 몸을 밀어 넣었다.

간신히 누구에게도 들키지 않고 휴게실에서 빠져나왔다. 폐 속에 고여 있던 공기를 뱉어 내며 시선을 들었다. 높이가 5미터는 될 법한 천장에 번쩍이는 샹들리에가 여러 개 매달린 원형의 1층 홀. 벽에는 빙 둘러가며 문이 설치돼 있다. 문은 각각 극장, 작은 주방, 식당, 정면 현관과 연결된 복도로 이어진다. 공간의 한복판에는 지름이 몇 미터는 되는 거대한 기둥이 우뚝 서 있다. 표면이 색색의 장식 유리로 뒤덮인 기둥, 그 측면에 뚫린 입구로 들어가자 위아래로 뻗은 나선계단이 나타났다.

유마는 바싹 마른 입속을 핥아서 적시고 계단을 올랐다.

나선계단이지만 기둥이 비어 있지 않으므로 위아래는 보이지 않는다. 벽에 박힌 LED 조명의 흐릿한 불빛이 검은색 장식 유리로 덮인 폭 2미터가량의 계단을 비추었다.

경사가 급한 나선계단을 한 바퀴 돌고 4분의 1쯤 더 올라가자 작은 계단참에 문이 두 개 있었다. 튼튼해 보이는 금속 문에는 '십(拾)'과 '구(玖)'라는 글씨가 새겨져 있었다. 문을 본체만체 유마는 걸음을 계속 옮겼다. 그 후로 나선계단을 4분의 1바퀴 돌 때마다 계단참과 문이 나왔다.

유마는 '팔(捌)', '칠(漆)', '육(陸)', '오(伍)' 하고 한자 숫자가 적힌 문 앞을 통과하다 자기가 머무는 사호실 앞에서 발을 멈췄다. 목적지인 일호실까지 얼마 안 남았다.

정말로 할 거야? 내가 할 수 있을까?

계단을 오르느라 가빠진 숨이 더 거칠어졌다. 몸은 후끈후끈한데도, 땀샘에서는 얼음처럼 차가운 땀이 끊임없이 솟는다. 온몸이 그칠 줄 모르고 떨린다.

이런 상태로는 못 한다. 방에서 잠깐 머리를 식히자. 유마는 청바지 호주머니에서 '사(肆)'라고 새겨진 열쇠를 꺼냈다. 사호실 자물쇠를 열 수 있는 사번 열쇠다.

다음 순간, 구김살 없이 웃는 소녀의 모습이 머릿속에 떠올랐다. 손에서 흘러내린 사번 열쇠가 유리 계단에 떨어졌다. 떨림이 멈췄다. 삶아질 것 같았던 머리가 급속도로 식었다.

할 수 있느냐 없느냐가 아니다. 하는 거다. 그밖에 다른 길은 없으니까.

유마는 허리를 구부려 열쇠를 줍고 잽싸게 계단을 올랐다. '삼(參)' 그리고 '이(弍)'라고 새겨진 문 앞을 통과해 나선계단을 반 바퀴쯤 더 오르자 마침내 '일(壱)'이라는 글자가 새겨진 문 앞에 다다랐다.

계단참에 서서 가늘고 길게 숨을 내쉰 후, 유마는 문을 두드렸다. 묵직한 소리가 유리벽에 부딪혀서 울려 퍼졌다. 바로 "누구야?" 하고 걸걸한 목소리가 들렸다.

"이치조입니다. 잠깐 괜찮으실까요?"

십여 초쯤 지나자 대답 대신 자물쇠가 찰칵 풀리는 소리가 고막을 진동시켰다.

문손잡이를 잡고 문을 당기자 아름답게 빛나는 보름달이 눈에 들어왔다. 간접 조명이 비치는 어스름한 방. 밖에 면한 부분은 통유리라 별이 반짝이는 밤하늘을 바라볼 수 있다.

5년 전, 심근경색이 와서 심장에 후유증이 남은 후로 코즈시마는 일호실에서 별로 나오지 않게 되었다. 평소는 오이타와 마도카의 돌봄을 받으며 이 방에서 지낸다. 하지만 아주 약한 후유증이므로 마음만 먹으면 문제없이 계단을 오르내릴 수 있을 것이다. 사실, 오늘 밤은 혼자서 1층과 일호실을 오갔다.

변함없이 이상한 구조로군. 유마는 손을 뒤로 돌려 슬며시 문을 잠그며 속으로 중얼거렸다. 진찰하러 일호실에 올 때마다 공중에 발을 내디딘 것 같은 위화감이 밀려온다.

저택 중심을 꿰뚫는 기둥을 에워싼 듯한 이 도넛 모양 공간에는 칸막이가 없고, 책상, 응접세트, 식탁, 침대 등이 띄엄띄엄 배치되어 있다. 바로 옆쪽 벽에는 얼굴 높이에 타원형 거울을 걸어 놓았고, 거울 밑에는 작은 책장이 있다.

생명 과학 분야의 전문 서적이 빽빽이 꽂힌 책상 옆 책장과 달리, 그 작은 책장에는 소설이 가득하다. 그 대부분은 신본격 무브먼트라고 하여, 1980년대 후반부터 1990년대 초반에 걸쳐 국내에서 젊은 미스터리 작가가 잇달아 데뷔해 차례차례 걸작을 발표한 시대에 출간된 본격 미스터리 소설이었다.

"실례하겠습니다, 코즈시마 씨."

유마는 유리관의 주인인 코즈시마 타로의 등에다 말을 걸었다. 코즈시마는 정면에 있는 책상 안쪽으로 돌아 들어가서 이쪽에 등을 돌린 채 가죽 의자에 앉았다. 책상 옆에는 휴게실에 있는 것보다 두 배는 큰 유리관 모형이 장식돼 있었다.

"무슨 용건인가, 이치조 선생? 아직 오후 9시도 안 됐어. 행사는 오후 10시부터 진행한다고 전달했을 텐데."

"그게, 몸 상태가 어떠신가 해서요." 목소리가 떨리지 않도록 유마는 목구멍에 힘을 주었다.

"몸 상태? 아주 좋아. 곧 그걸 발표한다고 생각하니 피가 끓고 살이 떨리는 기분이군."

코즈시마는 의자를 회전시켜 유마를 마주 보았다. 침침한 불빛 속에서 두 눈을 형형하게 빛내며 송곳니가 보일 만큼 입꼬리를 끌어올리는 그 모습이, 마치 엄니를 드러내는 맹수처럼 보였다. 은발이라는 말이 연상되는 새하얗고 풍성한 머리카락과 가슴께까지 내려오는 턱수염은 사자 갈기를 방불케 했다.

"감정이 너무 격해지면 안 됩니다. 혈압이 올라가서 심장에 부담이 가니까요."

칠십 대로는 느껴지지 않는 코즈시마의 에너지에 압도당하면서도 유마는 가벼운 투로 말했다. 5년 전, 코즈시마는 심근경색으로 관상동맥 바이패스 수술을 받았다. 정기적으로 코즈시마를 진찰하고, 다시 심근경색이 일어나지 않도록 강압제와 항응고제를 조절하는 것이 주치의인 유마의 역할이었다.

"그건 무리야. 오늘 밤의 이 행사를 내내 기다렸으니까."

코즈시마는 책상에 놓인 초콜릿 상자에서 트러플 초콜릿을 하나 꺼내 입에 넣었다. 유리 재떨이에는 담배꽁초가 몇 개 담겨 있었다.

"단것과 지방질이 많은 음식은 되도록 삼가시라고 몇 번이나 말씀드렸을 텐데요. 게다가 담배까지 피우셨습니까?"

"특별한 날이니까 너무 딱딱하게 굴지 말게."

코즈시마가 손끝에 묻은 초콜릿을 핥고 있을 때 유마는 눈알만 움직여 책상 위를 관찰했다. 아름답게 조각된 작은 유리 상자에 '일'이라고 새겨진 열쇠가 들어 있다. 방에 있을 때는 저 상자에 열쇠를 넣어 두는 것이 코즈시마의 습관이었다.

예상대로다. 계획의 첫 번째 관문을 넘었음을 확인하고 유마는 입을 열었다.

"그나저나 손님들이 다들 개성적이로군요. 형사, 미스터리 작가, 영능력자, 더 나아가 명탐정까지 있어요."

"실은 한 명 더, 의사를 부르고 싶었어."

"의사? 저 말고 다른 의사를요?"

"도쿄의 한 병원에 신기한 사건을 차례차례 해결하는 여자 의사가 있다는 모양이야•. 분명 텐이카이 종합 병원이었던 걸로 기억하는데. 다만 뭔가 사건이 발생해서 바쁘다고 거절하더군. 정말 아쉬워."

코즈시마는 진심으로 속상한 듯 고개를 설레설레 흔들었다.

"뭐, 명탐정은 한 명 참석했으니까 너무 아쉬워하지 마세요. 아무튼 그 의사가 참석했다면 저는 오늘 밤 행사에 필요 없었겠군요."

• 치넨 미키토가 집필한 '아메쿠 타카오의 추리 카르테 시리즈'의 주인공 아메쿠 타카오를 가리킨다.

"무슨 소리야, 이치조 선생. 자네 역할이 얼마나 중요한데."

"그야 그렇죠. 코즈시마 씨의 몸 관리를 다른 의사에게 맡길 생각은 없습니다."

"자네에게는 감사한 마음뿐이야. 이런 산속까지 정기적으로 와주는 의사는 좀처럼 찾기 힘들거든."

"저야말로 감사합니다. 한 주에 두세 번 진찰하는 게 전부인데, 과분한 보수를 받으니까요. 풀타임으로 일할 수 없어서 참 난감했거든요."

"가족을 간병하느라 사정이 여의치 않다고 했지."

"……네, 그렇습니다."

휠체어에 앉은 소녀의 모습이 뇌리를 스쳤다. 얼굴 근육을 억지로 움직여 웃음을 지었다.

"그런데 코즈시마 씨. 오늘 밤에 있을 중대한 발표의 내용은 대체 뭡니까?"

"공들여서 기껏 무대를 준비해 놨는데 여기서 알려 줄 수야 없지."

유마는 "그렇겠죠." 하고 머리를 긁적였다. 가르쳐 줄 것이라고는 생각지 않았다. 그저 코즈시마가 경계하지 않도록 무난한 이야기를 계속하고 있을 뿐이다. 아주 자연스럽게 '그것'을 코즈시마에게 넘길 수 있도록.

"다만……."

코즈시마는 입술을 핥았다. 그 모습이 마치 혀를 날름거리는 뱀 같아 보였다.

"늘 신세를 지고 있는 이치조 선생에게만큼은 개요를 알려 줘도 상관없겠지.”

“개요…… 라고요?”

유마가 되묻자 코즈시마는 몸을 내밀고 목소리를 낮추었다.

“미공개 장편을 입수했어.”

“그럼 유명 작가의 유작을 발견했다는 말씀입니까?”

유마의 목소리가 높아졌다. 작가의 사후에 우연히 미공개 원고가 발견되는 사례는 적지 않다. 그 작가가 유명하면 원고의 가치는 헤아릴 수 없이 높아진다.

“코즈시마 씨가 입수하셨으니 미스터리겠군요. 누구의 작품인가요? 국내 작가입니까? 아니면 외국?”

미스터리 마니아의 호기심에 불이 붙어 유마는 빠른 말투로 물었다.

“그건 행사를 위해 아껴 놓도록 하지. 다만 아주 유명하고, 누구나 다 알 법한 작품을 탄생시킨 인물의 원고라고만 대답하겠네.”

미공개작이 남의 손에 넘어갔다면, 역시 작자는 이미 사망했다고 봐도 될 것이다. 그렇다면 대체 누굴까?

에도가와 란포, 요코미조 세이시, 아유카와 데쓰야, 마쓰모토 세이초, 존 딕슨 카, 엘러리 퀸……. 유명한 미스터리 작가의 이름들이 머릿속을 맴돌았다.

“이게 세상에 발표되면 미스터리의 역사가 근본부터 뒤집힐 거야. 틀림없이 세계적인 화제가 되겠지.”

미스터리의 역사가 근본부터? 설마 코난 도일, 애거사 크리스티, 에드거 앨런 포 등 전설적인 미스터리 작가의 유작이라도 발견된 걸까?

“고생했어……. 정말로 고생했다고…….” 코즈시마는 아련하게 흔들리는 시선을 천장 언저리에 던졌다.

“오늘 밤, 그 작품을 세상에 대대적으로 발표한 후, 책으로 출간하시려는 거로군요. 그래서 미스터리 잡지 편집자인 사쿄 씨를 부르신 거고요.”

“응, 맞아. 작품은 많은 사람에게 읽혀야 가치가 있는 거니까. 다만 그 전에 약간 여흥을 즐길 생각이야.”

코즈시마는 소년처럼 천진난만한 웃음을 지었다.

“그 작품은 본격 미스터리야. 진상을 밝히기 위한 힌트가 전부 작품 속에 적혀 있어서, 논리적으로 읽어 나가면 진범을 지적할 수 있지.”

“‘독자에게 보내는 도전장’이 있을 법한 유형이로군요.”

“맞아. 그래서 이번 행사에서 문제편까지 공개하고, 손님들이 해답을 찾는 거야.”

“아아. 미스터리 작가, 형사, 영능력자, 그리고 명탐정. 수수께끼를 풀기에는 최적의 인선이네요. 그런데 정답을 맞힌 사람에게는 어떤 보상이 주어지나요?”

“정답?” 코즈시마가 소리 죽여 웃었다. “정답은 아무도 못 맞혀. 몇 번이나 읽었지만 그 작품의 트릭은 그야말로 예술이야. 그 누구도 진상을 알아맞힐 리 없지.”

“누구도 풀어낼 수 없을 만큼 굉장한 미스터리 소설이라면, 왜 손님들에게 도전을 시키는 거죠?”

"홍보를 위해서. 최고의 도전자들이 아무도 풀지 못한 극강의 미스터리. 그런 뉴스가 나가면 전국, 아니 전 세계가 주목하겠지. 내 이름은 그 작품의 발표자로서 널리 알려질 거야."

"굳이 그러지 않아도 코즈시마 씨는 이미 세계적으로 유명하시잖아요. 트라이던트의 개발자로서."

유마의 말에 썰물 빠지듯 코즈시마의 얼굴에서 웃음이 사라졌다.

"트라이던트라……."

코즈시마는 그렇게 중얼거리더니 책상에 놓인 오브제를 만지작거렸다. 높이 약 20센티미터의 원뿔형 유리. 그 끝부분에 내장된 전구가 오브제에 채워진 기름 속에서 너울거리는 DNA 모형을 희미하게 비추었다.

코즈시마가 개발해 유전자 치료의 역사를 바꾼 획기적인 제품, 트라이던트.

예전에 코즈시마는 적절한 양의 약제를, 적절한 작용 시간에 맞춰, 적절한 장소에 전달하는 약물 전달 시스템이라는 기술을 제약회사와 협력하여 대학에서 연구했다. 그리고 10여 년 전에 나노기술을 응용한 새로운 약물 전달 시스템인 트라이던트를 발명했다.

마치 창날을 교체하듯 원뿔형 나노 제재의 끝부분에 해당하는 분자 구조를 세밀하게 변화시킴으로써, 트라이던트는 다양한 세포의 리셉터와 결합해 DNA를 세포핵까지 운반한다. 그 결과, 유전자 치료 기술이 비약적으로 진보해 암과 수많은 난치병의 치료 방법이 근본부터 바뀌었다.

코즈시마는 일약 노벨상 유력 후보로 거론됨과 동시에, 매년 특허 사용료로 수십 억에 이르는 막대한 돈을 벌어들였다. 유리관을 지을 수 있었던 것도, 전 세계에서 귀중한 미스터리 관련 물품을 수집하는 것도, 전부 트라이던트에서 비롯된 재력 덕분이었다.

"분명 나는 트라이던트로 부와 명성을 손에 넣었지. 하지만 그렇다고 마음이 채워지지는 않았어. 더 큰 명성을 얻기 위해 기를 쓰고 연구에 힘썼지만, 두꺼운 벽이 내 앞을 막아섰지."

"벽이라고요?"

"윤리 말이야. 현대의 윤리라는 벽. 이보게, 이치조 선생. 이 세상에서 의학을 제일 진보시킨 공로자가 누군지 아나?"

"의학을 진보시킨 공로자? ……항생 물질을 발견한 플레밍이라든가?"

"아닐세, 나치야."

유마는 얼굴이 굳어졌다.

"그런 표정 짓지 말게. 나치가 의학 발전에 얼마나 공헌했는지 의사라면 잘 알 텐데. 그들은 어떤 윤리에도 속박되지 않았고, 필요하면 어떤 비인도적인 연구도 망설임 없이 진행했어. 가장 단기간에 의학을 진보시킨 건 누가 뭐래도 나치야."

코즈시마는 크게 숨을 내쉬고 오브제를 만지작거렸다.

"난 실망했어. 윤리에 얽매여 자기 발목에 족쇄를 채우는 과학에. 아니, 어쩌면 난 처음부터 과학에 꿈 같은 건 품지 않았을지도 몰라. 내가 왜 유리관을 지었을 것 같나?"

코즈시마는 일어나서 책상 옆에 있는 유리관 모형으로 다가갔다.

코즈시마 컬렉션의 전시실이자 전망실인 건물 꼭대기의 원뿔형 유리 돔. 그 바로 밑에 지금 유마와 코즈시마가 있는 통유리로 감싸인 일호실이 위치한다. 거기서부터 아래로 내려가면서 이호실부터 십호실의 창문이 나선 모양으로 설치되어 있다.

창문 이외의 외벽은 매끄러운 포도주빛 장식 유리로 덮여 있고, 1층은 식당과 휴게실 벽만 통유리다. 토대 부분에는 새하얀 눈밭과 그 주변에 펼쳐진 숲까지 재현해 놓았다.

"어때, 참 잘 만들었지? 이 분야의 전문가가 장식 유리를 종이 뼈대에 맞춰 정교하게 가공해서 만든 거야."

코즈시마는 책상에 놓인 트라이던트 오브제를 집어 유리관 모형의 눈밭 부분에 내려놓았다. 유리관과 트라이던트 오브제는 형태와 색조가 거의 똑같아서 마치 부모와 자식이 나란히 서 있는 것처럼 보였다.

"트라이던트라는 공적을 후세에 남기기 위해, 트라이던트를 모방해서 저택을 지으신 거 아닙니까?"

일그러진 허영심이 이 괴상야릇한 저택을 탄생시켰다. 누구나 그렇게 생각할 것이다.

"뭐, 틀린 말은 아니야. 이 유리관은 트라이던트를 세세한 부분까지 완벽하게 재현해서 만들라고 내가 지시했으니까. 그런데 우리 아버지의 직업이 뭔지 아나?"

"유리 직공이셨던 걸로 기억하는데요." 유마는 예전에 진찰하다 들은 이야기를 떠올렸다.

"그래, 유리 직공이었어. 실력이 그다지 좋지 못해서 늘 생활이 어려웠지. 그래서인지 아버지는 내게 열심히 공부하라고 늘 다그쳤어. 자기는 못 배워서 가난하게 살았으니까 넌 피를 토할 각오로 공부해서 돈을 벌라고. 농땡이를 부리며 놀다가 들키면 얼굴 모양이 변할 만큼 두드려 맞았지."

코즈시마의 건조한 웃음소리에 어떻게 반응해야 할지 몰라서 유마는 애매하게 고개를 끄덕였다.

"아버지가 시킨 대로 난 학문으로 성공해서 다 쓰지도 못할 만큼 많은 돈을 벌었어. 못 배운 유리 직공의 자식도 이만큼 출세할 수 있다는 걸 과시하고 싶어서 큰돈을 퍼부어 유리관을 지었다고, 최근까지 나 자신도 그런 줄 알고 지내 왔는데 실은 아니었어."

"그게 아니라면 어떤 이유로?"

"옛날부터 미스터리를 좋아했지. 특히 에도가와 란포의 작품을. 하지만 내가 어릴 적에는 란포의 소설이 저속하다는 평가를 받았거든. 그래서 란포의 소설을 읽기만 해도 언짢아하는 눈빛이 날아들곤 했어."

"한때는 그랬다고 들었습니다."

"물론 아버지도 란포의 소설을 읽도록 허락해 주지 않았고. 읽다가 들키면 밤새 나무에다 묶어 놨다니까. 그래도 난 계속 읽었어. 아케치 고고로, 셜록 홈스, 에르퀼 푸아로의 활약을. 미스터리의 세계만이 괴로운 현실에서 도피할 수 있는 곳이었지. 특히 난 본격 미스터리라고 불리는 고상한 지적 게임에 마음이 끌렸어."

코즈시마의 목소리에 열기가 깃들었다.

"연구자가 된 후로도 힘들 때는 늘 소설을 읽었어. 하지만 마쓰모토 세이초로 대표되는 사회파 추리소설의 전성기가 도래하자 일본에서는 본격 미스터리가 힘을 잃었지. 하지만 1980년대 후반에 요코미조 세이시, 다카기 아키미쓰, 아유카와 데쓰야가 힘겹게 지켜 오던 본격 미스터리의 잔불에 시마다 소지가 장작을 넣고, 아야츠지 유키토가 《십각관의 살인》이라는 휘발유를 퍼부어서 신본격 무브먼트라는 장대하고 화려한 불길이 타올랐어. 매달 걸작 미스터리가 출간되는 기쁨을 에너지 삼아 나는 연구에 매진했고 결국 과학자로서 성공했어. 그렇기에 유리관을 지어 거기 살기로 한 거야."

"그렇기에?"

"이 요상한 건물을 처음 봤을 때 무슨 생각이 들었나?"

코즈시마는 유리관 모형을 가리켰다.

"뭐랄까, 미스터리 소설의 무대로 써도 되겠다고……."

머뭇머뭇 대답하자 코즈시마는 만족스러운 표정으로 고개를 끄덕였다.

"맞아. 그야말로 본격 미스터리 중에 클로즈드 서클•물의 무대 같지 않은가. 여기서 생활하니 허구 속에 살아 있는 듯한 기분이 들더군. 이 괴이한 저택에서, 수많은 미스터리 컬렉션에 둘러싸여 사는 것. 그것이야말로 내게는 이상적인 삶이었던 거라고."

코즈시마는 트라이던트 오브제를 집어서 책상에 아무렇게나 내던졌다.

"생명 과학으로 얻은 명성은 내게 아무 의미도 없었어. 노벨상

• 외부와 단절돼 고립된 장소를 가리키는 미스터리 용어.

에도 흥미는 없고. 난 제임스 D. 왓슨이나 프랜시스 크릭이 아니라 아야츠지 유키토가 되고 싶었던 거야."

DNA 이중 나선 구조를 발견해 20세기 생물학에 가장 큰 공헌을 했다고도 할 수 있는 두 과학자보다, 1987년에 《십각관의 살인》을 발표해 신본격 무브먼트의 선구자로 활약한 미스터리계의 중진이 되고 싶었다는 그 말에서는 미스터리에 대한 애정이 넘쳐났다.

유마는 벽 앞에 있는 작은 책장을 슬쩍 바라봤다. 제일 위 칸에는 《십각관의 살인》부터 《기면관의 살인》까지 《○○관의 살인》이라는 제목이 붙은 노벨스판• 책이 열한 권 꽂혀 있었다.

그러고 보니 유마가 머무는 사호실의 책장도 꽂혀 있는 책이 비슷했던 것 같다. 유마가 기억을 더듬고 있자니 코즈시마가 두 팔을 활짝 펼쳤다.

"그리고 오늘 밤 꿈이 이루어져. 그 작품을 발표함으로써 내 이름은 미스터리의 역사에 깊이 새겨지겠지."

유명 작가가 남긴 미공개 작품을 발견해 세상에 발표한다. 확실히 그 공적은 오랫동안 회자될 만하다.

"누구의 어떤 작품일지 기대되네요."

"암, 기대하게. 자네도 추리 대결에 참가시킬 거니까."

"그 시간이 기다려지네요."

유마는 진심으로 그렇게 말했다. 그렇다, 가능하면 그 멋진 이

• 103×182mm 크기의 소설을 가리킨다.

벤트에 참가해 귀중한 작품의 수수께끼에 도전해 보고 싶다. 하지만 그러려면 '그 일'에 대해 코즈시마를 설득해야 한다.

"그러고 보니……, 곧 판결이 나던가요?"

의도를 알아차리지 못하도록 유마는 지나가는 말투로 물었다. 코즈시마는 "판결?" 하고 나지막한 목소리로 중얼거렸다. 그 얼굴에서 웃음이 사라졌다.

"시오타 제약의 신약 출시를 금지하는 소송 말씀입니다. 판결이 다음 달 아니었던가요?"

"아아, 그랬나."

코즈시마는 흥미 없다는 듯이 중얼거리며 콧등을 긁적였다.

"그거, 정말로 끝까지 재판을 밀고 나가실 작정이십니까?"

"당연하지. 놈들이 내 특허를 침해했으니까."

코즈시마가 짜증 섞인 목소리로 대답하는 걸 보고 유마는 몸을 내밀었다.

"하지만 그 신약을 목 빠지게 기다리는 환자가 많습니다. ……ALS 환자가요."

ALS, 근위축성 섬유단 경화증. 온몸의 근육이 점점 위축되는 난치병으로, 근본적인 치료법은 아직 존재하지 않는다. 증상이 진행되면 근력이 저하돼 보행 불능 상태에 빠지고, 자세조차 유지하지 못해 누워서 지내야 하며, 결국은 호흡에 필요한 근육마저 쇠약해진다. 그럴 경우, 환자의 생명을 구하려면 기관을 절개해 튜브를 꽂고 인공호흡기에 연결하는 수밖에 없다.

하지만 일단 인공호흡기를 사용하기 시작하면 아무도 인공호흡기를 멈출 수 없다. 인공호흡기의 정지는 환자의 생명을 빼앗는 행위고, 일본의 법률상 그건 살인죄에 해당하니까.

환자는 안구 외에는 움직일 수 없는 상태로 기계에 의존해 몇 년, 몇십 년을 살아간다. 그렇기에 ALS가 진행된 환자와 환자의 가족은 한없이 괴롭고 고통스러운 궁극의 선택을 강요받게 된다. 자가 호흡이 불가능해진 시점에 인생의 끝을 맞이할 것인가, 아니면 움직일 수 없어도 좋으니 기계에 의존해 생명을 이어갈 것이냐는 선택을.

그런데 2년쯤 전에 그런 상황에 한 줄기 빛이 비쳤다. 국내에서 가장 큰 제약 회사인 시오타 제약에서 ALS의 유전자 치료제를 새로이 개발한 것이다. 척수 섬유단의 신경세포에 DNA를 주입해 질환의 원인 유전자를 정상으로 되돌리는 그 치료제는 임상 시험에서 극적인 효과를 보였다. 치료제를 투여하자 ALS의 증상 악화를 거의 완벽하게 방지하는 데에 성공한 것이다.

임상 시험 결과를 토대로 시오타 제약은 후생노동성에 치료제 승인을 신청했다. 하지만 코즈시마가 거기에 제동을 걸었다.

시오타 제약이 개발한 신약의 DNA 세포 주입 기술이 트라이던트의 특허를 침해한다는 이유로 코즈시마는 승인 금지를 요구하며 제소했다. 심의 결과 신약의 시스템 중 일부가 트라이던트의 특허에 저촉했음이 인정되자, 시오타 제약은 승인 금지 신청 철회를 조건으로 거액의 화해금을 지불하겠다고 코즈시마에게 제안했다. 하지만 코즈시마는 그 제안을 거부했고, 지금도 재판은 진행 중이다.

"그건 획기적인 신약입니다. 그 약이 승인되면 전국, 아니 전 세계의 ALS 환자 수십만 명이 도움을 받을 수 있어요."

유마가 책상에 손을 짚고 간곡히 말하는데도 코즈시마는 아무렇게나 손을 내저었다.

"그딴 건 나랑 아무 관계도 없어."

"관계…… 없다고요……?"

"그래. 모르는 사람이 얼마나 죽든 내 알 바 아니지. 내가 애써 발명한 기술을 도둑질해서 개발한 약은 세상에서 없어지는 게 당연해."

"시오타 제약은 도둑질한 게 아닙니다. 그저 우연히 DNA를 세포 내부에 주입하는 과정이 비슷했을 뿐……."

"아아, 그만, 그만." 코즈시마는 부아가 치민다는 듯이 고개를 저었다. "귀에 딱지가 생길 만큼 똑같은 이야기를 계속 들었어. 뭔 상관이람. 난 그 제약 회사가 마음에 안 든다고."

"하지만 시오타 제약은 거액의 화해금을 제시했잖습니까."

"화해금?" 코즈시마는 유마를 매섭게 노려보았다. "내가 돈을 원할 것 같나? 이렇게 막대한 재산을 가진 내가? 놈들은 돈다발로 뺨을 후리면 누구나 납작 엎드려 길 거라고 생각한다니까."

"그런 게 아닙니다. 시오타 제약은 그저 성의를 보이려는 것뿐이에요. 화해해서 ALS로 고통받는 환자들을 구하려고……."

"시끄러워!"

코즈시마가 버럭 고함을 질러서 유마는 몸을 움츠렸다.

"그런 속세의 일을 자꾸 꺼내지 마. 아까 말했잖나. 난 이 저택에서, 미스터리의 세계에서 살기로 결심했다고."

"……죄송합니다."

유마는 내밀고 있던 몸을 뒤로 물려 자세를 바로 했다. 마음속 깊은 곳의 열기가 급속도로 식어 갔다.

그렇다, 코즈시마는 이런 인간이었다. 자신의 이익만 우선하고, 남을 배려하는 마음은 털끝만큼도 없다. 처음부터 알고 있던 사실 아닌가. 대체 뭘 기대한 거람. 건조한 웃음소리가 입에서 희미하게 흘러나왔다.

소년 시절의 이야기를 듣고 동정한 걸까. 같은 미스터리 애호가로서 공감한 걸까. 바보 같기는. 애초에 결심하고 이 남자에게 접촉한 것 아닌가.

코즈시마 타로를 이 세상에서 없애겠다고.

"모처럼 즐거웠던 기분을 다 망쳤군. 썩 나가게."

코즈시마는 크게 혀를 차더니 문을 가리켰다.

"알겠습니다. 하지만 그 전에 해야 할 일이 하나 있습니다."

억양 없는 목소리로 말한 후, 유마는 재킷 호주머니에서 갈색 알약 케이스를 꺼냈다.

유마는 케이스를 열고 작은 캡슐 하나를 꺼내 코즈시마에게 내밀었다.

"만약에 대비해 이 약을 드십시오."

"이게 뭔데?" 코즈시마는 손끝으로 집은 캡슐을 빤히 바라보았다.

"효과 시간이 짧은 강압제입니다. 오늘 밤 이벤트 때문에 코즈시마 씨가 흥분해서 혈압이 너무 높아지는 걸 방지해 줄 겁니다."

유마는 코즈시마의 눈을 들여다보았다. 만약 코즈시마가 거부하면 억지로라도 먹일 작정이었다.

지금까지 코즈시마를 진찰할 때는 늘 집사 오이타가 감시라도 하듯 옆에서 대기했다. 코즈시마와 단둘이 만날 기회는 오이타가 손님들을 접대하느라 바쁜 오늘 밤밖에 없다.

"이런 약을 굳이 먹을 필요가 있나?"

"네, 또 심장 발작을 일으키기 싫으시면 드십시오."

유마가 감정을 지운 목소리로 지시하자, 코즈시마는 불만스러운 표정을 지으면서도 캡슐을 입에 넣고 잔에 담긴 코냑을 마셨다.

"이제 됐나?"

"네, 됐습니다. 그래, 이제 됐어……."

유마는 굳은 표정을 풀고 "그런데." 하고 말을 이었다.

"코즈시마 씨, 지난달에 제게 새로운 수집품을 보여 주신 거 기억하세요? 복어 간으로 만든 분말요."

"암, 물론 기억하지. 그게 어쨌는데?"

"그건 쿠루마 선생님의 대표작인 《무한밀실》에서 사용된 독이죠. 그나저나 아무리 명작에서 사용된 흉기라지만, 진짜 맹독을 입수하다니 과연 세계 유수의 수집가십니다. 진심으로 감명을 받았어요."

"무슨 말을 하고 싶은 건가?"

눈살을 찌푸린 코즈시마가 갑자기 "윽!" 하고 신음하더니 목에 손을 댔다.

"아무래도 효과가 나타난 모양이네요. 좀 더 시간이 걸릴 줄 알았는데, 하긴 충분한 양을 먹였으니까요."

"……효과가 나타났다고? ……무슨 소리야?" 코즈시마는 괴로운 듯 목소리를 짜냈다.

"복어 간이요. 당신이 입수한 그 맹독이 방금 먹은 캡슐에 들어 있었습니다. 멋대로 슬쩍해서 죄송했는데, 이렇게 돌려 드릴 수 있어서 다행이네요."

코즈시마는 눈꼬리가 찢어질 것처럼 눈을 부릅뜬 채 떨리는 손을 유마에게 뻗었다.

"해독제를……."

"아쉽게도 복어 독에 해독제는 없습니다."

유마가 차갑게 대꾸하자 코즈시마는 의자에 털썩 주저앉아 책상에 몸을 기댔다.

"왜……, 이런 짓을……?"

"제가 가족을 간병 중이라는 건 말했죠. 혹시 부모님이나 조부모님을 간병하는 줄 알았습니까? 아닙니다. 부모님도 조부모님도 이미 돌아가셔서 남은 가족은 터울 진 여동생뿐입니다. ……ALS를 앓고 있는 여동생이요."

코즈시마가 숨을 크게 삼켰다.

"재작년에 발병해서 작년 초에 걸을 수 없게 됐죠. 진행이 빨라서 그대로 가다가는 올해가 되기 전에 인공호흡기가 필요할 가능성이 높았습니다. 그런 상황에서 시오타 제약의 임상 시험에 참여할 기회를 얻었어요."

유마는 허리를 구부려 코즈시마에게 얼굴을 가까이 댔다.

"시오타 제약의 신약은 효과가 굉장했습니다. 임상 시험을 시작하자마자 증상의 진행이 멈췄어요. 그로부터 1년 넘게 동생은 근력을 유지하고 있습니다. 유지하는 걸 넘어서 재활 훈련을 통해 얼마 안 있으면 스스로 걸을 수 있을 만큼 회복됐어요. 하지만 만약 신약이 승인되지 않아 더는 치료를 받지 못한다면, 동생의 호흡근은 1년 이내에 마비되겠죠. 이제 아시겠죠. 제가 왜 이런 짓을 했는지."

반년 전, 코즈시마가 주치의를 모집한다는 이야기를 들었을 때, 유마는 결의했다. 동생을 위해 자신의 손을 더럽히기로.

"이런……, 짓을…… 했으니, 넌……, 체포될 거야……."

혀 근육이 마비되기 시작했는지 코즈시마는 띄엄띄엄 말했다.

"아니요, 체포되기는요. 애초에 사건으로 다루어지지도 않을 겁니다. 당신은 밀실에서 자연사할 거니까요."

유마는 유리 상자에 든 일호실 열쇠를 꺼냈다.

"저는 당신이 죽은 걸 확인하고 방에서 나가서 이걸로 문을 잠근 후, 휴게실로 돌아갈 겁니다. 10시가 됐는데도 당신이 내려오지 않고 불러도 반응이 없자, 소동이 벌어져서 마스터키로 문을 열고 방에 들어가겠죠. 당신의 시신을 발견해 손님들이 동요한 틈에 저는 이 열쇠를 바닥에 몰래 던질 겁니다. 고통에 신음하던 당신이 열쇠가 든 상자를 쳐서 책상에서 떨어진 것처럼 보이도록."

유마는 열쇠를 재킷 호주머니에 넣고 유리 상자를 아무렇게나 손으로 툭 쳤다. 유리 상자는 카펫이 깔린 바닥에 떨어져서 굴렀다.

"그 후에 저는 당신 시신을 진찰해 심근경색으로 사망했다고 진단할 겁니다. 의사인 제가 병사라고 선언했으니 사건이 아니라 자연사라고 정식으로 인정되겠죠. 경찰은 오지 않고 부검도 하지 않아요. 당신은 그대로 화장돼 범죄의 증거는 영원히 사라질 겁니다."

유마가 설명하는 사이에도 의자에 앉은 코즈시마의 몸은 자꾸 기울어졌다.

"이제 제대로 앉아 있기도 힘들어졌습니까? 복어 독인 테트로도톡신은 신경에 작용해 온몸의 근육을 마비시키죠. 결국은 호흡근도 움직임을 멈춰서 질식사합니다. 이거, ALS의 증상과 비슷하네요. 당신은 지금 ALS 환자의 고통을 초고속으로 맛보고 있어요. ALS 환자와 가족이 시오타 제약의 신약을 얼마나 원할지, 조금은 이해가 가시겠죠?"

코즈시마는 "잘…… 도……." 하고 유마를 노려보았다.

"잘됐네요, 코즈시마 씨. 밀실 살인이에요. 그야말로 미스터리의 세계라고요. 바라던 대로 당신은 그 세계의 등장인물이 됐습니다. 안타깝게도 피해자 입장이지만요."

이제 말조차 할 수 없는지 코즈시마는 창백한 얼굴로 숨을 거칠게 내쉴 뿐이었다. 그 모습을 보자 격앙된 마음이 점점 가라앉았다.

코즈시마가 사망함으로써 소송은 중단되고 신약이 승인된다. 그 결과 수많은 ALS 환자가 구원받으리라. 하지만 그렇다고 이런 행위가 정당화되는 건 아니다.

나는 동생의 목숨을 지키기 위해서라고는 하나 살인이라는 금기를 범했다. 원래는 어떤 벌이라도 감수해야 마땅하다. 하지만…….

"하지만 절대로 경찰에 체포되면 안 돼……."

유마는 주먹을 움켜쥐었다. 만약 체포되면 동생이 '살인범의 가족'이라는 십자가를 짊어질 테니까.

"정말로 미안합니다, 코즈시마 씨."

일방적인 자기만족에 불과하다는 걸 자각하면서도 사과의 말을 입에 담은 순간, 당장이라도 허물어져 내릴 것 같았던 코즈시마가 책상에 놓여 있던 전화기에 양손을 뻗어 수화기를 움켜잡았다.

유마는 눈이 동그래졌다. 그건 집사 오이타가 늘 들고 다니는 휴대 전화에 직통으로 연결되는 내선 전화였다.

다급히 책상으로 몸을 날려 수화기를 빼앗으려 했다. 하지만 코즈시마는 자식을 지키는 어머니처럼, 다 죽어 가는 사람 같지 않은 힘으로 수화기를 끌어안고 결코 놓으려 하지 않았다.

「주인어른, 무슨 일이십니까?」

수화기에서 오이타의 목소리가 들렸다.

숨이 간당간당 붙어 있는 코즈시마가 "살…… 려……." 하고 목소리를 쥐어짰다.

「주인어른? 주인어른, 괜찮으십니까?」

오이타의 초조한 목소리가 울려 퍼지는 것과 동시에 유마는 코즈시마의 손에서 수화기를 빼냈다.

「당장 가겠습니다! 조금만 기다리세요.」

그 말과 함께 전화가 끊겼다. 유마의 손에서 수화기가 미끄러져 떨어졌다.

오이타가 온다. 아니, 도움을 요청하는 코즈시마의 목소리가 들렸으니 휴게실에 있는 손님들도 몰려올지 모른다.

달아나야 한다. 당장 이 방에서 빠져나가야 한다. 바닥을 박차고 출입구로 향한 유마는 문을 열고 방에서 나갔다. 계단을 뛰어 내려가려는데 몸이 부르르 떨렸다.

코즈시마는 아직 죽지 않았다. 이대로 사람들이 들이닥치면 무슨 일이 있었는지 코즈시마가 직접 밝힐 것이다. 코즈시마의 숨이 끊어지기까지 시간을 벌어야 한다.

유마는 재킷 호주머니에서 일호실 열쇠를 꺼내 열쇠 구멍에 꽂으려 했다. 하지만 손이 떨려서 쉽지 않았다. 몇 초 만에야 겨우 열쇠를 꽂고 손목을 돌려 문을 잠근 후, 계단을 뛰어 내려갔다.

다리가 꼬여서 넘어질 뻔하면서 오호실 문이 있는 계단참까지 내려왔을 때 유마는 온몸이 경직됐다. 밑에서 발소리가 들려왔다. 그것도 한두 명이 아니라 휴게실에 있던 사람들이 전부 계단을 올라오고 있는 듯하다.

돌아갈까? 일호실을 지나쳐 끝까지 계단을 오르면 코즈시마 컬렉션을 진열해 놓은 전망실이 나온다. 전망실 문은 일호실부터 십호실까지 어느 방의 열쇠로도 열 수 있다. 전망실에 몸을 숨기면…….

안 된다. 유마는 고개를 세차게 저었다. 오이타와 손님들은 곧 일호실 앞 계단참에서 문을 열려고 할 것이다. 지금이야 정신이 없어서 누가 있는지 없는지 모르겠지만, 계단참에서 문이 열리기를 기다리는 동안 내가 없다는 걸 알아차린다. 손님 중에는 형사 그리고 명탐정도 있으니까.

어쩌지? 어쩌면 좋지? 그때 혼란으로 스위치가 내려갈 것 같았던 머리에서 아이디어가 하나 번뜩였다. 유마는 번개라도 맞은 것처럼 몸을 파르르 떤 후 몸을 돌려 다시 계단을 올라갔다. 뒤에서 들려오는 발소리에 쫓기듯 계단을 올라, 자신이 머무는 사호실 앞에 다다르자 사번 열쇠를 꺼내 문을 열었다.

방에 들어간 유마는 거친 숨을 몰아쉬며 닫힌 문에 몸을 기댔다. 사람들의 발소리가 금속 문을 통해 등에 전달됐다. 유마는 문에 등을 맡긴 채 주르르 주저앉았다.

간신히 위기를 빠져나왔다. 이걸로 완전범죄가 성립됐다.

아니, 아직이다. 무릎을 세우고 앉아 힘없이 고개를 늘어뜨리고 있던 유마는 얼굴을 번쩍 들었다. 아직 끝나지 않았다. 들키지 않도록 조심스레, 일호실 문을 열려고 하는 사람들에게 합류해야 한다.

싸늘하니 차가운 문에 귀를 댔다. 발소리는 들리지 않았다.

일어서서 신중하게 문을 열고 문틈으로 계단을 살폈다. 보이는 범위 내에 사람은 없었다. 모두 통과한 모양이다.

유마는 재빨리 방에서 나와 부리나케 계단을 올라갔다. 오이타가 "주인어른! 주인어른!" 하고 외치는 소리가 위쪽에서 들려왔다. 삼호실 앞을 지나쳐 조금 더 올라가자 메이드복을 입은 마도카의 아담한 등이 보였다. 그 앞에서 쿠루마가 딱딱한 표정으로 계단 위쪽을 쳐다보고 있었다. 좁은 계단에 여러 명이 모이다 보니 거기까지 줄을 서 있는 듯했다.

"토모에 씨, 좀 어때요?"

유마는 삼호실 계단참에 서 있는 마도카에게 다가가, 수상쩍게 여기지 않도록 아주 자연스럽게 물었다.

"앗, 이치조 선생님. 문이 안 열리는 모양이에요."

문을 두드리는 묵직한 소리와 "주인어른!" 하고 오이타가 비통하게 외치는 소리가 유리 벽을 때렸다.

"오이타 씨, 이 방 열쇠는 없어요?"

남자 목소리가 들렸다. 아마 편집자 사교이리라.

"열쇠는 주인어른이 가지고 계십니다. 마스터키는 휴게실 난로 옆에 있는 열쇠함에 들어 있고요."

"제가 가져올게요!"

이번에는 사카이즈미의 목소리가 울려 퍼졌다. "죄송합니다, 죄송합니다." 하며 내려온 사카이즈미가 유마 옆을 지나쳤다. 그 모습이 시야에서 벗어날 때까지 지켜보다가 유마가 앞쪽으로 시선을 돌린 순간, 온몸에 긴장이 퍼졌다.

쿠루마 앞에 서 있던 아오이 츠키요가 고개만 돌려 유마를 가만히 바라보고 있었다.

"저어, 아오이 씨, 왜 그러시죠?"

잠긴 목소리로 유마가 묻자 명탐정은 "아니요, 그냥." 하고 눈을 가늘게 뜨더니 다시 앞으로 고개를 돌렸다.

뭔가 눈치챈 걸까. 뭔가 실수한 걸까. 유마는 가슴에 손을 얹었다. 미친 듯이 두근거리는 심장 박동이 손바닥에 전해졌다.

몇 분 후, 사카이즈미가 숨을 헐떡이며 "가져왔어요." 하고 열쇠를 들고 돌아와서 사람들 틈을 비집고 올라갔다. 찰칵하고 자물쇠를 푸는 소리와 문을 밀어서 여는 소리가 잇달아 들렸다. 사람들이 움직이기 시작했다.

죽었기를. 제발 죽었기를.

속으로 간절히 바라며 계단을 올라 일호실에 발을 들여놓은 순간, 유마는 눈앞에 펼쳐진 광경을 보고 할 말을 잃었다.

책상 옆에 놓여 있던 유리관 모형이 넘어져 있었다. 모형의 외벽에 붙어 있던 장식 유리가 깨져서 바닥에 흩어졌다. 그리고 어째서인지 모형을 억지로 비틀기라도 한 것처럼 종이 뼈대가 찢어져 중간 부분부터 보기 싫게 비뚤어져 있었다.

"주인어른, 괜찮으십니까! 주인어른!"

비통한 목소리가 울려 퍼졌다. 책상 앞에 쓰러진 코즈시마를 오이타가 열심히 흔들었다.

만약 코즈시마에게 숨이 붙어 있다면 끝장이다. 나는 범인으로 지목돼 체포당한다. 유마는 긴장된 심정으로 다른 손님들과 함께 방을 나아가 코즈시마를 둘러싸듯이 섰다.

"토모에 양, 당장 구급차를 불러!" 오이타가 고개를 들고 소리쳤다.

마도카가 허둥지둥 책상 위의 전화에 손을 뻗었을 때 "그만둬!" 하고 탁한 목소리가 사방을 진동시켰다. 마도카가 몸을 크게 움찔하자 팔꿈치가 유리 재떨이에 닿았다. 재떨이는 재를 흩날리며 책상에서 카펫으로 떨어져 깨졌다. 그걸 보고 카가미가 혀를 차자, 오이타가 따졌다.

"왜 말리시는 겁니까, 카가미 님. 이대로 있다가는 주인어른이……."

"산기슭 동네에서 여기까지 구급차가 오는 데에 몇십 분이나 걸리는데?"

카가미는 힘없이 드러누운 코즈시마를 내려다보았다. 오이타는 "그건……." 하고 말문이 막혔다.

"이미 늦었어. 완전히 죽었다고. 시체를 몇백 구나 봐온 나야. 틀림없어."

인상을 찌푸리는 카가미에게 시선이 모이는 가운데, 유마는 재킷 호주머니에 슬며시 손을 넣어 일번 열쇠를 쥐었다. 주먹을 호주머니에서 빼내 팔을 축 늘어뜨리고 손을 살짝 폈다. 열쇠는 거의 아무 소리도 없이 카펫에 떨어졌다.

"그런……, 어째서……."

오이타는 코즈시마의 몸에 매달려 어깨를 떨었다. 유마는 바싹 마른 입속을 핥아서 적신 후 신중하게 입을 열었다.

"분명 심근경색이 재발했을 겁니다. 코즈시마 씨는 예전에 심장 발작을 일으켜 관상동맥 바이패스 수술을 받으셨거든요."

"하지만 왜 하필이면 이런 날에. 주인어른이 오늘 밤에 있을 행사를 얼마나 기대하셨는데."

"그래서 그런 것 아니겠습니까. 고대하던 행사가 다가오자 흥분해서 혈압이 높아지는 바람에 혈관에 부담이 간 거죠."

설명하면서 유마는 앞으로 나섰다.

"괜찮으시면 사망 진단을 하겠습니다."

심근경색으로 사망했다고 의사로서 이 자리에서 선고하면 코즈시마의 죽음은 자연사로 인정된다. 완전범죄 성립이다.

유마가 코즈시마 곁에 꿇어앉으려 했을 때 눈앞으로 팔이 쑥 튀어나왔다.

"왜 심근경색이라고 단정하지?"

팔을 옆으로 뻗은 카가미가 매섭게 쏘아보았다. 유마는 심장이 크게 요동쳤다.

"그게……, 코즈시마 씨는 심장에 지병이……."

"그렇다 한들 부검도 안 해 봤는데 심근경색이 원인으로 죽었다고 단언할 수는 없잖아."

살기마저 묻어날 듯한 압박감 있는 시선에 유마는 "그건……." 하고 말을 어물거리는 것이 고작이었다.

"코즈시마 씨는 오늘 밤에 뭔가 중대한 발표를 하겠다고 했어. 그 직전에 느닷없이 병으로 죽다니, 우연에도 정도가 있는 법이야. 어쩌면 발표 내용은 당사자 입장에서는 절대 알려져서는 안 될 정보, 예를 들면 범죄에 관련된 일이었을지도 몰라."

카가미는 낮은 목소리로 말을 이었다.

"그렇다면 그 당사자가 코즈시마 씨를 입막음하려 한 건지도 모르지."

"코즈시마 씨가 살해당했다는 말씀입니까? 그럼 저를 부른 건 고발 내용을 잡지에 싣기 위해서?"

특종의 냄새를 맡았는지 사쿄가 목소리를 높였다.

"너무 앞서가지 마. 딱히 그렇다고 단정하는 건 아니야. 다만 그럴 가능성도 부정할 수는 없으니 신고해야겠지."

"신고라니……. 경찰에……?" 유마의 목소리가 갈라졌다.

"당연하지. 살인 사건일 수도 있으니까. 일단 감식반이 이 방을 철저하게 조사한 후, 검시관이 상황을 보고 사건성이 있다고 판단하면 시신을 부검할 거야."

부검하면 코즈시마가 독살당했다는 사실이 탄로난다. 그것만큼은 막아야 한다.

"부검해서 외상이 확인되면 살인 사건으로 수사할 거고. 관할서에 수사본부가 설치돼……."

카가미의 이야기를 들으며 유마는 바닥에 떨어진 일번 열쇠를 곁눈질했다. 카가미는 직접 폭력을 당해 코즈시마가 죽은 게 아닐까 의심한다. 따라서 이 방이 밀실이었음을 인식시키면 사건성이 없다고 생각할지도 모른다.

알아차려라. 누가 열쇠를 좀 봐. 속으로 기원하고 있으니 쿠루마가 중얼거렸다.

"그나저나 이 방은 잠겨 있었어. 만약 코즈시마 군이 살해당했다면 범인이 아직 방에 있다는 뜻 아닌가?"

주변에 긴장된 분위기가 퍼져나갔다. 사카이즈미가 "범인?" 하고 외치며 바쁘게 주변을 둘러보았다.

"이 저택에는 여기 계신 분들 말고는 아무도 없습니다만." 오이타가 당황한 얼굴로 말했다.

"꼭 그렇다고 장담할 수는 없지. 누가 몰래 숨어들었을 수도 있잖아. 잠깐 기다려."

카가미가 경계하며 방을 수색하기 시작했다. 몇십 초 후, 도넛 모양 방을 한 바퀴 돌고 온 카가미는 머리를 벅벅 긁었다.

"세면실도 침대 아래도 살폈지만, 숨어 있는 놈은 없었어. 즉, 범인은 코즈시마 씨에게 위해를 가하고 방에서 나가서 문을 잠갔다는 건가."

"잠깐만요. 코즈시마 씨가 살해당했다고 아직 확정된 건 아니잖습니까."

유마가 항의하자 카가미는 "사건일 경우에는 그렇다는 거지." 하고 인상을 찌푸렸다. 그때 마도카가 "앗." 하고 소리쳤다.

"열쇠예요. 이 방 열쇠가 여기 있네요."

아까 유마가 떨어뜨린 열쇠를 마도카가 주우려고 했다.

"손대지 마!"

카가미가 버럭 고함을 지르자 마도카는 몸을 움츠렸다.

"사건 현장일지도 모른다고 했잖아. 아무것도 손대지 마!"

"죄, 죄송합니다."

카가미는 새파랗게 질린 얼굴로 사과하는 마도카에게 성큼성큼 다가가더니, 쪼그려 앉아 떨어져 있는 열쇠를 유심히 들여다보았다.

"'일'이라고 새겨져 있으니 이 방 열쇠로군."

"일번 열쇠입니다. 주인어른은 언제나 저 작은 유리 상자에 열쇠를 보관하셨습니다."

오이타가 카펫에 떨어진 상자를 가리켰다.

"과연. 괴로워하다 상자를 쳐서 떨어뜨렸고, 상자에서 빠져나온 열쇠가 여기로 굴러왔다는 건가."

수염이 삐죽삐죽 자란 턱을 쓰다듬던 카가미가 몸을 돌려 오이타를 보았다.

"이 방 열쇠는 몇 개야?"

"하나뿐입니다. 방 열쇠는 각 방마다 하나씩밖에 제작하지 않았습니다. 일번 열쇠는 늘 주인어른이 가지고 계셨고요. 주인어른은 신경이 예민하셔서 본인이 방에 계시든 안 계시든 문을 꼭 잠가 두셨습니다."

"누군가 몰래 여벌 열쇠를 만들었을 가능성은?"

"아니요, 없습니다. 저희 저택의 열쇠는 특별 제작품이거든요. 속에 특수한 IC칩이 내장돼 있어서 여벌 열쇠를 제작하려면 제조사에 의뢰해야 합니다. 그리고 제조사에 여벌 열쇠를 제작해 달라는 의뢰가 들어오면, 제작해도 되는지 주인어른께 여쭈어 보도록 계약을 맺었어요. 이 문을 열 수 있는 열쇠는 거기 떨어져 있는 열쇠와 마스터키뿐입니다. 의심스러우면 회사에 문의해 보십시오."

"알았어. 나중에 해 볼게."

김샜다는 듯이 대꾸하는 카가미에게 쿠루마가 다가갔다.

"이 열쇠는 방에 있고 마스터키는 휴게실 열쇠함에 들어 있었으니, 코즈시마 군이 사망했을 때 이 방은 밀실이었다는 뜻이로군."

"밀실은 무슨 얼어 죽을 밀실." 카가미가 고개를 돌려 쿠루마를 노려보았다. "실제로 사람이 죽었어. 이건 댁이 휘갈기는 덜떨어진 미스터리 소설이 아니라고. 설치지 말고 물러나."

"미스터리 소설은 덜떨어지지 않았습니다!"

단호한 목소리가 울려 퍼졌다. 지금까지 잠자코 있던 츠키요가 카가미에게 날카로운 시선을 퍼부었다.

"미스터리 소설은 작자와 독자가 온 힘을 다해 서로의 지혜를 겨루는 고상한 지적 게임이에요. 에드거 앨런 포가 《모르그 가의 살인》을 발표한 이래, 백수십 년의 역사를 자랑하는 전통 예능이라 해도 되겠죠. 치밀하게 복선을 깔고 아름다운 수수께끼를 만들어내는 그 작품은 그야말로 예술 그 자체라고요."

카가미는 열띤 어조로 미스터리론을 부르짖는 츠키요를 멍하니 보고 있다가 정신을 차렸는지 벌떡 일어섰다.

"아무튼, 무슨 일이 일어났는지 확실치 않은 이상, 제대로 조사해야 해."

역시 신고는 피할 수 없는 건가. 유마가 절망에 빠져 있자니 옆에 서 있던 유메요미 스이쇼가 드레스에 달린 프릴을 흔들며 앞으로 나서서 코즈시마의 얼굴 위에 손을 펼쳤다.

"이봐, 뭐 하는 짓이야."

"코즈시마 씨의 잔류 사념을 읽는 거예요. 코즈시마 씨의 시신에서 강한 분노의 기운이 느껴지네요. 분명 불합리한 죽음에 대한 분노. 당신 말대로 코즈시마 씨는 누군가에게 목숨을 빼앗겼을 가능성이 높겠어요."

"오컬트에는 흥미 없어. 그만 집어치우고 감식반이 올 때까지 이 방에 있는 물건은 절대 건드리지 마."

카가미가 어깨를 누르자 유메요미는 짙게 화장한 얼굴을 찡그렸다. 그때 찰칵, 하고 전자음이 방에 울려 퍼졌다. 쳐다보자 어느 틈엔가 츠키요가 쓰러진 유리관 모형 앞에서 스마트폰을 들고 있었다.

"어이, 아무것도 건드리지 말라고 했잖아."

"그래서 안 건드렸잖아요. 사진만 찍었다고요."

새침한 얼굴로 대꾸하는 츠키요에게 카가미가 다가갔다.

"아마추어인 당신이 사진을 찍어서 어쩌려고?"

"아마추어가 아니라 명탐정입니다. 그리고, 자……." 츠키요는 쓰러진 모형을 가리켰다. "여기에 흥미로운 글씨가 적혀 있네요."

"흥미로운 글씨?"

카가미는 미간에 주름을 잡으며 시선을 내렸다. 유마를 비롯한 다른 사람들도 모형에 다가갔다.

비뚤어진 유리탑이 세워져 있는 토대 부분. 하얀 눈밭에 굵은 갈색 글자 하나가 적혀 있었다.

"……Y?"

사카이즈미가 중얼거렸다. 많이 흐트러지긴 했지만 분명 대문자 'Y'로 보였다.

"뭐지, 이건?"

카가미가 중얼거리자 츠키요는 즐거운 듯 대답했다.

"분명 다잉 메시지일 겁니다."

"다잉? 그건 또 뭐야?"

"다잉 메시지를 모르신다고요?"

츠키요는 놀라서 소리치더니, 해외 영화 배우처럼 과장스럽게 어깨를 으쓱하며 고개를 저었다.

"형사라면 조금쯤은 미스터리를 즐기시길 권할게요. 다잉 메시지란 사건 피해자가 목숨을 잃기 전에 남기는 메시지로, 대부분 범인의 이름같이 사건의 진상 해명에 중요한 정보를 써서 남기는 법이죠."

"범인의 이름? 그럼 이름에 'Y'가 들어가는 자가 범인이라는 거야? 이 중에서는……."

카가미는 방에 있는 사람들의 얼굴을 차례대로 둘러보더니 유메요미의 얼굴을 가리켰다.

"당신이군. 일단 당신의 이니셜에 Y가 들어가."

유마는 자기 이름의 이니셜에도 'Y'가 들어가는 걸 깨닫고 온몸이 뻣뻣하게 굳었다. 이 글씨는 내가 범인임을 알리기 위해 쓴 걸까?

"저기요, 애먼 사람 잡지 말아요! 난 아무 짓도 안 했다고요!"

"그럼 여기 적힌 'Y'는 뭔데?"

서로 고함을 지르는 유메요미와 카가미를 "너무 앞서가지 마세요."라며 츠키요가 타일렀다.

"애당초 이 글씨가 정말로 'Y'를 가리키는지도 불확실합니다. 다잉 메시지는 일반적으로 쉽게는 풀 수 없는 암호로 적혀 있는 경우가 많거든요."

"암호? 왜 그런 짓을 할 필요가 있는데? 대놓고 범인의 이름을 쓰면 그만이잖아."

"그럼 범인이 지워 버리잖아요. 그래서 뭘 의미하는지 범인이 모르도록 복잡한 암호를 사용하는 겁니다. 미스터리 소설의 기본이에요."

"환장하겠네!" 카가미는 언성을 높이며 손을 내저었다. "이건 미스터리 소설이 아니라고 했잖아. 현실이라고. 다 죽어 가는 사람이 고생해서 암호를 남길 여유가 있겠나?"

"뭐, 평범한 사람이라면 남길 수 없겠죠."

츠키요는 거기서 말을 끊더니 얼굴 옆에 집게손가락을 세웠다.

"하지만 코즈시마 씨는 '평범한 사람'이 아닙니다. 일본에서 손꼽히는 미스터리 마니아였어요."

뭔가로 막힌 듯한 소리가 카가미의 목구멍에서 새어 나왔다.

"미스터리에 대한 코즈시마 씨의 애정은 편집적이라고까지 할 수 있을 정도였어요. 그런 사람이 죽음을 앞뒀을 때, 다잉 메시지를 남겨야겠다고 즉시 마음먹고 행동에 옮겼더라도 이상할 건 없겠죠."

"헛소리야. 실제로 그런 일이 일어날 리 없잖아."

카가미는 못마땅하다는 듯 말했지만, 말투에는 방금까지의 위세가 없었다.

"그럴지도 모르죠. 하지만 절대로 아니라고 단언할 수 없는 한, 검토해 볼 필요는 있지 않을까요? 불가능한 모든 것을 제외하고 마지막에 남은 것이 아무리 기묘할지언정 그것이 진실이다. 셜록 홈스의 명언입니다."

집게손가락을 좌우로 흔드는 츠키요를 노려보며 카가미는 떨떠름한 표정으로 입을 다물었다.

"그러므로 촬영을 계속하겠습니다."

츠키요는 유리관 모형으로 몸을 돌리고 다시 스마트폰으로 찰칵찰칵 사진을 찍었다. 양복에 감싸인 그 호리호리한 뒷모습을 보며 카가미가 "이봐." 하고 말을 걸었다.

"당신 말이 맞다고 쳐도 사건 현장 조사는 감식반의 업무야. 아마추어가 현장을 들쑤시면 안 돼. 얌전하게 경찰이 오기를 기다려."

"안다니까요. 아무것도 안 건드릴게요. 그냥 촬영만 할 거예요."

고개만 돌린 츠키요는 성가시다는 듯이 머리를 쓸어 올렸다.

"아까 카가미 씨가 그랬죠. 이런 산속에서는 구급차를 불러도 언제 올지 모른다고요. 경찰도 마찬가지입니다. 신고해도 경찰관이 여기까지 오려면 한 시간은 걸려요. 감식반이 와서 현장을 조사하려면 시간이 더 걸릴 테고요. 아닌가요?"

"……맞아."

"범죄 현장은 생선회와 같습니다."

츠키요는 갑자기 천장을 올려다보며 말했다.

"바로 먹으면 녹아내릴 만큼 맛있는 생선회도 시간이 지나면 마르고, 맛이 떨어지고, 결국은 상하죠. 마찬가지로 범죄 현장에 남겨진 정보도 시간이 지나면 질이 떨어져요."

열에 들뜬 것처럼 말을 자아내는 츠키요를 보자 차가운 전율이 유마의 등골을 스치고 지나갔다. 범죄 현장을 신선 식품에 비유하다니 역시 이 명탐정은 정상이 아니다.

"그러니 만져서 조사할 수 없다면, 나중에라도 다시 볼 수 있도록 사진만이라도 찍어 놔야겠죠. 어떻게 생각하시나요?"

츠키요가 고개를 갸웃했다. 중년 형사는 크게 혀를 차더니 "마음대로 해."라며 말을 툭 내뱉었다.

"그럼 마음대로 하겠습니다."

"하지만 시체 사진은 내가 찍겠어. 당신은 다른 곳을 찍어."

카가미가 덧붙이자 츠키요는 "에이." 하고 어린아이처럼 소리 높여 불평했다.

"당연하잖나. 시체 사진을 인터넷에라도 올리면 큰일이니까."

"그런 짓 안 해요. 그러니까……."

"시끄러워. 토 달지 마. 불만 있으면 내가 전부 찍겠어."

츠키요는 뺨을 부풀리더니, 마지못해 모형을 다시 촬영하기 시작했다. 카가미도 양복 안주머니에서 스마트폰을 꺼내 쓰러져 있는 코즈시마와 그 주변의 사진을 찍었다. 셔터 소리만 울려 퍼지는 가운데, 유마는 불편한 심정으로 그저 우두커니 서 있었다.

몇 분 후 "이제 됐지?" 하고 카가미가 츠키요에게 말했다.

"조금만 더요. 조금만 더 찍을게요."

바닥에 무릎을 꿇고 몸을 기울여 가며 여러 각도에서 유리관 모형을 찍고 있던 츠키요가 간청했다.

"적당히 해. 그 정도면 충분하잖아. 얼른 스마트폰 치워."

츠키요는 "알았어요." 하고 입술을 삐죽 내밀며 호주머니에 스마트폰을 넣었다.

"그럼 다들 나가지."

카가미의 재촉에 방에 있던 사람들은 출입구로 무거운 발걸음을 옮겼다.

최악이다……. 계단으로 나간 유마는 어금니를 악물었다. 병사로 처리하려 했는데, 어느 틈엔가 사건으로 다루어지고 있다. 코즈시마의 시신은 부검되고, 검사에서 테트로도톡신이 검출되겠지. 본격적인 수사가 시작되면 분명 내 범행임이 발각된다.

어쩌면 좋지? 어쩌면……?

"집사 양반, 이 방의 난방은 어떻게 끄지? 조금이라도 시체가 덜 손상되도록 방 온도를 낮추고 싶은데."

"알겠습니다." 오이타는 어두운 표정으로 중얼거리더니 벽에 설치된 온도 조절기의 버튼을 눌렀다. 천장에 설치된 매립형 냉난방기가 멈췄다.

"이봐, 거기 요리사. 마스터키 내놔."

일호실에서 모두 나가자, 카가미가 문을 닫고 사카이즈미에게 말했다. 사카이즈미는 "아, 네." 하고 허둥지둥 '영(零)'이라고 새겨진 마스터키를 내밀었다. 카가미는 마스터키를 받아 열쇠 구멍에 꽂았다.

"현장을 보존하기 위해 경찰관이 올 때까지 이 방은 봉쇄하겠어. 불만은 없겠지?"

아무 말도 없는 사람들을 보고 카가미는 만족스럽게 씩 웃더니 손목을 돌려 문을 잠갔다. 찰칵, 하고 고막을 진동시키는 소리가 유마에게는 자기 손목에 수갑이 채워지는 소리처럼 들렸다.

2

「………코즈시마 님께서 의뢰하신 열쇠에 대해 말씀드리자면, 여벌 열쇠는 지금까지 한 번도 만든 적이 없습니다. 틀림없이 각 방마다 하나씩에, 마스터키 하나뿐입니다.」

스피커폰 기능을 켠 스마트폰에서 흘러나오는 목소리가 답답한 분위기를 흔들었다. 일호실을 뒤로한 지 약 이십 분 후, 사람들은 식당에 모여 있었다.

유마를 비롯한 손님 여섯 명은 심각한 표정으로 순백의 식탁보가 덮인 기다란 테이블에 둘러앉아 있었다. 사카이즈미와 마도카가 침착하지 못한 손놀림으로 손님들의 컵에 커피를 따랐다.

식사할 때 분위기를 연출하기 위해서인지 식당에서는 천장에 설치된 매립형 냉난방기 외에도, 고전적인 등유 히터가 부드럽게 열기를 뿜어내고 있었다. 창가에는 가지에 솜털이 달린 포플러 화분을 죽 늘어놓았다. 예전에 코즈시마가 말한 바로는 솜털이 달린 포플러는 눈이 쌓여 있는 것처럼 보이므로 마음에 들어서 장식해 두었다고 한다.

"알았어. 고마워."

카가미는 스마트폰에 손을 뻗어 통화를 종료하고 식당에 있는 사람들을 둘러보았다.

"들었지? 집사 양반 말대로 일호실 문을 잠글 수 있는 열쇠는 그 방에 떨어져 있던 일번 열쇠와 내가 지금 맡아 가지고 있는 마스터키뿐이야."

식당에 오자마자 카가미는 이 저택의 열쇠를 만든 회사에 연락해 여벌 열쇠를 제작하지 않았다는 사실을 확인했다.

"그럼 역시 밀실……."

카가미가 째려보자 사쿄는 입을 다물었다.

"대체 몇 번 말해야 알아듣겠어? 이건 당신들이 까무러치게 좋아하는 미스터리 소설이 아니야. 실제로 밀실 살인이 일어날 리 없다고."

또 츠키요가 반박하지 않을까 싶어 유마는 옆에 앉은 명탐정을 곁눈질했다. 하지만 츠키요는 스마트폰 화면을 들여다보느라 카가미의 말이 귀에 들어오지 않는 것 같았다.

다들 말없이 입을 다물었다. 만찬 때만 해도 분위기가 온화했던 식당에 납덩이처럼 무거운 침묵이 내려앉았다.

"저, 저기, 여러분. 커피 더 드릴까요?"

침묵을 견딜 수 없었는지 마도카가 목소리를 높였다. "한 잔 더 마실까." 하고 쿠루마가 손을 들었다.

"그나저나 경치가 멋지군. 불빛을 받은 설경이 참 아름다워."

쿠루마는 무거운 분위기를 떨쳐 내려는 듯 명랑한 목소리로 커피를 따라 주는 마도카에게 말을 걸었다.

"네, 여기서는 봄이 올 때까지 이 설경을 감상할 수 있답니다. 다만 산기슭 동네까지 이어지는 산길이 눈으로 막히지 않도록 정기적으로 제설차를 동원해야 하지만요."

유마는 마도카의 설명을 듣고 고개를 들어 통유리로 된 창문을 보았다. 저택에서 새어 나온 불빛을 순백의 설원이 반짝반짝 난반사하는 광경은 분명 아름다웠다.

즉시 사쿄가 "확실히 예쁘네요."라며 맞장구를 쳤다.

"어쩐지 여기서는 특히나 바깥이 예쁘게 보이는 것 같습니다."

"그건 이 창문 덕분일 거예요."

커피를 다 따른 마도카가 대답했다. 사쿄는 "창문?" 하고 고개를 갸웃했다.

"네, 식사할 때 먼 곳의 경치까지 즐길 수 있도록 식당 유리창을 약간 세공해 놓았거든요."

"이야, 공을 많이 들였군요. 역시 코즈시마 씨의 애착이 담긴 저택답습니다."

"하지만 문제가 좀 있어요."

사쿄가 "문제라고요?" 하고 되묻자 마도카는 가냘픈 어깨를 움츠렸다.

"식당은 동향이거든요. 아침 햇살이 한껏 비쳐 들어서 위험하니까 식당에서 아침 식사를 할 때는 차광 커튼을 칠 필요가 있어요. 설계 실수죠."

"아, 그럼 아침 햇살 속에서 빛나는 은백색 경치를 바라보며 아침을 먹을 수는 없겠군요. 그것참 아깝네요. 그러고 보니 예전에 여기 묵었을 때는 방에서 아침을 먹었던가?"

사쿄는 약간 밝아진 분위기를 어떻게든 유지하려는지 빠르게 말했다.

이 저택에 몇 번 묵은 적이 있는데, 분명 식당에서 아침을 먹을 때는 언제나 커튼을 쳤던 것 같다.

"그런데 외진 곳에 있는 이 집에서 코즈시마 군은 뭘 하며 지냈을까. 유명한 과학자가 은거하는 걸 아깝게 여기는 사람도 많았을 텐데."

다시 침묵이 내려앉는 걸 막으려는지 쿠루마가 냉큼 말했다.

"예전에는 여기서도 실험을 하셨어요. 1년쯤 전에 손을 딱 떼셨지만, 그때까지는 저도 이것저것 도와드렸죠."

"호오, 실험에 도움을. 전문가도 아닌데 힘들지 않았나?"

"힘들었죠. 무엇보다 실험용 동물을 돌보느라 고생이었어요. 아주 큰 소리로 울고, 밥을 챙겨 주는 것도 만만한 일이 아닌 데다, 실험할 때는 얼마나 날뛰는지."

그런 이야기를 하고 있는데, 스마트폰을 들여다보던 츠키요가 갑자기 일어나서 창문으로 성큼성큼 다가갔다.

"오, 아오이 씨도 설경을 감상하시게요? 그거 좋죠."

완만한 곡선을 그리며 이어지는 높이 5미터 정도의 유리창 곁을 걷는 츠키요에게 사쿄가 말을 걸었다.

"아니요, 발자국을 찾는 겁니다."

"발자국?"

"네, 발자국. 저희가 저녁에 도착하고 지금까지 눈은 내리지 않았죠. 즉, 누군가가 코즈시마 씨를 살해하고 저택에서 도주했다면 눈에 발자국이 남아 있을 거예요. 하지만 적어도 여기서 보이는 범위에는 발자국이 없군요. 휴게실에서도 살펴봐야 주위를 전부 확인할 수 있겠지만, 만약 발자국이 없다면 코즈시마 씨가 사망한 후 아무도 저택에서 나가지 않았다는 뜻입니다."

"……만약 코즈시마 군이 살해당했다면 범인은 아직 저택에 남아 있다는 건가?"

"그렇습니다." 쿠루마의 말에 츠키요는 진지하게 고개를 끄덕였다. 식당이 술렁거렸고, 손님들이 얼굴을 마주 보았다. 가벼워진 분위기가 단숨에 다시 무거워졌다. 유마는 다리가 떨리는 걸 막기 위해 손톱이 파고들 만큼 세게 무릎을 움켜쥐었다.

서서히 궁지에 몰리고 있다는 것을 실감하자 몸속까지 싸늘해지는 기분이었다. 지금 당장 여기서 도망치고 싶다는 충동에 휩싸였다.

역시 형사와 명탐정이 있을 때 범행을 저지른 건 무모한 짓이었나. 하지만 동생을 구하기 위해서는 오늘 밤밖에 기회가 없었다.

유마는 커피라도 마셔서 마음을 가라앉히려고 테이블 한가운데 놓인 유리 설탕 통을 끌어당겼다. 미간이 찌푸려졌다. 설탕 통에 가려졌던 식탁보 부분에 5백 엔 동전 크기의 갈색 얼룩 같은 것이 있었다.

만찬 때 생긴 걸까? 그런 생각을 하며 유마가 설탕 통에서 큼지막한 각설탕을 꺼내는데 카가미가 벌떡 일어섰다.

"탐정 놀이는 그만두라고 했잖아. 왜 말귀를 못 알아들어! 곧 경찰이 올 테니 그때까지 얌전히 있어!"

성난 목소리가 울려 퍼지는 것과 동시에 문이 열리고, 경찰에 신고하러 홀로 나갔던 오이타가 고개를 디밀었다.

"저어, 카가미 님. 잠깐 괜찮으시겠습니까?"

오이타가 창백한 얼굴로 말하자 카가미는 "무슨 일인데?" 하고 다가갔다.

"경찰이 카가미 님을 바꿔 달라고……."

어물어물 시원치 않게 대답하며 오이타가 휴대 전화를 내밀었다.

"나야. 왜? 얼른 기동 수사대와 감식반을……."

"뭐라고?" 휴대 전화를 받아 통화하던 카가미가 갑자기 눈을 부릅떴다.

"야, 어떻게 된 거야? 뭐라고……? 그럼 언제쯤이면……."

양손으로 휴대 전화를 쥐고 몇십 초 떠들어대던 카가미는 크게 혀를 차며 통화를 마쳤다.

"무슨 일인가?"

쿠루마가 묻자 카가미는 기름기 많은 머리를 벅벅 긁었다.

"경찰은 안 와."

"뭐요? 안 온다니 그게 무슨 말이에요!" 유메요미가 의자에서 엉거주춤 일어섰다.

"시끄럽게 짹짹대지 마. 이 저택과 동네를 연결하는 도로가 눈사태로 통행이 금지됐대. 지금 복구 작업 중인데, 길을 뚫으려면 한참 걸릴 모양이야."

"한참이라니, 대체 언제 복구되는데요?"

"예정으로는 사흘 후 저녁이래."

"사흘 후?" 유메요미는 비명을 지르듯 목소리를 높였다. "무슨 소리예요! 난 모레, 방송국에 녹화하러 가야 한다고요. 더구나 사람이 죽은 곳에서 사흘이나 더 지내라니, 절대 그렇게는 못 해요."

"그럼 당신 혼자 차를 몰고 산을 내려가든가. 듣기로는 아주 넓은 구역에 산사태가 발생했다는데, 거기는 걸어서 잘 넘어가 보도록 해. 얼어 죽지 않으면 좋겠군."

카가미는 빈정거리는 투로 말했다.

"애당초 당신은 방송에 나와서 사건의 범인을 맞히느니 마느니, 개수작이나 부리는 사이비 영능력자잖아. 그딴 인간이 공공 전파를 타는 것 자체가 잘못됐어."

"사이비라니!" 두꺼운 화장에도 알아볼 수 있을 만큼 유메요미의 얼굴이 벌게졌다.

"난 영능력으로 현장에 남은 피해자나 범인의 의식을 감지해서 사건 해결을 위한 힌트를……."

"헛소리 집어치워!"

카가미가 주먹으로 테이블을 내리치자 유메요미는 몸을 부들부들 떨었다.

"사건 해결을 위한 힌트? 너 같은 인간이 적당히 아무 말이나 지껄여 대는 바람에 우리 경찰이 얼마나 골치 아픈지 알아? 사건 수사란 신발 밑창이 닳도록 돌아다녀서 모은 정보를, 하나하나 쌓아 올리는 작업이라고. 만약 정말로 영능력이라는 게 있다면 왜 코즈시마 씨가 죽었는지 말해 봐. 막 죽어서 시신이 채 식지도 않은 현장에 있었잖아. 피해자의 의식은 충분히 감지했겠지."

"그건……, 감지하려는데 당신이 방해해서……."

유메요미는 지각해서 변명하는 초등학생처럼 가라앉은 목소리로 말했다.

"그것 보라지. 역시 사이비야."

"사이비 아니라니까! 느껴져요. 이 저택에 깃든 아주 어둡고 부정한 기운이. 코즈시마 씨가 죽은 것도 분명 그 기운과 관련이 있어요."

"어둡고 부정한 기운이라. 어떻게든 받아들일 수 있는 말로 상대를 현혹시키는군. 사기꾼이 쓰는 수법이야."

유메요미는 분홍색 립스틱을 바른 입술을 깨물더니, 밉살스럽다는 듯 카가미를 노려보며 의자에 앉았다. 그때 짝, 하고 경쾌한 소리가 식당에 울려 퍼졌다.

"그럼, 시작할까요." 창가에서 손뼉을 친 츠키요가 선명한 목소리로 말했다.

"시작하다니? 뭘?"

카가미가 눈썹을 찡그리자 츠키요는 얼굴 옆에 집게손가락을 세웠다.

"물론 추리죠. 코즈시마 씨에게 무슨 일이 일어났는지 추리하는 겁니다."

"이봐, 아까부터 입이 닳도록 말했잖아. 경찰이……."

"경찰이 올 때까지 아마추어는 얌전히 있으라고 하셨던가요?"

츠키요가 카가미의 말을 막았다.

"저도 그럴 생각이었습니다. 추리는 카가미 씨보다 머리가 덜 딱딱한 경찰관이 도착한 후에 펼쳐야겠다고요. 하지만 눈사태 때문에 경찰이 올 수 없게 됐죠. 그럼 기다려도 소용없잖아요?"

츠키요는 "무엇보다 저는 아마추어가 아니라 명탐정이지만요." 하고 집게손가락을 흔들었다.

"……경찰이 오지 못하는 건 아니야. 조금 늦을 뿐이지."

"조금? 사흘 후인걸요. 그때까지 기다렸다간 끔찍한 일이 벌어질지도 몰라요."

"끔찍한 일이라니?"

"동네로 이어지는 유일한 도로가 눈사태로 막혔으니, 현재 이 저택은 고립된 상태입니다. 다시 말해 '눈보라 속 산장'으로 대변되는 전형적인 클로즈드 서클이 됐다는 뜻이죠."

“눈보라 속 산장? 클로즈드 서클?” 카가미가 눈썹을 모았다.

“이런 상황에서는 범행이 한 번으로 끝나지 않고, 연쇄 살인 사건이 벌어지는 것이 정석이죠. 시간이 흐르면서 등장인물들이 차례대로 희생되고, 어떨 때는 모두가…….”

“이상한 소리 하지 마!”

불길한 소리를 늘어놓는 츠키요에게 카가미가 버럭 소리를 질렀다. 츠키요는 퍼뜩 정신을 차린 표정을 짓더니 “실례했습니다.” 하고 헛기침을 했다.

“어쨌거나 경찰은 당장 올 수 없어요. 그렇다면 적어도 현재 알고 있는 사실을 확인해, 앞으로 어떻게 해야 좋을지 의논해야 한다고 생각합니다.”

“알고 있는 사실? 아마추어인 당신이 뭘 안다는 거야?”

“어디 보자……. 예를 들어 코즈시마 씨의 사인은 어떨까요?”

식당의 공기가 요동쳤다.

“코즈시마 군이 왜 죽었는지 안다는 말인가?”

쿠루마의 질문에 츠키요는 망설임 없이 고개를 끄덕였다.

“네, 물론이죠. 아까 사건 현장을 보자마자 알아차렸습니다. 다만 저기 형사님이 제 이야기에 귀를 기울일 생각이 없는 것 같아서 경찰관이 올 때까지 기다리기로 했을 뿐이에요.”

“설마 심근경색이 아니라는……, 병으로 죽은 게 아니라는 겁니까……?”

이 명탐정이 뭘 알아차린 거지? 대체 진상에 얼마나 가까워진 거지? 유마는 숨이 콱 막히는 것을 느끼며 떨리는 목소리를 짜냈다.

"물론입니다. 코즈시마 씨는 병으로 죽은 게 아니에요. 분명 살해당했습니다."

한순간 침묵이 찾아왔지만, 바로 벌집을 쑤신 것처럼 소란스러워졌다.

"주인어른이 살해당하셨다니, 어쩌다 그런……."

"이봐, 함부로 그런 소리 하는 거 아니야!"

"어떻게 단정하는 거죠?"

"코즈시마 씨가 살해당했다고요? 진짜임까?"

오이타, 카가미, 유메요미, 사카이즈미의 목소리가 겹쳤다. 다른 사람들도 저마다 츠키요에게 질문을 던졌다. 츠키요는 조각 같은 얼굴에 우아한 미소를 짓더니, 오른손을 척 들었다. 그것만으로도 모두가 입을 다물었다. 어느새 이 자리는 명탐정의 독무대로 변했다.

"제가 코즈시마 씨의 사인을 알아낼 수 있었던 건, 다잉 메시지를 풀었기 때문입니다."

"다잉 메시지라면, 망가진 유리탑 모형에 적힌 글씨 말씀이세요?" 마도카가 창백한 얼굴로 물었다. 츠키요는 "그렇습니다." 하고 쾌활하게 대답했다.

"그건 무슨 뜻이었습니까? 코즈시마 씨는 어떤 메시지를 남긴 건가요?"

사쿄가 묻자 츠키요는 관자놀이를 긁적였다.

"음. 말로 설명하기보다 영상으로 보면 이해하기 쉬울 텐데요. 오이타 씨, 이 저택에 스마트폰으로 찍은 사진을 띄울 수 있는 설비는 없나요?"

"극장의 영사기에 그런 기능도 있습니다만……."

오이타가 머뭇머뭇 대답했다.

"극장, 좋네요. 커다란 화면에 띄우면 볼 맛이 나겠어요. 그럼 거기서 설명하겠습니다."

츠키요는 가벼운 발걸음으로 출입구로 걸어가 문을 열고 나갔다.

"어어, 츠키요 님. 기다리십시오."

오이타가 뒤따라갔다. 남은 사람들은 잠시 얼굴을 마주 본 후 출입구로 향했다.

정말로 그 다잉 메시지를 풀어냈을까? 설마 내가 범인임을 가리키는 암호였을까?

구름 위라도 걷는 듯 발밑이 불안했다. 휘청거리는 걸음걸이로 제일 뒤에서 걷던 유마가 식당을 나서려는데, 문득 문 옆쪽 벽의 위아래에 하나씩 달린 장치가 눈에 들어왔다. 막대기 모양의 금속이 벽에 박힌 리벳을 중심으로 회전하는 장치다. 문손잡이를 잡고 있던 유마는 문짝에 시선을 주었다. 벽의 장치와 같은 높이에 못 같은 돌기가 있었다.

"아아……, 이 문의 빗장이구나."

유마는 작게 혼잣말했다. 회전하는 금속을 돌기에 얹으면 홀에서는 문을 열 수 없다. IC칩까지 내장된 객실 열쇠에 비하면 장난감 같은 인상이다. 아마 식당을 청소할 때 손님이 들어오지 못하도록 하기 위해 달아 놓은 것이리라.

"이치조 선생님, 안 오세요?"

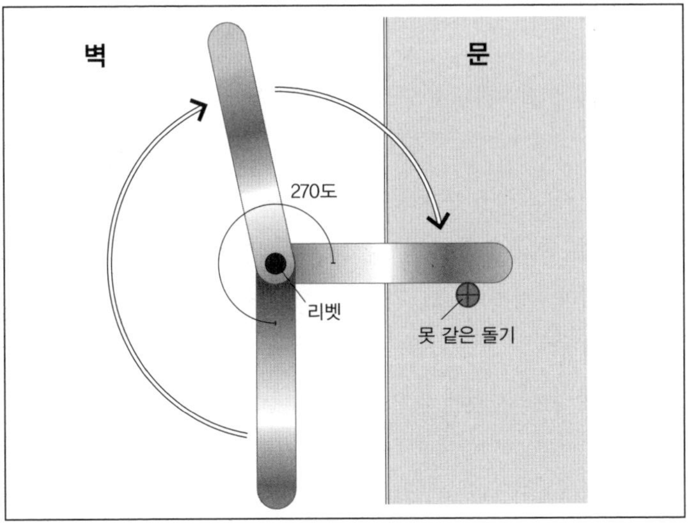

회전식 빗장

마도카가 부르는 소리를 듣고 유마는 "아, 미안해요." 하고 식당에서 나갔다. 등 뒤에서 문이 닫히는 묵직한 소리가 울렸다.

일행은 1층 홀에서 극장으로 들어갔다. 좌석이 20여 개에, 정면에는 3백 인치 가까운 크기의 스크린이 설치된 어두운 방은 개인 극장이라기보다 소규모 영화관 같았다. 어째선지 스크린에는 새파란 서양식 건물이 떠 있었다.

"저기 비치는 건물은 뭐야?"

카가미가 스크린을 가리켰다.

"뭐라고 하면 되려나, 주인어른이 좋아하셨던 화면 보호기 같은 겁니다. 주인어른은 여기서 자주 미스터리 영화를 보셨습니다."

구슬픈 목소리로 말하며 오이타는 극장 뒤편 구석에 있는 영사기 앞에 섰다.
"이 장치에 접속하면 스마트폰의 사진을 스크린에 띄울 수 있습니다."
"그런가요, 그럼 얼른 띄우겠습니다."
츠키요는 들고 있던 스마트폰을 잠시 만지작거린 후, 영사기에 손을 뻗었다. 정면의 스크린에 서양식 건물 대신 넘어진 유리관 모형이 비쳤다.
"그럼 여러분, 자리에 앉으시죠."
츠키요의 재촉에 일행은 머뭇머뭇 좌석에 앉았다. 다른 사람의 시야에 들어가지 않도록 유마는 제일 뒷줄을 선택했다. 여기라면 영사기 곁에 선 명탐정을 곁눈질로 관찰할 수도 있다.
"자, 저는 이 광경을 봤을 때 모형이 망가졌다는 것에 제일 관심이 갔습니다."
츠키요의 목소리가 어두운 극장에 울려 퍼졌다.
"코즈시마 씨가 괴로워서 난리를 치다 넘어뜨려서 망가진 것 아닙니까?"
사카이즈미의 질문에 츠키요는 "아니요." 하고 대답했다.
"잘 보세요. 모형의 중간 부분부터 내부의 종이 뼈대가 찢어졌습니다. 넘어져서 바닥에 부딪힌 정도로 이렇게 망가지지는 않겠죠."
"그럴지도 모르지만……. 그럼 왜 저렇게 된 건데요?"
"간단합니다. 코즈시마 씨가 고의로 이렇게 망가뜨렸기 때문이에요."
"고의로? 그럼 코즈시마 씨가 뭐랄까, 모형을 꺾어서 부쉈다는 말씀임까?"

"정확하게는 꺾은 게 아니라 비튼 겁니다."

"네? 뭐가 다른데요?"

"코즈시마 씨는 오랜 세월 이 유리관에 살았죠. 즉, 코즈시마 씨에게 유리관은 '집'이었어요. 그걸 비틀 필요가 있었다는 뜻입니다."

"어, 저기, 무슨 말씀인지 전혀 모르겠는데요."

사카이이즈미가 당혹스러운 목소리로 말했지만 츠키요는 "곧 알 겁니다." 하고 상대하지 않고 이야기를 이어 나갔다.

"자, 다음으로 주목할 부분은 모형의 눈밭 부분에 적힌 글씨입니다. 다잉 메시지 하면 암호를 남기는 것이 정석이니까요. 하지만 여기에는 한 글자밖에 적혀 있지 않았어요."

화면이 바뀌고 'Y'로 보이는 굵은 갈색 글자가 스크린에 크게 떴다. 그걸 보고 쿠루마가 말했다.

"한 글자만으로는 암호가 성립하지 않겠지. 게다가 이 글자는 'Y'로밖에 보이지 않아. 혹시 'Y'로 시작하는 문장이나 암호를 쓰려다가 도중에 숨을 거둔 걸까."

"아닐 겁니다. 쓰는 도중에 사망했다면 코즈시마 씨의 시신은 넘어진 모형 곁에 있었겠죠. 하지만 실제로는 모형에서 몇 미터 떨어진 위치에 쓰러져 있었어요. 다잉 메시지를 완성한 후 출입구로 향했지만, 도중에 힘이 다했다고 보는 게 타당하겠죠."

츠키요의 논리정연한 설명에 어느덧 모두가 빨려들었다.

"그리고 단 한 글자지만 이 'Y'에는 아주 중요한 정보가 담겨 있어요."

"아주 중요한 정보라고?" 쿠루마가 고개를 돌려 츠키요를 보았다.

"글자의 색깔과 굵기입니다."

츠키요의 말을 듣고 모두가 스크린 속 글자에 시선을 모았다.

"잘 보세요. 몇 밀리미터 굵기의 진한 갈색 글자입니다. 자, 코즈시마 씨는 대체 뭐로 이 글자를 썼을까요?"

"뭐로라니, 사인펜 같은 거 아니겠어요?"

유메요미가 소리치자 화면이 바뀌고 책상을 찍은 사진이 떴다.

"책상에 있던 펜꽂이에 만년필과 사인펜이 꽂혀 있었지만, 굵은 갈색 글씨를 쓸 수 있는 필기구는 없었습니다. 바닥도 확인했지만, 필기구는 떨어져 있지 않았고요."

"그럼 못 쓰잖아요. 어떻게 된 거죠?"

"아니요, 쓸 수 있습니다. 카가미 씨."

츠키요가 부르자 카가미는 "왜?" 하고 언짢은 목소리로 대답했다.

"아까 촬영한 코즈시마 씨의 시신 사진을 스크린에 띄워 주시지 않겠어요?"

"뭐? 내가 왜 그래야 하는데? 자기 흥미나 채우려는 아마추어에게 고인의 사진을 보여 주다니, 그렇게는 못 하지."

"그런가요, 어쩔 수 없죠. 화질이 좀 안 좋지만……."

츠키요가 스마트폰을 조작하자 다시 화면이 바뀌고 쓰러진 코즈시마를 약간 떨어진 위치에서 찍은 사진이 나타났다.

"앗, 이 자식이. 시신 사진은 찍지 말라고 했잖아."

카가미가 몸을 일으켰지만, 옆에 앉은 쿠루마가 "상황이 상황이니 좀 참게." 하고 달래자 팔짱을 끼고 도로 앉았다.

"코즈시마 씨의 오른손을 자세히 보세요."

사진이 확대됐다. 유마는 "앗." 하고 외마디를 토해냈다. 츠키요가 고개를 크게 끄덕였다.

"여러분, 코즈시마 씨의 오른손 엄지손가락과 집게손가락이 갈색으로 더러워진 걸 아시겠죠? 즉, 코즈시마 씨는 필기구가 아니라 자기 손가락으로 직접 'Y'를 쓴 겁니다."

"하지만 아오이 님." 오이타가 손을 들었다. "주인어른은 갈색 잉크를 안 가지고 계셨는데요."

"잉크가 아닙니다. 코즈시마 씨는 책상에 놓여 있던 다른 물체를 손가락에 묻혀서 'Y'라는 글자를 남긴 거예요."

"다른 물체라니, 그게 뭔데? 뜸 들이지 말고 빨랑 말해."

더는 못 참겠는지 카가미가 일어섰다. 츠키요는 "이겁니다." 하며 다시 책상을 찍은 사진을 띄우고, 책상 위에 놓인 상자를 확대했다.

"초콜릿……."

스크린에 가득 찰 만큼 크게 확대된 갈색 구체를 보고 사료가 중얼거렸다.

"네, 초콜릿이에요. 트러플 초콜릿을 집어 먹다가 손가락이 더러워진 적이 다들 한 번쯤 있으실 텐데요. 잘 보세요, 초콜릿 하나가 뭉개져 있습니다. 코즈시마 씨는 이 초콜릿을 손가락에 묻혀서 모형의 설원에 'Y'라는 글자를 쓴 겁니다."

"왜 그런 짓을……."

마도카가 멍하니 말하자 츠키요는 손가락을 딱 튕겼다.

"그게 이 다잉 메시지를 해석하기 위한 중요한 단서예요. 책상 위에 필기구가 있었는데도 왜 굳이 초콜릿으로 썼는가."

츠키요는 넘어진 모형 사진을 다시 띄운 후 천천히 극장 앞쪽으로 이동하더니, 단상에 휙 뛰어올랐다. 오이타가 "아이고, 단상에는……." 하고 허둥거렸지만, 츠키요는 뉘 집 개가 짖느냐는 듯 아랑곳없이 스크린에 비친 'Y'를 가리켰다.

"이 글자를 쓰는 데에 초콜릿을 사용한 것 자체가 큰 단서였습니다. 열광적인 미스터리 마니아가 남긴 메시지. 비틀어서 비뚤어진 집, 'Y'자, 그리고 초콜릿. 여러분, 아직도 모르시겠어요?"

영사기에서 뿜어져 나오는 빛을 스포트라이트처럼 받으며 츠키요가 두 팔을 활짝 펼친 순간, 유마의 입에서 "아앗?" 하고 목소리가 튀어나왔다.

"오오, 이치조 선생님." 츠키요가 유마를 가리켰다. "아무래도 눈치채신 모양이시군요. 과연 미스터리 애호가답습니다. 그럼, 대답 부탁드립니다."

심한 갈등이 유마를 덮쳤다. 알아차린 다잉 메시지의 의미를 말하면, 코즈시마가 병으로 죽지 않았음이 증명된다. 완전범죄 계획이 토대부터 무너진다.

하지만……. 고개를 숙인 유마는 여유로운 모습으로 단상에 서 있는 츠키요를 치뜬 눈으로 바라보았다. 저 명탐정은 틀림없이 다잉 메시지를 해석했다. 지금 대답하지 않더라도 아무 의미 없다. 그렇다면 조금이라도 의심을 피할 수 있도록 오히려 앞장서서 설명해야 한다. 유마는 천천히 고개를 들었다.

"……독."

떨리는 입술 사이로 그 말을 밀어낸 순간, 명탐정은 얼굴 가득 웃음을 지었다.

"정답입니다! 네, 독이에요. 코즈시마 씨는 자기가 독을 먹었다는 사실을 전하고 싶었던 겁니다."

"잠깐만. 왜 독이 나오는 건데?" 카가미가 당황한 목소리로 물었다.

"모르시겠어요? 그래서 말씀드린 거예요. 형사도 미스터리를 읽어야 한다고."

츠키요는 얇은 입술을 비아냥거리듯이 일그러뜨리더니 스크린을 손으로 두드렸다.

"비틀어서 비뚤어진 저택 모형, 'Y'자, 그리고 초콜릿, 이것들은 각자 유명한 고전 미스터리를 가리킵니다. 그렇죠, 이치조 선생님?"

유마는 턱을 살짝 당긴 후 명작 미스터리 세 작품의 제목을 말했다.

"……애거사 크리스티의 《비뚤어진 집》, 엘러리 퀸의 《Y의 비극》, 앤서니 버클리의 《독 초콜릿 사건》."

쿠루마와 사쿄가 "앗!" 하고 소리쳤다.

"그렇습니다." 츠키요는 만족스러운 목소리로 말했다. "미스터리 팬이라면 누구나 아는 작품. 그렇기에 코즈시마 씨는 순간적으로 기지를 발휘해 그 세 작품을 가리키는 다잉 메시지를 남긴 거예요."

"아까부터 당최 뭔 소리인지 모르겠네. 오타쿠 말고도 알아들을 수 있도록 설명해."

카가미가 항의하자 츠키요는 콧부리에 주름을 잡았다.

"오타쿠가 아니라 애호가, 또는 마니아라고 부르세요. 이 작품들은 고상한 고전문학과 비교해도 전혀 손색이 없습니다. 교양을 기르기 위해 읽어야 해요. 애당초 미스터리란……."

"잔말 말고 설명이나 해!"

"알았어요." 츠키요는 입술을 삐죽 내밀었다. "《비뚤어진 집》, 《Y의 비극》, 《독 초콜릿 사건》의 공통점은 독살이 나온다는 겁니다."

"그럼 주인어른은……." 마도카가 갈라진 목소리로 말했다.

"네, 독을 먹었습니다. 그리고 그 사실을 전하기 위해 모형을 비틀어서 망가뜨리고, 초콜릿으로 'Y'라는 글자를 써서 다잉 메시지를 남긴 후 사망한 거죠."

츠키요는 빠른 말투로 이야기를 이어 나갔다.

"그밖에 독살로 유명한 고전 미스터리 소설로는 존 딕슨 카의 《화형 법정》을 들 수 있습니다. 코즈시마 씨도 분명 떠올렸을 거예요. 존 딕슨 카는 수많은 수작을 발표했지만 대표작이라 할 만한 작품이 없다는 평론가도 있습니다. 그렇지만 저는 《화형 법정》이야말로 존 딕슨 카의 대표작이라고 생각해요. 뭐니 뭐니 해도……."

"잡소리는 빼라고!"

카가미가 호통치자 기분 좋게 말하던 츠키요는 불만스러운 듯 입을 다물었다.

"중요한 건 코즈시마 씨가 정말로 독살당했느냐야. 틀림없나?"

"부검해서 자세히 검사할 필요가 있겠지만, 독살일 가능성이 높겠죠. 적어도 다잉 메시지에는 '나는 독을 먹었다'는 뜻이 담겨 있었어요."

츠키요의 대답에 유마 앞자리에 앉아 있던 오이타가 "독……." 하고 작게 중얼거렸다. 그 작은 목소리를 놓치지 않았는지 카가미가 홱 돌아보았다.

"이봐, 집사 양반. 뭐, 짚이는 구석이라도 있나?"

"짚이는 구석이라고 할까……. 실은 지난달에 주인어른이, 말씀드리기가 좀 그런데……, 독을 구입하셨거든요."

"독을? 왜! 어디다 쓰려고!"

"아니요, 아니요, 사용하다니 당치도 않습니다." 오이타는 고개를 움츠렸다. "주인어른의 수집품에 추가했을 뿐이에요. 쿠루마 선생님의 대표작인 《무한밀실》에서 사용된 복어 간으로 만든 분말 독을 가지고 싶다고 하셔서요."

카가미가 "그 독은 어디 있나?" 하고 오이타를 쏘아보았다.

"전망실에요. 주인어른의 수집품은 전부 거기 보관하거든요."

"안내해. 당장 가 봐야겠어."

카가미가 턱짓을 했다. 오이타는 "네." 하고 부랴부랴 일어나 출입구로 향했다.

두 사람이 나가는 모습을 보고 "우리도 갈까." 하고 쿠루마가 중얼거렸다. 남은 사람들도 우물쭈물 일어나서 출입구로 걸음을 옮겼다.

최악이다. 모든 것이 좋지 않은 방향으로 나아간다. 유마가 고개를 푹 숙이고 있자니 누군가 어깨를 두드렸다. 고개를 들자 츠키요가 서 있었다.

"아까는 고마웠어요."

"어, 고맙다니……."

"세 작품 말이에요. 아무도 못 알아차렸으면 저 혼자 북 치고 장구 치고 할 뻔했잖아요. 하지만 선생님이 대답해 주신 덕분에 그야말로 명탐정다워 보이는 상황을 연출할 수 있었어요."

"아, 아아, 그거 다행이네요."

마음에도 없는 웃음을 지으며 유마는 속으로 원망 어린 말을 내뱉었다.

이 명탐정만 없었다면 아무도 독은 염두에 두지 않았을 것이다. 병사로 처리됐을 가능성도 충분하다. 부검한들 모든 독극물을 조사하지는 않을 것이다. 게다가 경찰이 오기까지 사흘 동안 테트로도톡신이 분해돼 검출되지 않았을지도 모른다.

하지만 이제 글렀다. 경찰은 코즈시마의 시신에서 테트로도톡신의 흔적을 찾으려고 눈에 불을 켤 것이다. 그리고 독살 사건으로 조사하겠지. 주치의이자 살해 동기가 있는 나는 즉시 유력한 용의자로 점찍힌다. 그러면 체포되기를 기다리는 수밖에 없다.

"그럼 우리도 갈까요?"

츠키요는 폴짝폴짝 뛰는 듯한 걸음걸이로 극장에서 나갔다. 유마는 족쇄라도 찬 듯 무거운 다리를 질질 끌며 뒤따라갔다. 다시 1층에서 유리로 된 나선계단을 올라간다. 일호실 계단참을 통과해 한 바퀴하고 4분의 1쯤 더 올라가자 계단 끝에 문이 있었다.

"이 문은 모든 방의 열쇠로 열 수 있습니다."

오이타가 그렇게 말하고 자물쇠를 푼 후 문에 손을 댔다. 녹슬었는지 비명 같은 불쾌한 소리와 함께 문이 열렸다. 유메요미가 인상을 찡그리며 두 손으로 귀를 막았다. 문틈으로 아플 만큼 차가운 공기가 흘러나왔다.

"이거 굉장하군!"

계단실에서 전망실로 들어가자 쿠루마가 소리 높여 감탄했다.

우뚝 선 유리 첨탑, 그 꼭대기에 자리한 전망실에서 보이는 풍경은 절경이었다. 저 멀리까지 이어진 눈 덮인 산들이 달빛 속에 모습을 드러냈다.

거대한 원뿔형 유리에 감싸인 공간에는 코즈시마가 큰돈을 들여 국내외에서 수집했다는 귀중한 미스터리 관련 자료가 가득 진열되어 있었다.

유마는 숨을 내쉬었다. 방이 쌀쌀해서 입김이 하얗게 변했다.

"뭐야, 왜 이렇게 추워?"

카가미가 불평하자 오이타는 고개를 움츠렸다.

"죄송합니다. 얼마에 전망실의 냉난방 장치가 고장나서……."

"우왓, 이거 혹시 〈모르그 가의 살인〉이 실린 〈Tales〉의 초판본인가요? 아아, 〈얼룩무늬 끈〉이 실린 〈스트랜드 매거진〉도 있네!"

책장 앞에서 사쿄가 감탄했다. 오이타는 서글픈 듯 눈을 가늘게 떴다.

"〈얼룩무늬 끈〉뿐만이 아닙니다. 셜록 홈스의 단편이 실린 〈스트랜드 매거진〉은 전부 다 있습니다. 그뿐만 아니라 코난 도일,

애거사 크리스티, 엘러리 퀸을 비롯해 수많은 유명 미스터리 작가가 남긴 대표작의 초판본이 여기 보관돼 있죠. 주인어른이 자랑하시는 수집품이었어요."

"이 코트는 혹시 콜롬보의 코트인가?"

쿠루마가 유리 진열장에 든 코트를 유심히 들여다보았다.

"네, '형사 콜롬보 시리즈'를 촬영할 때 사용된 것 중 한 벌입니다. 이것뿐만 아니라 피터 포크가 피운 시가, 콜롬보의 경찰 배지도 있습니다. 그밖에도 드라마 시리즈에서 셜록 홈스, 에르퀼 푸아로, 긴다이치 고스케 등의 주인공들이 입은 옷도 보관돼 있고요. 더 나아가 콜롬보의 애차, 푸조 403 컨버터블도 있습니다. 최근 물건 중에서는 영화 〈나이브스 아웃〉에서 사용된 칼도 있답니다."

"저기, 이 드레스는 뭐예요? 아주 고풍스럽게 잘 만들었네요."

유메요미가 순백의 웨딩드레스를 입은 마네킹이 들어 있는 유리 진열장을 가리켰다.

"BBC에서 제작한 드라마 〈셜록 유령신부〉에서 사용된 의상입니다."

몇 번을 보아도 굉장한 라인업이야. 유마는 수없이 진열된 수집품을 바라보았다. 코즈시마가 자신의 수집품을 처음 보여 주었을 때는 체온이 상승했을 정도였다. 하지만 지금은 한기가 느껴지고 온몸이 부들부들 떨린다. 분명 이 방의 온도 때문만은 아니다.

"대단해! 대단해! 정말 끝내줘!"

츠키요는 상기된 얼굴로 빽빽 소리를 지르며 수집품이 들어 있는 유리 진열장 사이를 폴짝폴짝 뛰어다녔다. 마치 빈 굼벵이 껍

데기를 찾아 돌아다니는 남자 초등학생 같았다.

"박물관 견학이라도 온 줄 알아! 독은 어디 있어?"

카가미의 성난 고함소리가 메아리쳤다.

"실례했습니다. 이쪽입니다."

오이타는 골동품 느낌이 나는 선반 앞으로 이동해 유리창을 열고 '복어 간'이라고 적힌 갈색 유리병을 꺼냈다.

"이런, 이런, 독을 자물쇠도 없는 선반에 놓아둔 거야?"

"네. 평소 전망실에는 주인어른밖에 출입하지 않으셔서요."

"하지만 어느 방 열쇠로도 문을 열 수 있잖아. 너무 부주의해. 설마 낡은 산탄총이 든 저 선반도 잠겨 있지 않은 건 아니겠지? 코즈시마 씨 취미 중에 사냥도 있었나?"

카가미는 유리 선반에 장식된 산탄총을 가리켰다.

"저건 〈로라〉라는 옛날 명작 하드보일드 영화에서 사용된 총입니다. 주인어른의 수집품 중 하나죠. 전자자물쇠로 엄중하게 관리하고 있습니다. 비밀번호는 주인어른만 알고 계셨고요. 문은 강화유리라 부술 수도 없습니다."

오이타가 대답했다. 그의 말대로 선반의 유리문에는 전자자물쇠로 보이는 숫자 입력판과 액정이 달려 있었다.

"그럼 쏠 수는 없겠군."

"아니요, 아마 사용이 가능할 겁니다. 총알도 함께 놓아두었고요."

오이타가 고개를 움츠리자 카가미의 표정이 굳어졌다.

"규정상 총과 총알은 따로 보관해야 하는 거 모르나. 이번 일이 마무리되면 관할서에 조사시키겠어. 일단 빨리 그 병이나 내놔."

카가미는 오이타의 손에서 유리병을 낚아채 뚜껑을 잡았다.

"어어, 맹독이니 조심스럽게 다루십시오."

카가미는 "잔소리는, 나도 알아." 하고 뚜껑을 열었다.

"하얀 분말이 들어 있군. 이걸 먹은 게 아닌가."

김샜다는 듯이 말하는 카가미를 보고 유마는 속으로 빌었다. 부디 알아채지 못하기를. 하지만 염원한 보람도 없이, 오이타가 "실례하겠습니다." 하고 카가미의 어깨 너머로 병을 들여다보았다.

"……양이 줄었네요. 제가 예전에 봤을 때는 분말이 두 배는 더 많았습니다."

"누군가 내용물을 꺼냈다는 거야?"

"아마도요." 오이타는 쭈뼛쭈뼛하며 턱을 당겼다.

"그렇군. 역시 이게 흉기였어. 코즈시마 씨는 이걸로 독살당한 거야."

카가미가 흥분한 목소리로 떠들자 사카이즈미가 불쑥 "그럴까요?" 하고 중얼거렸다. 카가미의 눈이 슥 가늘어졌다.

"독의 양이 줄었어. 틀림없이 독살당한 거야."

"어, 그러니까 그 독으로 코즈시마 씨가 죽은 건 사실일지도 모르죠. 하지만 정말로 살인 사건일까요?"

"……무슨 말이 하고 싶은 건데?"

"그게, 아까 일호실 문이 잠겨 있지 않았습니까. 즉, 코즈시마 씨가 죽었을 때 그 방에는 코즈시마 씨 말고 아무도 없었다는 뜻이잖아요."

"꼭 그렇다고는 볼 수 없어. 무슨 방법으로……."

카가미가 거기까지 말했을 때 "밀실 트릭이로군요." 하고 츠키요가 끼어들었다.

"당신은 입 다물고 있어!"

카가미는 츠키요를 한 번 노려본 후 사카이즈미에게 시선을 되돌렸다.

"독살이라면 애당초 살해할 때 범인이 방에 있을 필요 없지. 뭔가 코즈시마 씨가 먹을 만한 음식에 독을 타 두면 그만이니까."

"그렇다면 사흘 후에 경찰이 와서 그 방을 조사할 때까지 뭐에 독을 탔는지는 알 수 없잖습니까. 지금 우리가 할 수 있는 일은 없다고요."

"……없기는 뭐가 없어." 카가미의 얼굴에 동요한 기색이 살짝 나타났다. "여기에 독이 있었다는 걸 아는 사람, 여기에 숨어들어 독을 입수할 수 있었던 사람을 추려내면……."

"아니요, 그건 분명 무리일 겁니다."

말허리를 끊긴 카가미가 입술을 일그러뜨렸지만, 사카이즈미는 아랑곳없이 말을 이었다.

"코즈시마 씨는 툭하면 아무한테나 컬렉션을 자랑하는 분이었거든요. 저는 미스터리에 전혀 흥미가 없는데도 자주 자랑을 늘어놨어요. 물론 그 독을 입수했다는 이야기도 들었고요."

사카이즈미는 카가미가 들고 있는 유리병을 가리켰다.

"그러니 여기 있는 사람들 전부 코즈시마 씨에게 독에 대한 이야기를 들었어도 이상할 것 없습니다. 게다가 다들 독을 훔쳐 낼 기회가 있었을 거예요. 방 열쇠만 있으면 전망실에 들어갈 수 있고,

여러분 모두 이 저택에 도착하고 한두 시간은 자기 방에서 지냈잖아요. 그때 독을 가지러 올 수 있었을걸요."

정론에 부닥친 카가미는 씁쓸한 표정으로 입을 다물었다.

"저는 코즈시마 씨가 살해당한 게 아니라고 생각함다. 자살 아니었을까요?"

"자살?" 카가미가 미간을 찌푸렸다. "유서도 없고, 죽기 직전에 살려 달라고 연락했어. 더구나 유리관 모형으로 희한한 메시지까지 남겼지. 그런데 자살이라고?"

"코즈시마 씨를 잘 모르니까 그렇게 생각하는 검다. 저는 꽤 예전부터 자주 와서 일해 봐서 아는데요. 이번 일은 그야말로 코즈시마 씨가 일으킬 만한 일임다."

"……그게 무슨 소리야?" 카가미의 목소리가 낮아졌다.

"5년 전에 심장 발작으로 죽을 뻔한 뒤로, 코즈시마 씨는 살아갈 기력을 잃은 게 아닐까요? 연구로 대성공해서 유명해졌고 돈도 많이 벌었지만, 정말로 좋아하는 일은 하지 못했다. 인생을 낭비했다. 다른 걸로 이름을 남기고 싶었다고 수없이 푸념했어요. 정말이지 귀에 딱지가 앉을 만큼."

"그래서 자살했다는 거야?"

"그냥 자살한 게 아님다. 분명 그걸로 이름을 남기려고 했을 거예요."

"자살로 이름을 남긴다고?" 카가미가 의아한 표정으로 되물었다.

"그렇슴다. 이렇게 이상한 저택을 짓고, 희귀한 독약을 입수해, 그 독약으로 자살한다. 더 나아가 다이닝 메시지라고 했던가요,

그 희한한 암호를 남긴다."

"다이닝이 아니라 다잉. 다이닝 메시지면 식탁의 메시지라는 뜻이 되잖아요."

츠키요가 즉시 끼어들어 정정했다.

"뭐, 아무렴 어때요. 어쨌든 그렇게 거창한 연출을 곁들여 자신의 인생에 마침표를 찍으려고 한 겁니다. 아닌가요?"

사카이즈미가 주변 사람들을 둘러보았다. 상식과는 동떨어진 그 가설을 듣고 모두 당혹스러운 표정으로 입을 다물었다.

"확실히……." 오이타가 머뭇머뭇 침묵을 깼다. "주인어른이시라면 그런 엉뚱한 짓을 하시더라도 이상하지는 않을 것 같네요. 저같이 평범한 사람은 이해할 수 없는 분이셨으니까요. 어쩌면 손님 여러분께 다잉 메시지를 출제하는 것이 바로 주인어른이 준비하신 행사였는지도 모르겠습니다. 다잉 메시지를 해석해서 스스로 독을 먹고 죽었음을 '발표'한다……. 주인어른다운 마무리였는지도 모르겠네요."

"허참, 당신들 제정신으로 하는 소리야? 이건 자살이 아니라 살인이라고, 살인. 분명 이 중에 코즈시마 씨를 죽인 범인이 있어."

고개를 절레절레 흔드는 카가미에게 오이타가 척 다가갔다.

"왜 그렇게 딱 잘라 말씀하시는 겁니까?"

"왜라니……." 카가미는 말문이 막혔다.

"현재 상태로서는 자살인지 살인 사건인지 단정할 수 없어요. 그렇지 않습니까?"

"그야 그렇지만……." 생각지도 못한 반격을 받자 카가미는 불만스럽게 중얼거렸다.

"그렇다면 저희가 할 수 있는 일은 경찰을 기다리는 것뿐입니다. 그 결과, 이번 일이 살인 사건이라고 판명될 때까지 손님 여러분과 저희 고용인을 범인 취급하지 말아 주셨으면 합니다."

집사가 의연한 태도로 단호하게 말했다. 카가미는 크게 혀를 차더니 고개를 홱 돌렸다.

오이타는 손님들에게 몸을 돌려 머리를 깊이 숙였다.

"이 같은 일로 불편을 끼쳐 드려 정말 죄송합니다. 주인어른을 대신해 진심으로 사과드립니다. 피곤하실 테니 괜찮으시다면 방에서 쉬시기 바랍니다. 식료품은 충분하니 걱정하지 마시고요. 사흘 후 길이 뚫릴 때까지 저와 토모에 양 그리고 사카이즈미 씨 셋이서 정성껏 모시겠습니다."

마도카가 허둥지둥 허리를 굽혔다. 사카이즈미도 고개를 움츠리듯 머리를 숙였다.

"어험……, 그럼 여러분. 이만 각자 방에서 쉬기로 할까."

쿠루마가 조심스럽게 제안했다. 반대하는 사람은 없었다.

카가미가 속 터진다는 표정으로 계단실로 향했다. 다른 사람들도 머뭇머뭇 뒤따르는 것을 보고 유마는 크게 숨을 내쉬었다.

꼼짝없이 살인 사건으로 수사받을 것이라 생각했는데, 사카이즈미 덕분에 형세가 바뀌었다. 만약 코즈시마가 독을 먹고 사망했음이 밝혀져도, 살인이 아니라 자살로 판단되면 문제없다. 그걸 노리고서 코즈시마가 지난달에 구입한 독극물을 흉기로 사용했고, 현장을 일부러 밀실로 만든 것이다.

그러니까 진정해. 조바심을 내다가 꼬리가 드러나지 않도록 조심해. 유마가 자신을 타이르고 있자니 옆에서 인기척이 났다. 반사적으로 옆을 보았다. 지척에서 츠키요와 눈이 마주쳤다.

"뭐, 뭡니까?" 시선에서 압력이 느껴져 유마는 몸을 약간 젖혔다.

"아니요, 방에 안 돌아가시나 해서요. 보세요, 오이타 씨가 기다리잖아요."

츠키요는 날렵한 턱을 앞으로 살짝 내밀었다. 그쪽으로 시선을 주자 오이타가 계단실 입구에 서서 이쪽을 보고 있었다. 모두가 나간 후에 문을 잠그려는 것이리라.

"아아, 죄송합니다. 제가 잠깐 넋을 놓고……."

"그 기분 이해해요!" 츠키요가 목소리를 높였다. "이렇게 멋진 수집품이 가득하니 꿈속에 있는 기분이 들 만도 하죠. 수집품이 등장한 작품이 하나하나 저절로 머릿속에 떠올라 그 세계에 푹 빠져요. 미스터리 마니아라면 당연합니다."

츠키요는 열기가 담긴 어조로 말하더니 "다만." 하고 집게손가락을 세웠다.

"이 저택에는 이렇게 멋진 수집품들보다도 더욱 저를 매료시키는 것이 있답니다."

"아오이 씨를 매료시키는 것?"

"네, 어려운 사건이요!" 츠키요는 목청을 돋워서 외쳤다. "대부호이자 세계적으로 유명한 과학자가 기묘한 저택의 자기 방에서 사망했다. 더구나 현장은 밀실이었고, 다잉 메시지까지 남아 있었다. 이런 매력적인 사건은 좀처럼 접하기 힘들다니까요."

"저어……, 실제로 사람이 죽었는데요."

"몰인정하게 들린다는 건 잘 알아요. 하지만 이런 사건을 접하면 끓어오르는 명탐정의 피가 도저히 제어가 안 돼서……."

츠키요는 소녀처럼 수줍어하며 머리를 긁적였다.

뭐라고 대답하면 좋을지 몰라서 유마는 "아아." 하고 말을 얼버무렸다.

"하여간 전시실을 찬찬히 관찰하는 건 아쉽지만 뒤로 미루죠. 수집품은 도망치지 않고, 오이타 씨를 너무 기다리게 하면 안 되니까요."

"알겠습니다."

유마는 츠키요와 함께 계단실로 향했다. 전망실을 나서자 오이타가 문을 닫고 자물쇠를 잠갔다.

"아오이 님, 이치조 선생님, 재촉한 것 같아서 죄송합니다. 실은 약간의 설계 실수로 전망실 안에서는 자물쇠를 풀 수가 없어서요."

오이타가 미안하다는 듯이 말했다. 츠키요는 눈을 깜박였다.

"어? 그럼 전망실에 있을 때 밖에서 문을 잠그면 갇히는 건가요?"

"그렇습니다. 하지만 걱정하지 마세요. 만에 하나 그런 일이 생기더라도 바로 알릴 수 있도록 전망실에 내선 전화를 설치해 두었으니까요. 그럼 실례하겠습니다. 가당치도 않은 일이 일어났습니다만, 부디 방에서 편히 쉬시기 바랍니다."

오이타는 공손하게 인사한 후, 환갑이 넘었다고는 믿기지 않는 걸음걸이로 재빨리 계단을 내려갔다. 계단참에는 유마와 츠키요만 남았다.

"다들 자기 방으로 돌아간 모양이군요. 이치조 선생님도 방에 돌아가실 건가요?"

"네, 너무 피곤해서 한시라도 빨리 쉬고 싶네요."

거짓말이 아니었다. 극도의 긴장감에 시달린 심신이 이미 한계에 달해 조금만 마음을 놓았다가는 바로 쓰러질 것만 같았다.

"그렇군요. 저는 휴게실에 가서 바깥에 발자국이 없는지 확인하겠습니다. 그것만 확인하면 요 몇 시간 사이에 저택에서 나간 사람은 없었다는 게 분명해지니까요."

"수사하시게요? 코즈시마 씨는 자살한 게 아니라고 생각하시는 겁니까?"

유마는 신중하게 물었다. 다잉 메시지를 해석해 독이 사용됐음을 규명한 솜씨로 보건대, 이 명탐정이 경계 대상 1호라는 건 이제 의심의 여지가 없었다.

"아직 결론을 내릴 수 있는 단계가 아니에요. 일단 정보를 모아야죠."

츠키요는 거기서 말을 끊고 장난스럽게 윙크했다.

"그나저나 이렇게나 기묘한 저택의 주인이 밀실에서 다잉 메시지를 남기고 시신으로 발견됐잖아요. 이 매혹적인 상황, 마치 본격 미스터리 소설 속에 들어온 것 같지 않나요? 그런데도 실은 단순한 자살이었다면 김이 좀 새겠죠. 그래서 저는 깜짝 놀랄 만한 진상을 기대하고 있어요."

츠키요는 가벼운 발걸음으로 멀어졌다. 그 모습이 시야에서 사라진 걸 확인한 후, 유마는 주먹으로 유리벽을 쳤다.

매혹적인 상황? 놀랄 만한 진상? 아주 신나셨군. 흥미만 앞세우는 자칭 명탐정에게 범행을 들킬까 보냐. 난 동생의 목숨을 구하기 위해 죽을 각오로 계획을 실행했다고.

유마는 피가 맺힐 만큼 입술을 꽉 깨물며 계단을 내려갔다.

동생을 위해서라도 살인범으로 고발당해서는 안 된다. 어떻게든 코즈시마의 자살이라는 결말로 막을 내려야 한다. 하지만 어떻게 하면 저 명탐정에게 진상을 숨길 수 있을까.

고개를 숙이고 있던 유마는 문득 발을 멈추고 옆을 보았다. '일'이라고 새겨진 문이 눈에 들어왔다.

이 방에 시신이 있다. 내가 죽인 코즈시마의 시신이.

갑자기 온도가 낮아진 것 같은 기분에 유마는 두 어깨를 감싸 안았다.

이 손으로 사람의 목숨을 빼앗았다. 수많은 환자의 목숨을 구해 온 이 손으로……. 살인이라는 금기를 범했다는 실감이 새삼 등을 짓눌렀다. 유마는 등을 웅크리고 다시 걸음을 옮겼다. 나선계단을 반 바퀴 정도 더 내려가자 이호실 앞 계단참에 다다랐다.

이 방을 사용하는 건…… 카가미인가. 유마는 각 방을 누가 사용하는지 떠올렸다.

일호실–코즈시마 타로. 저택 주인.

이호실–카가미 츠요시. 형사.

삼호실–사카이즈미 타이키. 요리사.

사호실–이치조 유마. 의사.

오호실—아오이 츠키요. 명탐정.

육호실—토모에 마도카. 메이드.

칠호실—유메요미 스이쇼. 영능력자.

팔호실—쿠루마 코신. 소설가.

구호실—사쿄 코스케. 편집자.

십호실—오이타 신조. 집사.

“쉽게 볼 수 없는 조합이로군. 확실히 본격 미스터리 소설 같아.”

자학적으로 중얼거린 순간, 유마는 고개를 홱 돌렸다. 위쪽에서 희미하게 발소리가 들린 듯한 기분이 들었다. 반사적으로 계단을 뛰어올랐다. 하지만 계단 끝까지 가도 사람 모습은 보이지 않았다.

“나도 참……. 이게 뭐 하는 짓이람.”

건조한 웃음소리가 새어 나왔다. 사람을 죽였다는 죄책감 때문에, 아니면 체포될까 봐 무서워서 환청까지 들리는 모양이다.

유마는 다시 고개를 푹 숙인 채 자기 방으로 터벅터벅 걸음을 옮겼다. 사호실 문을 열고 안으로 들어가 손잡이를 돌려 실린더 자물쇠를 잠근 후, 세면실로 향했다. 유럽풍 욕실을 본체만체 탈의실을 지나쳐 안쪽에 있는 화장실에 들어갔다. 유마는 호주머니에서 코즈시마에게 먹인 독이 들어 있는 알약 케이스를 꺼내 변기에 내리려고 했다. 하지만 케이스를 버리기 직전에 움직임이 멈췄다.

아직 버리기는 이르다. 코즈시마가 살해당했다고 단정되지 않은 단계에서 방을 수색할 가능성은 낮으리라. 그렇다면 이 독은 가지고 있어야 한다.

……만약의 경우에 사용할 수 있도록.

시원스럽게 미소 짓는 명탐정의 얼굴이 머릿속에 떠올랐다. 그 무시무시한 상상에 부르르 몸서리를 친 후, 유마는 저수조 덮개를 열고 알약 케이스를 넣었다. 플라스틱 알약 케이스가 수면을 둥실둥실 떠다녔다.

유마는 덮개를 덮고 세면실에서 나와 휘청휘청하며 방을 가로질렀다. 이제 아무것도 생각하고 싶지 않았다. 침대에 쓰러져 모든 걸 잊고 잠들고 싶었다.

침대까지 몇 발짝 안 남았을 때 유마는 몸이 뻣뻣하게 굳었다. 누군가의 시선이 느껴진 것 같았다. 방어 자세를 취하며 반사적으로 몸을 돌린 순간, 유마의 입술이 일그러졌다.

남자가 이쪽을 가만히 보고 있었다. 자신과 똑같이 생긴 남자가.

입꼬리를 끌어올린 유마는 벽에 걸린 타원형 거울로 다가갔다. 거울 밑에는 일호실처럼 국내 미스터리 소설로 가득한 허리 높이의 책장이 놓여 있었다.

"꼬락서니 좀 보라지."

거울에 비친 남자는 창백하니 표정근이 힘없이 이완된 얼굴로 유마를 마주 보았다.

이게 살인자의 얼굴인가. 유마는 거울에 손을 뻗었다. 손끝에 매끄럽고 차가운 감촉이 전해져왔다.

"……어쩔 수 없었어. 죽일 수밖에 없었다고."

유마는 꽉 잠긴 목소리로 중얼거렸다.

거울 속의 자신이 냉랭한 시선을 보냈다.

둘째 날

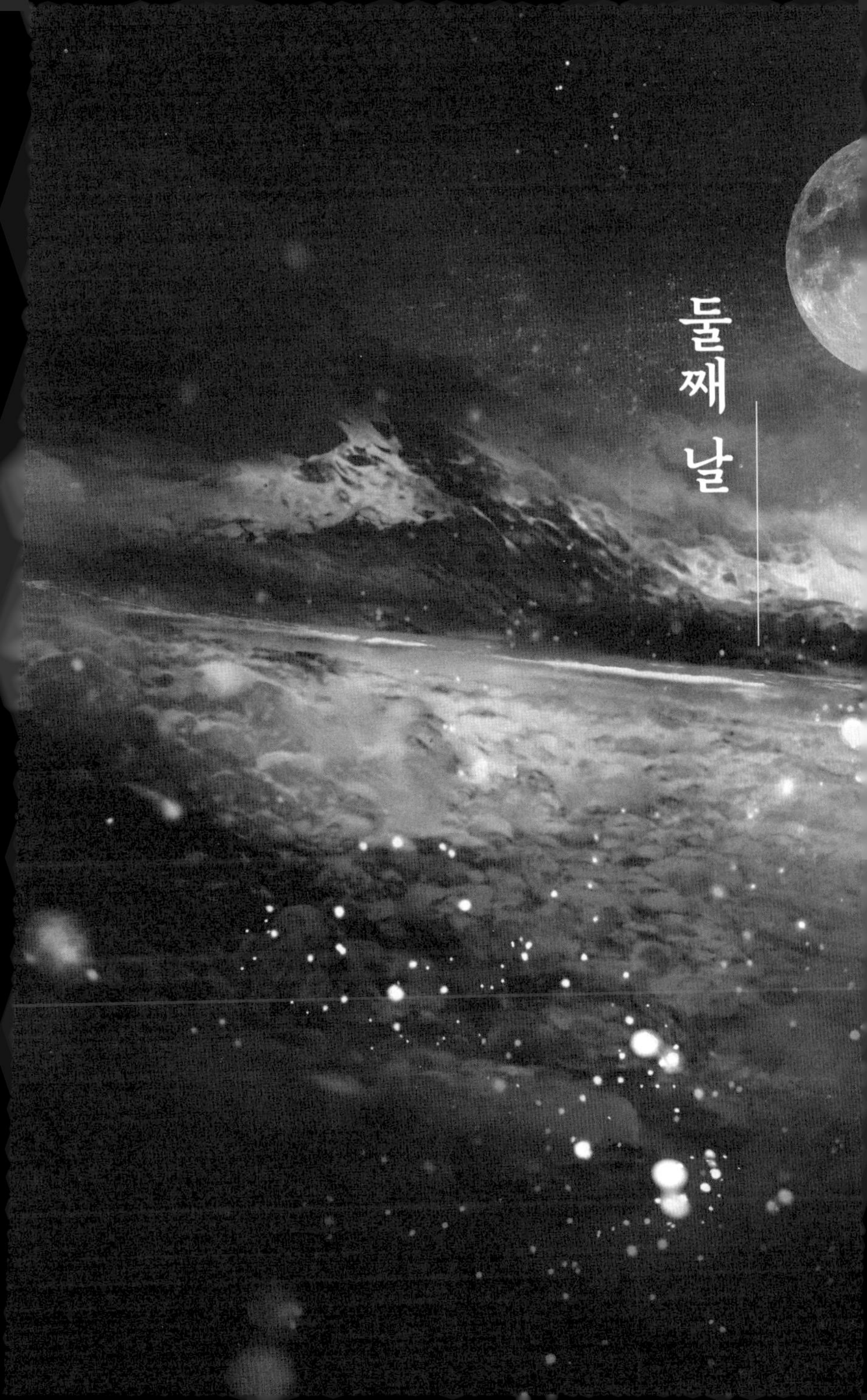

1

남자가 쓰러져 있다. 백발과 흰 수염을 갈기 같이 기른 남자가.

그 옆에는 망가진 유리관 모형이 넘어져 있다.

"코즈시마…… 씨……?" 갈라진 목소리가 입에서 흘러나왔다.

무슨 일이 일어난 건지 모르겠다. 나는 왜 혼자 일호실에, 코즈시마의 시신이 있는 이 방에 서 있는 걸까.

여기서 나가야 한다. 생각과는 달리 뇌와 몸을 연결하는 신경이 끊어진 것처럼 손가락 하나 움직일 수 없었다. 눈알만 움직여 시선을 떨어뜨린 유마는 가냘픈 비명을 질렀다.

몸이 굳어 있었다. 온몸이 광택을 발하는 황갈색 유리 조각상으로 변했다.

"잘…… 도……."

지옥 밑바닥에서 솟아오르는 듯한 목소리에 시선을 돌린 유마는 다시 비명을 질렀다.

모형 곁에 쓰러져 있던 코즈시마가 동공이 풀리고 뿌옇게 탁해진 눈으로 유마를 노려보고 있었다.

"잘도……, 나를…… 죽였…… 겠다."

코즈시마는 푸르딩딩하게 변색된 얼굴을 들고 몸을 질질 끌며 기어서 다가왔다. 이동하자 얼굴과 손의 썩은 살점이 떨어져 나가고, 검붉은 살 틈새로 뼈가 보였다.

"어쩔 수 없었어. 당신이 신약 승인을 방해했잖아! ALS 환자의 희망을 빼앗았잖아!"

목이 쉬어라 악을 썼지만 코즈시마는 움직임을 멈추지 않았다. 기어올수록 코즈시마의 몸에서 살점이 점점 떨어져 나가서 순식간에 허연 뼈가 훤히 드러났다.

"너도…… 지옥에…… 떨어져라."

눈알이 빠져서 텅 빈 눈구멍이 유마를 노려보았다. 살점이 거의 남아 있지 않은 손이 유마의 몸에 닿았다.

"그만해!"

소리치며 기울어진 유마의 몸이 바닥에 넘어져서 박살 났다. 산산이 깨진 유리 몸이 간접 조명 불빛을 난반사해서 일곱 빛깔로 반짝였다.

"으아아아아!"

절규가 고막을 뒤흔들었다. 그것이 자기 입에서 솟구친 절규란 걸 바로는 알아차리지 못했다.

유마는 상체를 벌떡 일으키고 정신없이 주변을 둘러보았다. 앤티크 가구가 놓인 넓은 방의 창가에 있는 침대 위였다.

"아아……, 유리관에 묵고 있었지."

중얼거리면서 유마는 이마를 닦았다. 끈적이는 진땀이 손등에 흠뻑 묻었다.

아무래도 악몽을 꾼 모양이다. 무슨 꿈을 꾸었는지 생각난 순간, 어젯밤에 있었던 일이 단숨에 뇌리에 되살아나면서 심한 구역질이 몰려왔다. 텅 빈 위장에서 위액이 약간 역류해 타는 듯한 쓴맛이 입속에 번졌다.

인명을 빼앗는 행위, 그리고 살인범으로 고발당한다는 공포가 이렇게까지 정신을 좀먹는단 말인가. 유마는 입고 있던 재킷의 소매로 힘없이 입가를 닦고 나서야 쿵쿵, 하는 소리가 방에 울리고 있다는 것을 알아차렸다. 이 소리 때문에 잠에서 깬 것이리라.

관절이 녹슨 것처럼 무거운 몸을 움직여 침대에서 내려왔다. 손목시계를 들여다보자 오전 6시가 조금 지난 시각이었다.

이렇게 아침 일찍 대체 누구지? 유마는 재킷을 벗어서 의자 등받이에 걸친 후 문으로 다가가 "누구세요?" 하고 물었다.

"아오이예요. 잠깐 괜찮으실까요?"

문밖에서 목소리가 들린 순간, 머리에 끼어 있던 안개가 단숨에 걷혔다.

그 명탐정이 이런 시간에? 대체 왜?

"아오이 씨군요. 어쩐 일이세요?" 동요했음을 들키지 않도록 애써 태연한 투로 말했다.

"방에 들여보내 주시면 안 될까요? 긴히 드릴 말씀이 있어서요."

유마는 고개를 돌려 방을 확인했다. 봐서는 안 될 물건은 없었지만, 가능하면 돌려보내고 싶었다. 하지만 만약 여기서 거절하면 의혹의 시선을 던질지도 모른다.

몇 초 심각하게 갈등한 끝에 유마는 실린더 자물쇠의 손잡이를 돌리고 문을 열었다.

"안녕하세요, 이치조 선생님!"

어제와 마찬가지로 남성용 양복을 차려입은 명탐정이 쾌활하게 말했다.

"……안녕하세요. 이른 아침부터 기운이 넘치시는군요."

"네, 원래 아침형 인간이라서요. 더구나 그런 사건이 있었는지라 싱숭생숭해서 평소보다 일찍 깼지 뭐예요. 일찍 일어난 김에 방금까지 1층 휴게실과 식당에서 사건 해결의 실마리를 찾아 이것저것 조사하다 왔어요. 그러고 보니 오늘 아침은 참 쾌청하지만, 밤중에 눈이 조금 내린 모양이더라고요. 휴게실 창문에 눈이 약간 묻어 있었어요. 어휴, 난방이 켜져 있지 않아서 얼마나 춥던지."

츠키요는 양손을 비비는 시늉을 했다.

"그러다 6시가 됐길래 이쯤이면 찾아봬도 민폐가 아니겠거니 싶어서 왔습니다. 아아, 아침형 인간으로 따지면 오이타 씨도 빼놓을 수 없죠. 여기 올 때 계단에서 마주쳤는데요. 풀 먹인 집사복을 깔끔하게 차려입었더라고요. 고용주가 죽었는데도 자기 임무를 다하려는 모습이 그야말로 프로다웠습니다."

또박또박한 말투가 자다 일어나서 아직 멍한 머리에 댕댕 울렸다. 유마는 두통을 느끼며 "일단 들어오시죠." 하고 츠키요를 맞아들였다. 츠키요는 고개를 살짝 숙여 인사하고 방 한복판에 놓인 소파로 다가갔다.

"이야, 이 저택의 방은 하나같이 멋지군요. 고풍스럽고 격조가 있어요. 침대도 편안해서 어젯밤은 숙면을 취했어요."

츠키요는 눈을 가늘게 뜨더니 유마에게 시선을 던졌다.

"하지만 이치조 선생님은 아니셨던 모양이군요. 어제와 옷차림이 똑같아요. 게다가 주름이 많이 진 걸로 보건대 옷을 입은 채로 주무신 것 같은데요."

"……워낙 정신적으로 지쳐서 방에 돌아오자마자 침대에 쓰러졌습니다. 어느새 그대로 잠들었고요. 그렇지만 아오이 씨도 어제와 옷차림이 똑같은걸요?"

"아니요, 갈아입은 거예요. 저는 이 양복을 여러 벌 가지고 있거든요. 명탐정의 유니폼이라고나 할까요. 그리고 넥타이 무늬도 어제와는 다르고요. 어제는 런던 베이커 스트리트에 있는 셜록 홈스 박물관에 갔을 때 구입한 홈스 실루엣이 그려진 넥타이였고, 오늘은 열차가 그려진 넥타이죠. 이건 《오리엔트 특급 살인》의 무대가 된 열차를……."

"저기요……." 유마는 츠키요의 말을 막았다. "패션의 차이는 알겠으니, 이렇게 아침 일찍 찾아온 이유를 말씀해 주시죠."

"실례했습니다. 찾아뵌 이유는 물론, 어젯밤에 발생한 사건에 대해 이야기를 듣기 위해서예요."

츠키요의 눈빛이 날카로워졌다. 유마는 등줄기가 바르르 떨렸다.

"사람들 방을 차례대로 찾아가서 정보를 모으고 있다는 말씀입니까?"

"아니요, 아니요." 츠키요는 얼굴 앞에다 대고 손을 내저었다. "차례대로 찾아가는 게 아니라, 일단은 이치조 선생님께 이야기를 들어야겠다 싶어서 찾아온 거예요."

"왜 제게……?"

역시 의심하는 걸까. 얼음처럼 차가운 땀이 등을 타고 흘러내렸다.

"그야 물론 선생님이 코즈시마 씨의 주치의였으니까요. 범죄를 수사할 때는 피해자에 대해 자세하게 알아보는 게 중요하거든요."

나를 의심해서 찾아온 게 아니었나. 유마는 내심 가슴을 쓸어내렸다.

"하지만 그렇다면 오이타 씨나, 토모에 씨에게 이야기를 듣는 게 좋을 텐데요. 이 저택에 살면서 일하니까 코즈시마 씨에 대해 저보다 훨씬 잘 알 겁니다."

"그러고 싶은 마음은 굴뚝같지만, 두 분은 손님들 아침 식사를 준비하느라 바쁜 것 같더라고요."

"아아, 듣고 보니 그렇겠네요. 알겠습니다. 물어보시죠. 제가 알고 있는 범위에서 대답하겠습니다."

얼마쯤 마음이 진정된 유마가 소파를 권하자 츠키요는 창가로 다가갔다.

"오늘은 날씨가 참 좋아요. 이렇게 침침한 방에서 이야기하기는 아깝지 않나요?"

츠키요가 차광 커튼을 쫙 걷었다. 어둠에 익숙해져 있어서인지 큰 창문으로 아침 햇살이 비쳐들자 한순간 눈앞이 캄캄해졌다.

"역시 통유리는 시야가 확 트여서 기분 좋네요. 창문이 열리는 구조인 것도 마음에 들고요. 아까 제 방에서 환기시키려고 창문을 열었는데, 숲 내음을 머금은 공기가 들어와서 상쾌하더라고요. 정신이 맑아지는 것 같았어요."

츠키요는 두 팔을 쳐들고 훤칠한 몸을 가볍게 젖혔다. 츠키요 말대로 붙박이창에 에워싸인 일호실과 달리, 다른 방은 천장부터 바닥까지 닿는 직사각형 유리창 몇 장이 방 가장자리에 늘어선 구조이고, 벽에 달린 버튼을 누르면 창문을 여닫을 수 있다.

"맞다. 기왕 말이 나왔으니 이 방 창문도 열죠."

츠키요는 유마의 대답도 듣지 않고 버튼을 눌렀다. 천장에 설치된 매립형 레일이 작동하기 시작했다. 창문 위쪽과 연결된 와이어가 밀려나며 창문 한 장이 밖으로 넘어지듯 열렸다. 45도쯤 열렸을 때 창문의 움직임이 멈췄다. 밖에서 얼어붙을 듯이 차가운 바람이 불어 들었다.

"마음대로 열지 마세요. 춥잖아요."

"하지만 어쩐지 공기가 탁한 것 같아서요. 환기를 해야죠."

"그렇다고 활짝 열 것까진 없잖습니까."

"보세요, 창문 위쪽이 열리는 건 추락을 방지하기 위해서겠죠. 다만 이 부근은 대설 지대니까 창문을 열어 놨는데 눈이 내리면 방에 잔뜩 들이치겠어요. 최악의 경우에는 눈이 쌓여서 창문이 망가질 수도 있겠는걸요."

츠키요는 팔짱을 끼며 창문 주변의 구조를 관찰했다. 유마의 항의는 귓등으로도 듣지 않는 듯한 기색이었다. 어쩔 수 없이 유마는 스스로 버튼을 눌러 창문을 닫았다.

“왜 닫으세요? 공기가 맑아야 머리가 잘 돌아가서 추리도 잘될 텐데.”

“춥다고 했잖습니까. 뭡니까, 아까부터. 느닷없이 쳐들어오는가 싶더니, 멋대로 굴기나 하고. 할 이야기 없으면 돌아가세요.”

마치 셜록 홈스 같은 기행이다. 어떤 의미에서는 명탐정답다고 할 수 있을지도 모른다. 유마가 두통을 참고 있자니 츠키요는 “아아, 죄송합니다.” 하고 고개를 숙였다.

“매력적인 사건이 벌어지는 바람에 어제부터 마음이 들떠서요. 잠자리에 든 후에도 사건에 대한 꿈만 꿨어요. 아주 즐거운 꿈이었죠.”

츠키요는 꿈의 여운을 맛보듯 아련한 눈으로 천장을 올려다보았다.

“……저도요. 악몽이었지만요.”

“그럼, 잡담만 나누며 허송세월할 수는 없으니 본론으로 들어가죠.”

츠키요는 소파에 앉아 긴 다리를 꼬았다.

“코즈시마 씨에게 원한을 품을 만한 사람이 누구 없을까요?”

대뜸 그런 질문부터 날아들어 유마는 얼굴이 굳어졌다.

진정해. 동생 일을 들킨 게 아니야. 그냥 주치의로서 일반적인 질문을 받았을 뿐이야. 유마는 자기 자신을 타이르며 츠키요 맞은편 소파에 앉았다.

"짚이는 구석이 너무 많네요."

"코즈시마 씨에게 원한을 품은 사람이 많다는 말씀이신가요?"

"고용주에 대해 이러쿵저러쿵 말하기는 좀 그렇지만, 코즈시마 씨는 편협하다고 할까 정이 없다고 할까, 가까이 지내기가 아주 힘든 분이셨으니까요. 그만한 실적이 있는 분이라면 정년퇴직한 후에도 여기저기서 초빙하려는 것이 보통입니다. 하지만 코즈시마 씨에게는 그런 제안이 없었던 모양이에요. 요전에 제게 푸념하셨습니다."

"왜 제안이 없었을까요. 트라이던트 개발로 유명한 코즈시마 씨의 공훈은 노벨상감이라고 들었는데요."

"잘 아시는군요. 기초 연구 내용은 일반인에게 거의 알려지지 않았는데."

"저는 '일반인'이 아니라 명탐정이니까요."

미소를 지은 츠키요는 "그건 그렇고 질문에 대한 답변은?" 하고 고개를 살짝 기울였다.

"코즈시마 씨는 직장 내 갑질, 아니 대학이니까 학부 내 갑질이라고 해야 하려나, 그게 심하기로 업계에서 유명했거든요. 학생, 조교, 부교수, 가릴 것 없이 고함을 지르고 욕하고 어떨 때는 폭력마저 행사한 모양이에요."

"그런 짓이 용납되나요?" 츠키요가 미간을 찡그렸다.

"지금 같으면 용납되지 않겠죠. 하지만 꽤 예전 일이고, 코즈시마 씨의 연구는 난치병에 고통받는 전 세계 사람들에게 희망의 등불이었죠. 대학 입장에서도 괜히 일을 키워서 연구가 중단되길 바라지는 않았을 겁니다. 다만 그 결과, 코즈시마 씨의 연구실에서는 많은 사람이 정신적 문제로 요양을 해야 했던 모양이에요. 스스로 목숨을 끊은 사람도 있다든가."

"과연, 그건 동기로 충분하겠네요."

"그뿐만이 아닙니다. 트라이던트의 특허를 취득하자 코즈시마 씨는 공동연구했던 제약 회사에 막대한 특허 사용료를 요구했어요. 만약 지불하지 않으면 다른 회사에 특허를 넘기겠다고 협박하면서요."

"연구 지원을 받았는데도요?"

"예전에는 제약 회사에서 연구비를 제공할 때도 계약서를 그다지 철저하게 작성하지 않고 적당히 일을 진행하고는 했거든요. 그렇더라도 상도덕이라는 게 있으니, 보통은 공동연구 성과를 다른 회사에 팔아넘기지 않지만요."

"하지만 코즈시마 씨는 '보통 연구자'가 아니었다?" 츠키요는 입꼬리를 끌어올렸다.

"네, 코즈시마 씨는 수전노라고 해도 무방할 만큼 돈에는 까다로운 분이었어요. 재판까지 가는 등 말썽이 많았던 모양이지만, 결국 제약 회사가 코즈시마 씨의 요구를 받아들여 천문학적인 특허 사용료를 지불하고 트라이던트 기술 사용권을 얻어 다양한 신약을 만들어냈죠."

"그 특허 사용료가 코즈시마 컬렉션을 장만하고 유리관을 짓는 자금이 되었다는 말씀이시군요."

"그렇습니다. 코즈시마 씨에게 거액의 특허 사용료를 지불해야

했기에, 신약 가격은 상당히 비싸졌어요. 약이 나오기를 이제나 저제나 기다렸지만, 약값을 치르지 못해 치료를 받을 수 없었던 사람도 적지 않습니다."

"그러고 보니 코즈시마 씨에게는 유산 상속권을 가진 가족이 없다고 들었는데, 사실인가요?"

입가에 손을 댄 츠키요에게 유마는 "그런 모양이더라고요." 하고 대답했다.

"즉, 코즈시마 씨가 죽으면 제약 회사는 특허 사용료를 내지 않아도 된다. 그러면 약값이 내려가서 더 많은 환자가 신약의 혜택을 받을 수 있다. 과연, 동기가 있는 사람은 헤아릴 수 없이 많겠는걸. 이 저택에 있는 분 중 누군가가 코즈시마 씨에게 원한을 품었어도 이상할 것 없겠군요."

츠키요의 얇은 입술에 야릇한 웃음이 맺혔다.

"……즐거워 보이시는군요."

유마는 나직하게 중얼거렸다. 츠키요는 "아니요, 아니요." 하고 가슴 앞에다 대고 양손을 내저었지만, 표정은 완전히 풀어졌다.

"역시 아오이 씨는 코즈시마 씨가 살해당했다고 생각하십니까?"

"어제도 말씀드렸다시피 아직 판단할 재료가 모자라요. 다만 만약 자살이라면, 모레 출동할 경찰이 현장을 과학적으로 수사해 그 증거를 찾아내겠죠. 그렇다면 제가 나설 차례는 없습니다. 그러니까 저는 명탐정으로서 코즈시마 씨가 뭔가 트릭으로 살해당했을 경우를 상정하고 수사를 진행하는 중이에요."

"하지만 현장인 일호실 문은 잠겨 있었습니다. 게다가 다른 객실과 달리 그 방 창문은 붙박이창이라 열리지 않고요. 그렇다면 자살일 가능성이 높지 않을까요? 그 방은 이른바 밀실이었다고 생각……."

명탐정의 의식을 어떻게든 자살로 돌리려고 열심히 말하던 유마는 '밀실'이라고 말한 순간 츠키요의 눈이 가늘어진 걸 보고 실패했음을 깨달았다.

'밀실'. 그 무엇보다 미스터리 마니아의 심금을 울리는 단어다.

"네, 분명 사건이 일어났을 때 일호실은 밀실인 것처럼 보였죠. 하지만 그렇다고 해서 코즈시마 씨가 자살했다고 보는 건 이상해요. 어쨌거나 독을 먹고 사망했으니까요."

츠키요는 얼굴 옆에 집게손가락을 세우고 의기양양하게 말을 이었다.

"독은 현장에 범인이 없이도 피해자를 살해할 수 있는 흉기예요. 즉, 코즈시마 씨가 먹을 만한 음식에 미리 독을 타 두면, 살해되는 순간에 범인이 일호실에 있을 필요는 없는 거죠. 아니면 피해자가 방에 들어가서 문을 잠근 후 효과가 나타나도록 시간을 두고 작용하는 유형의 독을 먹이는 방법도 있겠고요. 다만 사용된 독극물이 테트로도톡신이라면 만찬 때 독을 탔을 가능성은 낮겠죠. 만찬이 끝난 후 코즈시마 씨가 도움을 청하는 전화를 할 때까지 한 시간은 걸렸으니까요. 테트로도톡신은 비교적 빨리 효과가 나타나는 독이에요. 시간이 안 맞아요."

츠키요는 유마가 끼어들 틈도 없이 떠들어 댔다.

"물론 오이타 씨가 받은 코즈시마 씨의 전화에 뭔가 꼼수를 부렸을 가능성은 있겠죠. 누군가 코즈시마 씨인 척했다. 미리 녹음해 둔 음성을 재생했다. 코즈시마 씨에게 전화가 오지 않았는데 오이타 씨가 거짓말을 했을지도 모르고요. 그 점은 좀 더 정보를 모은 후에 검토해 볼 생각입니다."

"그렇게까지 생각하신다고요?"

압도당한 유마가 중얼거리자 츠키요는 눈을 깜박거렸다.

"명탐정이라면 당연히 그 정도는 해야죠. 자, 그럼 오후 8시 반에 코즈시마 씨가 범인이 미리 타 놓은 독을 먹고 사망했을 경우를 생각해 볼까요. 그럴 경우, 책상에 있던 초콜릿이나 코냑에 독이 들어 있었을 가능성이 높겠죠. 그건 경찰이 조사하면 즉시 밝혀질 거예요. 다만……."

츠키요는 말을 끊었다가 나지막한 목소리로 다시 이야기를 이어 나갔다.

"이번 일이 살인 사건이라면 범인은 범행 당시, 일호실에 있지 않았을까 싶네요."

"……왜 그렇게 생각하시죠?" 유마는 침을 꿀꺽 삼켰다.

"피해자가 언제 독을 먹을지 모르니까, 독을 미리 타 놓는 방법으로는 살해 타이밍을 정할 수가 없거든요. 어젯밤에 코즈시마 씨는 오후 10시에 있을 중대 발표를 앞두고 목숨을 잃었죠. 범인은 그 '발표'를 막기 위해 코즈시마 씨의 목숨을 빼앗은 거라고 볼 수도 있어요. 다시 말해, 코즈시마 씨에게 독을 주고, 잘 구슬려서 독을 먹인 게 아닐까요?"

아니다. 코즈시마는 유명 작가의 미공개 작품을 입수했다는 사실을 발표하려고 했다. 나는 그걸 저지하려고 코즈시마를 죽인 게 아니다. 유마는 속으로 중얼거렸다. 전제가 잘못됐는데도 명탐정이 서서히 진상에 가까워져서 초조했다.

"하지만 아까 말씀드렸듯이 일호실은 밀실이었던……."

"네, 밀실입니다!" 츠키요는 크게 소리치며 일어서더니 유마의 코끝에 손가락을 들이댔다.

"뭐, 뭡니까?"

"이치조 선생님, '밀실 강의'는 아세요?"

"그거라면…… 존 딕슨 카 말씀이십니까?"

"맞아요. 수많은 밀실 미스터리를 창조해 '밀실의 왕'이라고까지 불린 존 딕슨 카가 1935년에 발표한 소설 《세 개의 관》의 제17장, '밀실 강의'는 밀실 트릭을 분류한 대목으로 유명하고, 그 후로 수많은 미스터리에 인용되죠. '밀실 강의'는 처음에 탐정 캐릭터인 펠 박사가 자신이 소설 속 등장인물임을 공언하는 별난 구성을 취해요. 이건 일종의 메타 미스터리로 볼 수 있을지도 모르겠네요."

츠키요는 노래하듯 말을 이었다.

"아, 그러고 보니 메타 미스터리의 걸작 하면 히가시노 게이고의 《명탐정의 규칙》을 빼놓을 수 없죠. 이야기의 화자이자 본인이 소설 속 등장인물임을 자각하고 있는 오가와라 반조 경감과 명탐정이라는 캐릭터를 연기해야 한다는 의무감에 고뇌하는 텐카이치 다이고로. 그 두 사람이 미스터리의 규칙이라고도 할 수 있는 다양한 상황을 소화해 나가요. 유머 미스터리로서 뛰어날 뿐만 아니라, 어떤 의미에서는 미스터리 소설이라는 스타일에 대한 안티테

제라고도 할 수 있겠네요. 히가시노 게이고의 작가 경력을 살펴보면 지금이야 중후한 인간 드라마를 토대로 한 미스터리가 많지만, 초기에는 특출한 퍼즐러의 측면을 보여 주는 본격 미스터리 소설도 많이 발표했어요. 즉, 본격 미스터리에 대한 소양이 희대의 작가 히가시노 게이고를 세우는 토대에 이바지했다고 볼 수 있는 거예요. 이건 대표작인 《용의자 X의 헌신》이 나오키상뿐만 아니라 본격 미스터리 대상을 수상한 것만 봐도 확실하죠. 다만 한편으로 《용의자 X의 헌신》이 과연 본격 미스터리인가. 애당초 본격 미스터리란 무엇인가라는 논쟁이…….”

초점이 맞지 않는 눈을 허공에 향한 채 물 흐르듯 말하는 츠키요를 유마는 멀뚱히 바라보았다. 완전히 자신만의 세계에 빠져든 것 같다.

마침 잘됐다. 이 시간을 동요에서 회복하는 데에 사용하자. 유마는 츠키요의 이야기를 흘려들으며 천천히 심호흡을 해서 빨라지는 심장 박동을 억제했다.

“……따라서 ‘후기 퀸 문제•’를 해결하는 수단으로 제가 제안하고 싶은 건…….”

족히 이십 분쯤 츠키요가 떠드는 사이에 마음의 균형을 회복한 유마는 “저기.” 하고 말을 걸었다.

기분 좋게 이야기하다 방해를 받자 츠키요는 “뭔가요?” 하고 불만스럽게 대답했다.

• 미스터리 소설 속에서 탐정이 추리로 도출해 낸 진상이 유일무이한 진실인지 소설 속에서는 증명할 길이 없다는 문제.

"아오이 씨의 미스터리론은 정말 흥미롭지만, 슬슬 본론으로 들어가시지 않겠습니까?"

"본론? 본격 미스터리의 정의는 무엇인가. 그거였나요?"

"아니요! 사건이 일어났을 때 일호실이 밀실이었다는 이야기를 하던 중이었어요."

츠키요는 시선을 잠깐 이리저리 돌린 후, 손뼉을 짝 쳤다.

"아아, 그랬죠, 맞아요. 거기서 '밀실 강의' 이야기가 나왔죠."

이야기에 몰두해서 정말로 잊어버린 건가. 유마가 어이없어 하고 있자니 츠키요가 표정을 다잡았다.

"'밀실 강의'에서는 밀실 트릭을 크게 두 가지로 분류합니다."

츠키요는 손가락을 두 개 세웠다.

"하나는 애초에 살인범이 실내에 없었을 경우예요. 코즈시마 씨가 밀실에서 미리 독을 탄 음식을 먹고 사망했다면 여기 해당하겠죠."

츠키요는 손가락을 하나 접고 "다른 하나는……." 하고 말을 이었다.

"범행 당시 살인범이 실내에 있는 경우입니다. 살해 후에 밖으로 나가서 문을 잠그거나, 문이 잠긴 것처럼 위장하는 트릭이죠. 아까 설명했던 이유로 저는 어젯밤에 두 번째가 사용되지 않았을까 싶네요."

"다 함께 달려갔을 때, 일호실 문은 단단히 잠겨 있었죠. 아니면 문은 잠겨 있지 않았지만, 방안에 있는 뭔가가 걸려 있었다든가?"

유마는 어떻게든 자신이 사용한 트릭에서 명탐정의 의식을 떨어뜨리려고 유도했다.

"아니요, 마스터키로 문을 열었으니 문은 틀림없이 잠겨 있었을 거예요."

"그럼 역시 여벌 열쇠가 있었다든가?"

"그럴 가능성은 낮지 않을까요? 여벌 열쇠가 없었다는 건 어제 보안 회사에 전화해서 확인했으니까요. 그 회사에 대해 잘 아는데, 신뢰할 수 있는 곳이에요."

"그렇다면 마스터키를 사용한 걸까요?"

"그래요, 마스터키." 츠키요는 유마를 가리켰다. "마스터키로 일호실 문을 잠갔을 가능성은 크게 고려해 볼 만해요. 하지만 저는 그건 아닐 거라고 결론을 내렸습니다."

"왜 아니라고 생각하시죠?"

"마스터키는 휴게실 난로 옆에 있는 열쇠함에 들어 있었죠. 하지만 만찬이 끝나고 휴게실로 자리를 옮긴 뒤로, 제가 내내 난로 곁에 서 있었거든요. 그 사이에 열쇠함을 연 사람은 없었어요."

"누가 미리 마스터키를 열쇠함에서 꺼내서 가지고 있었을지도……."

"그게 가능하다면, 사카이즈미 씨뿐이겠네요. 일호실 문이 열리지 않아서 사카이즈미 씨가 마스터키를 가져왔죠. 그때 실은 마스터키를 가지고 있었고, 휴게실에 가서 마스터키를 꺼내 온 척했다. 그거라면 가능할지도 모르겠군요."

"그럼 사카이즈미 씨가?"

유마는 놀란 척했다. 사카이즈미에게 의혹을 돌린다면, 이 명탐정을 진실에서 멀리 떼어 놓을 수 있을지도 모른다. 하지만 츠키요는 "그건 아니에요." 하고 고개를 저었다.

"어째서요? 그때 사카이즈미 씨는 혼자 휴게실에 갔잖아요. 아무도 그가 열쇠함에서 마스터키를 꺼내는 모습을 보지 못했습니다."

"하지만 사카이즈미 씨는 코즈시마 씨를 직접 살해할 수 없었어요. 만찬이 끝나고 휴게실로 이동한 후, 사카이즈미 씨는 내내 바 카운터 안에 있었으니까요."

유마의 입에서 "아……." 하고 탄식이 새어 나왔다. 츠키요는 턱을 당겼다.

"네, 사카이즈미 씨는 손님들에게 계속 주류를 제공했습니다. 사카이즈미 씨가 없어졌다면 누군가 금방 알아차렸겠죠. 손님들 시중을 들고 있던 오이타 씨와 토모에 씨에게도 똑같은 논리가 적용되고요. 즉, 아무도 모르게 휴게실을 빠져나가 일호실에서 코즈시마 씨를 살해할 수 있는 건 손님 중 한 명인 셈입니다."

"그렇다면 저도 용의자인가요?"

내심 동요한 걸 들키지 않도록 유마가 장난스럽게 말하자 츠키요는 명랑하게 대답했다.

"네, 물론이죠."

목구멍이 경련해서 곧바로 목소리가 나오지 않았다.

"무, 무슨 말씀입니까! 왜 제가 코즈시마 씨를 죽여야 하는데요!"

"그렇게 흥분하지 마세요. 아직 정보가 충분치 않은 지금 시점에서는 모두가 용의자라는 의미예요. 물론 저도 포함해서요."

츠키요는 남자 같은 겉모습에 어울리지 않게 요염한 미소를 지었다.

"사카이즈미 씨가 범인일 가능성도 아직 완전히 부정된 건 아니에요. 단독범이라면 힘들겠지만, 공범이 있다면 사카이즈미 씨도 범행이 가능했으니까요. 하지만 일단은 단독범일 경우부터 검토해 볼 생각이에요."

이 명탐정은 나를 의심한다. 얼마나 진상에 다가왔는지는 모르겠지만, 틀림없이 나를 유력한 용의자로 본다. 그 예감에 다리가 떨릴 것 같아 유마는 얼른 양손을 무릎에 얹고 힘을 주었다.

"그런데 여벌 열쇠도 마스터키도 사용하지 않았다면 어떻게 일호실 문을 잠갔을까요?"

"일단 일호실에 떨어져 있던 열쇠가 가짜였을 가능성을 생각해 볼 수 있겠죠. 일호실 문이 그 열쇠로 잠기는지 시험해 보지는 않았잖아요. 모양만 비슷한 가짜를 놓아두고 진짜는 범인이 가지고 갔을 수도 있어요. 다만 그럴 가능성은 낮다고 생각해요."

"어째서요?"

"만약 가짜라면 쉽사리 들통날 테니까요. 시험 삼아 사용해 보면 그만인걸요. 경찰 수사가 시작되면 당장 밝혀질 테고, 그렇지 않더라도 어젯밤에 발각됐을지도 몰라요. 사실 카가미 씨에게 쫓겨나지 않았다면 떨어져 있는 열쇠로 문이 잠기는지 실험해 볼 작정이었어요. 그렇게 금방 들통날 방법으로 밀실을 만들어 본들 아무 의미도 없어요."

츠키요의 설명은 논리정연해서 반론의 여지를 찾아내기가 힘들었다.

"그럼, 뭔가 도구를 사용했다거나……."

"물리 트릭 말씀이군요. 밖에서 실 따위를 사용해 문을 잠근다. 고전적이지만 효과적인 방법이에요. 하지만 아쉽게도 이번에는 아니에요. 어젯밤에 모두 헤어진 후, 저는 혼자 일호실 문을 철저하게 조사했어요. 그 문은 틈새가 전혀 없는 유형이에요. 밖에서 도구를 통과시키기가 불가능하죠. 애당초 실린더 자물쇠는 물리 트릭에 적합하지 않다고요. 힘을 가해서 작은 손잡이를 돌려야 자물쇠가 잠기는 구조니까요. 따라서 자석 따위를 사용한 트릭도 아니겠죠. 그밖에 문을 통째로 떼어 내는 방법도 있지만, 그런 방법을 사용한 흔적은 눈에 띄지 않았어요. 이번 밀실은 물리 트릭으로 만든 게 아닙니다."

"그럼 어떻게……?"

"독을 먹은 후 효과가 나타나기 전에 코즈시마 씨가 안에서 문을 잠그는 등 우발적으로 밀실이 만들어졌을 가능성도 부정은 할 수 없겠지만, 제 감으로는 아니에요. 범인은 분명 독의 효과가 나타나는 걸 확인한 후 일호실을 나서서 밀실을 만든 겁니다. 그러면 코즈시마 씨의 죽음이 자연사, 또는 자살로 처리될 테니까요. 실제로 만약 다잉 메시지가 없었다면 다들 코즈시마 씨가 심장 발작으로 죽었다고 생각했겠죠."

"그러니까 어떻게 밀실을 만들었냐고요? 제가 묻고 싶은 건 그겁니다!"

서서히 궁지에 몰리는 감각에 무심코 목소리가 커졌다.

"아아, 감질나게 굴어서 죄송해요. 그런데 어떤 미스터리 소설에서나 명탐정의 설명은 감질나게 느껴지지 않나요? 그건 소설 속에서 범인에게 압력을 가하는 동시에, 소설 밖 독자의 궁금증을 자극하는 효과를 노리기 때문일 거예요."

츠키요는 거기서 말을 끊고 얇은 입술을 핥았다. 유마 눈에는 그 모습이 마치 혀로 입을 핥는 육식동물처럼 보였다. 츠키요는 "자." 하고 중얼거리더니 배 앞에다 깍지를 꼈다.

"저는 이번 사건에 심리 트릭이 사용되지 않았을까 생각해요."

"심리 트릭이라면?" 입속이 바싹 마르고 목소리가 갈라졌다.

"어젯밤에 일호실이 밀실이었다고 추정된 건 일번 열쇠가 실내에 떨어져 있었기 때문이었죠. 하지만 정말로 열쇠가 실내에 있었을까요?"

"무슨 말씀이십니까? 열쇠는 분명히 일호실 바닥에……."

"네, 바닥에 떨어져 있었죠. 그런데 언제부터 거기 있었을까요?"

츠키요는 턱을 당기고 치뜬 눈으로 시선을 던졌다.

"모두 함께 방에 들어가고 몇 분이 지난 뒤에야 토모에 씨가 열쇠를 발견했죠. 즉, 방에 들어선 바로 그 시점에 거기 열쇠가 떨어져 있었다고 볼 수만은 없는 거예요."

"……그럼, 언제 열쇠가 바닥에 떨어졌다는 말씀입니까?"

유마는 헐떡이듯이 말했다. 방의 공기가 급속도로 희박해져 가는 듯한 기분이었다.

"방에 들어가고 얼마 지나지 않아서가 아닐까요? 그때 다들 쓰러진 코즈시마 씨에게 주의를 기울이고 있었죠. 범인은 그 틈을 노려 가지고 있던 일번 열쇠를 바닥에 슬며시 떨어뜨린 겁니다. 일호실에는 부드러운 카펫이 깔려 있어요. 열쇠가 떨어져도 소리는 거의 나지 않았겠죠. 그렇게 열쇠가 원래부터 실내에 있었던 것처럼 위장함으로써, 범인은 일호실이 마치 밀실이었던 것처럼 꾸민 거예요."

완벽하다……. 전율이 유마의 몸을 내달렸다. 완벽하게 간파당했다. 내가 죽어라 고민해서 고안한 트릭을, 이 명탐정은 간단히 풀어냈다.

이 궁지에서 어떻게 벗어나지? 현기증을 느끼며 유마는 열심히 머리에 채찍을 가했다.

밀실 트릭이 발각됐다지만 아직 내가 범인이라고 확신하지는 못할 것이다. 그 트릭은 손님이라면 누구나 사용할 수 있으니까. 그러나 이 명탐정이 나를 의심하는 건 틀림없다. 당연하다. 피해자의 주치의라니, 누가 봐도 독살 사건의 가장 수상한 용의자다.

내버려 두면 이 명탐정은 틀림없이 내가 범인이라는 증거를 찾아낼 것이다. 그 전에 무슨 수를 써야 한다.

문득 저도 모르게 시선이 츠키요의 가느다란 목에 쏠린다는 것을 깨달았다.

아무리 키가 큰들 상대는 여자다. 힘이라면 내가 더 세리라. 그리고 츠키요가 여기에 왔다는 사림은 아무도 모를 터. 그렇다면…….

거기까지 생각했을 때 정신이 번쩍 들었다. 대체 무슨 생각이람. 자기 몸을 지키기 위해 아무 죄도 없는 사람을 죽이려 하다니……. 격한 자기혐오가 사정없이 유마를 후려쳤다.

코즈시마의 목숨을 빼앗은 건 다른 방법이 없었기 때문이다. 죽이지 않으면 수많은 ALS 환자가 고통을 겪는다. 누군가 해야 할 일이었다. 그래, 누군가 해야 할…….

그것이 죄의식에서 달아나기 위한 변명임을 알면서도 유마는 속으로 그 말을 되풀이했다.

하지만 만약 눈앞에 있는 이 여자를 해친다면, 정말로 짐승이 된다. 어떻게 그런 짓을 하겠는가. 그렇다면 어떻게 해야…….

심한 갈등에 시달리고 있는데 츠키요가 "저기……." 하고 일어섰다. 유마는 재빨리 자세를 가다듬었다.

"왜요?"

"잠깐 화장실 좀 써도 될까요?"

"네? 아, 네, 그러시죠."

유마가 얼떨떨한 목소리로 대답하자 츠키요는 "실례하겠습니다." 하고 양해를 구하고 세면실로 향했다. 문이 닫히고 츠키요의 모습이 시야에서 사라지자 유마는 크게 숨을 내쉬었다.

절체절명의 위기가 끝난 건 아니다. 하지만 적어도 마음을 진정시킬 시간이 주어져서 고마웠다. 벽시계를 보자 곧 오전 7시였다. 어느새 한 시간 가까이 츠키요와 이야기를 나누었다. 기운이 빠질 만도 하다.

앞으로 어쩌면 좋을까. 머리를 난폭하게 쓸어 올리다 말고 유마는 번개라도 맞은 것처럼 몸이 뻣뻣해지는 것을 느끼며 세면실 문을 보았다. 변기 저수조에 독 캡슐이 든 알약 케이스를 숨겨 놓았다. 혹시 명탐정은 그걸 확인하려고 화장실에 간 것 아닐까.

차분해졌었던 심장 박동이 단숨에 빨라졌다. 판사의 판결을 기다리는 피고인 같은 기분으로 유마는 츠키요가 세면실에서 나오기를 기다렸다.

문이 열리고 츠키요가 손수건으로 손을 닦으며 나왔다.

"왜 그러세요? 그렇게 무서운 얼굴로."

자신을 응시하는 유마를 보고 츠키요는 고개를 갸우뚱했다.

"아니요, 아무것도 아닙니다."

유마는 답답한 심정으로 얼른 시선을 돌렸다. 이 명탐정은 그냥 화장실을 빌렸을 뿐일까, 아니면 저수조에 숨긴 흉기를 찾으려 한 걸까.

뿌드득 이가 갈리려는 걸 턱에 힘을 주어 참으며 유마는 츠키요의 다음 말을 기다렸다.

"그런데 이치조 선생님……."

츠키요가 손수건을 호주머니에 넣은 순간, 느닷없이 요란한 벨소리가 방의 공기를 휘저었다.

"어, 뭔가요, 이거?"

츠키요가 허둥지둥 실내를 둘러보았다. 유마가 "저도 모르겠습니다!" 하고 대답하는 것과 동시에 창가의 천장에 달려 있던 모터가 일제히 가동되며 창문이 전부 밖을 향해 열렸다.

「식당에서 화재 발생. 식당에서 화재 발생. 즉시 대피하십시오.」

인공적인 음성이 울려 퍼졌다.

화재? 그렇다면 창문이 열린 건 연기를 배출하기 위해서인가. 몸이 굳어 버린 채 유마가 그런 생각을 하고 있는데, 갑자기 손이 잡아당겨졌다.

"이치조 선생님, 가시죠. 위쪽에 있으면 연기에 휩싸일 가능성이 있어요.”

유마의 손을 잡은 츠키요가 재촉했다. 마비 상태에서 벗어난 유마는 “아, 네.” 하고 멍한 목소리로 대답하고 츠키요와 함께 출입구로 달렸다.

문을 열고 방에서 나왔다. 다행히 나선계단에 연기나 불길은 보이지 않았다. 유마와 츠키요는 얼굴을 마주 보고 살짝 고개를 끄덕인 후, 계단을 뛰어 내려갔다.

계단을 4분의 3바퀴쯤 내려가자, 화려한 분홍색 잠옷을 입은 유메요미가 칠호실 문을 열고 계단을 살피는 모습이 보였다.

“유메요미 씨, 같이 대피하시죠.”

아오이가 말을 걸었다. 유메요미는 당황한 표정으로 이쪽을 보았다.

“하지만 이런 꼴로 어떻게.”

“그런 말씀 하실 때가 아니에요. 가요.”

츠키요가 잠옷 자락을 잡아당기자 유메요미는 “알았으니까 잡아당기지 말아요.” 하고 소리를 지르면서도 슬리퍼를 잘잘 끌며 계단을 내려갔다.

벨소리가 울리는 가운데, 유마 일행은 1층에 도착했다. 홀에도 연기는 없었다. 하지만 타는 냄새가 희미하게 코끝을 스쳤다.

“이쪽이에요!”

비명을 지르듯 외치는 소리가 들렸다. 유마는 바닥을 박차고 그쪽으로 향했다. 메이드복 차림의 마도카와 요리사복을 입은 사카이즈미가 식당 문을 밀고 있었다.

유마가 “어떻게 된 겁니까?” 하고 다가가자 마도카가 울상으로 쳐다보았다.

“문이 안 열려요.”

유마는 두 사람과 함께 문을 밀었다. 살짝 움직이기는 했지만 열리지는 않았다.

“무슨 일이야?”

뒤에서 탁한 목소리가 들렸다. 돌아보자 카가미였다. 이어서 사쿄와 쿠루마도 도착했다.

“식당에서 불이 난 모양입니다. 하지만 들어갈 수가 없어요.”

유마의 대답에 카가미는 마도카의 어깨를 잡았다.

“이봐, 이 문 열쇠는 어디 있어? 내가 가지고 있는 마스터키로도 열리나?”

“아니요, 열쇠로는 못 열어요.” 마도카는 겁먹은 표정으로 대답했다. “식당에서 잡일을 할 때 손님 눈에 띄지 않도록 문을 잠가두기 위해 간단한 빗장만 두 개 달아놨거든요. 밖에서는 빗장을 못 벗겨요.”

마도카 말대로 문에는 열쇠 구멍이 없었다. 유마는 어젯밤에 금속 막대를 회전시켜 돌기에 얹는 방식의 빗장을 본 것이 떠올랐다.

“그럼 안에 누군가 있다는 말입니까?”

사쿄의 질문에 유마가 사람들을 둘러보자 마도카가 “오이타 씨예요!” 하고 소리쳤다.

“오이타 씨가 안에서 아침 식사를 위해 테이블을 준비하고 있을 거예요!”

"그럼 집사 아저씨는 왜 안 나오는 건데요? 안에서 뭘 하는 거람?"

쨍쨍 울리는 목소리로 말하는 유메요미를 마도카가 매섭게 노려보았다.

"그걸 모르니까 어떻게든 문을 열려는 거잖아요!"

상대가 손님이라는 사실을 잊은 것처럼 마도카가 날카롭게 쏘아붙이자, 유메요미는 몸을 살짝 젖혔다.

"……어쩔 수 없군." 카가미가 마도카를 밀어내고 앞으로 나섰다.

"열쇠로 열 수 없다면 문을 부수는 수밖에. 어이, 의사 선생, 요리사, 좀 도와줘."

카가미의 요청에 유마와 사카이즈미는 힘 있게 고개를 끄덕였다. 세 사람은 한데 뭉쳐 문 앞에 섰다.

"셋에 가는 거야. 준비해. 하나, 둘…… 셋."

카가미의 신호와 동시에 세 사람은 문에 몸을 날렸다. 어깨에 충격과 통증이 느껴지고, 문이 크게 삐걱거렸다. 세 사람은 호흡을 맞추어 다시 문으로 돌진했다. 커다란 소리와 함께 문이 열렸다. 세 사람은 균형을 잃고 실내로 고꾸라졌다.

검은 연기가 훌로 흘러나왔다. 눈이 따끔따끔하고 눈물로 시야가 흐려졌다. 연기를 들이마신 유마가 콜록거리는데, 차가운 물이 몸을 때렸다. 고개를 들자 천장의 스프링클러에서 물이 콸콸 쏟아지고 있었다. 탄내에 섞여 자극적인 냄새가 코를 찔렀다.

다음 순간 고막이 아플 만큼 큰 비명이 울려 퍼졌다. 고개를 돌려 뒤를 보았다. 얼굴이 새파랗게 질린 유메요미가 양손으로 입을 막고 있었다. 다른 사람들도 표정이 딱딱하게 굳었다. 다리가 풀린 듯 그 자리에 무릎을 꿇은 마도카가 떨리는 손가락으로 식당을 가리켰다.

"오, 오이타…… 씨가……."

잘 보이지 않는 눈을 비비며 마도카가 가리킨 방향으로 시선을 돌렸다. 통유리창으로 사정없이 비쳐 드는 아침 햇살이 눈부셨다. 잠시 후 겨우 햇빛에 익숙해진 눈에 실내의 상황이 비친 순간 사고가 정지됐다. 자신이 뭘 보고 있는지 이해가 되지 않았다.

테이블 앞에 오이타가 위를 보고 쓰러져 있었다. 집사복 셔츠는 새빨갛게 변색됐고, 몸 밑에서는 스프링클러의 물에 희석된 빨간 액체가 바닥에 넓게 퍼져 나갔다. 얼굴은 안쪽을 향하고 있어서 잘 보이지 않지만, 어쨌거나 미동도 없다.

어째선지 오이타 주변에는 하얀 깃털 같은 것이 흩어져 있었다.

카가미가 스프링클러에서 물이 쏟아지는 데도 아랑곳없이 오이타에게 다가가 무릎을 꿇고 목에 손을 댔다.

"죽었어. 가슴을 여러 번 찔렸군."

"그런……." 유마의 입에서 흘러나온 목소리는 자기가 듣기에도 이상하게 느껴질 만큼 가녀렸다.

그때 울려 퍼지던 벨소리와 스프링클러에서 쏟아지던 물이 동시에 멈췄다.

"이런, 이건 또 뭐야……."

몸을 일으킨 카가미가 식탁을 보고 목소리를 높였다. 유마는 비틀비틀 다가가 테이블을 내려다보았다. 온몸에 소름이 쭉 끼쳤다.

식탁보 한복판이 검게 탔다. 분명 여기서 불길이 솟아오른 것이리라. 하지만 유마의 시선을 끈 것은 불탄 식탁보가 아니었다.

순백의 식탁보에는 큼지막하게 휘갈겨 쓴 글씨가 있었다.

불길하게도 칙칙한 검붉은색 글씨가…….

"이거, 설마……."

유마가 잠긴 목소리로 중얼거리자, 카가미는 두피가 벗겨져라 머리를 벅벅 긁었다.

"그래, 틀림없어. 오이타의 피로 쓴 거야."

"피로……."

시야가 크게 흔들리는 걸 느끼며 유마는 삐뚤삐뚤해서 읽기 힘든 글씨를 눈으로 좇았다.

'조가타케산 증발 사건'

그 글씨가 솟아올라 덮쳐 오는 듯한 착각에 유마는 몸을 휘청했다.

2

"두 번째 희생자가 나오고 말았네요."

츠키요가 다가와 쓰러져 있는 오이타를 내려다보았다.

"하지만 첫 번째 현장과는 대조적으로 이번에는 아주 요란스러워요. 식탁보에 적힌 '조가타케산 증발 사건'은 10여 년 전에 이 지방에서 발생한 연쇄 살인 사건 아니던가요? 일부러 피로 그걸

써 놓다니, 의도가 뭘까요?"

"이봐, 아마추어가 현장에 들어오면 안 돼."

카가미가 어깨를 밀자 츠키요는 그 손을 가볍게 뿌리쳤다.

"너무 딱딱하게 굴 것 없잖아요. 현장을 어지럽힐 생각은 없어요. 애당초 스프링클러 때문에 엉망이 됐으니 현장 보존이고 뭐고 다 글렀는걸요."

"상태가 어떻든 현장은 감식반이 올 때까지 최대한 고스란히 남겨둬야 해."

"하지만 감식반은 모레에야 오잖아요. 그렇게 시간을 지체했다간 '증거'가 다 사라질지도 모른다고요. 역시 우리끼리 기록해 둬야 해요."

천연덕스러운 얼굴로 츠키요가 말하자 카가미는 미간에 주름을 잡았다.

"몹시 침착하군. 아하. 연쇄 살인 사건이 벌어질 거라 확신했기 때문인가?"

아니다, 이건 연쇄 살인 사건이 아니다. 내가 죽인 건 코즈시마뿐이다. 그런데 대체 왜 오이타가 살해당한단 말인가. 멍하니 서 있는 유마 옆에서 츠키요가 어깨를 움츠렸다.

"혹시 절 범인으로 의심하시는 건가요? 저는 명탐정이라 처참한 현장에도 익숙해서 그럴 뿐이에요. 다만……."

츠키요는 입술 가장자리를 끌어올리고 눈을 가늘게 떴다. 황홀하다고도 할 수 있는 그 표정을 보고 유마는 몸이 굳어 버렸다.

"연쇄 살인 사건으로 발전할 가능성은 분명 염두에 두고 있었어요. 하지만 이처럼 범상치 않은 현장을 접할 줄은 꿈에도 몰랐네요."

"……기뻐 보이는군. 이런 현장을 보고 웃다니, 정신줄이 몇 가닥 끊어진 거 아니야?"

카가미가 내뱉듯이 말하자 츠키요는 공손하게 머리를 숙였다.

"칭찬해 주시다니 영광입니다."

"칭찬은 개뿔. 됐으니까 나가. 당신이 뭐라고 지껄이든 식당은 출입 금지야."

"잠깐만요!" 식당 밖에서 돌처럼 굳어 있던 마도카가 갑자기 크게 소리쳤다. "오이타 씨를 거기 내버려 두시려고요?"

카가미는 마도카를 힐끔 보더니 "당연하지." 하고 대답했다.

"하지만 경찰은 모레 저녁에야 온다면서요. 1층은 냉난방 장치가 전부 연결돼 있어서 식당만 온도를 낮출 수 없어요. 그러니……."

목이 메는지 마도카가 말을 멈췄다. 츠키요가 부드러운 목소리로 말을 이어받았다.

"이대로 놔두면 오이타 씨의 시신이 부패할 거라는 말씀이시군요."

마도카는 새빨갛게 충혈된 눈으로 연신 고개를 끄덕였다.

"오이타 씨는 제게 메이드의 기본부터 가르쳐 주셨어요. 4년간 이 저택에서 함께 지내면서 주인어른을 모셔 왔다고요."

마도카는 양손에 얼굴을 묻더니 목 놓아 울기 시작했다.

"카가미 씨, 현장 보존도 중요하지만 시신이 상하는 건 좋지 않을 텐데요. 시신에서 얻을 수 있는 수많은 정보를 잃을지도 몰라요. 그뿐만 아니라 저택에서 생활하기 위해서는 꼭 이용해야 하는

1층에 시신을 놔뒀다가 부패하면, 사람들의 정신건강에도 악영향을 끼칠 겁니다."

츠키요의 지적에 카가미는 벌레를 씹은 듯한 표정으로 몇십 초 생각에 잠긴 후 마도카를 보았다.

"이봐, 메이드 아가씨. 그럼 어디다 시신을 보관하면 좋겠어? 식료품 보관용 냉동실이라든가?"

"잠깐만요!" 이번에는 사카이즈미가 소리쳤다. "냉동실은 좀 봐주세요. 저, 식료품을 꺼내러 하루에도 몇 번이나 냉동실을 들락날락해야 한단 말입니다. 여러분도 시체와 같이 보관된 식료품을 먹기는 싫으시잖아요."

츠키요가 "저는 괜찮은데요." 하고 고개를 갸웃하자 사카이즈미는 고개를 절레절레 흔들었다.

"아오이 씨는 괜찮아도 다른 사람들은 안 괜찮다고요. 냉동실은 절대로 안 됩니다."

"그럼 어디 놔두라는 거야." 카가미가 짜증난다는 듯이 머리를 쓸어 올렸다.

"십호실은 어떨까요……?" 마도카가 머뭇머뭇 제안했다. "오이타 씨가 사용하던 십호실이라면 냉난방 장치가 독립되어 있으니, 난방을 꺼서 온도를 낮출 수 있어요. 게다가 2층이니까 오이타 씨를 옮기기도 그렇게 힘들지는 않을 거예요."

"십호실 열쇠는 어디 있나?"

"오이타 씨는 늘 집사복 가슴 주머니에 넣고 다녔어요."

카가미는 오이타의 주머니를 뒤져서 '십'이라고 새겨진 열쇠를 꺼냈다.

“다들 이의 없지? 그럼 메이드 아가씨가 옮기는 걸 도와줘. 내가 상체를 들 테니까 당신이 다리를 잡아.”

카가미의 지시를 듣고 마도카의 표정이 얼어붙었다. 그 모습을 보고 유마가 앞으로 나섰다.

“아무리 오이타 씨가 말랐다지만 여자가 옮기기는 힘들 겁니다. 제가 대신…….”

“시끄러워, 입 다물어!”

카가미의 호통소리에 유마는 몸을 움찔했다.

“메이드 아가씨가 간곡히 부탁해서 어쩔 수 없이 시신을 이동시키는 거잖아. 그럼 본인이 책임을 져야지. 알아들었으면 의사 선생은 빠져.”

유마가 “하지만…….” 하고 말꼬리를 흐리자, 마도카가 딱딱한 표정으로 옆을 지나쳤다.

“토모에 씨, 무리는 하지 않는 게…….”

“괜찮아요.” 마도카는 결의가 담긴 목소리로 말했다. “카가미님 말씀이 옳은걸요. 그리고 오이타 씨께 작으나마 감사의 마음을 표현하고 싶어요. 그러니까 시신은 제가 옮길게요.”

“각오가 좋군. 그럼 빨리 준비해.”

카가미가 오이타의 양 겨드랑이 밑으로 손을 넣었다. 마도카는 눈을 돌린 채 오이타의 두 다리를 잡았다.

카가미의 힘이 세서인지 오이타의 시신은 쑥 들렸다.

“좋아, 이대로 가자. 시신을 놓아두고 아무도 들어가지 못하도록 십호실 문을 잠글 거야. 그러고 젖은 옷을 갈아입고 돌아올 테니까 나머지는 얌전히 기다리고 있어. 알겠나."

카가미는 지시를 내린 후, 마도카와 함께 오이타의 시신을 들고 식당을 나서서 홀 중앙에 우뚝 선 유리 기둥 뒤편으로 사라졌다. 그 모습을 바라보던 유마에게 사카이즈미가 말을 걸었다.

"이치조 선생님, 저희도 옷을 갈아입는 게 어떨까요? 이대로 있다간 감기 걸리겠어요."

그 말을 듣고서야 자신이 물을 덮어써서 쫄딱 젖었다는 것이 생각났다.

"아아……, 그렇지. 갈아입자."

유마는 사카이즈미와 함께 카가미와 마도카를 뒤쫓아 계단 입구로 향했다. 나선계단을 한 바퀴하고 4분의 1쯤 올라가자 막 닫히려고 하는 십호실 문이 보였다. 오이타를 무사히 옮긴 모양이다.

계단을 더 올라가 사호실 앞 계단참에 다다랐다. 서둘러 나오느라 문을 잠그지 않았으므로 유마는 바로 문을 열었다.

"그럼 이치조 선생님, 나중에 뵙겠습다. 그나저나 진짜 뭐가 어떻게 돌아가는 건지 원……."

사카이즈미는 음울한 목소리로 중얼거리며 계단을 올라갔다.

그 말마따나 뭐가 어떻게 돌아가는 걸까. 너무나 해괴한 사태에 사고능력이 마비돼 생각이 뒤죽박죽된 상태로 유마는 방에 들어갔다.

츠키요와 카가미는 이번 일을 연쇄 살인으로 여기는 듯한데, 그럴 만도 하다. 고작 한나절 사이에 희생자가 두 명이나 나왔으니까.

명백한 살인 사건이 발생했으니, 이제 아무도 코즈시마가 자살했다고는 생각지 않으리라. 자연사, 또는 자살로 코즈시마를 처리하려는 계획은 완전히 물 건너갔다.

"하지만 나쁘지만은 않아……." 유마는 작게 혼잣말했다.

사람들은 분명 동일범이 코즈시마와 오이타를 살해했다고 생각할 것이다. 그 착각을 잘 이용할 수 있을지도 모른다.

충격적인 일 때문에 마비된 사고능력이 조금씩 회복됐다.

그런데 누가 무슨 목적으로 오이타를 죽인 걸까. 유마는 곰곰이 생각해 보았다.

나 혼자만 코즈시마를 노린 것이 아니었다는 가설이 제일 유력하다. 아까 츠키요에게 설명했듯이 코즈시마를 죽일 동기가 있는 사람은 헤아릴 수 없이 많다. 그리고 이번 행사는 저택에 틀어박혀 타인과 거의 접촉하지 않았던 코즈시마를 죽일 얼마 안 되는 기회였다. 나 말고도 코즈시마 살해 계획을 세운 사람이 있었던들 이상할 것 없다.

유마는 갈아입을 옷을 들고 세면실로 들어가서 젖은 셔츠를 벗었다.

놈은 내게 선수를 빼앗겼다. 다만 놈과 내게는 결정적인 차이가 있었다.

"놈의 목표물은 코즈시마뿐이 아니었던 거야……." 유마는 수건으로 몸을 닦았다.

왜 오이타까지 죽여야 했을까. 왜 그렇게 해괴한 살해 현장을 연출했을까. 피로 쓴 '조가타케산 증발 사건'이라는 글씨. 그것이야말로 수수께끼를 풀 힌트가 틀림없다.

아니, 지금 생각해야 할 문제는 그게 아니다. 새 옷을 입으면서 유마는 고개를 저었다.

"잘하면 놈에게 코즈시마를 살해한 죄를 덮어씌울 수 있을지도 몰라."

유마는 변기로 다가가 저수조 덮개를 열었다. 저수조에는 알약 케이스가 둥실둥실 떠 있었다.

이걸 버리지 않길 잘했다. 오이타를 죽인 범인을 찾아내 소지품에 이 알약 케이스를 슬쩍 섞어 두면 코즈시마를 독살한 것도 놈이라고 볼 수 있다. 결정적인 증거가 있으면 그 인물이 아무리 부정해도 소용없다.

해야 할 일이 정해졌다. 유마는 저수조 덮개를 덮고 양손으로 뺨을 때려 정신을 다잡았다.

유마는 사호실을 나서서 문을 잠근 후, 계단을 내려가 1층으로 향했다. 코즈시마와 격투가 벌어져 옷이 엉망이 됐을 때를 대비해 갈아입을 옷을 가져오길 잘했다. 그런 생각을 하며 식당 앞으로 돌아가자 쿠루마를 비롯한 사람들이 눈썹을 찡그린 채 식당 안을 바라보고 있었다.

"왜 그러세요?"

말을 건 유마는 식당을 보고 할 말을 잃었다. 츠키요가 네발로 엎드려 바닥에 얼굴을 가까이 댄 채, 오이타가 쓰러져 있던 곳에 고인 탁한 붉은색 물을 관찰하고 있었다. 마치 네발짐승이 바닥에 떨어진 피를 핥으려 하는 모습처럼 보였다.

"뭐 하세요?"

다가가서 말을 걸자 츠키요는 "수사 중인데요?" 하고 의아하다는 듯 고개를 들었다.

"수사라니……, 물로 축축한 곳에 무릎을 대고 있으면 옷 다 버립니다."

"아까 말씀드렸다시피 이 양복은 명탐정의 유니폼이에요. 수사하느라 유니폼이 더러워지는 건 당연한 일이죠. 괜찮아요."

"……그런가요. 그런데 뭐 좀 알아내셨습니까?"

"물론 이것저것 알아냈죠. 테이블 아래 등을 확인했는데, 식당에 범인으로 추정되는 인물은 없었습니다."

"그야 그렇겠죠."

휴게실과 달리 테이블과 의자, 그밖에는 포플러 화분과 히터 정도밖에 없는 공간이다. 시야가 가려지는 곳은 거의 없다. 실내에 범인이 있었다면 금방 알아차렸을 것이다.

"그리고 눈이 부시길래 커튼을 쳐서 지금은 보이지 않지만, 식당 유리창은 휴게실과 일호실처럼 붙박이창이에요. 즉, 이호실부터 십호실과는 달리 창문이 열리지 않죠. 마지막으로 빗장을 보시죠."

츠키요는 출입구로 다가갔다. 문 옆쪽 벽에 달린 회전식 빗장 두 개. 그중 위쪽 빗장이 벽에서 떨어질 것처럼 안쪽으로 잔뜩 휘어진 상태였다.

"놋쇠로 만든 겁니다. 이 빗장이 걸려 있어서 문이 열리지 않았던 거겠죠. 그리고 세 분이 이 빗장과 함께 문을 부수고 들어갔을 때, 식당에는 오이타 씨의 시체만 남아 있었을 뿐 범인은 없었고요."

"그럼 설마 이 방도……."

"맞아요." 츠키요가 손가락을 딱 튕겼다. "밀실이었어요."

"하지만 일호실의 실린더 자물쇠와 달리 이 빗장은 회전시켜서 돌기에 올리는 단순한 장치인데요. 이거라면 물리 트릭을 간단히 사용할 수 있지 않겠습니까?"

"꼭 그렇다고는 볼 수 없죠. 문이 부서질 때까지 연기도 물도 새어 나오지 않았으니까, 틈새는 거의 없었을 거예요. 실 따위를 이용해서 트릭을 만들기는 쉽지 않겠죠. 게다가 그 같은 물리 트릭을 사용하면 대부분 흔적이 남는 법이라고요. 예를 들면 칠이 벗겨진다거나. 하지만 이번에는 그런 흔적이 눈에 띄지 않았어요. 빗장이 망가질 때 생긴 걸로 추정되는 흔적뿐이에요. 밀실 전문가인 쿠루마 선생님의 의견은 어떠신지요?"

츠키요가 난데없이 식당 밖에 서 있는 쿠루마에게 물었다.

"어이구, 전문가라고 한들 난 밀실을 소재로 소설을 쓰는 게 전부니까……."

"너무 겸손해하지 마시고요. 일본이 넓다지만 쿠루마 선생님만큼 밀실에 정통하신 분은 안 계십니다. 더구나 지금 저희는 그야말로 소설 속에서밖에 일어나지 않을 법한 사건과 맞닥뜨렸는걸요. 부디 지혜를 빌려주세요."

츠키요의 열띤 요청에 머뭇머뭇 식당으로 들어온 쿠루마는 일단 망가지지 않은 빗장을 바라보았다.

"만약 망가진 위쪽 빗장이 이것과 완전히 똑같다고 가정한다면, 확실히 실을 사용한 물리 트릭은 구조가 너무 단순해서 오히려 어려울지도 모르겠군. 막대 모양 금속인 데다 끝부분이 둥글어서 실을 걸기가 아주 힘들겠어. 게다가 틈새가 거의 없었다면, 실 이외의 도구를 사용해 밖에서 빗장을 거는 건 비현실적이라고 봐야겠지."

"감사합니다, 쿠루마 선생님. 크게 참고할 만한 의견이었어요." 츠키요는 정중하게 고개를 숙였다. "따라서 오이타 씨가 살해된 건에서는 우선 어떻게 밀실을 만들었느냐는 수수께끼가 대두됩니다."

"우선이라면 그밖에도 수수께끼가 있다는 겁니까?"

식당 밖에서 사쿄가 물었다. 츠키요는 "네, 물론이죠." 하고 고개를 끄덕였다.

"범죄 현장에 불을 지른 건 증거를 인멸하기 위해서였겠죠. 하지만 스프링클러가 작동돼 식탁보만 약간 탔을 뿐, 불은 금방 꺼졌어요. 자, 그럼 범인은 어떻게 불을 질렀을까요."

"어, 그야 라이터 같은 걸 사용하지 않았을까요?"

사쿄의 대답에 츠키요는 고개를 저었다.

"그건 아닐 거예요. 식탁보가 조금밖에 타지 않은 걸 고려하면, 분명 불이 붙고 얼마 지나지 않아서 스프링클러가 작동했겠죠. 동시에 비상벨이 울려서 모두가 1층으로 달려왔습니다. 저와 이치조 선생님은 비상벨이 울리고 이 분쯤 지나서 왔을걸요. 토모에 씨와 사카이즈미 씨는 더 빨랐을 거고요. 그 사이에 뭔가 트릭을 사용해 식당을 밀실로 만들고 달아나기는 어려울 거예요."

"그럼 어떻게 된 겁니까?" 사쿄는 관자놀이를 손으로 짚었다.

"불길이 치솟았을 때 범인은 이미 식당을 밀실로 만들고 탈출한 뒤였겠죠."

"범인이 직접 불을 지른 게 아니라, 자동으로 불이 나는 트릭, 예컨대 일종의 시한 발화 장치를 사용했다는 건가."

쿠루마의 말에 츠키요는 "맞습니다." 하고 대답하더니 테이블을 가리켰다.

"다만 그 '시한 발화 장치'가 어떤 유형인지는 모르겠네요. 일정한 시간 후에 불을 지르는 장치를 사용하면 보통은 양초나 시계, 또는 불탄 성냥 등의 흔적이 남는 법이죠. 하지만 아무리 찾아도 그런 흔적이 보이지 않아요."

"싹 불타 버린 것 아닐까요? 아니면 물에 떠내려갔다든가." 유마가 끼어들었다.

"불이 금방 꺼졌으니 완전히 불타지는 않았겠죠. 그리고 물에 떠내려갔을 가능성을 고려해 바닥에 엎드려 샅샅이 뒤졌지만 이렇다 할 성과는 없었어요. 유일하게 찾아낸 건 이 정도입니다."

츠키요는 테이블 위에 있는 작은 흰색 깃털 같은 물건을 집어 들었다.

"그건?" 유마는 얼굴을 가까이 댔다.

"아마 포플러의 솜털이겠죠. 식당에는 관엽식물로 포플러 화분을 많이 놓아두었으니까요. 보세요. 식당에 놓아둔 포플러의 솜털이 대부분 뜯겨 나갔어요."

"왜 그런 짓을……."

"그건 아직 모르겠네요. 하지만 어젯밤에 오이타 씨가 설명한 바에 따르면 솜털이 달린 포플러가 마치 눈이 쌓여 있는 것처럼 보여서 코즈시마 씨가 장식해 두었다고 했죠. 그리고 흩어진 상태를 보건대, 솜털은 주로 오이타 씨의 시신 위에 놓여 있었던 것 같아요."

"비유 살인이라는 건가. 시신이 눈에 덮인 모양새를 연출하고 싶었다든가."

쿠루마가 벗어진 머리를 문질렀다.

"그럴지도 모르죠. 식탁보에 피로 적은 글씨를 봐도, 범인이 뭔가 전하고 싶었던 건 분명합니다. 다만 여기에도 이상한 점이 있어요. 피로 글씨를 남기면서까지 전하고 싶은 메시지가 있었는데, 왜 불을 질렀는가. 만약 스프링클러가 작동하지 않았다면 그 메시지는 불타서 아무에게도 전해지지 않을 텐데 말이죠."

유마는 "앗." 하고 목소리를 흘렸다. 그 당연한 수수께끼를 알아차리지 못한 것이 부끄러웠다.

"이 사건은 너무나 불가사의해요. 수수께끼를 하나하나 꼼꼼하게 풀어 나가지 않으면, 진상에 다다를 수 없을 거예요. 다만 그러기 위해서는 일단 정보가 꼭 필요하죠. 우선은 이것부터요."

츠키요는 식탁보에 피로 적힌 글씨를 가리켰다.

"조가타케산 증발 사건, 들어는 봤지만 제가 명탐정으로 활동하기 전에 일어난 사건이라 자세한 내용은 잘 모르는데."

츠키요가 중얼거리자 사쿄가 손을 들었다.

"제가 잘 압니다. 작년에 저희 잡지에서 특집으로 다뤘거든요."

"그렇군요. 그럼 설명 부탁드립니다."

츠키요의 얼굴이 확 밝아졌다. 사쿄가 "그럼……." 하고 자세를 바로 했을 때 성난 목소리가 메아리쳤다.

"너희들, 뭐 하는 거야!"

카가미가 돌아왔다. 뒤쪽에 마도카와 사카이즈미도 보였다.

"뭐 하냐니요. 보시다시피 현장 검증 중인데요. 형사님이 기다리라고 해서요."

"난 얌전히 기다리라고 했어, 얌전히! 왜 아마추어가 멋대로 현장을 어지럽히는 거야!"

"딱히 어지럽히지는 않았는데요."

"당장 거기서 나와. 현경에 연락해서 앞으로 어떻게 해야 할지 지시를 받겠어."

츠키요는 마지못해 다른 사람들과 함께 식당에서 나왔다.

"하지만 연락한다고 경찰이 빨리 오는 건 아니잖아요." 사카이즈미가 불안한 목소리로 말했다.

"이미 두 명이나 죽었어. 경우에 따라서는 현경에서 헬리콥터를 띄울지도 몰라. 오늘은 날씨도 좋으니까."

"헬리콥터가 있어요?" 지금까지 창백한 얼굴로 아무 말도 없던 유메요미가 목청을 높였다.

"그럼 당장 불러서 우리를 여기서 빼 달라고 해요. 두 명이나 살해당했다고요. 어젯밤부터 계속 느꼈어요. 사악한 뭔가가 이 저택에 숨어서 우리를 노리고 있다는 걸. 분명 살인귀가 숨어들어서 코즈시마 씨와 오이타 씨를 죽이고 도망친 거예요!"

"아니요, 그건 아닐 겁니다." 츠키요가 즉시 부정했다. "이치조 선생님과 사카이즈미 씨가 옷을 갈아입으러 간 사이에 식당과 휴게실 창문으로 확인했는데, 저택 주변에 쌓인 눈에 발자국은 남아 있지 않았어요. 어젯밤에 눈이 조금 내렸지만 발자국이 사라질 정도는 아니거든요. 코즈시마 씨가 목숨을 잃은 후로 저택에 드나든 사람은 없어요."

"그럼……." 유메요미는 주변 사람들을 둘러보더니 뒷걸음쳤다.

"네, 두 사람을 죽인 범인은 지금도 저택에 있을 가능성이 높습니다."

츠키요가 담담하게 목소리로 꺼낸 충격적인 발언에 홀의 분위기가 크게 요동쳤다. 다들 굳은 표정으로 서로 얼굴을 마주 보았다.

"아아, 걱정하지 마세요. 여러분 중에 범인이 있다고 단정하는 건 아니니까요. 어쩌면 어제저녁이 되기 전에 누군가가 저택에 침입해, 유메요미 씨 말대로 숨어 있는 건지도 모르죠. 다만 아무에게도 들키지 않고 오랜 시간 숨어 있기는 힘들 테니, 이 중에 범인이 있을 가능성이 꽤 높은 건 사실입니다만."

츠키요의 말에 분위기가 더 무거워졌다.

"누가 죽였는지는 내 알 바 아니고요! 문제는 이 저택에 살인자가 있다는 거잖아요. 제발 빨리 연락해서 헬리콥터로 우리를 산기슭 동네로 옮겨 달라고 해요!"

유메요미가 소리를 빽빽 질렀다. 카가미는 양손으로 귀를 막았다.

"거참 더럽게 시끄럽네. 당신이 시키지 않아도 연락할 거야."

바지 호주머니에서 스마트폰을 꺼낸 카가미는 "뭐야, 이건?" 하고 인상을 찌푸렸다.

"연결이 안 되는데. 당신들 건 어때?"

유마는 얼른 재킷 호주머니에서 스마트폰을 꺼냈다. 어젯밤까지 연결되어 있던 와이파이가 지금은 잡히지 않았다.

"제 것도 안 됩다." "내 것도요." "저도……."

스마트폰을 확인한 사람들이 저마다 말했다.

"그럼 제가 집 전화로."

마도카는 벽에 달린 전화의 수화기를 들어 귀에 댔다. 번호를 누르려다 마도카가 손을 멈췄다. 마도카의 손에서 수화기가 떨어졌다.

"이봐, 왜 그래?"

카가미가 묻자 마도카는 목뼈가 녹슨 것처럼 부자연스럽게 고개를 돌려 이쪽을 보았다.

"전화가…… 안 되네요. 아마……, 전화선이 끊어진 모양이에요. 여러분의 스마트폰이 먹통인 것도 그 탓이 아닐까……."

"무슨 소리예요? 전화선이 끊어진 거랑 스마트폰이 먹통인 게 무슨 상관인데요?"

유메요미가 비명을 지르는 듯한 목소리로 물었다.

"이 지역은 도심과 떨어져 있어서 휴대 전화 전파가 닿지 않아요. 그래서 전화선과 함께 인터넷 회선을 끌어와서 와이파이 전파를 사용해 휴대 전화가 연결되도록 해 놨거든요. 아마 전화선과 함께 인터넷 회선도 끊어진 게 아닐까 싶네요."

"그거, 못 고칩니까?"

사쿄의 질문에 마도카는 고개를 저었다.

"설비는 전부 오이타 씨 담당이라 저는 회선이 어디 있는지도 몰라요. 죄송합니다."

마도카가 머리를 깊이 숙이자 "미안하다면 다야!" 하고 유메요미가 다그쳤다.

"그만그만, 유메요미 씨. 토모에 씨를 나무란다고 무슨 수가 생기는 것도 아니잖나." 쿠루마가 유메요미를 타일렀다. "그나저나 전화라는 중요한 도구를 못 쓰게 되다니 예삿일이 아니로군. 전기와 가스는 괜찮으려나."

"네, 현재 전기는 괜찮은 것 같아요. 만에 하나 전선이 끊어지더라도 지하에 비상용 발전기도 있고요. 연료인 휘발유도 충분히 보관 중이니 걱정 안 하셔도 돼요. 가스는 가스통으로 비축해 두었고요."

"그건 다행이군. 적어도 얼어 죽을 위험성은 없겠어. 하지만 외부와는 연락이 완전히 두절된 건가."

"육지의 외딴 섬이라는 뜻이네요! '눈보라 속 산장'처럼 클로즈드 서클에서 벌어지는 연쇄 살인의 무대로 제격인 상황이에요!"

들뜬 목소리로 말하는 츠키요에게 모두가 비난의 시선을 던졌다. 아무래도 너무 조심성 없이 떠들었다는 걸 깨달았는지 츠키요는 고개를 움츠렸다. 쿠루마는 분위기를 추스르듯 "그럼." 하고 말을 꺼냈다.

"일단 앞으로 어떻게 해야 할지 생각해야겠군."

"무슨 소릴 하는 거예요! 당연히 산에서 내려가야죠!" 유메요미의 얼굴이 벌겋게 달아올랐다.

"하지만 눈사태로 길이 막혔다고……."

"그 앞까지는 차로 가고, 그다음부터는 걸으면 되잖아요. 적어도 공사를 하는 사람은 있겠죠. 그 사람들에게 도움을 받자고요."

"그게 제일 위험성이 낮을지도 모르겠군."

쿠루마가 팔짱을 끼고 생각에 잠기자 츠키요가 손을 척 들었다.

"그런데 차를 사용할 수 있을까요?"

"……무슨 뜻이지?"

"전화선이 끊겼다, 다시 말해 외부와 연락을 차단하기 위해 그랬다고 보는 게 타당하겠죠. 그렇다면 차도 내버려 두지 않았을 거예요."

잠깐 침묵이 흐른 후, 유메요미가 바닥을 박차고 달렸다. 마도카가 "같이 가요." 하고 뒤따라갔다.

다른 사람들도 즉시 쫓아갔다. 홀에서 정면 현관으로 통하는 문으로 나가서 남색 유리로 만들어진 아치 모양 복도를 나아갔다. 정면에 금속으로 된 현관문이 보였다. 유메요미가 철제 빗장을 벗기고 무거운 쌍여닫이문을 열자 살을 엘 듯한 냉기가 밀려들었다. 유마 일행은 추위에 몸을 웅크리며 밖으로 나갔다.

정면 현관에서 주차장으로 이어지는 지붕 달린 길에는 정사각형 유리가 포석처럼 깔려 있었다. 유마 일행은 지붕 덕분에 눈이 쌓이지 않은 유리 길을 총총걸음으로 나아갔다. 30미터쯤 나아가자 널찍한 주차장이 나왔다. 주차장 역시 지붕이 있어서 차도 말끔했다.

"뭐야, 이게?"

진분홍색 크라운 앞에서 유메요미가 양손으로 머리를 쥐어뜯었다. 그 옆에 마도카가 멍한 표정으로 우두커니 서 있었다.

"대체 무슨……."

두 사람을 따라잡은 유마는 도중에 말문이 턱 막혔다. 크라운의 네 바퀴에 모조리 펑크가 났다. 유마는 몸을 돌려 애차인 아텐자로 달려갔다.

"맙소사……."

크라운과 마찬가지로 아텐자도 타이어에 몽땅 펑크가 나서 차체가 푹 주저앉아 있었다.

"우리가 타고 온 버스도 틀렸어. 이래서는 못 써."

자동차가 없는 손님들이 타고 온 소형 버스 옆에서 쿠루마가 어두운 목소리로 중얼거렸다. 카가미가 "망할!" 하고 쭈그러진 버스 타이어를 걷어찼다.

유마는 몇 미터 앞에 있는 쿠페 타입의 빨간 미니 앞에서 츠키요가 절망스러운 표정을 짓고 있다는 것을 문득 알아차렸다. 처참한 살인 사건이 일어났는데도 분위기를 파악하지 못하고 신나게 떠들던 이 명탐정도 드디어 얼마나 중대한 사태인지 깨달은 모양이다.

"아오이 씨, 괜찮으세요?"

유마가 다가가자 츠키요가 중얼거리는 소리가 들렸다.

"지난달에 뽑은 새 차인데……. 이날을 위해 일부러 스노타이어로 갈았는데……."

태평한 소리를 하는 츠키요를 보고 어이없어 하고 있자니, 사쿄가 자신의 어깨를 감싸 안고 목소리를 높였다.

"여러분, 일단 저택으로 돌아가죠. 이대로 있다간 꽁꽁 얼겠어요."

"그게 좋겠군. 일단 몸을 녹이고 나서 앞으로 어떻게 할지 의논하지."

쿠루마의 제안에 반대하는 사람은 없었다. 사람들이 추위에 몸을 떨며 저택으로 돌아가는 가운데, 츠키요 혼자 주차장을 돌아다녔다.

"아오이 씨, 뭐 하세요? 저택으로 돌아갑시다."

유마가 말을 걸자 츠키요는 주차장 주변에 쌓인 눈을 가리켰다.

"보세요, 이치조 선생님. 주차장 주변에도 발자국은 없어요. 역시 범인은 저택 안에 있는 거라고요. 뭐, 저택에서 먼 곳까지 이어지는 비밀 지하 통로라도 있으면 이야기는 별개지만."

"알았으니까 들어가죠. 춥잖아요."

"아니요, 매력적인 수수께끼에 맞설 수 있다는 설렘과 새 차에 흠이 생겼다는 분노로 제 마음은 불타고 있답니다."

가슴 앞에 주먹을 불끈 쥔 츠키요가 이를 따닥따닥 맞부딪쳤다.

"봐요, 아무리 마음이 뜨거워도 몸은 식는다니까요. 가시죠."

유마는 츠키요의 손을 잡고 유리 길을 나아갔다. 문득 시선을 들자 떡하니 솟아 있는 유리관의 꼭대기, 전망실 유리에만 눈이 살짝 쌓여 있었다. 밤중에 눈이 조금 내리기는 한 모양이다.

"예쁘네요……."

츠키요가 나란히 걸으면서 중얼거렸다. 아직도 츠키요의 손을 잡고 있었다는 걸 깨닫고 유마는 얼른 손을 놓았다.

"예쁘다니 뭐가요?"

"유리관이요. 이렇게 아름다운 저택에서 연쇄 살인 사건의 수수께끼에 도전할 수 있다니 꿈만 같네요. 아니지, 어쩌면 정말로 꿈인지도 모르겠어요."

황홀한 표정으로 중얼거리는 츠키요를 보자 유마는 추위와는 다른 이유로 몸이 떨렸다.

이 명탐정은 상상 이상으로 망가졌다. 유마는 츠키요를 곁눈질로 경계하며 걸음을 옮겼다.

정면 현관으로 되돌아와 유리 터널을 통과해 홀로 들어가자, 사람들은 비통한 표정으로 입을 다문 채 아직 추위가 가시지 않은 몸을 떨고 있었다. 처참한 살인 사건이 발생했고, 외부와 연락이 차단됐으며, 산에서 내려갈 수 있는 유일한 수단을 빼앗겼다. 고작 몇십 분 사이에 상황이 일변해 사람들의 분위기가 무겁고 침침해졌다.

"일단 휴게실로 이동하지. 거기라면 그나마 차분하게 이야기를 나눌 수 있을 거야."

몇 분 침묵이 흐른 후, 쿠루마가 어두운 목소리로 말했다. 유마는 "그러시죠." 하고 고개를 끄덕이고 다른 사람들과 함께 휴게실로 향하려다 방금까지 옆에 있던 츠키요가 보이지 않는다는 걸 알아차렸다. 주위를 둘러보자 어느 틈엔가 작은 주방에서 어정거리고 있었다.

이제 어이없음을 넘어서 피곤함을 느끼며 유마는 작은 주방으로 들어갔다. 구운 치즈 냄새가 코를 스쳤다. 평소 같으면 군침이 돌았겠지만, 너무나 심상치 않은 사태에 스트레스를 받은 탓인지 속까지 쓰렸다. 작은 주방에는 아침 식사로 준비한 것인지, 맛깔나게 보이는 오믈렛과 샐러드가 담긴 접시가 주르르 놓여 있었다.

“아오이 씨, 뭐 하세요?”

“좋은 냄새가 나길래 배가 고파서 그만.”

츠키요는 손가락으로 허물어뜨린 오믈렛을 집어서 입에 넣었다.

“우와, 진짜 맛있네요. 반숙 달걀에 치즈가 녹아들어서 끝내줘요.”

유마는 손가락에 묻은 소스를 핥아 먹는 츠키요에게 “매너라고는 없으시네요.” 하고 차가운 목소리로 말했다.

“꼴사나운 짓을 했군요. 실례했습니다. 아아, 커피도 있는 모양인데요. 이치조 선생님도 한 잔 드실래요?”

츠키요는 은색 포트를 들어 컵에 커피를 따랐다. 김이 살짝 피어올랐다.

츠키요의 기행에 넌더리가 나서 “됐습니다.” 하고 유마가 딱 잘라 거절하자 마도카와 사카이즈미가 작은 주방에 들어왔다.

“아오이 님, 커피는 다 식었을 텐데요. 다시 끓일게요.”

“오믈렛도 다시 만들게요. 그거, 식으면 맛이 떨어짐다.”

츠키요는 커피를 한 모금 마시고 컵을 테이블에 내려놓았다.

“아직 따뜻하지만 밖이 워낙 추웠으니 뜨거운 게 낫겠네요. 토모에 씨, 미안하지만 다시 끓여 주시겠어요? 휴게실에서 커피로 몸을 녹이며 앞으로 어떻게 할지 방안을 논의하죠. 그래도 될까요, 쿠루마 선생님?”

작은 주방을 들여다보던 쿠루마와 다른 사람들은 머뭇머뭇 고개를 끄덕였다.

“저기, 아침은 어떻게 함까? 오믈렛을 다시 만들면 될까요?”

“그러면 시간이 걸리잖아요. 사카이즈미 씨도 논의에 참석해야 하니까 간단하게 만들 수 있는 게 어떨까요? 가벼운 핑거 푸드가 좋겠네요.”

“샌드위치라도 괜찮으시다면 금방 만들 수 있는데요. 그걸로 괜찮겠습니까?”

“네, 충분해요. 잘 부탁드릴게요. 그럼 다른 분들은 휴게실로 가실까요.”

어느 틈엔가 이야기의 주도권을 잡은 츠키요의 쾌활한 목소리가 작은 주방에 울려 퍼졌다.

3

혀를 델 만큼 뜨거운 블랙커피를 입에 머금었다. 깊은 고미와 산뜻한 산미가 입속에 퍼지고 풍부한 향기가 코로 빠져나갔다. 유마는 뜨거운 액체가 식도를 지나 위장으로 떨어지는 걸 느끼며 숨을 깊게 내쉰 후, 눈만 움직여 주변을 살폈다.

주차장에서 돌아온 지 삼십 분쯤 지났다. 저택에 있는 사람들은 휴게실 난로 곁에 자리한 소파 주변에 모여 있다. 나지막한 테이블에는 커피를 따른 컵과 샌드위치가 담긴 접시가 놓여 있다. 하지만 다들 식욕이 없는지 사카이즈미가 애써 만들어 준 샌드위치에는 별로 손을 대지 않았다. 커피를 마시는 소리만 넓은 휴게실에 스산하게 퍼져 나갔다.

"자……." 쿠루마가 답답한 침묵을 깨뜨렸다. "우선 앞으로의 일을 의논하지."

"앞으로의 일이라면, 산을 내려가거나 도움을 요청하는 방법 말이에요?"

칠호실로 돌아가서 잠옷을 드레스로 갈아입고 돌아온 유메요미가 언성을 높였다. 설탕과 크림을 잔뜩 넣은 커피가 컵에서 살짝 넘쳐서 분홍색 드레스에 묻었다.

"아니, 그건 어렵지 않으려나. 토모에 씨, 아래쪽 동네와 연락할 통신 수단은 없지?"

커피포트를 든 마도카는 "네, 없습니다." 하고 작게 대답했다.

"그렇다면 도움을 요청할 수 없어. 타이어에 펑크가 난 차로는 눈길을 달릴 수 없을 테고, 눈 내린 산을 걸어서 내려가기도 힘들 거야."

"그럼 어쩌자는 거예요? 벌써 두 명이나 살해당했다고요!"

"모레 저녁에는 경찰이 올 거야. 그때까지 여기서 기다리는 수밖에 없겠지."

"뭐라고요! 여기에 이틀이나 더 있으라고요? 시체가 두 구나 있는 이 저택에? 절대로 그렇게는 못 해요. 처음부터 찜찜한 예감이 들더라니. 어젯밤부터 줄곧 불길한 기운이 감도는 게 느껴졌어요. 이 저택은 저주받았다고요!"

유메요미가 신경질적으로 말을 쏟아내자, 다리를 꼰 채 소파에 떡 버티고 앉아 있던 카가미가 깔보듯이 코로 픽 웃었다.

"못 있겠으면 뭐 어쩌려고? 혼자 걸어서 산을 내려갈 거야? 그러고 싶으면 그러든가, 안 말릴 테니까. 당신 정도로 뚱뚱하면 얼어 죽지 않고 내려갈 수 있을지도 모르겠군."

유메요미는 "뭐라고!" 하며 소파에서 몸을 일으켰다. 사쿄가 허둥지둥 두 사람 사이에 끼어들었다.

"두 분 다 진정하세요. 지금은 싸울 때가 아닙니다."

유메요미는 카가미를 노려보며 분홍색으로 물들인 머리를 난폭하게 쓸어 올렸다.

"왜 우리를 가두려는 거야? 사람을 죽였으면, 혼자 내빼면 되잖아."

"경찰이 빨리 사건을 수사하지 못하도록 시간을 벌려는 수작 아닐까요? 분명 그럴 겁니다."

사카이즈미가 유메요미를 진정시키려 했다. 그때 식욕이 떨어진 기색 하나 없이 혼자 샌드위치를 먹고 있던 츠키요가 "그건 아닐 거예요." 하고 끼어들었다.

"경찰이 수사에 착수할 때까지 시간을 벌기 위해 통신 수단을 빼앗고 차를 못 쓰게 만들었다면, 범인은 이미 도망쳤어야 마땅하겠죠. 하지만 자취를 감춘 사람은 없어요."

"범인은 미리 저택에 숨어 있었던 겁니다. 그자가 코즈시마 씨와 오이타 씨를 죽이고 도망친 거라고요."

"아니요, 그것도 아닙니다. 만약 숨어 있던 범인이 도주했다면 흔적이 남겠죠. 하지만 저택 주변의 눈에는 발자국도 타이어 자국도 없었어요. 범인은 아직 저택에 있는 거예요."

"주인어른과 오이타 씨를 죽인 범인이 어딘가 숨어 있다는 말씀이세요?"

마도카가 모깃소리로 물었다.

"그럴 가능성도 부정할 수는 없습니다만, 저는 좀 더 단순하게 생각해요."

츠키요는 감질나게 말을 끊더니, 얼굴 옆에 집게손가락을 세웠다.

"우리 중에 범인이 있습니다."

휴게실의 분위기가 심하게 요동쳤다. 사카이즈미가 침착하지 못한 목소리로 말했다.

"그, 그럴 리……."

"그럴 리 없다고요? 왜죠? 살인귀가 아무도 모르게 저택에 숨어 있다고 보기보다, 저택을 자유롭게 돌아다닐 수 있는 우리 중 누군가가 두 사람을 죽였다고 보는 편이 자연스럽지 않을까요?"

츠키요의 담담한 설명이 너무나 합리적이라 아무도 반론할 수 없었다. 다들 부근에 있는 사람들의 얼굴을 살폈다. 주변을 감싼 분위기가 급속도로 침체됐다.

"잠깐만!" 유메요미가 헐떡이는 듯한 목소리로 말했다. "당신, 아직 내 질문에 대답 안 했잖아요."

"질문? 아아, 왜 이 저택을 고립시켜서 우리를 가두려는 거냐는 말씀이었죠. 그야 간단하죠. 범인이 아직 목적을 달성하지 못했기 때문입니다."

"목적? 그게 뭔데요?"

츠키요는 얇은 입술을 혀로 핥아서 적시더니 천천히 입을 열었다.

"물론 사람을 더 죽이는 거죠."

다들 머릿속 한구석으로는 알아차렸으면서도 입 밖에 내지 못했던 사실을 츠키요가 대번에 지적했다. 휴게실 온도가 단숨에 낮아진 것 같은 기분이 들었다.

"범인이 최종적으로 몇 명을 죽일 작정인지는 모르겠네요. 한 명일지도 모르고, 최악의 경우에는 애거사 크리스티의 대표작인 《그리고 아무도 없었다》 같은 계획일지도 모르죠."

"《그리고 아무도 없었다》라니, 그게 뭔데요? 무슨 뜻이에요?"

유메요미가 물었지만 그 명작과 너무나 흡사한 상황인지라, 내용을 알 만한 사람은 아무도 입을 열지 않았다.

"그럼 저희는 이대로 범인을 두려워하며 벌벌 떨 수밖에 없다는 겁니까?"

사쿄가 중얼거리자 츠키요는 "무슨 말씀이세요?" 하고 입꼬리를 끌어올렸다.

"외부와 연결되는 연락 수단 및 교통수단이 끊겨 저택에 갇혔다. 분명 《그리고 아무도 없었다》와 비슷한 상황이기는 합니다만, 한 가지 큰 차이가 있는걸요."

"큰 차이?" 사쿄가 눈썹을 찡그렸다.

"네, 명탐정이 있느냐 없느냐요." 츠키요는 소리 높여 말했다. "《그리고 아무도 없었다》는 명탐정이 등장하지 않는 유형의 미스터리였어요. 그렇기에 그런 처참한 상황이 발생한 거고요. 반면 유리관에는 명탐정 아오이 츠키요가 있습니다."

"당신이 뭘 할 수 있다는 거예요?" 유메요미가 성질이 난다는 듯 말을 내뱉었다.

"물론 명탐정으로서 이 사건의 진상을 밝힐 겁니다. 그러면《그리고 아무도 없었다》같은 일은 벌어지지 않겠죠. 그러니 사건을 해결하기 위해서는 정보가 필요해요. 지금부터 여러분께 이것저것 질문을 드리겠습니다."

"멋대로 이야기를 진행하지 마요. 명탐정인지 뭔지 모르겠지만, 왜 당신 말에 따라야 하는 건데? 범인을 찾기보다 여기서 탈출할 방법을 먼저 생각해야죠."

유메요미가 속사포처럼 말하자 팔짱을 끼고 있던 카가미가 "아니, 그건 아니야." 하고 중얼거렸다.

"자칭 명탐정 아가씨 말이 옳아. 이 사건의 범인은 사람을 더 죽일 생각일 테고, 산을 내려갈 방법은 없어. 그렇다면 범인의 정체를 밝혀내 가두는 게 최고지. 그리고 저택에 외부인이 숨어 있다는 덜떨어진 소리보다, 여기 있는 놈들 중에 범인이 있다는 이야기가 더 타당해."

"처음으로 의견이 일치했네요. 머리가 굳은 형사도 명탐정이 사건을 해명해 나가는 동안 그 실력을 인정한다. 미스터리 소설의 정석 중 하나죠."

"딱히 당신을 인정한 건 아니야."

카가미가 혀를 차는 소리는 귀에 들어오지 않았는지 츠키요는 기분 좋게 이야기를 이어 나갔다.

"오이타 씨가 살해된 사건의 수수께끼는, 어떻게 밀실을 만들고, 어떻게 불을 질렀는가. 그리고 왜 불을 질러야 했는가. 이 세 가지예요. 이 수수께끼를 풀기 위해 우선은……."

"어허, 밀실이니 뭐니 그딴 건 아무래도 상관없어."

카가미가 말허리를 자르자 츠키요는 뺨을 부풀렸다.

"질문은 내가 한다. 우선 집사가 살아 있는 모습을 마지막으로 본 사람은 누구야?"

카가미가 모여 앉은 사람들을 둘러보았다.

"저는 오전 5시 50분경에 1층에서 계단을 올라갈 때 오이타 씨와 마주쳤어요."

츠키요가 불만스럽게 말했다.

"그렇게 아침 일찍, 뭘 했어?"

"발자국이 없는지 확인하려고 식당과 휴게실 창문으로 바깥을 관찰했죠. 밤중에 누군가 저택에서 탈출하지 않았는지 조사한 거예요. 발자국은 눈에 띄지 않았어요."

"또 탐정 놀이를 했다 그거군."

무시하는 듯한 카가미의 말투에 츠키요의 표정이 험악해졌다. 두 사람이 눈싸움을 벌이고 있는데 마도카가 손을 살짝 들었다. 핏기가 싹 가셔서 당장이라도 쓰러질 것처럼 창백한 얼굴이었다.

"마지막으로 뵌 건 아마 저일 거예요. 손님 여러분의 아침 식사를 어떻게 할지 작은 주방에서 사카이즈미 씨와 잠깐 의논하고 함께 지하 창고에 갔는데요. 그때 홀에서 오이타 씨와 마주쳤어요."

카가미가 "정말이야?" 하고 사카이즈미에게 시선을 주었다.

"정말입다. 그 후에 오이타 씨는 바로 식당에 들어갔어요. 청소하거나 식기를 준비하려고 그랬겠죠."

"몇 시쯤이었는지 기억나나?"

"물론이죠. 저는 요리할 때 준비 단계부터 시간을 꼼꼼히 확인하면서 일을 진행하거든요. 오전 6시가 조금 지났을 무렵이었습니다."

"오전 6시에 피해자가 식당에 들어갔다. 그 후에 집사를 본 사람은?"

카가미의 질문에 대답하는 사람은 없었다.

"즉, 오전 6시부터 화재경보기가 울린 오전 7시경까지 약 한 시간 사이에 집사는 살해당한 셈이로군. 범행 시간의 범위를 그 이상 줄이기는 무리인가."

"저어……." 마도카가 기어드는 목소리로 말했다. "저는 지하 창고에서 삼십 분쯤 사카이즈미 씨를 돕다가 1층 작은 주방으로 돌아왔어요. ……사카이즈미 씨가 지하의 큰 주방에서 조리해서 업무용 소형 엘리베이터로 작은 주방에 올려주는 오믈렛을 받고 커피를 끓였죠. 그사이에 작은 주방 문을 열어 놔서 식당 출입구가 보였어요. 화재경보기가 울릴 때까지 식당에 드나든 사람은 없었습니다."

"6시 반부터 7시경까지 아무도 식당에 드나들지 않았다는 건가? 틀림없어?"

카가미가 날카롭게 묻자 마도카는 고개를 움츠렸다.

"네……, 틀림없어요. 식당 문은 열릴 때 꽤 크게 삐걱거리거든요. 문이 열렸다면 알아차렸을 거예요."

"그렇군. 그렇다면 오전 6시부터 6시 반, 삼십 분 사이에 범행이 일어난 셈인데. ……물론 당신의 증언이 진짜라면 말이지."

"정, 정말이에요! 믿어 주세요!"

겁먹은 표정으로 마도카가 호소하자 카가미는 콧등을 문질렀다.

"살인범은 언제나 '정말이에요. 믿어 주세요'라고 말하는 법이지. 당신이 범인이라면 이야기는 간단해. 6시 반에 지하에서 올라오자마자 식당에서 집사를 죽였다. 그리고 삼십 분 동안 그 그로테스크한 연출을 한 후, 불을 지르고 식당에서 나왔다."

"그럼 어떻게 밀실을 만들었는데요?"

츠키요가 끼어들었다. 카가미는 벌레라도 쫓듯 손을 내저었다.

"밀실? 알 게 뭐야. 자, 메이드 아가씨. 내 말을 부정할 수 있겠나?"

카가미는 몸을 쑥 내밀고 당장이라도 울음이 터질 것 같은 마도카의 얼굴을 쏘아보았다.

"그건 아님다."

마도카 대신 사카이즈미가 대답했다. 카가미는 "뭔 소리야?" 하고 사카이즈미에게 시선을 옮겼다.

"지하의 큰 주방과 1층의 작은 주방은 스피커가 직통으로 연결돼 있습다. 6시 반에 오믈렛을 만들기 시작한 후로 화재경보기가 울릴 때까지 저는 마도카와 계속 이야기를 나눴어요."

"……도중에 대화가 몇 분이라도 끊긴 적은 없었나?"

"없었다니까요. 제가 제법 수다쟁이라 내내 이야기를 하면서 요리했거든요. 그러니까 마도카는 범인이 아님다."

사카이즈미가 마도카에게 윙크했다. 하지만 마도카의 얼굴에서 두려운 표정은 사라지지 않았다.

카가미는 떨떠름한 표정을 짓더니 소파에 몸을 맡겼다.

"그렇다면 범행 시간은 오전 6시부터 6시 반 사이의 삼십 분인가 보군. 메이드와 요리사 빼고 그사이에 알리바이가 있는 사람 없나?”

“아침 댓바람부터 그런 게 어디 있겠어요? 당연히 혼자 자기 방에 있었겠지.”

유메요미의 말에 다른 사람들도 동의하듯 고개를 끄덕였다.

오전 6시부터 6시 반. 그 시간이라면 나는 명탐정과 함께 방에 있었다. 유마가 입을 열려던 순간 기선을 제압하듯 츠키요가 큰소리로 말했다.

“저도 알리바이는 없습니다.”

왜 알리바이를 주장하지 않는 거지? 유마가 어리둥절해하자 츠키요가 눈짓했다. 뭔가 의도가 있다는 걸 이해하고 유마도 마지못해 “저도 없습니다.” 하고 말했다.

“모두 알리바이가 없어? 그럼 범행 시간을 알아도 범인을 추려낼 수 없잖아.”

“하지만 범인이 누군지 몰라도, 범인의 의도는 충분히 이해가 가지 않는가.”

혼잣말하듯 쿠루마가 중얼거렸다. 카가미가 “그건 무슨 소리요?” 하고 쿠루마를 노려보았다.

“식탁보에 피로 적은 ‘조가타케산 증발 사건’이라는 글씨 말이야. 그렇게 무시무시한 방법으로 메시지를 남기다니 아무래도 심상치 않아. 그 사건 현장에는 강한 원념이 감돌고 있어. 분명 코즈시마 군과 오이타 씨를 살해한 동기를 나타내는 거겠지. 조가타케산 증발 사건은 분명 10여 년 전에 세상을 떠들썩하게 만든 사건이었지?"

"그 사건에 대해 제가 설명하려고 했었죠. 아까 말씀드렸다시피 작년에 저희 잡지에서 조가타케산 증발 사건을 특집으로 다루었으니까요. 제가 코즈시마 씨와 안면을 튼 것도 그 특집 기사를 쓸 때 이야기를 들었기 때문입니다."

사쿄는 손을 들더니 "괜찮을까요?" 하며 카가미의 안색을 살폈다. 카가미는 마음대로 하라는 듯이 턱을 까딱했다.

"알겠습니다. 조가타케산 증발 사건은 13년 전에 발각된 연쇄 살인 사건입니다. 그 무렵 이 부근에는 작은 스키 리조트가 있었어요. 또한 북알프스 연봉의 등산로 입구인 가미고치에서도 가깝고, 차로 여기 조가타케산 중턱까지 올라와 정비된 산책로를 따라 등산 기분을 낼 수 있어서 사람들로 성황을 이루었죠. 하지만 사건이 발각되기 몇 년 전부터 스키 리조트에 온 여성이 실종되는 사건이 발생해서 온라인상에서는 '조카타케산 증발 사건'이라는 명칭으로 그럴싸한 이야기가 나돌았습니다."

괴담을 들려주는 듯한 사쿄의 설명에 모두 귀를 기울였다.

"피해자들은 가족과 소원하고 예정도 없이 혼자 훌쩍 여행길에 나서는 여성뿐이었습니다. 범인은 실종돼도 아무도 찾지 않을 인물을 아주 신중하게 선별한 모양이에요. 게다가 범행 횟수가 1년에 한두 건으로 적었던 것도 사건이 좀처럼 드러나지 않았던 이유입니다. 하지만 13년 전 겨울, 스키 리조트에서 이십 대 여성이 피투성이로 신변 보호를 요청함으로써 사건이 움직이기 시작합니다."

사쿄는 낮은 목소리로 이야기를 이어 나갔다.

"그 여성은 숙박하던 근처 펜션의 지하에 몇 주일이나 감금된 채 폭행을 당했습니다. 범인은 펜션 경영자인 후유키 다이스케라는 중년 남자였죠. 신고를 받은 경찰이 즉시 펜션으로 향했지만, 후유키는 이미 도주한 뒤였고 숲으로 향하는 발자국이 발견됐습니다. 경찰은 후유키가 숲으로 도망쳤다고 판단하고 수색을 개시했지만, 눈보라가 몰아쳐서 수색을 중단할 수밖에 없었습니다. 그리고 그날 밤, 후유키가 도망친 숲에서 대규모 눈사태가 발생했죠. 다음날 날씨가 회복되자 경찰은 백 명이 넘는 인원을 동원해 숲을 뒤졌지만, 결국 후유키를 찾지 못해 눈사태에 휘말려 사망한 것으로 결론을 내렸습니다. 덧붙여 펜션을 샅샅이 수색한 결과, 지하실 콘크리트 벽에 묻힌 젊은 여성의 백골 시신 열한 구가 발견됐고요."

너무나 끔찍한 이야기에 유마는 표정이 굳어졌다. 사쿄는 한숨 돌리고 나서 설명을 이어 나갔다.

"이 사건이 대대적으로 보도되자 조가타케산의 스키 리조트를 찾는 손님의 발길은 단숨에 끊겼죠. 불경기와 스키를 외면하는 젊은 층 때문에 안 그래도 어려웠던 상황에서 결정타를 맞고 리조트를 경영하던 회사는 파산, 주변에 있던 개인 숙박시설도 잇달아 폐업했습니다. 이게 13년 전에 일어난 일입니다."

단숨에 이야기를 마친 사쿄는 컵을 들어 식은 커피를 마셨다.

"그렇군. 어떤 사건이었는지는 잘 알겠네. 그런데 왜 코즈시마 군에게 그 사건 이야기를 들으러 갔나?"

쿠루마가 묻자 사쿄는 컵을 컵받침에 내려놓았다.

"그간 쭉 방치되어 있던 스키 리조트 부지를 몇 년 전에 코즈시마 씨가 싼값에 사들였거든요. 코즈시마 씨는 폐허로 변한 시설을 전부 철거해 공터로 만든 후, 유리관을 지었습니다."

"요컨대 원래 리조트 호텔이었던 곳에 유리관을 지었다?"

"아니요, 그게 아닙니다." 사쿄는 천천히 고개를 저었다. "유리관이 세워진 이곳은 바로 조가타케산 증발 사건의 현장이었던 펜션이 있던 곳입니다."

유마는 말문이 막혔다. 문득 옆으로 시선을 돌리자 명탐정조차 찡그린 얼굴이었다.

"……즉, 코즈시마 군은 수많은 사람이 살해당한 현장에 저택을 지었다는 건가."

쿠루마의 얼굴에 명백히 혐오하는 빛이 서렸다.

"네, 코즈시마 씨 본인이 인정했습니다. 그렇죠, 토모에 씨?"

이름을 불리자 마도카는 몸을 부르르 떨더니 알아듣기 힘들게 가라앉은 목소리로 대답했다.

"맞아요. 주인어른은 기왕 살 거면 그렇듯 불길한 사연이 있는 곳이 더 매력적이라고 생각하셨어요."

"매력적……."

유마가 할 말을 잃었을 때 갑자기 유메요미가 일어섰다.

"역시 내 영감이 맞았네! 이 저택은 좋지 않은 뭔가에 씌었어! 분명 살해당한 여자의 원한이 들러붙은 거라고!"

"유메요미 씨, 일단 진정하게. 혼란에 빠져서 정신이 흐트러지면 안 돼."

쿠루마가 타이르자 유메요미는 무너지듯 소파에 털썩 앉더니, 양손으로 머리를 끌어안고 고개를 숙였다. 쿠루마는 "자." 하고 마음을 가다듬듯이 말했다.

"13년 전에 여기서 끔찍한 사건이 발생했다는 건 알았어. 하지만 강산이 변할 만큼 예전 일이고 게다가 범인은 죽었지. 대체 그 일이 이 저택에서 벌어진 사건과 무슨 관계란 말인가?"

"이야기는 그걸로 끝나지 않습니다." 사쿄는 다시 이야기를 시작했다. "조가타케산은 북알프스에서 나름 유명한 산이죠. 특히 몇 년 전에 이름의 유래인, 봄이면 산등성이에 나타나는 나비 모양의 설경이 방송을 탄 후로 수많은 등산객이 조가타케산을 찾게 됐습니다. 가미고치의 등산로 입구에서 나가카베 능선에 올라 약 다섯 시간 반의 여정. 중급 등산객에게는 딱 알맞은 경로죠. 다만 방송을 보고 찾아가는 사람 중에는 준비도 제대로 하지 않고 가벼운 기분으로 산을 오르는 사람도 있었죠. 그런 등산객이 요 몇 년 사이 여러 명 행방불명됐습니다."

"그냥 조난당한 것 아님까?"

사카이즈미의 질문에 사쿄는 고개를 끄덕였다.

"그럴 가능성이 높겠죠. 대부분 아마추어가 산을 만만히 보고 마구잡이로 길을 나아가다 조난당하는 사례입니다. 등산 계획서도 제출하지 않으니 구조하기도 어렵죠. 그래서 결과적으로는 시신조차 발견되지 않아요. 하지만 조가타케산에서 실종자가 생기면 13년 전의 조가타케산 증발 사건을 연상하는 사람들이 꼭 나오거든요."

"하지만 같은 조가타케산이라도 여기는 중턱인데. 등산로하고는 떨어져 있지 않나?"

쿠루마가 고개를 기웃했다.

"맞습니다. 다만 아까도 말씀드렸듯이 실종자는 대부분 등산 초심자였습니다. 그런 사람들이 길을 크게 잘못 들어서 이 부근을 헤맨 것 아닐까. 그러다가……, 희대의 살인귀 후유키 다이스케의 제물이 된 것 아닐까. 그런 소문이 인터넷을 중심으로 마치 실화처럼 퍼졌어요."

"잠깐만. 범인은 죽었잖은가?"

"공식 기록상으로는 그렇죠. 하지만 시신이 발견된 건 아닙니다."

"설산에서 살아남았을지도 모른다 그건가?"

"그렇습니다." 사쿄는 고개를 크게 끄덕였다. "13년 전, 후유키는 눈사태 속에서 살아남아 지금도 숲속에 숨어 있다. 그리고…… 가끔 길을 헤매는 등산객을 먹잇감으로 사냥한다."

섬뜩한 사쿄의 말에 유마는 진저리를 쳤다. 그때 잠자코 이야기를 듣던 카가미가 들고 있던 컵을 컵받침에 난폭하게 내려놓았다. 딱딱한 것끼리 부딪치는 소리가 울려 퍼졌다.

"헛소리 좀 작작 해. 등산 붐이 일자 덩달아 산을 얕본 아마추어가 산을 오르다 어디서 떨어져 죽었는데 발견되지 않았을 뿐이야. 북알프스같이 광활한 곳에서는 그리 드문 일도 아닐 테지."

"하지만 카가미 씨도 행방불명자를 수사하러 이 저택에 몇 번 오신 거 아닙니까? 그 일로 나가노 현경 수사1과 형사와 안면을 텄다고 코즈시마 씨가 말씀하셨는데요."

사쿄의 지적에 카가미는 인상을 찡그렸다.

“그런 소리까지 지껄였나. 맞아, 그 형사는 나야. 그렇지만 진심으로 수사한 건 아니고. 작년에 조가타케산에 올랐다가 실종된 젊은 여자 회사원의 어머니가 딸은 사건에 휘말린 거라고 바득바득 우겼거든. 뭐, 여자 혼자 손으로 키운 딸이니 심정을 모르는 바는 아니지만. 아무튼 그 여자의 전남편이 경찰 관계자야. 그래서 내게 골칫거리가 넘어온 거지. 진짜 성가셔 죽겠다니까.”

카가미는 이야기는 이걸로 끝이라는 듯이 고개를 저었다.

“조가타케산 증발 사건에 대해서는 잘 알았네만, 그게 왜 사건 현장에 피로 적혀 있었는지는 모르겠군.”

쿠루마는 팔짱을 끼고 앓는 소리를 냈다.

“저기, 사건이야 어찌 됐든 어떻게 해야 모레까지 무사히 지낼 수 있을지 생각해야 하는 거 아니에요?”

유메요미가 숙이고 있던 고개를 번쩍 들었다. 카가미는 보란 듯이 한숨을 쉬었다.

“그러니까 무사히 지낼 수 있도록 범인을 찾아내려는 거잖아. 그것도 몰라?”

“범인을 궁지에 몰면 자포자기해서 목표물이 아닌 사람도 죽이려 들 수 있잖아요. 난 남에게 원한을 살 짓 안 했으니까 범인을 밝혀내지 않는 편이 더 안전하다고요.”

“자기 생각밖에 안 하는군. 이봐, 범인의 동기도 모르면서 자기는 목표물이 아니라고 어떻게 단정하지? 어쩌면 누구든 상관없이 무차별로 죽이고 싶을 뿐인지도 몰라.”

카가미가 놀리듯이 말하자 유메요미의 얼굴이 대번에 창백해졌다.

"나 원 참, 자칭 영능력자라면서 자기 능력으로 범인을 맞혀 볼 생각도 없어? 툭하면 방송에 나와서 미제 사건에 대해 잘난 척 허풍을 떨잖아."

"허풍 아니야!" 창백했던 유메요미의 얼굴이 이번에는 불그스름해졌다. "내 영능력은 진짜라고. 지금도 이 저택에 숨어 있는 인간 아닌 존재의 기척이 느껴져."

"살해당한 여자의 귀신이 범인이라는 거야? 아니면 죽은 연쇄 살인귀? 어이구, 시답잖은 미스터리의 세계에 빠져들었나 싶었는데 이번에는 호러야?"

"죽은 사람이 직접 죽였다고는 안 했어! 현세에 남은 원념이 산 사람의 정신에 영향을 줘서 그런 무서운 짓을……."

"알았어, 알았어. 오컬트는 이제 됐어. 좀 더 현실적인 이야기를 하자고."

카가미가 말을 막자 유메요미는 분홍색 립스틱을 칠한 입술을 깨물었다.

"하지만 유메요미 씨 말마따나 경찰이 올 때까지 무사히 지낼 방법을 검토하는 것도 충분히 현실적인 문제라고 보는데."

쿠루마는 동의를 구하듯 주변 사람들을 둘러보았다.

"일단 혼자 행동하지 않는 게 중요해. 되도록 세 명 이상, 그게 아니라면 누구와 함께 행동하는지를 남에게 알려야 해. 그러면 위험성은 충분히 줄어들겠지."

"누가 살인범인지 모르는데 계속 붙어 있으라는 거예요? 만약 범인이 사람들을 한꺼번에 죽이려고 하면요? 난 절대 싫어요!"

유메요미가 신경질적으로 소리쳤다. 쿠루마의 얼굴에 당혹스러운 표정이 번졌다.

"그럼 자네는 어떻게 하고 싶은데? 모레까지는 이 저택에서 벗어날 수 없는 게 현실이야."

"문을 꼭꼭 걸어 잠그고 자기 방에 틀어박혀야죠. 아무도 못 들어오게!"

"앗……, 그건 공식인데."

잠자코 이야기를 듣던 츠키요가 불쑥 입을 열었다. 유메요미가 날카롭게 노려보았다.

"공식은 또 뭐야?"

"이번처럼 '눈보라 속 산장'으로 대변되는 클로즈드 서클이 무대인 미스터리에서 자기 방에 틀어박히는 걸 선택한 등장인물은 반드시 살해당해요."

"불길한 소리 하지 마! 미스터리 같은 건 흥미 없어! 누가 뭐라든 난 방에만 있을 거야. 누구의 지시도 받지 않겠어!"

"마음대로 해. 당신같이 신경질적인 여자는 없는 게 원활한 대화에 도움이 돼."

열굴 옆에다 대고 손을 휘휘 내젓는 카가미에게 유메요미가 삿대질을 했다.

"그 전에 할 일이 있어. 당신 말이야, 당신."

"내가 뭘?"

"당신, 마스터키를 가지고 있잖아. 그래서는 방에 틀어박혀도 안심 못 해. 어떻게든 하라고."

"……내가 범인이라는 거야?"

카가미의 목소리에서 위험한 낌새가 느껴졌다. 기가 죽어 한 발짝 물러난 유메요미가 도움을 요청하듯 다른 사람들을 보았다.

"당신들도 걱정되잖아요. 어느 방이든 다 문을 열고 들어올 수 있다고요."

"뭐……, 확실히 그렇기는 하다."

쭈뼛쭈뼛 동의하는 사카이즈미를 카가미가 쏘아보았다.

"이봐, 요리사. 난 형사야. 그건 알고 하는 소리겠지?"

"자자, 카가미 씨, 진정해." 쿠루마가 두 사람 사이에 끼어들었다. "자네를 범인으로 의심하는 건 아니지만, 벌써 두 명이나 죽었어. 오이타 씨의 경우는 밀실에서 살해당한 걸로 모자라 피로 쓴 글씨까지 남아 있었잖나. 다들 불안감에 휩싸였어. 게다가 토모에 씨와 사카이즈미 씨를 제외하고는 오늘 아침에 발생한 사건의 알리바이도 없지. 신중해지는 것도 당연해."

쿠루마가 연장자답게 부드러운 말투로 정론을 꺼내자 카가미는 인상을 찡그리더니 양복 안주머니에서 마스터키를 꺼냈다.

"그럼 어쩌라는 거야. 나 말고 누가 이걸 가지고 있든 똑같잖아. 아니면 하수구에라도 버리라는 건가?"

"저기……." 마도카가 손을 살짝 들었다. "금고에 보관하는 건 어떨까요?"

"금고? 비밀번호를 아는 사람이 있으면 넣으나 마나지."

"금고 비밀번호는 주인어른밖에 모르세요. 지금은 아무것도 보관해 놓지 않았으니까 열려 있을 거예요."

"그럼 일단 잠그면 다시는 못 열잖아. 하수구에 버리는 것과 다를 바 없어. 나중에 마스터키가 필요한 상황이 생길지도 모른다고."

"아니요. 그 금고는 비밀번호를 맞춘 후, 열쇠 두 개를 동시에 돌려야 열려요. 그러니까 다이얼 자물쇠는 잠그지 말고, 열쇠 두 개를 따로따로 가지고 있으면 어떨까……."

"열쇠 두 개를 따로따로……." 카가미는 수염이 삐죽삐죽 자란 턱을 쓰다듬었다. "나쁘지 않군. 이 중에 범인이 있어도 혼자서는 마스터키를 못 꺼내. 그리고 필요할 때는 모두가 지켜보는 가운데 금고를 열면 되고."

"그렇게 해요! 금고는 어디 있어요?" 유메요미가 벌떡 일어섰다.

"지하 창고에 있어요. 안내할까요?"

"네, 당장 안내해요. 당신도 불만 없죠?"

대답을 요구받자 카가미는 말없이 혀를 찼다.

"그럼 다 함께 갈까. 모두의 앞에서 금고에 열쇠를 보관해야 서로 의심이 깊어지는 걸 피할 수 있어."

쿠루마의 재촉에 모두가 마도카를 따라 무거운 발걸음을 옮겼다. 변함없이 안색이 시원찮은 마도카는 난로 옆에 있는 열쇠함에서 작은 열쇠 두 개를 꺼내더니 "이쪽입니다." 하고 휴게실을 나섰다.

일행은 마도카의 안내를 받아 1층 홀에서 유리 계단을 내려갔다. 나선계단을 4분의 3바퀴쯤 내려가자 지하 창고에 다다랐다. 형광등 불빛이 비치는 테니스 코트만 한 공간에 생필품과 쌀, 밀

가루, 통조림 등의 식료품이 놓인 선반이 죽 줄지어 있었다. 문이 오른쪽에 하나, 왼쪽에 두 개 보였다.

“저 안쪽이 큰 주방입다. 아주 넓고 조리 도구도 전부 일급품이죠. 고급 레스토랑 수준이라 요리할 맛이 납니다.”

사카이즈미가 오른쪽 문을 가리키며 말했다.

“저쪽 문 너머에는 뭐가 있지?”

쿠루마가 왼쪽 문에 시선을 주면서 마도카에게 물었다.

“금속 문 안쪽은 냉동실이에요. 신선식품은 저기 보관합니다. 다른 문 안쪽은 발전실이고요. 비상시에 저택에 전력을 공급하는 자가 발전 장치가 있어요. 연료인 휘발유도 함께 보관 중이라 위험하니 들어가시면 안 돼요. 금고는 이쪽입니다.”

마도카는 선반 사이를 걸어갔다. 일행도 그 뒤를 따랐다. 다음 순간 비단을 찢는 듯한 날카로운 비명이 창고의 흰 벽에 메아리쳤다. 고막이 아파서 유마는 즉시 두 귀를 막았다.

“무슨 일인가?”

쿠루마가 몸을 도사리며 묻자 비명을 지른 유메요미가 떨리는 손가락으로 바로 옆에 있는 선반의 아랫단을 가리켰다. 나란히 놓인 와인병 틈새에 약 20센티미터 크기의 죽은 쥐가 있었다.

“그냥 쥐잖아. 귀청 떨어질 뻔했네.”

카가미가 어이없다는 목소리로 나무라자 유메요미는 새파랗게 질린 얼굴을 재빨리 옆으로 흔들었다.

“그냥 쥐가 아니잖아요. 크기 좀 봐요. 이런 게 갑자기 눈에 들어왔으니 놀라는 게 당연하죠. 난 쥐가 딱 질색이라고요.”

"죄송합니다, 유메요미 님." 마도카가 기운 없이 고개를 숙였다. "겨울이 되면 먹을 걸 찾아서 쥐가 숨어들거든요. 선반 아래에 쥐약을 놓았으니 여기서 번식하지는 않겠지만……."

"그건 내버려 두고 빨리 금고로 안내나 해."

카가미가 다그치자 마도카는 "네……." 하고 다시 걸음을 옮겼다. 창고 제일 안쪽에 허리 높이의 금고가 놓여 있었다. 문 한복판에 다이얼 자물쇠가 달렸고, 그 양옆에 열쇠 구멍이 있었다. 마도카는 금고 앞에 쪼그려 앉아 초승달 모양 손잡이를 잡고 밑으로 내렸다.

"문손잡이가 움직이는 걸 보니 다이얼 자물쇠는 잠겨 있지 않네요. 하지만 문을 열려면 열쇠가 있어야 해요."

마도카가 문손잡이를 당겼다. 덜컥덜컥 소리가 날 뿐 금고는 열리지 않았다. 마도카는 메이드복 호주머니에서 열쇠 두 개를 꺼내 열쇠 구멍에 하나씩 꽂고 동시에 돌렸다. 찰칵, 하고 자물쇠가 풀리는 소리가 들렸다. 마도카가 다시 문손잡이를 돌리자 금고문이 삐걱거리며 열렸다.

"그럼 카가미 님. 마스터키를 주시겠어요?"

마도카는 '영'이라고 새겨진 열쇠를 카가미에게 받아 빈 금고에 넣고 문을 닫은 후, 열쇠 두 개를 돌렸다.

"이제 금고는 잠겼습니다."

츠키요가 "확인 좀 할게요." 하고 문손잡이를 당겼지만 당연히 문은 열리지 않았다. 마도카는 열쇠 두 개가 얹힌 손바닥을 내밀었다.

"저어……, 이 열쇠는 어느 분께 맡기면 좋을까요?"

"하나는 당연히 나지."

카가미가 열쇠를 집으려 하자 옆에서 유메요미가 손을 찰싹 때렸다. "무슨 짓이야!" 하고 카가미가 고함을 질렀다.

"능청스럽게 열쇠를 가져가려 하다니. 말했잖아요, 당신은 못 믿는다고."

"말조심해, 난 형사……."

"형사면 다야! 이 중에서 당신이 제일 거칠어서 무섭다고. 열쇠는 좀 더 안전한 사람이 가지고 있어야 해."

"설마 본인이 가지고 있겠다는 건 아니겠지. 영능력자라고 사기를 치는 당신이야말로 수상해."

"사기 치는 거 아니라고 했잖아!"

카가미에게 덤벼들 것처럼 씩씩대는 유메요미를 보고 쿠루마가 "싸울 때가 아니야." 하고 끼어들었다.

"그럼 유메요미 씨는 누가 열쇠를 가지고 있어야 안심되겠나. 가르쳐 주게. 반대가 없으면 그 두 사람이 열쇠를 보관하도록 하지."

"안심……." 유메요미는 사람들의 얼굴을 차례대로 보았다. "이 형사는 당연히 안 되고, 명탐정이라느니 이상한 소리를 하는 여자도 못 믿어요. 거기 메이드는 집사와 함께 일했잖아요. 뭔가 갈등이 있었는지도 모르죠. 요리사도 어쩐지 촐랑대는 꼴이 믿을 수가 없고……."

유메요미는 무례한 말을 중얼거리며 한동안 생각에 잠긴 후, 쿠루마의 코끝에 손가락을 들이댔다.

"하나는 당신요."

"나?" 쿠루마는 자기 자신을 가리켰다. "하지만 알다시피 나는 미스터리 작가야. 사람을 죽이는 이야기를 30년 넘게 써 왔지. 객관적으로 보았을 때 믿을 만하다고는 할 수 없을 것 같은데……."

"하지만 당신은 노인이잖아요."

거침없는 유메요미의 말에 쿠루마의 표정이 굳어졌다.

"체력적으로 집사를 죽이기는 힘들 것 같네요. 그러니 열쇠 하나는 당신이 가지고 있어요."

"……알겠네."

쿠루마는 마지못한 태도로 마도카에게 열쇠를 받았다. 유메요미는 "다른 한 명은……." 하고 콧등을 긁적이더니 유마와 눈을 마주쳤다.

"의사 선생님, 하나는 당신이 가지고 있어요."

"어, 저요? 괜찮으시겠습니까?"

"저 편집자는 요상한 오컬트 잡지를 만드는 사람이잖아요."

사쿄가 "오컬트가 아니라 미스터리입니다." 하고 정정했지만 유메요미는 "그거나 그거나." 하고 무시했다.

"어쨌거나 의사인 당신이 제일 멀쩡해 보여요. 당신이 열쇠를 보관해요."

이 자리에서 금고 열쇠를 맡았을 때의 장점과 단점이 뭘지 유마는 머릿속으로 열심히 생각했다. 하지만 결론이 나오기 전에 "맡을 거예요, 말 거예요?" 하고 유메요미가 다그쳤다.

"……알겠습니다."

주저하면서도 유마는 마도카에게 금고 열쇠를 받았다. 그 모습을 보고 유메요미는 만족스럽게 고개를 끄덕이더니 드레스 자락을 펄럭이며 몸을 돌렸다.

"그럼 나는 내 방에 갈게요."

유메요미는 혼자 계단으로 향했다.

"정말 제멋대로인 여자로군."

카가미는 내뱉듯이 말하고 목덜미를 긁적였다.

"나도 방으로 돌아가겠어. 일단 현장 보존은 했고, 당장 내가 할 수 있는 일은 없으니까."

"어, 형사인데 수사는 안 하세요?"

사쿄가 놀란 목소리로 말하자 카가미는 날카로운 시선을 던졌다.

"당신들이 좋아 죽는 시시한 미스터리 소설과는 달리, 실제 범죄 수사는 수많은 수사관이 저마다 착실하게 자신의 임무를 수행하면서 조금씩 진상에 다가가는 법이야. 여기서 내가 혼자 멋대로 설치면 수사가 엉망진창이 된다고. 내 임무는 모레까지 최대한 현장이 훼손되지 않도록 눈을 번뜩이는 것뿐이지."

카가미는 "당신한테 하는 말이야." 하고 츠키요를 가리켰다.

"하긴 저같이 천재적인 능력이 없는 수사원이 할 수 있는 일은 인해전술로 정보를 수집하는 것 정도겠죠. 하지만 명탐정에게는 경찰관 수십 명, 아니, 수백 명 수준의 사건 해결 능력이 있어요. 지금처럼 경찰이 올 수 없는 상황에서는 제가 사건을 수사하는 게 합리적이라고 생각하는데요."

아무렇지도 않게 자기 자신을 '명탐정', '천재'라고 표현하는 츠키요를 상대하기 지쳤는지, 아니면 아무리 말해 봤자 소용없다 싶어 포기했는지 카가미는 "잔말 말고 얌전히 있어"라는 말을 남기고 돌아갔다.

"흠, 우리는 어떻게 할까." 카가미가 계단으로 들어가는 것을 보고 쿠루마가 말했다.

"저는 큰 주방에서 저녁 식사 준비를 해도 되겠습까. 감당이 안 되는 상황이라 머릿속이 혼란스럽네요. 이럴 때는 요리가 마음을 안정시키기에 제격이거든요."

사카이즈미가 큰 주방 문을 가리켰다.

"하지만 아까 말했듯이 자기 방 말고 다른 곳에는 혼자 있지 않는 게 좋은데."

고민하는 쿠루마의 얼굴을 보고 마도카가 "그럼 제가 같이 있어도 될까요?" 하고 가냘픈 목소리로 물었다.

"원래 식사 준비를 돕는 건 제 일이거든요. 그리고 방에 혼자 있으면, ……주인어른과 오이타 씨가 생각나서 괴로울 테니까요."

"그렇군. 그럼 사카이즈미 씨와 토모에 씨는 큰 주방에서 요리를 하는 걸로 하지. 나는 휴게실에서 기분을 좀 전환하고 싶은데 누구 같이 갈 사람 없나?"

"제가 같이 가겠습니다." 사쿄가 바로 대답했다.

"이런 늙은이의 말동무를 하게 해서 미안하네, 사쿄 군."

"무슨 말씀을요. 저도 방에 혼자 있으면 무서울 것 같아서 다른 분이랑 이야기를 하고 싶었습니다. 그리고 혹시 괜찮으시다면, 언젠가 또 저희 회사에서 선생님의 책을 출간하고 싶으니 그 일도 상의를 드릴 수 있으면 금상첨화죠."

사쿄가 농담조로 말하자 쿠루마는 "하핫." 하고 웃었다.

"과연 수완 좋은 편집자답게 빈틈이 없군. 그럼 나와 사쿄 군은 휴게실에 있겠네."

"알겠습니다. 그럼 만에 하나, 네 분 중에서 다음 희생자가 나오면 같이 있던 사람이 범인인 셈이군요."

츠키요가 환하게 웃으며 꺼낸 말 때문에 약간 누그러졌던 분위기가 다시 얼어붙었다.

"큼, 뭐, 그렇게 되지 않도록 조심해야지. 그나저나 아오이 씨와 이치조 선생은 어떻게 할 텐가? 우리와 함께 휴게실에서 시간을 보내겠나?"

쿠루마가 억지로 웃으며 물었다. 츠키요는 고개를 저었다.

"쿠루마 선생님과 미스터리에 대해 토론을 나누고 싶은 마음은 굴뚝같습니다만, 지금은 미스터리 마니아의 소망보다 명탐정의 사명을 우선하겠습니다. 방으로 돌아가서 지금까지 얻은 정보를 정리해야겠어요."

"그런가. 이치조 선생은?"

질문을 받은 유마는 망설였다. 어떤 선택지가 정답인지 금방은 판단이 되지 않았다.

"……저도 방에서 쉬겠습니다. 너무 많은 일이 일어나서 피곤하네요."

솔직한 마음이 입에서 튀어나왔다. 어젯밤 코즈시마에게 캡슐을 먹인 뒤로, 아니, 계획을 실행하겠다고 결심한 뒤로 잠시도 마음의 휴식을 취하지 못했다. 게다가 명탐정에게 시달리고 예상치 못한 사태에까지 휘말렸다. 긴장이 꼬리에 꼬리를 무는 바람에 신경이 한계에 다다랐다. 잠깐, 아주 잠깐만이라도 모든 걸 잊고 눕고 싶었다.

"두 사람은 방에서 대기로군. 그럼 이동할까. 잘 알겠지만 부디 다들 조심하게. 경찰이 올 때까지 더는 비극이 일어나지 않도록 말이야."

쿠루마의 말에 나머지 사람들은 순순한 표정으로 고개를 끄덕이고 이동했다.

사카이즈미와 마도카가 큰 주방으로 들어가자 다른 사람들은 유리 나선계단을 올라갔다. 1층에 다다르자 쿠루마와 사료는 휴게실로 향했고 유마와 츠키요만 계속 계단을 올랐다.

입가에 손을 대고 뭐라고 중얼거리며 앞서서 올라가는 츠키요에게 유마는 "저기……." 하고 말을 걸었다. 하지만 츠키요는 아무 반응도 없이 걸어갔다. 무시했다기보다 목소리가 들리지 않는 듯했다. 완전히 자신의 세계에 빠진 것이리라.

"아오이 씨, 잠깐 괜찮을까요."

어이없는 기분으로 유마는 츠키요의 어깨에 손을 올렸다. 다음 순간 몸이 크게 흔들리더니 유리 벽면이 눈앞으로 다가왔다. 충돌을 앞두고 유마는 재빨리 오른손을 얼굴 앞으로 쳐들었다. 손바닥을 관통한 충격이 머리를 세차게 뒤흔들었고, 왼팔과 어깨에 심한 통증이 느껴졌다.

"왜 이러세요?" 유마는 왼팔을 등 뒤로 꺾이고 벽에 얼굴이 눌린 상태로 외쳤다.

"앗, 죄송합니다. 갑자기 건드려서 놀라는 바람에. 부르시지 그랬어요."

유마의 관절을 꺾은 채 츠키요가 말했다.

"불렀습니다. 그것보다 빨리 풀어 주세요."

츠키요는 "아참, 죄송해요." 하고 얼른 손을 놓았다. 풀려난 유마는 욱신욱신 아픈 어깨를 문질렀다.

"합기도라도 배우셨어요?"

"네. 명탐정으로 활동하다 보면 위험에 처할 때도 있어서 호신술로 배웠죠. 이래 보여도 실력이 꽤 좋다고요."

"당해 보니 알겠네요. 그것보다 좀 묻고 싶은 게 있는데 괜찮으시겠습니까?"

"좋아하는 미스터리 작가는 좀 뻔하지만 애거사 크리스티예요. 특히 《애크로이드 살인 사건》이 최고죠. 미스터리로서 불공정하다는 비판도 있지만, 제 생각에는 아슬아슬하게 공정하고, 무엇보다 범인이 밝혀졌을 때는 공정이니 불공정이니 싹 날아갈 만큼 큰 충격으로 머릿속이 새하얘졌다니까요. 아아, 물론 《오리엔트 특급 살인》도 최고의 작품이고요. 다만 탐정으로 따지면 역시 에르퀼 푸아로보다는 셜록 홈스파예요. 콜롬보, 마플 양, 미타라이 기요시, 긴다이치 고스케도 둘째가라면 서러울 정도지만요."

"아무도 안 물어봤습니다. 남의 이야기를 좀 들으세요."

힘이 쭉 빠지는 기분에 유마가 어깨를 늘어뜨리자 츠키요는 "그럼 뭔데요?" 하고 고개를 갸웃했다.

"왜 아까 카가미 씨가 알리바이를 확인할 때 저와 같이 있었다고 말씀하시지 않은 겁니까. 우리는 오이타 씨가 살해당한 범행 시간에 알리바이가 있었잖아요."

츠키요가 소녀 같은 분위기를 풍기던 표정을 단숨에 다잡았다. 얇은 입술에 희미한 웃음을 띤 채 여유롭게 서 있는 모습이 그야말로 '명탐정'의 위엄을 자아냈다.

"이치조 선생님, 잘 생각해 보세요. 거기서 저희에게 알리바이가 있다고 밝혔으면 무슨 일이 일어났을까요?"

"무슨 일이라니……."

딴판으로 달라진 츠키요의 태도에 압도당해 말을 흐리자 츠키요는 차분한 말투로 설명했다.

"비밀 지하 통로같이 눈에 발자국을 남기지 않고 탈출할 수 있는 특별한 방법이 없는 한, 코즈시마 씨와 오이타 씨를 살해한 범인은 아직 저택에 있을 겁니다. 그리고 정황상 아무에게도 들키지 않고 범인이 숨어 있다고 판단하기도 어려우니, 우리 가운데 범인이 있을 가능성이 아주 높아요."

유마는 마른침을 삼키며 츠키요의 말에 귀를 기울였다.

"주요 등장인물 가운데 범인이 있다. '폭풍우 치는 외딴섬'이나 '눈보라 속 산장' 같이 클로즈드 서클을 무대로 한 미스터리의 불문율이죠. 클로즈드 서클하면 당연히 《그리고 아무도 없었다》가 제일 먼저 떠오르지만, 국내에서 신본격 무브먼트에 불을 붙인 《십각관의 살인》으로 시작되는 아야츠지 유키토의 '관 시리즈'도 그에 못지않게 멋진 작품이라고 생각해요. 최근에는 너무나 예상

외의 전개로 독자를 깜짝 놀라게 한 《시인장의 살인》도 좀…….”

“아오이 씨, 이야기가 샛길로 빠졌어요. 왜 알리바이를 주장하지 않았는지 가르쳐 주시죠.”

두통을 참으며 유마가 지적하자 츠키요는 “실례했습니다.” 하고 헛기침을 했다.

“어제 만찬 때 저택에는 열 명이 있었죠. 그 가운데 범인이 있다면…….”

츠키요는 활짝 펼친 양손을 가슴 앞으로 올렸다.

“어젯밤에 코즈시마 씨가 독을 먹고 사망했고, 오늘 아침에 오이타 씨가 살해당했습니다. 이제 남은 사람은 여덟 명이에요.”

츠키요는 손가락을 두 개 접었다.

“그리고 범행 시간대에 토모에 씨와 사카이즈미 씨가 내선으로 이야기를 나누며 일했다는 알리바이를 인정한다면 용의자는 두 명 더 줄어들죠.”

츠키요가 손가락을 두 개 더 접었다.

“이제 용의자는 여섯 명 남았어요. 여기서 만약 저희가 알리바이를 주장한다면 어떻게 될까요?”

“……용의자가 네 명으로 좁혀지죠.”

쿠루마, 카가미, 사쿄, 유메요미의 얼굴이 차례차례 유마의 머릿속에 떠올랐다가 사라졌다.

“맞습니다.” 츠키요는 손가락을 네 개 세운 손을 유마의 얼굴 앞에 갖다 댔다. “고작 네 명이에요. 정말로 그중에 범인이 있다면, 그 인물은 위기감에 안절부절못하겠죠. 그러면 범인이 자포

자기해서 폭발할지도 몰라요."

"폭발?"

"예를 들면 범행을 숨기기를 포기하고 저택에 있는 사람들을 몰살하려 한다든가."

담담한 말투로 섬뜩한 소리를 해서 몸이 굳는 걸 느끼면서도 유마는 내심 감탄했다. 거기까지 계산했을 줄은 꿈에도 몰랐다.

"그랬다가는 흥이 깨지죠. 모처럼 밀실 살인이 두 건이나 발생했는데 말이에요. 특히 오늘 아침처럼 야단스러우면서도 강한 메시지가 담긴 현장은 쉽게 접할 수 없거든요. 찬찬히 시간을 들여서 그 매력적인 수수께끼를 풀기 위해서라도, 범인을 너무 몰아붙여서 자포자기하게 만들 수는 없었어요."

"매력적인 수수께끼를 풀기 위해서…… 라고요?"

몰지각한 언사를 싸늘한 말투로 되풀이하자 츠키요는 "네, 그런데요. 왜요?" 하고 한 점의 거리낌도 없는 눈으로 쳐다보았다. 이 명탐정에게 상식을 요구한들 헛수고라고 단념하고 유마는 이야기를 진행했다.

"즉, 쿠루마 씨, 카가미 씨, 사쿄 씨, 그리고 유메요미 씨. 그 네 사람 중에 이번 사건의 범인이 있다는 겁니까? 코즈시마 씨를 독살하고, 오이타 씨를 찔러 죽인 후 피로 글씨를 남긴 범인이."

유마는 은근히 코즈시마와 오이타가 동일범에게 살해당했다는 고정관념을 츠키요의 머릿속에 심으려고 시도했다.

"평범하게 생각하면 그렇겠죠. 하지만 이번 사건은 결코 '평범'하지 않아요."

츠키요가 묘한 웃음을 지었다. 그 눈동자에 위험한 빛이 서렸다.

"기이한 유리탑에 초대된 특색 있는 손님들. 독살당한 저택 주인이 남긴 다잉 메시지. 밀실에서 일어난 화재와 피투성이로 죽은 집사. 피로 쓴 13년 전의 사건. 너무나 특이한 범행이에요. 범인은 뭔가 엄청난 트릭을 사용했다고 명탐정의 감이 알리고 있어요. 그러니 알리바이가 없는 네 명 중에 꼭 범인이 있다고 장담할 수는 없겠죠. 예를 들면…… 저나 이치조 선생님이 범인일 가능성도 아직 완전히 사라진 건 아닙니다."

츠키요의 눈이 슥 가늘어졌다. 얼음 손으로 심장을 움켜쥔 것 같은 기분에 유마는 몸을 부르르 떨었다.

"노, 농담은 그만두시죠."

"뭐, 그건 농담이지만, 그만큼 수수께끼가 많은 사건이라는 뜻이에요. 그러니까 명탐정으로서 수수께끼를 풀어내 진상을 밝히기 위해서라도, 혼자 정신 집중해서 머리를 정리하고 싶네요. 그럼 이치조 선생님, 이만 실례하겠습니다."

츠키요는 가슴께에 손을 대고 머리를 깊이 숙였다. 후리후리한 몸을 남장으로 감싼 츠키요에게는 연극이라도 하는 듯한 그 몸동작이 아주 잘 어울렸다.

츠키요는 양복 안주머니에서 열쇠를 꺼내 오호실 문을 열고 안으로 들어갔다.

유마는 폐 속에 고인 공기를 뱉어낸 후, 계단을 4분의 1바퀴쯤 더 올라서 사호실로 갔다. 재킷을 벗어서 옷걸이에 걸고 불빛에 이끌린 벌레처럼 비틀비틀 침대로 다가가 쓰러지듯 누웠다.

똑바로 누워 천장을 바라보았다. 어젯밤부터 있었던 일이 주마등처럼 차례차례 머리를 스치고 지나갔다.

고립된 거대한 유리 첨탑, 두 피해자에 두 개의 밀실, 다잉 메시지와 피로 쓴 글씨, 상식에서 벗어난 일이 계속 발생해 현실감이 희박해졌다. 츠키요 말처럼 마치 미스터리 소설 속에 들어온 것 같았다.

어젯밤은 코즈시마를 독살하느라 신경이 곤두서서 잠을 푹 자지 못했다. 오랜 시간 긴장해서 피폐해진 신경이 당장이라도 과부하로 타 버릴 것 같았다. 수은이 온몸의 혈관을 흐르는 것처럼 몸이 무거웠다.

조금만 쉬자. 전부 잊고 졸음에 심신을 맡기자.

유마는 천천히 눈을 감았다.

바로 의식이 깜깜하고 깊은 어둠 속으로 떨어져 내렸다.

4

눈을 뜨자 낯선 천장이 망막에 비쳤다. 유마는 목덜미에 손을 댔다. 손바닥에 끈적거리는 진땀이 묻었다.

또 악몽을 꾼 모양이다. 내용은 잘 생각나지 않지만 누군가에게 쫓겼던 것 같다.

누군가. 코즈시마가 복수하러 온 걸까. 아니면 명탐정에게 살인범으로 쫓긴 걸까.

"……무슨 상관이람. 어차피 꿈인데."

입에서 흘러나온 말은 의도와는 반대로 기운이 없었다.

유마는 침대에서 상반신을 일으켜 시계를 보았다. 곧 오후 1시였다. 오전 9시경에 방에 돌아왔으니, 네 시간쯤 잤다.

조금 수면을 취한 덕분인지 온몸에 들러붙었던 권태감은 약간 떨어져 나갔다. 뇌의 처리 속도도 어느 정도는 회복됐다.

"……앞으로 어쩌지." 입안이 마른 탓인지 목소리가 갈라졌다.

어떻게든 병사나 자살로 코즈시마의 죽음을 처리하고 싶었다. 하지만 오이타가 살해당하는 사건이 발생해서 그 계획은 근본부터 무너지고 말았다.

다들 누군가가 코즈시마와 오이타를 살해했다고 생각하리라.

"그럼 그 오해를 이용하면 그만이지." 유마는 용기를 북돋우듯 중얼거렸다.

이 저택에는 자기 말고도 살해 계획을 세운 인물이 있었다. 그 자가 오이타를 죽였다. 거기까지 생각했을 때 유마는 이마에 손을 짚었다.

오이타만 범인의 목표물이었을까. 아니, 그럴 가능성은 낮다. 오이타는 머리가 굳은 구석은 있었지만, 기본적으로 선량한 사람이었다. 그토록 참혹하게 살해될 만큼 나쁜 짓을 일삼지는 않았을 것이다. 그렇다면……. 악의에 찬 웃음을 짓는 코즈시마 타로가 유마의 뇌리를 스치고 지나갔다.

코즈시마다. 진짜 목표물은 코즈시마였다. 하지만 내게 선수를 빼앗겨서 오이타를 죽인 것이다.

범인은 왜 코즈시마뿐만 아니라 오이타까지 해쳤을까. 분명 피로 적은 '조가타케산 증발 사건'이라는 글씨와 관련이 있으리라.

오이타는 코즈시마에게 협력해 뭔가 남에게 원한을 살 만한 짓을 했다. 그렇기에 범인은 오이타를 참혹하게 죽이고 현장에 피로 글씨를 남겼다.

거기서 생각이 막다른 골목에 다다랐다. 대체 코즈시마와 오이타가 무슨 짓을 했단 말인가. 13년 전의 살인 사건과 이번 사건은 대체 어떻게 연결돼 있을까. 무엇보다 어떻게 그 밀실을 만들고 불을 질렀을까.

유마는 이마에 열이 오르는 걸 느끼고 일어서서 세면실로 향했다. 세면대 거울을 들여다보자 수염이 까칠까칠하게 자라고 눈 밑이 짙게 그늘진 남자와 눈이 마주쳤다.

"꼬락서니하고는. 못 봐 주겠네."

자학적으로 중얼거리고 얼굴을 씻었다. 차가운 물이 자극을 주어 머릿속에 끼어 있던 안개가 얼마쯤 걷혔다.

중요한 건 '어째서'도 '어떻게'도 아니다. 누가 오이타를 죽였느냐다.

코즈시마가 독살당했다고 모두가 믿는 현재 상태로서는 조만간 내가 죽였다는 사실이 탄로나겠지. 그걸 막을 유일한 방법은 아까 생각한 대로…….

유마는 화장실을 곁눈질했다. 진범을 찾아내고 변기 저수조에 숨겨 둔 알약 케이스를 진범의 소지품에 숨겨서 코즈시마를 살해한 죄를 덮어씌운다. 그 방법밖에 없다.

그 순간 등골이 오싹해서 몸이 파르르 떨렸다.

오이타를 죽인 범인 역시 같은 생각일지도 모른다. 누가 코즈시마를 죽였는지 알아내 오이타를 살해한 죄를 떠넘기려 할지도 모른다.

코즈시마 한 명을 죽인 죄라면 체포되더라도 동생의 목숨을 구하기 위해서였다는 사정상 정상참작의 여지가 있으므로 무기징역 같이 큰 벌은 받지 않으리라. 마음 한구석으로는 그걸 위안으로 삼고 있었다. 하지만 두 명이나 죽인 죄로 체포되면 이야기는 별개다. 무기징역을 넘어서 사형을 선고받을 가능성도 있다.

상대보다 빨리 오이타를 죽인 범인을 찾아내야 한다. 가능하면 경찰이 개입해 움직임에 제약이 생기는 모레 저녁이 되기 전에.

머릿속이 점점 맑아지면서 자신이 얼마나 위험한 상황에 부닥쳤는지가 선명하게 부각됐다. 하지만 일개 의사에 불과한 유마는 어떻게 오이타 살해범의 정체를 밝혀내야 할지 갈피를 잡을 수 없었다.

유마는 몇 시간 전에 본, 오이타가 쓰러져 있던 현장을 떠올리려 기를 썼다.

스프링클러가 작동해 물바다가 된 식당, 가슴께가 피로 물든 오이타, 망가져서 반쯤 떨어져 나간 빗장, 오이타를 중심으로 어지러이 흩어진 포플러 솜털, 그리고 식탁보에 피로 휘갈긴 글씨. 어디서부터 생각을 진행하면 될지 실마리조차 찾을 수 없었다.

너무나 꺼림칙한 범행 현장. 정말로 미스터리 소설 속에 들어온 것만 같았다.

"미스터리 소설이라……." 유마는 거울 속의 자신과 시선을 마주치며 혼잣말했다.

만약 내가 미스터리 소설의 등장인물이라면 어떤 역할을 맡았을까. 명탐정에게 쫓기는 범인 역할? 아니면 연쇄 살인범의 죄를 대신 덮어쓰는 애처로운 희생양?

아니, 그래서는 안 된다. 유마는 고개를 살짝 저었다. 동생을 위해서라도 오이타를 살해한 범인을 찾아내 그자에게 자신의 죄를 뒤집어씌워야 한다.

그렇다면 명탐정 역할에 도전해 볼까? 턱도 없다. 이미 혼란에 빠져 어쩔 줄 모르면서 그런 거창한 역할을 어떻게 맡겠는가. 그렇다면……. 유마는 숨을 헉 삼켰다.

"아직 비어 있는 역할이 있잖아. ……중요한 역할이."

거울 속 남자가 대담한 웃음을 지었다.

면도 크림을 얼굴에 칠하고 수염을 깎았다. 유마는 수염이 매끈하게 잘 깎인 걸 확인하고 양손으로 뺨을 때렸다. 날카로운 통증과 함께 찰싹, 하고 경쾌한 소리가 났다.

쇠뿔도 단김에 빼라고 했다. 당장 행동에 옮기자. 중요한 '그 역할'을 남에게 빼앗기기 전에.

수건으로 얼굴을 닦고 세면실에서 나온 유마는 의자 등받이에 걸쳐 놓은 재킷을 입고 방을 나섰다. 만약을 위해 문을 잠그고 계단을 내려가 오호실 앞에서 멈췄다.

유마는 몇 번 심호흡해서 마음을 진정시킨 후 '오'라고 새겨진 금속 문을 두드렸다. 십수 초의 침묵이 흐르고 "누구세요?"라는 목소리가 문 너머로 들렸다.

"아오이 씨, 이치조입니다."

"이치조 선생님? 무슨 용건이라도 있으세요?"

"네, 아주 중요한 말씀을 드리려고요. 괜찮으시다면 방에 들여보내 주시지 않겠어요?"

"방에 들여보내 달라고요? 지금 어떤 상황인지 모르세요? 아까 쿠루마 선생님이 말씀하셨잖아요. 누가 범인인지 모르니까 신중하게 행동해야 한다고요."

경계한다기보다 어쩐지 재미있어 하는 듯한 말투였다.

당장 들여보내 주지 않으리라는 건 예상했다. '그 역할'을 손에 넣느냐 못 넣느냐는 여기서 츠키요를 설득하느냐 못 하느냐에 달렸다. 유마는 바짝 마른 입술을 침으로 적셨다.

"하지만 아오이 씨와 저는 서로 범인이 아니라는 걸 알잖습니까. 오이타 씨가 살해당한 시간대에 같이 이야기를 나누었으니까요. 뭐, 실제로는 신문을 받는 것 같은 느낌이었지만."

"과연, 서로에게 알리바이가 있다는 말씀이시군요."

"네, 남에게는 말하지 못할 비밀의 알리바이가. 그러니 문을 열어 주시지 않겠어요?"

츠키요의 대답은 없었다. 틀린 걸까. 손바닥에 땀이 축축하게 배었다.

유마가 단념하고 고개를 숙였을 때, 자물쇠를 푸는 소리가 유리 계단에 울려 퍼졌다. 문이 열리고 문틈으로 고개를 내민 츠키요가 장난스럽게 윙크했다.

"비밀의 알리바이. 어쩐지 끌리는 말이로군요. 그런 제목의 단편 미스터리가 있을 것만 같아요. 들어오시죠."

유마는 "감사합니다." 하고 방으로 들어갔다. 소파 앞의 나지막한 테이블에 티포트와 컵이 놓여 있었다.

"홍차를 마시면서 이리저리 추리하고 있었어요."

"추리하셨다면, 뭔가 좀 알아내셨습니까?"

"아직 비밀이에요. 명탐정은 어중간한 단계에서는 추리를 선보이지 않는 법이거든요. 아, 이치조 선생님도 홍차 한잔하시죠. 다시 우릴게요."

"괜찮습니다."

"사양하지 마시고요. 사건에 대해 이야기하러 오신 거죠? 이왕이면 홍차를 마시면서 이야기 나눠요. 마플 양의 기분을 맛볼 수 있답니다."

"그럼, 부탁드리겠습니다."

"제가 애거사 크리스티의 작품을 좋아한다고 했었죠. 작품 자체만 따지면 에르퀼 푸아로파지만, 사실 제 취향의 명탐정은 마플 양이에요. 마플 양이 등장하는 작품 중에서는 《패딩턴발 4시 50분》, 《깨어진 거울》 같은 장편도 물론 좋아하지만 개인적인 베스트는 《열세 가지 수수께끼》예요. 마플 양의 집에 직업이 다양한 사람들이 모여서 자기가 과거에 경험한 불가사의한 사건을 이야기하고, 이야기 속 수수께끼를 마플 양이 해명하죠. 이건 기타무라 가오루가 데뷔작 《하늘을 나는 말》로 흐름을 만들고, 그 후 《비블리아 고서당 사건수첩》과 《커피점 탈레랑의 사건 수첩》 같은 대형 히트작도 나오면서 미스터리 장르 중 하나로 완벽히 자리매김한 '일상 미스터리'의 원형 아닐까 생각해요. 최근 라이트 미스터리라고 불리는 분야에서는 특수한 가게의 여주인이 손님에게 들은 수수께끼를……."

츠키요가 포트에 찻잎을 넣으며 줄줄 늘어놓는 미스터리 관련 이야기를 흘려들으며 유마는 실내를 둘러보았다. 기본적으로는 사호실과 같은 구조지만, 벽 앞 책장에 들어 있어야 할 미스터리 소설이 전부 책장 앞에 쌓여 있었다. 그 옆에는 안락의자가, 책장 위에는 큼지막한 슈트케이스가 놓여 있었다.

"혹시 저기 꺼내 놓은 책, 전부 읽으신 겁니까?"

유마가 묻자 차를 우리고 있던 츠키요가 돌아보았다.

"전부는 아니고요. 이 방에 오자마자 저기로 안락의자를 옮기고 눈에 들어오는 책을 적당히 골라서 읽었죠. 예전에 이미 읽은 책들이지만 다시 읽는 것도 재미가 쏠쏠하더군요."

"슈트케이스는 왜 책장 위에 올려놓으셨어요?"

"아아, 어쩐지 눈높이에 놔둬야 짐을 꺼내기가 쉽잖아요. 명탐정으로서 필요한 여러 가지 도구를 금방 꺼낼 수 있게 만반의 준비를 해 둔 거죠."

"……그렇군요."

변함없이 종잡을 수 없는 인간이로군. 그런 생각을 하고 있자니 츠키요가 컵에 홍차를 따라서 들고 왔다.

"얼그레이입니다. 원래는 스콘이라도 있어야겠지만요."

츠키요는 유마 맞은편 소파에 앉아 우아한 손놀림으로 컵을 들어 홍차를 마셨다. 유마도 한 모금 마셨다. 산뜻한 향이 긴장된 마음을 약간 달래 주었다.

후우, 하고 만족스럽게 숨을 내쉰 츠키요가 턱을 당기고 치뜬 눈으로 쳐다보았다.

"그럼 이치조 선생님. 이만 본론으로 들어가서, 제 방에 찾아오신 이유를 말씀해 주시겠어요?"

유마는 컵을 컵받침에 내려놓고 츠키요의 눈을 똑바로 바라보았다.

"단도직입적으로 말씀드리겠습니다. 아오이 씨, 저를 파트너로 삼아 주십시오."

"파트너……?" 츠키요의 얼굴에 당황한 표정이 맺혔다. "저기, 이치조 선생님. 죄송하지만 그 점에 관해서는 뭐랄까, ……지금으로서는 충분해요."

"벌써 파트너가 있다는 말씀인가요?" 늦었나. 유마는 입술을 살짝 깨물었다.

"아니요, 그런 건 아니고요. 그저 현재 시점에서는 딱히 필요 없고, 애당초 이런 상황에서 여자를 꼬신다는 것도 좀……."

"아닙니다!" 유마는 목소리를 높였다.

"아니라니요?" 츠키요는 경계심을 드러내며 되물었다.

"남녀 사이의 파트너라는 뜻이 아니고요. 명탐정의 파트너로 입후보한 겁니다."

츠키요는 신기하다는 듯이 눈을 몇 번 깜박인 후, 어쩐지 짓궂게 씩 웃었다.

"다시 말해 제 왓슨이 되고 싶으시다?"

"네, 맞습니다."

명탐정 곁에서 수사를 보조하는 파트너. 지금 같은 상황에서 이보다 더 바람직한 역할은 없다. 오이타 살해 사건이 누구의 범행인지 빨리 알 수 있을 테고, 잘하면 명탐정이 던지는 의혹의 시선을 내게서 돌릴 수 있을지도 모른다. 어떻게든 츠키요의 왓슨이라는 배역을 차지해야 한다.

무릎 위에 주먹을 꽉 움켜쥔 채 대답을 기다리는 유마 앞에서 츠키요는 여유 있게 다리를 꼬았다.

"그렇군요. 확실히 홈스 곁에 늘 왓슨이 있었던 것처럼 명탐정에게는 으레 파트너가 따르기 마련이죠. 푸아로와 헤이스팅스, 미타라이 기요시와 이시오카, 그리고……."

손가락을 꼽으며 명탐정과 파트너를 열거하던 츠키요가 눈을 가늘게 떴다.

"그런데 이치조 선생님, 왓슨 역할을 감당할 수 있으시겠어요?"

"그게 무슨 말씀이신지?"

"얼핏 보기에 미스터리 소설 속의 왓슨 역할은 명탐정의 행동에 놀아나고, 뛰어난 추리에 놀라는 게 전부인 들러리처럼 느껴져요. 하지만 잘 읽어 보면 왓슨 역할은 명탐정의 파트너로서 아주 중요한 임무를 맡는 경우가 적지 않습니다."

"구체적으로는 어떤 임무입니까?"

"명탐정은 타고난 천재성도 한몫해서 괴짜 같은 말과 행동을 할 때가 적지 않죠. 사실 저처럼 상식적인 명탐정은 찾아보기 쉽지 않답니다."

당신도 충분히 괴짜인데. 속으로 꼬집으며 유마는 "그렇군요." 하고 맞장구를 쳤다.

"그런 연유로 명탐정은 종종 남의 기분을 건드려서 수사에 지장을 주곤 해요. 대인 관계가 좋은 왓슨 역할은 늘 그렇듯 사회성이 낮은 명탐정과 사건 관계자를 중재해서 수사가 원활하게 진행되도록 힘써야 해요."

"저는 그 까다로운 코즈시마 씨의 주치의였습니다. 대인 관계에는 자신이 있어요. 무엇보다 아오이 씨는 결코 사회성이 낮지 않으니 관계자와 아오이 씨의 사이를 중재할 필요는 없지 않을까요?"

유마가 치켜세우자 츠키요는 "그건 그러네요." 하고 자랑스럽게 콧김을 내뿜었다.

"다만 왓슨 역할에게는 중요한 임무가 하나 더 있어요. 명탐정과 관계자의 가교가 되는 것보다 훨씬 중요한 임무가."

"뭔데요?"

유마가 신중하게 묻자 아오이는 입술 한쪽 끝을 끌어올렸다.

"명탐정에게 번뜩임을 주는 거죠."

"번뜩임?"

"네. 보통 사람인 왓슨 역할이 대수롭지 않게 꺼낸 말 한마디가 명탐정의 회색 뇌세포를 자극해 어려운 사건의 진상으로 다가가기 위한 귀중한 번뜩임을 유발한다. 미스터리 소설에서는 흔히 나오는 장면이에요. 예를 들면 불후의 명작인 《점성술 살인사건》에서는 사건을 해결하지 못해 침울해진 미타라이 기요시를 달래고자 파트너 이시오카 군이 텔레비전 뉴스에서 본 어떤 화제를 꺼내는데요. 그 화제가 바로 그 전설적인 트릭을 밝혀내는 계기가 됩니다. 즉, 왓슨 역할은 별 볼 일 없는 보통 사람이지만, 곁에 있음으로써 명탐정을 빛내 줄 수 있는 촉매 같은 존재예요."

"촉매……."

그 말을 반복하는 유마에게 츠키요가 도발적인 시선을 던졌다.

"이치조 선생님, 제가 더욱 밝게 빛나도록 작용하는 촉매가 될 수 있으시겠어요?"

"물론입니다."

유마가 즉시 답하자 츠키요는 소파 등받이에 체중을 실어 편하게 앉더니 배꼽 앞에 깍지를 꼈다.

"그럼 증명해 보세요."

여기서 츠키요를 만족시키지 못하면 츠키요의 왓슨이 될 수 없다. 유마는 침을 꿀꺽 삼키고 천천히 입을 열었다.

"오이타 씨가 살해당한 범행 시각 말씀인데요. 어쩌면 오전 6시부터 6시 반 사이가 아닐 가능성도 있지 않을까 싶습니다."

유마는 방금 떠오른 가설을 입에 담았다.

"그거 흥미롭네요. 설명을 들어 볼까요?" 말과 달리 츠키요는 어쩐지 시시하다는 듯이 대꾸했다.

"그 시간에 범행이 일어났다고 추정된 건 토모에 씨가 오전 6시에 오이타 씨와 인사했고, 오전 6시 반에 1층으로 돌아갔을 때는 이미 식당 문이 닫혀 있었으며, 그 후로 드나든 사람은 없었다고 증언했기 때문이죠. 또한 토모에 씨 본인이 범인이 아니라고 판단된 건 오전 6시부터 내내 내선으로 이야기했다고 사카이즈미 씨가 증언했기 때문이고요."

"그랬죠. 그럼, 어떤 가설을 세우면 범행 시간이 달라지는데요?"

"토모에 씨와 사카이즈미 씨가 공범이었다고 보면 어떨까요. 둘이 협력해서 오이타 씨를 살해하고, 서로 알리바이를 주장했다. 그 두 사람은 사실 아주 친밀한 관계입니다. 무슨 이유로 토모에 씨가 코즈시마 씨와 오이타 씨를 살해하자, 토모에 씨에게 호의를 품고 있는 사카이즈미 씨가 거짓으로 알리바이를 증언한 거죠. 오이타 씨의 시신을 보고 토모에 씨는 아주 겁먹은 눈치였어요. 동료가 살해당했으니 그럴 만도 하다고 생각했습니다만, 어쩌면 본인이 범인이었기 때문인지도 모르죠."

"오이타 씨가 좀 더 늦은 시각에 살해당했을 가능성이 있다는 말씀이세요?"

"그렇습니다. 6시 반부터 7시 사이에 오이타 씨를 살해하고 그로테스크한 연출을 마친 후, 라이터 따위로 식탁보에 불을 붙인다. 그리고 즉시 식당을 빠져나와 문을 열려고 애쓰는 척한다. 그렇게 생각하면 적어도 밀실에서 어떻게 불을 질렀느냐는 수수께끼는 풀립니다."

"밀실을 만든 방법은요?"

츠키요가 지체없이 물었다. 유마는 "엇." 하고 말문이 막혔다.

"그건……, 예를 들어 식당 안쪽에 버팀목 같은 도구를 놓아둬서 빗장이 걸린 것처럼 위장하고, 문을 부수고 안으로 들어갔을 때 그 도구를 회수……."

"아니요, 그건 아니에요."

유마가 어떻게든 논리적으로 답하려는데 츠키요가 말허리를 끊었다.

"문이 부서진 후 저는 수상한 행동을 하는 사람이 없는지 주의 깊게 관찰했어요. 하지만 토모에 씨나 사카이즈미 씨가 버팀목을 회수하려는 움직임을 보이지는 않았어요. 애당초 버팀목 자체를 어떻게 설치했다는 말씀이세요?"

"그건……. 하지만 두 사람이 함께 6시 반부터 7시 사이에 범행을 저질렀을 가능성은 있잖습니까."

"그럼 작은 주방에 차려져 있던 오믈렛과 커피는 언제 준비했을까요? 큰 주방에서 오믈렛을 만들고, 엘리베이터로 전달된 오믈렛을 늘어놓고, 게다가 커피도 끓여야 하죠. 둘이 달라붙지 않으면 힘들걸요."

"분명 범행을 저지르기 전이었겠죠."

"요컨대 6시 반 시점에는 이미 오믈렛과 커피를 완성해 작은 주방에 차려 놓았다. 두 사람은 그 후에 범행을 저질렀다. 그렇게 생각하시는 거로군요."

힐문하는 듯한 츠키요의 말투에 기가 죽었지만 유마는 "그, 그렇습니다만……." 하고 대답했다. 츠키요는 보란 듯이 크게 한숨을 내쉬었다.

"이치조 선생님, 명탐정인 제가 공범설을 떠올리지 못했을 것 같나요?"

"어? 그럼……."

"물론 금방 떠올랐습니다. 그래서 검증했고요."

유마가 "검증?" 하고 되묻자 츠키요는 관자놀이를 긁적였다.

"이치조 선생님, 아까 제가 작은 주방에 있던 오믈렛을 먹고 커피를 마셨잖아요. 그저 배가 고파서 그랬다고 생각하세요?"

"아닌…… 가요……?"

"아닙니다." 츠키요는 어이없다는 목소리로 말했다. "오믈렛과 커피의 온도를 확인한 거예요."

유마의 입에서 "앗." 하고 목소리가 새어 나왔다.

"이해하신 모양이네요. 네, 아침을 일찌감치 만들어 놓지 않았는지 확인한 거예요. 그때 오믈렛도 커피도 나름대로 따뜻했죠. 만들고 시간이 많이 흐르지 않았다는 뜻이에요. 다시 말해 6시 반부터 7시 사이에 사카이즈미 씨와 토모에 씨가 아침을 만들었다는 증언은 진실인 셈입니다."

증명이 끝났다는 듯이 츠키요는 손을 가볍게 내저었다.

그 기행의 이면에 그렇게 치밀한 추리가 숨어 있었다니. 유마는 눈앞에 있는 명탐정의 실력을 새삼 실감했다.

"두 사람이 공범일 가능성을 완전히 부정할 수는 없겠지만, 적어도 범행 시간은 틀림없이 오전 6시부터 6시 반 사이겠죠. 그리고 어떻게 밀실에 불을 질렀는지도 여전히 수수께끼예요."

츠키요는 잠시 입을 다물었다가 "그건 그렇고." 하고 싸늘한 어조로 말을 이었다.

"정말 안타깝게도 이치조 선생님이 제 영감을 자극하기는 어려울 것 같네요. 아쉽지만 이번 제안은 사양해도 괜찮을지요?"

과도할 정도로 정중한 말이 유마 앞을 벽처럼 막아섰다.

이대로 가면 왓슨이 될 수 없다. 오이타를 살해한 범인의 정체를 알아내 안전을 확보하기 위한 최고의 역할을 놓친다.

초조해서 머리에 피가 쏠렸다. 얼굴이 화끈거리고 땀이 솟았다. 츠키요가 일어서서 천천히 출입구로 다가가 문을 열었다.

"몸이 안 좋으신 것 같네요. 방에 가서 쉬시는 게 어떠시겠어요?"

당신 수준으로는 내 왓슨이 될 수 없다. 완곡한 거절의 말이 가슴을 후벼팠다. 유마는 고개를 숙이고 입술을 꽉 깨물었다. 송곳니 끄트머리에 피부가 살짝 찢어져 날카로운 통증이 느껴졌다. 입속에 쇠맛이 번졌다.

"……코즈시마 씨가 무슨 발표를 할 생각이었을지, 흥미 없으십니까?"

고개를 떨군 채 치뜬 눈으로 츠키요를 보았다. 명탐정의 얼굴에서 인공적인 웃음이 벗겨졌다.

"이치조 선생님은 아세요?"

"대강은 압니다. 예전에 코즈시마 씨가 진찰을 받다가 불쑥 말한 적이 있거든요."

"왜 잠자코 계셨어요?"

"아무도 안 물어봤으니까요."

"궤변은 그만두시죠. 대부호이자 유명한 과학자이자 세계적인 미스터리 수집가이기도 했던 코즈시마 씨가 개성이 풍부한 사람들을 성대한 파티에 초대해 놓고 발표하려 했던 것. 그건 이번 사건의 진상을 알아낼 큰 실마리가 될지도 몰라요. 그 정도는 알고 계시겠죠?"

"네, 압니다. 하지만 코즈시마 씨와 약속했어요. 코즈시마 씨가 발표할 때까지 절대로 정보를 누설하지 않겠다고."

"그것도 궤변이네요. 코즈시마 씨는 이미 돌아가셨어요. 약속의 효력은 없어진 셈이에요."

"반대입니다. 죽은 사람과 나눈 약속이기에 어길 수는 없다고 마음먹은 거예요."

덤덤한 목소리로 말하며 유마는 고개를 들었다. 유마와 츠키요의 시선이 허공에서 부딪쳤다.

미스터리 마니아로서, 그리고 무엇보다 명탐정으로서 츠키요는 코즈시마가 발표하려 했던 내용에 흥미가 있다. 그걸 이용해야 한다.

그렇다. 사탕발림으로 파트너가 되려 하다니 너무 만만한 생각이었다. 아오이 츠키요라는 인물은 광신적이라고 할 만큼 명탐정에 집착한다. 그런 인물의 옆에 서기 위해서는 정면에서 맞부딪쳐 파트너에 어울리는 실력이 있음을 증명해야 한다.

"그럼 왜 이제 와서 제게 말씀하려고 마음먹으신 거죠?"

"고인과의 약속을 지키는 것도 중요하지만, 코즈시마 씨와 오이타 씨를 죽인 범인이 더 이상 날뛰게 내버려 둘 수는 없잖습니까."

유마는 마음에도 없는 말을 꺼냈다. 이 정보를 밝히면 자신이 의심받을 가능성이 있을 것 같아서 입 다물고 있었다. 하지만 중대한 목적을 위해 이 정도 위험은 감수해야 한다.

"그러니 만약 사건 해결에 도움을 줄 수 있는 사람이 있다면, 제가 알고 있는 정보를 가르쳐 줘도 괜찮지 않을까 싶네요."

츠키요는 문을 닫고 돌아와서 다시 맞은편 소파에 앉았다.

"몇 번이나 말씀드렸다시피 저는 명탐정이에요. 그 누구보다 정보를 유용하게 활용할 수 있어요."

"가능하다면 그걸 곁에서 확인할 수는 없을까요? 코즈시마 씨와 오이타 씨에게는 정말 신세를 졌습니다. 그 두 분의 목숨을 빼앗은 범인을 꼭 찾아내서 벌을 주고 싶어요."

"요컨대 정보를 넘길 테니 파트너로 삼아 달라는 말씀이신가요?"

츠키요의 표정에서 희미하게 모멸감이 묻어났다.

"정보는 중요하지만, 미스터리 소설에서 정보를 가져오는 건 경찰 관계자나 정보통이지 명탐정의 파트너는 아니에요."

"착각하지 마십시오. 정보와 교환하는 조건으로 왓슨 역할을 맡을 생각은 없습니다. 이 정보에 대해 서로 의견을 나누어 보고, 제게 왓슨의 소질이 있는지 없는지 판단해 주셨으면 합니다."

신기하다는 듯 잠시 눈을 깜박인 후, 츠키요의 얼굴에 천진난만한 웃음이 퍼졌다.

"아하, 그거 아주 재미있겠네요. 그럼 이치조 선생님, 거두절미하고 가르쳐 주시죠. 코즈시마 씨가 대체 뭘 발표하려고 했는지."

"미공개 원고입니다. 유명한 인물의 미공개 원고를 입수해서 발표하려고 했어요."

"유명 작가의 미공개 미스터리 작품이라는 뜻인가요?"

츠키요가 갑자기 소파에서 일어서서 양손을 테이블에 짚고 몸을 내밀었다.

"진정하세요. 코즈시마 씨 같은 분이 이렇게까지 대대적으로 발표하려 했으니 당연히 미스터리겠죠."

"어떻게 진정하겠어요! 본인이 아니라 코즈시마 씨가 발표하려 했으니, 작가는 이미 돌아가셨겠죠. 즉, 유작인 셈이에요. 대체 누구의 유작인가요? 장편? 아니면 단편? 대체 어떤 내용일까요? 무엇보다 코즈시마 씨는 그걸 어디서 어떻게 입수했을까요?"

츠키요는 상기된 얼굴로 속사포처럼 떠들어 댔다.

"그것까지는 못 들었습니다."

"외국 작가인지, 국내 작가인지는요? 언제쯤 집필한 작품인가요? 내용은요? 명탐정은 나오나요? 본격 미스터리? 아니면 사회파?"

눈에 핏발이 선 츠키요가 얼굴을 더 가까이 들이댔다. 명탐정의 의연한 모습은 온데간데없었다.

"그렇게까지 자세히는 못 들었다니까요. 부탁이니 좀 진정하세요. 이래서는 말씀 못 드립니다."

유마가 간곡히 달래자 츠키요는 퍼뜩 정신이 든 것 같은 표정을 짓더니 "실례했습니다." 하고 다시 소파에 앉았다. 하지만 유마를 향한 두 눈은 기대와 호기심으로 반짝반짝 빛났다.

"제게는 유명한 인물의 미공개 원고를 입수했으니 어젯밤에 그걸 모두의 앞에서 발표할 작정이라고만 하셨어요."

"미공개 원고의 내용은 전혀 모르신다는 거군요."

츠키요의 목소리에 실망감이 섞였다.

"네, 그렇습니다. 다만……." 유마는 숨을 한 번 고르고 나서 털어놓았다. "코즈시마 씨는 이렇게도 말씀하셨어요. 그 원고가 발표되면 미스터리의 역사가 근본부터 뒤집힐 거라고."

"미스터리의 역사가 근본부터?"

다시 일어선 츠키요가 비명과도 비슷한 환성을 내질렀다.

"대체 무슨 뜻일까요? 역사가 근본부터 뒤집힌다니까 어중간한 작가의 원고는 아니겠네요. 그 정도 수준의 미스터리 작가라면, ……코난 도일? ……애거사 크리스티? 아니면 설마…… 에드거 앨런 포?"

츠키요는 초점을 잃은 눈으로 얼굴 앞에 쳐든 두 손바닥을 바라보며 중얼중얼 말을 늘어놓았다. 마치 뭔가에 씐 것 같은 모습이었다. 어렴풋이 공포를 맛보면서도 계획대로 일이 진행된다 싶어 유마는 속으로 쾌재를 불렀다.

사건에는 냉정하게 특출한 통찰력을 발휘하는 츠키요가 미스터리 소설에 대한 이야기만 나오면 침착함을 잃는다. 분명 명탐정에서 열렬한 미스터리 마니아로 스위치가 전환되는 것이리라. 그러면 츠키요는 평소의 지성을 약간 상실한다. 그 상태에 빠진 츠키요를 잘 유도해서 총명함을 되찾아 줄 수 있으면 왓슨 역할은 단숨에 가까워진다.

"확실히 그 정도 수준의 미스터리 작가가 남긴 유작이 발견되면 큰 뉴스가 되겠죠. 하지만 그렇다고 '미스터리의 역사가 근본부터 뒤집히는' 사태가 벌어질까요?"

유마의 말에 츠키요는 풀어질 대로 풀어진 표정을 조금 다잡았다.

"……아니요, 그렇지는 않겠죠. '미스터리의 역사가 한 페이지 추가되는' 정도랄까요. 그것도 아주 멋진 일이기는 하지만요."

"맞습니다. 저는 '역사가 근본부터'라는 대목에 힌트가 있다고 봐요."

"근본부터……. 단순히 아주 유명한 미스터리 작가의 원고가 발견된 게 아니다. 그 원고에는 대단한 작품이라는 것 이상의 가치가 있었다……."

츠키요는 입가에 손을 댔다. 유마는 "그겁니다." 하고 턱을 당겼다.

"내용이 대단한 미스터리는 분명 높은 평가를 받죠. 하지만 내용 이상으로 높이 평가받는 작품과 작가가 있습니다. 새로운 장르를 탄생시킨 작품과 작가예요."

"……새로운 장르를 탄생시킨 작품과 작가." 츠키요는 중얼거렸다. "하드보일드, 사회파, 일상 미스터리, 서술트릭. 새로운 미스터리 장르의 시조가 된 작품 그리고 그 작품을 쓴 작가는 분명 최고의 찬사를 받죠."

"네, 맞습니다. 저도 처음에는 분명 그런 작품일 거라고 생각했어요. 하지만 그런 작품도 '미스터리의 역사를 뒤집는' 정도는 되겠지만 '근본부터 뒤집지는' 못할 거예요."

"듣고 보니 그럴지도 모르겠네요. 애당초 미공개라면 그 미스터리 작품이 언제 쓰였는지 증명하기는 곤란……."

"한 가지 마음에 걸리는 점이 있습니다."

유마는 미간에 주름을 잡고 생각에 잠긴 츠키요에게 말을 걸었다.

"코즈시마 씨는 작가에 대해 '유명한 인물'이라고밖에 말하지 않았어요. 열렬한 미스터리광이었던 코즈시마 씨라면 '유명한 미스터리 작가'라고 말할 법도 한데요."

"설마 미스터리 작가가 쓴 원고가 아니다?" 츠키요의 눈이 휘둥그레졌다.

"그럴 가능성도 있지 않을까요?"

"미스터리 작가가 아닌 유명한 인물이 썼고, 미스터리의 역사를 근본부터 뒤집을 만한 소설……."

열에 들뜬 것처럼 혼잣말을 중얼거리던 츠키요가 번개라도 맞은 듯이 몸을 부들부들 떨었다.

"전제부터 틀렸을지도 모르겠어요. 미공개된 미스터리 작품이라길래 무의식중에 19세기 후반부터 20세기 중반 언저리에 집필된 작품이라고 생각했네요. 하지만, ……더 일찍 쓰였을 수도 있어요. 훨씬 이른 시기에……."

츠키요는 입을 반쯤 벌린 채 천장을 올려다보았다.

"미스터리 역사의 근본, 즉 미스터리의 역사 그 자체는 1841년, 〈그래엄스 매거진〉 4월호에 실린 에드거 앨런 포의 단편소설 〈모르그 가의 살인〉에서 시작됐다. 모르그 가에 있는 건물 4층에 살던 모녀가 끔찍하게 살해됐다. 목이 졸려 죽은 딸은 난로 굴뚝에 거꾸로 박혀 있었고, 어머니는 뒷마당에서 목이 거의 떨어져 나간 상태로 발견됐다. 하지만 방문은 잠겨 있고, 창문에는 못을 박아놔서 사람이 출입할 수 없는 상황이었다. 이 기묘한 밀실 살인의 수수께끼에 오귀스트 뒤팽이 도전한다는 스토리. 이 단편소설이야말로 범죄 사건의 수수께끼를 풀어낸다는 미스터리의 원형이자, 여기서 미스터리의 역사가 시작됐다."

공허한 시선을 천장에 고정한 채 해설이라도 하듯 단조로운 어조로 말하던 츠키요가, 갑자기 몸을 내밀며 유마에게 손을 뻗었다. 너무나 갑작스러운 행동에 굳어 버린 유마의 어깨를 츠키요가 양손으로 잡았다.

"하지만 만약 〈모르그 가의 살인〉이 발표되기 이전에 범죄의 수수께끼를 풀어내는 소설을 썼다면! 만약 그런 원고가 발견된다면, 그야말로 미스터리의 역사가 근본부터 뒤집힐 거예요!"

"그, 그렇겠죠." 츠키요의 기세에 압도당하면서도 유마는 고개를 끄덕였다.

"그런데 그 원고를 1841년 이전에 썼다는 걸 어떻게 증명하지. ……그래, 분명 그 작가는 1841년 이전에 작고한 거야. 그래서 코즈시마 씨는 그 사람을 '미스터리 작가'라고 부르지 않은 거고. 왜냐하면 그 인물의 생전에는 '미스터리 작가'라는 개념 자체가 존재하지 않았으니까. 아아, 〈모르그 가의 살인〉이 발표되기 전에 작고한 작가가 쓴 미스터리 소설. 그런 게 발표되면 대체 어떻게 될까? 미스터리 애호가들의 커뮤니티가, 아니, 전 세계가 떠들썩해지겠지."

"그렇다면 그 원고는 가치가 어마어마하겠네요."

"어마어마하다마다요. 그야말로 인류의 보물이라고요!"

"즉, 얼마나 큰 부를 창출할지 상상도 되지 않는다는 말씀이시군요."

유마가 중얼거리자 기도하듯 두 손을 모아 깍지를 끼고 있던 츠키요의 눈에 초점이 돌아왔다.

"네, 상상도 안 되네요."

"그렇다면 살해 동기로 충분합니다. 그 원고를 빼앗으면 큰 부자가 될 수도 있고, 범인이 미스터리 마니아라면 인류의 보물을 손에 거머쥐는 셈이니까요."

"맞아요. 어쩌면 식탁보에 피로 의미심장한 글씨를 남긴 건 수사를 교란하고, 미공개 원고를 빼앗는다는 진짜 동기를 감추기 위해서였는지도 모르겠네요."

명탐정의 얼굴로 돌아온 츠키요는 코앞에다 집게손가락을 세웠다.

"어떻습니까, 아오이 씨. 제가 생각하기에는 추리를 잘 보조한 것 같습니다만."

유마의 말에 츠키요는 생각에 잠긴 표정을 지었다.

"그러게요. 덕분에 기분 좋게 추리할 수 있었어요."

"말투를 들어보니 아직 한 수가 모자란 모양이군요. 그렇다면 제가 왓슨 역할을 맡아야 할 결정적인 이유를 알려드리겠습니다."

"결정적인 이유?"

의아한 듯이 되묻는 츠키요에게 유마는 "네, 그렇습니다." 하고 윙크했다.

"왓슨 하면 당연히 의사 아니겠습니까."

츠키요의 어리둥절한 얼굴에 진심으로 즐거운 듯한 웃음이 번져 나갔다.

"왓슨 하면 의사라고요? 과연, 확실히 그러네요. 이거 한 방 먹었어요."

츠키요는 과장스럽게 어깨를 으쓱한 후, 오른손을 내밀었다.

"그럼 다시 인사를 드려야겠네요. 잘 부탁해, 나의 왓슨 군."

5

"지금까지 보고 들은 정보에 대해서는 방에 틀어박혀 있던 네 시간 동안 내 나름대로 정리를 끝냈어. 이제 현장 검증과 관계자의 증언을 통해 이 끔찍하고도 매혹적인 사건의 수수께끼를 풀어내기 위한 단서를 좀 더 모아야겠어, 이치조 군."

츠키요는 집게손가락을 얼굴 옆에 세우고 즐겁게 말했다. 파트너가 된 츠키요와 유마는 오호실을 뒤로하고 1층으로 향하는 중이었다.

유마가 대답하지 않자 앞서가던 츠키요가 걸음을 멈추고 이상하다는 듯이 돌아보았다.

"왜 그래, 이치조 군?"

"그게, 갑자기 말투와 호칭이 달라져서 당황스럽다고 할까……."

"응? 이치조 군이라고 부르는 게 마음에 안 들어?" 츠키요는 고개를 갸웃했다.

"뭐, 그렇죠."

느닷없이 반말을 쓰는 것도 당황스럽기는 마찬가지지만. 유마는 속으로 중얼거렸다.

"명탐정이 파트너의 이름을 부를 때는 '군'을 붙이는 게 기본이잖아. 홈스는 '왓슨 군', 미타라이 기요시는 '이시오카 군'이라고 불러. 친애의 정을 담아 이름만 부르기도 하지만 나는 '군'을 붙이는 게 좋더라."

"미타라이 기요시야 어쨌거나 홈스는 번역하기 나름 아닐까요?"

힘이 쭉 빠지는 기분으로 유마가 말하자 츠키요는 가슴 앞에서 양손을 마주쳤다. 짝, 하고 경쾌한 소리가 유리 계단에 메아리쳤다.

"그러니까 원어에 충실하게 'My dear Ichijo'라고 불러 달라고?"

"……이치조 군이면 됩니다."

"그거 다행이네. 나는 '츠키요'라고 이름으로 불러 줘. 왓슨 역할은 대부분 명탐정을 그냥 이름으로 부르니까."

"아니요, 아무래도 그건……. 지금까지처럼 '아오이 씨'라고 부를게요."

"왜?" 츠키요는 입술을 삐죽 내밀었다.

"그게, 여성을 대뜸 이름으로 부르려니 어색하고, 남들도 이상한 눈으로 볼 테니까요●. 파트너로서 서로 좀 더 신뢰가 쌓일 때까지 기다려 주십시오."

츠키요는 "흠." 하고 턱을 문질렀다.

"확실히 내 왓슨이 남들에게 무례한 사람으로 보이는 건 유감이지. 일단은 '아오이 씨'로 참는 수밖에 없나. 하지만 언젠가는 '츠키요'라고 부르도록 할 테니까 그렇게 알고 있어. 뭐, 일단 그 존댓말만이라도 그만둘 수 없을까. 기껏 파트너가 됐으니까."

"그 정도라면야."

● 일본에서는 아주 친근한 사이가 아니면 서로 성으로 호칭한다.

유마가 망설이며 고개를 끄덕이자 츠키요는 정면으로 몸을 돌리고 의기양양하게 "그럼 가자, 이치조 군." 하며 다시 계단을 내려갔다. 유마는 한숨을 쉬며 츠키요를 따라갔다.

1층에 도착하자 츠키요는 주저 없이 식당으로 향했다.

오이타가 살해된 현장인 식당은 여전히 물바다였다. 츠키요가 걸음을 옮길 때마다 발밑에서 작게 찰박찰박 물소리가 났다.

츠키요를 따라가던 유마는 식당 입구에서 멈춰 섰다. 아까는 너무 혼란스러워서 제대로 관찰할 여유가 없었지만, 오이타가 쓰러져 있던 곳에 생긴 붉은 물웅덩이와 식탁보에 피로 큼지막하게 휘갈긴 글씨 등이 자아내는 꺼림칙한 분위기에 압도당했다.

츠키요는 전혀 망설이는 기색 없이 식당을 나아갔다.

"저기, 아오이 씨. 들어가도 괜찮을까요? 아까 현장을 어지럽히지 말라고 카가미 씨가……."

츠키요가 고개를 돌려 "존댓말……." 하고 침울한 시선을 던졌다.

"어, 아참, 미안해. 또 카가미 씨가 뭐라고 하지 않을까 싶어서."

"뭐라고 하겠지. 하지만 그런 걸 신경 쓸 때가 아니야."

츠키요는 고개를 가로저었다.

"아까도 말했잖아. 경찰 수사는 기본적으로 인력에 의존한 인해전술이야. 모레까지 경찰이 올 수 없는 상황에서 경찰의 수사법을 존중한들 아무 소용없지. 이번처럼 특수한 범죄의 진상을 규명하기 위해서는 일당백인 내 수사법을 무엇보다 우선해야 해."

아주 당연하다는 듯이 말한 후 츠키요는 오이타가 쓰러져 있던 곳에 쪼그려 앉아 붉은 물이 고인 바닥에 얼굴을 가까이 댔다.

"뭐해?"

유마가 다가가자 츠키요는 쪼그려 앉은 채 손짓했다.

"이 부근에서 석유 연료 냄새가 나."

유마는 "뭐?" 하고 츠키요의 옆에서 무릎을 구부리고 후각에 신경을 집중했다. 츠키요 말대로 바닥에서 자극적인 냄새가 희미하게 풍겼다.

"오이타 씨의 시신에 뭔가 뿌려져 있었던 건가."

유마의 중얼거림에 츠키요가 슥 일어서서 식당을 둘러보았다.

"아마 난로의 등유 아닐까. 확인하자."

츠키요는 식당에 놓여 있는 난로 몇 대의 연료통을 하나하나 확인했다. 네 번째 등유 난로의 연료통을 꺼낸 츠키요가 "이거다!" 하고 소리쳤다.

"다른 난로에는 연료가 충분한데, 이것만 거의 비었어. 범인은 이 연료통에 들어 있던 등유를 오이타 씨의 시신에 뿌린 거야."

츠키요는 연료통을 얼굴 앞까지 들어 올렸다.

"하지만 용량이 제법 되는데. 오이타 씨에게 뿌린 정도로 텅 비지는 않을 거야."

츠키요는 연료통을 되돌려 놓은 후 눈을 감고 잘생긴 코를 씰룩거리며 어슬렁어슬렁 이동했다.

"이쪽에서도 등유 냄새가 나."

테이블 앞에서 눈을 뜬 츠키요는 물을 머금은 식탁보에 양손을 짚고 몸을 내밀더니, 한복판에 피로 휘갈긴 '조가타케산 증발 사건'이라는 글씨에 얼굴을 가까이 댔다.

"여기군."

츠키요가 '산'이라는 글자를 만졌다. 불에 타서 읽기 어려운 글자였다.

"그게 어쨌는데?"

유마가 묻자 츠키요는 식탁보를 만진 손을 유마의 코끝에 들이댔다. 등유 냄새가 콧속을 자극했다.

"거기에도 등유를 뿌렸다는 거야?"

"그런 것 같아. 뭐, 만약 식당을 불태울 작정이었다면, 아니 식당이 뭐야, 이 저택을 불덩이로 만들어 모두를 죽일 작정이었다면 당연한 선택이지. 불길이 차원이 다를 테니까. 실제로 불기둥이 단숨에 천장 근처까지 솟아올랐을걸. 그랬기에 즉시 스프링클러가 반응해서 결과적으로 금방 불길이 잡힌 거고."

츠키요는 '산'이라는 글자 바로 위쪽 천장에 달린 스프링클러를 가리키더니 "다만……." 하고 중얼거렸다.

"범인은 정말로 오이타 씨의 시신을 불태울 생각이었을까?"

"응? 그건 무슨 소리야?"

유마가 되묻자 츠키요는 고개를 돌려 피로 쓴 글씨를 보았다.

"이렇게 예술적인……, 아니, 악취미 같은 연출을 해 놓은 걸 보건대, 범인은 이 글씨를 공개하고 싶었을 거야. 그런데도 어째선지 불이 나면 제일 먼저 불타서 사라질 식탁보에 글씨를 남겼지. 만약 확실하게 글씨를 보여 주고 싶다면 벽에라도, 아니 식당 말고 다른 곳에 쓰면 되지. 어디에 쓰든 피로 쓴 글씨는 강한 인상을 남길 테니까."

츠키요는 턱을 당기고 낮은 목소리로 말을 이었다.

"이 범행 현장에서는 방을 불태우고 싶다는 심정과 남기고 싶다는 심정, 모순되는 두 가지 의사가 전해져. 이게 뭘 나타내는지……."

"뭔가, 식탁보에 피로 글씨를 남겨야 할 이유가 있었던 걸까……?"

유마가 혼잣말하듯 중얼거리자 츠키요는 "그거야!" 하고 느닷없이 소리를 질렀다. 유마는 놀라서 몸을 살짝 젖혔다.

"좋은 지적이야. 과연 내 왓슨다워. 그래, 그 문제를 해명하면 분명 이 사건의 진상에 다가갈 수 있을 거야."

"그, 그거 다행이네."

"지금 시점에서는 범인이 정말로 오이타 씨의 시신을 불태우려고 등유를 뿌렸는지, 또는 그렇게 위장했을 뿐인지 판단이 서지 않아. 다만 시신을 불태울 작정이었다면, 범인에게 불리한 단서가 시신에 남아 있었는지도 모르지. 십호실에 숨어들어서 오이타 씨의 시신을 조사할 방법이 없으려나."

"그건 어렵지 않을까. 카가미 씨가 시신에는 손도 못 대도록 눈에 불을 켜고 있고, 십호실을 열 수 있는 마스터키는 금고에 있으니까."

"……이치조 군, 금고 열쇠 중 하나는 네가 가지고 있잖아. 그럼 쿠루마 선생님이 가진 열쇠만 있으면 마스터키를 꺼낼 수 있어."

츠키요의 얼굴에 능글맞은 웃음이 번졌다.

"허튼 생각하지 마. 모두의 안전을 위해 마스터키를 아무도 손 댈 수 없는 곳에 보관하기로 한 거잖아. 애당초 쿠루마 선생님이 열쇠를 넘겨줄 리 없어."

"그거라면 걱정하지 마, 내가 슬쩍할 테니까. 소매치기 기술이라면 프로에게도 뒤지지 않을 자신이 있어."

츠키요는 오른팔에 힘을 주어 알통을 만들었다.

"왜 명탐정이 소매치기 기술을 익힌 건데?"

"명탐정이니까. 범죄 수사에는 다양한 기술이 필요하거든. 소매치기뿐만 아니라, 미행, 전자 공학, 위험물 취급 등등, 온갖 기술에 정통하지. 마음만 먹으면 이 저택에 있는 물건으로 원격 폭파 장치도 만들 수 있어."

"그거 대단하네. 하지만 난 열쇠 안 줄 거야. 또 말썽이 일어날 게 뻔해."

만약 츠키요와 함께 마스터키를 꺼냈다가 발각되면 다른 사람들에게 의심받는다. 그건 피하고 싶었다.

"오케이, 오케이, 알았어."

츠키요는 유마 옆을 지나쳐 출입구로 향했다. 유마는 그 뒷모습을 바라보다 문득 재킷 호주머니에 손을 넣었다. 호주머니에 넣어 둔 열쇠 케이스가 없었다.

"거기 서!"

걸음을 멈춘 츠키요는 고개만 돌리더니, 열쇠 케이스를 얼굴 옆으로 쳐들며 혀를 살짝 내밀었다.

"에이, 아깝다. 들켰네."

"조금도 마음을 못 놓겠군."

성큼성큼 다가가서 열쇠 케이스를 낚아채자 츠키요가 등을 두드렸다.

"그렇게 화내지 마, 왓슨 군. 장난 좀 쳐 본 거야. 그것보다 오이타 씨 살해 사건의 가장 큰 수수께끼에 도전해 보자고."

"가장 큰 수수께끼?"

유마가 미간을 찌푸리자 츠키요는 두 팔을 활짝 펼쳤다.

"물론 '밀실'이지! 〈모르그 가의 살인〉이 발표된 이래, 수많은 밀실 미스터리가 탄생했어. 밀실이야말로 수수께끼의 왕, 킹 오브 미스터리라고. 이 밀실은 어떻게 만들어졌는가. 명탐정으로서 그 수수께끼에 도전한다는 게 몸이 떨릴 만큼 감동스러워."

"코즈시마 씨가 살해당했을 때는 이렇게까지 흥분하지 않았잖아."

"당연하지. 코즈시마 씨는 독살, 요컨대 원격 살인이 쉬운 흉기로 살해당했어. 게다가 오늘 아침에 설명했듯이 간단한 트릭으로 밀실을 만들 수 있는 상황이었지. 하지만 오이타 씨 살해 사건은 달라."

츠키요의 입꼬리가 올라갔다.

"범행 현장의 상황상, 범인은 여기서 오이타 씨를 살해하고 피로 글씨를 남긴 후, 어떤 트릭을 사용해 식당을 밀실로 만들고 나갔어. 더구나 범인이 떠난 밀실에서 화재가 발생했지만, 어떻게 불을 질렀는지도 몰라. 멋진 밀실 살인 사건 아니야?"

유마의 입에서 "하아." 하고 맞장구인지 한숨인지 자기 자신도 모를 소리가 새어 나왔다. 살인 사건을 '멋지다'고 표현하는 츠키요의 감각을 이해할 수 없었다.

이 명탐정은 역시 어딘가가 비정상적으로 뒤틀렸다. 이 유리탑처럼.

"어떻게 밀실을 만들었는지 풀어내지 않는 한, 범인의 정체에는 다가갈 수 없을 듯한 기분이 들어. 그러니 이 출입구를 철저하게 조사해야겠지. 자, 이치조 군, 살펴보자."

츠키요는 유마가 차가운 시선을 던지는 걸 전혀 모르는 낌새로 쾌활하게 손짓하더니, 몇 시간 전에 남자 셋이 몸으로 부딪쳐서 연 문의 테두리를 만졌다.

"테두리에는 딱히 이상이 없네. 이로써 접착제 따위를 사용해 밀실을 만들었을 가능성은 부정할 수 있겠어. 또한 아까 말했다시피 버팀목 같은 게 사용된 흔적은 없고. 이 문은 안쪽에서 회전식 빗장으로 잠그는 방식이라 열쇠 구멍이 없으니까 여벌 열쇠의 유무는 고려하지 않아도 돼. 정리하면 이 망가진 빗장이 채워져 있었기 때문에 문이 열리지 않았다고 해석하는 게 합리적이겠지."

츠키요는 출입구 옆쪽 벽에 달린 회전식 빗장 두 개 중 아래쪽을 가리켰다.

"아래쪽 빗장과 마찬가지로 회전시켜서 문의 돌기에 올리는 게 전부인 간단한 구조야. 잘 정비해 놓았는지 부드럽게 움직이네."

츠키요가 손끝으로 튕기자 빗장은 매끄럽게 한 바퀴 돌았다.

"자, 어떻게 하면 밖에서 이 빗장을 채울 수 있을까."

츠키요는 입술에 손가락을 댄 채 몸을 앞으로 구부려 이마가 닿을 만큼 가까이에서 빗장을 응시했다.

"역시 실 같은 걸 사용하지 않았을까?"

유마의 말에 츠키요가 곁눈질로 차가운 시선을 보냈다.

"구체적으로는?"

"어, 구체적이라니……."

"그러니까 구체적으로 실을 어떻게 사용하면, 실을 걸 부분이 거의 없는 데다 문의 돌기까지 270도나 회전시켜야 하는 빗장을 밖에서 채울 수 있느냐고."

"어, 그건……."

자세를 바로잡은 츠키요가 말을 머뭇거리는 유마에게 조각 같은 얼굴을 쑥 들이댔다.

"아까도 말했다시피 연기와 물이 홀로 거의 새어 나오지 않은 것만 봐도, 문이 닫힌 후에 틈새로 도구를 집어넣기는 거의 불가능해. 하지만 빗장에 실을 건 상태로 문을 닫았다면, 외부에서 실을 잡아당기는 것 정도는 가능했을지도 모르지. 그럼 구체적으로 어디에 실을 걸어서 어떤 각도로 잡아당기면 밖에서 빗장을 채울 수 있는지 가르쳐 주겠어?"

츠키요는 양복 호주머니에 손을 넣어 가느다란 실 한 타래를 꺼냈다.

"왜 그런 걸 가지고 다니는 거야?"

"당연히 수사를 위해서지. 실을 사용한 물리 트릭은 밀실의 기본이니까. 언제라도 현장 검증할 수 있도록 가지고 다녀."

츠키요는 뾰족한 덧니로 실을 수십 센티미터 길이로 끊어서 "자, 해 봐." 하고 유마에게 내밀었다.

"해 보라니……."

유마는 망설이며 받아든 실을 빗장에 걸려고 했다. 하지만 끝부분이 반원형이고 부드럽게 회전하는 빗장은 실로 조작하기는커

녕, 실을 걸기조차 어려웠다. 문을 닫은 상태로 270도 회전시키기는 도저히 불가능할 것 같았다.

"음, 그럼, 이렇게 세운 상태로 균형을 잡고, 거기에 실을……."

유마는 빗장을 바닥에 수직으로 세우고 그 상태를 유지시키려 했다. 하지만 벽에 고정된 빗장의 접합부가 매끌매끌해서 아무리 신중히 세워도 빗장은 좌우 중 한쪽으로 빙글 돌아갔다.

"안 될 모양이네." 츠키요가 냉정한 투로 말했다.

"잠깐만 있어 봐. 이건 어떨까. 이 상태로 빗장과 벽 사이에 뭔가 끼우는 거야."

유마는 빗장을 잡고 각도가 수직이 조금 안 되게 문 쪽으로 기울였다.

"끼운 물체에 실을 걸고 밖에서 잡아당기면, 버틸 힘을 잃은 빗장이 문 쪽으로 회전해 돌기에 얹히겠지. 맞아, 분명 이거야."

"뭘 끼우는데?"

다시 차가운 말투로 질문이 날아들어 유마는 "어……?" 하고 맹한 목소리를 흘렸다.

"확실히 그 방법이라면 빗장을 채울 수 있을지도 몰라. 하지만 구체적으로 뭘 빗장과 벽 사이에 끼워 넣었을까? 그런 건 어디에도 떨어져 있지 않았어. 문이 열린 후, 내가 모두의 행동을 감시했다고 했잖아. 그러니 누군가 회수한 것도 아니지."

유마가 우물쭈물하자 츠키요는 이때라는 듯이 말을 퍼부었다.

"내 경험상 연기와 물이 새어 나오지 않을 만큼 틈새가 없는 문에는 실도 끼어서 움직이지 않을 때가 많아. 게다가 트릭에 실을 사용했을 경우는 대부분 자세히 관찰하면 자물쇠나 문에서 그 흔적을 찾아볼 수 있지. 하지만 이번에는 아무리 확인해도 그런 흔적이 없었어. 즉, 이 밀실은 실을 사용해서 만든 게 아니야."

증명이 끝났다는 듯이 츠키요는 턱을 가볍게 내밀었다.

"그럼 범인이 식당을 어떻게 밀실로 만들었는지 아오이 씨는 알아?"

의기양양한 츠키요의 태도가 거슬려서 유마는 불쾌하게 말했다.

"아직 몰라."

츠키요는 턱을 당기더니 입가에 손을 댔다. 희미하게 보이는 그 입술에는 야릇한 웃음이 맺혀 있었다.

"이건 단순히 만들 수 있는 밀실이 아니야……. 분명 뭔가 생각지도 못한 트릭이 사용됐겠지. 명탐정인 내게는 그걸 해명할 의무가 있어. 난 쭉 이런 사건을 기다렸어. 그래 쭉……."

소리 죽여 웃는 츠키요에게서 한기가 느껴져 유마는 한 발짝 뒷걸음쳤다.

"어, 이치조 군, 왜 그래?"

츠키요가 이상하다는 듯 물었다. 얼굴에서 아까까지 풍기던 위험한 분위기가 사라졌다. 유마는 "아니, 아무것도 아니야." 하고 얼버무리며 츠키요를 바라보았다. 명탐정에 대한 유별난 집착. 대체 뭐가 츠키요를 이렇게까지 몰아붙이는 걸까.

"그럼 다행이지만. 아무튼 필요한 정보는 대강 확인했으니 여기서는 이만 물러갈까."

츠키요는 식당에 등을 돌렸다.

"벌써? 밀실 수수께끼를 안 풀어도 돼?"

유마가 눈을 동그랗게 뜨자 츠키요는 야유하듯 얇은 입술 한쪽 끄트머리를 끌어올렸다. 조각 같은 얼굴에 그 냉소적인 표정이 아주 잘 어울렸다.

"이치조 군, 지금은 아직 추리를 펼칠 단계가 아니야. 일단은 추리의 토대를 이룰 정보를 최대한 긁어모아야 해. 아무리 아름답고 예술적인 건축물도 기초가 탄탄하지 않으면 사상누각이니까."

"그럼 이제 어떤 정보를 모으러 갈 건데?"

"수사의 기본은 경찰도 명탐정도 동일해. 현장 검증이 끝난 다음에는 관계자의 증언을 들어야지. 그러니 일단 휴게실로 가자."

츠키요는 의기양양하게 가슴을 쭉 펴고 걸어갔다. 휴게실에 들어가자 쿠루마와 사쿄가 지친 표정으로 난로 옆 소파에 앉아 있었다

"아아, 아오이 씨, 이치조 선생." 두 사람을 보고 쿠루마가 한 손을 들었다. "둘이서 어쩐 일인가? 방에 틀어박혀 있기도 질렸나?"

"제게도 드디어 왓슨이 생겨서 함께 수사를 하는 중입니다."

츠키요의 대답에 쿠루마는 "왓슨?" 하고 눈썹을 찡그렸다.

"네, 맞아요. 이쪽이 제 왓슨인 이치조 군입니다."

츠키요가 소리 높여 소개하는 바람에 유마는 쑥스러운 기분으로 "잘 부탁드립니다." 하고 고개를 움츠렸다.

"아니, 이치조 선생님이야 알지만……. 무슨 말씀인가요?"

당황한 표정으로 묻는 사쿄를 본체만체하고 쿠루마는 "아하, 알겠어." 하고 손뼉을 쳤다.

"이치조 선생이 명탐정인 아오이 씨의 파트너, 즉 왓슨 역할을

손에 넣은 거군. 그거 멋진걸. 명탐정에게 왓슨은 빼놓을 수 없는 존재니까."

"과연 쿠루마 선생님은 이해가 빠르시네요."

"파트너를 얻어 명탐정으로서 레벨을 높여 사건의 수수께끼에 도전하겠다는 거로군. 이제 우리에게 정보를 수집할 참인가. 꼭 부탁함세. 도망칠 곳 없는 저택에 살인범이 있다니 영 마음이 불안해. 지금까지 비슷한 상황을 소재로 수없이 미스터리를 썼으면서, 막상 내가 그런 상황에 휘말리니 이 꼴이야. 한심하기 짝이 없어."

"무슨 말씀이세요. 본격 미스터리 소설의 등장인물이 된 것 같은 이번 경험을 살려서 꼭 멋진 작품을 써 주세요. 분명 지금까지보다 현실감과 박력이 넘치는 책이 나올 거예요."

"글쎄. '클로즈드 서클'을 도입한 본격 미스터리는 지금까지 헤아릴 수 없이 많이 나와서 말이야. 독자가 깜짝 놀라 자빠질 만한 트릭이라도 없는 한, 어디선가 본 듯한 작품이 되기 마련이지. 그래서 최근에는 좀처럼 도전하기 어렵다고 할까……."

"그럼 꼭 모두가 깜짝 놀랄 만한 트릭을 만들어 주세요. 기대하겠습니다."

기대로 눈을 반짝이는 츠키요에게 쓴웃음을 지으며 쿠루마는 벗어진 머리를 긁적였다.

"그렇게까지 기대한다니 열심히 해야겠군. 이 늙은이의 머리로 얼마나 참신한 트릭을 만들 수 있을지는 모르겠지만, 최선을 다하겠네. 다만……."

쿠루마는 근엄한 몸짓으로 츠키요를 가리켰다.

"그러려면 여기서 무사히 나가야 해. 그러니 아오이 씨, 꼭 이번 사건을 해결해 주게. 기대하겠네."

"물론이죠. 쿠루마 선생님의 신작을 위해 명탐정 아오이 츠키요가 몸과 마음을 다 바쳐 반드시 사건의 진상을 밝혀내겠습니다."

츠키요가 가슴을 가볍게 두드리자, 사쿄가 농담하는 듯한 말투로 끼어들었다.

"쿠루마 선생님, 그 신작이 완성되면 부디 저희 회사에 출간을 맡겨 주시기 바랍니다. 이렇게 함께 발이 묶인 것도 무슨 인연이니, 제가 정성을 다해 편집하겠습니다."

"어?" 유마는 눈을 깜박였다. "사쿄 씨는 잡지 편집자 아니시던가요?"

"예전에는 문학 편집부에 있었습니다. 쿠루마 선생님의 작품도 편집한 적 있고요."

"그렇다면 미스터리 소설도 편집한 적 있다는 말씀이네요?" 츠키요가 표정을 다잡았다.

"네, 그렇죠. 저희 회사 문학 편집부는 미스터리 소설에 특히 주력하고 있거든요. 미스터리 소설은 영업부도 적극적으로 마케팅에 나서는 경향이 있어요."

츠키요와 유마는 얼굴을 마주 보았다.

미스터리 소설의 출간에 관여했던 편집자와, 미스터리의 역사를 바꿀 만한 미공개 원고를 입수한 코즈시마. 코즈시마는 그 미공개 원고를 사쿄에게 맡기려 했는지도 모른다.

"사쿄 씨, 질문을 좀 드려도 될까요?"

츠키요의 분위기가 달라졌다는 걸 알아차렸는지 사쿄는 "네, 뭔가요?" 하고 자세를 바로 했다.

"사쿄 씨는 조가타케산 증발 사건을 취재하면서 코즈시마 씨와 안면을 트셨다고 하셨죠. 그럼 이번에도 코즈시마 씨에게 그 이야기를 들으러 오신 건가요?"

"아니요, 조가타케산 증발 사건 특집은 작년에 끝났거든요. 이제 와서 새삼 이야기를 들을 필요는 없죠."

"그럼 이번에는 왜 오신 거죠?"

"취재할 때 저택에 묵거나 하면서 여러모로 신세를 졌거든요. 도저히 거절할 수 없었다고 할까요. 솔직히 별로 오고 싶지는 않았지만요."

석연치 않은 말투였다.

"뭔가 사정이 있는 것 같군요. 자세하게 들려주실 수 없을까요?"

츠키요가 미소 짓자 사쿄는 "난감하네." 하고 머리를 긁적였다.

"입 밖에 내지 않기로 코즈시마 씨와 약속했거든요. 하지만 상황이 상황이니."

팔짱을 낀 채 몇 초 생각에 잠긴 사쿄는 "알겠습니다. 말씀드릴게요." 하며 츠키요를 보았다.

"실은 제가 이번 행사에 참석하겠다고 전한 후, 코즈시마 씨에게 연락이 왔습니다. 굉장한 미스터리 소설의 원고가 있으면 저희 회사에서 출판할 수 있겠느냐고요."

"굉장한 미스터리 소설……, 그게 어떤 소설인지는 들으셨나요?"

"못 들었습니다." 사쿄는 어깨를 움츠렸다. "솔직히 그 이야기를 듣자마자 암담한 기분이 들어서 '아주 굉장한 작품이라면 검토하겠습니다'라고 둘러대고 전화를 끊었어요."

"왜요? 굉장한 작품을 출간하면 출판사에도 이익일 텐데요?"

"굉장한 작품일 리 없으니까요." 사쿄의 얼굴에 쓴웃음이 번졌다. "작년에 취재하러 와서 만났을 때도 코즈시마 씨가 툭하면 비슷한 소리를 했어요. 미스터리 소설을 쓰면 저희 회사에서 출간할 수 없겠느냐고요."

"그래서 어떻게 하셨나요?"

"점잖게 거절했죠. 신세를 졌으니 원고 몇 편을 훑어는 봤는데, 뭐랄까……, 솔직히 말해 형편없었어요. 어디서 본 듯한 상황 설정, 어디서 본 듯한 명탐정, 어디서 본 듯한 트릭. 독창성이 전혀 없거니와 문장력도 모자라고, 수수께끼를 해명하는 부분도 논리가 엉망이라 도저히 상품화할 수준이 아니었습니다."

가차 없는 사쿄의 평가에 쿠루마도 "뭐, 그렇겠지." 하고 동의를 표했다.

"내 소설 강좌를 들을 때 쓴 작품도 비슷했어. 방대한 작품을 섭렵한 미스터리 마니아답게 트릭은 어떻게든 고안해 냈지. 뭐, 그것도 과거 명작의 하위 버전에 불과하긴 했지만. 다만 등장인물의 캐릭터 조형과 상황을 묘사하는 문장력은 처참했어. 읽는 게 고통이었다니까."

그때가 생각났는지 쿠루마는 콧부리에 주름을 잡았다.

"그리고 무엇보다 큰 문제는 탐정이 사건을 해결하는 장면이었지. 본격 미스터리로서 공정하지 않다든가, '후기 퀸 문제'가 있다든가 하는 수준이 아니었어. 탐정이 마치 처음부터 모든 걸 알고 있었다는 듯 그저 담담히 범인과 트릭을 설명할 뿐, 어떻게 그 진상에 다다랐는지를 거의 기술하지 않아. 그러면 독자로서는 그저 문제와 해답을 읽는 기분이 들 뿐이야."

"선생님 말씀이 옳습니다. 제 감상도 바로 그거였어요." 사쿄는 진중하게 고개를 끄덕였다.

"그 평가를 코즈시마 씨에게 확실히 말씀하셨나요?"

"처음에는 에둘러서 말했죠. 갈고닦으면 빛나는 부분이 있을지도 모르지만, 수상 경력도 없는 신인 작가의 책을 내기는 사업상 어렵다는 식으로요."

"코즈시마 씨의 반응은요?"

"그렇다면 출판 비용을 전부 부담할 테니 출간해 주지 않겠느냐. 홍보도 자비로 하겠다. 그렇게 말씀하시더군요."

"비용을 부담한다면 출간해도 되잖습니까?"

유마가 끼어들자 사쿄의 표정이 험악해졌다.

"그럴 수는 없습니다. 저희 회사는 지금까지 수많은 걸작 미스터리 소설을 세상에 배출해 온, 이른바 미스터리계의 명문가예요. 그런 작품을 출간했다가는 100년 가까이 지켜온 회사의 이미지에 먹칠을 하는 꼴이 되고 맙니다."

"아주 형편없는 작품이었던 모양이네요." 츠키요는 입가에 손을 대고 작게 웃었다.

"그래서 자비출판을 권했지만, 그건 단호히 거절하시더라고요.

저희 회사에서 출간해야 의미가 있다면서요."

"귀사의 간판에 가치가 있다는 증거로군요."

"마지막으로 만났을 때 제 평가를 솔직히 알려 드리고 이렇게 말했습니다. 저희 회사에서 코즈시마 씨의 작품을 출간하기는 절대로 불가능하니 이만 포기하시라고요."

"코즈시마 씨의 반응은요?"

"몹시 화를 내셨죠. 꺼지라면서 재떨이를 벽에 던질 정도로요. 뭐, 그 후로 관계가 소원해졌는데도 이번 행사에 초대해 주셔서 놀랐습니다. 마지막으로 이야기를 나누었을 때 제 태도에도 문제가 있었지 않았나 싶어서 참석하기로 한 거고요."

"그런데 또 원고 이야기를 꺼내서 넌더리가 났다는 말씀이시군요."

"그렇습니다. 그만큼 딱 부러지게 말했는데 아직도 포기를 못했나 싶어 솔직히 어이가 없었어요. 형식적으로나마 또 그 형편없는 원고를 훑어봐야 하나 싶어서요."

"사쿄 씨, 만약 그게 코즈시마 씨가 쓴 원고가 아니라면 어떨까요?"

츠키요의 질문에 사쿄는 "그게 무슨 말씀입니까?" 하고 눈살을 찌푸렸다.

"본인의 작품을 완전히 거부당했는데 또 보여 주려 한다는 건 좀 이상하지 않나요? 엄청난 걸작을 완성해서 본때를 보여 줄 생각이었다면 이해가 갑니다만."

"남이 쓴 원고를 왜 제게 보여 주는데요?"

"작가가 이미 작고했으니까 그랬다고 보는 게 타당하지 않을까 싶은데요."

"작고했다니요?" 사쿄는 의아한 듯이 되물었다.

"코즈시마 씨는 생명 과학 분야가 아니라 미스터리계에 이름을 남기고 싶어 했어요. 하지만 작년에 사쿄 씨에게 혹독한 평가를 받고 본인이 집필한 작품으로 이름을 남기기는 어렵겠다는 사실을 비로소 깨달았죠. 그래서 방침을 바꾸기로 했는지도 모릅니다."

"방침을 바꾸다니, 구체적으로는 어떻게?" 흥미가 생겼는지 쿠루마가 이야기를 재촉했다.

"미스터리계에 이름을 남기는 건 작가뿐만이 아닙니다. 평론가와 연구자도 그렇죠. 예를 들어 본격 미스터리 작가 클럽이 주최하는 본격 미스터리 대상에는 소설 부문뿐만 아니라 평론 및 연구 부문도 있어요. 미스터리 소설이 중요한 문화인 이상, 연구자도 후세에 충분히 이름을 남길 수 있다는 거죠."

"코즈시마 군은 미스터리 연구에 관한 원고를 사쿄 군에게 보여줄 작정이었다는 건가? 확실히 미스터리에 대한 코즈시마 군의 지식과 열정은 놀라웠지. 코즈시마 군이 집필한 소설보다는 훨씬 가치 있을 거야."

"그것도 분명 아닐 겁니다." 츠키요가 고개를 저었다. "실은 코즈시마 씨가 이치조 군에게 이렇게 말했어요. 미공개 원고를 입수했다, 그 원고를 공개하면 미스터리의 역사가 근본부터 뒤집힐 거라고요."

유마는 자신의 귀를 의심했다. 그 중요한 정보를 이렇게 쉽게 알려 줄 줄은 몰랐다. 경악한 유마에게 츠키요가 곁눈질로 괜찮다는 듯한 눈빛을 보냈다.

"미스터리의 역사가 근본부터……. 대체 어떤 원고일까요?"

편집자로서 호기심이 동했는지 사쿄가 몸을 앞으로 기울였다.

"〈모르그 가의 살인〉 이전에 집필된 미스터리가 아닐까 싶어요."

잠깐 침묵이 흐른 후, 사쿄와 쿠루마가 동시에 일어섰다. 두 사람의 목소리가 겹쳤다.

"〈모르그 가의 살인〉 이전에 집필된 미스터리?"

"어디까지나 저와 이치조 군의 추측이지만요. 다만 만약 그런 원고가 발견되면 말 그대로 미스터리의 역사가 근본부터 뒤집히겠죠."

"어, 어째서 그런 걸 코즈시마 씨가……." 사쿄가 눈을 희번덕거렸다.

"코즈시마 씨는 대부호인 동시에 세계 유수의 미스터리 수집가이기도 했어요. 스스로 걸작을 써서 미스터리계에 이름을 남기기는 포기하고, 수집가로서 쌓은 인맥과 남아도는 재산을 활용해 여태 빛을 보지 못한 명작을 발굴하기로 한 것 아닐까요? 이를테면 미스터리계의 하인리히 슐리만•을 꿈꾼 거죠."

"화, 확실히 〈모르그 가의 살인〉 이전에 집필된 미스터리가 있다면 트로이 유적 발견이 고고학계에 안긴 충격을 넘어서는 충격이 미스터리계를 뒤흔들겠지."

• 신화 속의 트로이 유적을 발견한 독일의 고고학자.

흥분했는지 쿠루마는 혀가 제대로 돌아가지 않았다.

"그 원고는 어디 있습니까?"

사쿄가 안달하며 물었다. 츠키요는 "글쎄요, 그것까지는……." 하고 웃는 얼굴로 얼버무렸다.

"분명 일호실이야! 틀림없어! 빨리 그 방을 살펴봐야 해."

소리를 지른 사쿄는 퍼뜩 생각났다는 표정으로 유마와 쿠루마를 보았다.

"마스터키가 보관된 금고의 열쇠는 두 분이 가지고 계시죠. 지금 당장 마스터키를 꺼내서 일호실을 살펴보죠!"

"사쿄 군, 좀 진정하게. 일호실에는 코즈시마 군의 시신이 있어. 게다가 거기는 범죄 현장일세. 우리 멋대로 어지럽혀서는 안 돼."

"무슨 말씀이세요, 쿠루마 선생님. 경찰이 수사하다 혹시 원고가 파손되면 인류에게 큰 손실입니다. 그 전에 찾아내서 보호해야 해요."

"보호해서 어쩌시려고요?" 츠키요가 여전히 웃는 얼굴로 물었다.

"그야 당연히 전 세계에 공표해야죠. 그리고 저희 회사에서 출간할 겁니다. 코즈시마 씨도 그러길 바라고 저를 여기 불렀을 테니까요!"

"과연 그럴까요?"

츠키요는 고개를 갸웃했다. 주먹을 움켜쥐고 열변을 토하던 사쿄가 "네?" 하고 눈을 끔벅거렸다.

"사쿄 씨는 코즈시마 씨의 작품을 혹평하셨잖아요."

"혹평이랄까……, 솔직한 감상을……."

"소설을 한 편 완성하기 위해서는 엄청난 노력이 필요하다고 하던데요. 그렇죠, 쿠루마 선생님?"

갑자기 질문을 받은 쿠루마는 "뭐, 그렇지." 하고 턱을 당겼다.

"프로인 쿠루마 선생님조차 고생스러우시다니, 아마추어인 코즈시마 씨에게 장편소설을 완성하는 건 어마어마한 고행 아니었을까요? 그러한 고행을 견디는 원동력은 자신의 작품으로 미스터리계에 이름을 남기겠다는 집념이었습니다. 하지만 아쉽게도 사쿄 씨는 그러한 집념을 평가해 주지 않았죠."

"아니, 그러니까 저는 어디까지나 정당하게 평가할 생각으로……."

"물론 그러셨겠죠. 객관적으로 보면 사쿄 씨의 평가가 옳았을 거예요. 다만 작품을 모욕당하면 자신의 존재 자체를 부정당했다고 느끼는 작가도 있다고 들었습니다. 어떤가요, 쿠루마 선생님?"

"그렇게 느끼는 작가도 적지 않지. 특히 집필 경험이 일천할 때는 그런 착각에 사로잡히기가 십상이야."

"그렇다는군요. 그 후로 소원해졌다는 사실을 보더라도, 코즈시마 씨는 사쿄 씨에게 원한에 가까운 감정을 품고 있던 게 아닐까요? 그렇다면 귀중한 원고를 사쿄 씨에게 넘길 리 없겠죠."

"그, 그럼 코즈시마 씨가 왜 저를 이번 행사에 불렀는데요?"

"표면적인 이유는 사쿄 씨가 편집장으로 있는 잡지에 미공개 원고를 발견했다는 기사를 실어서 세상에 알리기 위해서겠죠."

"그럼……, 그 이면에 감추어진 이유는?" 사쿄는 한없이 딱딱한 목소리로 물었다.

"원고를 사쿄 씨에게 자랑스레 내보인 후, 다른 회사에 그걸 맡기겠다는 뜻을 알리기 위해서 아닐까요? 미스터리계의 보물이라고도 할 수 있는 원고를 눈앞에서 살랑거린 후 치운다. 그게 코즈시마 씨의 복수였다."

"말도 안 됩니다!" 사쿄는 침을 튀기며 언성을 높였다. "코즈시마 씨는 저희 회사에서 작품이 출간되기를 간곡히 바랐어요. 원고를 분명 제게 넘기시려고 했을 겁니다! 틀림없어요!"

"코즈시마 씨가 돌아가신 이상, 추측의 영역을 벗어나지 못하겠지만요." 츠키요는 손수건으로 얼굴을 닦았다.

"그럼 그 원고는 저희 회사에서 맡아야 합니다. 코즈시마 씨와 제일 친분이 깊었으니까요. 출간은 하지 않았지만 코즈시마 씨의 원고를 읽었어요. 어떤 의미에서 저는 코즈시마 씨의 담당 편집자인 셈입니다. 제게는 그 원고를 출간할 의무가 있어요!"

사쿄가 벌겋게 달아오른 얼굴로 주먹을 쳐들자, 츠키요는 달래듯이 가슴 앞에다 대고 손을 가볍게 내저었다.

"흥분하지 마시고요. 그 원고를 누가 상속할지는 모르겠지만, 나중에 상속인과 교섭하시는 게 어떨까요? 애당초 〈모르그 가의 살인〉 이전에 집필된 미스터리 소설 원고가 있다는 것도 현재로서는 저와 이치조 군의 상상에 지나지 않습니다. 어쩌면 코즈시마 씨는 '이번에야말로 미스터리의 역사를 근본부터 뒤집을 걸작을 썼다'며 자기 원고를 발표할 작정이었을지도 몰라요."

흥분된 분위기에 찬물을 끼얹자 사쿄는 "아, 네." 하고 김이 샌 표정을 지었다.

과연, 그랬구나. 곁에서 두 사람을 지켜보던 유마는 츠키요의 의도를 깨달았다.

코즈시마가 어젯밤에 발표할 예정이었던 미공개 원고. 그것이 사쿄에게 얼마나 가치가 있는지 확인한 것이다. 코즈시마를 죽여서라도 손에 넣으려 할 만큼 집착하는지 마는지.

만약 다른 사람에게 귀중한 원고를 넘길 작정이었음을 미리 알고 있었다면, 사쿄는 어떤 수단을 써서라도 저지하려 했겠지. 사쿄는 그렇게 의심하기에 충분할 만큼 격렬하게 반응했다.

식탁보에 피로 글씨를 남긴 건 수사를 교란하기 위해서고, 진짜 살해 동기는 미공개 원고다. 츠키요는 그 가능성을 검토하고 있는 것이리라.

자신이 용의자 목록에 올랐다는 것도 모르고서 사쿄는 여우에 홀린 듯한 표정으로 우두커니 서 있었다. 그때 문이 열리더니 사카이즈미가 쟁반을 들고 마도카와 함께 들어왔다.

"어, 이치조 선생님과 아오이 씨도 계셨습까. 마침 잘됐네요. 가벼운 먹거리를 만들어 왔으니 드세요."

사카이즈미가 생햄을 곁들인 멜론과 치즈 크래커 등 간단한 핑거 푸드가 담긴 쟁반을 나지막한 테이블에 내려놓았다.

"커피도 있으니 드시고 싶으면 말씀하세요."

포트를 든 마도카가 가라앉은 목소리로 말했다. 변함없이 어두운 표정이고 안색도 창백했다. 마도카가 범인이 아니라면, 코즈시마와 오이타가 살해당해 큰 충격을 받은 것이 틀림없었다.

자기 때문에 마도카가 초췌해졌다. 몸을 태울 듯한 죄책감이 가슴에 솟구쳤다.

아니, 그건 필요한 일이었어……. 난 코즈시마를 죽임으로써 몇 천, 몇만 명의 ALS 환자와 그 가족을 구한 거야……. 문득 '광차 문제'라는 단어가 머리를 스쳤다.

광차가 폭주해 선로에 있는 인부 다섯 명이 깔려 죽을 위기에 처했다. 선로를 변환해 광차를 다른 선로로 보내면 다섯 명을 구할 수 있다. 하지만 변환된 선로에도 인부가 한 명 있다.

아무것도 하지 않으면 다섯 명이 목숨을 잃고, 선로를 변환하면 다섯 명은 살지만 원래 죽지 않았을 한 명이 희생된다. 이때 선로를 변환하는 행위는 용납될 것인가.

그렇다, 나는 선로를 변환한다는 선택을 했을 뿐이다. 그것이 용납되는 짓이라고는 생각지 않는다. 다만 나는 고뇌한 끝에 올바른 선택을 했다. 오이타를 끔찍하게 죽인 살인자와는 다르다.

오이타에게 그런 짓을 한 범인에게도 뭔가 사정이 있을지 모른다는 사실에서 눈을 돌리며 유마는 애써 자신을 다독였다. 그러지 않으면 등을 짓누르는 '살인자'라는 십자가에 뭉개질 것만 같았다.

"와아, 맛있겠다."

천진난만한 목소리에 유마는 정신을 차렸다. 츠키요가 치즈를 얹은 크래커를 입에 넣었다.

"입속에서 살살 녹네요. 최고예요. 자, 이치조 군도 먹어 봐."

식욕은 없었지만 거절하면 수상하게 여길지도 모른다. 유마는 어쩔 수 없이 저민 고기를 넣은 파이를 입에 넣었다. 사카이즈미가 만든 요리이니 맛없을 리 없는데도, 왠지 모래를 씹는 것처럼 맛이 텁텁했다.

"그거 사슴 고기예요. 기름기가 적어서 파이 생지와 잘 어울리죠."

"응, 맛있어."

유마가 억지로 웃음을 짓자 사카이즈미는 "그럼 우리도 먹자." 하고 마도카를 재촉하며 스스로 만든 요리에 손을 뻗었다.

유마는 파이를 씹으며 이 자리에 있는 사람들을 관찰했다.

츠키요는 여전히 종잡을 수가 없고, 사카이즈미는 어떻게든 활발하게 굴며 눈에 띄게 침울해진 마도카를 격려하려 애쓴다. 쿠루마는 약간 긴장돼 보이지만 냉정함을 유지하고 있고, 사쿄는 일 호실에 원고를 가지러 가자는 이야기가 흐지부지돼서 불만스러운 듯하다.

여기 있는 사람들과 방에 틀어박힌 카가미와 유메요미. 그 중에 오이타를 죽인 범인이 있을까? 대체 누가 무슨 목적으로, 그리고 어떻게 오이타를 살해하고 그 밀실을 만들었을까. 의문으로 가득 찬 머리가 지끈지끈 아파서 유마는 이마를 눌렀다.

"유메요미 씨와 카가미 씨는 안 불러도 되려나?"

쿠루마가 생햄에 포크를 꽂으며 생각났다는 듯이 말했다.

"놔두죠 뭐. 본인들이 방에 틀어박혀 있겠다고 선언했잖습니까. 게다가 그 두 사람, 좀 거북해요. 점쟁이 아줌마는 툭하면 신경질을 부리고, 형사는 어쩐지 거만하고요."

사카이즈미의 직설적인 평가에 쿠루마는 쓴웃음을 지었다.

"확실히 그 두 사람이 소란을 떨면 요리가 맛없게 느껴질지도 모르겠군. 사카이즈미 셰프를 위해서라도 맛있게 먹는 걸 우선하도록 하지."

농담조의 말에 침체되어 있던 분위기가 약간 가벼워졌다. 과연 오랜 연륜을 쌓은 작가답다고 할까. 유마는 마도카가 따라 준 커피를 마셨다.

츠키요가 묵묵히 요리를 먹는 동안, 쿠루마가 사건에 대한 화제를 피하며 대화의 주도권을 이어 나갔다. 그러다 배를 채운 츠키요가 끼어들어 또 단서를 찾으려고 하지는 않을까 싶었지만, 예상과 달리 츠키요는 나서지 않고 쿠루마가 들려주는 출판업계의 비화며 골프, 장기, 술 등의 취미 이야기에 즐겁게 귀를 기울였다.

이윽고 휴게실 벽 앞에 놓인 괘종시계가 댕, 댕, 댕, 하고 오후 3시를 알렸다.

"앗, 벌써 시간이 이렇게 됐나. 슬슬 저녁 식사 준비를 해야겠네. 그럼 여러분, 이만 물러가겠습니다. 식당이 저런 상태니, 저녁은 휴게실에 뷔페 형식으로 차릴 생각이에요. 준비가 다 되면 말씀드릴게요. 마도카, 가자."

사카이즈미와 마도카가 출입구로 향하려는데 "앗, 저희도 갈게요." 하고 츠키요가 손을 들었다.

"어, 아오이 씨도요? 왜요?"

"1층은 어느 정도 조사가 끝났으니 지하를 살펴보고 싶네요. 코즈시마 씨와 오이타 씨를 죽인 범인을 밝혀내기 위해서요."

쿠루마가 애써 사건 이야기를 피한 덕분에 가벼워진 분위기가 단숨에 무거워졌다. 자기 말고 다른 사람의 표정이 모조리 흐려지는 걸 전혀 모르는 기색으로 츠키요는 "괜찮죠?" 하고 고개를 살며시 기울였다.

"그야 상관없습다. 저희 집이 아니니까 거절할 권리도 없고."

"그럼 얼른 가죠."

츠키요는 기쁘게 말하더니 "이치조 군도 빨리." 하고 돌아보았다.

휴게실을 나선 유마 일행 네 명은 지하 창고로 계단을 내려갔다.

"왼쪽에 있는 건 냉동실과 발전실이었죠. 일단 그쪽을 살펴봐도 될까요?"

츠키요는 당장이라도 폴짝폴짝 뛸 것처럼 가벼운 걸음걸이로 문에 다가갔다. 마도카가 도움을 요청하듯 바라보았지만 유마는 어깨를 움츠리는 것이 고작이었다.

"와, 이거 대단하네요. 고급 식자재로 가득해요."

츠키요가 냉동실 문을 열자 냉기가 하얗게 흘러나왔다.

"아랫동네까지 꽤 머니까 한 번에 대량으로 구매해서 보관해 놔요."

마도카가 따라와서 설명했다. 유마가 안을 들여다보자 다섯 평쯤 되는 공간이 펼쳐져 있었다. 선반에 다양한 종류의 고기와 채소 등을 보관해 둔 광경이 마치 레스토랑 설비를 보는 것만 같았다.

"식사는 늘 사카이즈미 씨가 만드시나요?" 츠키요는 냉동실로 성큼성큼 들어갔다.

"아니요, 사카이즈미 씨는 전속 요리사가 아니라서요. 요리사 몇 분을 정해 놓고 차례대로 모셨어요. 사정상 아무도 못 오실 때는 제가 만들기도……. 저기, 뭐 하시는 거예요?"

츠키요가 갑자기 납작 엎드려 호주머니에서 꺼낸 펜 라이트로 선반 아래를 비추는 걸 보고 더는 참을 수 없었는지 마도카가 질책하는 투로 말했다.

"뭔가 사건을 해결할 만한 단서가 없을까 싶어서요."

"피로 물든 시체라도 있었습까?"

사카이즈미가 잔뜩 비꼬아서 묻자 츠키요는 실망한 듯이 고개를 저었다.

"아니요, 아쉽게도요. 만약 시신이 있었다면 사건에 또 다른 흐름이 생겼을 텐데 말이죠."

표정이 굳어진 사카이즈미를 무시하고 한차례 관찰을 마친 츠키요는 냉동실을 나서서 곁에 있는 발전실 문을 열었다. 열 평쯤 되는 공간 안쪽에 투박하게 생긴 발전기가 보였다. 앞쪽에 있는 선반에는 휴대용 휘발유 캔이 약 서른 개 놓여 있었다.

"정전되면 여기서 발전하는 거로군요. 휴대용 캔에는 휘발유가 들었나요?"

"네, 맞아요. 만약을 위해 비축해 둔 거예요."

"그렇군요. 그나저나 오늘 아침 불이 났을 때, 이걸 사용하지 않아서 다행이네요. 만약 휘발유를 잔뜩 끼얹고 불을 질렀으면 다들 달아날 틈도 없이 통구이가 됐을 테니까요."

입만 열면 흉흉한 말을 꺼내는 통에 마도카와 사카이즈미가 떫은 표정을 지었지만, 츠키요는 그걸 눈치챈 낌새도 없이 발전실을 돌아다녔다.

"저어, 아오이 님. 이 방은 위험하니 기계는 함부로 만지시면 안 돼요. 부탁드릴게요."

"걱정할 것 없어요. 이래 보여도 기계 공학에는 환하니까 다칠 만한 실수는 안 해요."

다칠까 봐 걱정하는 게 아니라, 츠키요가 위험한 행동을 해서 다른 사람이 피해를 입지는 않을까 불안해서 그럴 텐데. 유마가 어처구니없어 하고 있자니, 몇 분간 방을 구석구석 살펴본 츠키요가 "자, 다음으로 가 볼까요." 하고 쾌활하게 말했다.

"다음이라니, 이번에는 어디를 보시려고 그럼까?" 사카이즈미가 갈색 머리를 벅벅 긁었다.

"물론 큰 주방이죠."

"……왜 큰 주방을 볼 필요가 있슴까?"

자기 일터를 침범하는 것이 불쾌하다는 속내가 말투에 진하게 묻어났다. 츠키요는 사카이즈미에게 뚜벅뚜벅 다가가 얼굴을 가까이 댔다. 츠키요의 키가 몇 센티미터는 더 커서 사카이즈미는 몸을 살짝 젖히는 자세를 취했다.

"당연히 두 분의 알리바이를 확인하기 위해서죠. 오늘 아침 6시 반부터 7시 사이에 사카이즈미 씨는 큰 주방에서 일하며 작은 주방에 있던 토모에 씨와 이야기를 나누었다. 그렇죠?"

"그렇슴다. 설마 저를 의심하시는 검까?"

거친 목소리로 대꾸하며 허세를 부렸지만, 사카이즈미의 얼굴에서는 분노를 넘어서는 두려움이 엿보였다. 츠키요가 눈을 가늘게 떴다.

"네, 물론 의심합니다."

사카이즈미의 표정이 경직됐다. 떨리는 입술에서 "무, 무슨 말씀을……." 하고 힘없는 목소리가 새어 나왔다.

"당신뿐만이 아니에요. 저는 이 저택에 있는 모두를 의심합니다. 제 왓슨인 이치조 군도 포함해서요."

츠키요가 농담하듯 꺼낸 말을 듣고 유마는 심장이 크게 요동쳤다.

괜찮다, 그냥 가벼운 농담이다. 정말로 날 의심할 리 없다. 오이타가 살해당한 시간대에 난 츠키요와 함께 있었으니까. 열심히 마음을 달랬지만 두근거리는 심장은 진정될 줄 몰랐다.

"누가 범인인지, 단독범인지 복수범인지, 더 나아가 살인으로 위장한 자살인지까지, 온갖 가능성을 검토하는 것이 명탐정입니다. 그렇게 가능성을 하나하나 세심하게 검증한 끝에, 마침내 진실에 다다라요. 그러니 의심에서 벗어나기 위해서라도 부디 큰 주방을 보여 주시죠."

"……알겠습니다."

츠키요의 위압감에 완전히 압도당했는지 사카이즈미는 얌전하게 앞장섰다. 창고를 가로질러 냉동실과 발전실 반대쪽 벽에 있는 문을 열자, 초등학교 교실 크기의 주방이 펼쳐졌다. 거대한 업무용 냉장고가 안쪽에 떡하니 자리를 잡았고, 깨끗하게 닦은 싱크대와 대형 가스레인지가 여러 개였다. 선반에는 다양한 조리 도구가 가지런하게 놓여 있었다.

"우와, 넓네요. 고급 레스토랑의 주방 같아요."

츠키요가 신나게 소리치자 마도카가 머뭇머뭇 고개를 끄덕였다.

"손님을 수십 명 단위로 초대해 휴게실에서 파티를 열기도 했으니까요."

"이만한 설비를 혼자 사용하면 요리사로서는 분명 기분이 좋겠군요. 아아, 이게 요리를 1층 작은 주방으로 옮기는 엘리베이터인가요?"

츠키요는 요리를 늘어놓는 테이블 곁에 있는 소형 엘리베이터 문을 열고 안을 들여다보았다.

"작네요. 사람은 못 타려나."

"당연하죠. 요리 운반용이라 적재 중량이 20킬로그램밖에 안 되거든요. 아무리 살을 빼도 무리일검다."

"그렇겠네요. 20킬로그램이라면 유치원생이 한계겠어요. 음, 시신을 토막 내서 몇 번 나누어 운반하면 될 것도 같지만, 이번에는 토막 살인이 아니니까."

사카이즈미가 "기분 나쁜 소리 좀 하지 마세요!" 하고 상기된 얼굴로 항의했다.

"이거 실례했네요."

그다지 반성하는 기색 없이 츠키요는 엘리베이터 옆에 있는 그물망처럼 생긴 부분을 만졌다.

"이게 작은 주방과 연결된 스피커인가요. 오늘 아침 6시 반부터 7시 사이에 사카이즈미 씨와 토모에 씨는 이걸로 대화를 나누며 아침 식사를 준비했다. 그렇죠?"

마도카가 "네, 맞아요." 하고 가냘픈 목소리로 대답했다.

"작은 주방하고만 대화가 가능한가요? 다른 방과는 연결이 안 되고요?"

"작은 주방에만 연결돼 있어요. 요리를 주고받기 위해 사용하는 거니까요. 의심스러우시면 시험해 보시든가요."

자기도 의심받고 있다는 걸 느꼈는지 마도카는 가시 돋친 투로 말했다. 하지만 츠키요는 뉘 집 개가 짖느냐는 듯이 "네, 나중에 시험해 보겠습니다." 하고 대답하더니 주변을 두리번두리번 둘러보았다.

"……뭘 찾으심까?"

"어, 전자레인지는 없나 싶어서요."

"여기에 그런 건 없습다. 프로 요리인에게 전자레인지는 정도가 아니니까요. 작은 주방에는 조그마한 게 있을 거예요."

"소형 전자레인지로는 손님들의 오믈렛을 데우는 데만도 시간이 꽤 걸리겠네요. 커피도 있고 하니 어렵겠네."

"네? 무슨 말씀이세요?"

츠키요가 가슴 앞에다 손을 설레설레 흔들며 "아니요, 별 상관없는 이야기에요." 하고 둘러댔다. 유마는 츠키요가 무슨 생각을 했는지 짐작이 갔다. 아침 식사용으로 준비한 오믈렛을 아침 6시 반부터 삼십 분 사이에 만든 것이 아니라, 미리 만들어 놨다가 전자레인지로 단시간에 데운 것이 아닐까 의심한 것이다. 만약 그게 가능하다면 사카이즈미와 마도카의 알리바이는 성립하지 않는다. 하지만 전자레인지의 크기상 실제로는 어려울 듯하다. 한꺼번에 데울 수 있다면 모를까, 오믈렛을 하나씩 소형 전자레인지로 데우면 조리하는 것과 비슷하게 손이 많이 가고 시간도 든다.

역시 이 두 사람은 오이타 살해 사건에 관여하지 않은 걸까. 아니면 뭔가 트릭을 사용해 알리바이를 날조했을 가능성도 아직 남아 있는 걸까. 유마는 판단을 내릴 수가 없었다.

츠키요는 이마에 손을 대고 뭐라고 중얼거리다가 그대로 몸을 돌려 출입구로 향했다.

유마가 "어디 가?" 하고 묻자 츠키요는 의아한 표정으로 돌아보았다.

"내 방에 돌아가는데."

"방에? 왜?"

"일단 확인해야 할 사항은 전부 확인했으니까 차분히 정보를 정리하고 싶어서. 아, 맞다. 사카이즈미 씨, 저녁 식사는 몇 시부터인가요?"

"저녁이요? 음, 점심을 거른 분도 있으니, 일단 오후 6시경에 휴게실에 차릴까 싶은데요……."

"오후 6시라면 두 시간 반쯤 남았네. 응, 딱 좋아. 그럼 이치조 군. 저녁 식사 시간까지 좀 쉬도록 하시오."

"갑자기 무슨 말투가 그러냐……."

어이없어하는 유마를 본체만체 츠키요는 주방에서 나갔다. 우두커니 서 있는 유마의 어깨를 사카이즈미가 쿡쿡 찔렀다.

"이치조 선생님, 갑자기 저 사람이랑 몹시 사이가 좋아졌는데, 무슨 일 있었습니까? 호칭도 이치조 군이던데요."

"이야기하면 길어."

명탐정의 왓슨이 되었다고는 부끄러워서 말 못 한다. 얼버무리고 넘어가려는데 사카이즈미가 진지한 눈빛을 던졌다.

"미인이지만 사귀는 건 반대합다. 아무래도 너무 괴짜예요."

6

"유메요미 씨, 문 좀 열어보세요. 아무것도 안 드시다간 큰일 납니다."

사쿄가 '칠'이라는 글자가 새겨진 문을 두드렸다.

"사쿄 군 말이 맞아. 경찰이 오려면 아직 이틀이나 남았어. 뭐라도 좀 먹어야지. 그러니 나오게."

쿠루마가 문에 대고 말을 걸었지만 안에서는 아무 반응도 없었다. 유마는 손목시계에 시선을 떨어뜨렸다. 곧 오후 6시 반이었다.

큰 주방에서 츠키요가 혼자 방으로 돌아가자 유마는 어쩔 수 없이 휴게실로 가서 쿠루마, 사쿄와 이야기를 나누며 시간을 보냈다. 자기 방에 돌아가도 됐겠지만, 혼자 있으면 코즈시마를 죽였다는 죄책감에 짓눌릴 것 같은 예감이 들었다.

사건에 대한 화제를 잘 피하며 두 시간 반쯤 잡담을 나누자 사카이즈미와 마도카가 커다란 접시에 담은 저녁을 휴게실로 가져왔다. 대구 뫼니에르, 양 갈비, 제철 채소볶음, 파에야 등 호텔 뷔페 뺨치는 요리를 차례차례 테이블에 늘어놓는 동안 츠키요도 휴게실로 왔다.

저녁을 다 차린 후 마도카가 "카가미 님과 유메요미 님을 모셔올게요." 하며 나갔다. 그런데 거기서 문제가 발생했다. 카가미는 왔지만 유메요미가 아무리 불러도 대답을 하지 않는다는 것이다.

"배고프니까 먼저 먹을게." 하고 멋대로 식사를 시작한 카가미와, 자신이 만든 요리를 내버려 두고 싶지 않다는 사카이즈미를 남겨 놓고 나머지 사람들은 칠호실로 왔다.

"유메요미 님께 무슨 일이라도 생긴 걸까요." 마도카가 불안한 듯이 말했다.

"분명 자고 있을 겁니다. 이런저런 일로 피곤했을 테니까."

사교의 말투는 자기 자신을 타이르는 것처럼 들렸다. 그때 츠키요가 입술에 손가락을 댔다.

"음. 애당초 유메요미 씨가 살아 있기는 한 걸까요?"

공기가 얼어붙었다. 사교의 얼굴이 순식간에 창백해졌다.

"아무리 깊이 잠들었어도 이렇게 크게 부르며 문을 두드리면 보통은 깰 텐데요. 그러니 어쩌면."

"어쩌면 뭐요! 이상한 말씀 하지 마세요!"

사교가 소리를 질렀지만 츠키요는 눈 하나 깜짝하지 않았다.

"전혀 이상하지 않은데요. 이미 두 명이 살해당했고, 나머지 사람은 산에서 내려갈 수단을 빼앗겨 저택에 갇혀 있습니다. 그런 상황에서 아무리 불러도 반응이 없다면, 실내에서 목숨을 잃었을 가능성도 당연히 고려해야겠죠."

"아, 아무리 그래도……."

"아까도 말했듯이 클로즈드 서클이 무대인 미스터리 소설에서 혼자 방에 틀어박히는 건 일종의 사망 공식이에요. 대개 밀실에서 살해된 채 발견되죠."

"이건 현실입니다. 미스터리 소설 속에서 벌어진 일이 아니라고요. 말씀이 너무 과하시네요."

사교의 주장은 아주 타당했다. 하지만 이 기이한 저택에서는 그

'타당함'이 힘을 잃는다. 유마는 검은 광택을 뿜어내는, '칠'이라고 새겨진 중후한 문을 바라보았다.

이 문 너머에 유메요미의 시신이 널브러져 있을지도 모른다…….

"말이 과한지 모자란지는 제쳐 놓고, 유메요미 씨가 무사한지 확인할 필요가 있어요. 만약 살해당했다면 최대한 빨리 현장 검증을 해야 하니까요. 그러니 이 문을 부수든가……."

"살아 있어!" 문 안쪽에서 쨍쨍 울려 퍼진 목소리가 츠키요의 말을 지웠다.

다행이다, 살아 있었구나. 유마를 비롯한 사람들이 가슴을 쓸어내리는 걸 무시하고, 츠키요는 문에 얼굴을 가까이 댔다.

"아아, 무사하셨군요. 다행입니다."

"다행은 무슨, 뻔뻔하기는. 내가 살해당했기를 바랐으면서."

"살해당했기를 바라지는 않았어요. 만에 하나 살해당했다면 당장 시신을 확인하고 수사를 개시해야 한다고 생각했을 뿐이에요."

천성인지 아니면 고의인지, 츠키요는 상대의 신경을 긁을 법한 말을 아무렇지도 않게 내뱉었다. 문이 닫혀 있는데도 이마에 핏대를 세운 유메요미의 얼굴이 보이는 것만 같았다.

아마 천성이겠지. 유마는 어처구니없어하면서 속으로 중얼거렸다. 만난 지 겨우 이틀밖에 되지 않았지만, 아오이 츠키요라는 인물이 인생에서 그 무엇보다 '명탐정'을 중시한다는 사실은 진심으로 이해가 갔다. 그렇기에 츠키요는 처참한 사건이 발생한 이 비정상적인 유리탑에 갇혔는데도 두려워하는 낌새 하나 없이 신나게 수사를 진행하고, 불경스러운 말과 행동을 되풀이하는 것이리라.

츠키요에게 '명탐정이라는 정체성'은 상식과 도덕, 그리고 자신의 목숨보다 훨씬 중요하니까.

왜 츠키요는 그렇게까지 '명탐정'에 연연하는 걸까. 어떤 경험을 하면 이렇게까지 편향된 가치관을 지니게 되는 걸까.

유마는 문을 사이에 두고 유메요미와 대화하는 츠키요의 옆얼굴을 바라보았다.

"어쨌거나 내가 살아 있다는 건 알았잖아, 이제 가 봐."

"그렇게는 안 되죠. 아까 쿠루마 선생님도 말씀하셨듯이, 모레까지 식사를 하지 않으면 쓰러진다고요. 자, 같이 휴게실로 가시죠."

"싫어. 절대로 방에서 안 나갈 거야." 유메요미의 말투에서 강한 결의가 전해졌다.

"그럼, 유메요미 님. 제가 식사와 음료를 가져올 테니 방에서 드시는 건 어떨까요?"

마도카가 머뭇머뭇 제안했지만 또 "싫어!" 하고 성난 고함소리가 울려 퍼졌다.

"문을 열기가 싫다고. 자물쇠를 풀었다간 살인귀가 밀고 들어올지도 모르잖아."

"유메요미 씨, 좀 냉정해지게. 문밖에는 나를 포함해 다섯 명이나 있어. 만약 이 중에 범인이 있더라도 이 자리에서 자네를 덮칠리 없잖은가."

쿠루마가 설득을 시도했다.

"그야 모르지. 당신들이 전부 범인일 수도 있잖아. 다 함께 짜고서 코즈시마 씨와 집사를 죽이고, 이번에는 나를 노리는 거야.

그렇지! 맞지?"

지리멸렬한 유메요미의 말에 쿠루마는 크게 한숨을 쉬었다. 대신에 츠키요가 앞으로 나섰다.

"등장인물이 전부 범인이라는 미스터리 소설이 있기는 합니다만, 이번 같이 '저택'을 배경으로 한 소설에서는 찾기 힘들어요. 물론 제일 유명한 건 세기의 명작인《오……."

"소설 이야기는 집어치워!"

지극히 정당한 핀잔에 츠키요를 제외한 모두가 고개를 살짝 끄덕였다.

"이거 실례했습니다. 아주 좋아하는 작품이라 이야기가 옆길로 샜네요."

너무 경망스럽게 굴었다고 반성했는지 츠키요는 고개를 움츠렸다.

"다만 저희 모두가 짜고서 유메요미 씨를 죽이려 하는 게 아니라는 건 금방 증명할 수 있어요."

"……어떻게?"

"간단해요. 만약 저희 모두가 공범이고 유메요미 씨를 죽일 작정이라면, 굳이 이렇게 찾아와서 설득할 필요가 없으니까요. 지하 창고에 가서 이치조 군과 쿠루마 선생님이 가지고 있는 열쇠로 금고를 열고 마스터키를 꺼내면 그만이죠. 그러면 이 문을 열고 안으로 우르르 쳐들어가 유메요미 씨를 손쉽게 살해할 수 있습니다."

츠키요는 흉흉한 내용을 가벼운 말투로 설명했다.

"따라서 이렇게 애써 설득한다는 것이 저희 모두가 범인이 아니라는 증거입니다. 이해하셨다면 나오세요. 아니면 여기서 계속 말을 걸 거예요. 그건 싫으시죠?"

확실히 그건 싫겠는데. 유마가 그런 생각을 하며 상황을 지켜보고 있자니, 십수 초 후에 자물쇠가 풀리는 소리가 났다. 문이 열리고 유메요미가 불신이 가득한 표정으로 얼굴을 내밀었다.

"이해해 주셔서 다행이네요. 그럼 배도 고프고 하니 휴게실로 가실까요."

츠키요는 열린 문 틈새로 발끝을 살짝 들이밀며 명랑하게 말했다. 하지만 유메요미는 방에서 나오지 않았다.

"왜 그러시죠, 유메요미 씨? 적어도 지금 여기 있는 사람 모두가 살인범이 아니라는 사실은 이해하셨을 텐데요. 안심하고 나오세요. 나오자마자 습격당하거나 하지는 않을 테니까."

"……그야 모를 일이지. 당신들 말고 다른 누군가가 덮칠지도 모르잖아."

"우리 말고 다른 누군가?"

츠키요가 의아한 듯이 되묻자 유메요미는 "그래!" 하고 눈을 부릅떴다.

"내가 계속 말했잖아. 이 저택에는 뭔가가 숨어 있다고. 위험한 뭔가가."

"우리가 아직 모르는 인물이 어딘가 숨어 있고, 바로 그 인물이 코즈시마 군과 오이타 씨를 죽였다는 소리인가?"

쿠루마가 물었다. 유메요미는 "그딴 건 몰라요!" 하고 머리를 쥐어뜯었다.

"보통 사람은 못 느끼겠지만 영능력자인 내게는 느껴져요. 뭔가 위험한 존재의 기척이. 그 존재가 내내 우리를 감시하며 죽일 기회를 노리고 있다고요."

유메요미는 사람들을 매섭게 쏘아보았다.

"당신들은 둔감해서 좋겠네요. 나같이 선택받은 인간은 방에 있어도 그 존재의 기척이 느껴져서 무서워 죽겠는데."

스트레스가 심해서 정신이 불안정해졌는지, 유메요미는 망상 같은 주장을 늘어놓았다.

하지만 그럴 만도 한가. 눈에 핏발을 세운 채 떠들어대는 유메요미를 유마는 냉정한 기분으로 바라보았다. 무시무시한 사건이 벌어진 유리탑에 발이 묶였고, 외부와도 연락이 두절됐다. 불안해서 정신 착란이 와도 이상할 것 없다.

지금은 그럭저럭 평정심을 유지하고 있는 다른 사람들도 뭔가 계기가 있으면 유메요미와 비슷한 반응을 보일지도 모른다. 코즈시마에게 캡슐을 먹인 자신조차 영문 모를 상황에 혼란을 느끼고 있으니까.

평정심을 잃지 않을 거라 단언할 수 있는 사람은……. 유마는 츠키요에게 시선을 주었다. 변함없이 즐거워 보이는 표정이었다.

"문을 잠근 방에서도 기척이 느껴진다면, 어디에 있어도 마찬가지 아닐까요? 자, 얼른 가시죠."

츠키요는 유메요미의 팔을 잡고 억지로 방에서 끌어냈다.

"잠깐, 하지 마. 아프잖아. 알았어, 나가면 되잖아, 나가면."

포기했는지 아니면 될 대로 돼라는 심정인지, 유메요미는 방에서 나와서 열쇠를 꺼내 문을 잠갔다.

"그럼 식사하러 가시죠!"

츠키요가 앞장서서 계단을 내려갔다. 나머지 사람들은 무거운 발걸음으로 뒤따라갔다.

"유메요미 님, 괜찮으세요?"

뒤에서 마도카의 목소리가 들려서 유마는 걸음을 멈추고 돌아보았다. 제일 뒤에서 유메요미가 마도카의 팔에 매달려 바들바들 떨고 있었다.

"안 괜찮아! 봐, 지금 들었지? 뒤에서 쫓아오는 발소리!"

"아니요, 못 들었는데요……."

"무슨 소리야! 누가 뒤에 있는 거라고!"

"유메요미 씨, 카가미 형사와 사카이즈미 씨는 휴게실에, 그리고 나머지 사람은 전부 여기 있어. 누가 있을 리 없잖나."

쿠루마가 달랬지만 유메요미는 떼를 쓰는 어린애처럼 고개만 세차게 내저었다.

"난 알아요. 저 위에 누군가 있다고요!"

유메요미가 나선계단 위쪽을 가리켰다. 쿠루마는 크게 한숨을 내쉬었다. 그때 제일 앞에 있던 츠키요가 유마의 어깨에 손을 얹었다.

"그럼 누가 있는지 저희가 보고 올게요. 가자, 이치조 군."

유마가 대답할 틈도 없이 츠키요는 계단에 서 있는 사람들을 지나쳐 올라갔다. 유마는 허둥지둥 그 뒤를 쫓았다.

츠키요는 긴 다리로 나선계단을 두 단씩 뛰어 올라갔다. 뒤처지지 않도록 유마는 열심히 다리를 움직였다.

'칠', '육', '오', '사', '삼', '이', '일'이라는 글씨가 새겨진 문 옆을 차례차례 지나쳐 전망실로 통하는 계단실에 다다랐다.

"계단에는 아무도 없었어. 남은 건 전망실뿐이야."

츠키요는 양복 안주머니에서 '오'라고 새겨진 열쇠를 꺼내 자물쇠를 풀고 삐걱거리는 묵직한 문을 열었다. 유마는 원뿔형 유리로 둘러싸인 전망실로 들어가서 재빨리 주위를 둘러보았다. 유메요미 말처럼 누군가 숨어서 먹잇감을 노리고 있을 거라고는 생각지 않았지만, 무슨 일이 일어날지 모르는 상황이다. 경계해서 나쁠 것 없다.

가득히 진열된 코즈시마 컬렉션 때문에 전망실에는 시야에 들어오지 않는 사각이 많다. 유마와 츠키요는 시선을 교환한 후 양쪽으로 갈라져서 탐색에 나섰다.

해외 미스터리 소설의 귀중한 원서로 가득한 책장, 미스터리 영화의 촬영에 사용된 소도구를 전시해 둔 진열장, 유명 미스터리 작가가 사용한 책상. 유마는 추위를 견디며 수집품들 뒤편을 주의 깊게 살폈다. 하지만 아무도 숨어 있지 않았다.

유마가 형사 콜롬보 촬영에 사용했다는 푸조 403 컨버터블 밑을 들여다보며 "그야 그렇겠지." 하고 중얼거렸을 때 바로 뒤쪽에서 인기척이 났다.

누가 뒤에 있다? 유마는 쪼그려 앉은 자세로 몸을 돌리다 균형을 잃고 엉덩방아를 찧었다.

"뭐 해?" 츠키요가 눈을 동그랗게 뜨고 내려다보았다.

"소리도 없이 등 뒤에 서지 마! 깜짝 놀랐잖아!"

"미안, 미안. 용의자를 추적할 때도 있어서 미행 기술은 명탐정에게 필수거든. 그래서 자연스럽게 발소리를 죽이는 버릇이 들었어."

츠키요는 달리 반성하는 기색 없이 깔깔 웃었다.

"역시 아무도 없나 봐. 뭐, 살인귀가 감쪽같이 숨어 있는 상황도 아주 매력적이기는 하지만, 역시 이런 '클로즈드 서클'에서는 주요 등장인물 중에 진범이 있어야 재미있지."

"……실제로 사람이 죽었다고."

재미있다는 표현을 사용한 츠키요에게 짜증이 나서 목소리가 날카로워졌다.

"어, 왜 그렇게 신경질을 내고 그래, 이치조 군?" 진심으로 궁금하다는 듯이 츠키요가 물었다.

머리에 나사가 몇 개 빠진 이 명탐정에게 상식을 요구한들 소용없다. 무엇보다 코즈시마에게 독 캡슐을 먹인 내게 츠키요를 비난할 자격은 없다. 짊어진 십자가의 무게가 다시 느껴져 유마는 힘없이 고개를 저었다.

"아무것도 아니야. 다만 이것만은 잊지 마. 이건 현실이야. 우리는 미스터리 소설 속 등장인물이 아니야."

"흠, 과연 어떨까."

노래하는 듯한 츠키요의 말에 유마는 눈살을 찌푸렸다.

"무슨 뜻이야?"

"요즘은 메타 미스터리도 드물지 않으니까. 어쩌면 우리만 모를 뿐, 실은 '저택'을 배경으로 한 본격 미스터리 소설 속 등장인물일 수도 있잖아. 나도, 이치조 군도."

"……진심으로 하는 소리야?"

그렇다면 명탐정이 제정신인지부터 의심해야 한다.

"글쎄. 어쨌거나 일단 계단을 내려가서 사람들과 합류할까. 여기 있다가는 얼어 죽겠어. 아무도 없었다고 하면 유메요미 씨도 정신 상태가 조금은 안정될지도 몰라."

츠키요는 가벼운 발걸음으로 계단실로 돌아갔다.

사람들과 합류한 유마와 츠키요가 아무도 없었다고 알렸지만, 예상과 달리 유메요미는 안정을 찾지 못했다. "당신들이 못 찾았을 뿐이야!" "반드시 누군가 있어!" 하고 악을 썼지만 역시 배가 고팠는지 별다른 저항 없이 휴게실로 향했다.

휴게실로 가자 카가미가 소파에 앉아 접시를 입에 댄 채 파에야를 입에 그러넣고 있었다.

"앗, 유메요미 씨 나오셨습까. 잘됐다, 잘됐어. 기껏 실력을 발휘해 만들었으니 다 함께 먹었으면 했거든요."

사카이즈미가 아주 밝은 태도로 말했다. 지금 무서운 상황에 처해 있다는 사실을 잊어버리리려고 애쓰는 낌새가 역력해서 어쩐지 광대 같아 보였다.

"……그럼 여러분. 식당을 사용할 수 없는 탓에 뷔페 형식으로 준비해서 죄송합니다만, 부디 식사를 즐겨 주시기 바랍니다. 마실 것을 비롯한 여러 가지 시중은 오이타 씨를 대신해 제가 맡겠습니다."

사카이즈미와는 대조적으로 마도카는 어둡게 가라앉은 목소리로 말했다. 얼굴이 창백하니 고개도 제대로 못 들면서, 메이드로서 자기 할 일을 다 하려는 모습이 측은해 보였다.

"무슨 말씀이세요." 츠키요가 갑자기 입을 열었다. "상황이 이런 걸요. 더는 손님이니 고용인이니 따질 것 없습니다. 모두 똑같은 입장이에요. 그런 와중에도 열심히 일해 주신 토모에 씨와 사카이즈미 씨야말로 제일 대우를 받아야 해요. 그러니 두 분이 먼저 드세요. 저희는 그다음에 먹을게요."

"아니요, 그럴 수는……." 마도카는 난처한 표정으로 시선을 이리저리 돌렸다.

"사양하지 마시고요. 앗, 그럼 제가 떠 드릴게요. 잠깐만 기다리세요."

츠키요는 한 손에 접시 두 개를 들고 솜씨 좋게 요리를 담았다.

"자, 여기 있습니다." 츠키요는 요리가 담긴 접시를 사카이즈미와 마도카에게 내밀었다.

"어, 괜찮겠습까? 그럼 감사히 먹겠습니다."

사카이즈미가 순순히 접시를 받아드는 걸 보고 마도카도 쭈뼛쭈뼛 손을 내밀었다.

"얼른요, 맛있어요."

자기가 만든 것도 아니면서 츠키요는 밝게 권했다.

"그럼 여러분, 먼저 먹겠습니다. ……죄송합니다."

마도카는 도망치듯 휴게실 구석으로 이동해 망설이는 손놀림으로 식사를 시작했다. 그 모습을 보고 츠키요는 "그럼 저희도 먹죠." 하고 손뼉을 쳤다.

사건이 발생한 후로 툭하면 튀어나오는 츠키요의 기행에 슬슬 익숙해졌는지, 사람들은 그저 고개를 끄덕이고 줄을 섰다. 식욕은 없었지만, 뭔가 먹어 놓지 않으면 여차할 때 힘을 못 쓴다. 유마도 제일 뒤로 가서 줄을 섰다.

어쩌다 보니 모두가 소파 주변에 모였다. 대부분 심각한 표정으로 식사하는 가운데, 츠키요만 "맛있네요. 이건 어떻게 만든 건가요?" 하면서 자꾸 사카이즈미에게 말을 걸었다.

유마는 파에야를 먹으며 괘종시계를 곁눈질했다. 오후 7시에 가까운 시간이었다.

앞으로 이틀 후면 눈사태로 막힌 길이 뚫리고 경찰이 온다. 그들이 철저하게 조사하면, 내게 동생과 관련된 동기가 있다는 것이 금방 밝혀지리라. 경찰은 코즈시마 살해 사건의 유력한 용의자로 나를 엄하게 신문하겠지. 과연 견딜 수 있을까.

덧붙여 노벨상감으로 기대되던 과학자이자 대부호가 이런 유리 저택에서 살해당했으니, 매스컴이 달려들 것이다. 놈들은 틀림없이 동생에게 몰려가 취재라는 명목으로 사회적인 린치를 가하겠지. 그것만큼은 피해야 한다.

유마는 접시를 다 비우고 다시 요리를 가지러 가는 츠키요에게 시선을 주었다.

저 명탐정은 진상에 얼마나 접근했을까. 정말로 츠키요와 행동을 함께 하는 것이 정답일까. 유마가 자신의 선택을 의심했을 때, 요리를 가지고 돌아온 츠키요가 목소리를 높였다.

"여러분, 모처럼 한자리에 모여 저녁을 들고 있으니 뭔가 이야기라도 하지 않으시겠어요? 아무 말도 없이 먹기만 하다니 맛있는 요리가 아깝습니다."

"이야기를 하자니……, 대체 무슨 이야기를?"

쿠루마가 당황한 목소리로 묻자 츠키요는 쾌활하게 대답했다.

"물론 이 저택에서 일어난 사건에 대해서요."

몇 사람이 노골적으로 인상을 찌푸렸다. 소파에서 묵묵히 요리를 먹던 유메요미가 "그만 좀 해!" 하고 소리를 빽 질렀다.

"왜 자꾸 들고 나서는 건데! 그렇게 무서운 사건은 이만 잊어버리고 싶다고. 실제로 사람이 죽었단 말이야! 살해당했어! 명탐정인지 뭔지 모르겠지만, 당신의 빌어먹을 악취미에 남을 끌어들이지 마!"

"악취미라고요?" 츠키요의 얼굴에서 단번에 웃음이 사라졌다. "제가 취미로 수사한다는 말씀이신가요?"

"가, 갑자기 왜 정색을 하고 그래? 아니라는 거야?"

츠키요가 가면같이 무표정한 얼굴로 바라보자 유메요미는 딱딱하게 굳어 버렸다.

"제게 '명탐정'은 결코 취미가 아닙니다. 인생을 전부 걸고서, 제 모든 것을 버리고서라도 한결같이 추구하는 가치죠."

츠키요는 억양 없이 말을 이었다. 평소의 쾌활한 말투가 자취를 감춘 그 모습에서는 오싹한 귀기가 느껴졌다. 어느덧 휴게실에 있던 모두가 츠키요의 분위기에 휩쓸렸다.

"실제로 사람이 죽었다고 하셨죠. 네, 맞습니다. 사람이 죽었기에 명탐정이 필요한 거예요. 경찰조차 해명하지 못하는 어려운 사건. 내버려 두면 범인은 자유로이 활개를 치겠죠. 그런 사건을 해결해 진실을 백일하에 드러냄으로써 범인의 죄를 심판한다. 그게 명탐정의 사명입니다. 다만 현재 저희가 처해 있는 상황에서는 피해자의 원한을 풀어 주는 것 이상으로 중요시해야 할 일이 있습니다."

"중요시해야 할 일이라니, 그게 뭔데?"

"더는 희생자가 나오지 않도록 하는 거죠. 어제도 말씀드렸잖아요. 이번처럼 클로즈드 서클에서 살인 사건이 발생하면, 한두 명이 살해당하는 걸로 사건이 끝나지 않는 경우가 많다고요. 진상 해명이 늦어지면 늦어질수록 목숨을 빼앗길 위험성이 더 높아집니다. 그리고 이 자리에 있는 사람들 모두 다음 희생자가 될 가능성이 있어요. 물론 저도 포함해서요."

담담한 목소리로 들려주는 무서운 내용에, 유메요미가 말문을 닫았다. 다른 사람들도 할 말을 잃었다. 코즈시마에게 캡슐을 먹인 유마조차도.

앞으로 이틀 안에 오이타를 살해한 범인을 찾아내면 된다고 생각했다. 하지만 그렇게 느긋하게 지낼 상황이 아닌지도 모른다.

만약 내가 코즈시마를 살해했다는 사실을 알아차리면 오이타를 살해한 범인은 분명 내게 자신의 죄를 덮어씌우려 할 것이다. 거기까지는 예상했다. 하지만 어쩌면 범인은 살아 있는 내가 아니라, 죽은 내게 죄를 덮어씌울 작정인지도 모른다. 죽은 자는 말이 없다. 그편이 범인에게는 훨씬 유리하다. 유마의 머릿속에서 생각이 소용돌이쳤다.

내내 자신이 사냥하는 쪽이라고 생각했다. 하지만 어쩌면 이 유리탑에서 나는 거대한 사냥꾼을 피해 도망치는 사냥감에 불과한지도 모른다.

범인의 정체를 밝혀내지 못하면 자기도 언제 살해당할지 모른다.

무의식중에 외면하고 있던 그 사실이 눈앞에 들이닥치자 모두 침묵했다. 그때 츠키요가 요리를 담은 접시를 테이블에 내려놓고 힘껏 손뼉을 쳤다. 짝, 하고 경쾌한 소리가 휴게실에 울려 퍼지자 가위에 눌린 것처럼 굳어 있던 사람들이 정신을 차렸다.

"그러니 신변의 안전을 확보하려면 최대한 빨리 범인이 누구인지 알아내 가둬야겠죠. 그러기 위해서라도 여러분이 가진 정보가 필요합니다. 부디 협력해 주세요."

어느 틈엔가 츠키요의 얼굴에 환한 웃음이 돌아왔다.

"하지만……, 정보라고 해도, 무슨 이야기를 하면 좋을지……."

쿠루마가 띄엄띄엄 말했다.

"그렇게 심각하게 생각 안 하셔도 돼요. 별것 아닌 대화에서 사건 해결의 커다란 힌트를 얻는다. 미스터리 소설에서는 흔한 일이잖아요. 다 함께 식사를 즐기며 사건에 대해 잡담을 나누면 됩니다."

츠키요가 "그럼, 말씀들 나누시죠." 하고 재촉했지만 아무도 입을 열지 않았다.

"멍석을 깔아 주면 더 어려운 법이라던가요. 그럼 저부터 시작할게요. 토모에 씨."

느닷없이 이름을 부르자 마도카는 "아, 네……." 하고 몸을 움츠렸다.

"어젯밤에 코즈시마 씨가 손님들 앞에서 무슨 발표를 하려고 했는지는 아시나요?"

“아, 아니요. 저는 몰라요. 주인어른께 아무 말씀도 못 들었어요.”

“그런가요. 사실 코즈시마 씨가 이치조 군에게만 발표 내용을 귀띔했답니다.”

갑자기 모두의 시선이 집중돼 유마는 몸을 살짝 젖혔다.

“아니요, 구체적인 내용을 들은 건 아닙니다. 요전에 진찰할 때 코즈시마 씨가 조금 이야기해 주신 게 전부예요.”

실제로 코즈시마에게 그 이야기를 들은 건 캡슐을 먹이기 직전이다. 자칫하면 이 정보를 시초로 자신이 코즈시마를 살해했다는 의혹이 커질지도 모른다. 유마는 다급히 해명했다.

“그나저나 코즈시마 씨가 뭐라고 했는데?”

카가미가 날카롭게 물었다. 그 눈에 의심이 서린 것만 같아 이마에 땀이 맺혔다.

“귀중한 미공개 원고를 입수했다는 모양이에요. 미스터리의 역사가 근본부터 뒤집힐 만한 원고를.”

유마 대신 츠키요가 대답했다. 카가미가 “원고?” 하고 눈썹을 찡그렸다.

“네. 제가 추리하기로는 어쩌면 그건 〈모르그 가의 살인〉이 발표되기 이전에 집필된 원고일지도 몰라요!”

츠키요는 눈을 반짝이며 소리 높여 외쳤다. 하지만 사람들의 반응은 미지근했다. 그 가치를 이해하는 유마, 쿠루마, 사쿄는 이미 알고 있는 사실이고, 미스터리 마니아가 아닌 다른 사람들은 그게 얼마나 대단한 일인지 이해하지 못해 의아한 표정을 지었다.

“잘 모르겠지만 가치가 있는 물건이야?”

"가치가 있는 물건이냐고요?" 츠키요가 눈을 부라렸다. "당연하죠! 이 세상 그 어떤 것보다 가치 있습니다. 어떤 재화와 보물도 그 원고 앞에서는 쓰레기나 마찬가지예요."

"그렇게 흥분하지 마. 당신들 미스터리 마니아 사이에서는 그 정도로 중요하다는 거지?"

"미스터리 마니아들 사이에서만 중요한 게 아니에요. 인류의 보물이라고요. 문화적 가치가 얼마나 큰지 모르시겠어요?"

"그딴 건 내 알 바 아니고. 중요한 사실은 그 미공개 원고가 일부의 인간이 몹시 탐낼 만한 물건이라는 거야. ……경우에 따라서는 남의 목숨을 빼앗는 것도 마다하지 않을 만큼."

카가미의 목소리가 낮아졌다. 몸을 앞으로 내밀고 벌겋게 상기된 얼굴로 열변을 토하던 츠키요도 자세를 바로 했다. 두 사람이 동시에 입꼬리를 끌어올렸다. 어쩐지 위험한 웃음을 지은 츠키요와 카가미가, 유마의 눈에는 엄니를 드러내고 서로 위협하는 맹수처럼 보였다.

"그렇게 받아들이셔도 상관없습니다, 카가미 씨. 이왕 말씀을 꺼내셨으니, 카가미 씨 이야기도 좀 들어 볼까요?"

"내 이야기? 나더러 무슨 이야기를 하라는 거야, 명탐정 아가씨?"

카가미는 콧부리에 주름을 잡고 츠키요를 노려보았다. 수많은 범죄자를 떨게 했을 그 눈빛을 츠키요는 아무렇지도 않게 받아냈다.

"물론 조가타케산 증발 사건에 대한 이야기죠."

"오늘 거기 편집자한테 들었잖아." 카가미는 사쿄를 가리켰다.

"카가미 씨, 당신은 형사입니다. 그것도 조가타케산 증발 사건의 수사를 담당한 나가노 현경 수사1과 형사. 사쿄 씨보다 훨씬 자세한 정보를 알고 있을 텐데요. 그렇지 않나요?"

츠키요는 "아니면." 하고 도발적으로 눈을 가늘게 떴다.

"13년 전에는 아직 형사가 아니라서 수사에 참여할 수 없으셨나요? 그렇다면 죄송하고요. 사쿄 씨가 들려주신 이야기보다 자세하게는 모르시겠네요."

"이게 어디서 사람을 무시해?" 카가미의 입술이 일그러졌다. "분명 13년 전에는 현경 수사1과 소속이 아니었어. 하지만 관할서 형사로서 그 사건의 특별수사본부에 투입됐다고."

"대단하세요! 그럼 사건의 자세한 내용을 알려 주세요. 부탁드립니다."

"……왜 일반인인 당신한테 알려 줘야 하는데?"

"저는 일반인이 아니라 명탐정인데요."

츠키요가 아주 진지하게 대답하자 카가미는 크게 혀를 찼다.

"일반인이기는 매한가지잖아. 보통은 수사 정보를 누설할 수 없어."

"보통?" 츠키요는 카가미에게 다가가 두 눈을 들여다보았다. "밀실 살인이 두 건이나 발생했고, 하산할 방법이 없어서 이 기묘한 유리 저택에 발이 묶였죠. 이런 상황을 두고 '보통'이라고요?"

"말꼬리 잡지 마."

"그저 사실을 말씀드리는 것뿐인데요. 동기를 모르니, 범인이 앞으로 사람을 얼마나 더 해치려 할지 전혀 짐작이 안 돼요. 최악의 경우에는 모두가 목표물일 수도 있겠죠. 미스터리의 역사에 찬

연히 빛나는 그 명작처럼."

츠키요는 소름 끼치는 말을 중얼거리며 눈을 오므렸다.

"따라서 아까도 말씀드렸다시피 저희는 한시라도 빨리 범인의 정체를 밝혀내야 해요. 그러려면 수사 관계자인 카가미 씨가 알고 있는 중요한 정보가 꼭 필요하고요. 그러니 카가미 씨, 부디 당신이 알고 있는 정보를 알려 주세요. 최대한 자세하게요."

정중한 말과는 달리 츠키요의 말투에서는 거절을 용납하지 않겠다는 의지가 엿보였다. 카가미의 얼굴에 망설이는 기색이 비쳤다.

"카가미 씨, 나도 부탁함세. 상황이 상황이잖나. 아오이 씨에게 협력해 주지 않겠나?"

마지막 한 수를 놓듯 쿠루마가 간청했다. 카가미는 보란 듯이 한숨을 쉬더니 소파 등받이에 몸을 맡기고 "그래서, 뭘 듣고 싶은데?" 하며 거만한 자세를 취했다.

"조가타케산 증발 사건에 대해 카가미 씨가 알고 있는 정보를 전부 다요."

"전부라고 해 봤자 대부분 거기 편집자가 아까 설명했어. 펜션 주인이 사라져도 문제가 되지 않을 피해자를 골라서 죽였지. 다만 문제는 범인 후유키 다이스케의 신원이야."

"신원?" 사쿄가 중얼거렸다. "후유키 다이스케는 분명 나가노현 출신으로, 고등학교 졸업 후에 도쿄 소재의 공장에 취직했지만 서른 살 때 회사가 망했죠. 그로부터 몇 년 후에 펜션 주인이 될 때까지의 경력은 밝혀지지 않았습니다만."

"공장을 그만둔 것까지는 맞아. 하지만 그 후로는 정확하게 말하면 '후유키 다이스케'의 경력이 아니야."

"그게 무슨 말씀입니까?" 사쿄의 미간에 주름이 잡혔다.

"사건이 드러나고 얼마 후에 '후유키 다이스케'라는 남자가 도쿄에 있었다는 정보가 들어왔지."

"후유키가 살아 있었다고요? 왜 체포하지 않은 겁니까?"

"쯧쯧, 편집자 양반, 좀 진정해. 그 남자는 분명 후유키였어. 하지만 조가타케산 증발 사건의 범인은 아니었지. 13년 전에 그 남자는 이미 사망 처리된 상태였거든."

"……사망 처리됐다고요?"

"진짜 후유키 다이스케는 공장을 그만둔 후, 도쿄에서 노숙자 생활을 했어. 그리고 지금으로부터 15년 전 겨울에 골목에서 얼어 죽었지."

"그럼 펜션에서 사람을 죽인 건 누구인데요?"

"몰라. 다만 후유키는 노숙자가 되고 얼마 지나지 않아 굶주림에 못 이겨 자기 호적을 팔았던 모양이야."

"호적을 팔 수도 있습니까?"

유마가 놀라자 카가미는 빈정거리듯 콧방귀를 뀌었다.

"세상 물정을 모르는군, 선생. 이 세상에 못 파는 건 없어. 남의 호적을 사면 그 인물이 되어 온갖 더러운 짓을 할 수 있지. 그리고 위험해지면 그 호적을 버리면 그만이야. 그래서 범죄자는 남의 호적을 몹시 탐내지."

"더러운 짓이라니, ……살인도요?"

유마의 질문에 카가미는 말없이 입술 끄트머리를 치켜올렸다.

"그럼 후유키 다이스케를 사칭한 건 대체 누구였나요?"

츠키요가 묻자 카가미는 어깨를 으쓱했다.

"글쎄. 다만 놈은 주말과 겨울 시즌에만 펜션을 열었어. 분명 평소는 선량하다고 얼굴에 쓰여 있는 평범한 일반 시민이었겠지. 그러다 내면에 기르고 있던 괴물을 억누를 수 없을 때만 '후유키 다이스케'가 되어 먹잇감을 물색한 거야."

"모르다니, 조사하지 않으신 겁니까?" 사쿄가 책망하듯이 말했다.

"어쩔 수 없었어. 용의자 사망으로 서류 송검•하고 수사본부가 해산한 후에야 후유키의 신원에 대해 알았단 말이야. 네놈들 매스컴도 용의자가 죽어서 재미를 못 보니까, 한 달 만에 조가타케산 증발 사건에 대해서는 입을 꾹 다물었잖아."

반격을 받자 사쿄는 "윽." 하고 말문이 막혔다.

"……범인은 정말로 죽었을까요?"

입가에 손을 대며 중얼거린 츠키요를 카가미가 "뭐라고?" 하고 노려보았다.

"어쩌면 후유키 다이스케를 사칭한 범인은 사건이 드러난 후에도 살아남아, 원래 신원으로 돌아가서 평범하게 살고 있을지도 몰라요."

"말도 안 돼. 어마어마한 눈사태였는걸. 발자국만 봐도 펜션에서 달아난 범인이 눈사태에 휘말린 건 틀림없어. 살아 있을 리 없다고."

● 형사 사건을 맡은 경찰관이 피의자 없이 조서와 증거 물품만을 검사에게 넘기는 일

"하지만 시신이 발견된 건 아니잖아요. 그러니 눈사태에서 살아남았을 가능성도 없지는 않습니다. 덧붙여 그 '후유키 다이스케'는 어떻게 생겼나요?"

"확실치 않아. 늘 마스크와 테가 몹시 굵은 안경을 썼던 모양이야. 펜션에 묵은 적 있는 사람들은 입을 모아 '몇 살쯤인지 모르겠다'고 진술했지."

"나이와 겉모습을 감췄군요. 즉 '후유키 다이스케'가 누구였는지는 여태 아무도 모른다."

츠키요는 얇은 입술에 야릇한 웃음을 지었다. 그때 유메요미가 벌떡 일어섰다.

"놈이야! 분명 그놈이 살아남아 이 저택에 숨어 있는 거야!"

"갑자기 뭔 소리야?" 카가미가 얼굴을 찡그렸다.

"아까부터 계속 말했잖아요. 이 저택에 누군가 숨어서 우리를 노리고 있다고!"

"원 참, 설마 살아남은 '후유키 다이스케'가 저택 어딘가에 숨어 있다가 코즈시마 씨와 집사를 죽였다는 거야? 당신, 머리 괜찮아?"

카가미의 비웃음에 유메요미가 반박하려 했다. 하지만 그 전에 츠키요가 목소리를 높였다.

"'후유키 다이스케'가 유리관에 숨어 있었을 가능성은 있겠죠."

"당신까지 그딴 소리를 하는 거야? 명탐정이라면서 이런 오컬트녀와 같은 수준이라니. 우리가 돌아다니는데 놈이 어떻게 들키지도 않고 두 명이나 죽일 수 있다는 거야. 밥은? 볼일은 어쩌고? 겨울 산에서 13년이나 살아남은 살인귀가 느닷없이 숨어들어서 사람을 죽이다니, 이미 미스터리를 넘어서 호러잖아."

"모습을 보이지 않았다고 단정할 수는 없습니다. 저희는 이미 '후유키 다이스케'와 만났을지도 몰라요."

수수께끼 같은 말에 다들 여우에 홀린 듯한 표정을 지었다. 몇 초 간격을 두고 츠키요의 말에 담긴 무서운 뜻을 이해한 사람부터 표정이 굳어졌다.

"설마 '후유키 다이스케'가 우리 중에 있다고?"

유마의 목소리가 뒤집히자 츠키요는 "과연 내 왓슨 군다워." 하고 만족스럽게 고개를 끄덕였다.

"그럴 가능성도 부정은 할 수 없겠지. 범인인지 피해자인지까지는 모르겠지만."

유마는 흠칫 놀랐다. 잠깐이나마 '후유키 다이스케'가 오이타를 살해한 범인이라고 생각했다. 하지만 반대로 살해당한 코즈시마나 오이타가 '후유키 다이스케'였을지도 모른다.

조가타케산 증발 사건의 피해자와 친했던 사람이 복수하기 위해 '후유키 다이스케'를 살해하고 '조가타케산 증발 사건'이라는 글씨를 피로 현장에 남겼다. 충분히 있을 법한 일이다. 정보가 너무 연달아 제공되는 바람에 모두 혼란스러워서 입을 다문 가운데, 츠키요가 카가미에게 시선을 주었다.

"그럼 카가미 씨, 후속 정보도 부탁드립니다."

"후속 정보?"

"네, 후속 정보요. 지금 말씀하신 건 13년 전 사건에 대한 정보잖아요. 하지만 '조가타케산 증발 사건'이라고 불리는 사건은 그것뿐만이 아닙니다. 최근에 등산객이 실종된 사건도 포함되죠. 그리고 카가미 씨는 그 사건을 수사하기 위해 코즈시마 씨와 접촉했고요. 자, 새로운 조가타케산 증발 사건에 대해서 가르쳐 주시겠어요?"

카가미는 험악한 표정으로 팔짱을 끼더니 앓는 듯한 소리를 냈다. 13년 전 사건이라면 모를까, 현재 수사 중인 사건의 정보를 알려 달라니 말하기를 주저하는 것도 당연하다.

"여기 있는 분들의 안전을 위해서입니다. 시민을 지키는 것도 경찰의 임무일 텐데요."

츠키요가 쐐기를 박자 "알았어, 말하면 되잖아." 하고 카가미는 될 대로 되라는 듯 손을 내저었다.

"피해자…… 랄까, 행방불명자는 마슈 신쥬라는 이름의 회사원이야. 작년 겨울, 마슈 신쥬는 곧 결혼하기로 약속한 남자와 함께 조가타케산을 올랐지."

"겨울 산을 단둘이서요?"

"응, 그래." 카가미는 부아가 치민다는 듯이 말을 내뱉었다. "등산에 막 재미를 붙인 남자가 가자고 졸랐다나 봐. 아마추어가 겨울철에 북알프스에 도전하다니, 머리에 뭐가 들었는지 원."

"겨울 산을 얕잡아 본 거로군요."

"아니나 다를까 두 사람은 조난당했어. 예정일이 됐는데도 하산하지 않아서 가족이 수색 요청을 했을 즈음에 실족사한 약혼자의 시신이 발견됐지. 하지만 마슈 신쥬는 발견되지 않았어."

"약혼자가 발을 헛디뎌 떨어지자 어찌할 줄 몰라서 하산하려 했지만 길을 잃었다. 그렇게 된 걸까요?"

"아마 그렇겠지." 카가미는 딱딱한 표정으로 말했다. "수많은 인원을 투입해 수색한 결과, 올바른 하산 경로에서 멀리 떨어진 숲속에서 장비 중 일부가 발견됐지. 하지만 결국 마슈 신쥬는 찾지 못했어, ……시신조차."

"하산 경로에서 벗어나 드넓은 숲에서 길을 잃으면 그렇게 될 수도 있겠죠. 다만 그 정도로는 보통, 경찰이 수색에 나서지 않을 텐데요."

"전에도 말했잖아, 가족이 난리를 쳤다고. 마슈 신쥬의 어머니가 딸은 단순히 조난당한 게 아니라 누군가에게 끌려간 거라고 바득바득 우겼어."

"이야기가 약간 비약된 것 같은데요. 어머니는 왜 그렇게 생각했을까요?"

"거기 있는 편집자 때문에."

카가미가 턱을 쑥 내밀었다. 사쿄는 "어, 저요?" 하고 자기 얼굴을 가리켰다.

"저요는 개뿔. 당신네 잡지에서 작년에 조가타케산 증발 사건을 특집으로 꾸몄잖아. 기사에 후유키 다이스케는 아직 살아 있고, 최근에 조난당한 사람들도 어쩌면 그에게 희생됐을지도 모른다고 썼으면서. 확인되지도 않은 일을 그렇게 자극적으로 쓰다니 어떻게 책임질 거야?"

"책임지라고 하신들……." 사쿄는 몸을 움츠렸다.

"마슈 신쥬의 어머니는 당신네 잡지를 읽고 딸이 누군가에게 납치당해 감금당한 거라고 믿었어. 뭐, 어차피 딸의 죽음을 받아들일 수가 없어서 자기 자신을 속이는 거겠지만. 다만 마슈 신쥬의 어머니는 우리 현경에 연줄이 있었지. 그래서 내가 수사에 나서는 꼴이 된 거고."

"거기까지는 알겠어요. 그런데 왜 수사의 일환으로 코즈시마 씨에게 접촉하신 거죠? 카가미 씨는 유리관을 여러 번 방문했고, 몇 번은 묵기도 하셨죠? 그러면서 이번 행사에 초대받을 만큼 친해졌고요."

츠키요가 조용히 물었다. 카가미는 손을 설레설레 흔들었다.

"조가타케산에 사는 사람이 코즈시마 씨 정도였으니까 그렇지. 그리고 흔적이 남아 있었던 위치상 마슈 신쥬는 유리관이 있는 쪽으로 향했을 거라고 추정됐거든. 의미 없는 수사인 줄은 알지만, 조사하는 티는 내야 할 것 아니야."

"티를 내려고 몇 번이나 방문한다고요?"

"티만 낼 거니까 몇 번이나 찾아간 거야." 카가미는 빈정거리는 투로 말했다. "미스터리광이었던 코즈시마 씨는 형사인 나를 아주 환대했어. 실제로 있었던 사건 이야기를 들려 달라면서 말이야. 옛날에 겪었던 일을 조금만 풀어놔도 고급 레스토랑 뺨치는 요리와 내 월급으로는 평생 못 마실 술을 얻어먹을 수 있지. 십 년도 전에 마누라가 집을 나간 뒤로 편의점 도시락만 질리게 먹었는데, 이렇게 고마운 일이 또 어디 있겠어? 게다가 코즈시마 씨는 이 지역에 거액의 돈을 뿌리는 명사야. 연줄을 만들어서 나쁠 것 없잖아."

"회사원 실종 사건을 조사하기 위해서라기보다, 본인을 위해 빈번히 유리관을 방문했다는 말씀이시군요."

"그런 셈이지. 문제라도 있나? 멍청한 여자가 조난당한 사고를, 형사인 내가 울며 겨자 먹기로 조사하고 있잖아. 그 정도의 국물은 당연히 있어야지."

카가미는 주눅 드는 기색 하나 없이 당당히 말했다.

"정말로 사고였을까요?"

츠키요가 중얼거리자 카가미의 얼굴에서 천박한 웃음이 사라졌다.

"뭐라고?"

"오이타 씨가 살해당한 현장에 '조가타케산 증발 사건'이라고 큼지막하게 적혀 있었잖아요. 그것도 피해자의 피로. 그 회사원의 실종이 이번 사건에 관련됐다고 봐도 이상할 것 없을 텐데요."

"이봐, 아까부터 왜 횡설수설이야? 코즈시마 씨가 입수한 미공개 원고가 동기였다고 하더니만, 이번에는 '후유키 다이스케'가 저택에 있다고 하질 않나."

"일단 모든 가능성을 모아 놓고, 그중에서 신중하게 진실을 찾아가야 해요. 그러니 회사원의 실종이 사건에 관련됐을 가능성도 제외할 수는 없어요."

"그럼 회사원의 실종이 이 저택에서 발생한 살인 사건과 무슨 상관이 있다는 건데?"

"글쎄요……." 츠키요는 관자놀이에 손을 댔다. "이건 어떨까요. 그 회사원은 조난당해 사망한 게 아니라, 코즈시마 씨와 오이타 씨에게 납치돼 살해당했다. 그 사실을 알아차린 관계자가 복수하기 위해 코즈시마 씨에게 접근해 이번 행사에 초대받을 만큼 친해졌다. 그리고 그 인물은 회사원을 살해하는 데 관여한 자들을 죽일 계획을 실행에 옮겼다. 아아, 어쩌면 코즈시마 씨나 오이타 씨가 13년 전의 연쇄 살인범 '후유키 다이스케'였을 가능성도 생각해 볼 수 있겠군요. '후유키 다이스케'로서 여성을 살해할 수 없어진 대신에 등산객을 납치해…….”

츠키요가 거기까지 말했을 때 큰 소리가 울려 퍼졌다. 유마가 돌아보자 마도카의 발치에 산산이 깨진 접시 조각이 흩어져 있었다.

“죄, 죄송합니다……. 손이 미끄러져서…….”

잠긴 목소리로 사과하는 마도카는 죽은 사람처럼 안색이 창백했고, 쪼그려 앉아 접시 조각을 줍는 손이 벌벌 떨리는 걸 멀리서도 알 수 있었다.

“마도카, 맨손으로 주우면 위험해. 내가 치울 테니까 쉬어.”

사카이즈미가 얼른 말렸지만 들리지 않았는지 마도카는 큰 조각에 손을 댔다. 다음 순간 마도카는 손을 거두었다. 떨리는 손으로 접시 조각을 주우려다 손가락을 베인 모양이다.

“에이, 하지 말라니까. 어, 왜 그래, 마도카? 얼굴이 흙빛이잖아. 내가 마저 치울 테니까 방에 가서 좀 쉬어. 괜찮겠죠, 여러분?”

쿠루마가 “암, 물론이지.” 하고 고개를 끄덕였다.

“그, 그럼 말씀대로 하겠습니다. 저어, 사카이즈미 씨, 죄송하지만 내일 아침까지 쉬어도 될까요?”

마도카는 떨리는 시선을 허공에 던지며 말했다.

“딱히 상관없는데, 괜찮아? 내가 간호해 줄까?”

"필요 없어요! 혼자 놔둬요!"

느닷없이 마도카가 그 작은 체구에서는 상상도 못 할 만큼 큰 소리를 내질렀다. 사카이즈미는 어안이 벙벙한지 선 채로 굳어 버렸다. 마도카는 바로 퍼뜩 놀란 표정을 짓더니 정수리가 보일 만큼 고개를 깊이 숙였다.

"흐트러진 모습을 보여서 정말 죄송해요. 몸 상태가 좋지 못하니 이만 방으로 물러가겠습니다."

마도카는 빠르게 말한 후 몸을 돌려 달아나듯 휴게실에서 나갔다. 예상외의 사태에 다들 꼼짝도 못 하는 가운데, 카가미가 "거기 서!" 하고 일어섰다.

"왜 그러나, 카가미 씨."

쿠루마가 묻자 카가미는 마도카가 빠져나간 문을 가리켰다.

"메이드를 이대로 놓쳐서는 안 돼. 저 여자는 뭔가 알고 있어. 그러니까 저렇게 동요해서 내뺀 거라고. 불러와서 실토시켜야 해."

"하지만 몸이 안 좋다는데 그렇게 난폭한 짓은……."

"물러빠진 소리는 집어치워! 위험한 상황이니까 당장 범인을 붙잡아야 하잖아. 내가 데려올 테니까 당신들은 느긋하게 밥이라도 먹고 있든가."

그렇게 말하고 카가미도 휴게실을 뛰쳐나갔다. 유마는 갑작스러운 전개를 따라갈 수 없어 접시를 한 손에 든 채 카가미의 뒷모습을 바라보는 것이 고작이었다.

"뭐, 카가미 씨의 말에도 일리가 있어. 우리는 여기서 식사를 하며 기다리기로 할까."

쿠루마의 제안에 유마, 사쿄, 사카이즈미, 유메요미가 고개를 살짝 끄덕였다. 이 와중에도 츠키요는 혼자 묵묵히 요리를 먹었다. 오 분쯤 지나자 카가미가 혼자 휴게실로 돌아왔다.

"한발 늦었어. 메이드가 자기 방에 들어가서 문을 잠갔어."

소파에 털썩 주저앉은 카가미가 조용히 식사하는 츠키요에게 시선을 던졌다.

"그나저나 명탐정 아가씨, 이제 어떻게 할 거야? 또 지루하게 이야기를 해야 하나?"

요리를 삼키려다 목에 걸렸는지 츠키요는 가슴을 몇 번 두드린 후, 테이블에 놓여 있던 물을 벌컥벌컥 마셨다.

"음. 정보도 어느 정도 얻었으니 오늘은 이만 끝낼까요. 지금 들은 정보도 포함해서 차분히 생각해 보고 싶거든요."

"마음대로 해. 뭘 하든 당신과 이런 등신 같은 소꿉놀이를 하는 것보다는 낫겠지."

"잠깐만요. 오늘 밤은 어쩌실 겁니까?"

몸을 일으킨 카가미에게 사쿄가 부랴부랴 물었다. 카가미는 "오늘 밤?" 하고 눈살을 찌푸렸다.

"네. 또 밤중에 범행이 일어날지도 모르잖아요."

"뭐야, 살해당할까 봐? 뭔가 켕기는 구석이라도 있나?"

카가미가 놀리듯이 말하자 사쿄의 입술이 일그러졌다.

"없습니다, 그런 거! 하지만 범인이 무차별적으로 사람을 죽이는 건지도 모르잖습니까. 그렇다면 다 함께 뭉쳐서 행동하는 편이 낫지 않을까요?"

"당신들과 함께 하룻밤을 보내라고? 사양하겠어. 만약 범인이 나를 노린다면 이게 웬 떡이냐지. 반격해서 체포할 거야. 그러니까 나는 내 방에서 쉴게."

"나도 싫어요! 당신들 중에 살인자가 있을지도 모르니까 나도 내 방에 가겠어요."

카가미와 유메요미가 잇달아 휴게실에서 나가자 남은 사람들은 얼굴을 마주 보았다.

"자, 우리는 어떻게 할까. 나는 좀 더 여기 있을까 싶은데."

쿠루마가 중얼거리자 사카이즈미는 요리가 놓인 테이블을 가리켰다.

"저는 일단 이것부터 좀 치울게요."

마도카가 소리를 지른 탓인지 어둡게 가라앉은 목소리였다.

유마가 "그럼 나도 도울게." 하고 나서자 사카이즈미는 머리를 긁적였다.

"선생님이요? 그럼 부탁드릴게요. 감사합다."

"저는 쿠루마 선생님과 잠시만 더 휴게실에 함께 있겠습니다."

사쿄는 "아오이 씨는요?" 하고 츠키요에게 시선을 돌렸다.

"저는 방에 돌아갈게요. 사쿄 씨 말대로 다 함께 뭉쳐서 밤을 보내야 제일 안전하겠지만, 이미 세 명이 방에 돌아갔으니 별 의미 없겠죠. 몇 안 되는 사람이 누구나 드나들 수 있는 곳에 모여서 밤을 보내 본들 위험할 것 같거든요."

"아오이 씨 말이 옳아. 그럼 우리도 좀 있다가 방에 돌아가서 단단히 문단속하고 밤을 보내도록 할까."

쿠루마가 제안했다. 이의를 제기하는 사람은 없었다.

"이치조 군."

테이블에 놓인 접시를 정리하는 유마에게 츠키요가 귓속말을 했다.

"내일 아침에 네 방에 가서 사건에 대해 추리할 테니까 오늘 밤은 푹 자도록 해."

츠키요는 유마의 어깨를 두드리고 가벼운 발걸음으로 출입구로 향했다.

셋째 날

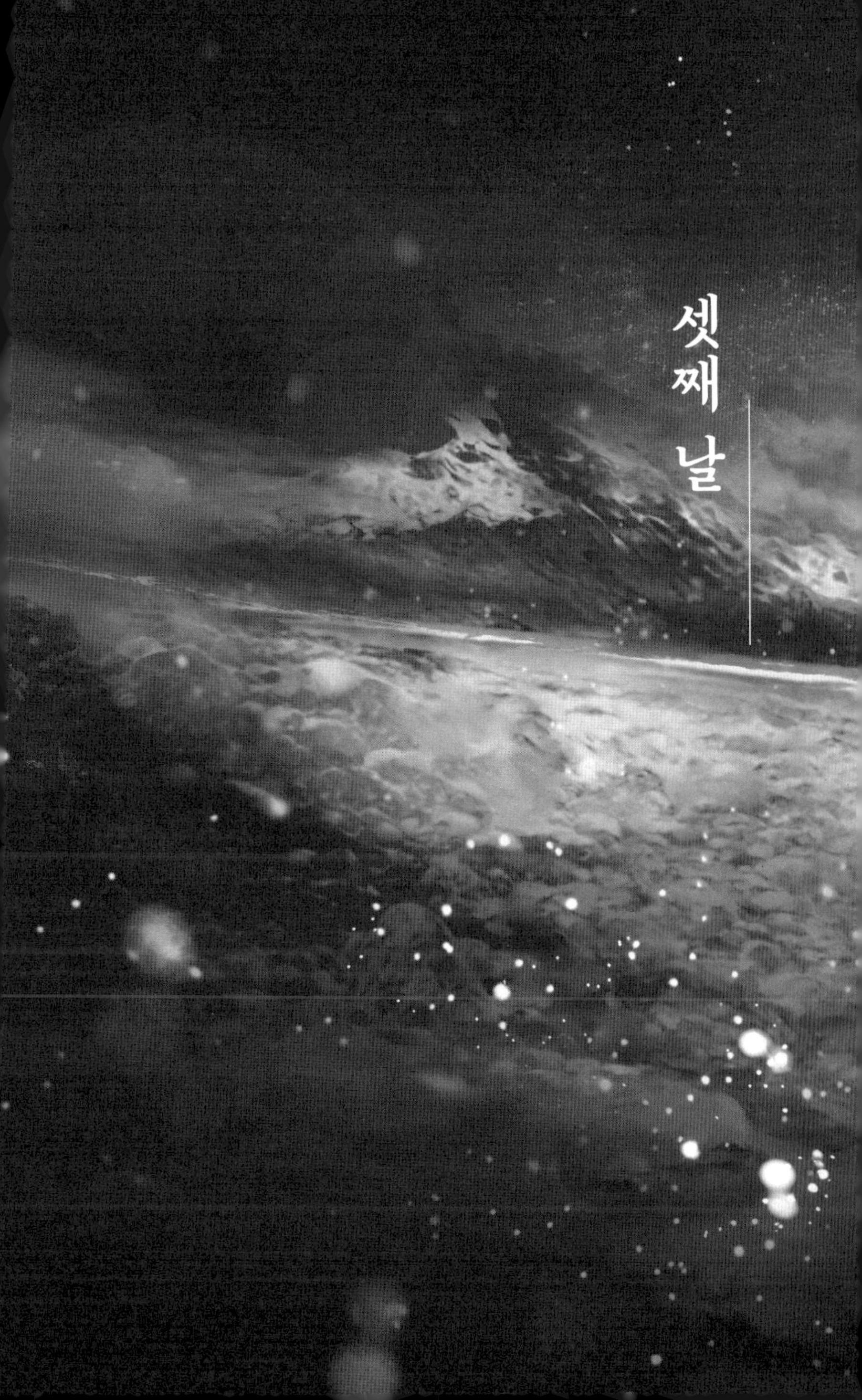

1

"1932년에 출간된 엘러리 퀸의 《이집트 십자가 미스터리》와 바너비 로스의 《Y의 비극》은 둘 다 엄청난 걸작이었지. 독자들 사이에서 어느 쪽이 더 대단한지를 두고 의견이 갈렸을 무렵, 퀸과 로스가 검은 복면을 쓰고 강연회에 등장해 논쟁하는 이벤트가 열렸어. 그런데 그로부터 몇 년 후에 바너비 로스는 엘러리 퀸의 필명이며, 한 작가가 두 작품을 썼다는 사실이 밝혀지지. 그렇다면 강연회에서 논쟁을 벌인 두 명은 누구냐는 문제가 발생해. 이치조 군, 답을 알아?"

"……만프레드 리와 프레더릭 다네이잖아."

유마가 한숨을 섞어 대답하자 츠키요는 "맞아." 하고 코끝에 손가락을 들이댔다.

"엘러리 퀸은 사촌형제인 리와 다네이의 공동 필명이었어. 즉, 엘러리 퀸의 작품은 그 두 사람이 함께 창작했고, 그렇기에 둘이서 토론을 나눌 수도 있었던 거지. 이야, 이치조 군, 제법인데. 미스터리 마니아 중에서도 이 이야기를 모르는 사람이 많거든."

"그거 영광이군."

"공동 필명을 쓰는 작가는 사실 그렇게 드물지 않아. 일본 작가 중에서 우선 떠오르는 건 《암갈색 파스텔焦茶色のパステル》으로 제28회 에도가와 란포상을 수상한 오카지마 후타리지. 필명에 '후타리●'라는 말을 넣은 것으로 알 수 있듯이, 오카지마 후타리는 처음부터 공동 필명이라는 사실을 공표하고……."

유마는 둔한 통증이 느껴지는 머리를 누르며 그칠 줄 모르고 계속되는 츠키요의 미스터리 강연을 흘려들었다. 오전 5시에 느닷없이 문을 쾅쾅 두드려 유마를 깨운 츠키요는 방에 들어오자마자 소파에 다리를 꼬고 앉아 "자, 추리를 시작할까." 하고 말을 꺼냈다.

변함없이 일방적인 행동거지에 짜증이 났지만, 최대한 빨리 오이타를 살해한 범인의 정체를 알아내기 위해서는 츠키요의 추리가 꼭 필요하므로 유마는 무거운 몸을 채찍질해 세면실에서 세수하고 옷을 갈아입었다. 하지만 준비를 마치고 이야기에 귀를 기울이자, 온갖 대목에서 샛길로 빠져서 미스터리에 관한 깨알 지식을 늘어놓는 바람에 추리다운 추리는 아직 거의 듣지 못했다.

방금도 코즈시마의 다잉 메시지에 《Y의 비극》이 포함됐다는 사

● '후타리'는 일본어로 '두 사람'이라는 뜻이다.

실에서 어느덧 엘러리 퀸의 이야기로 넘어가더니만, 이야기가 한없이 엉뚱한 방향으로 흘러가기 시작했다.

"그러고 보니 오카지마 후타리가 해체한 후 혼자 소설을 쓰는 이노우에 유메히토는 비틀즈의 광팬이고, 역시 비틀즈를 사랑해 마지않는 시마다 소지와 카피 밴드를 만들어서……."

"그만. 아오이 씨, 잠깐만 있어 봐."

유마는 탈선에 탈선을 거듭하는 이야기를 더는 참을 수 없어서 끼어들었다. 기분 좋게 말하다가 방해를 받자 츠키요는 "왜?" 하고 불만스럽게 입술을 삐죽거렸다.

"미스터리 잡학 강의는 나중에 들을게. 우선은 사건에 대해서 이야기하자."

츠키요는 잠시 눈을 이리저리 굴리더니 "아아, 사건!" 하고 소리쳤다.

진짜로 잊어버린 건가. 유마는 온몸에서 힘이 쭉 빠져서 고개를 푹 숙이고 치뜬 눈으로 츠키요를 보았다.

"그런데, 뭔가 알아냈어? 예를 들면…… 범인의 정체라든가."

"그건 아직 전혀."

즉답이 날아와 유마는 어깨가 축 처졌다. 그런데 츠키요가 바로 말을 이었다.

"하지만 식당에 무슨 밀실 트릭이 사용됐는지는 조금 짐작이 가."

"진짜?" 유마는 벌떡 일어섰다. "어떻게 한 거야? 어떻게 그 밀실을 만들었어? 불을 지른 건 역시 오이타 씨의 시신을 태우기 위해서? 애당초 어떻게 불을 지른 거야?"

연신 질문을 던지자 츠키요는 창밖으로 시선을 돌렸다.

“어쩐지 오늘은 또 눈이 내릴 것 같네. 어제는 날씨가 좋았는데.”

“아오이 씨!”

“화내지 마. 날씨 이야기는 대화의 기본이잖아. 주방의 밀실에 대해서 아직 좀 모르는 부분이 있어. 명탐정으로서 불충분한 추리를 공표할 수는 없지.”

“그렇게 태평한 소리를 할 때가 아니잖아. 언제쯤이면…….”

유마가 거기까지 말한 순간, 요란한 벨소리가 실내에 울려 퍼졌다.

「1층 작은 주방에서 화재 발생. 1층 작은 주방에서 화재 발생. 즉시 대피하십시오.」

인공적인 음성이 들리는 것과 동시에 천장에 설치된 모터가 일제히 작동해 모든 창문이 한꺼번에 열렸다.

“말도 안 돼, 또!”

마치 어제 있었던 일을 재현한 듯한 광경에 유마가 냉큼 일어서자, 츠키요가 손을 잡아끌었다.

“이치조 군, 1층으로 가자.”

어쩌면 어제 식당에서 생겼던 일이 또 일어났을지도 모른다. 그렇지 않더라도 정말로 불이 났다면 당장 꺼야 한다. 유마는 “알았어.” 하고 고개를 끄덕이고 츠키요와 함께 방을 뛰쳐나와 유리 계단을 뛰어 내려갔다. 1층에 도착한 두 사람은 곧장 작은 주방의 문으로 달려갔다.

유마는 문손잡이를 잡고 두 팔에 힘을 주었다. 어제처럼 문이 잠겨 있지는 않았다. 불빛 없는 작은 주방은 스프링클러에서 콸

콱 쏟아지는 물로 흥건했다. 벌써 진화됐는지 불길은 보이지 않았다. 츠키요가 입구 옆에 있는 스위치를 눌렀다. 새하얀 형광등 불빛이 작은 주방을 밝혔다.

스프링클러가 작동을 멈췄다. 뒤쪽에서 발소리가 들렸다. 돌아보자 쿠루마, 카가미, 사쿄, 사카이즈미, 유메요미가 차례차례 다가왔다.

"무슨 일이야?"

유메요미가 숨을 헐떡이며 신경질적으로 외쳤다. 몹시 겁에 질린 표정이었다. 분명 밀실에 시신이 있으리라는 최악의 사태를 상상한 것이겠지.

"저랑 아오이 씨도 막 도착해서 모르겠습니다."

"시신은 없겠지?"

카가미가 억누른 목소리로 물었다. 긴장된 분위기가 단숨에 퍼져 나갔다.

"얼핏 보기로는 없는데요. 하지만 시야에 들어오지 않는 곳도 있으니 구석구석 확인해 봐야겠죠."

츠키요의 대답에 카가미는 "그럼 빨리 확인하자고." 하며 작은 주방으로 성큼성큼 들어갔다. 유마도 츠키요와 함께 안으로 들어가서 물에 젖어 미끄러운 바닥을 신중하게 나아갔다. 그때 츠키요가 "앗!" 하고 소리쳤다. 역시 시신이 있었나 싶어 유마는 심장이 쿵쿵 뛰었다. 하지만 츠키요가 가리킨 것은 주방 테이블 위에 놓여 있는 양초 도막이었다.

"이걸로 불을 붙인 모양이네요."

"그거, 양초인가요?" 츠키요의 어깨 너머로 사쿄가 양초 도막을 바라보았다.

"네, 맞아요. 덧붙여 불탄 티슈 찌꺼기 같은 것도 떨어져 있고, 석유 연료 냄새도 나네요."

츠키요는 잘생긴 코를 테이블에 가까이 댔다.

"아마도 불을 붙인 양초 밑부분에 등유에 적신 티슈를 잔뜩 놓아뒀을 거예요. 양초가 짧아져서 티슈에 불이 옮겨붙자 큰 불길이 솟았고, 불길에 반응한 스프링클러가 작동해 불이 꺼진 거겠죠."

"간이 자동 발화 장치라는 건가." 쿠루마는 테이블에 남은 잔해들을 바라보았다. "티슈에 촛불이 옮겨붙을 때까지 얼마나 걸렸을까."

"촛농이 얼마 없는 걸로 보건대 이삼십 분 정도려나요. 그렇죠, 카가미 씨?"

츠키요가 묻자 카가미는 "그렇겠지." 하고 시큰둥하게 턱을 당겼다.

"누군가 이삼십 분 후에 스프링클러가 작동하도록 장치했다는 건가. 그런데 대체 무슨 목적으로……."

쿠루마는 홀딱 벗어진 머리에 손을 댔다.

"어제처럼 시체를 발견시킬 작정은 아닌가 보네요. 적어도 작은 주방에는 시체가 없는 것 같아요."

주방을 둘러본 츠키요는 날렵한 턱에 손가락을 얹었다.

"어쩌면 이렇게 저희를 모으는 게 목적이었을지도 몰라요. 불이 나면 방에 틀어박혀 있으려던 사람도 뛰쳐나올 테니까요."

"저어……, 마도카는 어디 있습까?"

사카이즈미가 머뭇머뭇 말을 꺼냈다. 듣고 보니 마도카가 보이지 않았다.

"방에 있겠지. 그 메이드, 몹시 겁을 먹고 도망쳐 들어갔으니까." 카가미가 흥미 없다는 듯이 중얼거렸다.

"그럴 리 없습다. 화재경보기가 울렸는걸요. 모두 뛰쳐나오는 게 당연하죠. 보세요, 방에 틀어박히겠다고 선언했던 점쟁이 아줌마도 나왔잖아요."

사카이즈미가 손가락으로 가리키자 유메요미의 표정이 구겨졌다.

"확실히 이렇게 소동이 벌어졌는데도 나타나지 않는 건 이상해. 살펴보는 게 좋겠어."

쿠루마의 제안에 모두가 망설이는 발걸음으로 작은 주방을 나섰다. 사카이즈미를 선두로 유리 나선계단을 올라 육호실 앞에 있는 계단참에 도착했다. 사카이즈미가 문손잡이를 당겼지만 잠겼는지 문은 열리지 않았다.

"마도카! 마도카! 괜찮아?"

사카이즈미가 주먹으로 문을 두드렸다. 묵직한 소리가 계단에 울려 퍼졌지만 안에서는 대답이 없었다.

"어이, 방에 가만히 놔둘 테니까 대답 정도는 해."

카가미가 사카이즈미를 밀어젖히고 고함을 질렀지만 역시 반응은 없었다. 불길한 분위기가 감돌기 시작했다.

"대답 안 하면 문을 부술 거야. 나중에 후회하지 마."

참다 지쳤는지 카가미가 힘껏 문을 걷어찼다. 하지만 둔중한 광택을 뿜어내는 금속 문은 꿈쩍도 하지 않았다. 발끝이 아픈지 카가미는 작게 끙끙댔다.

“식당 문처럼 부수기는 힘들겠군. 자물쇠를 풀어야 해. 이봐, 쿠루마 씨, 이치조 선생.”

카가미가 갑작스레 이름을 불러서 유마는 “네.” 하고 등을 쭉 폈다.

“금고 열쇠 지금 가지고 있지? 마스터키를 넣어 둔 금고 열쇠.”

“아, 네, 가지고 있습니다.”

유마는 호주머니에서 열쇠 케이스를 꺼냈다. 쿠루마도 “나도 가지고 있네.” 하고 열쇠 다발을 쳐들었다.

“그럼 빨리 지하 창고에 가서 마스터키를 꺼내 와.”

“알았네. 이치조 선생, 얼른 가세.”

유마가 쿠루마와 함께 계단을 내려가려 했을 때 “잠깐!” 하고 카가미가 크게 소리쳤다.

“뭡니까, 급한데 왜 불러요?”

유마가 아픈 귀를 누르며 항의하자 카가미는 콧방귀를 뀌었다.

“지하 창고에는 다 같이 간다. 마스터키가 정말로 금고에 들어 있는지 확인해야겠어. 어쩌면 어제 가짜로 바꿔치기했을지도 모르잖아.”

“……마음대로 하세요.”

카가미의 지독한 의심에 혀를 내두르며 유마는 계단을 내려갔다. 카가미의 지시대로 다른 사람도 따라왔다. 지하 창고에 도착하자 츠키요가 유마보다 먼저 금고로 다가가 손잡이를 잡고 문을 열려고 했다. 하지만 당연히 문은 열리지 않았다.

"이치조 군, 빨리 열어봐."

츠키요가 손짓했다. 유마는 "알았어." 하고 대답하고 금고로 다가가 쿠루마와 함께 열쇠를 열쇠 구멍에 꽂았다.

"그럼 쿠루마 선생님, 갑니다. 하나, 둘, 셋."

신호와 함께 유마와 쿠루마는 동시에 열쇠를 돌렸다. 찰칵, 하고 자물쇠가 풀리는 소리가 들렸다. 유마가 손잡이를 돌리자 문이 부드럽게 열렸다. 안에는 '영'이라고 새겨진 마스터키가 들어 있었다.

다음 순간 사카이즈미가 유마를 밀쳐 내더니 마스터키를 움켜쥐고 몸을 돌려 달려갔다. 마도카가 걱정돼서 더는 기다릴 수 없었던 것이리라. "야, 기다려!" 하며 카가미가 즉시 뒤쫓아갔다. 다른 사람들도 부랴부랴 계단으로 향했다.

다시 육호실 앞까지 계단을 올라가자 사카이즈미가 문을 열려고 애쓰는 중이었다. 하지만 손이 덜덜 떨려서 열쇠가 열쇠 구멍에 잘 들어가지 않았다.

"한심하기는. 내가 해 줄까?"

비웃듯이 말하는 카가미를 사카이즈미가 "닥쳐!" 하고 핏발 선 눈으로 쏘아보았다.

"아이고, 무서워라. 그럼 빨리 열든가."

카가미가 양손을 살짝 쳐들며 장난치듯 겁먹은 시늉을 했다. 사카이즈미는 그런 카가미를 무시하고 마침내 자물쇠를 푸는 데 성공해, 문손잡이를 움켜쥐고 문을 열었다. 차가운 바람이 문틈으로 불어 나왔다. 눈에 들어온 광경에 놀라 유마는 숨을 삼켰다.

창가의 침대에 마도카가 누워 있었다.

가슴께가 새빨갛게 물든 웨딩드레스 차림으로.

"아, 으으, 마도카. 으아아……."

사카이즈미가 비통하게 소리를 지르며 마도카에게 달려가려 하자, 카가미가 사카이즈미의 옷깃 뒤쪽을 거머쥐고 뒤로 잡아당겨서 넘어뜨렸다.

"무, 무슨 짓이야!"

엉덩방아를 찧고 눈물 어린 목소리로 항의하는 사카이즈미를 카가미는 무섭게 흘겨보았다.

"어떻게 봐도 이미 죽었잖아. 즉, 이 방은 사건 현장이야. 현장을 어지럽히면 안 된다고 몇 번을 말해야 알아먹겠나?"

"그런 소리를 할 때가……."

"그런 소리를 할 때야!" 카가미가 벽이 진동할 만큼 큰 소리로 호통쳤다. "내일이면 경찰이 와서 수사를 시작해. 그럼 사람을 셋이나 죽인 범인의 정체도 틀림없이 밝혀지겠지. 이제 이것밖에 용의자가 없으니까."

카가미가 수염이 삐죽삐죽 자란 뺨에 보조개를 만들며 문밖에 우두커니 서 있는 사람들을 힐끗 본 후 방에 들어가려고 했을 때, 그 옆을 츠키요가 고양이처럼 유연한 몸놀림으로 빠져나갔다.

"위아래가 분리된 이 고전적인 웨딩드레스는 전망실에 진열돼 있던 물건이죠. 드라마 〈설록 유령신부〉를 촬영할 때 사용된 의상이에요."

츠키요는 침대에 누운 마도카를 바라보았다.

"야, 멋대로 들어가지 마."

츠키요는 고함치는 카가미를 묵살하고 방을 둘러보았다.

"이 방 열쇠는 안 보이네요. 범인이 가지고 도망친 걸까요."

혼잣말하듯 츠키요가 말하자 주저앉아 있던 사카이즈미가 가냘픈 목소리로 말했다.

"……머리에 쓴 걸 보세요."

"머리에 쓴 거? 머리띠 말씀이세요?"

마도카가 머리에 쓰고 있는 메이드용 머리띠를 츠키요가 벗기려 하자 옆에서 손이 쑥 튀어나왔다.

"응? 지퍼가 달려 있잖아. 여긴가?"

카가미가 머리띠를 무지막지하게 벗겨내는 모습을 사카이즈미는 생기 잃은 눈으로 쳐다보았다.

"마도카는 늘 거기에 열쇠를……. 덜렁거려서…… 물건을 잘 잃어버린다면서……."

카가미가 지퍼를 열자 속에 들어 있던 열쇠가 바닥에 떨어졌다. 아까 전의 앙갚음이라는 듯이 츠키요가 잽싸게 열쇠를 주웠다.

"어이, 그거 당장 내려놔!"

카가미가 소리를 질렀지만 츠키요는 전혀 개의치 않고 냉엄한 표정으로 문밖에 있는 사람들에게 다가왔다.

"이 열쇠에는 '육'이라고 새겨져 있어요. 육호실 열쇠가 틀림없겠죠."

열쇠 구멍에서 마스터키를 뽑은 츠키요는 들고 있던 열쇠를 꽂고 손목을 비틀었다. 찰칵, 하는 소리와 함께 문에 내장된 데드볼트가 튀어나왔다.

"방 열쇠는 토모에 씨의 머리띠에 들어 있었고, 마스터키는 금고에 보관되어 있었죠. 그렇다면 토모에 씨를 죽인 범인은 어떻게 문을 잠그고 방에서 나간 걸까요."

츠키요가 나지막한 목소리로 중얼거렸다.

"안 나갔어!" 갑자기 유메요미가 소리를 빽 질렀다. "메이드를 죽인 범인은 이 방에 있어!"

"어휴, 무슨 소리를 하는 거야? 아까 작은 주방에 모두 모인 걸 잊어버렸어?"

카가미가 어처구니없다는 듯이 타박했다.

"아니야! 우리 중에 범인이 있는 게 아니란 말이야. 이 저택에 우리 말고 누가 숨어 있다고 내가 입이 닳도록 말했잖아. 그자가 메이드를 죽이고 이 방에 남아 있는 거야!"

"지금도 그 범인이 이 방에 있다는 말인가?"

쿠루마가 물었다. 유메요미는 몇 번이고 고개를 끄덕였다.

"당연하죠. 그자가 어딘가 숨어 있을 테니 빨리 도망쳐야 해요!"

팽팽하게 긴장된 분위기가 감돌았다. 유마는 재빨리 방 전체를 훑어보았다. 하지만 사람은 없었다. 카가미도 경계하는 태도로 침대 아래와 가구 뒤편, 세면실 등을 살펴보았다.

"아무도 없어." 세면실에서 나온 카가미가 머리를 긁적였다. "젠장, 영능력자인지 점쟁이인지는 모르겠지만, 해괴한 망상을 지껄여서 사람 놀라게 하지 마."

“망상 아니야! 왜 안 믿어 주는 건데! 이 저택에는 뭔가 위험한 존재가 숨어 있다니까. 사악한 기척이 느껴진다고…….”

유메요미가 울먹이는 목소리로 호소했다. 너무나 괴이한 일들을 겪다 보니 정신이 한계에 다다랐는지도 모른다. 극한에 치달은 상태에서 혼돈은 그 어떤 바이러스보다 쉽게 인간들 사이에 전파된다.

이래서는 위험하다. 이대로 가면 서로에 대한 불신이 폭발해도 이상할 것 없다. 유마가 그런 위기감을 느낄 만큼 사람들의 감정이 부글부글 끓어올랐다.

다음 순간 짝, 하고 커다란 소리가 공기를 뒤흔들었다. 도움을 요청하듯 눈을 이리저리 돌리고 있던 사람들의 시선이 그 소리가 난 곳, 가슴 앞에서 양손을 마주친 츠키요에게 쏠렸다.

“일단 마음부터 진정시키죠. 이야기는 그다음입니다.”

평소의 경망스러운 분위기와는 딴판으로 츠키요는 차분하게 말했다. 기분 탓인지 표정이 신통찮아 보였다.

“저희가 혼란에 빠지는 게 범인이 노리는 바예요. 일단 무슨 일이 일어났는지부터 철저히 검증하죠.”

츠키요는 몹시 패기 없는 어조로 말했다.

“문은 잠겨 있었고, 열쇠는 실내와 금고에 있었다. 그리고 실내에 범인은 없다. 그렇다면 토모에 씨를 살해한 범인은 어떻게 자물쇠가 잠긴 방에서 사라졌는지를 검토할 필요가 있습니다.”

“저 열린 창문으로 탈출한 것 아닐까요?”

사쿄가 조심스럽게 창문을 가리켰다. 화재경보기가 작동해 창문은 전부 천장 쪽에서 밖을 향해 45도쯤 열려 있었다.

츠키요는 미끄러지듯 창문으로 다가가 침대 옆에서 창밖을 내다보았다. 카가미가 "이봐!" 하고 나무랐지만 츠키요는 무시하고 말을 꺼냈다.

"이 창문을 기어올라 밖으로 나가려 했다면 유리에 손자국이나 발자국이 남겠죠. 하지만 얼핏 보기에 그런 건 없네요. 또한……."

츠키요는 양복 호주머니에서 스마트폰을 꺼내 고단한 듯 느릿느릿하게 창밖을 촬영했다.

"이 저택의 외벽은 매끄러운 장식 유리로 덮여 있어요. 도마뱀이라도 아닌 한, 도구 없이 오르내리기는 불가능하겠죠. 그리고 만약 도구가 있더라도 외벽에 발자국이나 도구를 사용한 흔적이 남을 테고요. 하지만 아무리 유심히 살펴도 그런 흔적은 전혀 보이지 않아요. 토모에 씨를 살해한 범인은 이 창문으로 도주한 게 아닙니다."

"하지만 열쇠는 사용할 수 없고, 창문으로 나간 것도 아니라면 이 방은……."

쿠루마가 떨리는 목소리로 말했다. 츠키요는 무겁게 고개를 끄덕이고 그 대사를 꺼냈다.

"네. '밀실'이죠."

"밀실……." 유마의 입에서 그 단어가 새어 나왔다.

또다. 또 밀실에서 사람이 살해당했다. 이 저택에서 대체 무슨 일이 벌어지고 있는 거람. 유마는 속으로 중얼거리며 머리를 쥐어뜯었다.

"밀실 세 개에 시신 세 구라. 내가 쓴 본격 미스터리 속에 들어온 것만 같은 착각이 드는군."

눈가를 누른 채 힘없이 고개를 젓는 쿠루마에게 츠키요가 말을 걸었다.

"착각이 아닐지도 모르죠."

"……뭐라고?" 쿠루마가 미간에 주름을 잡았다.

"스스로 알아차리지 못했을 뿐, 저희는 이야기 속 등장인물일지도 모릅니다. '클로즈드 서클'이 무대인 본격 미스터리 소설의 등장인물요."

"무슨…… 소리를 하는 건가……?"

쿠루마의 얼굴에 당혹스러움이 짙게 서렸다. 당혹스럽기는 유마도 마찬가지였다.

어제도 츠키요가 비슷한 소리를 했지만, 그건 어디까지나 농담조였다. 하지만 지금 츠키요의 태도에서는 마치 본인이 정말로 소설의 주인공이라고 믿는 듯한 위태로운 분위기가 느껴졌다.

츠키요가 이번 상황을 즐기고 있다고 생각했다. 하지만 사실 츠키요는 명탐정을 자처한 만큼 억지로 그렇게 행동했을 뿐인지도 모른다. 실은 다른 사람들처럼 공포에 마음을 조금씩 좀먹히고 있었는지도 모른다.

본격 미스터리 소설 같은 상황에서 안간힘을 다해 '명탐정'을 연기한 광대. 그것이 아오이 츠키요라면, 분명 츠키요는 어느 틈엔가 이야기 속 등장인물이 되어 버렸다고도 할 수 있겠다.

"무슨 헛소리야! 이건 현실이야. 소설 속에서 일어난 일이 아니라고. 정신 차려!"

카가미가 불호령을 내리자 멍했던 츠키요의 눈에 초점이 약간 돌아왔다.

"아아……, 죄송합니다. 그럼 토모에 씨의 시신을 조사해야겠네요."

츠키요가 불안한 걸음걸이로 침대 가장자리로 이동해 마도카의 스커트에 손을 대자, 카가미가 츠키요의 어깨를 난폭하게 잡아당겼다.

"아마추어 주제에 현장을 어지럽히지 말라고 했지. 시신에 손대는 건 더더욱 안 돼. 특히 지금의 당신처럼 정신이 흐리멍덩한 인간은."

몸에 힘이 들어가지 않는지 균형을 잃고 휘청휘청 뒷걸음친 츠키요를 유마가 허둥지둥 부축했다.

"여자한테 무슨 짓입니까?"

유마의 항의에 카가미는 머쓱한 듯 목덜미를 긁적였다.

"그렇게 세게 잡아당기지는 않았는데. 그 아가씨는 키가 크니까 괜찮을 줄 알았어."

"이치조 군, 걱정할 것 없어. 난 괜찮아."

유마에게 부축을 받으며 츠키요는 모기가 앵앵대는 듯한 목소리로 말했다.

"확실히 지금 같은 상태로는 시신에 손대지 않는 게 좋을지도 모르겠어. 카가미 씨, 대신 좀 부탁드릴게요. 상처로 보건대 아마도 토모에 씨는……."

"그래, 살해당하기 전에 고문을 당했군."

카가미가 억누른 목소리로 '고문'이라는 단어를 꺼낸 순간, 실내 온도가 단숨에 떨어진 듯한 기분이 들었다.

"고…… 문……?" 유마는 목구멍에서 간신히 잠긴 목소리를 짜냈다.

"응, 맞아." 카가미는 마도카가 입고 있는 웨딩드레스의 스커트를 젖혔다.

"이봐, 무슨 짓을……."

눈물 젖은 목소리로 항의하려던 사카이즈미가 입을 다물었다. 유마도 두 눈을 의심했다. 훤히 드러난 뽀얀 넓적다리에 빨간 줄이 몇십 개나 남아 있는 것이 멀리서도 보였다.

"고통을 주려고 칼로 넓적다리를 수없이 그은 거겠지. 입가에 재갈을 물린 흔적이 있어. 비명을 막으려고 그랬을 거야."

망나니 같은 카가미도 시신이라고는 하나 젊은 여성의 넓적다리를 노출해 놓는 건 딱하다고 느꼈는지 바로 스커트를 내렸다.

"그럴 수가……, 너무해……. 마도카……." 사카이즈미가 양손에 얼굴을 묻고 어깨를 떨었다.

카가미는 검붉은 액체에 젖은 웨딩드레스 옷깃 부분을 끌어당기고 마도카의 가슴께를 들여다보았다.

"직접적인 사인은 자상이로군. 가슴에 찔린 상처가 있어. 아마도 심장을 관통당해 거의 즉사했겠지. 고문으로 뭔가 알아내고 볼일이 끝나자 냉큼 처리한 건가. 몸이 아직 따뜻하고 피도 굳지 않았으니 살해당하고 그리 오래 지나지는 않았을 거야. 길게 잡아도 이삼십 분이려나."

중얼거린 카가미가 고개를 돌려 사람들을 보고 물었다.

"요 이삼십 분 동안 알리바이 있는 사람?"

유마는 곁눈질로 츠키요의 눈치를 살폈다. 사호실에서 두 시간 가까이 사건에 대해 유마와 이야기했다는 알리바이를 츠키요가 주장하려는 낌새는 없었다.

어제와 마찬가지로 범인을 궁지에 몰지 않기 위해서일까. 아니면 그저 머리가 잘 안 돌아가서 아무것도 말할 수 없는 걸까. 어느 쪽인지 판단이 서지 않아 유마도 입을 굳게 다물었다. 다른 사람들도 입을 열지 않았다.

"아무도 알리바이가 없다 그건가. 뭐, 솔직히 알리바이는 아무래도 상관없지만. 범인은 이미 알고 있으니까."

카가미가 툭 내뱉은 말에 분위기가 울렁울렁 요동쳤다.

"당신 지금, 범인을 안다고 했어?"

유메요미가 소리 높여 물었다. 카가미는 느긋하게 고개를 끄덕였다.

"알다마다. 머리를 조금만 굴리면 누구나 알 수 있는 일이야. 이 방은 문이 잠겨 있었고, 열쇠는 피해자가 가지고 있었지. 그리고 실내에는 시신만 남아 있을 뿐 범인은 없었고, 아까 자칭 명탐정 아가씨가 증명했듯 창문으로 탈출하기는 불가능해. 그렇다면 범인이 어떻게 이 방을, 당신들 미스터리 오타쿠가 좋아 죽는 '밀실'로 만들었느냐. 답은 하나뿐이야."

"어떻게 했는데! 빨리 가르쳐 줘!"

"간단해." 카가미는 의기양양하게 콧김을 내뿜었다. "마스터키를 사용한 거야."

"마스터키? 하지만 그건 금고 속에 넣어 뒀잖아."

김이 샜는지 유메요미는 불만스럽게 대꾸했다.

"응, 그렇지. 하지만 만일에 대비해 꺼낼 수 있도록 다이얼 자물쇠는 잠그지 않았어. 즉, 금고 열쇠 두 개만 있으면 쉽사리 마스터키를 꺼낼 수 있지."

"그럼……." 유메요미가 겁에 질린 표정으로 유마에게서 멀어졌다.

"그래, 열쇠를 가지고 있던 소설가와 의사. 두 명이 공범이었던 거야."

카가미가 손가락으로 유마를 가리켰지만, 정작 유마는 무슨 소리인지 당장은 이해가 가지 않아 그저 우두커니 서 있었다. 고개를 옆으로 돌리자 곁에 있는 쿠루마도 멍한 표정으로 가만히 있었다.

"이유는 모르지만, 저 두 놈은 협력해서 코즈시마 씨, 집사, 메이드를 끔찍하게 살해했어. 어쩌면 우리까지 죽일 작정이었는지도 모르지."

"자, 잠깐만요."

경직된 유마와 쿠루마 대신 사쿄가 목소리를 높였다.

"그럼 두 번째 살인은 어떻게 되는 겁니까. 어떻게 식당을 밀실로 만들고, 불을 지른 건데요?"

"알 게 뭐야." 카가미는 성가시다는 듯이 손을 내저었다. "저 두 놈을 체포해서 철저하게 쥐어짜면 어떻게 했는지 불겠지. 아무튼 메이드를 죽일 수 있었던 건 저 두 놈뿐이라고. 틀림없이 놈들이 범인이야. 놈들을 붙잡아서 가두면 더는 아무도 살해당하지 않겠지."

카가미는 턱을 당기더니 천천히 한 발짝 내디뎠다. 날카로운 눈빛이 꿰뚫을 것처럼 날아들자 더럭 겁이 났다.

자신보다 키가 작은 중년 남자라지만 상대는 체격이 아주 실팍하다. 몸무게도 힘도 나를 웃돌겠지. 게다가 현역 형사라면 분명 유도나 검도를 배웠을 것이다. 폭력으로 제압하려 든다면 저항하기 힘들다. 게다가 사카이즈미와 사쿄가 카가미에게 가세할 가능성도 있다.

여기서 붙잡혀서 갇히면 오이타를 살해한 범인의 정체를 알아내, 그자에게 코즈시마를 살해한 죄를 덮어씌운다는 계획도 수포로 돌아간다. 쿠루마와 함께 세 명을 살해한 흉악범으로 체포당하고 만다.

어쩌지? 어쩌면 좋지?

차츰차츰 다가오는 카가미에게 공포를 느끼며 죽어라 머리를 굴리던 유마는 옆에 서 있는 츠키요에게 시선을 주었다.

그래, 알리바이다. 두 번째와 세 번째 살인이 발생한 시간대에 나는 츠키요와 함께 있었다. 그랬다고 이 명탐정이 증언해 준다면…….

유마와 츠키요의 시선이 얽혔다. 아까까지 공허하니 탁하던 츠키요의 눈동자에 빛이 살짝 돌아왔다.

츠키요는 부드럽게 미소 짓고 가볍게 고개를 끄덕이더니 카가미에게 얼굴을 돌렸다.

"이치조 군과 쿠루마 선생님이 토모에 씨를 살해한 범인이라니, 그렇게 단정하기는 이릅니다."

군센 목소리가 방에 울려 퍼졌다. 카가미가 움직임을 멈췄다.

"이르다고? 그럼 누가 세 사람을 죽였는데?"

"그건 아직 모르겠어요. 다만 두 분이 어제 여러분의 입회하에 마스터키를 금고에 넣고, 아까 꺼내기까지 금고를 열지 않았다는 건 확실해요."

유마는 눈이 휘둥그레졌다. 틀림없이 알리바이를 주장할 줄 알았다. 그런데 왜 금고 이야기를?

"당신이야말로 어째서 그렇게 단정하지? 적당히 되는대로 지껄였다가는 재미없을 줄 알아."

카가미가 으름장을 놓았다. 하지만 츠키요는 눈썹 하나 까딱하지 않았다.

"되는대로 이야기하는 것 아니에요. 금고에 장치를 해 놓았으니 확실해요."

"장치?" 카가미가 콧부리에 주름을 잡았다.

"네. 어제 마스터키를 보관한 후, 제 머리카락을 몇 가닥 뽑아서 눈에 띄지 않게 금고문 틈새에 끼워 놨거든요. 만약 누가 금고를 열면 알 수 있도록."

어제 금고문이 열리지 않는 걸 확인할 때 그런 장치를 했단 말인가.

"그리고 아까 금고를 열기 전에 확인하니 머리카락은 제대로 끼워져 있었어요. 즉, 아무도 마스터키를 금고에서 꺼내지 않았다는 뜻이죠."

"……그런 건 증거가 못 돼. 확인한 사람이 당신밖에 없으니까. 놈들을 보호하기 위해 거짓말을 하는 건지도 모르지."

"카가미 씨라면 그렇게 말씀하실 줄 알았습니다. 그야말로 미스터리 소설 속의 무능력한 형사 그 자체로군요."

츠키요의 야유에 카가미의 얼굴이 벌게졌다.

"그럼 반대로 여쭙겠는데요. 이치조 군과 쿠루마 선생님이 공범이고, 마스터키로 육호실에 침입해 토모에 씨를 살해했다고 가정하죠. 그렇다면 어째서 두 분은 이 방을 밀실로 만들었을까요?"

"어째서냐니……, 그야 마스터키를 사용해 밖에서 잠갔겠지."

"'어찌하여서'가 아니라 '왜'냐고 물은 건데요. 두 분이 범인이라면 방에서 나간 후에 굳이 마스터키로 문을 잠가 현장을 밀실로 만들 이유가 없어요. 문만 열어 두면 마스터키를 사용했다고 의심받을 일이 없을 테니까요."

카가미는 "그건……." 하고 말문이 막혔다.

"만약 문이 잠겨 있지 않았다면 저희는 분명 이렇게 생각했겠죠. 밤중에 토모에 씨가 누군가를 방에 맞아들였다가 그 인물에게 살해당했다고. 그럴 때 의심받는 사람은 누구일까요? 우선은 토모에 씨와 친했던 사카이즈미 씨겠죠."

자기 이름이 나오자 사카이즈미는 "네?" 하고 울어서 퉁퉁 부은 얼굴을 들었다.

"그리고 여성인 유메요미 씨라면 안전할 거라는 생각으로 방에 들였을지도 모르고, 경찰 관계자라면 믿을 수 있겠다고 생각했는지도 모르죠."

"난 상관없어!" "날 의심하는 거냐!"

유메요미와 카가미가 동시에 크게 소리쳤다.

"진정하세요. 만약 이 방이 밀실이 아니었다면 누가 의심받을지 이야기했을 뿐이에요. 요컨대 문이 잠겨 있지 않았다면 이치조 군과 쿠루마 선생님은 의혹에서 멀어지는 셈이죠. 그런데도 두 분이 굳이 마스터키로 문을 잠갔다고 말씀하시는 건가요? 그건 이상해요."

논리정연한 설명에 카가미는 아무 반론도 하지 못하고 입을 다물었다.

"반대로 생각하면 이치조 군과 쿠루마 선생님을 희생양으로 삼기 위해 범인이 무슨 방법을 사용해 이 방을 밀실로 만들었을지도 모르죠. 하여튼 현재 시점에서는 두 분을 범인으로 단정할 근거가 없다는 뜻이에요. 아시겠어요?"

무리하게 기력을 쥐어짜느라 심신이 완전히 지쳤는지 츠키요는 어깨를 축 늘어뜨리고 크게 숨을 내쉬었다.

"……그래, 알아들었어."

카가미는 퉁명스럽게 말하더니 침대로 몸을 돌리고 바지 호주머니에서 스마트폰을 꺼내 쓰러져 있는 마도카의 사진을 찍기 시작했다.

"당신들은 방이든 휴게실이든 아무 데나 가 있어. 난 현장 기록을 남겨야 하니까."

츠키요에게 논리적으로 부정당한 것이 뼈아프게 다가왔는지 카가미의 목소리에는 힘이 없었다.

유마는 사람들과 얼굴을 마주 보았다. 아무 데나 가라고 한들 앞으로 어떻게 해야 할지 판단이 서지 않았다. 지금까지라면 앞장서서 다음 행동에 나섰을 츠키요도 어두운 표정으로 입을 다물었다.

"사카이즈미 씨, 괜찮으십니까?"

사쿄가 웅크린 채 어깨를 떨고 있는 사카이즈미에게 말을 걸었다. 하지만 사카이즈미는 기운 없이 고개를 저을 뿐이었다.

또 희생자가 나오고 말았어. 또 밀실에서 살인 사건이 일어났어. 유마는 속으로 중얼거렸다. 어디선가 따닥따닥 소리가 났다. 그것이 자기 윗니와 아랫니가 맞부딪쳐서 나는 소리라는 걸 금방은 알아차리지 못했다.

"더는 못 견디겠어! 내보내 줘! 여기서 당장 내보내 달라고!"

유메요미가 분홍색으로 물들인 머리카락을 양손으로 쥐어뜯었다. 사카이즈미의 울음소리가 커졌다. 사쿄가 어쩔 줄 모르고 시선을 이리저리 돌렸다. 쿠루마는 홀딱 벗어진 머리를 손톱으로 긁었다.

혼란이 전염병처럼 사람들에게 퍼져 나간다. 유메요미처럼 큰 소리로 부르짖으며 저택에서 달아나고 싶다는 충동을 유마는 애써 눌러 삼켰다.

"뭐야, 이건?"

느닷없이 괴상한 소리를 지른 카가미에게 모두의 시선이 집중됐다. 카가미는 눈을 부릅뜬 채 마도카가 입은 웨딩드레스의 윗옷 자락을 젖힌 상태였다.

사람들은 머뭇머뭇 침대로 다가갔다. 노출된 흰색 코르셋을 보자마자 유마의 목구멍에서 "윽." 하고 외마디가 흘러나왔다. 코르셋에는 검붉은 글씨가 적혀 있었다. 분명 피로 쓴 글씨다.

'나카무라 세이지를 죽여라'

시야에서 원근감이 사라졌다. 유마는 피로 쓴 글씨가 둥실 떠올라 다가오는 듯한 착각에 사로잡혔다.

"나카무라 세이지라니, 그게 누군데? 혹시 그자가 저택에 숨어 있는 살인귀야?"

유메요미의 찢어지는 듯한 목소리를 듣고 유마는 주변을 둘러보았다. 쿠루마, 그리고 사쿄와 눈이 마주쳤다. 두 사람의 얼굴에는 곤혹스러운 빛이 역력했다.

역시 그 나카무라 세이지인가? 그런데 그를 죽이라니……?

차례차례 밀려오는 정보에 머리가 지끈지끈 아파서 유마가 관자놀이를 누르자, 츠키요가 작게 중얼거렸다.

"……관 시리즈."

"엉? 뭐라고 했나? 당신 혹시, '나카무라 세이지'라는 놈을 알아?" 카가미가 물었다.

"네, 물론이죠." 츠키요는 나른하게 고개를 끄덕였다.

"나카무라 세이지는 1939년 5월 5일에 오이타현에서 태어난 건축가로, 가지각색의 기묘한 저택을 설계한 걸로 유명한 인물이에요."

"1939년생이라면 나이가 아주 많은걸. 왜 그자의 이름이 여기에 나오는……."

거기까지 말했을 때 카가미의 눈이 커졌다.
"지금 기묘한 저택을 설계한 건축가라고 했지? 그렇다면 이 건물도 그자가 설계한 건가? 피로 쓴 이 글씨는, 이 저택을 설계한 자를 죽이라는 뜻이야?"
"아니요, 그건 아니에요. 나카무라 세이지는 실제로 존재하지 않으니까요."
"응? 뭐라고? 방금 안다고 했잖아!"
카가미가 츠키요에게 덤빌 듯이 대들었다. 유마는 허둥지둥 두 사람 사이에 끼어들었다.
"진정하세요. 나카무라 세이지는 가공의 인물입니다."
"가공의 인물?"
의아한 듯이 되묻는 카가미에게 유마는 고개를 끄덕였다. 조금이라도 미스터리에 견식이 있는 사람이라면 누구나 짐작이 갈 것이다. 신본격 무브먼트에 불을 붙인 그 걸작에 등장하는 인물, 전설적인 그 저택을 설계한 인물이니까.
"나카무라 세이지는 아야츠지 유키토의 대명사라고도 할 수 있는 미스터리 소설 시리즈인 '관 시리즈'에 나오는 인물이에요. '관 시리즈'의 기본적인 스토리는, 나카무라 세이지가 설계한 기묘한 저택에서 벌어지는 연쇄 살인의 수수께끼를 주인공 시마다 기요시가 해명하는 거고요."
"또 미스터리 소설이야! 환장하겠네. 벌써 세 명이나 살해당했다고! 왜 그딴 놈의 이름이 시신에 피로 적혀 있는 건데? 게다가 죽이라잖아. 가공의 인물을 죽이라니, 그게 무슨 소리야!"

발을 동동 구르는 카가미를 본체만체하고, 츠키요는 몸을 돌려 출입구로 향했다.

"이봐, 어디 가려고?"

"나카무라 세이지를 죽이러 갑니다."

단조로운 목소리로 대답한 츠키요는 그대로 방을 나서서 계단을 내려갔다.

"거기 서, 죽이러 간다니 무슨 뜻이야?"

시야에서 사라진 츠키요를 카가미가 뛰어서 쫓아갔다. 다른 사람들도 마스터키로 육호실 문을 잠근 후 계단을 내려갔다.

1층에 도착한 츠키요는 앞만 똑바로 보고 거침없이 홀을 나아갔다. 하지만 발걸음은 몹시 무거워 보였다. 극장 앞에 다다르자 츠키요는 양손으로 쌍여닫이문을 열고 안으로 들어갔다.

어두침침한 극장을 나아가 새파란 서양식 건물이 비치는 스크린 앞에 도착하자 츠키요는 몸을 돌려 뒤따라온 카가미에게 손을 내밀었다.

"라이터 좀 빌려주세요. 담배를 피우시니까 가지고 계시겠죠."

"……내가 담배를 피우는 줄은 어떻게 알았어?"

"냄새로요. 골초의 몸에는 담배 냄새가 배어 있거든요. 그리고 토모에 씨의 코르셋에 피로 적혀 있던 글씨가 무슨 뜻인지 설명하려면 라이터가 필요해요. 아니면 설명하지 않아도 되나요?"

카가미는 못마땅한 표정으로 품에 손을 넣어 지포 라이터를 꺼내더니 츠키요에게 던졌다.

츠키요는 포물선을 그리며 날아온 라이터를 받아 익숙한 손놀림으로 뚜껑을 열고 스크린에 갖다 댔다. 유마는 숨을 삼켰다. 카가미도 "야, 안 돼!" 하며 눈을 부릅떴다. 하지만 츠키요는 망설임 없이 부싯돌을 돌렸다. 라이터에서 켜진 불이 스크린에 옮겨붙었다.

사람들이 할 말을 잃은 가운데, 스크린에 비치는 새파란 서양식 건물이 순식간에 불길에 삼켜지는 광경을 츠키요는 냉정한 눈으로 바라보았다. 불길이 츠키요의 얼굴을 주홍색으로 비추었다.

"야, 무슨 짓이야? 불이 나면 어쩌려고!"

"괜찮아요. 스크린 주변에 가연물은 없으니까요. 불이 번지지는 않을 거예요."

츠키요는 소리를 지르는 카가미에게 눈길 한 번 주지 않고 힘없이 말했다. 그 말대로 기둥이 스크린에 퍼져나간 불길은 벽과 천장을 태우지 않고 사라졌다. 불탄 스크린이 화염과 함께 눈앞에 떨어졌는데도 츠키요의 표정은 변함없었다.

스크린 너머에 펼쳐진 광경을 보고 유마는 눈이 동그래졌다. 안쪽으로 1미터쯤 들어간 공간의 바닥에 금속 덮개 같은 것이 있었다. 츠키요는 덮개로 다가가 녹슨 손잡이를 양손으로 잡았다. 덮개를 열자 지하로 내려가는 계단이 모습을 드러냈다.

"계단? 지하 창고로 이어지는 건가?"

카가미가 중얼거렸다. 츠키요는 노곤한 듯한 표정으로 고개를 저었다.

"아니요. 구조상으로는 이 밑에 아무것도 없을 거예요. 즉, 이건 '비밀 지하실로 이어지는 계단'이죠. 토모에 씨를 살해한 범인은 이걸 발견시키려고 코르셋에 그런 글씨를 남긴 겁니다."

츠키요가 아직 불길이 약간 남아 있는 스크린 잔해를 뛰어넘어 계단을 내려가려 하자, 카가미가 츠키요의 어깨를 붙잡았다.

"좀 있어 봐. 어떻게 그 글씨를 보고 이 계단이 있는 줄 알았지? 설명해."

"……숨겨진 지하실을 찾아냈으니, 그거야 아무래도 상관없잖아요."

"그렇게는 안 되지. 설명하지 않으면 당신이 그 글씨를 썼다고 의심하는 수밖에. 의미가 불분명한 암호를 의미심장하게 남겨 놓고, 그걸 풀어낸 척 우리를 여기로 데려왔다고 말이야."

"왜 그렇게 귀찮은 짓을 하겠어요? 알았어요, 설명할게요."

츠키요는 녹초가 된 기색으로 이야기를 시작했다.

"아까 이치조 군이 말했듯이 나카무라 세이지는 아야츠지 유키토의 '관 시리즈'에 등장하는 건축가예요. 그리고 미스터리광이었던 코즈시마 씨는 '관 시리즈'를 편애했죠. 특히 본격 미스터리 붐에 불을 붙인 《십각관의 살인》을."

츠키요는 콧등을 문질렀다.

"코즈시마 씨의 기분도 이해가 가요. 《십각관의 살인》은 그야말로 일본 미스터리계의 이정표였어요. 그 작품을 시작으로 노리즈키 린타로, 아리스가와 아리스, 아비코 다케마루 등 재능 넘치는 쟁쟁한 신성이 일본 미스터리계에 등장했고, 마쓰모토 세이초의 활약 이후로 낮아지기만 하던 본격 미스터리의 인기가 단숨에 폭발해 신본격 무브먼트가 일어났으니까요."

츠키요의 말투에 점점 열기가 깃들수록 카가미의 표정은 험악해져 갔다.

"다만 《십각관의 살인》으로 신본격 무브먼트가 폭발하는 토양을 가꾼 사람은 누가 뭐래도 시마다 소지예요. 1981년에 출간된 데뷔작 《점성술 살인사건》은 수많은 본격 미스터리 팬을 매료시켰습니다. 아야츠지 유키토도 그중 한 명이었을 테고요. 또한 시마다 소지는 《기울어진 저택의 범죄》, 《어둠 비탈의 식인 나무》 등의 명작을 탄생시키는 한편으로, 아야츠지 유키토, 노리즈키 린타로, 우타노 쇼고 등 신본격 무브먼트를 짊어질 신인 작가들을 세상에 배출했습니다. 시마다 소지가 없었다면 《십각관의 살인》도 태어나지 않았을 테고, 신본격 무브먼트도 없지 않았을까요? 또한 신본격 무브먼트를 물심양면으로 지원한 우야마 히데오, 도가와 야스노부 같은 편집자의 공적도 잊어서는 안 되겠죠. 물론 본격 미스터리 불모지였던 시대를 지탱해 온 아유카와 데쓰야 등……."

"망할, 영문 모를 소리만 줄줄 늘어놓지 말고 냉큼 결론을 말해!"

더는 참을 수 없었는지 카가미가 탁한 목소리로 끼어들었다. 츠키요는 눈을 깜박거렸다.

"결론? '관 시리즈' 중에 제가 제일 좋아하는 작품이요? 그거라면 《시계관의 살인》이……."

"그게 아니라, 여기 계단이 숨겨져 있는 줄 어떻게 알았느냐고!"

"아참, 그런 이야기를 하고 있었죠." 츠키요의 말투에서 열기가 싹 가셨다. "즉, 코즈시마 씨는 '관 시리즈'를 동경해서 이 유리관을 지은 겁니다. 그리고 시리즈의 무대인 기묘한 저택을 설계한 나카무라 세이지의 집이 바로…….”

“청옥부!”

유마가 무심코 소리치자 츠키요는 시선을 주며 “맞아, 이치조 군.” 하고 힘없이 미소 지었다.

“청옥부는 또 뭐야?” 카가미가 유마에게 관심을 돌렸다.

“《십각관의 살인》의 무대인 츠노시마에 십각관과 함께 지은 나카무라 세이지의 자택입니다. 다만 이야기 속에서 청옥부는 불이 나서 몽땅 타 버렸고, 나카무라 세이지는 불타 죽은 시체로 발견됐다는 설정이에요.”

유마가 설명하자 카가미는 츠키요에게 시선을 되돌렸다.

“불타 죽은 시체라……, 그렇다면…….”

“네, 맞습니다. 코르셋에 적혀 있던 ‘나카무라 세이지를 죽여라’라는 글씨는 이 스크린을 불태우라고 지시하는 거였어요. 범인은 분명 토모에 씨를 고문해서 여기를 알아냈겠죠. 그리고 피로 메시지를 남겨서 저희를 여기로 유도한 거예요.”

“저 계단 아래에는 뭐가 있는데?”

유메요미의 질문에 츠키요는 “글쎄요, 뭐가 있을까요.” 하고 힘없이 말하더니 아무 망설임도 없이 계단을 내려갔다. 다른 사람들도 부랴부랴 뒤따라갔다.

좁고 어두침침한 돌계단을 내려간다. 벽에 반사된 발소리가 몹시 크게 울려 퍼졌다. 손을 뻗으면 닿을 만큼 나지막한 천장에는 알전구가 매달려 있었다.

“어쩐지 중세의 지하 감옥 같군.”

유마가 중얼거리자 앞에서 내려가던 츠키요가 고개를 돌리더니 입술을 일그러뜨리며 짓궂은 표정을 지었다.

"지하 감옥이라. 괜찮은 발상일지도 모르겠어, 이치조 군."

"무슨 소리야?"

츠키요는 코웃음만 치고는 다시 걸음을 옮겼다.

한동안 신중하게 계단을 내려간 끝에 어두운 공간에 도착했다. 계단에서 새어 나오는 알전구 불빛으로 포석이 깔린 복도가 뻗어 있다는 건 알았지만, 깊은 어둠이 출렁거리는 저 안쪽에 뭐가 있는지는 전혀 보이지 않았다.

"아, 여기 스위치 같은 게 있군."

쿠루마가 석벽에 설치된 스위치를 눌렀다. 포석 틈새에 박힌 LED라이트가 켜졌다. 귤색 빛이 어두컴컴한 복도 안쪽을 향해 이어지는 광경은 마치 유도등이 켜진 활주로 같았다.

"감옥……."

사쿄가 갈라진 목소리를 흘렸다. 그의 말대로 안쪽으로 뻗은 복도 좌우에는 철창으로 막힌 방이 줄지어 있었다.

"내가 그랬잖아, 이치조 군. 괜찮은 발상이라고."

츠키요는 안쪽으로 뻗은 복도를 눈 한 번 깜박이지 않고 바라보았다.

"여기에 지하 감옥이 있다는 걸 알고 있었어?"

"그렇진 않아. 다만 지금까지 얻은 정보로 추리한 결과, 충분히 예상했지."

츠키요는 복도를 나아갔다. 구둣발로 포석을 밟는 소리가 울려 퍼졌다.

유마는 츠키요 바로 뒤를 따라가며 철창 속을 들여다보았다. 화장실과 간이침대만 놓인 약 2.5평의 공간. 콘크리트 바닥에는 깨진 컵과 대형견 사료용 접시가 널브러져 있었다.

불빛이 없어서 어두운 감옥 안쪽까지는 잘 보이지 않았다. 유마는 시선을 모았다. 어둠에 익숙해진 눈이 방 안쪽의 침대 위에 있는 '물체'를 포착했다. 그 순간 심한 구역질이 밀려와서 유마는 즉시 양손으로 입을 막았다.

그건 시신이었다. 거의 백골로 변한 등산복 차림의 시신. 여성용 등산복 밖으로 드러난 손과 얼굴에는 살점이 거의 남아 있지 않았고, 뻥 뚫린 눈구멍이 원망스럽다는 듯이 이쪽을 쳐다보고 있었다.

"뭐야, 이건?"

소리를 지르며 그 자리에 주저앉은 유메요미가 앉은 채 뒤로 물러났다. 유메요미의 등이 맞은편 감옥의 철창에 닿았다. 돌아본 유메요미의 입에서 귀청이 떨어질 만큼 큰 비명이 솟구쳤다.

그쪽 감옥의 침대에도 등산복을 입은 백골 시체가 누워 있었다. 복장으로 보건대 이쪽은 아마 남자였으리라.

"너무 크게 소리치지 마세요. 시신입니다. 죽은 지 시간이 꽤 지나 백골이 된 시신."

츠키요가 양손으로 귀를 막았다.

"아오이 씨, 여기는 대체 뭐지? 이 시신은 또 누구고? 알면 좀 가르쳐 주게. 난 도무지 뭐가 뭔지……."

가쁜 숨을 내쉬며 쿠루마가 물었다.

"보시다시피 지하 감옥이에요. 그리고 시신은 분명 조가타케산 증발 사건의 피해자겠죠."

"조가타케산 증발 사건의……."

"네, 그렇습니다. 행방불명된 등산객들은 그냥 조난당한 게 아닙니다. 등산로를 벗어난 피해자들은 길을 잃고 헤매다 유리관에 도착해 도움을 요청했죠. 하지만 코즈시마 씨 일당에게 납치당해 이 지하 감옥에 갇힌 겁니다."

카가미가 갑자기 뛰쳐나가 좌우에 세 개씩 배치된 감옥의 오른편 제일 안쪽 창살을 움켜잡았다. 얼굴 근육이 심하게 씰룩거렸고 이가 뿌드득 갈리는 소리가 날 만큼 악문 잇새로 "제기랄……, 제기랄……." 하고 원망과 한탄에 찬 목소리가 새어 나왔다.

"왜 그러세요, 카가미 씨?"

유마가 조심스레 묻자 카가미는 떨리는 손가락으로 감옥 안쪽을 가리켰다. 다른 감옥처럼 거기에도 등산복을 입은 백골 시체가 누워 있었다.

"저건 마슈 신쥬가 행방불명됐을 때 입고 있던 등산복이야. 저건…… 마슈 신쥬의 시신이야."

"마슈 신쥬라면 카가미 씨가 찾으시던 피해자로군요."

"그래. 내가 늦게 오는 바람에……."

카가미는 두툼한 입술을 피가 맺힐 만큼 꽉 깨물었다. 누가 보기에도 방약무인한 사람이지만, 그 모습에서는 피해자를 구하지 못했다는 원통함이 절절하게 전해졌다.

"자물쇠가 잠겨 있어서 안 열리네요. 아쉽지만 감옥 안을 자세히 조사할 수는 없을 것 같아요."

츠키요가 철창문을 바라보며 중얼거렸을 때 "저기……." 하고 사카이즈미가 입을 열었다.

"이쪽 감옥은 문이 열려 있는데요……."

왼편의 제일 안쪽 감옥을 가리키며 사카이즈미가 힘없는 목소리로 말했다. 마도카가 살해당했다는 충격에서는 어느 정도 회복된 것 같았지만, 패기를 잃은 표정으로 심신이 완전히 피폐해졌다는 것을 알 수 있었다.

유마는 고개를 돌려 그 감옥을 보았다. 문이 열려 있었고 감옥 안에 시신은 보이지 않았다.

"원래 아무도 갇혀 있지 않았던 것 아닐까요?"

사쿄의 말에 츠키요가 "아니면 달아났든지요." 하고 중얼거렸다. 감옥에서 달아난 인물이 어딘가 숨어 있을지도 모른다. 느슨해졌던 분위기가 단숨에 분위기가 팽팽해졌다.

"즉, 어제 세운 가설처럼 코즈시마 씨나 오이타 씨가 13년 전 조가타케산 증발 사건을 일으킨 후유키 다이스케고, 그 후로도 범행을 자행해 왔다는 건가?"

긴장된 말투로 쿠루마가 물었다.

"절대로 아니라고는 할 수 없겠지만, 다른 결말일 가능성이 좀 더 높아 보이네요."

츠키요는 복도 끝에 있는 철제 쌍여닫이문 앞에 서서 양손으로 문을 밀었다. 문 안쪽에 펼쳐진 광경을 보고 유마는 두 눈을 의심했다. 새하얀 형광등 불빛이 비치는 그 공간은 실험실이었다. 농구 코트만큼 큼지막한 실험실.

거대한 캐비닛, 원심 분리기, 현미경, 초저온 냉장고, 안쪽에는 수술대까지 있다.

“무엇보다 실험용 동물을 돌보느라 고생이었어요. 아주 큰 소리로 울고, 밥을 챙겨 주는 것도 만만한 일이 아닌 데다, 실험할 때는 얼마나 날뛰는지.”

연기력이 엉망인 삼류배우 같은 투로 츠키요가 말했다. 첫날에 코즈시마가 여기서 뭘 하고 지냈느냐고 쿠루마가 물었을 때 마도카가 했던 대답이다.

“설마 그 실험용 동물이…….”

창백한 얼굴로 할 말을 잃은 쿠루마의 목구멍에서 피리를 부는 듯한 소리가 흘러나왔다.

“네, 조난된 끝에 납치당한 등산객들이었겠죠. 코즈시마 씨는 명예욕이 아주 강한 사람이었어요. 사랑하는 미스터리 분야에 이름을 남기길 원했지만, 자신의 전문 분야에 이름을 남길 가능성이 더 높다는 것도 잘 알고 있었겠죠.”

“하지만 코즈시마 씨는 트라이던트로 이미 충분한 돈과 명예를 얻었는데.”

반론하는 유마를 츠키요가 힐끗 쳐다보았다.

“이치조 군, 인간의 욕망은 끝이 없어. 영예를 얻으면 얻을수록 더 크게 칭송받고 싶다는 갈망에 시달리는 법이지. 그렇게 되면 바닥없는 늪에 가라앉는 거나 마찬가지야. 목적을 위해 수단을 가리지 않게 돼. 아무리 비윤리적인 수단도."

츠키요는 실험실로 들어갔다.

"윤리가 과학의 발전을 방해하는 측면이 있는 건 사실이야. 수정란을 이용해 만들어진 ES세포가 생명 윤리에 반한다는 이유로 실험이 금지되는 바람에 재생 의학 분야는 iPS세포를 발명하기까지 오랫동안 제자리걸음을 했지. 윤리라는 족쇄가 풀린 과학자는 도핑을 한 운동선수나 마찬가지야. 단숨에 연구를 진척시킬 수 있어."

'가장 단기간에 의학을 진보시킨 건 누가 뭐래도 나치야.'

독을 먹여 살해하기 직전에 코즈시마가 한 말이 뇌리를 스쳐서 유마는 척추에 냉수를 끼얹은 것 같은 기분에 사로잡혔다.

"그럼 코즈시마 씨는 피해자들을 이용해 인체 실험을?"

"그렇겠지."

츠키요는 옆에 있는 테이블을 손가락으로 문질렀다. 손끝이 먼지로 뿌예졌다.

"하지만 먼지가 이렇게 쌓인 걸 보니 꽤 오래 전에 그 계획은 실패로 돌아간 것 같아. 아무리 돈을 들여 연구시설을 만든들 연구에는 전문 인력이 필요하니까. 아마추어인 오이타 씨와 토모에 씨는 잡일은 해도 전문적인 도움은 주지 못했겠지. 그렇다고 이렇게 비인도적인 연구를 위해 전문 지식이 있는 조수를 고용할 수는 없어. 결국 과학 분야에서 다시 명성을 얻기를 포기한 코즈시마 씨는 실험 시설을 폐기하고, 미스터리 분야에서 공적을 쌓는 일에 주력하게 됐겠지. 먼지 두께로 추정컨대 약 1년쯤 됐으려나. 토모에 씨도 코즈시마 씨가 그쯤에 연구에서 손을 뗐다고 했고."

"자, 잠깐만." 쿠루마가 목소리를 높였다. "폐기하다니, 감옥에 갇힌 사람들은 어쩌고?"

"추측이지만 실험실과 함께 방치했겠죠."

"방치……."

"네, 방치요. 연구를 포기하기로 결심한 코즈시마 씨는 피해자를 감옥에 가둔 채 시설을 폐기했습니다. 놓아줄 수는 없고, 그렇다고 죽이는 것도 쉬운 일은 아니죠. 아무것도 하지 않는 게 제일 수고가 덜 들어요."

"하지만 아무것도 하지 않으면……."

"물론 굶어죽겠죠."

말문이 막힌 쿠루마를 보며 츠키요는 담담하게 설명했다.

"어둠 속에서 굶주림과 갈증에 시달리던 피해자들은 살아남을 확률을 조금이라도 높이려고 침대에 조용히 누워 있었겠죠. 언젠가 구조될 거라고 믿으면서요. 하지만 그 바람은 이루어지지 않았고, 한 명씩 절망 속에서 숨을 거둡니다. 육체는 썩어서 사라지고 결국 백골만 남은 거죠."

츠키요는 말을 끊고 주변 사람들을 둘러보았다. 실험실에 납덩이처럼 무거운 침묵이 내려앉았다.

"그럼 이번 연쇄 살인은……."

쿠루마가 머뭇머뭇 침묵을 깼다. 츠키요는 힘 있게 고개를 끄덕였다.

"네, 동기는 복수겠죠. 이 지하 감옥에서 비참하게 죽은 피해자와 친했던 누군가가 비인도적인 연구에 가담한 세 명을 살해한 겁니다. 일단 주모자인 코즈시마 씨를 독살하고, 오이타 씨를 살해한 후 현장에 '조가타케산 증발 사건'이라는 글씨를 피로 남김으로써 무엇 때문에 범행을 저질렀는지 암시했죠. 그리고 마지막으로 토모에 씨를 고문해 실험실 위치를 알아낸 후 살해하고, 코르셋에 피로 글씨를 남겨서 저희를 여기로 유도한 거예요."

"왜 우리에게 여기를 보여 주려고 한 걸까?"

"자신이 정의롭다는 걸 알려 주고 싶었던 것 아닐까요? 사리사욕 때문에 살인을 저지른 게 아니라, 인간의 길에서 벗어난 자들에게 정당한 벌을 주었을 뿐이라고. 오이타 씨를 살해한 현장에 동기와 관련된 정보를 남긴 것에서도 그렇다고 추측할 수 있겠죠."

"……정당한 벌은 무슨."

마슈 신쥬로 추정되는 시신을 발견한 후 침묵을 지키던 카가미가 낮고 탁한 목소리로 말했다.

"정당한 벌이란 경찰이 체포하고 검사가 기소해서 법정에서 판결을 받는 거야. 자기 손을 더럽히면 죽인 놈들과 똑같이 축생도에 떨어질 뿐이라고."

"하지만 경찰인 카가미 씨도 이 지하 감옥을 보기까지는 마슈 신쥬 씨가 그저 조난당했다고만 생각하셨잖아요. 범인은 분명 경찰은 도움이 되지 않을 거라 판단해 이런 방법을 사용한 거겠죠."

카가미는 벌레를 씹은 듯한 표정으로 입을 다물었다. 대신에 유메요미가 빠른 어조로 말을 꺼냈다.

"저기, 나도 말 좀 할게. 저 빈 감옥은 뭔데? 어쩌면 저기서 달아난 사람이 복수한 건지도 모르잖아."

"글쎄요." 츠키요는 턱을 쓰다듬었다. "여기가 폐기되고 꽤 오랜 시간이 지난 걸 고려하면, 그럴 가능성은 낮을 것 같은데요."

"아니, 분명 그거야. 내가 내내 느꼈던 사악한 기척은 바로 그자가 낸 거였다고. 그자가 이 저택에 숨어서 그 세 명을 죽일 기회를 노리고 있었던 거야."

"이 암흑 속에서 1년도 넘게 살아남은 복수의 화신이 범인이라는 말씀이세요?"

츠키요는 "아주 재미있는 가설이네요." 하고 말을 이었지만 표정은 시원치 않았다.

"아오이 씨, 자네는 범인이 누군지 아는 건가? 어떻게 밀실을 만들고, 어떻게 세 사람을 죽였는지 짐작이 가나?"

쿠루마가 한 발짝 앞으로 나섰다. 츠키요는 천천히 고개를 저었다.

"아니요, 그건 아직 모르겠어요. 다만 현재 시점에서 범인의 정체와 밀실 트릭보다 훨씬 중요한 사실이 있습니다."

"범인의 정체보다 중요한 사실?"

"복수가 살인의 동기라면, 더는 피해자가 나올 가능성이 낮다는 거예요."

오오, 하고 흥분을 자제한 환성이 솟아오르는 가운데, 츠키요는 턱을 살짝 당겼다.

"이 유리관에 살던 사람은 코즈시마 씨, 오이타 씨, 토모에 씨 총 세 명입니다. 이 악마 같은 실험에 관여한 사람도 분명 그 셋뿐이겠죠. 코즈시마 씨를 살해하고 우리에게 이 비밀 지하실을 발견시킨 시점에 범인의 목적은 달성됐을 거예요. 그렇다면 더는 피해자가 늘지 않겠죠. 저희는 내일까지 경찰이 도착하기를 기다리면 돼요."

"그래, 그게 좋겠어." 카가미가 나지막한 목소리로 동의했다. "나머지는 우리한테 맡기면 돼. 감식반만 도착하면 현장을 조사해서 범인의 유류품을 찾아낼 수 있어. 그리고 복수가 동기라면 이야기는 간단해. 당신들의 신원과 경력을 철저하게 파헤치면 지하 감옥에서 죽은 피해자들과 관계있는 녀석이 드러나겠지. 그 녀석을 엄중히 추궁하면 돼."

이거 야단났다. 유마는 침을 꿀꺽 삼켰다. 이대로 경찰의 개입을 허용하면 여동생에 대해 조사당해 코즈시마를 살해할 동기가 있다는 사실이 들통난다. 오이타와 마도카를 살해한 범인이 경찰에 체포되더라도, 그 인물은 코즈시마를 죽이는 데 실패했다고 주장하겠지.

어떻게든 내일 저녁이 되기 전에 오이타와 마도카를 살해한 범인을 찾아내 코즈시마를 살해했다는 결정적인 증거를 떠넘겨야 한다. 그런데 어떻게…….

유마가 끙끙 고민하고 있자니 사쿄가 조심스레 입을 열었다.

"그럼 앞으로 저희는 어떻게 지내면……."

"최소한의 경계는 필요해요. 어제처럼 방에 틀어박히든지, 아니면 누구와 함께 있는지를 밝히고 시간을 보내도록 하죠."

"그럼…… 나는 또 쿠루마 선생님과 휴게실에 있도록 할까. 선생님, 어떠세요?"

"그래, 그러지. 내일까지라면 눈을 붙이지 않고도 지낼 수 있을 거야. 경찰이 올 때까지 가능하면 휴게실에서 경계 태세를 취하고 싶은데. 어떤가, 사쿄 군?"

"앗, 저야 좋죠. 토모에 씨는 자기 방에서 살해당했잖습니까. 혼자 방에 틀어박히는 건 아무래도 기분이 찜찜해요. 저어, 저희와 함께 휴게실에서 하룻밤을 보내실 분 안 계십니까?"

사쿄의 질문에 사카이즈미가 "같이 있어도 괜찮겠습까……." 하고 비실비실 손을 들었다.

"물론이죠. 역시 여럿이 모여 있어야 안심이니까요."

"아니요……, 안심이고 나발이고, 혼자 있으면 견딜 수 없을 것 같습다. 마도카가 죽었다는 게 아직도 믿기지 않아요. 그리고 이렇게 끔찍한 일에 마도카가 관여했다는 게……."

사카이즈미가 양손에 얼굴을 묻고 어깨를 떨자, 쿠루마가 등에 손을 살짝 얹었다.

"그럼 나와 사쿄 군, 사카이즈미 씨는 휴게실에 있도록 하겠네. 함께할 사람 더 없나?"

"난 사양할게요!" 유메요미가 침을 튀기며 말했다. "날 노리지 않더라도 연쇄 살인범일지도 모르는 사람들과 함께 있기는 싫네요. 이번에야말로 경찰이 올 때까지 방에 콕 틀어박혀 있겠어요."

"하지만 토모에 씨는 방에서 살해당했는걸요. 문을 잠근들 소용없을지도 몰라요."

사쿄가 설득했지만 유메요미는 "시끄러워요." 하고 손을 휘휘 내저었다.

"열리지 않도록 문 앞에 가구를 놓아두면 그만이죠. 아무튼 나는 방에 있을 거예요."

"나도 방에 있겠어. 난 살해당할 만한 이유가 없으니까."

유메요미에 이어 카가미도 방에서 지내겠다고 선언했다. 쿠루마는 츠키요와 유마에게 시선을 주었다.

"나머지 두 사람은 어떻게 할 텐가?"

어쩌지? 어느 편이 오이타와 마도카를 살해한 범인을 찾아내는데 유리할까? 열심히 머리를 굴리던 유마가 대답을 내놓기 전에 츠키요가 쳐다보았다.

"저는 방에서 쉬겠습니다. 이치조 군도 방에 있을 거지?"

츠키요의 시선을 받은 유마는 "어, 응……." 하고 고개를 끄덕였다.

"그럼 각자 머물 곳으로 이동할까. 어쨌거나 다들 몸조심하게."

쿠루마가 조심스레 말을 꺼내자 카가미가 "잠깐 있어 봐." 하고 사카이즈미를 가리켰다.

"그 전에 저 녀석이 가지고 있는 마스터키를 금고에 넣어야 해. 누군가 마스터키를 가지고 있으면, 문을 잠가 봐도 불안할 테니까."

"아아, 확실히 그렇군. 일단 창고로 가지."

쿠루마의 말을 신호 삼아 모두 무거운 발걸음을 옮겼다. 특히 사카이즈미는 걸음걸이가 불안해서 언제 쓰러져도 이상하지 않을 것 같았다.

지하 감옥을 뒤로하고 1층으로 올라와, 지하 창고로 나선계단을 내려갔다.

"자, 마스터키를 넣어."

카가미가 재촉하자 사카이즈미는 열려 있는 금고로 비틀비틀 다가가서 쪼그려 앉으려다 몸을 휘청했다. 쓰러진다. 유마가 그렇게 생각했을 때 츠키요가 재빨리 뛰쳐나가 끌어안다시피 사카이즈미를 부축했다.

"괜찮으세요, 사카이즈미 씨?"

츠키요는 얼핏 보기에도 가식적인 웃음을 지었다. 억지로 웃는 것이 분명했다. 그 모습이 당장이라도 무너져 내릴 듯한 명탐정의 긍지를 간신히 지탱하는 것처럼 보였다.

"괜찮습니다. 죄송해요."

자세를 바로잡은 사카이즈미가 마스터키를 금고에 넣자 카가미가 성큼성큼 다가와서 금고문을 힘껏 닫았다.

"빨리 문 잠가."

카가미가 턱짓을 했다. 유마와 쿠루마는 각자 가지고 있는 금고 열쇠로 금고를 잠갔다.

"이제 됐겠지." 쿠루마는 열쇠 구멍에서 뽑은 열쇠를 품에 넣었다.

"아니, 아직이야."

말을 마치기가 무섭게 카가미는 금고 다이얼을 드르륵 돌렸다. 유마는 눈을 부릅떴다.

"무슨 짓입니까? 다이얼 자물쇠 비밀번호는 코즈시마 씨밖에 모른다고요."

"그래서 뭐?" 카가미가 차가운 시선을 던졌다.

"무슨 말씀이 그렇습니까. 이제 무슨 일이 생겨도 마스터키를 못 꺼내잖아요."

"무슨 일이 생기는데?"

유마는 "네?" 하고 의문을 표했다.

"그러니까, 또 무슨 일이 생기느냐고. 지하에서 백골로 변한 피해자들이 발견됐고, 그들의 죽음에 관여한 세 명은 살해당했어. 저기 명탐정 아가씨의 말대로 범인의 복수는 이미 끝난 거야. 그런데 아직도 뭔가 더 남아 있다는 거냐……."

카가미는 말문이 막힌 유마의 어깨를 밀치고 지나갔다.

"내일이면 경찰이 와. 우리는 그때까지 기다리기만 하면 되고. 그렇다면 이제부터 방에서 지낼 사람들을 위해서도 마스터키는 꺼내지 못하도록 조치하는 편이 낫겠지. '아무개 씨들'이 마스터키를 꺼내 메이드를 죽였다는 의혹은 아직 풀리지 않았으니까."

돌아보지 않고 그렇게 말한 카가미는 선반에서 보존 식품을 몇 개 꺼내 양복 호주머니에 쑤셔 넣으며 계단으로 사라졌다. 경찰이 올 때까지 방에서 나오지 않을 작정이리라.

"……죄송하지만 방에 가실 분들은 여기 있는 식료품을 적당히 챙겨 가세요. 더는 요리를 못 만들 것 같으니까."

사카이즈미가 당장이라도 사그라질 듯한 목소리로 말했다. 그러자 유메요미는 선반에서 부랴부랴 식료품을 꺼내 품에 안고 달아나듯 창고에서 나갔다.

"그럼 우리도 이동할까."

쿠루마의 제안에 남은 사람들도 걸음을 옮겼다.

계단으로 향하는 길에 유마는 선반에서 비상식량인 비스킷을 몇 개 꺼내 재킷 호주머니에 넣었다. 식욕은 없었지만 뭔가 먹어

둬야 한다. 경찰이 오기까지 하루하고 한나절 사이에 어떻게든 오이타와 마도카를 살해한 범인을 밝혀내야 하니까.

유마를 빼고 다른 사람들은 식료품을 꺼내지 않았다. 일행은 말없이 나선계단을 올랐다. 1층에 도착하자 "그럼 우리는 여기 있겠네." 하며 쿠루마가 사쿄와 사카이즈미를 데리고 휴게실로 향했다. 유마는 츠키요와 함께 계단을 다시 올라갔다.

고개를 숙인 채 걸어가는 츠키요와 이야기를 나누어야 한다. 오이타와 마도카를 살해한 범인의 정체를 밝히려면 츠키요의 도움이 꼭 필요하니까. 그러나 왠지는 모르지만 침울함에 빠져 명탐정으로서 패기를 완전히 상실한 츠키요에게 해야 할 말이 떠오르지 않았다.

두 사람은 침묵을 유지한 채 오호실 앞에 다다랐다. 츠키요는 열쇠로 자물쇠를 풀고 문을 열었다.

유마는 "저기……." 하고 말을 꺼냈다. 돌아본 츠키요와 눈이 마주친 순간, 혀끝까지 밀려 나온 말이 흩어졌다. 유마를 바라보는 츠키요의 두 눈은 한없이 깊고 어두웠다. 마치 바닥없는 늪처럼. 그 늪에 빨려드는 듯한 착각에 휩싸였다.

얼마나 가혹한 경험을 해야 이렇게까지 깊은 어둠이 눈동자에 깃드는 걸까.

츠키요는 귀신에라도 홀린 것처럼 굳어 버린 유마에게서 눈을 돌리고 방으로 들어갔다. 문이 닫히는 묵직한 소리에 이어, 자물쇠가 철커덕 잠기는 소리가 들렸다. 그것이 유마에게는 명탐정과 파트너라는 두 사람의 관계가 끝나는 소리처럼 들렸다.

이제 츠키요는 '명탐정'을 포기했는지도 모른다. 그런 예감을 느끼며 유마는 족쇄라도 찬 것처럼 무거운 다리를 끌고 사호실로 향했다.

유마는 방에 들어가서 문을 잠근 후 쓰러지듯 침대에 누웠다.

이제 어쩌면 좋을까? 천장을 바라보며 생각에 잠겼다. 아까 그 상태를 보건대 더 이상 츠키요에게 기대하기는 어렵겠지. 츠키요는 어째선지 마도카가 살해당한 사건에 큰 충격을 받고 명탐정으로서 의욕을 상실한 것 같다. 츠키요에게 의지할 수 없다면 내 힘으로 오이타와 마도카를 살해한 범인을 찾아내야 한다. 유마는 기를 쓰고 머리를 굴렸다.

정황상 지하에서 발견된 피해자와 친했던 자가 복수했을 가능성이 극히 높다. 하지만 이 유리 첨탑에 갇힌 상태에서 누가 '친했던 자'인지 내일 저녁까지 알아내기는 불가능하리라.

동기로 찾아낼 수 없다면 범행 상황으로 범인을 찾아내는 수밖에 없다.

거기까지 생각하다 유마는 이를 악물었다.

어떻게 식당을 밀실로 만들고, 그 안에 불을 질렀을까. 마스터키는 금고에 들어 있었는데 어떻게 육호실에 침입해 문을 잠그고 탈출했을까. 범인이 사용한 밀실 트릭을 풀어내면 범인의 정체를 밝힐 수 있을지도 모른다. 그런 감이 왔지만 트릭을 풀어내기 위한 실마리조차 떠오르지 않았다.

눈 안쪽이 욱신욱신 아팠다. 머릿속에 안개가 끼었다. 요 이틀간 신경이 곤두서서 깊은 잠을 자지 못했다. 너무나 기이한 상황에 심신이 완전히 피폐해졌다. 눈꺼풀이 몹시 무거웠다.

유마는 천천히 눈을 감았다. 잠시만. 아주 잠시만 눈을 붙이자. 그러면 처리 속도가 저하된 뇌세포도 얼마쯤 기능이 회복될지 모른다. 의식이 어둠 속으로 떨어져 내린다. 그때 문을 두드리는 소리가 공기를 흔들었다. 유마는 눈을 번쩍 뜨고 침대에서 일어났다.

누구지? 붉게 물든 웨딩드레스 차림으로 침대에 누워 있던 마도카의 모습이 머릿속에 되살아났다. 설마 범인이 나까지 죽이려고 찾아온 건가?

유마는 문으로 다가가 경계하며 "누구세요?" 하고 물었다.

"나야, 이치조 군."

문밖에서 츠키요의 목소리가 들렸다. 하지만 긴장이 풀리지는 않았다.

츠키요야말로 오이타와 마도카를 살해한 범인이 아닐까. 중증의 미스터리광답게 본격 미스터리 소설에나 나올 법한 범죄 현장을 연출한 건……. 거기까지 생각했을 때 유마는 어떤 사실을 깨닫고 자학적으로 입술을 일그러뜨렸다.

무슨 바보 같은 생각이람. 두 번째와 세 번째 사건이 일어났을 때 츠키요는 나와 함께 있었다. 츠키요가 범인일 리 없다.

"문 좀 열어 줄래, 이치조 군."

"잠깐만 기다려." 유마는 얼른 자물쇠를 풀고 문을 열었다.

"고마워, 방에 들어가도 될까?"

츠키요는 눈을 치뜨고 유마를 바라보았다. 마치 길 잃은 아이 같은 모습이라 후리후리한 몸이 지금은 몹시 작아 보였다.

"물론이지."

유마가 맞아들이자 츠키요는 느릿느릿 걸어가서 소파에 앉았다.

"갑자기 어쩐 일이야?" 유마는 문을 잠그고 츠키요 맞은편에 앉았다.

"내가 방해했어?"

"아니, 그런 건 아니지만……. 그냥 뭐랄까, 우울해 보이길래 걱정돼서."

"우울하다……. 그렇지, 확실히 우울해. 그래서 여기 온 거야. 우울한 명탐정을 어루만져 힘을 북돋워 주는 게 왓슨 역할의 임무잖아."

"어루만지다니……."

"아아, 착각은 하지 말고. 여기서 '어루만지다'라는 말은 결코 성적인 의미가 아니야. 파트너와 남녀관계가 될 생각은 없어. 그냥 친구로서 위로해 줘."

유마는 "그 정도는 나도 알아." 하고 인상을 찡그렸다.

"이치조 군이 신사라서 안심이야. 왜 《점성술 살인사건》에서도 사건의 진상을 파악하지 못해 우울해진 미타라이 기요시를 이시오카 군이 위로하는 과정에서 그 전무후무한 트릭을 해명하는 힌트가 나왔잖아. 그게 생각나서 널 찾아온 거야."

"말이야 쉽지……. 그나저나 아오이 씨, 왜 그렇게 우울해진 거야?"

"……실망했으니까."

"실망했다니, 무엇에?"

츠키요는 할 말을 찾듯이 허공을 바라보았다.

"내가 명탐정이라는 사실에…… 라고 하면 되려나."

"명탐정이라는 사실에?"

유마가 되묻자 츠키요는 힘 있게 턱을 당겼다.

"응, 그래. 명탐정은 모순을 내포한 개념이야. 이치조 군, 네게 '명탐정'은 어떤 존재지?"

질문에 질문으로 답이 날아들어 유마는 몇 초 생각한 후 대답했다.

"아무리 어려운 사건이라도 해명하는 존재라고 할까."

"맞아. 어려운 사건을 해결한다. 저마다 스타일은 다양하지만 경찰도 버거워하는 불가사의한 범죄를 해결하는 존재, 그게 명탐정의 정의야. 하지만 그게 무슨 의미가 있을까?"

"범죄자를 체포하니까 의미는 있겠지."

"네 말은 정론이야. 하지만 피해자 입장에서는 어떨까."

"피해자 입장에서……." 유마는 그 말을 되뇌었다.

"살해당한 희생자는 범인이 체포되든 활개를 치든 상관없지 않을까."

"그렇지 않아. 범인을 밝혀내 벌을 줌으로써 분명 피해자의 억울함을 풀어 줄 수 있을 거야."

"피해자의 억울함이라." 츠키요는 힘없이 웃었다. "이치조 군, 로맨시스트가 따로 없구나. 사람이 죽은 후에도 영혼은 남는다고 믿는가 봐?"

"아니, 딱히 영혼의 존재를 믿는 건……."

"뭐, 그쪽에 관련된 토론은 하지 말자. 사람이 죽으면 의식이 남느냐, 아니면 무(無)로 돌아가느냐. 천국은 존재하느냐. 아주 재미있는 주제지만 지금 상황에서 나눌 만한 이야기는 아니니까. 다만 만약 영혼이라는 게 있다면, 피해자는 명탐정에게 범인을 벌하기를 바라는 게 아니라 이렇게 생각하지 않을까. '왜 내가 살해당하는 걸 막지 못했느냐'라고."

"그건 너무 지나친 생각이야. 아무리 우수한 명탐정이라도 사건이 일어나지 않으면 움직일 수 없는걸."

"이노우에 마기의 소설 《탐정이 너무 빨라探偵が早すぎる》에는 사건을 미연에 방지하는 탐정이 등장해."

츠키요는 짓궂게 입술 끄트머리를 끌어올렸다.

"그야 특수한 사례잖아. 현실은 소설처럼 잘 풀리지 않는 법이야. 마음에 둘 필요 없어."

"이치조 군은 참 다정하구나. 하지만 내 생각에는 아무리 명쾌하게 사건을 해결하는 명탐정도 실상은 자신의 추리력을 발휘할 수 있는 사건이 벌어지기를 그저 기다릴 뿐인 수동적인 존재, 약하디약한 존재야."

"그건……, 어쩔 수 없잖아. 범죄를 미연에 방지하지 못하더라도 명탐정은 명탐정이야. 모순은 없다고."

"아아, 오해했나 보네. 그것 때문에 우울한 게 아니야. 그 점은 이미 받아들였으니까. 내가 모순이라고 말하고 싶은 건, 명탐정에 대한 평가와 사건의 규모야."

유마는 "사건의 규모?" 하고 되물었다.

"피해자가 한 명인 사건과 수많은 피해자가 나온 연쇄 살인 사건 중 어느 쪽이 명탐정에게 어울릴까?"

"……연쇄 살인 사건."

츠키요가 하고 싶은 말을 이해하고 유마는 조용히 대답했다.

"그래, 수많은 피해자가 차례차례 끔찍하게 살해당하는 복잡기괴한 연쇄 살인 사건. 그야말로 명탐정의 능력을 과시할 만한 무대지. 그 사건을 해결하면 명탐정으로서 높은 평가를 받을 거야. 하지만 바꾸어 말하면 연쇄 살인을 막지 못했다는 뜻이기도 해."

츠키요는 천장을 올려다보며 후우, 하고 숨을 크게 내쉬었다.

"범행을 막지 못해 부질없이 피해자가 늘어나는데도 범행이 전부 끝난 후에야 사람들을 모아 놓고 의기양양하게 범인을 규탄한다. 과연 그래도 될까. 첫 번째 사건이 발생했을 때 진실을 규명해 이후의 범행을 미연에 방지하는 게 이상적이야. 하지만 실제로는 전자가 '명탐정'으로 인정받지. 그게 바로 내가 줄곧 고민해 온 모순이야."

"……그래서 자신에게 실망해서 우울해진 거야? 토모에 씨가 살해당하는 걸 막지 못해서."

유마는 작게 중얼거렸다. 코즈시마는 살해당했다고 단정할 수 없는 상황이었지만, 현장 상황을 고려하건대 오이타는 어떻게 봐도 살해당했다. 그렇다면 명탐정으로서는 어떻게든 빨리 범인의 정체를 밝혀내 피해가 커지는 걸 막아야 했다.

츠키요는 대답 없이 웃음을 지었다. 건드리면 깨지는 유리 세공품처럼 덧없는 웃음을.

"저기, 아오이 씨……."

유마는 츠키요의 눈을 바라보았다. 두 사람의 시선이 얽혔다.

"왜 그렇게까지 명탐정에 연연하는 거야?"

츠키요는 눈을 몇 번 깜박인 후 어깨를 살짝 움츠렸다.

"이야기해도 상관없지만 꽤 길어. 긴 것치고는 하나도 재미없는 이야기지."

"뭐 어때. 만약 아오이 씨가 이번 사건에서 명탐정 역할을 그만둔다면, 우리가 해야 할 일은 내일 경찰이 오기를 기다리는 것뿐이야. 시간은 충분해. 재미없는 이야기를 들을 시간도."

"음, 그러게. 그다지 남에게 하고 싶은 이야기는 아니지만, 왓슨 군에게는 말해 둬야 할지도 모르겠네."

츠키요는 천장 언저리에 흔들리는 시선을 던졌다. 아마 과거의 기억을 더듬는 것이리라.

"나는 잘 몰랐지만, 난 어릴 적에 아주 유별났는지 주위에 잘 녹아들지 못했어."

지금도 충분히 유별난데. 속으로 그렇게 중얼거리면서 유마는 맞장구를 쳤다.

"인간이란 잔혹한 생물이야. 자신과 다른 개체를 배제하려는 본능이 있어."

"괴롭힘을 당했다는 거야?"

"괴롭힘……. 그래, 부드러운 표현을 쓰자면 '괴롭힘'에 해당하겠지. 하지만 어린 내게 그건 그야말로 박해였어. 나라는 존재를 배제하려는 박해."

당시가 떠올랐는지 츠키요의 얼굴에 어두운 그림자가 드리웠다.

"하지만 다행스럽게도 우리 집은 꽤 잘살았거든. 그래서 내 방이라는 아주 마음 편한 도피처가 있었어. 나는 하루 중 대부분을 내 방에 틀어박혀 지냈지."

학교에서 가혹한 괴롭힘을 당해 은둔형 외톨이가 됐다는 걸까. 유마는 말없이 귀를 기울였다.

"또 한 가지 행운은 우리 아버지가 상당한 미스터리 마니아였다는 거야. 그래서 집에 헤아릴 수 없을 만큼 미스터리 소설이 많았어."

"과연 명탐정의 아버지답구나."

츠키요는 "응, 그렇지." 하고 그리운 듯이 눈을 가늘게 떴다.

"에드거 앨런 포, 모리스 르블랑, 코난 도일, 애거사 크리스티, 엘러리 퀸, 존 딕슨 카, 에도가와 란포, 요코미조 세이시, 아유카와 데쓰야, 시마다 소지, 아야츠지 유키토……. 해외 고전부터 신본격까지, 나는 게걸스럽게 아버지의 장서를 섭렵했어. 세상에 거부당했다는 심정에 사로잡혀 있던 내게, 미스터리 소설의 세계는 그야말로 이상향이었지. 눈부실 만큼 매혹적인 수수께끼가 제시되고, 혜성같이 등장한 명탐정이 그 수수께끼를 멋지게 풀어내. 그런 이야기에 매료돼 푹 빠지는 사이에, 소설과 현실 세계의 경계가 점점 모호해졌지. 셜록 홈스, 오귀스트 뒤팽, 엘러리 퀸, 에르퀼 푸아로, 아케치 고고로, 긴다이치 고스케, 미타라이 기요시. 그런 명탐정이 실제로 존재하며, 어떤 비극도 냉정하게 해명해 줄 거라고 믿어 의심치 않았어."

"그건 아무래도……."

유마가 쓴웃음을 짓자 츠키요는 어깨를 으쓱했다.

"정상이 아니라고?"

"아니, 그렇게 말하려던 건……."

유마가 말끝을 흐리자 츠키요는 "괜찮아." 하고 고개를 저었다.

"당시 나는 확실히 정상이 아니었는지도 몰라. 다만 변명을 좀 하자면, 어쩔 수 없는 일이었어. 정신이 망가지지 않도록 너무나 괴로운 현실에서 눈을 돌리고 공상의 세계에서 살아간다. 가혹한 일을 겪은 아이에게서 흔히 찾아볼 수 있는 방어기제지. 나는 명탐정이라는 존재를 믿고, 그들과 함께 이야기 속 어려운 사건에 도전함으로써 자아를 유지한 거야."

츠키요는 아련한 눈빛을 던졌다.

"내게 명탐정은 그야말로 히어로였어. 언제든지 나를 구해 줄 히어로."

"그래서 아오이 씨도 히어로의 일원이 되려고 한 거구나."

"아니, 그렇게 흐뭇한 이야기가 아니야."

츠키요의 얼굴에서 썰물 빠지듯 표정이 사라졌다. 방 온도가 갑자기 낮아진 것 같아서 유마는 몸이 딱딱하게 굳었다. 츠키요는 입술을 핥더니 조용히 말을 이었다.

"지금으로부터 딱 10년 전, 내가 아직 고등학생일 적에 사건이 발생했어."

"사건……?"

입속이 바짝 마르고 목소리가 갈라졌다. 츠키요는 천천히 턱을 당겼다.

"우리 부모님이 살해당했지. 마치 미스터리 소설에나 나올 법한 불가사의한 상황에서."

너무나 충격적인 고백에 말문이 막힌 유마를 바라보며 츠키요는 담담히 이야기를 계속했다.

"그날 아침이 됐는데도 부모님이 일어나지 않길래 3층으로 가서 부모님 침실 문을 두드렸지만 반응이 없었지. 갑자기 발끝에 미끌미끌한 감촉이 느껴져서 내려다보자 슬리퍼가 빨간 액체에 젖어 있더군. 문틈으로 흘러나온 검붉은 액체에."

감정을 읽을 수 없는 말투로 이야기하는 츠키요에게 압도당해 유마는 그저 묵묵히 귀를 기울였다.

"바로 신고하자 경찰관이 출동했지. 잠긴 문을 억지로 부순 그들은 방에 펼쳐진 악몽 같은 광경을 보고 비명을 질렀어. 한 명은 그 자리에서 토했을 정도야. 그만큼 현장은 처참했지."

"부모님은……, 어떻게 되셨어……?"

"아버지와 어머니는 숨진 상태로 침대에 나란히 앉아 있었어. 무릎에 놓인 서로의 잘린 머리를 끌어안은 채."

눈을 부릅뜨는 유마 앞에서 츠키요는 고통을 참는 것처럼 미간에 주름을 잡았다.

"경찰의 현장 검증 결과, 두 분은 심야에 잠들어 있다가 예리한 날붙이에 가슴을 찔려 사망했고 사후에 머리가 절단됐다나 봐. 방문은 잠겨 있었고, 하나뿐인 열쇠는 아버지 책상 위에 놓여 있었지. 덧붙여 창문도 잠겨 있었고."

"그거……."

"그래, 밀실 살인이었어. 자산가 부부가 밀실에서 서로의 잘린 머리를 끌어안은 시체로 발견된 거야. 그야말로 본격 미스터리 소설에 나올 법한 사건이지?"

익살을 떨 듯 양손을 펼치는 츠키요의 모습이 너무 애처로워 보여서 유마는 저도 모르게 시선을 돌렸다.

"……그래서, 어떻게 됐는데?"

"어떻게 됐느냐고? 어떻게도 안 됐어."

한없이 자학적인 웃음이 츠키요의 조각 같은 얼굴에 맺혔다.

"나는 당연히 어디선가 명탐정이 나타나서 부모님을 끔찍하게 죽인 범인을 밝혀낼 줄 알았어. 그럴 거라고 확신했지. 하지만 아무리 기다려도 명탐정은 나타나지 않더군. 수사본부가 설치되고 경찰이 필사적으로 수사했지만, 범인이 어떻게 밀실을 만들었는지조차 밝혀내지 못한 채 시간만 흘러갔어."

"범인으로 짐작되는 용의자는?"

"수상한 인물은 몇 명 있었던 것 같아. 아버지는 사업 관계상 나름대로 적이 많았던 모양이니까. 하지만 누가 범인인지 밝혀내지는 못했어. 결국 수사본부가 해체되면서 수사 규모가 축소돼 사건은 미궁에 빠졌지. 그래서 나는 개인적으로 여러 탐정에게 수사를 의뢰했어. 아버지의 유산을 물려받은 덕분에 돈은 충분했거든."

"뭔가 진전은 있었어?"

"아니, 전혀. 그들은 불륜 조사 같은 쪽의 전문가라 형사 사건에는 크게 도움이 안 되더라. 안타깝게도 내가 고대하던 히어로는 현실에 존재하지 않더군. 사건은 아직 미결로 남아 있어. 우리 부모님을 살해한 범인은 지금도 태평하게 살고 있겠지."

츠키요는 아무렇게나 손을 휘둘렀다.

"난 실망했어. 진심으로 실망했다고. 그럴 만도 하잖아. 내게 세상은 명탐정이 존재하는 곳이었거든. 그런 내게 명탐정이 없다는 현실이 들이닥친 거야. 세상이 소리를 내며 부서졌지. 발밑이 무너져서 공중에 내던져진 듯한 기분이었어. 몇 달간 나는 빈껍데기처럼 살았어. 그저 숨 쉬고, 생명을 유지할 만큼만 밥 먹고, 배설하고, 잠자고. 그야말로 살아 있는 시체였다니까. 그런데 그렇게 생활하던 어느 날, 나는 하늘의 계시를 받고 깨달았지."

츠키요가 구부리고 있던 등을 폈다.

"명탐정이 존재하지 않는 이 세상을 내 힘으로 바꾸면 된다는 걸."

"즉, 스스로 명탐정 노릇을 하면 된다는 건가."

유마의 질문에 츠키요는 대담한 웃음으로 답했다.

"그 후로 나는 명탐정이 되기 위해 필요한 온갖 기술을 배우고 익혔어. 다행히 재능이 있더라. 순식간에 능력을 키웠고, 어려워서 경찰이 해결하지 못하는 사건이 있다는 소문이 들리면 해결하러 갔지."

"경찰은 싫어했을 텐데."

"물론이지." 츠키요는 쾌활하게 말했다. "수사를 방해하지 말라고 호통을 들은 게 몇 번인지 몰라. 체포될 뻔한 적도 있어. 하지만 난 어떤 방해에도 굴하지 않고 조사를 진행해 사건의 진상을 밝혀냈지. 그렇게 실적을 쌓는 사이에 경찰도 서서히 내 실력을 인정했고, 불가사의한 사건이 있다며 비공식적으로 내게 협력을 요청하기에 이르렀어. 그 결과, 끊임없이 수사 의뢰가 들어오게 됐지."

"명탐정 아오이 츠키요의 탄생이군."

츠키요는 만족스럽게 고개를 끄덕였다.

"나는 이 세상의 그 누구보다 절실하게 '명탐정'을 원해 온 사람이야. 픽션이든 현실이든 상관없이 잔혹하고 환상적인 사건과 그에 도전하는 명탐정을 동경해 왔지. 그렇기에……."

츠키요가 고통을 견디듯 얼굴을 찡그렸다.

"나는 토모에 씨가 살해당한 현장을 보고 실망했어. ……진심으로 실망했어."

목구멍에서 짜내듯이 말한 후 츠키요는 힘없이 고개를 떨구었다.

이상이 너무나도 높은 까닭에, 명탐정으로서 마도카를 구하지 못한 자신을 용서할 수 없었다는 뜻일까. 그런 생각을 하며 유마는 열심히 궁리했다.

나 혼자 힘으로는 이 저택에서 발생한 밀실 살인 사건의 진상을 밝혀낼 수 없다. 오이타와 마도카를 살해한 범인을 찾아내 코즈시마를 살해한 죄까지 덮어씌우려면 역시 츠키요의 협력이 꼭 필요하다. 그렇다면 츠키요에게 자신감을 되찾아 줘서 다시 사건 해결에 매진하도록 하는 게 지금으로서는 최선의 방법이다.

어떻게 하면 될까. 무슨 수를 쓰면 츠키요가 다시 명탐정으로서 이 사건에 도전할까. 고민하면서 유마는 천천히 입을 열었다.

"명탐정이 언제까지고 우울해하고 있어서 되겠어?"

츠키요는 "응?" 하고 고개를 들었다.

"토모에 씨를 구하지 못한 탓에 명탐정의 정체성을 지탱하는 발판이 흔들렸다는 건 알겠어. 하지만 여기서 좌절하고 사건에서 손을 떼면, 명탐정에서 더욱 멀어지는 꼴이 되지 않을까."

흥미를 느꼈는지 츠키요가 몸을 앞으로 내밀었다.

"분명 명탐정은 모순을 내포한 존재일지도 몰라. 사건을 미연에 방지하지 못해 피해가 커질 때도 많지. 하지만 명탐정에게는 더 큰 특징이 있어."

유마는 말을 끊고 츠키요와 눈을 마주쳤다.

"결코 포기하지 않는다는 거야."

츠키요가 몸을 부르르 떨었다.

"내가 아는 명탐정들은 어떤 고난이 닥쳐도 절대로 수사를 포기하지 않고 범인과 대결을 벌인 끝에 사건의 진상을 밝혀냈어."

좋은 반응이 느껴져서 유마는 더욱 열의 있는 목소리로 말을 이었다.

"토모에 씨가 희생되기 전에 범행을 막는 게 이상적이었겠지. 하지만 이미 사건은 일어났어. 아무리 후회한들 죽은 사람이 살아나지는 않아. 아무리 괴로워도 지금 네가 해야 할 일은 포기하지 않고 수사를 진행해 이 저택에서 무슨 일이 일어났는지 백일하에 드러내고, 범인의 정체를 밝혀 응당한 대가를 치르게 하는 것 아닐까. 명탐정을 자처하는 만큼 네게는 그럴 의무가 있어. 그 의무를 거부한다면 넌 더 이상 명탐정이 아니야. 모든 것을 바쳐 추구해 온 가치를 스스로 버리는 셈이라고."

유마는 소파에서 몸을 일으켜 츠키요의 눈을 똑바로 들여다보았다.

"그러니 고개 숙이지 말고, 네가 지금 해야 할 일을 하자. 진정한 모습을 되찾는 거야."

"내가 해야 할 일……. 내 진정한 모습……."

마도카가 살해당한 현장을 목격한 후로 어둡고 탁해졌던 츠키요의 눈동자에 강한 의지의 불이 타올랐다.

다음 순간 츠키요는 힘차게 일어섰다.

"고마워, 이치조 군. 너무 충격을 받아서 내가 어떻게 됐나 봐. 네 말대로 난 어떤 상황에서든 온 힘을 다해 내 역할을 수행해야 해."

츠키요가 손을 내밀었다. 유마는 그 손을 힘껏 잡았다.

"넌 최고의 왓슨이야. 자, 그럼 다시 시작해 볼까. 아참, 커피 좀 내려 줄래? 카페인을 보급해서 회색 뇌세포를 재가동하고 싶어."

"네네, 알겠습니다, 명탐정님."

커피 정도로 의욕을 되찾는다면 얼마든지 내려 줄 수 있다. 게다가 유마 자신도 쌉쌀한 커피로 잠이 부족해 무거운 머리에 낀 안개를 걷어 내고 싶었다. 유마는 방을 가로질러 포트가 있는 간이 주방으로 가서 컵 두 개에 종이 필터를 얹고 비치된 커피 분말을 넣었다.

"카페인 보급이 목적이니까 조금 진한 편이 좋으려나."

포트를 휘휘 돌리며 커피 분말에 뜨거운 물을 부었다. 김과 함께 풍부한 향기가 콧구멍을 자극했다. 그때 츠키요가 느닷없이 "누구야?" 하고 소리쳤다. 유마는 포트를 든 채 돌아보았다.

"왜 그래?"

"방금 문에서 소리가 났어. 누가 밖에 있어!"

재빨리 출입구로 달려간 츠키요는 자물쇠를 풀고 문을 열더니 나선계단을 위아래로 살펴보았다.

"역시 발소리가 들려."

"정말이야?"

유마는 황급히 달려가 츠키요와 함께 문밖을 내다보았다. 시야에 들어오는 범위에는 아무도 없었다.

"더는 들리지 않지만 틀림없어. 누군가 문밖에서 우리 이야기를 엿듣고 있다가 내게 들켜서 달아난 거야."

"엿듣다니 대체 누가?"

"모르겠어. 하지만 사건과 관련됐을 가능성이 높겠지. 이치조 군은 위쪽을 살펴봐. 나는 아래쪽을 살펴볼게."

말을 마치자마자 츠키요는 방을 나서서 나선계단을 두 단씩 뛰어 내려갔다. 그 모습은 바로 유리 벽에 가려져 시야에서 사라졌다.

"무작정 살펴보라니, 원."

상황을 제대로 파악하지 못한 채 유마는 지시받은 대로 계단을 잽싸게 올라갔다. 사방이 유리로 된 공간에 발소리가 울렸다. 그것이 자기 발소리인지 츠키요의 발소리인지, 아니면 밖에서 이야기를 엿들었다는 인물의 발소리인지 유마로서는 판단이 되지 않았다.

정말로 누가 있었던 걸까. 츠키요의 착각 아닐까. 뇌리를 스친 그런 의문을 유마는 머리를 흔들어서 떨쳐 냈다.

츠키요는 명탐정으로서 수사에 필요한 다양한 특기를 익혔다. 그런 츠키요가 단언했으니 착각일 가능성은 낮으리라.

그럼 우리 대화를 엿들은 건 누구지? 발걸음이 느려졌다.

츠키요가 명탐정이라는 건 저택에 있는 사람 모두가 아는 사실이다. 츠키요가 사건의 핵심에 얼마나 다가왔는지 누구보다도 궁금해할 인물. 그건 틀림없이…….

"오이타와 마도카를 죽인 범인……."

그렇다면 정신이 산만한 상태로 쫓아서는 안 된다. 상대는 두 명이나 참혹하게 살해한 살인범일지도 모른다. 방심하지 말고 신중하게 나아가야 한다.

유마는 심호흡을 몇 번 한 후, 온몸에 긴장을 늦추지 않고 계단을 올라갔다.

돌아간다는 선택지는 없었다. 상대를 따라잡으면, 누가 범인인지 알 수 있을지도 모르니까.

'삼', '이', '일'이라고 새겨진 문 앞을 지나쳤다. 하지만 아무도 보이지 않았다. 위로 더 올라가 전망실의 계단실에 다다르자 유마는 사번 열쇠로 자물쇠를 풀고 땀이 밴 손으로 문손잡이를 잡았다. 묵직하게 삐걱거리는 소리를 내면서 문이 열렸다.

전망실로 들어간 유마는 추워서 어깨를 감싸 안으며 재빨리 주위를 둘러보았다. 눈에 들어오는 범위에는 아무도 없었지만, 코즈시마 컬렉션으로 가득한 전망실에는 시야에서 가려진 사각이 많다. 어딘가 몸을 숨기고 있을지도 모른다. 유마는 경계심을 유지한 채 신중하게 전망실을 살펴보았다.

"……아무도 없네."

몇 분간 전망실을 수색한 후 유마는 혼잣말을 내뱉었다. 전망실을 샅샅이 뒤졌지만 아무도 찾을 수 없었다. 츠키요의 착각이었나. 아니면 엿듣던 인물이 아래로 달아난 걸까. 어쨌거나 돌아가서 츠키요와 합류하자.

유마는 계단실로 돌아갔다. 유리 벽에 반사되는 자기 발소리를 들으며 계단을 내려가서 사호실 앞을 지나쳤을 때, 문득 기시감을 느꼈다. 첫째 날 밤, 코즈시마가 시체로 발견돼 소란이 벌어진 후 자기 방으로 돌아갈 때 누군가 뒤를 밟는 듯한 착각에 휩싸였던 기억이 머리를 스쳤다.

왜 지금, 그때 일이. 의문이 발을 붙들었다. 유마는 눈을 크게 떴다.

발소리가 들린다. 자기는 분명 걸음을 멈췄는데도 희미한 발소리가 고막을 간지럽힌다. 츠키요가 올라오는 걸까. 아니면…….

유마가 돌아보려 한 순간, 등을 살짝 떠밀렸다. 몸이 앞쪽으로 기울어지는 것이 슬로 모션처럼 느릿느릿하게 느껴졌다.

반사적으로 뻗은 손이 허공을 갈랐다. 시야가 회전한다. 그리고 강한 충격이 옆머리를 덮쳤다. 하얀 막이 의식을 뒤덮으려는 걸 이를 악물고 참으며 유마는 몸을 웅크리고 다음 충격에 대비했다.

어깨, 팔, 허리, 무릎, 엉덩이, 그리고 뒤통수 등 여기저기를 쿵쿵 찧으며 계단에서 굴러떨어진 유마는 유리 벽에 등을 세게 부딪히고 그 자리에 널브러졌다.

온몸을 휘감는 격한 통증 때문에 숨조차 쉴 수 없었다. 뇌진탕을 일으켰는지 시야가 잔뜩 일그러졌다.

누가 떠밀어서 이 가파른 나선계단에서 굴러떨어졌다. 그런데 대체 누가?

계단에도, 전망실에도 아무도 없다는 걸 확인했는데.

'이 저택은 좋지 않은 뭔가에 씌었어!'

유메요미의 목소리가 귓속에 되살아났다.

어쩌면 첫째 날 밤에 누가 따라온다고 느낀 것도 착각이 아니었던 걸까. 모습이 보이지 않는 악령이 저택을 배회하다 내 등을 떠민 걸까.

"……말도 안 되는 소리 하지 마." 가냘픈 목소리가 입에서 흘러나왔다.

난 발소리를 들었다. 영혼에 발이 있을 리 없다. 내 등을 떠민 건 인간이다. 모습이 보이지 않는 인간…….

문이 열려 있던 빈 지하 감옥이 뇌리를 스쳤다. 거기에 누군가 갇혀 있었던 걸까. 굶어 죽지 않고 감옥을 탈출한 그자가 지금도 저택에 숨어 있는 걸까.

의문으로 가득한 머릿속에 짙은 안개가 꼈다. 생각이 차츰차츰 희석되고 시야가 어두워졌다. 그때 다시 발소리가 들렸다.

나를 떠민 자가 끝장을 내려고 온 걸까.

도망쳐야 한다는 생각에 마음이 초조해졌지만, 뇌와 몸을 연결하는 신경이 끊어진 것처럼 손가락 하나 움직일 수 없었다. 발소리가 다가왔다.

이제 끝인가……. 절망과 체념이 마음을 어둡게 물들였을 때, 익숙한 목소리가 울려 퍼졌다.

"어떻게 된 거야, 이치조 군? 괜찮아? 정신 차려!"

당장이라도 울음을 터뜨릴 것 같은 츠키요의 얼굴이 흐릿한 시야에 크게 비치는 것과 동시에 유마의 의식은 어둠 속으로 떨어져 내렸다.

2

몹시 무거운 눈꺼풀을 들자 천장이 보였다. 이제는 익숙해진 사호실 천장. 자신이 침대에 누워 있다는 걸 알아차렸다.

"난……."

상체를 일으킨 순간, 둔기에 맞은 듯한 통증이 옆머리에 느껴졌다. 작게 신음하며 아픈 곳에 손을 대자 커다란 혹이 만져졌다.

"정신이 들었구나. 하지만 아직 움직이지 않는 게 좋겠어, 이치조 군."

바로 옆에서 목소리가 들렸다. 놀라서 고개를 돌린 유마는 다시 찾아온 통증에 인상을 찡그렸다.

"그것 봐, 움직이지 말라니까."

침대 곁에 있는 의자에 거꾸로 걸터앉은 츠키요가 등받이에 턱을 괴며 말했다.

"왜 내가 침대에……."

"기억 안 나? 뭐, 머리를 세게 찧은 모양이니 그럴 만도 하지. 넌 계단에서 굴러떨어져서 정신을 잃었어. 여기까지 옮기느라 얼마나 고생했는지 몰라. 축 늘어진 몸은 무겁거든. 휴게실에 있던 세 분도 합세해서 겨우 옮겼다고."

"그건……, 미안해. 고생을 시켰네."

"미안하기는. 파트너니까 서로 도와야지. 아까 우울해하던 나를 격려해 줬잖아. 이걸로 비긴 거야."

츠키요는 냉소적으로 미소 지었다. 명탐정으로서 자신감을 완전히 되찾은 것처럼 보였다.

"내가 얼마나 의식을 잃었지?"

"응? 십오 분쯤?"

츠키요는 손목시계를 들여다보았다. 유마는 안도의 한숨을 내쉬었다. 경찰이 오기까지, 즉 오이타와 마도카를 살해한 범인을 찾아낼 제한 시간이 하루하고 한나절도 남지 않았다. 오랫동안 의식을 잃었으면 귀중한 시간을 낭비했을 텐데, 다행이었다.

"그나저나 이치조 군, 조심해. 파트너가 발을 헛디디는 바람에 계단에서 굴러떨어져서 퇴장하는 건 오늘날 유머 미스터리에서도 좀처럼 볼 수 없는 촌극이야. 그만하길 천만다행이지. 이 저택의 계단은 경사가 급해서……."

"아니, 발을 헛디딘 게 아니야!"

"무슨 소리야?" 츠키요가 의아하다는 듯 되물었다.

"누군가 등을 떠밀어서 떨어졌어."

"누군가라니, 그게 누군데?"

"모르겠어. 눈치챘을 때는 이미 떠밀린 뒤라서."

츠키요는 의자 등받이에 턱을 괸 채 긴장된 표정을 지었다.

"그렇다면 이야기가 다른데. 정황상 엿듣고 있던 인물이 널 떠밀었을 가능성이 높아. ……이치조 군은 계단 위쪽을 살피러 갔지. 누구 못 봤어?"

"계단을 올라가서 전망실까지 샅샅이 뒤졌지만 아무도 없었어. 엿듣고 있던 자가 아래로 도망친 줄 알고 너랑 합류하려고 계단을 내려가다 뒤에서 습격당했지. 마치……, 갑자기 유령이 나타나서 습격한 것처럼."

"유령? 이상한 소리 하지 마. 요즘 본격 미스터리에서 특수 설정 미스터리가 유행하기는 하지만, 그럴 경우는 처음부터 특수 설정을 분명하게 드러내는 게 원칙이야. 사건이 일어나고 나서 느닷없이 특수 설정이 나오는 건 공정하지 못해. 정도가 아니라고. 내 가치관에 어긋나."

"네 가치관은 상관없어. 이건 소설이 아니라 현실이니까. 나라고 정말로 유령이나 악령에게 당했다고 생각하는 건 아니야. 다만 어쩌면 우리가 아직 모르는 인물이 저택에 숨어 있는 건 아닐까?"

"……빈 지하 감옥에 갇혀 있었던 인물 말이야?"

"그래. 우리는 거기에 아무도 갇혀 있지 않았을 거라고 생각했어. 하지만 혼자 자물쇠를 풀고 탈출해서 지하 창고의 식료품을 훔쳐 먹으며 생활한 인물이 있었던 것 아닐까?"

"시신이 백골로 변한 걸로 보건대, 지하 감옥은 폐기된 지 꽤 됐을 거야. 그동안 코즈시마 일당에게 들키지 않고 어둠 속에서 숨죽여 지냈다고?"

"어려운 일이지만 불가능하지는 않잖아? 평소는 이 거대한 저택에 세 명밖에 살지 않았어. 심야에 몰래 창고에 숨어들어 식료품을 훔치는 것 정도는 가능했겠지."

"그자는 왜 도망치지 않았는데? 하다못해 전화로 신고라도 하든가."

"여기는 산속이야. 걸어서 달아나기는 힘들겠다고 판단한 것 아닐까. 그리고 이 지방의 명사인 코즈시마 씨라면 경찰을 간단히 쫓아 버릴 수 있을 테니, 신고해 봤자 자신이 살아 있다는 사실만 들통나서 위험할 거라고 생각했겠지."

츠키요는 이마에 손을 대고 "으음." 하고 고민했다.

"너무 억지 아닌가. 네 가설이 옳다면 그자는 1년이나 그 지하 감옥에서 생활한 셈이야. 다른 피해자들의 시신이 썩어 가는 광경을 보면서 말이지. 제정신으로는 못 버틸걸."

"제정신이 아니니까 이런 얼토당토않은 범죄를 저질렀는지도 모르지."

만약 오이타와 마도카를 살해한 범인이 정신이 나갔다면 운이 좋다. 죄를 덮어씌우기 쉬워진다. 유마는 "어떻게 생각해?" 하고 츠키요를 떠 보았다.

"어쩐지 궤변 같은 기분도 드네. 정말로 그런 자가 있다고 치고, 왜 하필 저택에 사람이 많이 모인 시점에 연쇄 살인을 시작했을까? 게다가 그자가 이치조 군을 덮칠 이유도 없잖아."

아니, 나를 덮친 이유에 대해서는 짚이는 구석이 있다. "그러게." 하고 건성으로 대답하며 유마는 속으로 중얼거렸다.

그자는 내가 코즈시마를 죽였다는 사실을 알고 있는 것 아닐까. 가장 원한 맺혔을 코즈시마라는 사냥감을 내게 빼앗겼다. 그래서

앙심을 품고 나를 죽이려고 계단에서 떠민 것 아닐까.

유마가 머릿속으로 추리하고 있자니 츠키요가 "흠." 하고 작게 말했다.

"지하 감옥에서 탈출한 자인지 아닌지는 모르겠지만, 우리가 아직 모르는 인물이 저택 어딘가에 숨어 있고, 그자가 이치조 군을 떠밀었을 가능성은 고려해야겠지. 우리 이야기를 훔쳐 들은 신출귀몰한 인물일까. 드디어 정보가 모였군."

"이제 어디를 조사하면 되지? 어떻게 하면 사건의 진상을 밝혀낼 수 있어?"

침대에서 나오려 하자 온몸이 삐걱거리는 것처럼 아파서 유마는 끙끙 앓았다.

"서두르지 마, 이치조 군. 일단 누워 있어."

츠키요는 두 어깨에 손을 대고 유마를 눕히려 했다. 부드러운 말투였지만 항의를 용납지 않는 엄격함이 느껴졌다.

"하지만 시간이 없다고."

유마가 얌전히 침대에 눕자 츠키요는 눈을 깜박깜박했다.

"시간이 없다고? 왜?"

경찰이 오기 전에 코즈시마를 살해한 죄를 남에게 떠넘겨야 하니까. 그런 소리를 할 수는 없으므로 유마는 변명을 생각했다.

"카가미 씨의 태도로 보건대 네 명성이 나가노 현경에는 충분히 알려지지 않은 것 같아서. 경찰이 오면 방해꾼 취급을 당해서 마음대로 조사할 수 없지 않으려나. 하지만 내가 보기에는 너 없이 이번 사건을 해결할 수 있을 것 같지 않아. 느지막한 수사 때문에 범인에게 도주할 여유를 주지 않기 위해서라도 경찰이 오기 전에 진상을 알아내는 편이 좋겠지."

"과연, 일리가 있어. 더구나 네가 습격당한 시점에 범인이 복수를 마쳐서 더는 범행을 저지르지 않을 거라는 전제도 무너졌지. 확실히 빨리 진상을 규명해야 해. 그럼 당장 시작하자."

"어디로 갈 건데?"

다시 몸을 일으키려 하자 츠키요가 유마의 가슴을 살짝 밀었다. 30도쯤 올라갔던 몸이 침대로 내려갔다. 그 정도만으로도 온몸 구석구석이 아파서 유마는 작게 비명을 질렀다.

"그런 몸으로 어딜 가려고? 넌 당분간 방에서 쉬어."

"무슨 소리야! 너 혼자 저택을 돌아다니다니, 너무 위험해."

"착각하지 마. 나도 여기 있을 거야."

유마는 "엉?" 하고 얼빠진 목소리를 내뱉었다.

"하지만 지금 수사를 시작하겠다고……."

"이치조 군, 난 명탐정이야. 신발 밑창이 닳도록 발로 뛰어서 정보를 모을 줄밖에 모르는 형사들과는 다르지."

츠키요는 집게손가락을 세워 메트로놈처럼 좌우로 흔들었다.

"우리는 요 사흘간 다양한 정보를 입수했어. 그 정보를 하나하나 분석하고, 유기적으로 조합해서 합리적인 가설을 도출한다. 그게 바로 명탐정의 추리야."

"여기서 지금까지 모은 정보를 바탕으로 추리를 펼치겠다는 거야?"

유마의 질문에 츠키요는 "댓츠 라이트." 하고 기분 좋게 말했다.

"게다가 다친 사람을 혼자 내버려 둘 수도 없잖아. 어쩌면 범인이 널 끝장내러 올지도 몰라."

"겁주지 마."

유마는 가볍게 소리 내어 웃었다. 겨우 그 정도로도 옆구리가 욱신욱신 쑤셨다.

"괜히 겁주는 거 아니야. 왜 네가 계단에서 떠밀렸는지 모르는 이상, 경계를 소홀히 할 수는 없지. 그러니 넌 안심하고 쉬어. 내가 단단히 지킬 테니까. 뭐 필요한 건 없어? 밥을 먹고 싶다든가, 물을 마시고 싶다든가. 수사하다 다친 파트너를 돌봐 줄 만큼은 책임감이 있으니까 사양하지 말고 말해. 진통제라도 갖다 줄까? 어떤 상황에 휘말릴지 몰라서 웬만한 약은 다 가지고 다니거든."

츠키요는 양복 가슴께를 주먹으로 두드렸다.

"약이라면 나한테도 있으니까 괜찮아. 내가 코즈시마 씨의 주치의라는 거 잊어버렸어?"

"아니, 아니, 분명 너한테 없는 약도 있을걸. 예를 들면 발기부전을 치료하는……."

"왜 그런 약을 가지고 다니는 건데?"

반사적으로 목소리를 높여 핀잔을 준 후, 유마는 가슴이 아파서 끙끙거렸다.

"말했잖아, 어떤 상황에 휘말릴지 몰라서 그런다고. 아무튼 필요한 약 있어?"

"그럼 물이나 한 잔 줘. 목말라."

"알았어."

츠키요는 간이 주방으로 가서 생수를 컵에 따라 왔다.

"몸 일으킬 수 있겠어? 천천히 마셔."

츠키요는 유마를 부축해 몸을 일으키고 컵을 건넸다. 유마는 물을 단숨에 들이켰다. 피로와 긴장으로 메말랐던 몸에 차가운 물이 스며들었다.

다시 눕자 츠키요가 유마의 이마에 손을 얹었다. 차가운 손바닥의 감촉이 기분 좋았다. 유마는 조용히 눈을 감았다. 요 사흘간 쇠사슬처럼 몸에 감겨 있던 긴장이 어느 틈엔가 사라졌다.

기분 좋은 수마가 덮쳐 오자 유마는 저항하지 않고 몸을 맡겼다.

"잘 자, 이치조 군. 좋은 꿈 꿔."

츠키요의 부드러운 목소리가 몹시 멀리서 들리는 것 같았다.

3

어렴풋이 물소리가 들렸다.

……시냇물? 유마는 눈을 거슴츠레하게 뜨고 몸을 일으켰다. 그와 동시에 등과 허리에 심한 통증이 밀려와 저도 모르게 앓는 소리가 입에서 새어 나왔다.

아참, 계단에서 굴러떨어진 후에 잠들었었지.

통증 때문에 잠이 싹 달아나자 유마는 주변을 둘러보았다. 차광 커튼이 쳐진 방에 희미한 간접 조명이 켜져 있었다. 분명 편히 자도록 츠키요가 배려해 준 것이리라.

"얼마나 잔 거야……."

입속이 건조해서 목소리가 갈라졌다. 유마는 손을 뻗어 침대 옆의 커튼을 걷었다. 거대한 유리창 밖에는 칠흑 같은 어둠이 펼쳐져 있었다.

"……어?"

사고가 정지됐다. 유마는 허둥지둥 손목시계를 확인했다. 시곗바늘이 9시가 지난 시각을 가리켰다.

9시? 밖이 어두우니까 오후 9시?

유마는 침대에서 펄쩍 뛰어내렸다. 온몸이 아팠지만 상관할 바 아니었다.

설마 한나절 가까이나 잤단 말인가. 경찰이 올 때까지 남은 귀중한 시간을 허비했단 말인가. 초조한 나머지 온몸의 땀샘에서 진땀이 솟았다.

"아오이 씨!"

왜 깨워주지 않았느냐고 불평하기 위해 유마는 명탐정을 찾았다. 하지만 어디에도 없었다. 가슴속에서 심장이 크게 요동쳤다.

설마 깊이 잠든 나를 놔두고 츠키요 혼자 수사하러 나선 건 아닐까. 그러다 범인에게 습격당해…….

유마는 신발을 신고 츠키요를 찾기 위해 출입구로 향했다. 자물쇠를 풀고 문손잡이를 잡았을 때, 물소리가 들린다는 걸 깨달았다.

그러고 보니 이 소리를 듣고 잠에서 깼다. 대체 어디서 들리는 소리지.

귀를 쫑긋 세우고 소리가 나는 곳을 찾던 유마는 세면실 앞으로 이동했다. 문에 귀를 대자 틀림없이 안에서 물소리가 들렸다. 누군가 샤워를 하고 있다?

유마는 숨을 크게 들이마신 후 "아오이 씨!" 하고 소리를 질렀다. 바로 물소리가 멈췄다.

"아아, 이치조 군. 일어났어?"

문 너머로 츠키요의 목소리가 들려서 유마는 다리가 풀릴 만큼 안도했다.

"세면실에서 뭐 하는 거야?"

"뭐 하느냐니, 샤워 중인데. 어젯밤에 추리에 몰두하느라 목욕하는 것도 잊어버려서 몸이 끈적끈적하더라고. 그리고 네가 잠든 사이에 머리를 너무 써서 피곤하길래 기분 전환 삼아 뜨거운 물로 샤워 좀 했어. 아참, 엿보지 마. 소중한 우정을 그런 일로 망치기는 싫으니까."

태평한 대답에 유마는 짜증을 담아 대꾸했다.

"날 뭐로 보고!"

"이치조 군은 신사구나. 좋은 파트너를 둬서 행복하네. 금방 나갈 테니 조금만 기다려."

다시 물소리가 들렸다. 유마는 크게 한숨을 쉬고 문에서 떨어졌다.

소파에 앉아 몇 분 기다리자 세면실 문이 열리고 와이셔츠에 바지 차림의 츠키요가 짧은 머리를 수건으로 닦으며 나왔다. 목욕을 마친 명탐정이 풍기는 섹시한 분위기에 유마는 살짝 동요했다.

"이야, 많이 기다렸지. 아, 개운하다."

츠키요는 화장대로 다가갔다. 화장대에는 개킨 양복 윗도리와 군청색 넥타이가 놓여 있었다.

“옷도 새것이야?”

“당연하지. 때가 묻은 옷을 계속 입고 있으면 기분이 찝찝하잖아. 오호실에 가서 갈아입고 왔어.”

“하지만 똑같은 옷인데.”

“이건 내 유니폼이니까. 명탐정을 동경해서 학창시절부터 쭉 남장으로 지내 왔어. 그래서 여자 후배에게 인기가 많았지. 매일같이 고백 편지를 받았다니까. 부러워, 이치조 군?”

“그럼 자기 방에서 옷을 갈아입고 나서 내 방에 샤워를 하러 왔다는 거야? 그냥 오호실에서 샤워를 했으면 되잖아.”

유마가 어처구니없어 하며 말하자 츠키요의 표정이 험악해졌다.

“이래 보여도 난 여자야. 남자보다 씻는 데 시간이 걸린다고. 이런저런 관리가 필요하니까.”

머리가 짧긴 하지만 드라이기도 사용하지 않으면서 관리는 무슨. 유마는 입술을 삐죽거렸다.

“그럼 더더욱 자기 방에서 느긋하게 씻으면 되지.”

“그동안 네가 살해당하면 어쩌라고?”

말문이 막힌 유마 앞에서 츠키요가 말을 이었다.

“오호실에 가서 옷만 갈아입는 거면 이삼 분 안에 돌아올 수 있어. 아무리 그래도 그렇게 짧은 시간에 네가 살해당할 리는 없으니까. 하지만 씻는 것까지 포함하면 삼십 분은 걸리겠지. 그동안 잠든 너를 혼자 내버려 두라고?”

“문을 잠가 두면…….”

“토모에 씨의 시신은 문이 잠긴 밀실에서 발견됐어. 문을 잠근들 안전하다는 보장은 없지. 잊어버렸어? 넌 계단에서 떠밀렸다고.”

“그걸 어떻게 잊어버리겠어?”

“그럼 이 방에서 샤워를 한다는 선택이 타당하다는 걸 이해했겠지?”

“그래, 이해했어. 다만…….” 유마의 눈빛이 날카로워졌다. “왜 이렇게 늦게까지 깨워 주지 않은 거야. 벌써 밤이잖아.”

“왜냐니? 몇 시에 깨워 달라는 소리는 못 들었는데.”

“그렇더라도 상식으로 판단할 수 있잖아. 두세 시간 정도 지나면 깨워야지.”

“명탐정에게 상식을 요구하다니, 그거야말로 몰상식하지 않나? 그리고 네가 코까지 골면서 너무 기분 좋게 잠들어서 깨우기가 미안했어. 잠든 얼굴이 참 귀엽더라, 이치조 군.”

뚱딴지같은 대답에 유마는 머리를 끌어안았다.

“이렇게 절박한 상황에, 한나절 가까이 시간을 허비하다니…….”

“허비?” 츠키요가 어깨를 으쓱했다. “무슨 소리야. 더할 나위 없이 의의 있는 시간이었는데.”

“……그거야말로 무슨 소리야?”

유마가 고개를 들자 츠키요는 씩 웃었다.

“말했잖아, 네가 잠든 사이에 지금까지 얻은 정보를 바탕으로 추리를 진행했다고. 네가 꿈속을 헤매는 동안, 내 회색 뇌세포는 쉬지 않고 이 《유리관의 살인》의 수수께끼에 계속 도전했어.”

“혹시 범인을 알아냈어?”

유마가 소파에서 엉거주춤 일어서자 츠키요는 장난스럽게 미소 지었다.

"글쎄."

"뜸 들이지 말고. 사람 놀릴 때가 아니잖아."

"보채기는. 놀리는 거 아니야. 꽤 확신 있는 가설은 이미 내 정신의 미궁 속에 담겨 있어."

"어떤 가설인데? 대체 누가 어떻게 그 밀실에서 사람을 죽인 거야?"

"진정해. 가설은 어디까지나 검증되지 않은 견해에 불과해. 아무리 파트너라도 그렇게 어중간한 이야기를 들려줄 수는 없지. 확실한 증거를 얻은 후에 선보일 거야."

"그럼 어떻게 하면 확실한 증거를 얻을 수 있는데?"

"물론 현장 검증을 해야지."

츠키요는 화장대에 놓여 있던 넥타이를 집어 익숙한 손놀림으로 목에 맨 후, 기운차게 양복 윗도리를 걸쳤다.

"이치조 군, 다친 건 좀 어때? 움직일 수 있겠어?"

"응? 뭐, 아프지만 푹 쉰 덕분에 무리하지 않으면 문제없을 것 같아."

"너는 쉬면서 몸을 추슬렀고, 난 추리를 진행했어. 즉, 요 한나절은 참으로 의의 있는 시간이었다는 뜻이지. 자, 그럼 왓슨 군, 마지막 현장 검증을 하러 가 볼까."

남성용 양복 차림으로 돌아온 츠키요는 가슴을 펴고 소리 높여 말했다.

"어디 가려고?"

"따라오면 알아. 아참, 이치조 군, 청진기 있어?"

"청진기? 있는데, 왜?"

"그럼 가져와. 나중에 필요하니까."

"청진기가 필요하다고?"

유마는 미간을 찌푸리며 되물었지만 츠키요가 "묻지만 말고 빨리." 하고 재촉하는 바람에 어쩔 수 없이 진찰 가방에서 애용하는 청진기를 꺼냈다.

"이걸로 만반의 준비가 끝났군."

츠키요는 아무 설명도 없이 출입구로 향했다. 유마는 다급히 "잠깐만." 하고 불렀다.

"뭐야, 갑자기 왜 딴지를 걸어?" 츠키요는 문손잡이를 잡으며 입술을 삐죽 내밀었다.

"세면실 좀 다녀올게."

"세면실? 내가 금방 샤워한 세면실에 다녀오고 싶다고? 특이한 성적 취향이라도 있는 거야?"

"날 이상한 사람 만들지 마! 화장실 좀 쓰려는 것뿐이야."

"농담이야. 뭘 그렇게 화를 내냐. 자, 얼른 볼일 보고 와."

츠키요는 손을 팔랑팔랑 흔들었다. 유마는 인상을 찌푸리며 세면실로 들어가 문을 잠갔다.

유마는 양변기 앞에 서서 소변을 보고 바지 지퍼를 잠근 후, 소리가 나지 않도록 조심스럽게 저수조 덮개를 열었다. 안에 담긴 물에 갈색 알약 케이스가 둥실둥실 떠 있었다. 알약 케이스를 꺼낸 유마는, 물을 내리고 재킷 호주머니에 알약 케이스를 넣었다.

츠키요는 명탐정으로 완전히 부활했다. 앞으로 츠키요가 언제 진범을 지적할지 모른다. 그때 즉시 알약 케이스를 떠넘기기 위해서라도 가지고 다니는 편이 낫다.

"야, 이치조 군. 아직 멀었어? 혹시 큰 거야?"

"지금 나가!"

유마는 폐 속에 고인 공기를 내뱉은 후 세면실을 뒤로했다.

사호실을 나서서 문을 잠근 후 두 사람은 계단을 내려갔다. 1층에 도착하자 츠키요는 주저 없이 휴게실로 향했다. 문을 열고 안으로 들어가자 소파에 앉아 있던 쿠루마와 사쿄가 고개를 휙 돌려 경계심으로 가득한 시선을 던졌다.

"아아, 뭐야. 자네들인가." 쿠루마가 안도의 한숨을 내쉬었다. "이치조 선생, 다친 데는 괜찮은가. 꽤 심하게 구른 것 같던데."

"걱정을 끼쳤네요. 아직 아프기는 하지만 크게 다치지는 않았습니다."

"그거 다행일세."

츠키요는 고개를 끄덕이는 쿠루마에게 다가가 소파에 드러누운 사카이즈미를 내려다보았다. 그의 주변에는 와인병이 여러 개 놓여 있었다.

"사카이즈미 씨는 좀 어떤가요?"

츠키요는 사카이즈미를 살며시 흔들었다. 사카이즈미는 뭐라고 하는지 모를 소리를 흘리며 츠키요의 손을 떨쳐 냈다.

"보시다시피요." 사쿄가 사카이즈미를 내려다보았다. "토모에 씨가 죽어서 충격이 심했나 봐요. 한바탕 울더니 와인으로 병나발을 불다가 지금은 이런 꼴입니다."

"그런데 어쩐 일인가? 방에서 나와서 우리와 함께 밤을 지샐 생각이라면 환영일세."

무거운 분위기를 바꾸려는지 쿠루마는 몹시 쾌활하게 두 팔을 벌렸다.

"그렇지. 포커 테이블이 있으니 다 함께 한 판 하면서 트럼프에 관련된 미스터리에 대해 이야기하는 건 어떨까. 일단 아유카와 데쓰야의 《리라장 사건》이 떠오르는군. 그리고 노리즈키 린타로의 《킹을 찾아라》도 빼놓을 수 없지. 그밖에 《열한 장의 트럼프11枚のとらんぷ》와 《트럼프 살인 사건》도……."

"아주 매력적인 제안이라 아쉽습니다만, 정말이지 아쉬워서 눈물이 날 지경입니다만, 중요한 용건이 있으니 사양하겠습니다."

어지간히 쿠루마와 트럼프 미스터리에 대해 이야기를 나누고 싶었는지, 츠키요는 침통하게 말했다.

"중요한 용건?"

"네, 금고 열쇠를 건네주셨으면 해요."

쿠루마의 눈이 동그래졌다.

"왜 금고 열쇠를?"

"마스터키가 필요해서요."

쿠루마의 질문에 츠키요는 재깍 대답했다.

"하지만 카가미 형사가 다이얼 자물쇠를 돌렸잖나. 나랑 이치조 선생이 가지고 있는 열쇠만으로는 금고를 못 열어."

"그거라면 괜찮습니다. 저는 명탐정으로 활동하기 위해 금고 따기 기술을 익혔거든요."

금고 따기는 탐정이 아니라 강도에게 필요한 기술이다. 유마는 속으로 핀잔을 주었다.

"아니, 그건……. 애당초 왜 마스터키가 필요한가?"

"현장 검증 때문에요. 이번 사건의 진상을 밝혀내서 저희의 안전을 확보하기 위해서라도, 희생된 세 분의 시신과 사건 현장을 꼼꼼히 조사할 필요가 있습니다."

"안 돼, 안 돼, 절대로 안 됩니다!" 사쿄가 벌떡 일어섰다.

"어째서요?" 츠키요는 고개를 갸웃했다.

"당연하잖습니까. 모두가 안전하게 지내기 위해 마스터키를 금고에 넣은 겁니다. 그걸 꺼내면 적어도 방에 있는 사람들의 안전은 확보할 수가 없어요."

"제가 마스터키를 꺼냈으니, 오늘 밤 누군가 방에서 살해당하면 제가 의심받겠죠. 설령 제가 범인이더라도 그런 상황에서 범행을 저지를 리 없어요."

"그야 모를 일이죠. 저희를 싹 다 죽일 작정일 수도 있으니까요."

"그렇다면 굳이 부탁할 것 없이 죽인 다음에 열쇠를 빼앗겠죠."

츠키요의 섬뜩한 말에 사쿄의 입술이 일그러졌다.

"어쨌거나 저는 반대입니다. 사건의 진상을 밝혀내 안전을 확보한다고 말씀하셨는데, 그럴 필요 없잖아요. 내일이면 경찰이 와서 저희를 구해 줄 테니까."

"그때까지 범인이 얌전히 있을까요?"

"지하 감옥에서 숨진 인체 실험 희생자의 원한을 갚는 게 이번 연쇄 살인의 동기였잖습니까. 그렇다면 더는 살인이 일어나지 않겠죠. 실험에 관여한 세 사람은 이미 죽었으니까."

"안타깝게도 그렇다고 단정할 수는 없어요. 또 살인이 일어날지도 모릅니다."

츠키요의 불길한 예언에 사쿄는 "네……?" 하며 뻣뻣하게 굳어버렸다.

"이치조 군이 실수로 발을 헛디뎌 계단에서 굴러떨어졌다고 생각하시죠? 저도 처음에는 그런 줄 알았어요. 하지만 실은 누군가 등을 떠민 거예요."

사쿄가 눈을 부릅떴다. 쿠루마가 "정말인가?" 하고 몸을 내밀었다.

"네……, 정말입니다."

유마가 우물쭈물 고개를 끄덕이자 사쿄는 "그럴 수가……." 하고 절망에 찬 소리를 내지르고 양손에 얼굴을 묻었다.

"운 좋게도 이치조 군은 크게 다치지 않았어요. 하지만 어딘가 잘못 부딪혔으면 죽었어도 이상할 것 없죠. 즉, 살아남은 사람들을 해치려는 존재가 저택에 아직 숨어 있다는 뜻입니다. 그자의 정체를 밝혀내지 않는 한 저희의 안전은 보장할 수 없어요."

츠키요는 말을 끊고 숨을 크게 들이마셨다.

"그렇기에 명탐정인 제가 사건을 해결할 필요가 있어요. 제발 열쇠를 주세요."

"하지만……, 그건……."

허둥대는 사쿄를 본체만체 자리에서 일어선 쿠루마가 전통 의상

품속에 손을 넣어 열쇠고리를 꺼내더니 작은 열쇠를 떼어 냈다.

"감사합니다, 쿠루마 선생님."

츠키요는 쿠루마가 내민 금고 열쇠를 잡았다. 하지만 쿠루마는 열쇠를 놓지 않았다.

"아오이 씨, 자네 말도 일리가 있어. 다만 자네들이 범인이 아니라는 증거가 아직 없군."

"아까 설명드렸다시피 저희가 범인이라면……."

"우리를 죽이고 열쇠를 빼앗을 거라고 했지. 하지만 자네들의 목적이 몰살이 아니라면 이야기는 달라져."

"무슨 말씀이시죠?"

이런 유의 논쟁이 재미있는지 츠키요는 밝게 물었다.

"자네들이 증거인멸을 노릴지도 모른다는 소리야. 세 사람을 죽여서 복수는 이미 끝났지만, 사건 현장에 중대한 증거가 남았다는 걸 이제야 깨달았다. 하지만 현장 중 일호실과 육호실은 문이 잠겨 있어서 들어갈 수 없다. 그러므로 경찰이 오기 전에 어떻게든 현장에 들어가서 증거를 없애려고 한다."

"오오, 멋진 가설입니다. 과연 쿠루마 선생님다우세요."

"입발림 소리는 됐네. 자, 이 가설을 부정할 수 있겠나?"

"아니요, 부정하기는 어렵겠네요. 하지만 정 의심스러우시다면 대처할 방법은 있습니다. 선생님이라면 분명 아시겠죠?"

츠키요의 도발적인 발언에 쿠루마는 떨떠름한 표정을 지었다.

"누군가 자네들의 수사에 동행해 증거를 인멸하지는 않는지 감시하면 되겠지."

"맞습니다. 그리고 현재로서 그러실 수 있는 건 분명 한 분뿐이겠죠."

카가미가 츠키요의 수사를 용납할 리 없다. 사카이즈미는 만취했고, 겁먹은 사쿄와 유메요미가 사건 현장에 동행할 것 같지는 않다. 그렇다면……. 유마는 늙은 작가의 옆얼굴을 바라보았다.

"나로군." 쿠루마는 한숨을 쉬며 금고 열쇠를 놓았다. "어쩔 수 없지, 같이 가겠네. 명탐정이 수사하는 모습을 지척에서 견학하는 건 귀중한 경험이기도 하니까."

"잠깐만요, 쿠루마 선생님. 저희는 어떻게 합니까?"

"여기서 기다리게. 다 큰 남자가 두 명이나 있는데 범인이 습격하지는 않겠지."

"하지만……, 사카이즈미 씨가 범인일 가능성도……." 사쿄는 만취한 사카이즈미를 가리켰다.

"걱정하지 마세요." 츠키요가 힘 있게 말했다. "두 명밖에 없는 상황에서 한 명이 살해당하면 살아남은 사람이 범인인 셈이니까요. 만약 사카이즈미 씨가 범인이더라도 그런 짓은 안 할 거예요. 물론 사쿄 씨가 범인이더라도 마찬가지니까 안심하고 사카이즈미 씨를 두고 갈 수 있겠네요."

"하, 하지만, 사카이즈미 씨는 이런 상태인걸요. 누가 습격이라도 하면 과연 저희끼리 물리칠 수 있을지……."

"그럴 때는 이 버튼을 누르게."

쿠루마가 바로 옆의 벽에 달린 화재경보기 버튼을 가리켰다.

"비상벨이 울리면 다들 여기 모일 거야. 그럼 아오이 씨, 가 볼까."

쿠루마는 당장이라도 울음을 터뜨릴 것 같은 표정의 사쿄를 놓아두고 출입구로 향했다. 츠키요는 "네, 모시겠습니다." 하고 보좌관처럼 대답했다.

세 사람은 휴게실을 뒤로하고 금고가 있는 지하 창고로 내려갔다. 츠키요는 꿇어앉아 열쇠 구멍에 유마와 쿠루마에게 받은 열쇠를 꽂고 양손으로 동시에 돌렸다. 자물쇠가 풀리는 금속음이 희미하게 들렸다.

츠키요가 금고 문손잡이를 잡고 아래로 내리려 했다. 하지만 문손잡이는 꿈쩍도 하지 않았다.

"다이얼 자물쇠가 꽉 잠겨 있네. 그럼, 이치조 군, 청진기 좀 빌려줘."

츠키요는 유마가 "그래, 알았어." 하며 내민 청진기를 귀에 끼우고, 청진판을 금고문에 댄 채 천천히 다이얼을 돌렸다.

몇 분 후, 유마가 "열릴 것 같아?" 하고 말을 걸자 츠키요는 입술 앞에 집게손가락을 세우며 노려보았다. 유마는 고개를 움츠리고 양손으로 입을 막았다. 츠키요가 다이얼을 드르드륵 돌리는 소리만 들리는 공간에서 유마와 쿠루마는 하릴없이 그저 기다렸다.

삼십 분쯤 지나 유마가 초조해지기 시작했을 무렵, 츠키요가 갑자기 청진판을 금고문에서 떼고 숨을 크게 내쉬었다.

"역시 안 될 것 같아?"

말을 걸자 츠키요는 입꼬리를 한쪽만 끌어올리며 문손잡이를 움켜잡았다. 아까는 꿈쩍도 하지 않았던 문손잡이가 아래로 쑥 내려가고 금고문이 열렸다.

"명탐정을 얕보면 못 써, 이치조 군."

'영'이라고 새겨진 열쇠를 얼굴 옆에 쳐들며 츠키요는 의기양양하게 윙크했다.

4

"으아, 엄청 춥잖아?"

십호실 문을 연 순간, 문틈으로 불어 나온 냉기에 놀라 츠키요가 소리쳤다. 유마도 무심코 몸을 움츠렸다.

"아아, 시신이 썩지 않도록 카가미 씨가 창문을 활짝 열어 놨네. 아니면 어제 화재경보기가 울렸을 때 열린 건가."

양복 옷깃을 세워서 여미며 방으로 들어간 츠키요가 말한 대로, 십호실의 통유리창은 전부 윗부분이 45도쯤 밖으로 열려 있었다. 실내 온도가 영하로 떨어졌는지 입김이 하얗게 얼어붙었다.

"이래서야 너무 오래는 못 있겠군."

쿠루마가 자기 어깨를 감싸 안으며 말했다.

"걱정하지 마세요. 확인하고 싶은 사항이 그렇게 많지는 않으니까요."

츠키요는 오이타의 시신을 눕혀 놓은 침대로 망설임 없이 다가갔다.

"이치조 군, 이쪽으로 와. 의사로서 의견을 들려줘."

츠키요의 손짓에 유마는 몸을 떨며 침대 곁으로 다가가 오이타의 시신을 내려다보았다. 검붉은 피로 물든 셔츠에는 칼로 찔렸다고 추정되는 구멍이 여러 개 뚫려 있었다. 시신에서 흘러나온 피가 스며들어 침대 시트에 큰 얼룩이 생겼다.

의사로서 유마는 습관처럼 오이타의 목을 만졌다. 당연히 경동맥에서 맥박은 느껴지지 않았다. 차가운 고무 같은 감촉. 생명의 등불이 꺼진 육체의 특징적인 감촉이 손끝에 전해졌다.

“아, 이대로는 관찰하기 힘들겠네.”

츠키요는 주저하는 기색 하나 없이 피로 물든 오이타의 셔츠를 걷어 올렸다.

“어어, 아무리 그래도 시신의 옷을 흐트러뜨리는 건…….”

“무슨 소릴 하는 거야, 이치조 군. 식당에서 여기로 옮긴 시점에 옷은 이미 흐트러졌으니 신경 쓸 것 없어. 애당초 경찰보다 내가 훨씬 사건을 해결할 능력이 높다고. 현장 보존은 염두에 두지 않아도 돼.”

츠키요는 그렇게 말하고 손에 묻은 피를 손수건으로 닦았다.

확실히 내일 저녁이 되기 전에 오이타와 마도카를 살해한 범인의 정체를 알아내야 한다. 경찰의 수사가 어찌 되든 알 바 아니다. 유마는 마음을 다잡고 오이타의 시신을 살펴보았다.

갈비뼈가 불거진 흉부 몇 군데에서 커다란 자상을 확인할 수 있었다.

“가슴의 이 상처가 치명상이겠지. 위치로 보건대 심장과 폐를 관통했을 거야. 분명 즉사였겠지.”

“이치조 군, 이건?” 츠키요가 오이타의 목을 가리켰다. “여기 뭔가 얼룩 같은 게 묻었는데."

"얼룩……?"

유마는 허리를 구부려 얼굴을 가까이 대고 츠키요가 가리킨 곳을 유심히 들여다보았다. 분명 얼룩 같은 검고 작은 점이 두 개 나란히 있었다. 손가락으로 문질러 보았지만, 점은 없어지지 않았다.

"얼룩이 아니야. 피부에 완전히 착색됐어. 흉터인가……."

"화상을 입은 흔적일 가능성은 없을까?"

"화상……. 그럴지도 모르지만, 어째서?"

츠키요는 집게손가락으로 점 두 개를 살짝 만졌다.

"약간 간격을 두고 나란히 생긴 두 개의 화상 자국. 본 적 있어. 전기 충격기를 사용한 흔적이야."

"전기 충격기?" 유마의 목소리가 커졌다.

"그래, 전기 충격기는 끝에 달린 전극 두 개를 상대에게 대고 전류를 흘려보내서 상대를 무력화하지. 옷 위로 사용하면 흔적이 남지 않을 때도 많지만, 피부에 직접 전극을 대면 화상을 입을 때가 많아. 딱 이런 식으로."

"전기 충격기를 사용해 오이타 씨를 저항할 수 없는 상태로 만든 후에 찔러 죽였다는 거야?"

"그렇게 보는 게 타당하겠지. 그러면 상대가 저항할 위험성을 최소한으로 줄일 수 있어. 체력이 없는 사람도 범행은 가능했을 거야."

"체력이 없는 사람이라……."

유마가 중얼거리자 추운 듯 양손을 비비며 쿠루마가 다가왔다.

"나 같은 늙은이도 범행이 가능했다는 뜻이로군."

"쿠루마 선생님뿐만이 아닙니다. 여자라도 가능하겠죠. 저나 유메요미 씨, 그리고 토모에 씨."

"토모에 씨?" 유마는 미간에 주름을 잡았다. "하지만 토모에 씨는 피해자……."

"오이타 씨가 살해당했을 때 토모에 씨는 아직 살아 있었어. 범인이 범행 후에 다른 범인에게 살해당한다는 트릭은 미스터리 소설에서 드물지 않아. 예를 들면……."

"미스터리 강의는 뒤로 미루자. 얼어 죽겠어. 이 방에서 조사할 것 남았어?"

이야기가 길어질 낌새가 느껴져 유마가 기선을 제압하자 츠키요는 불만스러운 듯이 뺨을 부풀렸다.

"아니, 이 정도면 됐어. 이 방은 사건 현장이 아니니까 시신만 조사하면 충분해."

유마 일행은 십호실을 나서서 문을 잠근 후, 몸이 따뜻해지기를 기다렸다가 육호실로 향했다. 십호실과 마찬가지로 영하로 떨어진 실내를 유마는 츠키요와 함께 나아갔다.

열린 창문 옆에 놓인 침대에는 고전적인 웨딩드레스 차림의 마도카가 동공이 풀린 두 눈을 천장으로 향한 채 누워 있었다.

오늘 아침에 발견됐을 때만 해도 가슴께에 피가 살짝 배어 있던 웨딩드레스는 가슴뿐만 아니라 스커트 부분까지 피로 검붉게 물들었다.

츠키요는 한 치의 망설임도 없이 드레스의 스커트를 젖혔다. 창백한 넓적다리는 베인 상처로 가득했다. 상처의 단면에서 분홍색 근육과 노르께한 지방 조직이 드러난 걸 보고 유마는 입을 굳게 다물었다.

"얼마나 아팠을까. 지하 감옥의 위치를 알아내기 위해서라고는 해도, 이렇게까지 할 필요는 없었을 텐데."

고개를 설레설레 저은 츠키요는 스커트를 내리고, 드레스의 윗옷을 걷어 올렸다. 코르셋에 피로 적혀 있던 '나카무라 세이지를 죽여라'라는 글씨도 잔뜩 흘러나온 피에 덮여서 더는 알아볼 수 없었다.

"가슴을 한 번 찔렸어. 지하 감옥의 위치를 알아낸 후 더는 쓸모가 없어서 죽인 거겠지. 이게 치명상이라고 봐도 될까?"

츠키요의 말대로 마도카의 흉부에는 오이타처럼 커다란 자상이 입을 뻐끔 벌리고 있었다.

"응, 그렇겠지." 유마는 턱을 당겼다.

츠키요는 드레스 윗옷을 내리고 마도카의 가슴께에 얼굴을 가까이 댔다.

"음, 드레스에 구멍은 없네. 고문하고 찔러 죽인 후 웨딩드레스를 입힌 거야. 왜 굳이 그런 짓을 했을까."

츠키요가 턱에 손을 대자 출입구 근처에 서 있던 쿠루마가 입을 열었다.

"지하 감옥에서 죽은 마슈 신쥬라는 아가씨는 분명 결혼을 앞두고 있었지? 범인은 웨딩드레스를 입어 보지 못하고 살해당한 마슈 신쥬의 복수를 했다는 사실을 나타내고 싶었던 것 아닐까? 오이타 씨가 살해당한 현장에 포플러 솜털이 떨어져 있던 것도 역시 설산에서 조난당한 여성을 암시했는지도 몰라."

"곧이곧대로 생각하자면 그렇겠죠. 하지만 그러자고 일부러 고생스레 웨딩드레스를 입힐까요? 시신에 드레스를 입히려면 아주 힘들 겁니다. 식당에 있는 포플러에서 솜털을 모아 흩뿌리는 것도 드레스를 입히는 것만큼은 아니겠지만 귀찮은 작업이고요. 그저 복수임을 암시하기 위해 과연 그렇게까지 할까요?"

츠키요는 생각을 정리하듯 중얼거리며 열려 있는 창문으로 다가가 양복 안주머니에서 꺼낸 펜 라이트로 첨탑의 외벽을 비추었다.

"역시 외벽을 기어오른 듯한 흔적은 없어. 땅에 발자국도 없으니 이 창문으로 범인이 달아난 것도 아니야."

"그럼 범인은 어떻게 이 방을 밀실로 만든 거야?"

유마의 질문에 대답 없이 잠깐 침묵에 잠긴 후 츠키요는 "마지막 방으로 가자." 하고 출입구로 향했다. 육호실을 뒤로한 유마 일행은 아까처럼 몸이 따뜻해지기를 잠시 기다렸다가 마스터키로 첫 번째 사건 현장인 일호실의 문을 열었다.

코즈시마의 시신을 봐야 한다. 동요했다는 걸 들켜서는 안 된다. 유마는 가느다란 숨을 길게 내쉬며 박동이 빨라지는 심장을 진정시키려고 애썼다.

문이 열린다. 다른 방과 달리 일호실은 창문이 열리지 않는 구조다. 하지만 통유리로 에워싸인 방에 난방을 꺼 놓아서인지 앞선 두 방과 거의 다를 바 없는 냉기가 문틈으로 흘러나왔다.

진정해라. 냉정해져라. 배에 힘을 주고 있던 유마의 입에서 "……어?" 하고 멍한 목소리가 새어 나왔다.

머릿속이 새하얘졌다. 자신이 뭘 보고 있는지 알 수가 없었다. 무슨 일이 벌어진 건지 이해가 되지 않았다.

문 너머에 말도 안 되는 광경이 펼쳐졌다.

마호가니 책상 앞에 위를 보고 쓰러진 코즈시마. 그 시신의 가슴에 큼지막한 칼이 깊숙이 박혀 있었다.

"이건 대체……."

옆에 서 있던 쿠루마도 말문이 막혔다. 유마는 빨려들 듯 일호실로 비틀비틀 들어가 코즈시마의 시신에 다가갔다.

거친 숨을 몰아쉬며 코즈시마를 내려다본 유마는 혼란의 수렁에 더 깊이 빠져들었다. 칼은 코즈시마의 시신 위에 놓인 A4용지를 꿰뚫어 고정한 상태였다.

"뭐야, 이건……."

잠긴 목소리가 흘러나왔다. 종이에는 검붉은 막대 인간 같은 그림 수십 개와 알파벳이 그려져 있었다. 시야가 뒤틀려 종이에 그려진 막대 인간이 춤추는 것 같은 착각이 일어났다.

"또 피로 글씨를 써서 남긴 암호로군. 뭐, 글씨라기보다는 그림인가. 그나저나 어디서 본 것 같은 암호인데."

츠키요가 시험하듯 유마를 곁눈질했다.

"……〈춤추는 사람들〉."

유마가 중얼거리자 츠키요는 "역시 이치조 군!" 하고 소리쳤다.

〈춤추는 사람들〉, 1905년에 출간된 《셜록 홈스의 귀환》에 수록된 단편이다. 이야기 속에서 셜록 홈스는 어린아이 낙서 같은 사람 그림으로 만들어진 암호에 도전한다. 코즈시마의 가슴에 고정된 종이에 그려진 암호는 그것과 아주 흡사했다.

"다만 〈춤추는 사람들〉에는 수많은 종류의 사람이 그려져 있었는데, 여기 그려진 사람은 종류가 그렇게 많지 않네."

츠키요가 턱에 손을 대며 중얼거렸다.

"지금 암호가 문제야? 그것보다 어떻게 된 거지? 왜 코즈시마 씨 시신에 칼이 꽂혀 있는 건데? 코즈시마 씨는 독살당했잖아!"

"보다시피 누군가가 코즈시마 씨 시신에 칼을 꽂은 거야."

"왜 그런 짓을? 애당초 이 방은 문이 잠겨 있었잖아. 어떻게 방으로 들어온 거야? 그리고 이 암호는?"

"그렇게 흥분하지 마. 나도 놀랐으니까 생각할 시간을 좀 주라. 그 사이에 암호를 사진으로 찍어 줄래? 나중에 차분히 생각하고 싶거든. 검시도 부탁할게."

츠키요는 고개를 가로젓더니 쪼그리고 앉아 코즈시마의 시신을 조사했다. 하는 수 없이 유마는 스마트폰을 꺼내 츠키요의 어깨 너머로 암호 사진을 찍고 입이 반쯤 벌어진 코즈시마의 시신을 살펴보았다. 손을 들어 올리자 관절이 굳어서 약간 뻣뻣하게 느껴졌다. 칼은 가슴 한복판에 칼자루 부분까지 박혀 있어, 칼끝이 심장을 관통한 건 거의 틀림없어 보였다.

유마는 검시를 하며 츠키요가 중얼거리는 소리에 귀를 기울였다.

"이 칼은 코즈시마 컬렉션 중 하나로군. 〈나이브스 아웃〉에서

춤추는 사람들로 만들어진 암호

사용된 물건이야. 그 작품은 뭐니 뭐니 해도 다니엘 크레이그가 연기한 명탐정이 멋지고 매력적이지. 설마 007이 명탐정으로 활약하는 모습을 볼 줄은 상상도 못했어. 나도 모르게 블루레이를 구입…….”

“아오이 씨, 옆길로 새지 마!”

유마가 날카롭게 지적하자 츠키요는 퍼뜩 놀란 표정을 지었다.

“아아, 미안, 미안. 출혈은 별로 없네. 다행이야. 만약 피가 많이 났으면 암호를 못 알아볼 뻔했을지도 모르니까.”

츠키요는 콧등을 긁적이며 생각에 잠겼다.

“뭐 좀 알아냈어?”

“그렇게 재촉하지 말라니까. 지금 내 가설에 잘 맞아드는지 검토하는 중이야.”

츠키요는 눈을 감고 작게 중얼거렸다.

“……왜 시신에 칼을 꽂을 필요가 있었을까? ……그럴 만큼 원한이 컸으니까? ……독살하는 것만으로는 만족하지 못했다? ……아니면, 이 암호에 주목하길 원했다? ……하지만 이제 와서 무슨 암호를 남길 필요가? 무엇보다 문이 잠긴 방에 어떻게 침입한 걸까…….”

눈을 뜬 츠키요는 하얀 입김을 내뿜으며 출입구로 다가가 우두커니 서 있는 쿠루마 곁에서 문을 조사하기 시작했다.

“역시 억지로 문을 연 흔적도, 실 따위로 물리 트릭을 사용한 흔적도 전혀 안 보이는군. 그렇다면…….”

츠키요는 카펫으로 다가가 떨어져 있는 일번 열쇠를 주워 들었다. 그 순간 츠키요의 눈이 커졌다.

"이치조 군, 이것 좀 봐."

유마는 다가가서 츠키요가 가리키는 곳을 보았다. 열쇠가 떨어져 있던 부분에 하얀 먼지 같은 것이 희미하게 묻어 있었다.

"이게 뭔데?"

유마가 물었지만 츠키요는 말없이 스마트폰을 꺼내 카펫 부근을 동영상으로 촬영한 후 다시 중얼중얼 혼잣말을 하기 시작했다.

방해하지 않는 게 낫겠다 싶어 가만히 지켜보자 츠키요의 입꼬리가 천천히 올라갔다. 이윽고 눈이 또 커졌다.

"아하, 과연, 그렇구나, 이거 재미있는데. 최고로 재미있어!"

츠키요는 느닷없이 발레리나같이 가벼운 발놀림으로 유마 곁에 돌아왔다.

"이치조 군, 최고야. 이건 최고의 트릭이라고. 이렇게까지 아름답고 완성된 범죄는 드물어. 이런 범죄 현장에 내가 있을 수 있다니, 진심으로 고마울 따름이야."

기행에 압도당해 멍하니 있자니 츠키요가 유마의 두 어깨를 꽉 붙잡았다.

"혹시……, 범인을 알아냈어?"

유마가 조심스레 묻자 츠키요는 두 팔을 크게 펼치고 고개를 젓혔다.

"당연하지. 이 아름다우면서도 구슬픈 사건을 해결할 단서는 전부 손에 넣었어. 단서에서 도출되는 진상은, 범인의 정체는 이제 하나로 좁혀졌어."

낭랑하게 말한 츠키요는 유마의 눈을 들여다보며 소녀처럼 장난스럽게 미소 지었다.

"본격 미스터리 소설이라면 '그것'이 나올 차례지. 다시없을 기회이니만큼 선언하도록 하겠어."

츠키요는 멋스럽게 머리를 쓸어 올린 후 노래하듯 말했다.

"독자에게 도전한다. 《유리관의 살인》의 진상을 밝혀내기 위해 필요한 정보는 전부 제시됐다. 범인이 누구이고, 어떻게 불가사의한 범행을 저질렀는지 해명해 보길 바란다. 이것은 독자에게 보내는 도전장이다. 여러분이 훌륭한 추리를 선보이길 바라며, 행운을 빈다."

마지막 날

1

시계 초침이 돌아가는 소리가 몹시 크게 들렸다.

이제 오전 6시가 지났나……. 손목시계로 시간을 확인한 유마는 소파를 곁눈질했다. 츠키요는 3인용 소파에 누워 배꼽 언저리에 깍지를 낀 채 기분 좋은 듯이 눈을 감고 있었다.

몇 시간 전, 츠키요가 연극배우처럼 과장된 어조로 '독자에게 보내는 도전장'을 말했을 때, 유마와 쿠루마는 범인이 누군지 알려 달라고 닦달했다. 하지만 츠키요는 미소를 지으며 이렇게 말했다.

"그럴 수는 없죠. 수수께끼는 사람들을 모아 놓은 자리에서 풀어야 하니까요. 명탐정이 사람들을 모아 놓고 쇼를 벌인다고 미스터리 소설은 자주 야유를 당하고는 하는데요. 사실 명탐정의 진면목은 사건 관계자들 앞에서 수수께끼를 해명할 때 드러나거든요.

그 기회를 양보할 마음은 없습니다. 그래요. 내일 아침 6시 반쯤이 좋겠네요. 그때가 제일 설득력 있겠어요. 아아, 안심하세요. 오늘 밤에 사람이 또 살해당하지는 않을 테니까요. 그럼 그때까지 좀 쉬면서 기력을 보충하도록 하죠."

범인의 정체만이라도 가르쳐 줄 수 없겠느냐고 유마와 쿠루마가 간절히 설득했지만, 츠키요는 한사코 고개를 끄덕이지 않았다. 어쩔 수 없이 포기하고 일호실을 나서서 쿠루마는 휴게실로, 유마와 츠키요는 사호실로 돌아갔다.

방에 들어가자 츠키요는 "그럼 6시쯤에 깨워 줘." 하고 소파에 누웠다. 그로부터 몇 시간 동안, 유마는 침대에 앉아 이제 무슨 일이 일어날까 싶어 마음을 졸이며 그저 시간이 흐르기만을 기다렸다.

"아오이 씨, 6시야. 일어나."

깨우자 츠키요는 눈을 감은 채 "일어났어." 하고 대답했다.

"언제부터 깨어 있었던 거야?"

"실은 잠을 거의 못 잤어. 부끄럽게도 소풍을 다음 날로 앞둔 초등학생처럼 마음이 들떠서 말이지. 하지만 이제부터가 본무대니 몸만이라도 쉬어야겠다 싶어서 누워 있었던 거야."

츠키요는 눈을 뜨고 벌떡 일어나서 소파 등받이에 걸쳐 놓은 넥타이를 매고 양복 윗도리를 입었다.

"그럼 나의 왓슨 군, 사람들을 모아서 쇼를 시작할까."

츠키요가 의기양양하게 출입구로 향하자 유마는 "기다려." 하고 불러세웠다.

"왜, 이치조 군?"

"사람들을 모으다니, 대체 어떻게. 쿠루마 씨와 사쿄 씨, 사카이즈미 씨는 휴게실에 있지만, 카가미 씨와 유메요미 씨는 경찰이 올 때까지 자기 방에서 나오지 않겠다고 선언했는걸."

"그야 간단하지. 잘 들어, 이치조 군. 이렇게 하는 거야."

츠키요는 눈을 오므리더니 유마에게 지시했다. 지시를 들은 유마는 한 손을 머리에 댔다.

"그걸 나더러 하라고?"

"응. 난 1층에서 준비를 좀 해야 하니까, 그 사이에 네가 두 사람을 불러와. 좋아, 그럼 가자!"

"알았어, 난 잠깐 화장실에 들렀다가 갈게."

"응, 그래. 그럼 난 먼저 간다. 가능하면 6시 반에는 시작하고 싶으니까 너무 늦지 마."

한 손을 가볍게 들어 인사하고 나가는 츠키요를 배웅한 후, 유마는 세면실로 향했다. 유마는 안에서 문을 잠그고 세면대 거울을 들여다보았다. 어쩐지 겁먹은 듯한 표정의 남자와 눈이 마주쳤다.

"괜찮아. ……난 할 수 있어."

거울 속의 남자는 중얼거리면서 재킷 호주머니에서 갈색 알약 케이스를 꺼냈다.

명탐정은 분명 오이타와 마도카를 살해한 범인의 정체를 밝힌다. 그때가 가장 큰 기회다. 이 알약 케이스를 범인에게 떠넘기면 코즈시마를 살해한 죄도 그 인물에게 뒤집어씌울 수 있다.

몸속 깊은 곳에서 전율이 솟구쳤다. 유마는 뿌드득 소리가 날 만큼 어금니를 악물어 전율을 꾹 참아 내고, 양손으로 자기 뺨을 때렸다. 풍선이 터지는 듯한 소리와 함께 얼굴에 번진 날카로운 통증이 망설임을 지웠다.

해내야 한다. 동생을 위해.

유마는 거울 속 남자의 얼굴이 강한 결의로 가득 차는 것을 확인하고 세면실을 뒤로했다.

사호실을 나서서 문을 잠근 후, 유마는 이호실이 있는 9층으로 올라가 숨을 크게 들이마시고 주먹으로 문을 쾅쾅 두드렸다.

"카가미 씨, 나오세요!"

반응은 없었다. 유마는 단념하지 않고 계속 문을 두드렸다.

"뭐야! 시끄러워 죽겠네!"

몇십 초 후, 더는 참을 수 없었는지 안에서 카가미의 걸걸한 목소리가 들렸다.

"1층에 좀 내려오셔야겠는데요."

"뭐라고 지껄이는 거야? 어제 말했을 텐데. 난 경찰이 도착할 때까지 방에서 안 나가."

"그러니까요. 경찰이 도착했거든요."

유마는 긴장하며 아까 츠키요가 지시한 대로 말했다.

"경찰이 도착했다고?"

"네, 왔습니다. 눈사태 제설 작업이 예상보다 일찍 끝났대요. 일단 모두 다 1층에 모이랍니다."

유마는 거짓말이 들통나지 않을까 불안해하면서 반응을 기다렸다. 자물쇠가 풀리는 소리가 들리고 문이 열렸다.

"드디어 도착했군. 젠장, 빨리 좀 올 것이지."

자다 일어났는지 카가미는 구깃구깃한 와이셔츠 차림으로 헝클어진 머리를 긁적이며 나왔다. 속으로 가슴을 쓸어내린 유마는 칠 호실까지 유리 계단을 내려가 유메요미에게도 경찰이 왔다고 알렸다. 카가미보다 심하게 경계하는 데다 굳이 드레스로 갈아입겠다기에 십오 분쯤 기다려야 했지만, 유메요미도 방에서 불러내는 데 성공했다.

"응? 경찰관은 어디 있어요?"

1층에 도착하자 유메요미는 분홍색 드레스 자락을 펄럭이며 경찰관을 찾아 홀을 뛰어다녔다.

"이쪽입니다. 식당으로 오세요."

유마의 목소리에 카가미는 "식당?" 하고 눈썹을 찡그렸다.

"식당에는 왜? 거기는 물 천지잖아."

"이틀이나 지나서 꽤 말랐습니다. 일단 오세요."

유마는 빠르게 말하고 또 질문이 날아들기 전에 냉큼 식당으로 향했다. 카가미와 유메요미도 마지못해 따라왔다.

문을 열고 안으로 들어간 순간, 상황에 어울리지 않게 쾌활한 목소리가 울려 퍼졌다.

"잘 오셨습니다!"

츠키요가 두 팔을 활짝 펼쳤다. 츠키요 뒤편에는 쿠루마, 사쿄, 사카이즈미가 당혹스러운 표정으로 서 있었다. 커튼은 전부 쳐 놓았고, 천장의 샹들리에 불빛이 실내를 밝게 비추었다. 바닥에 깔린 카펫은 아직 물기를 머금고 있었지만, 꽤 말랐는지 걸을 때마다 철벅철벅 물을 밟는 소리는 나지 않았다.

'조가타케산 증발 사건'이라는 글씨가 피로 적혀 있고 일부분이 불탄 테이블에는 영사기 같은 기계와 개킨 수건, 매직펜, 그리고 어째선지 물이 가득한 물뿌리개가 놓여 있었다. 츠키요 곁에는 휴게실에 장식돼 있던 유리관 모형도 있었다.

"잠깐, 이게 뭐야? 경찰관이 없잖아!"

유메요미가 까랑까랑하게 소리치자 츠키요는 머리를 숙였다.

"아아, 그건 두 분을 여기로 모셔 오기 위한 거짓말이었어요."

유메요미는 "어떻게 된 거야!" 하며 눈알이 튀어나올 만큼 부릅뜬 눈으로 유마를 노려보았다.

"아아, 이치조 군을 나무라지 마세요. 제가 지시했으니까요."

"당신들 대체 무슨 생각이야! 무슨 목적으로 이런 얼토당토않은 짓을!"

날붙이 같은 시선이 날아드는데도 츠키요는 움츠러들지 않고 짧은 머리를 쓸어 올렸다.

"물론 명탐정으로서 이번 사건의 진상을 밝히기 위해서죠."

"뭐라고? 혹시 범인을 알아낸 거야?"

유메요미의 목소리가 뒤집혔다. 츠키요는 "물론입니다." 하고 느긋하게 고개를 끄덕였다. 츠키요 뒤에 서 있는 세 명의 얼굴에도 기대감이 살짝 서렸다.

"이것들이 사람 놀리나. 괜히 헛걸음했네." 카가미가 몸을 돌렸다.

"앗, 어디 가세요, 카가미 씨?"

"방에. 계집애의 소꿉장난에 어울릴 생각 없어. 어차피 경찰이 오면 범인은 밝혀질 테니, 그때까지 방에서 쉬는 게 이득이지."

카가미는 계단으로 향했다. 유메요미도 잠깐 망설이는 태도를 보이다 카가미를 따라가려 했다.

"꼬리를 말고 도망치시는 건가요?"

츠키요의 말에 카가미는 걸음을 멈췄다.

"……뭐라고?" 카가미가 위협적인 목소리로 말하며 돌아보았다.

"무서우세요? 당신 말대로라면 한낱 '계집애'인 제가 현경 수사1과의 형사도 포기한 사건을 해결하는 게?"

츠키요는 입술에 야릇한 웃음을 띠고 도발적으로 말했다.

"깔보지 마라. 누가 그딴 소리를……."

"그렇다면 부디 제 추리를 들어 주세요. 딱히 손해 보는 것도 아닌걸요. 경찰이 올 때까지 심심풀이로 그만이잖아요."

"……네가 범인이고, 우리를 방에서 불러내서 죽이려는 건지도 모르잖아."

"과연, 탐정이 범인이라는 건가요. 아주 재미있네요. 하지만 그 트릭은 이미 다양한 미스터리 소설에서 사용돼서, 어지간히 잘 써먹지 않는 한 독자에게 놀라움을 줄 수 없어요. 그렇지, 일단 생각나는 작품은 드……."

"그만 좀 해! 이건 미스터리 소설이 아니라고 몇 번을 말해야 알아듣겠나!"

"이야, 모를 일이죠. 저희가 알아차리지 못했을 뿐일지도요. 뭐, 그런 메타 픽션 같은 화제는 제쳐 놓고, 만약 제가 범인이더라도 저같이 연약한 여자가 현직 형사를 죽일 수 있겠어요? 그렇게 본인의 체력에 자신이 없으시다면 어쩔 수 없죠. 방에 틀어박혀서 작은 동물처럼 벌벌 떨고 계시든가요. 아니면…….”

츠키요는 말을 끊더니 턱을 당기고 입술을 핥았다.

“혹시 두 분 다 자기가 범인으로 지적당할까 봐 두려운 건가요? 뭔가 켕기는 구석이라도 있으세요?”

거듭되는 도발에 인내심이 한계에 다다랐는지 카가미는 양복 호주머니에 양손을 찔러 넣으며 식당으로 성큼성큼 돌아왔다.

“그렇게까지 말해 놓고 네 추리가 빗나가면 어쩔 거냐! 네가 엄한 사람을 범인으로 지적하면 어떻게 책임질 거냐고!”

“……그때는, 두 번 다시 명탐정을 자처하지 않겠습니다.”

너무나 무게감 있는 말투에, 방에 침묵이 드리웠다. 허를 찔렸는지 한순간 할 말을 잃은 카가미가 츠키요를 가리켰다.

“명탐정을 자처하지 않겠다니, 그게 뭐 대수라고.”

“아니요, 제게는 대단한 일입니다.” 츠키요는 천천히 고개를 저었다. “저는 인생을 걸고 ‘명탐정’을 원해 왔어요. 스스로 명탐정이기를 포기하는 건, 몸이 반으로 찢기는 거나 마찬가지입니다. 다시는 명탐정으로 활동하지 않겠다. 만약 범인을 잘못 지적한다면 다시는 볕이 드는 곳에 나서지 않고 평생 그늘에 숨어 조용히 살겠다. 저는 그만한 결의를 품고 이 사건에 맞서고 있습니다. 그러니 부디 제 추리를 들어 주세요.”

각오와 결의로 가득한 츠키요의 말을 듣자 카가미도 더는 반론하지 않았다. 유메요미도 고개를 움츠리며 돌아왔다.

츠키요는 “자.” 하고 양손을 가슴 앞에서 맞부딪쳤다. 짝, 하고 경쾌한 소리가 식당에 울려 퍼졌다.

"그럼 다들 모였으니 드디어 클라이맥스입니다. 이 유리 첨탑에서 일어난 비극, 《유리관의 살인》의 진상에 대해 설명하겠습니다."

츠키요는 자랑스럽게 가슴을 펴고 최종장의 개막을 선언했다.

"그래서, 범인은 누군데? 빨리 가르쳐 줘!"

유메요미가 당장이라도 덤벼들 것처럼 몸을 내밀자 츠키요는 한 손을 내밀어 제지했다.

"진정하세요. 대뜸 범인부터 지적할 수는 없어요. 미스터리에는 순서가 있는 법입니다."

"미스터리는 개뿔! 장난치지 말고 빨리 범인이 누군지 말해!"

수십 시간이나 공포에 시달려 한계에 달했는지, 유메요미는 양손으로 머리털을 쥐어뜯었다.

"장난이라니요."

츠키요의 목소리가 낮아졌다. 유메요미는 머리털을 쥐어뜯는 걸 멈추고 겁먹은 표정으로 츠키요를 보았다.

"미스터리 소설에서 순서를 밟는 데는 이유가 있어요. 여기서 제가 범인의 이름을 밝힌들, 진상에 다다른 경위를 설명하지 않으면 아무도 수긍하지 못해 혼란만 가중되겠죠. 그럼 즉시 범인을 붙잡아서 가둘 수 없어요. 바꾸어 말하면 진범에게 빈틈을 주는 셈입니다. 도주, 또는…… 학살을 노릴 빈틈을."

"학…… 살……?"

"왜 놀라시죠? 이제부터 제가 정체를 밝히려 하는 인물은 사람을 셋이나 살해한 것도 모자라, 현장에 피로 글씨를 남기고 피해자를 고문하기까지 한 흉악범입니다. 자기가 범인이라는 사실이 들통날 것 같으면 당연히 주변 사람을 죽여서라도 달아나려고 하겠죠."

츠키요는 턱을 당기더니 치뜬 눈으로 유메요미를 보았다.

"체포되면 극형을 면할 수 없어요. 그렇다면 몇 명을 더 죽이든 큰 차이는 없겠죠."

유메요미가 자기 어깨를 끌어안고 몸을 부들부들 떨자, 츠키요는 태도를 싹 바꾸어 부드럽게 미소 지었다.

"그러니까 여러분이 수긍할 수 있도록 순서대로 설명하겠습니다. 괜찮으시겠죠?"

유메요미가 고개를 덜덜거리듯 끄덕이는 것을 보고 츠키요는 얼굴 옆에 집게손가락을 세웠다.

"그럼 시작할게요. 일단 첫 번째 사건, 일호실에서 코즈시마 타로 씨가 독살당한 사건입니다. 사용된 독극물은 오이타 씨가 증언한 대로 코즈시마 컬렉션의 하나인 복어 간으로 만든 분말이라고 봐도 되겠죠. 그리고 일호실은 문이 잠겨 있었고, 통유리창은 붙박이라 열리지 않습니다. 즉, 코즈시마 씨는 밀실에서 살해당한 셈이에요. 범인이 현장을 밀실로 만든 이유는 간단해요. 코즈시마 씨가 병사, 또는 자살했다고 오인시키기 위해서죠."

식당에 있는 사람들 모두 숨을 죽인 채 츠키요의 설명에 귀를 기울였다.

"자, 그럼 범인은 어떻게 밀실을 만들었을까요. 일호실 문을 잠글 수 있는 열쇠는 일번 열쇠와 마스터키뿐이고 여벌 열쇠는 없다는 것을 열쇠 제조사에 문의해 확인했습니다. 마스터키는 휴게실 난로 곁의 열쇠함에 들어 있었고, 쭉 그 옆에 있었던 제가 첫째 날 만찬이 끝난 후부터 다 함께 일호실로 향할 때까지 아무도 열쇠함을 열지 않았다는 사실을 확인했습니다. 덧붙여 사카이즈미 씨가 처음부터 마스터키를 가지고 있다가 1층에 가지러 가는 척했을 뿐이라는 가설이 나왔는데요. 만찬이 끝난 후 사카이즈미 씨는 내내 바 카운터에서 칵테일을 만들었으므로 그 가설은 부정됩니다."

츠키요가 사실을 나열하자 쿠루마가 손을 살짝 들었다. 츠키요는 눈짓으로 발언을 허락했다.

"말허리를 끊어서 미안하네만……."

"아니요, 무슨 말씀을요. 사건 해결 장면에서는 등장인물들이 명탐정이 펼치는 추리의 모순을 들추고자 다양한 의문을 던지는 법입니다. 그런 의문에 완벽하게 대답함으로써 사건의 윤곽이 서서히 드러나는 거죠."

츠키요는 기쁘고 즐거운 표정으로 말했다.

"그럼 서슴없이 말하겠네만, 시간상으로도 거리상으로도 원격 살인이 가능한 독살이라는 방법을 사용한 이상, 첫 번째 사건에서 밀실을 만든 방법을 논의해 본들 별 의미 없지 않을까. 요전에도 말했듯이 코즈시마 군이 먹을 만한 음식물에 미리 독을 타 두면 그만이야. 코즈시마 군이 독을 먹었을 때 범인이 굳이 현장에 있을 필요는 없지. 그냥 코즈시마 군이 방문을 잠그고 혼자 있을 때 우연히 독을 먹은 것 아닐까?"

"그렇다면 언제 코즈시마 씨가 죽을지 계산하기가 어려워요. 뭔가 중대한 발표를 하기 직전이라는 타이밍을 고려하면, 범인이 현장에 있었을 가능성이 높지 않을까요?"

"처음에는 그렇게 생각했지. 하지만 결국 범인의 동기는 지하 감옥에서 죽은 피해자의 복수를 하는 것이었고, 귀중한 미공개 미스터리 소설을 입수했다는 코즈시마 군의 발표와는 아무 상관도 없었지 않은가."

과연 미스터리계의 중진답게 쿠루마의 지적은 예리했다. 츠키요는 미소를 거두지 않고 가끔 맞장구도 쳐가며 이야기를 들었다.

"무엇보다 독을 먹은 후에도 다잉 메시지를 남길 만한 여유가 있었다는 걸 고려하면, 범행 당시 범인이 방에 있었더라도 범인이 방에서 나간 후 마지막 일격을 날리러 돌아오지 못하도록 코즈시마 군 스스로 안에서 문을 잠갔을 수도 있어. 범인이 고의로 밀실을 만들었다는 전제 자체가 이상하다고 생각하는데, 어떤가?"

의문 제기를 마친 후 쿠루마는 긴장된 표정으로 츠키요를 보았다.

"대단하세요, 역시 쿠루마 선생님이십니다." 츠키요는 잔뜩 들떠서 말했다. "아주 조리 있고 적절한 질문이었어요. 확실히 여러분이 알고 있는 정보만으로는 범인이 고의로 밀실을 만들었는지, 아니면 우연히 현장이 밀실로 변했는지 판별할 수 없습니다. 자, 이치조 군."

갑자기 이름을 불러서 유마는 "응?" 하고 눈을 깜박였다.

"뭐 해? 넌 조수니까 넋 놓고 있지 말고 날 보조해야지. 일단 문을 닫고 불을 꺼 줘."

유마는 “어, 아, 그래.” 하고 대답하고 서둘러 츠키요의 지시에 따랐다. 샹들리에 불빛이 꺼지자 방이 단숨에 어두워졌다. 차광 커튼 틈새로 빛이 희미하게 비쳐 들어 물건의 윤곽만 겨우 파악할 수 있었다.

“그럼 이걸 보시죠.”

츠키요의 신호와 함께 식당의 흰색 벽에 파랗고 거대한 건물의 영상이 비쳤다.

“극장에서 가져왔어요. 스크린 대신 쓸 만하네요.”

츠키요는 양복 호주머니에서 스마트폰을 꺼내 조작했다. 파란 건물이 사라지고 검은 바닥에 놓인 열쇠가 나타났다. ‘일’이라고 새겨진 열쇠다.

“이건 첫 번째 사건 현장에 떨어져 있던 열쇠입니다.”

“어이, 잠깐만. 이런 건 또 언제 찍었어?”

카가미가 끼어들었다. 유마가 “실은…….” 하고 설명하려 하자 츠키요가 말을 가로막고 나섰다.

“첫째 날 밤, 다 함께 현장에 갔을 때요. 카가미 씨가 시신 사진을 못 찍게 해서 어쩔 수 없이 다른 증거품을 촬영했죠.”

실제로는 어젯밤에 촬영했다. 하지만 사실대로 말하면 카가미가 분명 구시렁구시렁 불평하리라. 게다가 안전을 위해 금고에 넣은 마스터키를 꺼냈다는 걸 들키면 유메요미가 길길이 뛸지도 모른다.

유마는 사정을 아는 쿠루마에게 시선을 주었다. 무슨 뜻인지 눈치챘는지 쿠루마는 고개를 까딱했다.

"어젯밤에 이 영상을 다시 보다가 아주 중요한 단서가 있다는 걸 알아차렸어요. 자세히 보시죠."

츠키요가 스마트폰 액정 화면을 건드리자 영상이 재생됐다. 하얗고 가느다란 손가락이 열쇠를 집어 들었다.

"어, 야, 증거품에 손을 댔어? 지문이 묻으면……."

"조용히 하세요. 중요한 부분이에요."

따끔하게 주의를 주자 불평하려던 카가미는 못마땅한 표정으로 입을 다물었다.

카펫이 점점 가까워지다 거의 접사로 촬영한 부분에서 영상이 멈췄다.

"아시겠어요?"

츠키요의 질문에 사람들은 얼굴을 마주 보았다. 그 반응이 불만이었는지 츠키요는 입술을 삐죽 내밀고 벽으로 다가가 "여기예요, 여기." 하고 영상을 가리켰다.

"뭔가 하얀 먼지 같은 게 보이는……."

머뭇머뭇 말하는 사쿄를 츠키요가 손가락으로 딱 가리켰다.

"맞아요. 이 화면에 비치는 카펫 전체에 자잘한 입자가 흩어져 있습니다."

"그게 뭐 어쨌는데? 그냥 카펫이 더러웠던 것뿐이겠지." 카가미가 고개를 저었다.

"아니요, 그럴 리가요. 그만큼 우수한 일꾼이었던 오이타 씨와 토모에 씨가 고용주인 코즈시마 씨의 방 청소를 게을리할 리 없죠. 게다가 잘 보세요. 아무리 눈에 잘 띄지 않는다지만 이렇게 하얀 가루가 엷게 퍼져 있는 게 이상하지 않으세요?"

"어우, 답답해. 뜸 들이지 말고 말해. 저 흰색 가루가 대체 뭔데?"

츠키요는 영상이 비치는 벽을 손바닥으로 두드리며 목청을 높였다.

"재입니다. 담뱃재요."

"담뱃재라니, 혹시 마도카가 쏟은……."

좋아하는 사람을 잃었다는 충격에서 회복되지 못했는지, 아니면 숙취 때문인지 여전히 얼굴 근육이 완전히 이완된 상태로 사카이즈미가 중얼거렸다. 츠키요는 턱을 당겼다.

"네, 맞아요. 구급차를 부르려고 했을 때 토모에 씨가 떨어뜨린 재떨이에서 흩어진 겁니다."

"그래서 뭐!" 유메요미가 대들 듯이 말했다. "담뱃재 따위로 뭘 알 수 있는데?"

"담뱃재 따위로?" 츠키요는 눈을 깜박깜박했다. "혹시 아직도 모르시는 건가요? 토모에 씨가 재떨이를 떨어뜨렸을 때 흩어진 재가 일번 열쇠 밑에 있잖아요. 위가 아니라 밑에."

"설마……." 쿠루마의 눈이 휘둥그레졌다. "그럼 열쇠가 바닥에 떨어진 건……."

"네, 토모에 씨가 재떨이를 떨어뜨린 후입니다."

유마는 간이 철렁 내려앉았다. 설마 바닥에 담뱃재가 떨어져 있었을 줄이야. 그 정도도 확인하지 않았다니, 자신의 경솔함에 화가 났다.

"잠깐, 뭐가 어쨌다는 거야? 무슨 뜻인지 모르겠어."

두통이 나는지 유메요미가 머리를 눌렀다. 츠키요는 보란 듯이 한숨을 쉬었다.

"그러니까, 열쇠가 원래부터 카펫에 떨어져 있었다면 담뱃재는 열쇠 위에 떨어졌겠죠. 하지만 실제로는 열쇠 밑에 담뱃재가 있어요. 즉, 토모에 씨가 재떨이를 떨어뜨린 후에 누군가가 열쇠를 카펫에 놓아둔 겁니다."

"누군가라니, 그게 누군데? 왜 그런 짓을 해?"

"물론 범인이죠. 범인은 현장을 밀실로 만들어서 코즈시마 씨의 사인을 병사나 자살로 위장하려 한 거예요. 범인은 코즈시마 씨에게 독을 먹인 후, 일번 열쇠를 가지고 나가서 문을 잠갔습니다. 그리고 사람들이 마스터키로 문을 열고 방으로 들어간 후, 열쇠를 마치 처음부터 거기 떨어져 있었던 것처럼 카펫에 놓아둔 거예요."

모두가 입을 다문 채 츠키요의 이야기에 빨려들었다.

"하지만 범인에게 예상치 못한 일이 발생했습니다. 코즈시마 씨가 도움을 요청하려고 내선 전화를 집은 거예요. 수화기를 빼앗든지 해서 코즈시마 씨가 누구의 범행인지 고발하는 건 막았지만, 수상쩍게 여긴 오이타 씨가 '당장 가겠습니다' 하고 말했죠. 그래서 범인은 코즈시마 씨가 사망하는 걸 확인하지 못하고 달아나서 문을 잠근 거예요. 그랬기에 코즈시마 씨가 다잉 메시지를 남길 수 있었던 거고요."

"자, 잠깐만." 쿠루마가 끼어들었다. "확실히 만찬이 끝나고 코즈시마 군이 살해당하기까지 누군가가 독을 가지고 일호실에 가서 일번 열쇠를 손에 넣었겠지. 하지만 코즈시마 군이 독을 먹고 고통스러워할 때 범인이 일호실에 있었다는 보장은 없잖은가. 어쩌면 코즈시마 군이 바로 입에 넣을 만한 음식물에 독을 탄 후, 몰래 일호실 열쇠를 가지고 방을 나서서 문을 잠갔을지도 몰라."

"아니요, 그건 아닙니다. 오이타 씨가 말씀하셨잖아요. 코즈시마 씨는 늘 방문을 잠가 놓는다고요. 만약 범인이 독을 타고 열쇠를 슬쩍해 밖에서 문을 잠그면, 코즈시마 씨는 열쇠를 도둑맞은 걸 금방 알아차리겠죠. 왜냐하면 방문자가 나간 후 코즈시마 씨는 즉시 문을 잠그러 갔을 테니까요."

"이미 문이 잠겨 있으니 나간 인물에게 열쇠를 도둑맞았다는 사실을 알아차릴 거라는 말인가."

쿠루마가 중얼거리자 츠키요는 "그렇습니다." 하고 쾌활하게 말했다.

"저어, 한 가지 말씀드려도 될까요?" 이번에는 사료가 입을 열었다. "그럼 코즈시마 씨가 오이타 씨에게 내선 전화로 연락했을 때, 범인은 아직 일호실에 있었다는 뜻이군요. 하지만 그때 저희는 다 함께 계단을 올라간 기억이 나는데요."

"정말로 다 함께였을까요? 오이타 씨가 '주인어른께 무슨 일이 생긴 것 같습니다!' 하고 소리쳤을 때, 저희는 넓고 기둥 때문에 보이지 않는 공간도 많은 휴게실에 따로따로 떨어져 있었습니다. 휴게실에 분명히 있었다고 단정할 수 있는 사람은 바 카운터에서 칵테일을 만들던 사카이즈미 씨와 손님들을 시중들던 오이타 씨, 토모에 씨 정도 아닐까요?"

"난 분명히 휴게실에 있었어!" 유메요미가 손을 번쩍 들었다.

"그걸 증명할 수 있는 분은 계신가요?"

"있겠지. 휴게실에 있는 내 모습을 누가 봤을 거야."

유메요미가 주변 사람들을 둘러보았지만 다들 말없이 외면했다.

"아주 혼란스러운 상황이었는지라 여러분 모두 기억이 모호할 겁니다. 그런 상황에서는 확실한 알리바이가 없는 게 당연하죠."

"그럼 정말로 이 중에 누군가가 코즈시마 씨를 독살한 겁니까?"

사쿄가 잠긴 목소리로 묻자 유메요미는 두 손으로 머리를 마구 헝클어뜨렸다.

"아니야. 분명 이 저택에 숨어 있는 자의 짓이야. 내가 계속 말했잖아. 여기에는 뭔가 위험한 존재가 숨어 있다고. 맞아, 지하 감옥에서 달아난 자야. 그자가 코즈시마 씨를 죽인 거라고."

"유메요미 씨, 그럴 리 없어요." 츠키요는 타이르듯이 말했다. "정황상 코즈시마 씨는 범인을 경계하지 않고 독을 먹었어요. 지하 감옥에서 달아나 1년 넘게 살아남은 인물이 방에 들어오면 코즈시마 씨는 당장 도움을 요청했겠죠. 애당초 문이 잠긴 일호실에 수상한 인물이 침입하는 것 자체가 불가능합니다. 범인은 코즈시마 씨가 경계하지 않고 방에 들일 만큼 친근한 인물. 즉, 이 자리에 있는 누군가겠죠. 아시겠어요?"

유메요미는 당장이라도 울음을 터뜨릴 것 같은 표정으로 입을 다물었다. 대신에 사쿄가 입을 열었다.

"하지만 오이타 씨가 코즈시마 씨의 전화를 받고 나서 저희는 비교적 금방 일호실로 향했습니다. 만약 코즈시마 씨가 독을 먹은 후 범인이 당황해서 달아났다면 계단을 올라오는 저희와 마주치지 않을까요?"

"맞습니다." 츠키요는 흥분한 기색으로 말했다. "하지만 실제로는 누구와도 마주치지 않고 일호실에 도착했고, 마스터키로 문을 열어 코즈시마 씨의 시신을 확인했을 때는 어느 틈엔가 모두 모여 있었어요. 범인은 분명 내선 전화를 받은 오이타 씨가 '당장 가겠습니다' 하고 대답하는 소리를 듣고 서둘러 계단을 내려갔겠죠. 하지만 1층에 도착하기 전에 저희가 올라왔고요. 그럼 범인은 어떻게 저희와 마주치지 않고 어느새 저희에게 합류했을까요? 생각해 볼 수 있는 방법은 두 가지입니다."

츠키요는 브이 자를 그리듯이 손가락을 두 개 세웠다.

"첫 번째는 전망실에 숨는 거예요. 전망실에는 시야가 가려지는 사각이 많으니까 만약 저희가 전망실까지 확인하더라도 몸을 숨기기 쉽겠죠. 은신하기에는 최적의 장소예요."

"그럼 범인은 전망실에 숨어 있다가 저희가 일호실에 들어간 후에 몰래 합류했다는 말씀입니까?"

"아니요. 이 가설에는 큰 구멍이 있거든요."

"큰 구멍?" 사쿄는 의아하다는 듯 되물었다.

"네. 실내에 귀중한 코즈시마 컬렉션을 보관해 두었기 때문에 한층 더 튼튼하게 만들었는지, 전망실 문은 몹시 무겁습니다. 그래서 열 때는 삐걱거리는 소리가 나선계단에 아주 크게 울려요. 만약 누군가가 전망실에 숨었다면 저희가 알아차렸겠죠. 범인이 실제로 택한 건 두 번째 방법이에요."

츠키요는 가운뎃손가락을 접어서 집게손가락만 남겼다.

"저희와 마주칠 위기에 처하자 재빨리 자기 방에 숨은 거죠. 그리고 저희가 모두 지나간 걸 확인하고 나서 합류해, 마치 1층에서부터 함께 올라온 것처럼 위장한 거예요."

츠키요는 말을 끊고 의기양양하게 손가락을 튕겼다.

"이것이 첫 번째 사건의 진상입니다."

"그걸로……, 누가 범인인지 알 수 있슴까?"

사카이즈미가 쩌렁쩌렁 울리는 목소리로 말했다. 눈에 핏발이 섰고, 꽉 움켜쥔 주먹이 부들부들 떨렸다. 그의 온몸에서 마도카의 목숨을 빼앗은 범인에 대한 분노가 분출됐다.

유마는 사카이즈미에게 살짝 거리를 두었다. 가슴속에서 심장이 미친 듯이 빨리 뛰었다.

츠키요는 내가 코즈시마를 죽였다는 걸 알아차렸을까? 어쩌면 이 자리에서 범인으로 지목당하고, 다른 두 건의 살인죄도 덮어쓰는 건 아닐까?

너무 긴장한 나머지 과호흡이 일어나려는지 숨쉬기가 힘들었다. 그 자리에 쓰러질 것만 같았지만, 유마는 안간힘을 다해 버티며 츠키요의 대답을 기다렸다.

"첫 번째 사건의 진상을 알아낸 것만으로는 누가 범인인지 알 수 없습니다. 다만 누가 범인이 아닌지는 알 수 있죠."

"……누가 범인이 아닌가?" 사카이즈미가 무서운 눈으로 츠키요를 노려보았다.

"네, 맞아요. 아까 말씀드렸듯이 바 카운터에서 칵테일을 만들던 사카이즈미 씨와 손님들을 시중들던 토모에 씨, 오이타 씨는 코즈시마 씨 살해 사건에 알리바이가 있다고 봐도 되겠죠. 즉, 용의자는 나머지 여섯 명입니다."

츠키요는 "물론 저도 포함해서요." 하고 덧붙이더니 손목시계를 들여다보았다.

"그럼 어떻게 해야 누가 마도카를 죽였는지 알 수 있습까?"

"나머지 밀실 살인 두 건을 해명하면 범인의 정체가 자연히 드러날 겁니다. 슬슬 적당한 시간이 됐으니 두 번째 사건, 식당에서 오이타 씨가 살해당한 사건을 설명하도록 할까요."

쿠루마가 "적당한 시간?" 하고 고개를 기웃했다.

"그건 조금만 더 기다리시면 돼요. 자, 두 번째 사건의 주된 수수께끼는 범인이 어떻게 밀실을 만들었는가, 그리고 어떻게 밀실에 불을 질렀는가 이 두 가지입니다. 덧붙여 '조가타케산 증발 사건'이라는 메시지를 저희에게 보여 주고 싶었을 텐데, 왜 불이 가장 잘 붙는 식탁보에 피로 글씨를 썼느냐가 부차적인 수수께끼라 할 수 있겠군요."

"그 각각의 수수께끼의 해답을 자네는 찾아냈나?"

쿠루마가 묻자 츠키요는 고개를 저었다.

"정확하게는 각각의 수수께끼가 아니에요. 지금 말씀드린 세 가지 수수께끼는 복잡하고 유기적으로 얽혀서, 최종적으로는 하나로 집약되거든요."

선문답 같은 말에 유마가 당혹스러워하고 있자니 츠키요가 다가왔다.

"자, 무엇보다도 일단은 밀실입니다. 밀실이야말로 미스터리의 기본이자 궁극적인 수수께끼. 최초의 미스터리 소설인 〈모르그가의 살인〉이 발표되고 백수십 년의 세월이 흐르는 동안 수없이 탄생한 다양한 밀실 트릭은 그야말로 무형 문화재, 인류의 지혜로 똘똘 뭉친 보물이라고 해도 과언이 아니죠. 명탐정으로서 거기에 도전하는 건 더없이 큰 행복입니다. 밀실 살인이 세 건이나 발생한 이 《유리관의 살인》은 제게 메인 요리가 잇달아 나오는 풀코스 같았습니다. 특히 이 두 번째 밀실 살인은 그야말로 최고의 트릭으로……."

문 앞에 선 츠키요의 말투가 빨라지고 눈에서 초점이 사라졌다. 유마가 "아오이 씨." 하고 팔꿈치로 쿡쿡 찌르자 츠키요는 흠칫 놀란 표정을 짓더니 헛기침을 했다.

"실례했습니다. 제일 먼저 생각해야 할 점은 범인이 이 문을 어떻게 잠갔느냐예요. 독살이었던 첫 번째 사건과는 달리 피해자를 칼로 찔러 죽이고, 등유를 뿌리고, 피로 글씨까지 큼지막하게 남긴 두 번째 사건은 원격 살인을 고려할 필요가 없습니다. 이 식당에는 사각이 거의 없으니, 저희가 들어갔을 때 범인이 실내에 숨어 있다가 몰래 문으로 나갔다는 가능성도 부정할 수 있고요. 즉, 범인은 무슨 방법을 사용해 밖에서 빗장을 건 겁니다."

츠키요는 논리정연하게 설명을 해 나갔다.

"안쪽에서 회전식 빗장을 돌려 문의 돌기에 얹기만 하면 되는 간단한 방식이라, 여벌 열쇠의 유무를 고려할 필요는 없어요. 이처럼 단순한 장치일 경우, 일단 물리 트릭을 의심해야겠죠. 실 같은 도구를 사용해 밖에서……, 뭔가요, 카가미 씨?"

카가미가 다가와 보란 듯이 손을 들자 츠키요는 인상을 찡그렸다.

"정말로 빗장이 걸려 있었는지는 알 수가 없잖아. 뭔가 문 앞에 놓여 있어서 열리지 않았을 뿐인지도 몰라."

츠키요는 감탄해서 "오오." 하고 소리쳤다.

"카가미 씨치고는 좋은 지적이군요."

"치고는? 무슨 말이 그래!"

카가미가 두툼한 입술을 삐죽거렸지만 츠키요는 무시하고 문 앞쪽 바닥을 가리켰다.

"확실히, 버팀목 따위의 장애물을 사용해 빗장이 걸린 것처럼 오인시키는 트릭이 있기는 해요. 다만 그런 트릭을 사용하면 문을 억지로 열고 들어갔을 때, 장애물이 남게 되죠. 그래서 두 번째 사건 현장에 돌입했을 때 이 부근의 바닥을 먼저 확인했지만, 장애물도 장애물을 놓아둔 흔적도 찾지 못했어요."

"그야……, 스프링클러의 물에 녹았을지도 모르지. 예를 들면…… 커다란 얼음이라든가."

"남자가 온 힘을 다해 밀어도 문이 열리지 않을 만큼 무거운 장애물이, 문이 열린 순간 흔적도 없이 물에 녹아 사라졌다고요?"

도발적인 반론에 카가미는 벌레를 씹은 듯한 표정으로 입을 다물었다.

"이해하신 것 같으니 다행이네요. 그럼 이 부분을 보세요."

츠키요는 문에 달린 돌기 두 개 중에 위쪽을 가리켰다.

"이 돌기 주변의 도색이 벗겨졌습니다. 문을 억지로 열었을 때 얹혀 있던 빗장에 세게 문질려서 그런 것으로 추정돼요. 즉, 안쪽에 빗장이 걸려 있었다는 뜻이죠."

"음, 아오이 씨, 그렇게 단정하는 건 위험하지 않을까."

쿠루마가 끼어들었다. 카가미가 의견을 제시했을 때와는 달리 츠키요는 "의견을 들려주시겠어요?" 하며 공손하게 고개를 숙였다.

"어쩌면 범인이 빗장을 건 후에 억지로 문을 열어서 그런 흔적을 남겼는지도 몰라."

"뭐라고요? 왜 그딴 짓을 할 필요가 있는데요?" 유메요미가 눈을 동그랗게 떴다.

"그러면 우리가 들어갔을 때 문에 빗장이 걸려 있었다고 오인시킬 수 있으니까. 그런 식으로 추리를 잘못된 방향으로 이끌려고 했을 가능성도 부정은 할 수 없겠지."

"네, 부정은 할 수 없겠죠." 츠키요는 어째선지 만족스럽게 고개를 끄덕였다. "과연 쿠루마 선생님, 정말 예리하신 지적이세요. 이건 어떤 의미에서 노리즈키 린타로가 자신의 논문인 〈초기 퀸론〉에서 지적한 후기 퀸 문제에 해당하는군요. 뭐, 엄밀하게 따지자면 후기 퀸 문제라는 명칭은 〈초기 퀸론〉에서 사용된 게 아니라 그 후에 가사이 기요시가……."

"후기 퀸? 그건 또 뭐야?"

유메요미가 답답하다는 듯이 츠키요의 말을 가로막았다.

"미스터리 소설에서 '탐정이 최종적으로 제시한 진상이, 정말로 옳은 진상인지 아닌지 작품 속에서는 증명할 수 없다'라는 문제라네."

츠키요 대신 쿠루마가 설명했다.

"요컨대 미스터리 소설이라는 닫힌 세계에서 탐정이 입수한 힌트를 아무리 논리적으로 해석해 진상을 제시한들, 그 힌트가 허위 정보가 아니라는 보증이 없다는 게 큰 문제지."

잘 이해가 되지 않는지 유메요미의 미간에 깊은 주름이 생겼다. 더 쉽게 설명하려는지 쿠루마가 입을 열려고 했지만, 그 전에 츠키요가 목소리를 높였다.

"맞아요. 이 《유리관의 살인》에서 후기 퀸 문제는 아주 중요한 요소이기는 해요. 다만 이번 사건에서는 후기 퀸 문제를 고려할 필요가 없습니다."

"뭐, 이 사건은 미스터리 소설에서 벌어진 일이 아니라 현실에서 벌어진 일이니까."

쿠루마가 중얼거리자 츠키요는 고개를 살짝 끄덕였다.

"오이타 씨는 식당을 청소할 때 코즈시마 씨나 손님들에게 보이지 않도록 안에서 빗장을 걸었다고 토모에 씨가 말씀하셨죠."

마도카의 이름이 나오자 사카이즈미가 몸을 파르르 떨었다.

"다시 말해 만약 범인이 식당의 빗장을 미리 망가뜨렸다면 청소를 시작할 때 오이타 씨가 알아차렸을 거예요."

"혹시 오이타 씨가 빗장을 걸고 청소를 시작한 후에, 범인이 억지로 밀고 들어와서 빗장이 망가졌을 가능성은 없을까요?"

츠키요는 "좋은 지적이에요." 하며 의견을 제시한 사쿄를 가리켰다.

"다만 정면에서 가슴을 찔린 오이타 씨의 시신에는 저항한 흔적이 거의 없었어요. 느닷없이 억지로 문을 열고 들어온 범인에게 공격당했다면, 옷이 흐트러지거나 방어흔이 생기는 등 저항한 흔적이 남겠죠. 즉, 범인은 빗장을 걸고 청소하기 전에 아주 자연스럽게 오이타 씨에게 다가가 빈틈을 노려 덮친 겁니다."

"그럼, 그럼 말이죠. 오이타 씨를 죽인 후에 빗장을 걸고 문을 힘껏 열어서 빗장을 망가뜨린 후, 무슨 방법으로 문을 잠가서 밀실을……."

사쿄는 말하다 말고 힘없이 고개를 저었다.

"그런 짓을 한들 의미가 없죠. 이상한 소리를 해서 죄송합니다."

"아니요, 결코 이상하지 않아요. 범인은 명탐정인 제가 있다는 걸 알고 있었으니까요. 조금이라도 추리에 혼란을 주고자 가짜 단서를 만들려 했을 가능성도 있겠죠. 그야말로 후기 퀸 문제네요."

츠키요는 어깨를 살짝 으쓱하더니 "다만." 하고 말을 이었다.

"그 가설에는 큰 구멍이 하나 있습니다. 문을 힘껏 열어서 빗장을 망가뜨리면 큰 소리가 난다는 거죠."

사쿄의 입에서 "아……." 하고 소리가 흘러나왔다.

"네, 가짜 단서를 만들려다 아침 식사 준비를 하고 있던 토모에 씨와 사카이즈미 씨에게 들킬 위험성이 있어요. 그런 위험을 감수하면서까지 가짜 단서를 남길 것 같지는 않네요. 즉, 범인은 역시 어떤 방법을 사용해 밖에서 빗장을 건 셈입니다."

증명이 끝났다는 듯이 츠키요는 팔을 휘둘렀다.

"자, 그럼 범인은 어떻게 빗장을 걸었을까요? 이치조 군, 뭔가 의견 없어?"

츠키요의 설명에 푹 빠져 있던 유마는 갑작스런 호명에 "어엉?" 하고 목소리가 뒤집혔다.

"왜, 이럴 때 조수가 자기 나름대로 이런저런 추리를 펼치는 법이잖아."

그건 추리를 부정당해 명탐정이 돋보이게끔 하는 쇼잖아. 유마는 속으로 투덜대며 열심히 궁리했다.

"빗장에 실을 걸고 문을 닫은 후 밖에서 실을 조작해서……."

"그건 그저께 부정했을 텐데. 270도나 회전시켜야 하는 빗장을 밖에서 실로 조작해서 걸기는 힘들어. 더구나 문에 틈이 전혀 없으니 실을 밖에서 조작하는 것 자체가 어려울 테고, 덧붙여 문에도 빗장에도 실에 쓸린 흔적은 남아 있지 않아."

"그럼 자석을 사용했다든가……."

"이 빗장은 놋쇠로 만든 거라고 했잖아. 놋쇠는 자석에 반응하지 않아."

"……드론을 이용해서."

"드론은 어떻게 밀실에서 탈출시켰는데?"

아이디어를 내놓는 족족 부정당하자 유마는 고개를 세차게 내저었다.

"항복이야. 물리 트릭을 사용했을 가능성이 아무리 높은들, 문에 틈이 거의 없으면 밖에서 빗장을 조작하기는 불가능하잖아."

"그렇지. 밖으로 나가서 조작하기는 힘들어. 애당초 문밖에서 부스럭부스럭 수상한 행동을 하다간 누군가에게 들킬지도 모르고. 그렇기에 범인은 식당을 나서기 전에 이미 트릭을 설치해 둔 거야. 자기가 도망친 후 빗장이 알아서 걸리도록."

"빗장이 알아서?"

유마가 되묻자 츠키요는 “백문이 불여일견이지.” 하며 테이블 곁으로 돌아갔다.

“아주 단순한 트릭이야. 보면 다들 ‘왜 이렇게 간단한 걸 못 알아차렸을까’ 하고 땅을 칠 만큼 단순한 트릭. 범인은 식당에 있는 물건을 사용해 저절로 빗장이 걸리는 시한장치를 만들었어.”

“식당에 있는 물건이라니, 범인은 대체 뭘 사용한 겁니까?”

사쿄의 물음에 츠키요는 테이블에 놓인 유리 설탕 통의 뚜껑을 열고 “이겁니다.” 하며 안에 든 걸 꺼냈다.

“설탕…….”

사쿄가 중얼거렸다. 츠키요가 하얀 손가락으로 집어 든 물체, 그것은 커피나 홍차용으로 준비된 큼지막한 각설탕이었다.

어째선지 츠키요는 다른 손으로 물뿌리개를 들고 문으로 돌아오더니 한쪽 무릎을 꿇고 앉았다. 망가지지 않은 아래쪽 빗장이 눈높이와 비슷해졌다.

츠키요는 물뿌리개를 바닥에 내려놓고 아래를 향한 빗장을 오른쪽으로 180도 남짓 회전시키더니, 수직보다 약간 문 쪽으로 기울어진 빗장과 벽 사이에 각설탕을 밀어 넣었다. 큼지막한 각설탕이 깎여 나가면서 좁은 공간에 꽉 끼자 빗장이 고정됐다. 츠키요가 손을 떼도 빗장은 움직이지 않았다.

“보세요, 간단하죠? 범인은 이렇게 한 거예요.”

“이렇게 했다니, 뭘 어쨌는데? 빗장이 안 걸렸잖아.”

유메요미가 묻자 츠키요는 고개를 크게 끄덕였다.

“네, 아직 걸리지 않았습니다. 범인은 이 장치를 만든 후 문을

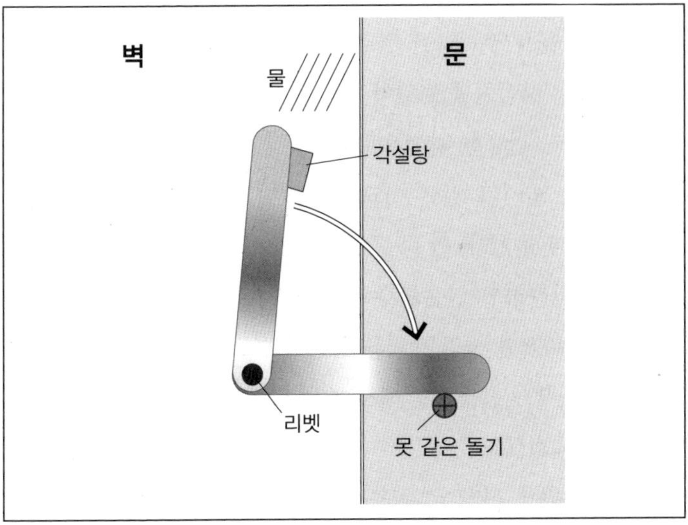

회전식 빗장 트릭

열고 식당에서 나갔어요. 그 후에 시한장치가 작동해 빗장이 걸린 거예요."

"시한장치라고?"

유메요미가 수상쩍다는 듯이 중얼거렸다. 츠키요는 "그렇습니다." 하며 물뿌리개를 들고 콧노래를 흥얼거리며 각설탕으로 고정된 빗장에 물을 뿌렸다.

쏟아지는 물에 각설탕이 순식간에 녹아서 크기가 작아졌다. 그리고 결국은 빗장과 문 사이에서 빠져서 떨어졌다. 동시에 버팀대를 잃은 빗장이 문 쪽으로 매끄럽게 회전해서 문에 달린 돌기에 얹혔다.

"자, 됐습니다."

츠키요는 물을 뿌리기를 멈추고 몸을 돌려 어안이 벙벙한 표정으로 서 있는 사람들을 보았다.

"그렇게…… 단순한 방법으로……?"

입을 반쯤 벌리고 있던 사쿄가 말했다. 츠키요는 즐거운 듯이 물뿌리개를 흔들었다.

"트릭은 단순하면 단순할수록 효과가 뛰어난 측면도 있으니까요. 더구나 복잡한 물리 트릭을 사용한 미스터리 소설은 문장만으로는 이해하기가 힘들기도 해서 저는 별로 좋아하지 않아요. 역시 심플 이즈 베스트죠."

너무나 뜻밖의 진상에 압도당해, 아무도 이건 미스터리 소설이 아니라 현실이라고 지적조차 못 했다. 그런 와중에 츠키요는 가벼운 발걸음으로 테이블로 돌아가 물뿌리개를 내려놓았다.

"아오이 씨, 한 가지 물어봐도 될까?"

생각을 정리하는지 쿠루마는 관자놀이에 손을 댄 채 말했다.

"요컨대 범인은 처음부터 스프링클러가 작동할 걸 염두에 두었다는 말인가?"

"물론이죠. 스프링클러에서 쏟아진 물로 각설탕을 녹여 밀실을 만든다. 그게 바로 범인이 불을 지른 이유입니다. 오이타 씨에게 등유를 뿌린 건 시신을 불태워 증거를 없애려 했다는 착각을 심기 위해서였겠죠."

"그런데 어떻게 불을? 범인이 자기가 나간 후에 불이 나도록 뭔가 수를 쓰기는 했겠지. 하지만 어제 작은 주방에서 발견된 양초와 불탄 티슈같이 뭔가 도구를 사용한 흔적은 식당에 없었어."

"그렇습니다. 흔적이 거의 남지 않는 시한 발화 장치. 그것이 두 번째 사건의, 아니 이 《유리관의 살인》의 가장 큰 수수께끼였어요. 정말로 멋진 트릭이에요."

츠키요는 진심으로 재미있다는 듯이 말했다.

"범인이 어떤 트릭을 사용했는지 이미 알아차렸다는 건가?"

"물론이죠. 트릭을 알아차렸을 때는 산전수전 다 겪은 저도 절로 감탄이 나오더군요. 아까 흔적이 거의 남지 않는 시한 발화 장치라고 말씀드렸는데요. 실은 틀린 말입니다. 흔적이 뭐야, 시한 발화 장치 자체가 저희 눈앞에 있었어요. 다만 너무나 거대한 데다 너무나 대담하게 존재해서 눈치채지 못했을 뿐이에요."

츠키요는 들뜬 어조로 떠들어 댔다.

"범인은 어떻게 자기가 탈출하고 삼십 분 넘게 지난 후에 밀실에서 불이 나도록 했는가. 그 수수께끼는 왜 잘 불타는 식탁보에 피로 글씨를 남겼느냐는 수수께끼의 해답을 찾으면 저절로 도출됩니다."

"어휴, 뜸 좀 그만 들여! 아까부터 너무 긴장해서 심장이 아프단 말이야."

유메요미가 분홍색 드레스에 감싸인 가슴께를 눌렀다. 츠키요는 손목시계를 내려다보았다.

"보자, 이제 적당한 시간이 됐으니 트릭을 공개해 볼까요."

"적당한 시간?"

쿠루마가 고개를 갸우뚱하자 츠키요는 "네, 그렇습니다." 하고 유마에게 시선을 주었다.

“이치조 군, 미안하지만 차광 커튼 걷는 것 좀 도와줄래?”

“커튼을? 왜?”

“금방 알 수 있으니까 빨리.”

츠키요의 재촉에 유마는 커튼을 걷었다. 산 너머에서 해가 떴는지 햇빛이 사정없이 비쳐 들었다. 앞이 안 보일 지경이라 유마는 눈을 반쯤 감은 채 겨우 커튼을 다 걷었다.

유메요미가 “눈부시잖아!” 하고 항의했다.

“죄송하지만 조금만 참으세요. 이야, 그나저나 정동향이라 그런지 햇빛이 어마어마하네요. 토모에 씨가 왜 ‘설계 실수’라고 했는지 알겠어요. 차광 커튼을 치지 않으면 여기서는 도저히 아침을 못 먹겠네요.”

츠키요가 강렬한 아침 햇살을 등지고 말했다. 마치 후광이 비치는 것 같아, 그 모습이 신성해 보이기까지 했다.

“그런데 혹시 기억하세요? 그때 토모에 씨는 커튼을 치지 않고 식당에서 아침을 먹는 건 ‘위험’하다고 했습니다. ‘무리다’도 ‘힘들다’도 아니라 ‘위험’하다고요. 그냥 눈이 부신 것만으로 그런 말을 쓸까요?”

“식당에 눈부신 것 이상의 ‘위험’이 존재한다는 뜻인가?”

쿠루마가 얼굴 앞으로 손을 들어 햇빛을 막으며 말했다.

“역시 쿠루마 선생님이세요. 맞습니다. 여러분, 테이블을 보세요.”

츠키요가 소리 높여 말했다. 빛에 익숙해진 눈을 테이블로 돌린 순간, 유마는 숨을 헉 삼켰다. 밝은 빛이 식탁보에 수십 센티미터 길이로 선을 그렸다.

"이건……."

유마가 말을 흐리자 츠키요는 손을 뻗어 뒤쪽의 창문을 만졌다.

"먼 곳의 경치까지 즐길 수 있도록 식당 유리창을 약간 세공해 놓았다고 토모에 씨가 그랬죠. 만져 보면 알 수 있는데, 중앙이 약간 부풀어 오른 모양새예요. 즉 거대한 볼록렌즈라고 할 수 있겠습니다."

"볼록렌즈라면……." 유마는 입이 떡 벌어졌다.

"그래, 이 창문이 거대한 돋보기 같은 역할을 한 거야."

츠키요는 손바닥으로 유리창을 두드렸다.

"더욱이 이 유리창은 방의 형태에 맞추어 완만하게 구부러져 있어. 그러한 구조와 볼록렌즈 같은 유리창의 모양새가 어우러지면서 빛이 절묘하게 굴절돼, 특정한 시간대에 햇빛의 일부가 한 점에 모였던 거지."

츠키요가 설명하는 동안 빛으로 그려진 선이 점점 짧아지면서 더더욱 밝아졌다.

모두 말없이 테이블에 나타난 아침 햇빛의 결정에 시선을 모았다. 이윽고 그것은 지름 몇 센티미터의 타원형으로 바뀌었고, 더는 똑바로 바라볼 수 없을 만큼 밝은 빛을 뿜어냈다. 뜨겁고 눈부신 타원이 생긴 위치는 바로 식탁보가 불타서 눌은 부분이었다. 츠키요는 개켜져 있던 흰 수건을 거기에 내려놓았다. 수건 중심부가 서서히 갈색으로 변했다.

"이 부분에 집중되는 햇빛은 극히 일부겠지만, 그래도 유리창이 이렇게 거대하다 보니 아주 고온이에요."

유마가 첫째 날 밤에 설탕 통을 끌어당겼을 때 보았던 갈색 얼룩을 떠올리고 있자니, 쿠루마가 수건 위에서 일렁거리는 빛의 타원을 가리켰다.

"그럼 두 번째 사건에서는 햇빛이 한 곳에 집중돼서 불이 났다는 건가?"

"네, 그렇습니다." 츠키요는 턱을 당겼다. "이처럼 렌즈 같은 물건에 의해 햇빛이 한 곳에 집중돼서 발생하는 화재를 수렴 화재라고 하는데요. 창가에 어항이나 페트병을 놓아둬도 발생할 수 있답니다."

카가미가 "잠깐." 하고 입을 열었다.

"정말 그 정도로 불이 붙는다고? 봐, 지금도 수건 색깔이 조금 변했을 뿐, 불타지는 않잖아."

"좋은 지적입니다, 카가미 씨."

츠키요가 손가락을 쭉 뻗어 가리키자 카가미는 "뭐, 뭐가?" 하고 몸을 살짝 뒤로 젖혔다.

"커튼을 걷었다고 불이 날 것 같으면, 아무리 공들여 지은 저택이라 한들 카가미 씨도 창문을 고치든가 했겠죠. 화재 예방 조례를 명백하게 위반한 이 건물은 화재에 극히 취약해요. 그렇기에 군데군데 화재경보기를 달아 놓았을 테고요."

"햇빛이 집중돼서 불이 난 게 아니라면 원점으로 돌아가잖습니까."

사쿄의 말에 츠키요는 집게손가락을 좌우로 흔들었다.

"아니요, 틀림없이 이 타원에 응축된 햇빛이 밀실에 불을 지른 흉기입니다. 다만 범인은 불이 잘 나도록 수를 썼어요."

"수를 썼다고요?" 사쿄는 미간을 찌푸렸다.

"네, 마지막으로 남은 수수께끼, 범인은 왜 식탁보에 피로 글씨를 남겼는가. 그것이 바로 이 대담한 범행의 진상을 밝힐 마지막 열쇠예요."

츠키요는 테이블에 손을 뻗어 수건을 펼쳤다. 새하얀 수건 한가운데 소프트볼 크기의 원이 검은색으로 그려져 있었다. 테이블에 놓여 있는 매직펜으로 그린 것이리라.

"흰색은 빛을 잘 반사하므로 햇빛의 에너지가 열로 많이 변환되지 않아요. 반면 검은색같이 진한 색은 빛을 흡수해 열로 잘 변환시키죠."

츠키요는 "덧붙여."라고 말하더니 양복 호주머니에서 하얀 가루눈 같은 물체를 꺼내 햇빛이 집중된 검은 원 위에 뿌렸다.

"두 번째 사건에서 눈에 비유했다고 추정된 포플러 솜털인데요. 실은 이게 훌륭한 불쏘시개 역할을 한답니다."

"그럼 설마……. 테이블에 피로 글씨를 남긴 건……."

쿠루마가 잠긴 목소리를 짜냈다.

"네. 햇빛을 효율적으로 열로 변환시켜 불을 지르기 위해 식탁보를 검붉게 칠한 거죠."

츠키요가 양손을 펼친 순간 검은 원에 뿌려진 포플러 솜털이 불타올랐다. 마치 마술사가 마술을 선보이는 것 같은 모습이었다.

불은 그대로 수건에 옮겨붙어 하얀 천을 태웠다.

"실제로는 솜털과 식탁보에 등유가 스며들어 있었으니 불길이 천장까지 닿을 만큼 높게 치솟았겠죠. 한순간에 화재경보기가 반응해 스프링클러에서 물이 쏟아졌을 거예요. 아차차, 이대로 놔두면 또 불에 반응해 물바다가 될지도 모르겠네요."

츠키요는 테이블에 놓아둔 물뿌리개를 들어 약 30센티미터 높이로 커진 불길에 물을 뿌려서 진화했다.

"이상이 두 번째 사건의 진상입니다. 그나저나 눈이 너무 부시네요. 이치조 군, 커튼 좀 쳐 줄래?"

너무나 뜻밖의 진상과 멋진 추리에 압도당해 사고가 정지됐던 유마는 "어? 응……." 하고 건성으로 대답하며 커튼을 쳤다. 눈이 시리도록 밝은 햇빛이 차단되자 빛에 적응한 탓인지 실내가 몹시 어둡게 느껴졌다.

침묵이 식당에 드리웠다. 모두가 자연스레 옆 사람과 거리를 두었다.

이로써 첫 번째와 두 번째 사건의 진상이 밝혀졌다. 하지만 제일 중요한 사실을 츠키요는 아직 공개하지 않았다.

"그런데 아오이 씨……." 사카이즈미가 억누른 목소리로 침묵을 깼다. "이제 범인이 누군지 알 수 있슴까?"

모두가 궁금해하면서도 입 밖에 내지 못한 말이었다. 살짝 건드리기만 해도 폭발할 만큼 분위기가 팽팽하게 긴장됐다.

"아니요, 아직 범인을 지목할 수는 없습니다."

사카이즈미가 입술을 깨물자 츠키요는 "하지만……." 하고 말을 이었다.

"용의자를 추릴 수는 있죠."

"추리다니 어떻게 말입니까? 누가 수상한데요?"

"이 트릭을 고안하려면 식당에 집중되는 아침 햇살의 열기가 어느 정도인지 실제로 목격할 필요가 있어요. 범인은 분명 색깔이 진한 천에는 불이 붙는다는 걸 실험으로 미리 확인했겠죠. 아니면 이런 범행을 실행할 수 없어요. 하지만 첫째 날에 저희는 저녁에 도착했습니다. 즉, 초대받은 손님이 첫째 날에 이 현상을 목격하기는 불가능했어요. 그럼에도 범인은 둘째 날 아침에 수렴 화재라는 방법으로 불을 지르는 트릭을 실행했죠."

"범인은 이번뿐만이 아니라 예전에도 유리관에 묵은 적이 있다는 건가."

쿠루마가 중얼거리자 츠키요는 "그렇습니다." 하고 고개를 끄덕였다.

"쿠루마 선생님, 유메요미 씨, 그리고 저는 사흘 전에 처음으로 유리관을 방문했어요. 그리고 첫 번째 사건에 알리바이가 있는 사카이즈미 씨. 총 네 명은 용의자 목록에서 제외할 수 있습니다."

그렇다면 카가미와 사쿄 중 한 명이 오이타와 마도카를 살해한 범인이다. 누구지? 누구에게 코즈시마를 살해한 죄를 뒤집어씌우면 되지?

가쁜 숨을 쉬던 유마는 한기를 느끼고 몸을 부르르 떨었다. 고개를 돌리자 사카이즈미가 핏발 선 눈으로 이쪽을 노려보고 있었다. 칼날같이 예리한 시선을 받으며 유마는 자신이 착각했음을 깨달았다. 카가미와 사쿄뿐만이 아니다. 나도 용의자다.

하지만 두 번째와 세 번째 사건이 발생했을 때 나는 명탐정과 함께 있었다. 사람들에게 말하지는 않았지만 내게 알리바이가 있다는 걸 츠키요는 안다. 내가 범인이 아니라는 사실을 안다.

……아니, 정말로 그럴까? 불길한 예감에 심장이 크게 요동쳤다.

첫 번째 사건의 트릭이 들통났을 때 범인으로 지적되지 않아서 방심했는데, 실은 명탐정이 전부 꿰뚫어 본 것 아닐까. 이제 내가 코즈시마를 살해한 범인으로 고발당하는 것 아닐까.

“그럼 남은 용의자는 사쿄 씨, 카가미 씨, 그리고…… 이치조 선생님이군요.”

사카이즈미가 한 명씩 차례대로 노려보며 나지막한 목소리로 중얼거렸다.

“어떻게 하면 이 세 명 중에서 진범을 가려낼 수 있음까?”

“마지막 사건으로요. 토모에 씨가 살해당한 마지막 사건의 진상을 밝혀내면 범인의 정체도 자연히 드러날 거예요.”

“……그럼 가르쳐 주십시오. 누가 마도카에게 그런 짓을 했는지.”

츠키요는 “알겠습니다.” 하며 유리관 모형 곁으로 다가갔다.

“세 번째 밀실 살인 사건은 토모에 씨가 생활하던 육호실에서 발생했습니다. 다만 엄밀하게 따지면 이 방은 ‘밀실’이 아니에요. 창문이 열려 있었으니까요.”

츠키요는 모형의 창문에 손가락을 댔다. 정밀하게 만든 만큼 실제와 똑같이 위쪽이 약 45도 각도로 열렸다.

“유리관은 매끄러운 장식 유리로 덮여 있어서 탈출하기가 어려워요. 외벽을 확인해 봤는데, 전문적인 도구를 사용해 유리를 오르내린 흔적도 없었고요.”

"낙하산을 메고 창문에서 뛰어내린 거 아니야?" 유메요미가 말했다.

"낙하산은 펼쳐진 후 낙하 속도가 충분히 줄어들 때까지 일정한 시간이 필요하므로 이 정도 높이에서는 사용할 수 없어요. 밖에 쌓인 눈에 발자국이 전혀 없는 걸 고려하면, 글라이더같이 이 정도 높이에서 사용할 수 있는 기구로 탈출한 후 저택으로 돌아왔을 가능성도 사라지죠. 또한 코즈시마 씨가 살해당한 사건과는 달리, 세 번째 사건에서 육호실 열쇠는 토모에 씨의 머리띠 속에 있었어요. 방에 들어간 후 아무도 몰래 머리띠에 열쇠를 숨기기는 불가능합니다."

"그럼 범인은 어떻게 문을 잠근 건데?"

"네, 그게 이 사건의 가장 큰 수수께끼예요. 창문은 열려 있었지만 육호실은 역시 넓은 의미에서 보면 '밀실'이었다고 할 수 있겠죠."

"아오이 씨, 한마디 해도 되겠나?" 쿠루마가 고개를 움츠렸다.

"물론이죠, 쿠루마 선생님. 뭔가요?"

"최신 기술을 사용한 트릭은 내 취향이 아니지만, 아까 이치조 선생이 언급한 드론으로 문을 잠그는 트릭은 어떨까? 식당과 달리 육호실은 창문이 열려 있었지. 드론이라면 거기로 탈출해 저택 주변에 쌓인 눈에 흔적을 남기지 않고 조종자의 방으로 돌아올 수 있을 것 같은데."

"그건 어려울 거예요." 츠키요는 조용히 말했다. "식당의 빗장처럼 나름대로 크고, 약한 힘으로 쉽게 회전하는 단순한 구조라면 드론으로도 조작할 수 있겠죠. 하지만 육호실의 자물쇠는 작은 손잡이를 돌려서 잠그는 실린더 자물쇠인 데다 잠그려면 나름대로 힘을 줘야 해요. 아무리 드론 기술이 발달했다지만 그렇게까지 정밀하고 힘이 필요한 일은 못 하죠. 같은 이유로 드론이 토모에 씨의 머리띠에 열쇠를 넣었다는 가설도 부정할 수 있습니다."

"그런가. 그게, 드론의 성능에 대해서는 아는 바가 거의 없어서……. 이상한 추리를 꺼내서 미안하네."

"아니에요. 다른 분들도 뭔가 가설이 있으면 꼭 말씀해 주세요."

츠키요는 수식의 해답을 물어보는 교사처럼 사람들을 둘러보았다.

"아오이 씨, 이제 충분하잖습니까. 부탁이니 빨리 이번 연쇄 살인 사건의 진상을 알려 주세요."

자신이 의심받는 상황을 더는 견딜 수 없었는지 사쿄가 애원하듯 말했다. 츠키요는 "어쩔 수 없네요." 하고 미련이 남은 표정으로 어깨를 움츠렸다.

"세 번째 사건에는 밀실을 만든 방법 외에도 수수께끼가 세 가지 더 있어요."

"수수께끼가 세 가지 더?" 미심쩍은 듯이 사쿄가 되물었다.

"범인은 어떻게 겁에 질려 방에 틀어박힌 토모에 씨를 습격했는가. 토모에 씨에게 왜 웨딩드레스를 입혔는가? 그리고 범인은 왜 굳이 작은 주방에 양초로 만든 시한 발화 장치를 설치했는가."

츠키요는 손가락을 꼽으며 세 가지 수수께끼를 설명했다.

"시한 발화 장치를 설치한 건 시체를 빨리 발견시키려고 그런 것 아니야?"

유메요미가 고개를 갸우뚱했다.

"과연 그뿐일까요? 화재경보기로 그 난리를 치지 않았어도, 조만간 아침이 되면 토모에 씨가 보이지 않는다는 걸 알아차렸을 거예요. 그런데도 목격당할 위험성을 무릅쓰면서까지 발화 장치를 설치한 데는 뭔가 큰 이유가 있었다고 봐야겠죠."

"이유라니, 그게 뭔데?"

"창문을 여는 거요." 츠키요는 손끝으로 모형의 창문을 만지작거렸다. "유리관은 화재에 취약한 구조라 스프링클러 등 화재가 발생했을 때 피해를 최소화하는 설비가 갖추어져 있어요. 그중 하나가 화재경보기가 작동했을 때 연기를 배출하기 위해 자동으로 활짝 열리는 객실 창문입니다."

"육호실 창문을 열기 위해 범인이 일부러 작은 주방에 시한 발화 장치를 설치했다는 거야? 하지만 범인은 창문으로 달아난 게 아니라면서."

"네, 아닙니다. 하지만 밀실을 만들기 위해 범인은 창문을 활짝 열 필요가 있었어요."

유메요미는 이해가 안 되는지 통증을 참는 듯한 표정으로 입을 다물었다.

"자, 왜 창문을 열 필요가 있었는지는 제쳐 놓고, 다른 수수께끼로 옮겨가죠. 토모에 씨에게 왜 웨딩드레스를 입혔느냐는 수수께끼로요."

"그야 결혼을 앞두고 살해당한 마슈 신쥬 씨의 복수라는 사실을 알리기 위해서 아닐까요?"

사쿄가 자신 없이 말했다.

"얼핏 보면 그렇게 느껴지죠. 하지만 두 번째 사건에서 설산에서 조난당한 피해자를 암시한 게 아닐까 추정됐던 포플러 솜털도 실은 불쏘시개로 사용됐어요. 진짜 의도를 감추기 위해 오이타 씨의 시신 위에도 놓아둬서 위장한 거겠죠. 그렇다면 웨딩드레스를 입힌 데에도 숨겨진 의도가 있다고 보는 게 타당하지 않을까요? 일부러 전망실에서 웨딩드레스를 훔쳐내 시체에 입힌다. 포플러 솜털을 뿌리는 것보다 훨씬 중노동이고 들통날 위험성도 높으니까요."

듣고 보니 그렇다. 그렇지만 대체 무슨 이유로 웨딩드레스를 입힌단 말인가? 유마가 골똘히 생각하고 있자니 쿠루마가 말을 꺼냈다.

"미안하네, 아오이 씨. 방금 알아차린 게 있는데 이야기를 조금만 되돌려도 될까?"

"물론이죠. 뭔가요?" 츠키요는 상냥하게 대답했다.

"아까 화재경보기를 작동시켜 육호실 창문을 열기 위해 작은 주방에 시한 발화 장치를 설치했다고 했지. 하지만 범인이 그런 짓을 할 필요는 없지 않을까? 육호실 창문은 방에서 버튼만 누르면 열리니까."

"브라보!"

츠키요가 느닷없이 박수를 쳐서 사람들은 어리둥절해졌다.

"그거예요. 바로 그게 세 번째 사건을 해결하기 위한 커다란 힌트입니다. 육호실에서 버튼을 누르면 창문이 열리는데도, 범인은 위험을 감수하면서까지 작은 주방에 시한 발화 장치를 설치했죠. 이유를 알겠어, 이치조 군?"

입술에 냉소를 띠며 츠키요가 물었다. 이번에는 기습에도 당황하지 않았다. 뇌세포가 한 가지 해답을 자아냈다.

"……범인은 육호실에서 버튼을 누를 수 없었다."

"어째서?" 츠키요는 도발적으로 다시 질문했다.

"범인은 육호실에 없었으니까……. 범행 현장은 육호실이 아니었으니까."

유마는 츠키요를 똑바로 바라보았다. 츠키요는 만족스럽게 미소를 지었다.

"정답. 역시 나의 왓슨 군이야."

"육호실이 범행 현장이 아니라니, 그게 무슨 소리야?" 유메요미가 깜짝 놀란 목소리로 말했다.

"말 그대로예요. 토모에 씨가 고문을 당하다 살해당한 방은 육호실이 아니에요. 범인은 밀실에서 탈출한 게 아니라 토모에 씨의 시신을 밀실로 이동시킨 겁니다."

츠키요는 다른 사람들의 얼굴에 차례대로 시선을 주며 설명을 이어 나갔다.

"남에게 들키지 않고 시신을 이동시켜 토모에 씨가 자기 방에서 살해당했다고 오인시키려면, 육호실 창문을 활짝 열 필요가 있었다. 사실 범인은 토모에 씨를 살해한 후 열쇠를 입수해 육호실로 가서 버튼을 눌러 창문을 열 생각이었다. 하지만 머리띠에 들어 있던 육호실 열쇠를 범인은 찾지 못했다. 열쇠를 입수하기 전에 살해한 걸 후회해도 이미 늦었다. 그래서 범인은 어쩔 수 없이 작은 주방에 시한 발화 장치를 설치해 화재경보기를 작동시켜 육호실 창문을 열 수밖에 없었던 거예요."

"창문이 열린다고 어떻게 시신을 육호실로 이동시킬 수 있다는 겁니까?"

사쿄가 흥분한 기색으로 물었다.

"토모에 씨에게 왜 웨딩드레스를 입혔는가가 그 문제를 풀기 위한 힌트예요. 자, 그 웨딩드레스는 19세기 런던을 무대로 셜록 홈스와 존 왓슨이 활약하는 〈셜록 유령신부〉에서 사용된 물건입니다."

츠키요는 뭔가를 떠올리려는 듯 시선을 올렸다.

"홈스와 왓슨이 19세기에 활약하는 걸 당연하게 여기실지도 모르지만, BBC에서 제작한 드라마 〈셜록〉은 기본적으로 현대의 런던에서 홈스와 왓슨이 활약하는 이야기예요. 홈스가 스마트폰을 가지고 수사에 SNS를 활용하며, 왓슨은 모험담을 책이 아니라 블로그에 쓴다는 설정이죠. 처음에 그 설정을 들었을 때는 셜로키언•으로서 솔직히 눈살을 찌푸렸습니다만, 실제로 드라마를 보고 아주 멋진 완성도에 섣불리 판단한 저 자신이 창피해지더군요. 특히 주연 베네딕트 컴버배치의 연기가 대단해서, 현대에 홈스가 존재한다면 그가 바로……."

유마가 크게 헛기침하자 츠키요는 퍼뜩 놀란 표정을 지었다.

"어, 제가 하고 싶은 말은 그 웨딩드레스가 아주 오밀조밀하게

• 코난 도일이 쓴 '셜록 홈스 시리즈'와 주인공 셜록 홈스의 열광적인 팬을 가리키는 말.

만들어졌고, 꽤 두껍다는 거예요. 그걸 시신에 입히면 어떤 효과가 있을까요?"

"어떤 효과라니……, 시신을 깨끗하게 유지함으로써 조금이나마 경의를 표하는 걸 보여 준다든가?"

사쿄가 자신 없게 중얼거렸다.

"범인은 토모에 씨를 고문하고 찔러 죽였어요. 강한 원한이 느껴지죠. 도저히 시신에 경의를 표한다고는 볼 수 없겠네요. 다만 사쿄 씨의 말씀 중 일부는 정답이에요. 범인은 시신을 깨끗하게 유지하고 싶었던 거예요."

"하지만 범인은 토모에 씨에게 원한을 품었잖습니까."

"네, 원한을 품었지만 시신을 깨끗하게 유지한다. 그렇듯 모순된 행동을 할 이유가 범인에게는 있었습니다."

"피인가?" 쿠루마가 소리쳤다. "핏자국을 감추고 싶었던 건가?"

"과연 쿠루마 선생님, 역시 미스터리 작가는 다르시네요. 네, 범인은 피가 새어나지 않도록 하고 싶었던 겁니다. 심정지 후에는 피가 뿜어져 나오지 않겠지만, 넓적다리를 여러 군데 베이고 가슴을 찔린 시신입니다. 자연스레 피가 흐르겠죠. 하지만 웨딩드레스를 입히면 어느 정도 시간은 천 바깥까지 피가 배어 나오는 걸 막을 수 있어요. 즉, 그 웨딩드레스는 어떤 의미에서 피가 새지 않도록 감싸는 랩 역할을 한 겁니다."

"하지만 그래 봤자 얼마 못 갔을 겁니다. 실제로 발견됐을 때 토모에 씨가 입고 있던 웨딩드레스 가슴께에는 피가 배어 있었습니다. 왜 얼마 안 되는 시간 동안 피를 옷 속에 가둬 둬야 했을까요?"

사쿄가 묻자 츠키요는 얼굴 옆에 집게손가락을 세우며 말했다.

"물론 시신을 이동시킨 흔적을 감추기 위해서죠."

"이동시킨 흔적……."

"토모에 씨가 행방불명된 걸 저희가 알아차리기 전에 범인은 시신을 이동시켜 육호실을 밀실로 만들고 싶었어요. 그러면 범행 현장을 육호실로 오인시켜, 토모에 씨가 신뢰하는 사람을 방에 들였거나 이치조 군과 쿠루마 선생님이 마스터키를 사용해 방에 침입했다는 잘못된 추리를 이끌어 낼 수 있으니까요. 다만 고문하고 찔러 죽인 시신을 그대로 옮기면 핏자국이 남아서 트릭이 들통납니다. 그래서 범인은 토모에 씨에게 웨딩드레스를 입힌 거예요."

"마도카를 어떻게 육호실로 옮겼습까? 누가 그런 거예요?"

당장이라도 덤벼들 것 같은 말투로 사카이즈미가 물었다. 츠키요는 숨을 크게 들이마셨다.

마침내 《유리관의 살인》의 진상이 밝혀진다. 그러한 예감에 체온이 상승하는 걸 느끼며 유마는 살그머니 재킷 호주머니에 손을 넣어 알약 케이스를 확인했다.

"세 번째 사건에서 사용된 밀실 트릭을 풀어낼 단서가 몇 가지 있습니다. 범행 현장은 육호실이 아니었다는 것. 옮길 때 핏자국이 남지 않도록 시신에 웨딩드레스를 입혔다는 것. 트릭을 실행하기 위해서는 육호실 창문이 활짝 열려 있어야 한다는 것. 그리고……, 범행이 유리관에서 일어났다는 것."

츠키요는 곁에 있는 모형의 표면을 덮은 장식 유리를 손가락으로 문질렀다.

"이 사건이 일어난 곳은 평범한 건물이 아니에요. 원뿔 모양의 유리 첨탑이죠. 여기서 중요한 점은 유리관의 외벽이 지면에 수직으로 서 있는 것이 아니라 완만하게 경사져 있다는 사실입니다."

츠키요는 호주머니에서 꺼낸 손수건으로 솜씨 좋게 사람 모양을 만들어 모형에 댔다.

"따라서 이런 현상이 발생하죠."

츠키요가 육호실 위쪽 외벽에 댄 손수건에서 손을 뗐다. 손수건은 중력에 의해 모형의 외벽을 미끄러져 내려오다가 육호실의 열린 창문으로 빨려들었다.

잠깐 침묵이 흐른 후 식당이 술렁거렸다. 너무나 단순한 트릭. 하지만 범인이 어떻게 육호실에서 탈출해 밀실을 만들었느냐는 생각에 사로잡혀 있던 유마로서는 상상도 못 할 방법이었다.

"매끄러운 외벽을 올라가려면 전용 도구가 필요하고, 그걸 사용한 흔적도 남겠죠. 하지만 그냥 미끄러뜨려서 내려보낼 뿐이라면 증거를 거의 남기지 않고 시신을 육호실로 이동시킬 수 있어요. 웨딩드레스 덕분에 외벽에 피가 묻지도 않을 테고, 창문 위쪽이 열리는 구조니까 시신은 높은 확률로 틈새로 들어가 창가에 있는 침대에 떨어지겠죠."

의기양양하게 양손을 펼친 츠키요를 사카이즈미가 닦달했다.

"그래서 범인이 누구냐고요? 이 사건을 해결하면 범인을 알 수 있다면서요!"

"그야 자명하잖아요?"

츠키요는 사람들의 얼굴을 하나씩 차례대로 둘러보며 차분한 목소리로 말했다.

"저택 외벽을 따라 토모에 씨의 시신을 미끄러뜨려서 육호실로 이동시키려면, 육호실과 동일한 위치에 있는 위쪽 방에서 떨어뜨려야 해요. 그리고 이호실부터 팔호실은 층마다 90도씩 돌아가며 원기둥을 4분의 1 크기로 차지하죠. 즉, 육호실에서 4층 위의 방……."

츠키요는 말을 끊고 입맛을 다시듯이 얇은 입술을 핥았다.

"이호실 창문에서 토모에 씨를 떨어뜨린 거예요. 다시 말해 그 방을 쓰는 사람이 바로 범인입니다."

이호실을 쓰는 사람……. 사람들의 시선이 그 인물을 향했다. 양복 호주머니에 양손을 찔러 넣고 말없이 츠키요를 쏘아보는 카가미 츠요시에게.

"카가미 씨, 그저께 밤에 겁먹은 토모에 씨가 방에 가려고 휴게실을 나섰을 때, 바로 뒤쫓아 가셨죠. 그때 자기 방에 돌아가려던 토모에 씨를 습격해 이호실에 감금한 것 아닌가요? 그리고 하룻밤 내내 고문해 지하 감옥에 대해 알아낸 후 살해한 거예요."

카가미는 고개를 숙인 채 아무 대답도 하지 않았다.

"경찰 수사가 우선이라며 사건 현장을 봉쇄한 것도, 자신이 범인이라는 증거를 못 찾게끔 하기 위해서였겠죠. 처음에는 인체 실험의 주모자인 코즈시마 씨만 죽일 작정이었지만 눈사태로 경찰이 올 수 없는 상황을 이용해 오이타 씨와 토모에 씨도 살해하고 지하 감옥의 위치까지 자기 손으로 알아내려 했어요. 아닌가요?"

츠키요의 말에 유마는 속으로 환성을 질렀다. 이 명탐정은 코즈시마도 카가미가 죽였다고 생각한다. 이제 카가미에게 알약 케이스만 떠넘기면 죄를 뒤집어씌울 수 있다.

"나 원 참, 무슨 소릴 하는 거야."

잠자코 있던 카가미가 과장되게 어깨를 으쓱했다.

"가만히 듣고 있으니 생사람을 잡으려고 그러네. 난 형사야. 마슈 신쥬가 실종된 사건에 대해 수사를 하기는 했지만, 인체 실험으로 희생자가 여러 명 나왔다고 세 명이나 죽일 리가 있나. 체포하면 현경 본부장 포상감이고, 죽이면 살인범으로 은팔찌를 차고 사형당할 수도 있는걸. 아무리 생각해도 이치에 안 맞잖아."

확실히 그렇다. 츠키요가 어떻게 반론할지 유마는 마른침을 삼키며 지켜보았다.

"카가미 씨, 정말로 형사로서 유리관에 오신 건가요?"

"……무슨 뜻이야?"

"이 저택에서 발생한 일련의 밀실 살인 사건을 돌이켜보건대, 범인은 미스터리 소설에 조예가 깊어요."

"그럼 난 아니네. 난 미스터리 소설같이 시시한 것에는 전혀 흥미가 없으니까."

"과연 그럴까요?"

"무슨 말을 하고 싶은 건데?" 카가미가 콧부리에 주름을 잡았다.

"카가미 씨는 유리관에 몇 번 묵었고, 이번 행사에 초대받을 만큼 코즈시마 씨와 친했죠. 대인 관계가 좋지 못하고 성격이 까탈스러운 코즈시마 씨가 자신이 저지른 감금 살인 사건을 수사하러 온 형사와 그렇게 트고 지낼 것 같지는 않은데요."

"……어쩐지 마음에 들었겠지. 수사에 협력을 받으려고 나도 나름대로 싹싹하게 굴었으니까."

"네, 카가미 씨는 코즈시마 씨의 마음에 들었습니다. 그리고 코즈시마 씨의 마음에 들기 위한 최고의 조건은 미스터리에 대해 그와 이야기가 통하는 거였죠. 이치조 군도 그랬지?"

느닷없는 질문에 유마는 움찔 놀라면서도 얼른 고개를 끄덕였다.

"확실히 주치의 면접 때 미스터리에 대해 이야기꽃을 피워서 점수를 땄는데……."

츠키요는 "들으셨죠?" 하고 카가미에게 미소를 지었다.

"……내가 미스터리에 대해 잘 안다고 치자. 그게 뭐 어쨌는데? 겨우 그것 가지고 내가 세 사람을 죽였다고 우기는 거야?"

"카가미 씨가 행방을 쫓던 마슈 신쥬 씨 말인데요. 발음이 좀 힘드네요. 성씨과 이름에 '슈'와 '쥬'가 들어가서 자칫하면 혀를 씹겠어요. 보통은 이름을 이렇게 안 지을걸요."

갑자기 화제가 바뀌어서 유마는 당황했다. 하지만 츠키요는 담담하게 이야기를 이어 나갔다.

"참고로 영어권에는 진주•를 의미하는 그리스어인 마르가리테스를 원형으로 하는 여성의 이름이 있죠. 마거릿입니다. 그러고 보면 카가미 씨의 성씨도 '거울•'이라고 생각하면 영어 단어로 바꿀 수 있죠. 미러(Mirror)예요."

"마거릿……, 밀러•."

유마의 중얼거림에 츠키요가 손가락을 딱 튕겼다.

- 진주는 일본어로 '신쥬'이다.
- 거울은 일본어로 '카가미'이다.
- Millar, Mirror 모두 일본어로 '미라(ミラー)'라고 표기한다.

"그래, 마거릿 밀러(Margaret Millar). 미국의 여성 미스터리 작가로, 남편인 로스 맥도널드와 함께 특히 심리 서스펜스에 중점을 둔 멋진 작품을 수많이 발표했죠. 《내 안의 야수》로 1956년에 에드거상 최우수 장편상을 수상했고, 미국 추리작가 협회 회장도 맡았던 거장이에요."

츠키요는 쾌활하게 마거릿 밀러에 대한 지식을 늘어놓은 후 카가미에게 시선을 돌렸다.

"카가미 씨, 중증의 미스터리 마니아였던 당신은 자기 자식의 이름을 유명한 미스터리 작가의 이름에서 따온 것 아닌가요? 요전에 이혼했다고 말씀하셨죠. 마슈 신쥬 씨는 전처가 거둔 당신의 딸 아니에요?"

충격적인 추리에 사람들이 숨을 삼키는 가운데, 츠키요는 설명을 이어 나갔다.

"애당초 현경 수사1과 형사가 실종 사건을 조사하는 것 자체가 이상해요. 현경 수사1과는 살인같이 중대한 사건이 발생해 수사본부가 설치될 때 수사의 중심을 맡는 부서예요. 회사원이 조난됐다고 추정되는 사건이 배정될 리도 없거니와 언제 호출될지 모르니까 이런 산속에 묵기는 아주 어렵죠."

말없이 고개를 숙인 카가미에게 츠키요는 담담히 말을 계속했다.

"카가미 씨, 이미 형사를 그만둔 거 아니세요? 행방불명된 따님을 찾기 위해."

귀가 이상해진 것 아닐까 싶을 만큼 완전한 침묵이 식당을 가득 채웠다. 유마는 숨쉬는 것조차 잊고 카가미의 대답을 기다렸다.

"초등학생……."

집중하지 않으면 놓칠 만큼 약한 목소리로 카가미가 말했다.

"내가 신쥬를 마지막으로 만난 건 걔가 초등학생 때였어. 형사로서 마소처럼 일하느라 가정을 돌보지 않았던 내게 오만 정이 떨어진 마누라가 데려갔지. 그게 신쥬에게도 행복할 테고, 내가 만나러 간들 민폐겠다 싶어서 양육비만 보냈지. 만나지 못해도 신쥬만 행복하면 그만이었어. 그런데……."

카가미의 얼굴이 비통하게 일그러졌다.

"작년에 십수 년 만에 헤어진 마누라에게 연락이 왔지. 신쥬가 등산하러 갔다가 행방불명됐다더군. 난 어떻게든 신쥬를 찾고 싶었어. 하지만 등산이라고는 해 본 적도 없는 내가 겨울산을 어떻게 오르겠나. 그냥 무력감에 젖어 기다리는 수밖에 없었지. 행방불명된 지 2주일쯤 지나자 생존 가능성이 없다는 이유로 수색이 중단됐지만, 나는 휴가를 내고 수색대를 철저하게 탐문해서 신쥬의 행방에 대한 정보를 얻었어. 동시에 요즘 등산객이 여러 명 행방불명됐다는 것과 '조가타케산 증발 사건'에 대해서도 들었지."

"그 결과 따님이 이 저택에 다다랐다고 확신하신 거로군요."

카가미는 "아니." 하고 자학적으로 고개를 저었다.

"확신한 건 아니야. 이 저택에 다다라서 보호받는 것 말고는 신쥬가 살아 있을 가능성이 없었을 뿐이지. 그래서 겨우 약속을 잡아서 코즈시마를 만났어."

"사람을 싫어하는 코즈시마 씨를 용케 만나셨네요."

"운이 좋았지. 아까 당신이 추리한 대로 난 상당한 미스터리 마니아고, 동호회 친구도 적지 않아. 그중에 코즈시마의 지인이 있었어. 유유상종인 셈이지. 코즈시마는 현경 수사1과 형사이자 미스터리 마니아인 내게 흥미를 품었어. 나는 놈의 자랑을 열심히 듣는 척하며 내가 신쥬의 아버지라는 걸 숨기고 조가타케산에서 행방불명자가 속출하는 일에 대해 물어봤어. 놈은 시치미를 딱 뗐지만 형사의 감이 발동하더군. 코즈시마야말로 조가타케산 증발 사건의 주모자라고 말이야. 집사와 메이드가 관여한 것도 놈들의 반응을 보건대 틀림없었고."

카가미는 바르르 떨릴 만큼 주먹을 꽉 움켜쥐었다.

"경찰에 고발해 유리관을 조사할 생각은 없으셨나요?"

"코즈시마는 이 지방의 명사야. 놈이 납부하는 세금이 이 지역 주민세의 몇 퍼센트를 차지하는지 알아? 내 감만으로 가택 수사라니 어림도 없지."

"그래서 어떻게든 코즈시마 씨의 마음에 들도록 노력해, 유리관에 묵을 정도로 친해져서 조가타케산 증발 사건의 증거를 찾은 거로군요."

"그래. 하지만 한밤중에 방을 빠져나와 아무리 저택을 수색해도 실마리 하나 나오지 않았어. 그래서 손님이 여러 명 찾아오는 이번 행사야말로 기회라고 생각했지."

츠키요는 "그렇군요." 하고 맞장구를 쳤다.

"그래서 복어 독으로 코즈시마 씨를 독살한 다음, 오이타 씨를 살해하고, 토모에 씨를 고문해 지하 감옥의 위치를 알아낸 후 찔러 죽인 거로군요."

츠키요의 말에 카가미는 흥, 하고 코웃음을 쳤다.

"이봐, 명탐정 아가씨. 뭐든지 다 아는 것처럼 굴지만 실제로는 아무것도 모르는군."

"무슨 말씀이시죠?" 츠키요는 고개를 갸웃했다.

"코즈시마를 죽인 건 내가 아니야. 난 코즈시마가 살해당하고 눈사태로 경찰이 못 오게 됐기 때문에 움직인 거라고. 집사와 메이드에게 복수하고 신쥬의 행방을 찾을 기회는 지금밖에 없을 것 같았거든."

유마는 긴장해서 몸이 굳어졌다. 츠키요가 눈썹을 찌푸렸다.

"발뺌하시는 건가요? 두 명까지는 죽여도 극형에 처해지지 않는다고 생각하시는 거예요? 아니면 코즈시마 씨를 죽일 만큼 증오하던 인물이 이 행사에 두 명이나 초대받았다는 말씀이세요?"

"안 될 것 없잖아. 코즈시마는 인간쓰레기야. 놈을 죽이고 싶을 만큼 증오하는 사람은 널리고 널렸을걸."

카가미는 사람들을 차례대로 가리켰다.

"남 일 보는 듯한 표정으로 서 있는 너희들 중에 코즈시마를 죽인 자가 있어. 누구야? 누가 나 같은 살인자냐?"

카가미의 손가락이 자신을 향한 순간, 유마는 동요했음을 들키지 않도록 얼굴 근육에 힘을 주었다.

괜찮다. 카가미는 오이타와 마도카를 죽였다고 인정했다. 살인범의 말은 아무도 믿지 않을 것이다. 예외가 있다면…….

유마는 츠키요를 곁눈질했다. 츠키요는 입술에 손을 댄 채 인상을 팍 쓰며 생각에 잠겨 있었다.

명탐정에게 생각할 시간을 더 주면 위험하다. 빨리 이 사건의 막을 내려야 한다. 유마가 살그머니 호주머니에 손을 넣었을 때, 지옥 밑바닥에서 울려 퍼지는 듯한 목소리가 식당의 공기를 흔들었다.

"내……."

사카이즈미가 잇몸이 드러날 만큼 입술을 일그러뜨리며 핏발선 눈으로 카가미를 응시했다. 굶주린 맹수를 방불케 하는 모습이었다.

"내 마도카를 네가!"

소리를 지르자마자 사카이즈미는 바닥을 박차고 카가미에게 덤벼들었다. 허를 찔린 카가미는 사카이즈미와 함께 엉켜서 나뒹굴었다.

"가만두지 않겠어! 죽여 버릴 거야!"

사카이즈미가 주먹으로 카가미의 얼굴을 내리쳤다. 카가미는 "이러지 마! 진정해!" 하고 양팔로 얼굴을 가리는 데 급급했다.

지금이다! 기회는 지금뿐이다! 알약 케이스를 움켜쥔 주먹을 호주머니에서 꺼내며 유마도 "얌전히 있어!" 하고 카가미에게 달려들었다. 유마는 카가미를 꽉 눌러 제압하는 척하며 알약 케이스를 카가미의 양복 호주머니에 밀어 넣었다.

"그만하라니까!"

카가미가 누운 채 유마와 사카이즈미를 발길질로 밀어냈다. 사카이즈미가 다시 덤벼들려고 하자 유마는 "잠깐." 하고 만류했다.

"뭡니까?" 사카이즈미가 분이 풀리지 않은 목소리로 말했다.

"상대는 사람을 세 명이나 죽인 살인범이야. 뭔가 흉기를 감추고 있을지도 몰라."

호주머니를 뒤져라. 속에 뭔가 들었다는 걸 알아차려라. 유마는 속으로 빌면서 카가미를 쏘아보았다.

경계하며 일어선 카가미는 미심쩍은 표정을 짓더니 양복 호주머니에 손을 넣었다. 사카이즈미가 당장이라도 대응할 자세를 취했다.

"뭐야, 이건?"

카가미는 자기 손에 들린 알약 케이스를 보고 눈이 동그래졌다. 그 얼굴에 어두운 웃음이 번졌다.

"……아하. 이게 코즈시마를 살해한 독약인가. 기어코 날 코즈시마 살해범으로 만들겠다 그거로군."

카가미에게 알약 케이스를 떠넘기는 데 성공했다. 이제 뭐라고 변명하든 코즈시마를 죽인 건 카가미다. 유마가 계획이 성공했음을 확신한 순간, 카가미가 엄지손가락으로 알약 케이스 뚜껑을 열었다.

"상관없어. 내 손으로 코즈시마를 죽이지 못한 게 유일한 한이었으니까. 내가 그 쓰레기를 죽였다는 명예의 훈장을 달고 지옥으로 가마. 어차피 놈들을 죽이고 신쥬의 시신만 찾으면 뒷일은 어찌 되든 상관없었어. ……신쥬가 없는 이 세상에 미련은 없다."

카가미는 망설임 없이 알약 케이스에 들어 있던 캡슐을 모조리 입속에 털어 넣고 꿀꺽 삼켰다.

예상치 못한 전개에 깜짝 놀라 유마는 그저 우두커니 서 있었다. 십수 초 후, 카가미가 "윽?" 하고 신음하며 가슴을 부여잡고 무릎을 꿇었다.

"뭐야……. 이거……."

카가미는 괴로운 듯 숨을 몰아쉬다가 심하게 구토했다. 시큼한 악취가 주변에 퍼졌다.

"아, 으으, 커어억……."

사람들은 카가미가 고통스러워하며 토사물 위를 뒹구는 모습을 그저 지켜보는 것이 고작이었다.

이윽고 온몸이 격렬하게 경련하더니 허공을 휘젓던 카가미의 손이 힘없이 바닥에 떨어졌다.

너무나 비참한 광경에 모두 아무 말도 못 하고 가만히 서 있었다. 벽시계의 초침이 움직이는 소리만 몹시 크게 들렸다.

"이치조 군……."

몇 분의 침묵 후, 츠키요가 억누른 목소리로 말했다. 츠키요의 의도를 알아차린 유마는 입을 굳게 다물고 미동도 하지 않는 카가미 옆에 꿇어앉았다. 청바지 무릎 부분에 토사물이 묻었지만, 지금은 그런 걸 신경 쓸 때가 아니었다.

카가미의 목에 살짝 손을 얹었다. 경동맥에서 맥박은 느껴지지 않았다. 호흡도 정지했다.

"……죽었습니다."

목소리를 짜내서 말하자 사카이즈미가 짐승이 포효하듯 소리를 질렀다.

"제기랄! 마도카를 죽여 놓고 이렇게 도망치는 법이 어디 있어!

마도카에게 사과해! 더 괴로워하면서 죗값을 똑똑히 치르라고!”

카가미의 시신을 걷어차려는 사카이즈미를 쿠루마와 사쿄가 간신히 말렸다.

주저앉은 사카이즈미가 엉엉 우는 소리를 들으며 유마는 카가미의 시신을 바라보았다. 동공이 완전히 풀린 두 눈이 유마를 원망스럽게 쳐다보았다.

아아, 또 사람을 죽이고 말았다……. 하지만 어쩔 수 없었다. 그래, 어쩔 수 없는 일이었다…….

짊어진 죄의 십자가에 짓뭉개질 것 같은 기분으로 유마는 애써 마음을 다독였다.

2

침대에 똑바로 누워 천장을 올려다보았다. 곧 정오가 되려는 참이었다.

카가미가 독을 먹고 목숨을 잃은 지 몇 시간이 지났다. 《유리관의 살인》의 범인이 사망해서 더는 위험이 없을 테니 생존자들은 각자 방에서 저녁에 도착할 경찰을 기다리기로 했다.

유마는 방에 돌아오자마자 뜨거운 물로 샤워한 후 새 옷으로 갈아입고 침대에 누웠다. 하지만 어제 푹 자서 그런지, 아니면 신경이 곤두서서 그런지 전혀 졸리지 않았다. 눈을 감으면 요 나흘간의 일이 악몽처럼 눈꺼풀 안쪽에 떠오르므로 이렇게 계속 천장을 바라보고 있었다.

당초 계획과는 달랐지만 범인으로 고발되지 않고 코즈시마를 살해하는 데 성공했다. 이로써 동생은 신약의 혜택을 받을 수 있다.

조난자를 지하 감옥에 가두고 인체 실험을 자행한 악마 코즈시마는 죽어 마땅한 인물이었다. 그리고 카가미는 원래부터 코즈시마의 악행을 폭로하고 협력자와 함께 없앤 후에 스스로 목숨을 끊을 작정이었을 것이다.

나는 전혀 나쁘지 않다. 내 행동은 잘못되지 않았다.

요 몇 시간 내내 자기 자신에게 계속 암시를 걸었지만, 살인이라는 최대의 금기를 어겼다는 죄책감은 희석되지 않았다.

언젠가 이 무거운 십자가를 내려놓을 날이 올까. 아니면 평생 죄의식에 좀먹히며 살아가야 할까.

그런 생각을 하고 있는데 문을 두드리는 소리가 들렸다.

누구지? 유마가 침대에서 일어나 문으로 다가가자 "이치조 군, 잠깐 괜찮을까?" 하고 명탐정의 목소리가 들렸다.

"아오이 씨, 어쩐 일이야?" 유마는 자물쇠를 풀고 문을 열었다.

"시간을 주체할 수가 있어야 말이지. 이왕이면 왓슨 군과 이야기라도 조금 나눌까 해서 왔어. 저택을 떠나면 파트너 관계도 끝이니까."

"아아, 그러고 보니 그러네."

츠키요와 파트너 관계가 끝난다. 그 사실이 약간 아쉽게 느껴져서 유마는 놀랐다. 죄를 덮어씌울 상대를 찾기 위해 일시적으로 맺은 관계였지만, 츠키요와 함께 유리관의 수수께끼에 도전한 시간은 지금 돌이켜보면 아주 충실했다.

"아오이 씨만 괜찮으면 앞으로도 가끔 수사를 도와줄게. 뭐, 의사 일이 그다지 바쁘지 않을 때에 한해서지만."

"아아, 그거 좋네. 아주 매력적인 제안이야. 검토해 볼게."

츠키요는 건성으로 대답하며 방으로 들어와 소파로 향했다.

"아무래도 파트너로서 별로 도움이 못 된 모양이네."

무뚝뚝한 츠키요의 태도에 유마는 쓴웃음을 지었다. 츠키요는 "응?" 하고 이상하다는 듯이 중얼거리며 소파에 앉았다.

"아냐, 아냐, 결코 그렇지 않아. 네 왓슨 역할은 완벽했어. 네가 보조해 준 덕택에 《유리관의 살인》을 해결할 수 있었다고 해도 과언이 아니지. 넌 멋진 파트너야."

"그거 고맙네." 갑작스러운 칭찬이 쑥스러워서 유마는 콧등을 긁적였다.

"앞으로도 내가 도와주겠다고 했을 때 별로 반기지 않는 눈치여서 말이야."

"화제를 좀 바꾸지 않을래, 이치조 군?"

"상관은 없는데, 무슨 이야기를 하려고?"

"물론 《유리관의 살인》에 대해서지."

쌍까풀진 츠키요의 눈이 슥 가늘어졌다. 누그러져 있던 분위기가 단숨에 팽팽해졌다.

"……이제 와서 무슨 이야기를 하자는 거야? 남은 수수께끼는 없잖아. 모든 밀실 트릭은 해명됐고, 범인은 자백한 후 독을 먹고 자살했어."

동요했음을 들키지 않도록 유마는 애써 태연한 척했다.

"응, 확실히 그렇지. 하지만 카가미 씨가 마지막에 말했잖아. 코즈시마 씨만큼은 자기가 살해하지 않았다고."

"그야 조금이라도 죄를 가볍게 하기 위한 수작이겠지."

"그럴까? 카가미 씨는 처음부터 복수를 마치면 자살할 작정 아니었을까 싶은데. 경찰이 와서 꼼꼼히 수사하면 카가미 씨가 마슈 신쥬의 아버지임이 밝혀져서 범인이라는 게 금방 탄로 날 테니까."

츠키요는 반론하지 못하고 입을 다무는 유마를 무시하고 말을 이었다.

"처음부터 죽을 작정이었는데 코즈시마 씨만 죽이지 않았다고 부정하다니, 너무 이상하지 않아? 카가미 씨가 제일 증오했던 건 악마 같은 인체 실험의 주모자인 코즈시마 씨였을 텐데. 그를 죽여서 딸의 원수를 갚았다고 선언하는 게 당연하지 않을까?"

"……그럼 아오이 씨 생각에는 왜 카가미 씨가 코즈시마 씨를 살해하지 않았다고 주장한 것 같은데?"

"칼……." 츠키요가 불쑥 말했다. "코즈시마 씨의 시신에 꽂혀 있던 칼. 그 수수께끼를 마지막까지 풀어내지 못했어. 하지만 이제 답을 찾아낸 것 같아."

갑자기 화제가 변해서 당황하며 유마는 "답이라니?" 하고 되물었다.

"카가미 씨는 정말로 코즈시마 씨를 죽이지 않은 게 아닐까? 누군가가 먼저 코즈시마 씨를 독살하자 분노를 어찌할 방도가 없었다. 그래서 칼을 시신에 꽂아 가슴속에 용암처럼 솟구치는 분노를 조금이라도 분출하려 했다. 카가미 씨는 첫째 날 밤에 마스터키를 가지고 있었으니까 가능했을 거야."

"하지만 어디까지나 그럴 가능성이 있다는 것뿐이잖아. 독살로는 죽였다는 실감이 나지 않아서 불만이었던 나머지 시신에 칼을 꽂아서 울분을 풀었을지도 모르지."

유마는 기를 쓰고 주장했다. 츠키요는 관자놀이를 긁적였다.

"음, 확실히 그 가설도 성립하네. 하지만 이치조 군, 요 몇 시간 동안 나는 이 《유리관의 살인》을 처음부터 다시 검토했어. 그 결과, 찾아냈지. ……카가미 씨가 코즈시마 씨를 죽이지 않았다는 근거를."

방 온도가 단숨에 영하로 떨어진 듯한 기분이었다. 위아래 이가 맞부딪치지 않도록 유마는 턱에 힘을 주고 목소리를 밀어냈다.

"근거라니……?"

"첫 번째 사건에서 범인은 코즈시마 씨에게 독을 먹인 다음, 자기 방에 숨어서 계단을 올라오는 우리를 보낸 후에 합류했다고 했잖아."

"응, 그랬지……."

"하지만 카가미 씨는 그럴 수 없어. 왜냐하면 카가미 씨 방은 이호실이니까."

정수리를 후려친 것 같은 충격이 유마를 덮쳤다. 눈앞이 새하얘졌다.

"그래, 계단이 좁은지라 모두 다 일호실 앞에 모일 수가 없어서 계단에 주르르 늘어섰지. 삼호실 앞까지 말이야. 만약 이호실에서 카가미 씨가 나왔다면 당연히 들켰을 거야."

"……우리가 일호실에 들어가고 조금 있다가 합류한 것 아닐까?"

"아니, 그것도 아니야. 그때 카가미 씨는 재빨리 시신에 다가가서 사람들을 통제했어. 들어가기 전에 카가미 씨가 우리와 합류했다는 뜻이야. 즉……."

입술이 건조한지 츠키요가 혀를 내밀어서 핥았다. 유마의 눈에는 그 모습이 혀를 날름거리는 뱀처럼 보였다.

"코즈시마 씨에게 독을 먹인 범인은 카가미 씨가 아니었어. 그의 말은 진실이었던 거야."

"그, 그럼 대체 누가 코즈시마 씨를……."

유마는 현기증을 느끼며 착 가라앉은 목소리를 억지로 끄집어냈다.

"그래, 누가 코즈시마 씨를 죽였느냐, 그게 문제야. 다만……."

츠키요는 관자놀이를 톡톡 두드렸다.

"해답을 찾기 위해 내 회색 뇌세포를 총동원할 필요는 없어. 너무나 명백하니까."

츠키요의 두 눈이 유마를 응시했다. 유마는 뱀 앞의 개구리처럼 몸이 굳어 버렸다.

"카가미 씨가 코즈시마 씨를 독살하지 않았다면 그가 독을 가지고 있는 건 이상해. 돌이켜 보면 양복 호주머니에서 알약 케이스를 꺼냈을 때 카가미 씨는 놀란 눈치였어. 종합하면 코즈시마 씨를 살해한 진범이 죄를 뒤집어씌우려고 독약을 카가미 씨의 호주머니에 슬쩍 숨겼다는 결론이 도출되지."

완전히 간파당했다. 어떻게든 속여야 한다. 내가 범인이라는 것만은 절대로 들키지 말아야 한다.

"그렇다면……, 그렇더라도…… 언제부터 그, 알약…… 알약 케이스가 카가미 씨의 호주머니에 드, 들어 있었는지는, 모르니까……."

혀가 꼬여서 말이 잘 나오지 않았다. 마음만 급해서 턱부터 내미는 꼴이었다.

"아니, 알 수 있어, 이치조 군."

츠키요는 속삭이듯 말했다.

"내 추리를 듣는 동안 카가미 씨는 양복 호주머니에 양손을 넣고 있었으니까."

눈앞이 크게 흔들렸다. 평형감각을 잃은 유마는 굴러떨어지지 않기 위해 허둥지둥 소파 등받이를 붙잡았다.

"괜찮아, 이치조 군?"

츠키요가 일어나서 어깨에 손을 댔다. 유마는 반사적으로 옆으로 홱 비켜났다.

"응, 움직임을 보아하니 문제없을 것 같네. 그럼 계속할게. 만약 양복 호주머니에 미리 알약 케이스를 넣어 놨다면 카가미 씨가 알아차렸겠지. 하지만 실제로는 그렇지 않았어. 즉, 알약 케이스는 내 추리가 끝난 후에 떠넘긴 셈이야."

"하지만…… 알약 케이스를 떠넘길 기회는……."

구역질이 올라올 만큼 절망을 느끼며 유마는 저항을 시도했다.

"있었어, 이치조 군. 알잖아. 너와 사카이즈미 씨가 카가미 씨를 제압하려 했을 때야. 바로 그때 카가미 씨의 목숨을 빼앗은 독약이 든 알약 케이스가 카가미 씨의 양복 호주머니로 이동했어."

더는 반론의 여지가 없었다. 유마는 그저 멍하니 앉아 있었다.

"정황상 알약 케이스를 떠넘길 수 있었던 건 카가미 씨에게 덤벼든 두 사람뿐이야. 하지만 사카이즈미 씨는 코즈시마 씨가 독살당한 첫 번째 사건의 알리바이가 있지. 그렇다면 남은 건 하나……."

츠키요는 유마의 코끝에 손가락을 들이댔다. 한없이 서글프게 미소 지으며.

"너야, 이치조 군. 네가 바로 코즈시마 씨를 살해한 진범이야."

발밑이 무너져 공중에 내던져진 것 같은 착각에 휩싸였다. 유마는 정신이 반쯤 나간 머리로 열심히 대응책을 생각했다. 어떻게 하면 이 궁지에서 빠져나갈 수 있을까? 어떻게 해야 살인범으로 처벌당하는 걸 면할 수 있을까? 유마는 무의식중에 주먹을 움켜쥐었다.

내가 코즈시마를 죽인 걸 아는 사람은 눈앞의 명탐정뿐이다. 츠키요의 입을 막으면…….

유마는 츠키요를 똑바로 바라보았다. 츠키요도 정면으로 눈빛을 되받았다.

두 사람의 시선이 하나로 합쳐졌다. 유마의 주먹이 힘없이 풀렸다.

못 한다. 여기서 츠키요를 살해해도 몇 시간 후 경찰이 철저히 조사하면 금방 체포될 게 뻔하다.

그리고……, 나는 츠키요를 죽일 수 없다. 잠시나마 함께 《유리관의 살인》의 수수께끼에 도전한 파트너를 해칠 수는 없다.

유마는 숨을 크게 내쉬었다. 폐 속에 쌓여 있던 응어리라도 내뱉듯이.

"그래. 내가 코즈시마 씨를 죽였어."

실토한 순간 몸이 가벼워졌다. 코즈시마에게 캡슐을 먹인 후로 내내 등에 얹혀 있던 십자가가 사라진 것 같았다.

츠키요는 "그렇구나." 하고 흥미 없다는 듯이 중얼거렸다.

"내가 왜 그랬는지는 말하지 않아도 돼?"

"응. 동기를 해명하는 와이던잇보다는 후던잇과 하우던잇 미스터리가 내 취향이거든. 다만 추측하자면, 넌 가족을 간병하기 위해 원래 일하던 병원을 그만뒀다고 했었지. 그리고 코즈시마 씨는 자기 특허를 침해했다는 이유로 신약 출시를 금지하는 소송을 걸었다고 들었어. 네가 간병하는 가족에게는 그 신약이 필요한 게 아닐까? 그래서 소송을 중지시키기 위해 코즈시마 씨를 살해한 거야. 뭐, 이건 추리가 아니라 그냥 억측이지만."

억측이라면서 완벽하게 진상을 알아맞히다니, 과연 명탐정이로군. 유마는 쓴웃음을 지었다.

"정답이야. 여동생이 ALS에 걸렸거든."

"정말 힘들겠네. 뭐, 네 행동을 이해하지 못하는 바는 아니야. 하지만 네가 한 짓을 못 본 척할 수는 없어. 모든 진상을 밝히는 게 명탐정의 사명이니까."

"응, 알아."

"잘 받아들이는걸. 틀림없이 날 죽여서 입막음할 줄 알았는데."

"한때나마 파트너였는데 날 그렇게 못 믿어? 내가 그런 짓을 할 수 있을 것 같아?"

"할 수 있어." 츠키요의 눈동자가 어둡게 물들었다. "목적을 달성하기 위해서라면 인간은 어떤 잔혹한 수단도 주저 없이 선택할 수 있지. 난 누구보다도 그걸 잘 알아."

이 명탐정은 지금까지 인간의 마음에 깃든 어둠을 얼마나 많이 들여다본 걸까. 한기에 떠는 유마를 내버려 두고 츠키요는 천천히 출입구로 향했다.

"그리고 우리는 파트너가 아니었어. 한쪽이 거짓말을 가슴에 숨기고 있던 시점에서 우리 관계는 무너진 거야. 그래서 네게 습격당할 걸 대비해 보험을 들어 놨지."

"보험?"

유마가 되묻자 츠키요는 문을 열었다. 문밖에 쿠루마, 사쿄, 사카이즈미, 유메요미가 서 있었다. 그들의 얼굴에 공포, 연민, 당혹 등 다양한 감정이 교차했다.

"대기하고 있다가 만약 싸우는 소리가 들리면 들어와서 구해 달라고 했어. 물론 네 분 모두 문에 귀를 대고 우리 대화를 들었을 거야. 그렇죠, 쿠루마 선생님?"

쿠루마가 천천히 방으로 들어왔다.

"이치조 선생, 사정을 들어보니 동정할 점이 많더군. 내가 자네 입장이라도 똑같은 짓을 했을지 몰라. 하지만 자네가 사람을 죽였다는 사실은 변함없네. 우리 안전을 확보하기 위해서라도 저녁에 경찰이 올 때까지 자네의 신병을 구속해야겠어."

"……그렇겠죠. 타당한 판단입니다." 유마는 고개를 크게 끄덕였다.

"우리끼리 상의한 결과, 자네를 전망실에 가둬 두기로 했어. 거기는 안쪽에서 자물쇠를 열 수 없는 구조니까.”

“알겠습니다. 가시죠.”

유마는 무거운 다리를 끌며 출입구로 향했다. 유메요미가 “헉.” 하고 작게 비명을 지르며 뒷걸음쳤다.

방을 나서기 직전에 유마는 츠키요에게 말했다.

“미안해, 아오이 씨. 난 왓슨이 아니라 모리아티였던 모양이야.”

“모리아티……?”

츠키요가 곁눈질로 얼음처럼 차가운 시선을 던졌다.

“네가 범죄계의 나폴레옹이라도 된다는 거야? 코즈시마 씨와 카가미 씨를 독살한 게 전부인 네가?”

“아니, 그건…….” 하고 유마가 말을 머뭇거리자 츠키요는 무시하듯 몸을 휙 돌렸다. 츠키요는 방을 나서서 계단을 천천히 올라가며 돌아보지도 않고 냉랭한 목소리로 말했다.

“홈스와 함께 라이헨바흐 폭포에 떨어지는 건 네가 아니야, 이치조 군.”

3

어쩌다 이렇게 된 걸까.

유마는 계단실 벽에 등을 기댄 채 털이 긴 카펫에 주저앉으며 하늘을 올려다보았다.

맑았던 하늘은 어느덧 두꺼운 구름에 뒤덮였고, 하늘하늘 떨어진 가랑눈이 이 공간을 형성하는 투명한 유리에 닿았다가 미끄러져 내렸다.

손목시계를 들여다보았다. 이미 오후 5시가 지났다. 이 전망실에 갇힌 지 다섯 시간 가까이 흘렀다.

유마를 전망실에 가둔 사람들은 독으로 자살을 꾀하면 안 된다며 '복어 간'이라고 적힌 유리병만 들고 전망실을 떠났다.

바지를 통해 엉덩이에 전해지는 카펫의 냉기가 뼈와 살에 스몄다. 유마는 추위를 견디기 위해 걸친, 〈형사 콜롬보〉 촬영 때 피터 포크가 입었다는 후줄근한 코트의 깃을 여미고 몸을 웅크렸다.

"대체 어디서 잘못된 걸까……."

저도 모르게 입술 사이로 혼잣말이 새어 나왔다.

살의를 가슴에 품고 코즈시마 타로에게 다가갔을 때일까. 절호의 기회다 싶어 이 유리관에서 열리는 수상쩍은 행사에 참석하기로 결심했을 때일까. 아니면…….

"……그 명탐정과 만났을 때인가."

하얀 입김과 함께 내뱉은 말이 차가운 공기에 녹아들었다.

생각해 본들 아무 소용없다. 이제 전부 끝났으니까. 이 이야기는 이미 막을 내렸다.

명탐정이 진실을 밝혀내 범인인 내가 갇히는 형태로.

유리 첨탑에서 일어난 처참한 연쇄 밀실 살인은 해결됐다. 이제 범인이 할 일은 없다. 그저 무대에서 조용히 사라질 뿐이다.

유마는 천천히 눈을 감았다.

조각 같은 얼굴에 냉소를 띤 명탐정의 모습이 눈꺼풀 안쪽에 비쳤다.

“그러고 보니…….”

무의식중에 말이 새어 나왔다. 유마는 눈을 떴다.

“그 암호는 뭐였지?”

코즈시마의 시신에 칼로 고정된 종이에 적혀 있던 수상한 암호가 뇌리에 떠올랐다. 츠키요는 그 암호를 끝까지 언급하지 않았다.

암호에 대해 말하면 어젯밤에 마스터키를 사용해 피해자들의 시신을 조사했다는 사실이 들통나기 때문일까. 아니면 사건 해결과는 관계없다 싶어서 딱히 흥미를 품지 않은 걸까.

유마는 이마에 손을 대고 생각에 잠겼다.

코즈시마의 시신을 칼로 찌른 건 카가미다. 그렇다면 카가미는 대체 왜 그런 암호를 남겼을까. 그 암호에는 어떤 의미가 담겨 있었을까.

“그리고, 계단에서 날 떠민 건 누구지? 이야기를 훔쳐 들은 건……?”

몇 시간 쉰 덕분에 기능을 회복한 뇌세포가 단숨에 활동을 시작했다.

평범하게 생각하면 카가미가 떠밀었으리라. 명탐정인 츠키요가 진상에 얼마나 가까워졌는지 카가미는 알고 싶었을 것이다. 이호실에 있던 카가미라면 전망실을 수색하고 내려오는 내가 통과하기를 노렸다가 방에서 나와서 떠밀 수 있었다. 그렇지만…….

“그렇지만 나를 떠민다고 카가미에게 무슨 이득이 있다는 거지?”

생각이 뒤엉키기 시작했다. 중요한 뭔가를 빠뜨렸다는 예감에 가슴이 술렁거렸다.

문득 시선을 든 유마는 콧부리에 주름을 잡았다. 정면에 있는 해외 미스터리 원서가 가득 꽂힌 책장에서 뭔가가 번쩍 빛났다. 유마는 일어서서 불빛에 이끌린 벌레처럼 책장으로 다가갔다.

그것은 원뿔 모양 유리였다. 코즈시마가 발명한 바이오 제품, 트라이던트를 본떠서 만든 오브제가 두꺼운 책 위에 옆으로 놓여 있었다.

"이건 일호실 책상에 있던……. 왜 이런 곳에?"

유마는 오브제를 집어 들었다. 내부에 가득 찬 기름에 DNA 이중 나선 모형이 너울거렸다. 다음 순간 사흘 전에 코즈시마와 나누었던 대화가 유마의 뇌리를 강타했다.

'이 유리관은 트라이던트를 세세한 부분까지 완벽하게 재현해서 만들라고 내가 지시했으니까.'

"완벽하게 재현……, DNA……."

위를 올려다보고 중얼거리던 유마의 손에서 오브제가 떨어졌다. 유리가 깨져서 흩어졌지만, 유마는 눈길 한 번 주지 않고 쓰러지듯 그 자리에 네발로 엎드렸다.

코즈시마는 완벽주의자고, 이상하리만치 자존심이 강했다. 그런 그가 자신의 가장 큰 공적인 트라이던트를 모방해서 유리관을 설계할 때 타협할 리 없다. 그렇다면…….

유마는 주먹으로 카펫을 두드렸다. 도중에 작은 유리 파편에 찔려 예리한 통증이 느껴졌지만 개의치 않고 주먹으로 카펫을 내리치며 계단실로 다가갔다. 쿵쿵, 하고 흐릿하니 묵직한 소리가 원뿔 모양 공간에 울려 퍼졌다.

"이 저택의 구조상 분명 이쯤에……."

계단실 옆의 카펫을 한층 세게 두드렸을 때 지금까지와는 달리 빈 양철 캔을 두드린 듯한 소리가 고막을 흔들었다.

여기다! 유마는 피가 밴 손으로 카펫을 잡아당겼다. 계단실 벽과 접촉한 부분에서 사방 1미터 크기의 카펫이 젖혀지고 바닥에 금속 문이 나타났다.

"나선계단은 하나가 아니었어. ……DNA는 '이중 나선' 구조니까."

유마는 숨을 헐떡이며 중얼거렸다.

"계단도 두 개 만들지 않으면 '완벽한 재현'이 아니야."

커다란 수수께끼, 명탐정조차 꿰뚫어 보지 못했던 수수께끼의 일부분을 파악했다는 예감에 체온이 상승하는 걸 느끼며 유마는 손잡이를 잡고 문을 열려고 했다. 하지만 콘크리트 바닥에 박힌 문은 꿈쩍도 하지 않았다. 유마는 손잡이를 놓고 문을 자세히 관찰했다. 문에는 작은 정사각형 모양의 액정화면 세 개와 숫자 입력판이 달려 있었다.

"비밀번호가 필요한가!"

기껏 비밀 문을 발견했건만, 이대로는 못 연다. 유마는 머리를 벅벅 긁다가 문득 숨을 삼켰다.

"암호!"

그래, 암호다. 코즈시마의 시신에 고정된 종이에 적혀 있던 의미불명의 암호. 혹시 그건 비밀 문의 비밀번호를 나타내는 암호 아닐까.

유마는 재킷 호주머니에서 스마트폰을 꺼내 어젯밤에 찍은 암호 사진을 화면에 띄웠다. 손끝에 묻은 피가 화면을 적셨지만 그런 데 신경 쓸 여유는 없었다.

유마는 눈을 크게 뜨고 화면 속의 암호를 응시했다. 눈을 깜박이는 것조차 잊어버릴 정도였다.

"역시 〈춤추는 사람들〉에서 사용된 암호와 똑 닮았어. 다만 〈춤추는 사람들〉에는 사람의 종류가 많았는데, 여기에는 종류가 그렇게 많지 않아. ……네 종류뿐인가. 그럼 〈춤추는 사람들〉에서 사용한 해독 방법은 못 쓰겠군."

중얼중얼 생각을 정리하며 유마는 화면 속 암호를 확대했다.

"세 사람마다 빈칸이 있다는 건, 세 사람을 묶어서 글자 하나를 나타낸다는 뜻인가? 'O'와 'U'와 'B'는 한 글자씩 평범하게 써 놓은 걸 보면 그럴 가능성이 높겠네. 그렇다면 세 사람당 알파벳 하나가 대입되는 건가. ……그런데 왜 'O', 'U', 'B'만 사람으로 표현하지 않았지?"

유마는 입가에 손을 댔다.

"표현하지 않은 게 아니라 표현할 수 없었다? 세 사람으로 표현할 수 있는 알파벳에는 한계가 있다?"

벌레가 뇌 표면을 기어가는 듯한 감각이 느껴졌다. 지금 무의식 중에 뭔가 깨달았다. 하지만 그 정체를 모르겠다는 안타까움에 입술을 깨물었다.

"세 사람으로 알파벳 하나를 나타낸다……. 사람은 네 종류뿐이다……. 표현할 수 없는 알파벳이 있다……."

문득 두꺼운 책 한 권만 옆으로 눕혀져 있는 책장이 시야 한쪽 구석에 들어왔다. 트라이덴트 오브제가 놓여 있던 책이었다. 책등에는《유전자 공학 기초 총론》이라고 적혀 있었다.

전망실에는 코즈시마가 수집한 귀중한 미스터리 관련 자료밖에 없을 것이다. 분명 일호실에 있던 책을 트라이덴트 오브제와 함께 전망실로 옮긴 것이리라.

"누가 무슨 목적으로 그런 짓을……?"

잠시 후 유마는 생각을 중단하고 머리를 내저었다. 지금 중요한 사실은 저 책도 분명 이 저택에 숨겨진 수수께끼를 풀기 위한 단서가 틀림없다는 것이다.

"유전자……, 유전자……."

중얼거리던 유마의 머릿속을 섬광 같은 번뜩임이 스치고 지나갔다.

"DNA!"

유마는 힘차게 소리치고 스마트폰 화면으로 시선을 돌렸다.

"DNA는 아데닌(A), 구아닌(G), 시토신(C), 티민(T), 총 네 종류의 염기로 구성돼. 그리고 세 염기의 조합이 하나의 코드를 이루어 스무 종류의 아미노산에 하나씩 대응하지! 그 아미노산의 조합으로 다양한 단백질이 합성되고!"

책장으로 달려간 유마는《유전자 공학 기초 총론》을 꺼내 바쁘게 페이지를 넘겼다.

"스무 종류의 아미노산에는 알파벳이 각각 하나씩 배정돼 있었을 거야. 그걸 대입하면……."

세 염기의 조합에 대응하는 아미노산과 각 아미노산을 나타내는 알파벳이 표로 실려 있는 페이지를 찾아낸 유마는 계단실 곁으로 다가가 책과 스마트폰을 카펫에 내려놓았다.

"일단 제일 윗줄에 있는 세 사람. 이것과 제일 아랫줄만 사람이 세 명밖에 그려져 있지 않은 걸 보면 이 코드는 알파벳을 나타낸다기보다 '시작'과 '끝'을 의미할 가능성이 높겠지. 그렇다면……."

유마는 유리 조각에 베인 손바닥에서 배어나는 피를 손끝에 묻혀 계단실의 콘크리트 벽에 번역 개시를 의미하는 DNA 코드인 'ATG'라고 적었다. 'ATG'는 개시 코돈이라 불리며, 이 염기 서열 후에 이어지는 DNA 코드가 번역돼 단백질이 생성된다.

"이게 옳다면 오른손을 든 사람이 'A', 양손을 든 사람이 'T', 거꾸로 선 사람이 'G', 그리고 오른발을 들고 있는 나머지 한 사람이 'C'겠군. 그렇다면……."

손에 든 스마트폰과 카펫에 내려놓은 책을 번갈아 보며 벽에 피로 글씨를 써 나갔다.

"둘째 줄의 첫 번째 코드는 'ACA'고 대응하는 아미노산은 트레오닌이야. 트레오닌의 줄임 명칭은 'T'. 다음은 'CAC'고 히스티딘이니까 'H'로군."

한 글자씩 신중하게 해독한 결과 드디어 벽에 'THINK'라는 단어가 완성됐다.

THINK, 생각해라. 역시 이 방법이 옳았다.

의미 있는 단어가 나오자 유마는 성취감을 느끼고 해독에 집중했다.

"응? 다음 'TGA'에 대응하는 아미노산은 없는데. 아무것도 없다면 빈칸인가? 뭐, 마지막 부분이니까 상관없나. 그럼 셋째 줄은……."

콘크리트에 DNA 코드와 그에 대응하는 알파벳을 차례차례 피로 적었다. 몇 분 후 '번역 종료'를 의미하는 DNA 코드인 'TGG'까지 적고 나자 유마는 해독한 암호를 바라보았다.

'THINK OF A NUMBER'

"띵크 오브 어 넘버……."

얼굴이 굳어졌다. 기를 쓰고 복잡한 암호를 풀어냈건만, 기대했던 것과는 동떨어진 메시지가 나타났다.

"숫자를 생각하라니, 그 숫자를 알아내려고 암호를 푼 거잖아!"

분을 못 이기고 계단실 벽을 후려쳤다. 찌릿찌릿한 통증이 주먹부터 정수리까지 퍼져나갔다. 유마는 이를 악물고 주먹을 꼭 눌렀다.

왜 '숫자를 생각하라'라는 아무 의미도 없는 메시지를 이렇게 복잡한 암호로 적어 놨을까. 통증에 분노가 희석된 덕분인지 유마는 냉정함을 조금 되찾았다.

어쩌면 이 메시지에 또 뭔가 꿍꿍이가 숨겨져 있는 건 아닐까. 유마는 몇 번 심호흡을 하며 벽에 피로 적은 메시지를 바라보았다.

"숫자를 생각하라기보다, 숫자를 떠올려. 아니 단수형이니까……."

거기까지 말한 순간 번개에 맞은 것처럼 온몸이 파들파들 떨렸다.

"숫자를 하나 떠올려!"

소리친 유마는 트라이던트 오브제가 놓여 있던 책장으로 달려

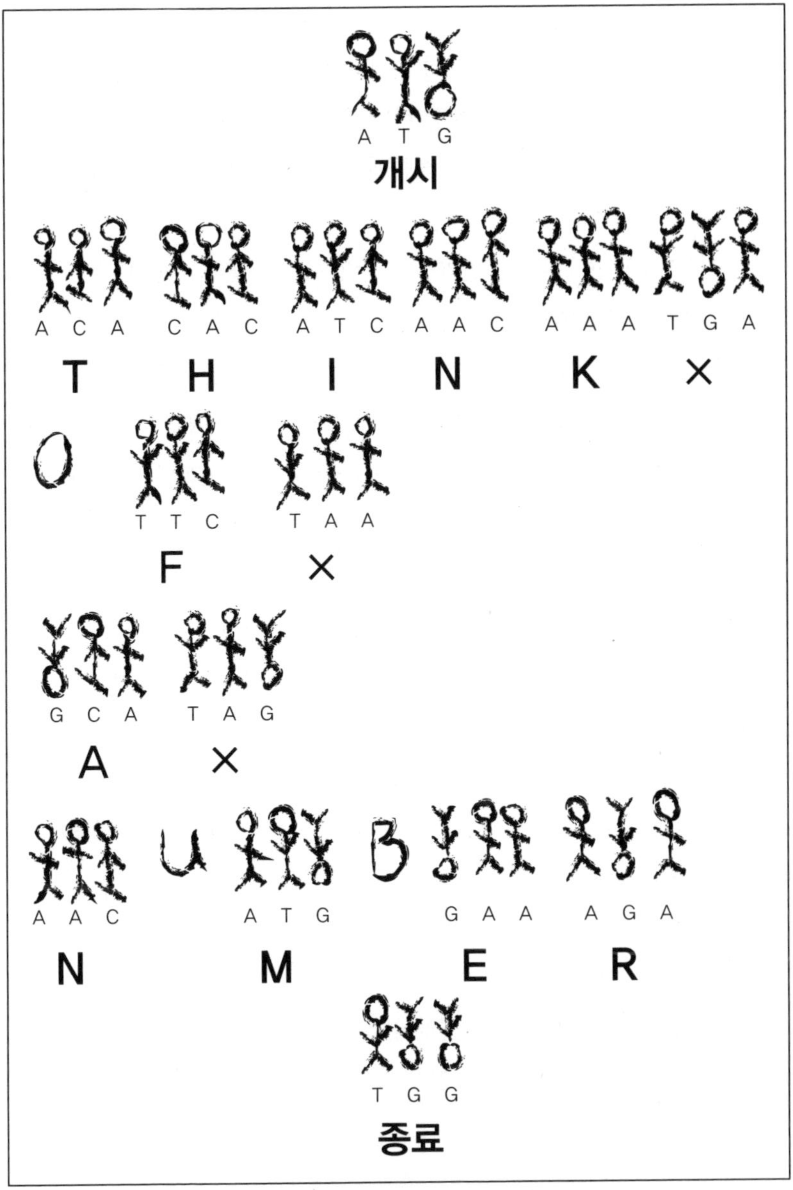

춤추는 사람들로 만든 암호 해답

가 해외 원서의 책등을 하나씩 손가락으로 짚으며 확인했다.

제일 아랫단에 도달한 순간, 바삐 움직이던 손가락이 갑자기 멈췄다. 유마가 가리키고 있는 책등에는 《THINK OF A NUMBER》라고 적혀 있었다.

"이거다……." 유마는 떨리는 손가락으로 그 책을 꺼냈다.

《THINK OF A NUMBER》 번역서의 제목은 《숫자를 하나 떠올려》•. 미국 작가 존 버든이 쓴 미스터리 소설. 어느 날 작은 봉투와 '1부터 1000 사이의 숫자를 하나 떠올려'라고 적힌 편지가 배달된다. 편지를 받은 인물이 어떤 숫자를 떠올리며 봉투를 뜯자 떠올렸던 숫자가 적힌 종이가 들어 있다.

그렇듯 '상대의 생각을 읽는 편지'라는 매력적인 수수께끼로 시작해, 이윽고 연쇄 살인 사건으로 발전하는 이야기다. 고전적인 본격 미스터리를 방불케 하는 다양한 수수께끼가 제시돼 미스터리 애호가의 평가도 높은 작품이다.

"2010년에 출간됐군……."

유마는 책을 펼쳐 발행일을 확인했다. 아무리 명작이라지만 이렇게 최근에 출간된 책이 코즈시마 컬렉션에 포함될 만큼 가치 있다고는 볼 수 없다. 즉, 트라이던트 오브제와 함께 전망실에 가져다 놓았다고 봐도 무방하리라.

책에 피가 묻는데도 아랑곳없이 유마는 페이지를 넘겼다.

"편지를 받은 사람이 떠올린 숫자는……."

• 한국에는 《658, 우연히》라는 제목으로 출간됐다.

유마는 손가락을 멈췄다. 찾던 숫자가 눈에 들어왔다. 이야기 속에서 편지를 받은 등장인물이 떠올린 숫자.

"658!"

버럭 소리를 지르자마자 유마는 바닥에 박힌 문으로 다가가 숫자 입력판을 눌렀다. 액정에 '658'이라고 표시된 걸 확인하고 제발 맞으라고 빌면서 'enter' 버튼을 눌렀다.

금속끼리 마찰하는 소리가 공기를 흔들었다. 유마는 손을 살짝 펼쳐 손잡이를 잡았다. 아까는 꿈쩍도 하지 않았던 문이 들렸다. 그 밑에서 유리 계단이 모습을 드러냈다.

주먹을 불끈 쥐어 기쁨을 표현한 유마는 다친 손에 손수건을 감아 응급 처치를 한 후 비밀 계단을 내려갔다.

계단실에서 내려가는 일반 계단과 거의 같은 구조였다. 두 명이 나란히 걷기 힘들 만큼 좁은 나선계단. 벽과 천장은 검은색 유리로 덮였고, 벽에 박힌 LED 조명의 흐릿한 불빛이 계단 전체를 비추었다.

분명 DNA처럼 일반 계단과 함께 이중 나선을 그리고 있으리라. 이 벽 안쪽에는 틀림없이 일반 계단이 존재한다. 거기까지 생각했을 때 유마는 흠칫 놀라 걸음을 멈췄다.

유메요미가 이 저택에 뭔가 사악한 존재가 숨어 있다고 거듭 주장한 건, 이 계단이 원인 아니었을까. 유메요미에게 초자연적인 능력이 있다고는 결코 믿지 않지만, 영능력자로 자처하는 만큼 일반인보다 감각이 예민할 가능성은 있다. 그 감각으로 벽 너머에 숨겨진 또 다른 계단을 오르내리는 발소리를 감지해, 영적인 존재가 저택에 있다고 착각했는지도 모른다.

그러고 보니 나도 첫째 날 밤, 방에 돌아올 때 뒤에서 희미하게 발소리가 들린 것 같아서 누군가 따라오는 게 아닐까 겁을 먹었다. 그것도 비밀 계단에서 난 발소리를 느꼈다고 하면 수긍이 간다.

대체 누가 그때 비밀 계단을 사용했을까. 지하 감옥에서 달아난 인물일까? 아니, 그런 인물이 존재할 가능성은 거의 없다고 결론이 났다. 그렇다면 누가…….

두통을 느끼며 유마는 다시 걸음을 옮겼다. 나선계단을 한 바퀴 하고 4분의 1쯤 내려가자 나온 작은 계단참에 통로가 있었다.

"한 바퀴 하고 4분의 1이라면 일호실이 있는 위치쯤 되나……."

유마는 불빛이 없는 어두운 통로를 들여다보았다. 허리를 조금 구부리지 않으면 머리가 닿을 듯한 좁은 콘크리트 통로. 길이는 3미터 정도밖에 되지 않았다. 끝부분에 타원형 창문 같은 것이 보였다. 유마는 경계하며 통로로 들어갔다.

끝까지 나아가서 벽에 박힌 타원형 창문을 들여다보자마자 유마는 "뭐야 이게?" 하고 소리를 질렀다.

창문으로 일호실이 보였다. 바닥에 넘어진 유리관 모형, 마호가니 책상, 그리고 가슴에 칼이 박힌 코즈시마의 시신. 그 모든 것이 똑똑히 보였다.

어떻게 된 거지? 뭐가 어떻게 된 거야? 혼란스러운 기분으로 유마는 일호실의 구조를 떠올리려 애썼다. 이 위치에서 코즈시마의 시신이 보인다는 건…….

"거울……, 매직미러……."

유마의 목구멍에서 콱 잠긴 목소리가 새어 나왔다. 그렇다, 이 위치에는 거울이 걸려 있었다. 그건 단순한 거울이 아니라 비밀 계단에서 실내를 관찰할 수 있는 매직미러였다.

그런데 왜 설계를 이렇게……? 유마는 새로운 정보가 잇달아 밀려와 뜨끈뜨끈 열이 나는 머리를 감싸 안고 고개를 숙였다. 그 순간 매직미러 밑에 뭔가 달려 있다는 것을 알아차렸다.

"문?"

무릎을 꿇고 시선을 모은 유마는 미간에 주름을 잡았다. 거기에는 손잡이와 함께 작은 정사각형 모양의 액정화면 세 개와 숫자 입력판이 있었다. 전망실에 숨겨져 있던 문과 완전히 똑같은 구조다.

유마는 침을 삼키고 '6', '5', '8', 'enter' 순서로 숫자 입력판을 눌렀다. 찰칵, 하고 소리가 나자 유마는 손잡이를 잡고 문을 앞으로 밀었다. 약 1미터 높이의 문이 매끄럽게 열렸다. 유마는 엉금엉금 기어서 문을 통과해 일호실로 들어갔다.

"……이게 무슨 일이람."

혼란의 소용돌이에 휘말린 기분으로 일어서서 문을 확인했다. 거울 밑에 설치된 허리 높이의 책장이 실내를 향해 열린 걸 확인한 순간, 뺨 근육이 경직됐다.

얼굴 높이에 있는 거울과 그 밑에 설치된 나지막한 책장. 이것은 유마가 사용하는 사호실에도 있다. 첫째 날 밤의 기억이 되살아나 온몸의 털이 삐죽 섰다.

그날 밤, 사호실로 돌아왔을 때 누군가의 시선이 느껴진 것 같았다. 코즈시마를 죽였다는 죄책감 때문에 착각한 줄 알았는데,

그게 아닐지도 모른다.

"……그때 누군가가 날 관찰했다?"

냉수를 뒤집어쓴 듯한 기분이 들어 유마는 두 어깨를 끌어안았다.

사호실은 비밀 계단에서 언제든지 관찰하고 침입할 수 있도록 만들어졌다. 아니, 사호실만이 아니다. 오호실과 육호실에도 똑같이 배치된 거울과 책장이 있었다. 분명 유리관의 객실 전체를 똑같이 설계해 둔 것이다.

"그럼 밀실 트릭은 성립하지 않아……."

유마는 갈라진 목소리로 중얼거렸다. 밀실 수수께끼에 도전하는 미스터리 소설에서 비밀 통로는 일종의 금기다. 밀실 살인에 비밀 통로라니, 너무나 진부한 트릭이다.

실제로 츠키요도 이 비밀 통로에 대해서는 언급하지 않았다.

"그럼 아오이 씨의 추리는 잘못된 건가……?"

몇 초 생각하다 유마는 고개를 저었다. 아니다, 저택 구조상 매직미러가 있는 방은 저택 중심의 거대한 기둥에 접한 일호실부터 십호실뿐이리라. 식당에서 일어난 두 번째 사건에서 비밀 문은 사용되지 않았을 것이다.

애당초 첫 번째 사건은 유마 본인이 저지른 짓이고, 나머지 두 사건도 카가미가 자백했다. 《유리관의 살인》에서 츠키요가 해명한 세 가지 밀실 트릭은 틀리지 않았을 것이다.

그렇다면 이 비밀 계단은 사건과 직접 관계가 없다는 뜻인가?

아니다. 그럴 리 없다. 유마는 주먹을 꽉 쥐었다.

누군가가 이 비밀 계단을 사용해 우리를 관찰한 건 틀림없다.

그자가 이 저택에서 벌어진 참극에 관여하지 않았을 리 없다고 감이 왔다.

조금만 더. 아주 조금만 더 나아가면 손에 뭔가 닿을 것 같았다.

이 저택에서 꿈틀대는 무시무시한 뭔가의 윤곽을 파악했으면서 그 정체를 밝혀내지 못한다는 게 너무나 안타까워, 유마는 머리를 끌어안고 피가 밸 만큼 세게 손톱으로 피부를 찍었다. 날카로운 통증이 부글부글 끓는 뇌세포를 약간 냉각시켰다.

"일단 이 계단부터 조사할까."

유마는 크게 숨을 내쉬고 통로로 돌아가 다시 나선계단을 내려갔다. 상상했던 대로 각 방이 위치한 부분에 통로가 있고 그 안쪽으로 창문과 문이 보였다. 십호실 통로를 지나치자 그 밑으로는 통로가 없었다. 두 바퀴 하고 2분의 1쯤 더 내려가자 계단이 끊기고 문이 나타났다. 1층을 지나 지하까지 내려온 것이리라.

유마는 벽에 설치된 숫자 입력판에 '658'을 입력했다. 자동문인 듯 미닫이문이 옆으로 스르르 열렸다. 묵직한 기계음이 들려왔다.

신중하게 밖으로 나갔다. 거대한 발전기 몇 대가 나란히 놓여 있었다.

"발전실……, 여기로 나오는 건가."

거의 소리 없이 뒤쪽의 자동문이 닫히자 검댕으로 더러워진 벽으로밖에 보이지 않았다. 발전기 맞은편에 빈 선반과 창고로 통하는 문이 보였다.

시선을 떨어뜨린 유마는 발전기 아래쪽 바닥에 숫자 입력판이 박혀 있다는 사실을 알아차렸다. '658'을 입력하자 방금 닫힌 비밀 문이 소리도 없이 열렸다.

"굳이 발전기에 가까이 다가오는 사람은 없을 테니, 비밀 문과 숫자 입력판을 설치하기에는 최적이로군."

자, 이제 어떻게 할까. 유마는 팔짱을 꼈다. 전망실에서 탈출하는 데 성공했다. 이대로 밖으로 도망칠 수도 있으리라. 하지만 도망쳐서 뭘 어쩌자는 건가.

차는 펑크가 났고, 이 설산을 걸어서 내려가는 건 자살 행위다. 무엇보다 자신이 코즈시마를 살해한 범인이라는 사실을 다른 사람들도 안다. 설령 기적적으로 하산하더라도, 금방 지명수배돼서 체포당할 게 뻔하다.

이미 죗값을 치르기로 각오했다. 이제 와서 꼴사납게 발버둥 치지는 말자.

그렇다면 전망실로 돌아가 얌전히 경찰을 기다려야 할까?

"그건 아니지……." 유마는 나지막하게 중얼거렸다.

유리관에서 발생한 사건에는 분명 아오이 츠키요가, 그 명탐정이 밝혀낸 것 이상으로 깊고 짙은 어둠이 서려 있다. 그리고 지금 나는 그 어둠의 꼬리를 붙잡았다.

요 나흘간 벌어진 참극에서 왓슨 역할과 범인 역할을 했다. 얼마 남지 않은 마지막 시간 동안 명탐정 역할의 기분을 맛본다고 벌은 받지 않으리라.

유마는 다시 바닥의 숫자 입력판을 눌러 비밀 문을 열고 안으로 들어가서 계단에 앉았다. 문이 닫혔다. 이제 아무에게도 방해받지 않고 여유롭게 생각할 수 있다.

자, 뭐부터 생각해야 할까. 깍지를 낀 유마는 문득 계단 구석에 얼룩 같은 것이 있다는 사실을 알아차리고 별생각 없이 얼굴을 가까이 댔다.

"……피?"

콧부리에 주름이 잡혔다. 자세히 보니 그건 분명 핏자국이었다.

내 손에서 떨어진 피인가? 유마는 핏자국을 살짝 만졌다. 손끝에 묻어나지 않았다.

"말랐어……. 내 피가 아니야."

이 정도로 굳었으니, 적어도 생긴 지 하루 넘게 지났다는 뜻이다. 이 비밀 계단에서 무슨 일이 있었던 걸까.

불길한 예감에 입안이 바짝바짝 말랐다.

"진정해. 냉정하게 생각해."

유마는 자기 자신을 타이르며 눈을 감고 생각을 정리했다.

《유리관의 살인》이 발생한 나흘간, 누군가가 이 계단을 사용한 건 틀림없다. 첫째 날 밤에 들린 발소리도, 그자가 비밀 계단을 이동하는 소리였으리라. 그러고 보니 유메요미도 둘째 날 아침에 저택에서 불길한 기운이 느껴진다고 말했다.

"첫째 날 밤에 내가 코즈시마를 살해하고 나서 움직였다는 건가."

유마는 눈을 감은 채 혼잣말했다.

문제는 그게 누구냐는 것이다. 아직 모습을 드러내지 않은 인물일 가능성은 낮으리라. 아까 계단을 내려왔지만 그자를 발견하지 못했다. 즉, 그자는 비밀 계단 밖으로도 나간다는 뜻이다. 그렇다면 나흘간. 많은 인물이 저택을 오가는 가운데 한 번도 목격되지 않기는 힘들 것이다.

게다가 이 비밀 계단을 설계한 사람은 분명 코즈시마다. 그 배타적인 인간이 외부인에게 비밀 계단을 사용할 때 필요한 비밀번호를 가르쳐 줄 리 없다. 코즈시마 외에 비밀 계단의 존재를 알고 있었을 가능성이 있는 사람은, 저택에 살면서 일했던 오이타와 마도카 정도이리라. 특히 옛날부터 코즈시마의 집사로 일해 온 오이타는 알고 있었을 가능성이 높다.

그렇다면 왜 오이타는 고용주가 살해당하는 비상사태가 발생했는데도, 비밀 계단이 있다는 걸 끝까지 밝히지 않았을까.

여기에 아무도 없다는 걸 알고 있었다. 즉, 사용한 사람은 오이타였다? 아니다, 오이타가 살해당한 후에도 유메요미는 사악한 뭔가의 기척이 느껴진다고 난리를 쳤다.

그렇다면 대체 누가 이 비밀 계단을 사용했을까.

첫째 날 밤, 나는 매직미러로 대체 누구와 마주 본 걸까.

코즈시마 타로, 쿠루마 코신, 카가미 츠요시, 오이타 신조, 토모에 마도카, 사쿄 코스케, 유메요미 스이쇼, 사카이즈미 타이키, 그리고 아오이 츠키요…….

이번 행사에 참석한 사람들의 얼굴이 차례차례 머릿속에 떠올랐다가 사라졌다.

이 가운데 첫째 날 밤, 이 비밀 계단을 사용할 수 있었던 인물은…….

거기까지 생각했을 때 머릿속에서 불꽃이 튄 듯한 느낌이 들었다. 유마는 눈을 크게 뜨고 얼굴 앞으로 양손을 올렸다.

"설마……, 아니, 그럴 리가……."

유마는 거친 숨을 몰아쉬며 중얼거렸다. 요 나흘간의 기억이 주마등처럼 흘러가자 심장 박동이 빨라졌다.

유마는 통증이 느껴질 만큼 두근거리는 가슴에 손을 대고 입을 반쯤 벌린 채 허공을 쳐다보았다.

과열될 만큼 시냅스가 반응해 전기 신호가 활발하게 오가는 뇌 속에 가설이 형성된다. 상상을 초월할 만큼 무서운 가설이.

"그런 게……, 가능할까……?"

갈라진 목소리로 중얼거린 유마는 벌떡 일어나 나선계단을 뛰어올랐다. 도중에 숨이 차고 허벅지가 터질 것처럼 아팠지만, 몸이 내지르는 비명을 무시하고 다리를 계속 움직였다.

폐에 아픔이 느껴지고 다리가 뇌의 명령을 거부하기 시작했을 즈음, 드디어 목적지인 일호실로 이어지는 통로에 다다랐다.

숨을 헐떡이며 통로를 나아가 비밀번호를 입력해 문을 열었다. 유마는 후끈후끈 달아오른 다리를 끌며 코즈시마의 시신으로 다가갔다.

잠시 숨을 고른 후 탁한 눈으로 허공을 바라보는 코즈시마의 손목을 잡았다. 유마는 차가운 고무 같은 피부의 감촉에 인상을 쓰면서 코즈시마의 팔을 들어 올렸다. 강하게 경직된 팔꿈치와 어깨 관절에서 소리가 났고, 코즈시마의 몸도 살짝 들렸다.

유마는 뿌드득 소리가 날 만큼 어금니를 꽉 깨물며 손을 놓았다. 코즈시마의 팔이 중력에 의해 바닥을 세게 때리는 것과 동시에 유마는 풀썩 주저앉았다.

"설마……. 말도 안 돼……."

악문 잇새로 탁한 목소리가 새어 나왔다.

가설이 성립됐다. 한없이 무서운 가설이.

광기마저 느껴지는 그 내용에 본능이 거부 반응을 보였다. 심한 구역질과 함께 뜨끈한 것이 식도를 올라왔다. 유마는 고개를 돌리고 토했다. 노랗고 끈적끈적한 위액이 바닥을 적셨다. 통증과도 비슷한 강렬한 쓴맛이 입속을 채웠다.

하지만 이것이 진실이다. 요 나흘간 보고 들은 모든 정보가 그것을 가리킨다.

유마는 세면실로 가서 입을 헹궜다. 재킷 소매로 입을 벅벅 닦고 정면의 거울을 보았다.

"진정해. 반대로 생각하는 거야. ……이로써 전부 해결됐다고."

거울 속의 남자가 말했다.

"난 진실에 도달했어. 유리관에서 일어난 참극의 진실에. 이제 어떻게 움직이느냐가 중요해."

유마는 거울에 시선을 고정한 채, 앞으로 해야 할 행동을 머릿속으로 예행연습했다.

도달한 진실을, 지금 저택에 있는 사람들에게 알려야 한다. 하지만 쉽지 않은 일이다.

비밀 계단이 있으니 전망실에서 탈출해 다른 사람들과 접촉하기는 간단하다. 하지만 살인범으로 가둬진 자신이 말한들 사람들이 순순히 들어줄지 의문이었다.

다소 막무가내로 일을 진행하는 수밖에 없다. 하지만 상대는 다

수다. 시키는 대로 따르게 하려면…….

"앗……."

소리친 유마는 세면실을 나서서 비밀 계단을 올라 전망실로 돌아갔다. 그리고 〈로라〉에서 사용됐다는 우악스러운 산탄총이 장식된 유리 선반으로 다가갔다. 유마가 천천히 '6', '5', '8', 'enter'을 입력하자 자물쇠가 풀리는 소리가 들렸다.

유마는 입을 꾹 다문 채 강화 유리문을 열고 산탄총과 총알을 꺼냈다.

사람들을 위협하려니 마음이 편하지 않았지만, 이걸 사용하면 이야기를 들어 줄 것이다. 남은 문제는 유마가 다다른 너무나도 엽기적인 진실을 어떻게 믿게 하느냐다.

수수께끼를 풀기도 어렵지만, 진상을 다른 사람에게 이해시키기도 그에 못지않게 어렵다. 과연, 이건 명탐정 역할을 해 보지 않으면 모를 일이다.

"그러고 보니 명탐정이라면 '그걸' 말해야 할 장면인가. 기왕이니 폼 좀 잡아 볼까."

유마는 쓴웃음을 짓고 천천히 음미하듯이 그 대사를 꺼냈다.

"독자에게 도전한다. 새로운 정보가 제시돼 유리관에서 일어난 참극의 진상을 밝혀내기가 더 쉬워졌다. 과연 유리관에서 무슨 일이 발생했는지 꼭 해명해 보길 바란다. 이건 독자에게 보내는 도전장이다. 여러분이 훌륭한 추리를 선보이길 바라며, 행운을 빈다."

4

유마는 가슴에 손을 댄 채 가늘고 길게 숨을 쉬며 휴게실을 둘러보았다. 창밖에 눈발이 강해졌고, 곧 해가 질 시간이라 실내는 어두침침했다.

괘종시계를 보자 곧 오후 5시였다. 유마는 끌어안고 있던 산탄총의 총신을 쓰다듬었다. 차갑고 딱딱한 감촉이 듬직하게 느껴져 긴장이 약간 풀렸다.

전망실에서 준비를 마친 유마는 비밀 계단을 통해 지하로 내려가 발전실로 나온 후, 일반 나선계단으로 1층에 왔다. 다른 사람들은 방에 있는지 인기척은 없었다. 휴게실에 숨어든 유마는 출입구 곁에서 마지막 결전을 치를 각오를 다졌다.

자, 드디어 클라이맥스다. 이 유리 첨탑에서 벌어진 참극에 막을 내리자.

유마는 마음을 단단히 먹고, 벽에 설치된 화재경보기의 버튼을 꾹 눌렀다. 동시에 요란한 비상벨 소리가 울려 퍼졌다. 열기를 감지해야 작동하는지 스프링클러에서는 물이 쏟아지지 않았다.

휴게실을 나선 유마는 옆에 있는 식당으로 들어가 문틈으로 상황을 관찰했다.

「휴게실에서 화재 발생. 휴게실에서 화재 발생. 즉시 대피하십시오.」

경고 음성이 되풀이해 흘러나왔다. 몇 분 후 방에 있던 사람들이 1층 홀로 내려왔다.

사쿄, 쿠루마, 사카이즈미, 유메요미, 그리고 마지막에 츠키요가 나타나 휴게실 앞에 모였다.

"아무래도 불은 나지 않은 것 같군."

쿠루마가 문을 열고 휴게실을 들여다보며 안도한 표정을 지었다.

"그럼 왜 화재경보기가 작동한 건데요? 그리고 경찰은 왜 아직도 안 오는 거야? 이제 저녁이잖아!"

"유메요미 씨, 진정하세요. 곧 올 겁니다."

"곧이라니, 그게 언제인데요! 난 당장 이 저택에서 나가고 싶다고요!"

신경질적으로 소리를 지르는 유메요미와 유메요미를 달래는 사쿄 옆에서 츠키요는 휴게실을 관찰했다.

"얼핏 보기에 불이 난 듯한 흔적은 없는 것 같네요. 그런데도 화재경보기가 울렸다면 오작동, 또는…… 누군가가 버튼을 누른 거겠죠."

"어? 누군가라니, 누구 말씀임까? 역시 지하 감옥에 갇혀 있던 사람이 있었다든가?"

사카이즈미가 겁먹은 목소리로 말했다.

"아니요, 그건 아닐 거예요. 이런 짓을 할 사람은 분명……."

츠키요가 거기까지 말했을 때 유마는 식당에서 나왔다.

"그래, 나야."

사람들의 얼굴에 번진 깜짝 놀란 표정이, 유마가 든 산탄총을 보고 겁먹은 표정으로 바뀌었다. 하지만 츠키요는 동요하지 않고 미소를 지었다.

"이야, 이치조 군. 전망실에서 어떻게 빠져나왔어?"

"그건 이제부터 찬찬히 설명할게. 여러분, 죄송하지만 휴게실로 들어가 주시겠습니까? 드릴 말씀이 있어서요."

"웃기고 있네!" 사카이즈미가 화난 목소리로 소리쳤다. "살인자의 이야기를 왜 들어? 그딴 장난감에 속을 줄……."

유마는 홀 중심에 우뚝 선 기둥으로 총구를 돌리고 망설임 없이 방아쇠를 당겼다. 고막을 찢을 듯한 총성과 함께 상상 이상의 충격이 팔을 휘감았다. 기둥을 덮은 장식 유리의 일부가 깨져서 떨어졌고, 화약 냄새가 주변에 감돌았다.

"이게 장난감으로 보여? 이건 진짜 총이고 난 살인자야. 여차하면 당신들을 주저 없이 쏴 버리겠어. 알아들었으면 얌전히 휴게실로 들어가."

유마는 긴장된 심정으로 사람들의 반응을 기다렸다. 물론 그들을 쏘겠다는 건 그냥 엄포다. 만약 다 함께 덤벼들면 끝장이다. 홀을 감싼 분위기가 팽팽해졌다. 사카이즈미와 사쿄가 몸을 앞으로 기울였다.

"그렇게 하시죠."

긴장이 임계점에 다다르기 직전, 츠키요가 가벼운 투로 말했다.

"경찰이 좀처럼 오질 않아서 따분할 지경인걸요. 이치조 군의 이야기를 들으며 시간을 보내는 것도 나쁘지 않겠죠. 얌전히 군다면 우리 안전은 보장해 주는 거겠지, 이치조 군?"

"그래, 약속할게."

유마가 고개를 끄덕이자 츠키요는 "그럼 여러분, 가시죠." 하며 앞장서서 휴게실로 들어갔다. 독기가 빠졌는지 사쿄와 사카이즈미도 약간 망설이다가 따라갔다.

"이렇게까지 하는 걸 보니, 아주 재미있는 이야기를 들려주려나 봐?"

츠키요가 고개를 돌려 은근한 눈빛을 던졌다.

"물론이지."

"기대할게. 전직 왓슨 군."

츠키요는 짓궂게 입꼬리를 끌어올렸다. 다섯 명이 모두 들어간 걸 확인한 후, 유마는 총을 겨눈 채 휴게실로 들어갔다.

"여러분. 소파 맞은편, 창가로 가십시오."

다섯 명이 지시에 따르는 모습을 보고 유마는 속으로 가슴을 쓸어내렸다. 이제 소파가 방해돼서 즉시 못 덤벼든다. 이야기를 하기 위해 필요한 첫 번째 조건을 갖추었다.

"이치조 선생." 쿠루마가 타이르듯이 말했다. "이런다고 무슨 소용이 있겠나. 곧 경찰이 올 거야. 달아날 길은 없어. 더는 죄를 짓지 말게."

"달아날 생각 없습니다. 저는 그저 이 저택에서 일어난 참극의 진실을 알리고 싶을 뿐이에요."

"진실? 이제 와서 무슨 소리야? 자네가 직접 코즈시마 군에게 독을 먹였고, 그 죄를 카가미 씨에게 뒤집어씌우려 했다고 인정했잖은가. 그게 아니라는 건가?"

"아니요, 맞습니다. 저는 분명 코즈시마 씨에게 캡슐을 먹이고, 남은 캡슐이 든 알약 케이스를 카가미 씨의 호주머니에 넣었어요."

쿠루마가 "그럼……." 하고 말을 이으려 하자 유마는 한 손을 내밀어 제지했다.

"다만 이 저택에서 일어난 사건에 더 큰 내막이 있다는 걸 알아차렸습니다."

"내막?"

쿠루마가 미심쩍다는 듯 중얼거리자, 츠키요가 사나운 표정으로 한 발짝 나섰다.

"이치조 군, 혹시 내 추리가 틀렸다는 거야? 명탐정인 내가 잘못된 추리를 선보였다고?"

"아니, 그렇지 않아." 유마는 고개를 저었다. "네 추리는 완벽했어. 넌 명탐정으로서 멋지게 《유리관의 살인》을 해결했지."

"이봐요, 아까부터 대체 무슨 소리예요? 사건이 해결됐으면 그걸로 다 끝난 거잖아요. 사건의 진상도 범인도 전부 다 알았는걸. 뭘 더 덧붙이겠다는 건데!"

유메요미가 언성을 높였다.

"그걸 설명하기 위해서는 일단 제가 어떻게 전망실에서 탈출했는지 말씀드릴 필요가 있습니다."

유마가 담담히 말하자 사쿄가 삿대질을 했다.

"맞아. 어떻게 그 문을 연 거야? 안쪽에서는 열리지 않을 텐데. 거기는 이를테면……."

"밀실."

유마가 불쑥 중얼거리자 사쿄는 "헛." 하고 말문이 막혔다.

"네, 전망실은 그야말로 밀실이었습니다. 거기서 제가 어떻게

나왔을까요? 어떤 트릭을 사용했을까요?”

유마의 질문에 대답하는 사람은 없었다. 유마는 바닥에 놓인 영사기로 다가가 전원을 켜고 호주머니에서 스마트폰을 꺼낸 후 실내의 조명을 껐다. 오늘 아침에 식당에서 츠키요가 사용한 영사기를 미리 여기로 옮겨 놓았다.

휴게실이 어두워지자 전망실 바닥에 설치된 비밀 문과 그 밑에 있는 유리 계단 사진이 벽에 비쳤다. 여기 오기 전에 찍은 사진이다.

“답은 아주 간단합니다. 실은 전망실에 비밀 문이 있었어요. 거기서부터 지하까지 이어지는 비밀 나선계단을 통해 나온 겁니다.”

쿠루마의 미간에 깊은 주름이 잡히는 걸 보고 유마는 어깨를 으쓱했다.

“압니다, 쿠루마 선생님. 이런 건 불공정해도 너무 불공정하죠. 밀실인 줄 알았는데 아무 조짐도 없이 비밀 통로가 나타나다니요. 하지만 힌트가 전혀 없었던 건 아닙니다. 코즈시마 씨는 예전부터 자신이 개발한 트라이던트, 즉 DNA를 세포핵 내부로 운반하는 약물 전달 시스템을 정확하게 모방해서 유리관을 지었다고 말했어요. 그렇다면 이중 나선구조인 DNA처럼 이 유리 첨탑의 중심을 관통하는 나선계단은 두 개가 나란히 있어야 합니다.”

“그게 어쨌는데요? 그 비밀 계단이 이 사건의 내막이라는 말입니까?”

사카이즈미가 조바심이 나는 듯 다그쳤다.

“그 일부지. 그런데 유메요미 씨.”

유마가 갑자기 말을 걸자 유메요미는 “뭐, 뭔데요?” 하고 새된 목소리로 말했다.

"이 저택에 뭔가 사악한 존재가 숨어 있고, 그게 이쪽을 감시한다고 거듭 말씀하셨죠?"

"……그런데요?"

유마는 "이걸 보세요." 하고 스마트폰을 조작했다. 하얀 벽에 일호실을 들여다볼 수 있는 창문, 책장 뒤편에 있는 비밀 문의 사진이 차례차례 나타났다.

사람들은 눈이 휘둥그레져서 놀라움이 서린 목소리를 토해냈다.

"보시다시피 일호실의 거울은 매직미러라 비밀 계단에서 실내를 관찰할 수 있습니다. 또한 비밀번호를 입력하면 책장이 움직여 실내로 들어갈 수도 있고요."

"그거……, 일호실만 그런 거예요……?" 유메요미가 떨리는 손가락으로 사진을 가리켰다.

"아니요. 모든 객실에 똑같은 설비가 있었습니다."

유메요미는 양손으로 입을 가리고 작게 비명을 질렀다.

"네, 유메요미 씨는 정말로 누군가에게 감시당했던 겁니다. 그리고 유메요미 씨가 나선계단에서 느꼈다는 불길한 기척은 누군가가 유리 벽 너머에 있는 비밀 계단을 이동하는 기척을 느낀 거고요."

유메요미는 아무 말도 못 하고 입만 떡 벌렸다. 다른 사람들도 어안이 벙벙한 표정이었다. 날이 완전히 저물었는지 어둠에 잠식되기 시작한 휴게실에 침묵이 내렸다. 유마는 벽의 스위치를 눌러 샹들리에를 켰다. 어둠에 익숙해진 시야에 따뜻한 불빛이 눈부시게 쏟아졌다.

"그래서 뭐가 어쨌다는 건데!" 사쿄가 헐떡이듯 소리쳤다. "비밀 계단인지 뭔지 모르겠지만, 그게 있다고 해서 당신과 카가미 씨가 이번 연쇄 살인 사건의 범인이라는 사실이 달라지는 건 아니잖아. 설마 그걸 부정하겠다는 거야?"

"아니요, 부정하지 않습니다. 이 저택에서 발생한 《유리관의 살인》의 범인은 분명 저와 카가미 씨예요. 아까 말씀드렸잖습니까. 아오이 씨의 추리는 완벽했다고."

의기양양하게 가슴을 펴는 츠키요를 바라보며 유마는 "다만." 하고 말을 이었다.

"《유리관의 살인》의 범인이 누구이냐보다 훨씬 중요한 문제가 있어요."

"범인이 누구이냐보다 중요한 문제?" 쿠루마가 미간에 더 깊게 주름을 잡으며 되물었다.

"네. 쿠루마 선생님, 저택에 오신 뒤로 선생님이 몇 번 말씀하셨죠? 마치 본격 미스터리 소설 속에 들어온 것 같다고."

"그게 어쨌는데?"

"말씀 그대로입니다. 산속에 세워진 유리 첨탑, 눈사태로 만들어진 클로즈드 서클, 잇달아 발생하는 밀실 살인, 다잉 메시지며 피로 쓴 글씨며 암호, 개성적인 손님들, 비밀 지하 감옥과 거기 방치된 백골 시체, 끝내는 비밀 문에 비밀 계단까지. 그야말로 멋스럽고 가슴 뛰는 본격 미스터리 소설의 세계 자체죠."

유마는 과장되게 양팔을 쭉 펼쳤다.

"미스터리 마니아라면 누구나 기이한 건물에서 벌어지는 연쇄 살인을 좋아하지 않겠습니까. 아야츠지 유키토의 '관 시리즈'를 비롯해 시마다 소지의 《기울어진 저택의 범죄》, 히가시노 게이고의 《십자 저택의 피에로》, 아비코 다케마루의 《8의 살인8の殺人》, 니카이도 레이토의 《인랑성의 공포人狼城の恐怖》, 우타노 쇼고의 《긴 집의 살인》, 요네자와 호노부의 《인사이트 밀》……. 예를 들자면 끝이 없죠. 특히 배경이 클로즈드 서클이라면 더할 나위 없고요."

"이치조 군, 이야기가 옆으로 샜는데. 마치 나 같아."

츠키요가 소리 죽여 웃었다. 유마는 "아아, 실례했습니다." 하고 고개를 움츠렸다.

어느 틈엔가 정신줄을 놓쳤다. 명탐정 역할은 상상 이상으로 기분이 고조되는 모양이다. 아니면 츠키요의 파트너로 있는 동안 버릇이 옮은 걸까.

"이치조 선생, 결국 무슨 말이 하고 싶은 건가. 슬슬 본론으로 들어가게."

"알겠습니다."

쿠루마에게 고개를 끄덕인 후 유마는 바짝 마른 입술을 핥고 입을 열었다.

결정적인 한마디를 꺼내기 위해.

"저희는 모두 소설의 등장인물이었습니다. 《유리관의 살인》이라는 본격 미스터리 소설의."

"우리가……, 소설의 등장인물?"

당혹스러움에 찬 말투로 쿠루마가 중얼거렸다. 유마는 힘 있게 고개를 끄덕였다.

"네. 자각하지 못했을 뿐, 저희는 본격 미스터리 소설의 캐릭터로 나흘을 보내며 각자 역할을 연기해 온 겁니다."

"무, 무슨 소릴 하는 건지, 통 모르겠군……."

설레설레 고개를 젓는 쿠루마의 얼굴에는 혼란과 공포의 빛이 역력했다.

"이봐요, 정신이 이상해진 거 아니에요? 우리가 소설 속 캐릭터라니, 무슨 말 같지 않은 소릴 하고 있어!"

유메요미가 고래고래 소리쳤지만 유마는 동요하지 않았다.

"아니요, 이 저택에서 바로 그 말 같지 않은 일이 일어났습니다."

"그만! 집어치워!"

분홍색 머리를 쥐어뜯으며 악을 쓰는 유메요미 대신 츠키요가 입을 열었다.

"이 세계는 메타 미스터리의 무대고, 우리는 거기서 움직이는 가공의 등장인물이다. 이치조 군, 하고 싶은 말은 그거야?"

"메타 미스터리? 그게 뭡니까?"

사카이즈미가 묻자 츠키요는 얼굴 옆에 집게손가락을 세웠다.

"미스터리의 장르 중 하나예요. '메타'란 어떤 현상에 대한 고차원적인 시점이나 입장을 가리키는 말이죠. 그 개념을 작품 속에 도입한 게 메타 미스터리고요."

이해가 안 되는지 사카이즈미는 인상을 찡그렸다.

"간단히 말하자면 소설이라는 픽션의 세계와, 그보다 고차원에 있는 현실의 경계가 모호해진 미스터리라고 할까요. 작품 속에 저자가 등장하거나, 자기가 가공의 캐릭터임을 등장인물이 인식하거나, 독자가 범인이거나 하는 식으로."

"독자가 범인?"

사카이즈미가 의아한 듯이 되물었다. 츠키요는 "그래요!" 하고 몸을 앞으로 내밀었다.

"유명한 작품으로는 쓰지 마사키의 《가제 · 중학 살인 사건仮題・中学殺人事件》과 후카미 레이치로의 《마지막 트릭最後のトリック》을 들 수 있죠. 그리고 쓰지 마사키는 《아홉 장의 도전장9枚の挑戦状》이라는 작품에서 독자 말고 모두가 범인이라는 엄청난 트릭을 구사했어요. 그야말로 희대의 트릭 메이커라고 할 수 있겠죠."

"메타 미스터리가 뭔지는 압니다. 그런데 우리가 등장인물이라는 건 무슨 뜻입니까? 우리는 현실에 존재하는 인간이라고요."

빠르게 떠들어대는 사쿄에게 유마는 말을 걸었다.

"지금부터 설명하겠습니다. 일단 왜 저희가 이 저택에 왔는지부터 이야기를 진행하죠."

"왜냐니, 코즈시마 씨가 초대했으니까요."

"그렇죠. 그럼 코즈시마 씨는 왜 모두를 초대했을까요?"

"그건, 뭔가 중대한 발표를 하기 위해서라고밖에……. 〈모르그가의 살인〉 이전에 집필된 미공개 미스터리 소설의 원고를 입수했다면서요. 당신이 그랬잖아요."

"네, 그렇게 생각했습니다. 미스터리의 역사가 근본부터 뒤집힐 미공개 원고라고 하니, 그 정도밖에 떠오르지 않았거든요. 하지만 그 원고는 여태 발견되지 않았죠. 지하 금고에도, 비밀 계단에도 없었어요. 아까 일호실에 들어가서 확인했는데, 코즈시마 씨의 책상에도 들어 있지 않았습니다."

"그럼 그 귀중한 원고는 어디 있다는 겁니까?"

"차근차근 설명할 테니 조금 기다려 주세요. 그럼 첫 번째 사건이 발생했을 무렵의 이야기를 해 보죠."

"첫 번째 사건이면 당신이 범인이잖아. 이제 와서 무슨 이야기를 하겠다는 거지? 아니면 자기가 안 그랬다고 잡아뗄 작정이야?"

유메요미가 경멸하는 시선을 던졌다.

"아니요, 그런 말씀을 드리려는 게 아닙니다. 제가 코즈시마 씨에게 캡슐을 먹이자 코즈시마 씨는 괴로워했죠. 그 후의 일은 아오이 씨가 추리한 대로입니다. 《유리관의 살인》에서 저는 틀림없이 코즈시마 씨를 죽인 범인이에요."

유메요미가 "그럼……." 하고 말하려 하는 걸, 유마는 한 손을 쑥 내밀어 막았다.

"다만 문제는 첫 번째 사건이 벌어진 후입니다. 그 후에 저희는 돌아가신 오이타 씨와 토모에 씨도 포함해 모두 함께 식당에 모여 앞으로 어떻게 할지 상의했죠. 그리고 전망실에 갔다가 각자 방으로 돌아갔고요. 그때 저는 혼자 방에 돌아가다 누군가 뒤따라오는 듯한 착각에 휩싸였어요. 유메요미 씨도 비슷한 말씀을 하셨죠."

유메요미는 머뭇머뭇 고개를 끄덕였다.

"맞아, 확실히 느꼈어. 계단에서 사악한 뭔가가 쫓아오는 기척을."

"아까 설명했다시피 그건 누군가 벽 너머의 비밀 계단을 이동하는 기척이었을 겁니다. 그럼 대체 누가 첫 번째 사건이 벌어진 후 비밀 계단에 있었을까요?"

"누구냐니……." 유메요미는 도움을 요청하듯 주변을 둘러보았다.

"그때 손님 여러분과 저는 거의 동시에 방으로 향했어요. 비밀 계단에 들어갈 만한 시간적 여유는 없었을 겁니다."

"그럼 오이타 씨나 토모에 씨 아닐까요? 이 저택에 살면서 일했으니 비밀 계단이 있는 걸 알고 있었을지도 모르죠."

사쿄가 지적했지만 유마는 고개를 가로저었다.

"그 후에 오이타 씨와 토모에 씨는 식당을 정리했을 겁니다. 그렇지, 사카이즈미 씨?"

사카이즈미는 턱을 살짝 당겼다.

"네, 맞습다. 저희 셋이서 십오 분쯤 정리했어요."

"그럼 역시 우리가 모르는 누군가가 저택에 숨어 있는 거야!"

유메요미가 소리쳤지만 유마는 "그렇게 보기는 힘듭니다." 하고 딱 잘라 말했다.

"비밀 계단은 너무 좁아서 생활이 가능한 환경이 아니에요. 생활하려면 비밀 계단 외에 다른 장소로 나갈 필요가 있습니다. 요 나흘간, 누구에게도 목격당하지 않고 돌아다니기는 아주 어렵겠죠."

"손님도, 고용인도, 수수께끼의 인물도 아니라면 남는 사람이 없잖나."

고통을 견디는 것처럼 쿠루마가 얼굴을 찡그렸다.

"아닙니다. 한 명 있을 텐데요. 그 시간에 비밀 계단을 사용할 수 있는 사람이."

"한 명? 대체 그게 누군데?"

유마는 미소를 지으며 그 인물의 이름을 꺼냈다.

"이 저택의 주인 코즈시마 타로입니다."

사람들이 입을 다물었다. 하지만 충격으로 말문이 막혔다기보다, 당황스러워서 무슨 말을 해야 할지 모르는 것 같았다.

십수 초쯤 말없이 주변 사람들과 얼굴을 마주 본 후, 쿠루마가 조심스레 말을 꺼냈다.

"이치조 선생, 지금 뭐라고 했나? 다시 말해 보게."

"코즈시마 씨라고 했습니다. 바로 그가 비밀 계단을 주로 이용한 사람이에요."

"지금 본인이 뭐라고 하는지 알고 말하는 건가? 코즈시마 군은 첫째 날 밤에 자네에게 독살당했어."

"네, 《유리관의 살인》 속에서는 분명 제게 독살당했죠. 하지만 첫 번째 사건이 발생한 후 비밀 계단을 사용한 사람은 틀림없이 코즈시마 씨입니다. 다른 사람에게는 불가능했다는 게 방금 증명됐지 않습니까."

"아까부터 종잡을 수 없는 소리만 늘어놓는군. 도저히 제정신이 아니야."

겁이 났는지 쿠루마가 뒷걸음쳤다.

"아아, 죄송합니다. 총을 든 사람이 뜻 모를 말을 하니까 으스스하실 만도 하죠. 그럼 이해하기 쉽게 설명하겠습니다."

유마는 작게 헛기침을 했다.

"쿠루마 선생님. 첫 번째 사건이 발생하자마자 눈사태로 길이 막혀 저택이 고립되다니, 뭔가 위화감을 못 느끼셨습니까?"

"아니. 운이 없다고는 생각했지만, 코즈시마 군이 독살당했을지도 모른다는 사실에 동요해서 깊이 생각할 여유는 없었네."

"저도 마찬가지입니다. 다만 저는 병사로 처리할 작정이었는데 독살임이 들통나서 동요한 거지만요."

유마는 자학적으로 입술을 일그러뜨렸다.

"그밖에도 위화감을 느낄 부분이 수없이 많았습니다. 아무리 고용주의 명령이라지만, 오이타 씨와 토모에 씨가 비인도적인 대량 유괴 살인에 가담할까요? 시신이 백골로 변할 때까지 내버려두면 지독한 썩은 내가 풀풀 풍기지 않을까요? 식당 유리창이 수렴 화재를 일으킬 만큼 햇빛을 집중시키다니, 그런 우연이 있을까요? 설령 그렇다 한들 화재에 취약한 이 저택에서 그런 설계 실수를 방치할까요? 객실 문에 IC칩까지 내장돼 복제할 수 없는 열쇠를 굳이 사용할 필요가 있을까요? 무엇보다 아무리 코즈시마 씨가 별난 사람이라지만, 외따로 떨어진 산속에 이런 기묘한 저택을 짓고 생활할까요?"

사람들은 유마의 지적에 멍하니 귀를 기울였다.

"마치 본격 미스터리 소설 속에 들어온 것 같다는 쿠루마 선생님의 말씀은 진상에 근접했습니다. 이 저택은 그야말로 클로즈드 서클에서 연쇄 밀실 살인을 일으키기 위해 준비된 무대였으니까요."

"연쇄 밀실 살인을 일으키기 위해?" 사쿄가 이마를 누르며 되뇌었다.

"네, 그렇습니다. 기묘한 저택이 외부와 단절되고, 그 건물의 특성을 이용한 연쇄 살인이 일어난다. 그야말로 고전적인 본격 미스터리 소설에서 활용되는 설정이죠. 다만 고전적이라고 하면 듣기는 좋지만, 진부함과 종이 한 장 차이입니다. 너무나 닳고 닳은 설정이라 더는 독창성이 없다고도 할 수 있어요. 그리고……."

유마는 소파 너머에 있는 사람들을 바라보았다.

"미스터리 작가, 형사, 영능력자, 편집자, 의사, 요리사, 집사에 메이드, 그리고 ……명탐정. 이처럼 저택에 개성적인 면면이 모이는 것도 클로즈드 서클 미스터리의 정석입니다. 네, 이 저택뿐만 아니라 저희도 본격 미스터리 소설을 위해 준비된 거예요."

"제발!"

쩌렁쩌렁한 절규가 휴게실에 울려 퍼졌다.

"그만 좀 해! 우리가 소설 속 캐릭터라느니, 살인 사건을 위해 준비됐다느니, 무슨 소린지 전혀 모르겠어! 정신이 이상해질 것 같다고!"

유메요미가 머리를 끌어안고 그 자리에 주저앉자 츠키요가 다정하게 등을 쓰다듬었다.

"유메요미 씨 말이 맞아, 이치조 군. 의미심장한 설명이 명탐정 역할의 특권이기는 하지만, 도가 지나치면 놀리는 소리로밖에 안 들려. 슬슬 본론으로 들어가는 게 어떨까?"

유마는 선배 명탐정의 조언을 받아들여 "그래, 알았어." 하고 고개를 끄덕였다.

"그럼 확실히 말씀드리겠습니다. 저희도 모르게 출연한 겁니다.

코즈시마 씨가 창작한 《유리관의 살인》이라는 본격 미스터리 소설에요."

"본격 미스터리 소설에 출연했다고요?" 사쿄가 눈썹을 모았다.

"네. 그리고 그 《유리관의 살인》이 바로 코즈시마 씨가 이번 행사에서 발표하려 했던 미공개 원고였겠죠."

"자, 잠깐만요. 코즈시마 씨가 발표하려 했던 건 〈모르그 가의 살인〉 이전에 집필된 미스터리 아니었습니까?"

"미공개 소설이고, 미스터리의 역사가 근본부터 뒤집힐 작품이라는 정보에서 그렇게 예상했습니다. 하지만 아니었어요. 기대하게 해서 죄송합니다. 코즈시마 씨는 자신이 쓴 본격 미스터리 소설을 발표할 작정이었어요."

"코즈시마 씨가 쓴 소설……." 사쿄는 어깨를 축 늘어뜨렸다.

"중증의 미스터리광이었던 코즈시마 씨는 과학자가 아니라 미스터리 작가로서 후세에 이름을 남기길 열망했지만, 스토리텔러의 재능이 없었죠. 하지만 포기하지 못하고 재능을 다른 요소로 보충하려 한 겁니다."

"다른 요소?"

"재력, 다시 말해 돈이요."

"돈? 자비출판하려고 했다는 겁니까?"

사쿄의 질문에 유마는 "아니요." 하고 고개를 저었다.

"자신이 창작한 본격 미스터리 소설의 세계를 실제로 만들어 냈습니다."

"미스터리 소설의 세계를 실제로……?"

무슨 뜻인지 모르겠다는 듯 사쿄가 머리를 가볍게 흔들었다.

"그렇습니다. 이 유리관은 불가해한 세 가지 밀실 살인 사건을 일으키기 위해 설계하고 건축한 본격 미스터리 소설의 무대입니다. 물론 수렴 화재를 일으킬 위험성이 있는 식당 유리창도, 아침 햇빛이 한 점에 집중되도록 치밀하게 계산해서 만든 거고요."

"무대를 실제로 만들었다니, 그럼 돈이 어마어마하게 들 텐데!"

공황 상태에서 어느 정도 회복됐는지 유메요미가 분홍색 아이섀도를 칠한 눈을 부릅떴다.

"네, 수십억 엔은 들었겠죠. 하지만 대부호인 코즈시마 씨에게 그 정도쯤은 별것 아니었을 겁니다. 5년 전에 심근경색으로 목숨을 잃을 뻔했던 그로서는 걸작을 탄생시켜 미스터리의 역사에 이름을 새기는 게 삶의 목적이었을 테니까요."

유마는 "쿠루마 선생님." 하고 불렀다. 입을 반쯤 벌리고 있던 쿠루마가 등을 쭉 폈다.

"선생님이 그러셨죠. 코즈시마 씨가 쓴 미스터리는 독창성이 없고, 논리 전개에 구멍과 모순도 많다고요."

"어, 아아, 그랬지."

"잘 생각해 보면 독창성이 없고 논리 전개가 허술하다는 단점이 이 유리관과 여기서 발생한 사건에서도 여실하게 드러납니다."

"무슨 뜻인가?"

"코즈시마 씨는 신본격 무브먼트를 일으킨 《십각관의 살인》을 비롯한 '관 시리즈'와, 시리즈의 작가인 아야츠지 유키토를 몹시 동경했어요. 숭배에도 가까운 그 마음이 창작 활동에 큰 영향을 끼친 나머지, 코즈시마 씨는 클로즈드 서클로 변한 기묘한 저택에서 연쇄 살인이 발생한다는 '관 시리즈'의 플롯을 그대로 따와서 작품을 탄생시킨 겁니다."

"그거, 표절했다는 말임까?"

이야기를 잘 따라오지 못하겠는지 사카이즈미가 자신 없이 말했다.

"표절이라고 할 수는 없겠지. 관 시리즈에 유리관과 구조가 똑같은 건물이 나오는 것도 아니고, 트릭을 흉내 낸 것도 아니니까. 다만 오마주라기에는 기본 구조가 너무 비슷하게 느껴지기도 해. 굳이 말하자면 동인지 수준의 하위 버전이랄까."

쿠루마가 "하위 버전……." 하고 작게 중얼거렸다.

"그렇습니다. 너무 묘한 상황이라 혼란에 빠졌지만, 냉정하게 생각해 보면 《유리관의 살인》에는 이상한 점뿐이에요. 온몸 근육이 이완되는 테트로도톡신을 먹은 코즈시마 씨가 어떻게 유리관 모형을 비틀어 망가뜨릴 만큼 힘을 낼 수 있었는가. 두 번째 사건에서 범인은 왜 그렇게까지 거창한 트릭을 사용해 식당을 밀실로 만들어야 했는가. 세 번째 사건에서 지하 감옥을 발견시키고 싶다면 왜 직접 그렇게 쓰지 않고 굳이 '나카무라 세이지를 죽여라'라는 암호를 남길 필요가 있었는가. 극장 스크린을 불태웠는데 왜 화재경보기가 작동하지 않았는가."

유마의 지적에 사람들은 숨을 삼켰다.

"독창적인 트릭이 떠올라서 그걸 사용하는 이유도 생각지 않고 일단 현장을 밀실로 만든다. 무시무시한 분위기를 연출하고 싶어서 범인에게 논리적으로 이상한 행동을 시킨다. 그야말로 플롯이 허술한 미스터리에서 보기 쉬운 실수입니다."

"자, 잠깐만." 쿠루마가 헐떡이듯 말했다. "지금 이렇게 말하는 건가, 이 유리관에서 발생한 연쇄 밀실 살인은……."

흥분해서 혀가 꼬였는지 쿠루마가 말을 멈췄다. 유마는 고개를 끄덕이고 말을 이어받았다.

"네, 코즈시마 타로가 기획하고 연출한 픽션이었습니다."

"픽션……?"

쿠루마가 머뭇머뭇 중얼거렸다.

"코즈시마 씨는 평범한 방식으로 아무리 소설을 집필한들 후세에 이름이 남을 만한 걸작은 쓸 수 없다는 걸 알고 있었을 겁니다. 그렇기에 다른 사람은 절대로 탄생시킬 수 없는 작품을 고안했죠. 본격 미스터리의 무대가 될 법한 건물을 실제로 짓고, 거기서 실제로 연쇄 살인이 일어난 것처럼 위장해 손님들이 사건을 해결하도록 한다. 리얼 탈출 게임이 아니라 리얼 본격 미스터리라고 할까요. 그 기록 영상과 함께 소설을 출간하면 분명 화제가 됐겠죠."

"그렇다면 첫째 날 밤에 발견된 코즈시마 군은……."

"네, 살아 있었습니다."

유마가 턱을 당기자 쿠루마는 넋이 나간 것처럼 입을 떡 벌렸다.

"하, 하지만 코즈시마 씨가 사망한 걸 확인했잖습니까."

사교가 침착함을 잃은 표정으로 물었다.

"잘 기억해 보세요. 확인한 사람은 카가미 씨뿐입니다. 그 후에 카가미 씨는 아무도 코즈시마 씨를 못 만지게 했고, 저희를 방에서 쫓아내더니 출입을 금지시켰죠. 두 번째와 세 번째 사건에서도 카가미 씨가 사망을 확인한 후로는 사람들이 시신에 얼씬도 못 하게 했어요."

"그럼 카가미 씨는……."

"네, 카가미 씨는 코즈시마 씨의 협력자입니다. 그렇게까지 연기가 출중한 걸 보면 실은 형사가 아니라 극단에 소속된 배우일 가능성이 높겠죠. 그밖에도 오이타 씨와 토모에 씨가 처음부터 연극인 걸 알고 코즈시마 씨에게 협력했을 테고요. 범인 역할과 피해자 역할은 전부 사전에 준비해 뒀던 겁니다."

유마는 입술 가장자리를 치켜올렸다.

"두 번째와 세 번째 사건도 실은 피해자가 직접 연출한 겁니다. 오이타 씨는 식당 안에서 빗장을 걸고 미리 준비해 둔 동물 따위의 피로 '조가타케산 증발 사건'이라고 쓴 후에, 라이터로 식탁보에 불을 붙였어요. 토모에 씨도 넓적다리에 칼에 베인 듯한 특수분장을 하고 웨딩드레스 차림으로 육호실 침대에 누워 있었을 뿐이고요."

"그, 그렇다면 이치조 선생님도요? 그게, 선생님은 코즈시마 씨를 독살했으니까. 어, 아니지 실은 안 했나……? 하지만……."

생각이 따라오지 못하는지 사쿄는 시선으로 허공을 이리저리 더듬었다.

"아니요, 저는 진심으로 코즈시마 씨를 독살했습니다. 다만 지금 생각하면 그것도 미리 짜 놓은 계획이었어요. 코즈시마 씨가 주치의를 찾는다는 이야기는 지인에게 직접 들었습니다. 코즈시마 씨는 자기가 소송을 제기한 탓에 난치병에 걸린 제 여동생이 필요한 약을 얻지 못하게 되리라는 걸 분명 알고 있었겠죠. 자신을 죽일 만큼 원망하는 의사를 흥신소라도 이용해서 찾아내, 저를 불러들인 겁니다."

동생을 아끼는 마음을 농락당했다는 것에 화가 나서 유마는 주먹을 움켜쥐었다.

"그리고 실제로는 무해한 분말을 복어 간으로 만든 분말이라고 속이고, 진찰할 때 늘 입회하던 오이타 씨에게 이번 행사에만 손님 접대를 시켰어요. 그러면 제가 천재일우의 기회를 놓치지 않을 것이라고 계산했겠죠."

"하지만 선생님이 진짜로 독살을 시도한다는 보장은 없잖습니까."

"제가 하지 않으면 카가미 씨가 첫 번째 사건에서도 범인 역할을 수행하는 계획이었겠죠. 하지만 코즈시마 씨가 의도한 대로 저는 독살을 시도했습니다. 코즈시마 씨는 아주 기뻤겠죠. 죄책감에 고통스러워하고, 자기가 저지르지 않은 살인 사건이 발생해 혼란에 빠진 저를 관찰할 수 있어서."

"관찰?" 사카이즈미의 목소리가 뒤집혔다. "코즈시마 씨가 죽지 않고 우리를 관찰했다는 말임까?"

"그래. 첫 번째 사건에서 일호실이 출입 금지된 후, 코즈시마 씨는 내내 우리를 관찰했어. 각 방은 비밀 계단의 매직미러로 엿보고, 휴게실과 식당, 지하 창고는 몰래카메라 영상을 자기 컴퓨터로 보지 않았을까. 자기가 고안한 스토리에 따라 우리가 우왕좌왕

했으니, 기분 좋았겠지. 분명 신이라도 된 듯한 기분이었을 거야."

유마가 혀를 쯧 차자 쿠루마가 크게 숨을 내쉬었다.

"이치조 선생, 너무 뜬금없는 이야기라 바로는 믿기지 않는군. 그런 한편으로 이치에 맞는 것도 같아서 혼란스러워. 뭔가 자네 가설을 증명할 증거는 없나? 있다면 꼭 들려주게."

"네, 몇 가지 있습니다. 일단은 상황 증거랄까요."

쿠루마는 "상황 증거?" 하고 콧부리에 주름을 잡았다.

"둘째 날 저녁 식사를 했을 때 토모에 씨의 행동입니다. 그 시점에서 토모에 씨는 범인의 동기를 알고 있었겠죠. 그렇다면 다음 목표물은 자신이라고 생각하는 게 당연합니다."

"그래서 두 번째 사건이 벌어진 후 토모에 씨가 아주 겁에 질렸잖나."

"확실히 얼핏 보기에는 겁먹은 모습이었습니다. 하지만 그렇다면 저녁을 먹는 건 이상하지 않나요?"

"무슨 뜻이지?"

"토모에 씨는 뷔페 형식으로 차려진 요리를 아무 경계도 하지 않고 먹었습니다. 만약 정말로 누군가 자기 목숨을 노린다고 생각했다면, 왜 토모에 씨는 독이 들었을지도 모른다고 의심하지 않았을까요? 코즈시마 씨가 독살되고 복어 간으로 만든 맹독 분말이 도난당한 상황인걸요."

"듣고 보니 그렇네만……." 쿠루마는 주변에 있는 사람들의 표정을 살폈다.

"뭐, 혼란에 빠져 거기까지는 미처 생각하지 못했는지도 모르죠. 하지만 상황 증거는 하나 더 있습니다. 눈입니다."

"눈이라면 발자국 말인가?"

"아니요. 첫째 날 밤에 눈이 조금 내린 것 기억하세요? 두 번째 사건이 벌어진 후 주차장에 가서 타이어가 펑크 난 걸 확인하고 오는 길에 보니, 전망실 유리에 눈이 살짝 쌓여 있더군요. 전망실은 냉난방 장치가 고장 났으니까요. 하지만 그렇다면 일호실 창문에도 눈이 쌓여 있어야 합니다. 코즈시마 씨의 시신이 썩지 않도록 일호실의 난방을 껐으니까요."

"그런데도 일호칠 창문에 눈이 쌓이지 않았다는 건……."

"네, 사건이 일어난 후 일호실에 다시 난방을 가동한 겁니다. 왜냐. 답은 간단하죠. 코즈시마 씨가 살아 있었기 때문이죠."

"과연, 확실히 설득력이 있지만 결정적이지는 않아. 듣자 하니 좀 더 직접적인 증거가 있는 것 같은 말투였는데, 괜찮다면 그걸 가르쳐 주지 않겠나?"

쿠루마가 쳐다보았다. 유마는 "알겠습니다." 하고 고개를 끄덕였다.

"사후경직입니다. 코즈시마 씨의 사후경직, 그게 바로 《유리관의 살인》이 픽션이었다는 가장 큰 증거입니다."

"분명 어제 확인했을 때 코즈시마 군의 시신에는 사후경직이 일어났지. 그런데 그게 왜 가장 큰 증거인가?"

"어제 코즈시마 씨의 팔과 어깨에서는 심한 사후경직이 관찰되지 않았습니다. 저는 경직이 풀렸기 때문이라고 생각했고요. 사후경직은 열두 시간에서 이십사 시간 사이에 가장 심해지고, 그 후로는 시간이 경과하면서 경직이 풀리거든요. 하지만 제 생각이 틀렸어요."

"틀렸다니, 어떻게?"

"아까 코즈시마 씨 시신의 손목을 들어 올렸을 때, 몸까지 들렸습니다. 팔과 어깨의 근육과 관절이 심하게 경직됐기 때문이죠."

"어, 무슨 소리예요? 시간이 경과하면서 경직이 풀린다면서?" 유메요미가 중얼거렸다.

"일단 사후경직이 가장 심해진 후에 그렇다는 겁니다. 즉, 어제 확인한 코즈시마 씨의 시신은 사후경직이 시작된 지 얼마 안 된 상태였어요. 그게 의미하는 바는……."

"코즈시마 군은 사흘 전이 아니라 어제 살해당했다……."

잠긴 목소리로 말을 이어받은 쿠루마에게 유마는 "그렇습니다." 하고 대답했다.

이 정도면 이해했을까. 다른 사람들의 반응을 살피자니 츠키요가 가볍게 손을 들었다.

"한마디 해도 될까, 이치조 군. 지금까지 네가 들려준 이야기로는 설명이 안 되는 일이 하나 있는데. 카가미 씨 말이야. 카가미 씨는 범행을 자백한 후 네가 호주머니에 숨긴 알약 케이스에서 캡슐을 꺼내서 먹고 사망했어. 네가 코즈시마 씨에게 먹인 캡슐이 무해하다면, 카가미 씨가 죽을 리 없잖아. 아니면 그것도 연기고, 식당에 쓰러져 있는 카가미 씨는 사실 지금도 살아 있다는 거야?"

"아니, 죽었어. 카가미 씨뿐만이 아니야. 코즈시마 씨도, 오이타 씨도, 토모에 씨도 어제저녁에 확인했을 때는 분명 숨진 상태였지."

마도카가 살아 있는 것 아니냐는 희망이 박살난 탓인지 사카이즈미가 비통하게 탄식했다.

"그래, 어제저녁에 아오이 씨와 쿠루마 선생님과 함께 조사했을 때, 세 사람은 완전히 사망한 상태였어. 틀림없어."

"그렇다면 지금까지 네가 주장한 가설은 완전히 부정되는 것 아니야?"

"아니, 그렇지 않아."

유마는 차분히 고개를 저었다.

"《유리관의 살인》은, 이 저택에서 벌어진 연쇄 밀실 살인은 틀림없이 코즈시마 씨가 계획한 픽션이야. 다만 그 계획에는 큰 오산이 있었어."

"큰 오산? 그건 대체……." 쿠루마가 긴장된 표정으로 물었다.

"이 저택에 괴물이 있었다는 겁니다."

"괴물?" 유메요미가 빽 소리쳤다. "역시 우리가 모르는 흉악한 인간이 저택에 숨어 있었다는 뜻?"

"아니요. 그 괴물은 우리 가운데 있었습니다. 코즈시마 씨는 부주의하게도 어마어마한 재앙을 저택에 불러들이고 만 거예요. 그리고 그 괴물은 코즈시마 씨의 통제에서 벗어나 이 저택에서 벌어진 《유리관의 살인》을 가로챘습니다."

"가로채다니, 그게 무슨 소리입니까?" 얼어붙은 듯이 사쿄가 몸을 움츠렸다.

"코즈시마 씨를 비롯한 세 명을 실제로 살해해, 픽션이었던 연쇄 살인 사건을 현실로 만들었죠."

사람들의 표정이 굳어지는 걸 보며 유마는 설명을 계속했다.

"코즈시마 씨의 가슴에 칼이 박혀 있었던 것도, 원한을 풀기 위해 시신을 손상시킨 게 아닙니다. 살아 있던 코즈시마 씨를 찔러 죽인 거죠."

"하지만 마지막에 카가미 씨가 죽은 건……. 지금까지의 가설에 따르면 그가 먹은 건 독이 아니었을 텐데……."

숨이 차서 허덕이듯 쿠루마가 말했다.

"그 괴물은 제가 카가미 씨에게 알약 케이스를 떠넘기고, 카가미 씨가 거기 든 캡슐을 삼킬 걸 예상하고 있었습니다. 그게 제일 극적인 연출이니까요. 그래서 알약 케이스의 캡슐을 진짜 독으로 바꾼 겁니다."

"진짜 독이라니, 그런 게 마침맞게 짠 나타날 리 없잖습까."

무서운 가설에 거부 반응을 일으켰는지, 사카이즈미가 새된 목소리로 말했다.

"아니, 있었어, 사카이즈미 씨. 지하 창고에 맹독이 말이야. 바로 쥐약이야."

사카이즈미의 눈이 휘둥그레졌다.

"토모에 씨가 그랬잖아, 쥐를 없애기 위해 지하 창고에 쥐약을 놓았다고. 괴물은 알약 케이스에 들어 있던 캡슐의 내용물을 쥐약으로 바꾼 거야."

유마는 관자놀이를 긁적였다.

"잘 생각해 보면 가슴을 부여잡고 괴로워하며 구토하다 사망하는 건 복어 독인 테트로도톡신을 먹었을 때 나타나는 증상이 아니야. 아마도 쥐약에 사용되는 인화아연에 중독된 거겠지. 인화아연은 위산과 화학반응을 일으켜 포스핀이라는 독가스를 발생시키고, 중추신경을 침범해 호흡을 정지시켜."

말하다 지친 유마가 한숨 돌리자, 츠키요가 눈을 가늘게 뜨고 한 발짝 앞으로 나섰다.

"재미있는 이야기였어, 이치조 군. 그럼 이만 명탐정이 제일 실력을 발휘하는 대목으로 가 볼까. 네가 말하는 '괴물'이란 대체 누구야?"

유마와 츠키요와 눈을 마주쳤다. 두 사람의 시선이 하나로 합쳐졌다. 미소를 지은 유마는 조용히 말했다.

이 유리관에 숨은 괴물의 정체를.

"너야, 아오이 씨. 바로 네가 세 사람을 죽이고 《유리관의 살인》을 가로챈 괴물이야."

잠깐의 침묵이 흐른 후, 츠키요 주변에 있던 사람들이 일제히 겁먹은 표정을 지으며 뒷걸음쳤다. 하지만 츠키요의 조각 같은 얼굴에서는 부드러운 미소가 지워지지 않았다.

"내가 세 사람, 아니, 카가미 씨를 포함해 네 사람을 죽인 범인이라고? 아주 재미있는 소리를 하는걸, 이치조 군."

"돌이켜보면 넌 끊임없이 힌트를 줬어. 우리가 본격 미스터리 소설 속에 들어왔을지도 모른다고 말하거나 이 저택에서 벌어진 사건을 어느 틈엔가 《유리관의 살인》이라고 부르는 식으로. 넌 셋째 날에 코즈시마 씨의 이야기를 가로챘을 때 그가 연출했던 소설의 제목이 《유리관의 살인》이라는 걸 알아차렸겠지. 아참, 《유리관의 살인》에서는 '후기 퀸 문제'를 고려하지 않아도 된다는 것도 지금 생각하면 큰 힌트였네."

"응? '후기 퀸 문제'를 고려하지 않아도 된다는 말이 왜 힌트인데?"

츠키요는 진심으로 즐거운 듯 말했다.

"'후기 퀸 문제'의 해결 방법 중 하나로 상위 존재, 즉 메타 레벨의 존재가 개입해서 작품에 제시된 증거가 진짜임을 보증하는 방법이 있어. 넌 《유리관의 살인》에서 메타 레벨의 존재였던 코즈시마 씨를 살해하고 그 지위를 가로챔으로써 메타 레벨의 명탐정 역할이라는 지위를 획득했지. 마야 유타카의 《신 게임神様ゲーム》에서 신이라는 상위 존재에게 탐정 역할을 맡겨 '후기 퀸 문제'를 해결한 것과 같은 구조야."

"과연, 재미있는 생각이네. 역시 이치조 군은 상당한 미스터리 마니아로구나. 다만……."

츠키요의 두 눈이 슥 가늘어졌다.

"그것만으로 날 범인 취급하는 건 좀 억지 아닐까? 날 범인으로 고발하기에 충분한 근거가 있어?"

"물론이지."

유마가 고개를 끄덕이자 츠키요는 "한번 들어 볼까." 하고 들뜬 목소리로 말했다.

"일단 문제는 코즈시마 씨가 자신의 통제하에 진행하던 《유리관의 살인》을 언제 빼앗겼느냐는 거야. 다시 말해 코즈시마 씨를 비롯한 세 사람이 언제 살해당했느냐는 거지."
츠키요는 계속하라는 듯이 위로 향한 손바닥을 내밀었다.
"적어도 어제 아침, 웨딩드레스 차림으로 쓰러진 토모에 씨가 육호실에서 발견됐을 때까지는 코즈시마 씨의 계획대로 진행됐을 거야. 그때 카가미 씨는 쓰러진 토모에 씨에게 누구도 다가가지 못하도록 막고서, 사망했다는 사실과 넓적다리에 고문당한 흔적이 있다는 사실을 알렸지. 토모에 씨가 실은 살아 있으며, 넓적다리의 상처는 특수 분장으로 만든 가짜라는 걸 들키면 안 되니까 접근을 막은 거야. 그 후에 코르셋에 피로 적은 글씨를 보고 지하 감옥으로 가서 가짜 백골 시체를 발견한 것도 코즈시마 씨가 생각한 시나리오에 따라 움직인 거겠지."
"어, 그 백골 시체는 가짜였어요?"
유메요미가 눈을 깜박이자 말허리를 끊긴 유마는 얼굴을 찌푸렸다.
"납치된 조난자의 시신이 썩어서 그렇게 된 건 아니겠죠. 그걸 숨기기 위해 가까이에서 관찰할 수 없도록 일부러 어두운 지하 감옥에 놓아둔 겁니다. 뭐, 진짜 인골이었을 가능성은 높을지도 모르겠어요. 해외에서 골격 표본은 구입할 수 있으니까요. 코즈시마 씨 성격상 그 정도 현실감은 추구했겠죠."
유마는 여유로운 자세로 서 있는 츠키요에게 시선을 되돌렸다.
"즉, 어제 아침 시점에서는 《유리관의 살인》이 예정대로 진행 중이었어. 하지만 밤에는 세 사람 다 사망한 상태였지. 그 사이에 픽션이었던 연쇄 살인 사건이 현실로 변했다는 뜻이야. 여기서 마음에 걸리는 게 내가 계단에서 떠밀린 사건이지. 그때 네가 밖에서 누가 엿듣고 있다기에 함께 그 인물을 찾으러 나갔잖아. 나는 계단을 올라 전망실까지 살펴본 후 돌아오다가 사호실 앞을 지나쳤을 때 떠밀렸어."

"하지만 전망실에도 계단에도 아무도 없었잖아." 츠키요가 얼굴 옆에 집게손가락을 세웠다. "그렇다면 카가미 씨 짓 아닐까? 이호실에 있던 카가미 씨라면 네가 문 앞을 지나친 후에 몰래 방을 빠져나와 뒤에서 떠밀 수 있었을 거야."

"나도 방금까지 카가미 씨가 그런 줄 알았어. 하지만 《유리관의 살인》이라는 픽션 속의 일이라면 그건 이상해. 운이 좋아서 크게 다치지는 않았지만, 저택의 가파른 계단에서 굴러떨어졌으니 자칫했으면 치명상을 입었을 거야. 범인 역을 연기할 뿐인 카가미 씨가 그런 범죄 행위를 저지를 리 없지."

"그럼 널 떠민 사람이 어디서 나왔다고 생각하는데?"

"삼호실. 삼호실에 숨어 있던 인물이 날 뒤에서 떠민 거야."

"뭐라고요?" 사카이즈미가 버럭 소리쳤다. "그, 그게 무슨 말씀임까. 저는 안 그랬어요. 왜 제가 이치조 선생님을 떠미는데요!"

유마는 "진정해." 하고 감정이 격해진 사카이즈미를 달랬다.

"사카이즈미 씨가 그랬다고 생각하는 거 아니야. 그때 사카이즈미 씨는 쿠루마 선생님과 사쿄 씨와 함께 휴게실에 있었으니까."

사카이즈미가 안도의 한숨을 내쉬자 츠키요가 어깨를 으쓱했다.

"그럼 널 떠민 인물은 어떻게 삼호실에 들어갔을까? 사카이즈미 씨, 방을 나설 때 문을 안 닫으셨나요?"

"아니요, 꼭 닫았습니다. 특히 요 나흘간은 무서워서 자물쇠도 단단히 잠갔는걸요."

"그럼 사카이즈미 씨 말고는 문으로 삼호실에 드나들 수 없겠네. 이치조 군, 혹시 누군가 비밀 계단으로 삼호실에 들어갔다는 거야?"

"아니. 그 시점에는 아직 코즈시마 씨가 살아서 《유리관의 살인》을 진행 중이었어. 비밀 계단을 사용하면 코즈시마 씨나 그의 협력자에게 들켰겠지."

"그럼 아무도 삼호실에 못 들어가잖아."

"못 들어가기는. 문을 열 수 있는 사람이 한 명 있었어. 아오이 씨, 너야."

"나?" 츠키요가 자신을 가리켰다. "혹시 내가 자물쇠 따기 기술로 삼호실 문을 열었다는 거야? 그건 아니야. 이 저택의 열쇠는 IC칩이 내장된 특별 제작품이지. 삼호실 문을 열 수 있는 건 마스터키나 삼호실 열쇠뿐이라고."

"맞아. 그래서 넌 삼호실 열쇠를 사용했어."

츠키요의 얼굴에서 얕잡아보는 듯한 웃음이 사라졌다.

"네가 그랬잖아. 명탐정으로 활동하기 위해 소매치기 기술을 익혔다고. 그리고 셋째 날, 세 번째 사건이 발생한 후 마스터키를 지하 금고에 넣을 때, 넌 토모에 씨를 잃었다는 충격으로 비틀거린 사카이즈미 씨를 부축했어. 그때 그의 호주머니에서 삼호실 열쇠를 슬쩍했겠지."

사카이즈미가 놀란 표정으로 츠키요를 보았다.

"삼호실 열쇠를 확보한 너는 누가 엿듣는다고 요란을 떨며 나를 전망실로 보낸 후 삼호실에 몰래 숨어들었어. 그리고 내가 삼호실 문 앞을 통과하기를 기다렸다가 뒤에서 떠민 거야."

"하, 하지만 이치조 선생님. 저, 열쇠 있는데요." 사카이즈미가 바지 호주머니에서 열쇠를 꺼냈다.

"그건 어젯밤에 마스터키를 함께 꺼내자고 쿠루마 선생님을 설득하러 휴게실에 갔을 때, 만취한 널 흔드는 척하며 돌려놓은 거야. 그렇지, 아오이 씨?"

확인하자 츠키요는 얇은 입술의 가장자리를 끌어올렸다.

"소중한 파트너인 널 죽이려 했다고 의심하다니, 슬프다."

"죽이려 한 건 아니야. 당분간 행동을 못 하게 하고 싶었던 거겠지. 사호실로 옮겨진 후 난 네가 준 물을 마시고 곤히 잠들었어. 지금 생각하면 아무리 긴장하고 수면 부족이었다지만, 한나절이나 잠에 빠지다니 너무 이상해. 분명 물에 약이라도 탄 거겠지. 어떤 상황에 휘말릴지 몰라서 웬만한 약은 다 가지고 다닌다고 네가 그랬잖아. 물에 타도 발각되지 않고 잠에 빠뜨릴 수 있는 약이라면 리스페리돈 물약인가. 그건 맛도 냄새도 안 나니까 써먹기 좋아."

"왜 내가 널 잠재울 필요가 있는데?"

"그야 간단하지."

유마는 턱을 당기고 치뜬 눈으로 츠키요를 보았다.

"내가 잠든 사이에 세 사람을 죽이고 《유리관의 살인》을 가로채기 위해서."

입술에 웃음을 띤 츠키요를 보며 유마는 설명을 시작했다.

"약을 먹여 날 잠재운 후 넌 지하 창고에 잠복했겠지. 코즈시마 씨의 식사를 준비하기 위해 토모에 씨가 식료품을 가지러 올 가능성이 높으니까. 넌 지하 창고에 나타난 토모에 씨를 위협해 육호실로 데려가서, ……고문했어."

사카이즈미가 눈을 부릅뜨고 츠키요를 노려보았다. 하지만 츠키요의 표정은 변함없었다.

"거기서 넌 《유리관의 살인》에 대한 정보, 비밀 계단에 들어가기 위한 암호, 앞으로의 계획 등을 모조리 알아냈지. 그중에는 계획이 시작되면 세 사람이 카가미 씨와 접촉하지 않는다는 정보도 포함돼 있었을 거야. 그렇지 않으면 나중에 세 사람이 진짜로 살해당했다는 걸 카가미 씨가 눈치챌 가능성이 있었으니까."

유마는 쓴웃음을 지었다.

"사건을 쥐락펴락하는 메타 레벨의 존재는 등장인물과 접촉하지 않는다. 지독한 미스터리광이었던 코즈시마 씨로서는 당연한 일이었겠지."

"……그래서 어떻게 됐음까?"

위험함이 느껴지는 목소리로 사카이즈미가 말했다. 두 눈으로는 곁에 선 츠키요를 무섭게 노려보았다.

"모든 정보를 토해 낸 후 토모에 씨는 살해당해 《유리관의 살인》에서 맡은 역할처럼 웨딩드레스가 입혀진 채 침대에 방치됐어."

사카이즈미가 이를 빠드득 가는 소리를 들으며 유마는 츠키요에게 시선을 되돌렸다.

"그 후에 넌 오이타 씨와 코즈시마 씨를 살해했지. 아무래도 코즈시마 씨에게 억지로 독을 먹이기는 어려워서 칼로 찌르는 수밖에 없었어. 범행을 모두 마친 너는 옷을 갈아입고 내 방에 돌아와 몸에 튄 피를 씻어낸 거야."

사건의 개요를 설명한 유마는 입을 굳게 다물고 츠키요의 반응을 기다렸다. 츠키요가 느닷없이 박수를 쳤다.

"대단해, 이치조 군. 아주 논리정연한 추리였어. 하지만 토대가 약하지 않나?"

유마는 "토대?" 하고 되물었다.

"그래, 네 추리는 내가 사카이즈미 씨의 열쇠를 훔쳤다는 가정하에 성립해. 하지만 내가 그랬다는 증거는 어디에도 없지. 《유리관의 살인》을 내가 가로챘다는 확고한 증거라도 있어?"

"있어."

유마의 대답에 츠키요는 "호오." 하고 야릇한 눈빛을 던졌다.

"한번 들어 볼까."

"알약 케이스의 캡슐이야. 원래 캡슐에 들어 있어야 할 가짜 독이 어느 틈엔가 쥐약으로 바뀌었지. 난 첫째 날 밤에 알약 케이스를 변기 저수조에 숨겼고, 어젯밤부터는 재킷 호주머니에 넣어 다녔어. 즉, 네가 세 사람을 죽이고 돌아온 후 샤워하려고 사호실 세면실에 들어갔을 때 바꾼 거야."

"그 전에 바뀌었을지도 모르잖아."

츠키요는 놀리듯이 가벼운 어조로 말했다.

"그건 아니야. 난 방에서 나갈 때 늘 문을 잠갔어."

"비밀 계단으로 침입했을지도 모르지."

"진범이 비밀 계단을 사용할 수 있게 된 건 셋째 날 오후에 세 사람을 살해한 후부터야."

"그럼 세 사람이 살해당한 후부터 네가 잠에서 깨기 전까지 나 말고 다른 사람이 비밀 계단으로 사호실에 들어간 것 아닐까?"

"그것도 아니야. 알잖아, 아오이 씨."

유마는 입꼬리를 끌어올렸다.

"내가 잠들어 있는 내내 네가 간호해 줬어. 만약 너 말고 다른 사람이 그 시간에 비밀 계단으로 침입했다면 틀림없이 네가 목격했겠지. 하지만 그런 소리 한 적 없잖아? 즉, 네가 바로 세 사람을 살해하고 알약 케이스의 캡슐에 쥐약을 넣은 진범이야."

츠키요는 어쩐지 기쁜 듯이 미소를 지은 채 다시 박수를 쳤다.

"대단해, 대단해, 이치조 군. 완벽한 추리야. 한 군데를 제외하면."

"한 군데? 어디가 이상했는데?"

"이상한 건 아니고. 네 추리는 전부 이치에 맞아. 하지만 어디까지나 그건 코즈시마 씨가 큰돈을 들여 《유리관의 살인》이라는 거창한 픽션을 연출했다는 가설하에 성립해."

"하지만 비밀 계단이 있었잖아. 그리고 거기를 사용하는 사람의 기척이 느껴졌고."

유메요미가 끼어들자 츠키요는 날카로운 눈빛을 던졌다. 유메요미는 "힉." 하고 작게 비명을 지르며 뒤로 물러났다.

"비밀 계단이 있었다는 것만으로는 아무것도 증명할 수 없어요. 코즈시마 씨에게 엿보기 취미가 있었을 뿐인지도 모르죠. 게다가 당신이 무슨 기척을 느낀 것도 그냥 기분 탓이었을 수도 있고요."

츠키요의 설명에 유메요미는 고개를 움츠렸다.

"토모에 씨가 둘째 날 저녁을 주저 없이 먹은 것도, 눈이 일호실 창문에 쌓이지 않은 것도, 세 건의 밀실 살인이 픽션이었음을 직접 증명하는 증거는 아니지. 게다가 사후경직도 네가 확인했을 뿐이니, 객관적인 증거라고는 할 수 없어. 명탐정인 나를 살인범으로 고발하고 싶다면 그런 모호한 증거 말고 확실한 증거를 제시해야 마땅해. 이치조 군, 확실한 증거가 있어?"

"……아니, 아직 없어."

"그럼 지금까지 네가 들려준 이야기는 살인범이 죄를 면피하기 위해 꾸며낸 헛소리에 불과한 셈이네."

츠키요는 숙인 고개를 절레절레 흔들더니 "유감이야." 하고 한숨을 쉬었다.

"지레짐작하지 마. 난 '아직' 없다고 했어."

"그건 또 무슨 소리야?"

츠키요가 고개를 들었다. 어쩐지 기대감이 어린 목소리였다.

"쿠루마 선생님, 전망실에서 회수한 독약병을 지금 가지고 계십니까?"

느닷없는 질문에 쿠루마는 "어, 아아……." 하고 당황스러워하며 품에서 '복어 간'이라고 적힌 작은 유리병을 꺼냈다.

"그걸 제게 던지세요."

"이 병을? 왜?"

"지금 필요합니다. 부탁드립니다."

유마가 정중하게 부탁하자 쿠루마는 잠깐 망설이다 아래에서 위로 병을 던졌다. 유마는 포물선을 그리며 날아온 병을 한 손으로 잡고 엄지손가락으로 뚜껑을 열었다. 무슨 짓을 하려는지 눈치챘는지, 쿠루마가 숨을 삼켰다.

"그만두게, 이치조 선생! 바보 같은 짓 하지 마!"

"바보 같은 짓 아닙니다. 코즈시마 씨도, 오이타 씨도, 토모에 씨도 이 병에 맹독이 들었다고 했죠. 만약 그게 거짓말이었다면 이것이 제게 독살범이라는 역할을 떠맡기기 위한 소도구였음을, 더 나아가 《유리관의 살인》이 코즈시마 씨가 준비한 픽션이었음을 증명할 수 있어요."

하지만 만약 틀렸다면 이걸 먹고 목숨을 잃는다. 유마는 손이 떨릴 만큼 세게 병을 움켜쥐었다.

자신의 추리에 말 그대로 목숨을 건다. 내가 과연 그럴 수 있을까.

입속이 급속도로 말라붙었다. 무릎이 와들와들 춤을 췄다. 시야에서 원근감이 사라지고 손안의 병이 덮쳐 오는 것 같은 착각이 들었다. 전신을 쇠사슬로 옭맨 것처럼 몸이 움직이지 않았다.

숨쉬기가 힘들다. 산소가 희박해진 것 같다. 고개를 든 유마는 츠키요와 눈이 마주쳤다. 츠키요의 얼굴에는 웃음이 맺혀 있었다. 소녀같이 천진난만한 웃음이.

그걸 본 순간 마비가 풀렸다. 유마는 병을 입에 대고 내용물을 단숨에 털어 넣었다. 사람들이 비명을 지르는 가운데, 유마는 눈을 부릅뜨고 온몸을 떨었다. 목구멍에서 딸꾹질 같은 소리가 새어 나왔다.

"뱉게! 얼른 독을 뱉어!"

쿠루마가 소리치는 것과 동시에 감정이 폭발했다.

"하하……, 하하하, 아하하하핫!"

아랫배에서부터 웃음소리가 터져 나왔다. 목이 메어 몇 번이고 콜록거렸지만, 그래도 발작 같은 웃음을 멈출 수 없었다.

몇십 초 후 겨우 진정한 유마는 멍한 표정으로 서 있는 사람들에게 돌아섰다.

"괘, 괜찮나?"

제정신인지 의심스러운지 쿠루마가 조심조심 물었다. 유마는 병을 높이 쳐들었다.

"설탕입니다!"

"뭐라고?"

"설탕이라고요. 이 병에 든 건 설탕이었습니다."

유마는 병에 손가락을 넣었다가 꺼낸 후 손끝에 묻은 하얀 가루를 핥았다.

"너무 달아요. 커피 생각이 나네요."

혀를 쏙 내민 유마는 츠키요를 보았다.

"이제 어때? 조금쯤은 탐정 역할답게 행동한 것 같은데."

"천만에, 명탐정으로서 최고의 모습을 보여 줬어, 이치조 군."

츠키요는 진심으로 기쁜 듯이 말하더니, "자." 하며 양복에 감싸인 가슴을 자랑스럽게 펴고 드높이 선언했다.

"그럼 다시금 제 소개를 하겠습니다. 제가 바로 이 유리관에 섞여든 괴물. 《유리관의 살인》의 명탐정이자, 이 유리 첨탑에서 벌어진 참극의 진범, 아오이 츠키요입니다."

"자네가…… 진범……."

쿠루마가 겁에 질려 굳은 얼굴로 중얼거렸다.

"네, 그렇습니다, 쿠루마 선생님. 제가 코즈시마 씨, 오이타 씨, 토모에 씨를 살해하고 《유리관의 살인》을 가로챈 진범이에요. 아 참, 캡슐의 내용물을 쥐약으로 바꿨으니 카가미 씨도 간접적으로 죽였네요."

마치 날씨 이야기라도 하듯 거리낌 없이 츠키요가 대답한 순간, 야수가 포효하는 듯한 목소리가 울려 퍼졌다.

"네가! 네가 마도카를!"

분노로 얼굴이 벌게진 사카이즈미가 츠키요에게 덤벼들었다. 하지만 츠키요는 춤추듯 우아한 몸놀림으로 주먹을 피하더니, 양복 안주머니에서 검은 덩어리를 꺼내 사카이즈미의 목에 댔다. 사카이즈미는 번개라도 맞은 것처럼 경련하다가 앞으로 푹 고꾸라졌다.

둔중한 소리와 함께 쓰러진 사카이즈미를 내려다보며 츠키요는 손에 든 물체를 쳐들었다.

"전기 충격기입니다. 명탐정으로 활동하다 보면 여러모로 위험한 일을 당할 때가 많아서 늘 가지고 다니죠. 편리한 호신용품이에요. 덧붙여……."

말을 끊은 츠키요는 요염한 웃음을 지었다.

"상대를 제압해 원하는 상황에서 살해하기에도 편리하고요."

몸이 움직이지 않지만 의식은 있는지 사카이즈미가 끙끙 신음했다. 츠키요는 "좀 조용히 하세요." 하며 사카이즈미의 목을 무릎으로 누르고 체중을 실었다. 사카이즈미의 입에서 개구리가 찌부러지는 듯한 소리가 흘러나왔다.

"사카이즈미 씨를 놔줘!"

유마는 산탄총 총구를 츠키요에게 향했다.

"쯧쯧, 이치조 군. 그건 위협이 못 돼. 네가 들고 있는 건 '산탄' 총이야. 쏘면 산탄이 넓은 범위에 흩어지지. 나뿐만 아니라 사카이즈미 씨와, 어쩌면 쿠루마 선생님도 맞을걸."

츠키요는 소리 죽여 웃었다. 유마는 입술을 깨물고 총구를 내렸다.

"이해해 줘서 다행이네. 총을 겨누고 있으면 차분하게 이야기를 못 하니까."

"다, 당신, 탐정이잖아?" 유메요미가 떨리는 손가락으로 츠키요를 가리켰다.

"탐정이라니요, 명탐정입니다. 저는 명탐정이'었'어요."

츠키요가 쏘아보자 유메요미는 작게 비명을 지르며 도망칠 자세를 취했다. 유메요미를 지키듯이 쿠루마가 앞으로 나섰다.

"아오이 씨, 왜 명탐정인 자네가 그런 짓을 한 건가."

츠키요는 턱에 손을 대더니 "흠." 하고 작게 말했다.

"동기를 물어보시다니, 와이던잇인가요. 개인적으로는 후던잇, 또는 하우던잇 미스터리를 좋아합니다만, 제가 왜 세 사람을 살해했는지 여러분의 추리를 들어 보는 것도 제법 재미있겠네요. 어떻게 생각하세요, 쿠루마 선생님?"

"……코즈시마 군에게 뭔가 원한이 있었나? 그래서 그의 계획을 가로채 완전범죄를 저지르려 한 거야."

"아닙니다, 쿠루마 선생님. 원한에 의한 살인처럼 단순한 일이 아니에요. 저는 좀 더 고상한 의도로 범행에 임했어요."

츠키요는 유마에게 시선을 돌리더니 도발적으로 눈을 가늘게 떴다.

"너라면 알려나, 이치조 군. 내가 왜, 어떤 심정으로 세 사람을 살해했는지."

"응……, 알아." 유마는 나지막한 목소리로 말했다. "넌 《유리관의 살인》이 마음에 안 들었던 거야."

꽃봉오리가 피어나듯 츠키요의 얼굴에 웃음이 번졌다.

"마음에 안 들었다니……, 무슨 뜻인가……?"

사악한 낌새를 느꼈는지 쿠루마가 가냘픈 목소리로 물었다. 유마는 숨을 크게 내뱉었다.

"말 그대로입니다. 아까 설명 드렸다시피 코즈시마 씨가 쓴 《유리관의 살인》의 시나리오는 논리 전개가 허술하니 완성도가 낮았어요. 미스터리를 편집적으로 사랑하는 아오이 씨는 그걸 용서할 수 없었고요. 그렇지?"

유마가 확인하자, 츠키요는 이야기를 재촉하듯 턱을 살짝 앞으로 내밀었다.

"둘째 날 아침, 일호실 창문에 눈이 쌓여 있지 않은 걸 보고 안 그래도 위화감을 느꼈는데, 저녁 식사 시간에는 토모에 씨가 독을 걱정하는 기색도 없이 요리를 먹었지. 그래서 넌 이 저택에서 벌어진 사건이 픽션임을 깨달았어. 그러고 보니 토모에 씨가 식사를 하도록 권한 것도 너였잖아. 확인하려고 그런 거야?"

"엄밀히 따지자면 틀렸어. 난 좀 더 이른 시점에 위화감을 느꼈거든. 트라이던트를 정확하게 모방해서 이 저택을 지었다는 이야기를 들었을 때."

"……그렇구나. 첫 번째 사건이 발생하고 전망실에 갔을 때, 넌 어린아이처럼 폴짝폴짝 뛰어다녔지. 코즈시마 컬렉션을 보고 흥분한 게 아니라, 발소리로 비밀 계단의 위치를 찾은 건가."

그 시점에 이미 저택의 나선계단이 이중 구조일 가능성을 짐작했다는 건가……. 그러고 보니 둘째 날에 오호실을 방문했을 때, 거울을 가리듯이 슈트케이스가 놓여 있었고, 책장의 책도 전부 꺼내 놓았다. 그건 비밀 계단에서 엿보는 것과 침입하는 걸 막기 위한 조치였다. 너무나 빼어난 츠키요의 지성에 유마는 한기를 느꼈다.

"용케도 기억하는구나, 이치조 군. 맞아. 뭐, 코즈시마 컬렉션을 보고 흥분한 것도 사실이지만."

즐겁게 말하는 츠키요를 사쿄가 손가락으로 가리켰다.

"그, 그럼 세 사람에게 속은 걸 알아차리고 화가 나서 그랬다는 말입니까?"

"아닙니다." 유마는 고개를 저었다. "진심으로 미스터리를 사랑하는 아오이 씨가 픽션이라고는 하나 본격 미스터리 소설의 세계 그 자체에 들어왔는데 화낼 리 없죠. 오히려 어떤 사건이 일어날지 가슴이 두근거렸을 겁니다. 실제로 둘째 날까지 아오이 씨는 아주 들떠 보였습니다. 다만 문제는 셋째 날의 밀실 살인 사건이었어요."

"셋째 날에 일어난 사건의 뭐가 문제였는데요?"

"트릭의 질입니다. 저택의 경사를 이용해 미끄러뜨린 시신이 침대에 사뿐 떨어지다니, 너무 우연에 기댄 트릭이거든요. 충격을 못 견뎌 창문이 부서지거나, 너무 빨리 미끄러져서 열린 창문을 넘어갈 가능성이 높습니다. 범인이 실제로 그런 조잡한 트릭을 사용할 것 같지는 않네요. 게다가 독창성도 없습니다. 건물의 경사를 이용하는 트릭은 아주 유명한 국내 작품에 전례가 있잖아요."

한 명작을 떠올리며 유마가 시선을 주자 츠키요는 말없이 만족스럽게 고개를 끄덕였다. 유마는 이야기를 이어 나갔다.

"둘째 날 사건은 왜 밀실을 만들 필요가 있었느냐는 문제가 남지만, 트릭은 순수하게 멋졌어. 유리관이라는 특수한 건축물의 특성을 이용했고, 피로 메시지를 남김으로써 불을 지르기 위해 식탁보를 진한 색으로 칠했다는 사실을 멋지게 숨겼지. 코즈시마 씨가 고안한 일생일대의 트릭이었을 거야. 아오이 씨, 너도 만족했겠지. 그래서 둘째 날까지 그렇게 신났던 거고."

츠키요는 입을 열지 않았다. 하지만 즐거워 보이는 그 표정으로 유마는 자신의 짐작이 옳았음을 알았다.

"코즈시마 씨는 분명 그 트릭이 떠올랐기 때문에 막대한 돈을 퍼부어 유리관을 짓고, 시간을 들여 리얼 본격 미스터리를 연출하기 위한 계획을 세웠을 거야. 하지만 그의 재능으로 다른 사건의 트릭과 세부 설정까지는 품질을 보증할 수 없었어. 세 번째 사건 현장을 보고 넌 《유리관의 살인》이 졸작으로 끝나리라는 걸 깨닫았지. 더구나 진부하게 연출된 지하 감옥을 보고 몹시 실망해서 침울해졌어."

셋째 날에 본 츠키요의 비통한 옆얼굴이 떠올랐다. 명탐정으로서 또 희생자가 나오는 걸 막지 못해 낙담한 줄 알았지만, 그때 츠키요의 가슴속에서는 전혀 다른 마음이 소용돌이쳤고 무시무시한 계획이 자라나고 있었다.

"그래서 넌 코즈시마 씨의 계획을 가로채기로 했어. 《유리관의 살인》에서 탐정 역할을 수행하는 동시에, 세 사람을 살해하고 세 건의 밀실 살인을 현실로 만드는 범인 역할도 완수했지. 코즈시마 씨 대신에 메타 레벨의 존재가 되어 《유리관의 살인》이라는 졸작을 수정해 이중 구조의 참극이라는, 예술적일 만큼 아름다운 본격 미스터리를 구축해 낸 거야."

유마의 입에서 자연스럽게 칭찬에 가까운 말이 쏟아졌다. 츠키요가 저지른 죄는 너무나 비인도적이라 결코 용서할 수 없다. 그런 한편으로 츠키요의 회색 뇌세포에서 탄생한, 한없이 치밀하고 완벽하게 계산된 수수께끼에는 미스터리 마니아로서 감동을 금할 수 없었다.

"고마워, 이치조 군. 진심으로 감사해."

츠키요가 정중하게 고개를 숙였다.

"그렇게까지 내 마음을 이해할 줄이야, 기대 이상이야. 그래, 난 실망했어. 유리로 만든 거대한 첨탑, 그 중심을 관통하는 이중 나선계단, 여벌 열쇠가 절대로 없는 자물쇠, 그리고 저택에 초대된 개성적인 손님들. 세상이 넓다지만, 이렇게까지 완벽한 본격 미스터리의 무대를 준비할 수 있는 건 코즈시마 씨 정도일 거야. 이 유리관은 그의 막대한 자산과 미스터리에 대한 끝없는 사랑이 낳은 기적이지. 하지만 안타깝게도 코즈시마 씨에게는 아름다운 수수께끼를 만들어낼 센스가 없었어. 《유리관의 살인》은 두 번째 사건의 트릭을 제외하면 평범하기 짝이 없는 미스터리였지. 아무리 고급 식자재를 사용한들 요리사의 실력이 형편없으면 결과물은 음식물 쓰레기에 지나지 않아. 그래서 내가 코즈시마 씨 대신 요리해서 여러분께 최고의 요리를 대접한 거야."

츠키요는 쿠루마에게 몸을 돌리더니 싹싹하게 "맛은 어떠셨나요?" 하며 고개를 살짝 기울였다. 쿠루마의 표정이 딱딱해졌다.

"……코즈시마 군이 연출한 본격 미스터리에 실망했다는 이유 하나만으로 네 명이나 죽였단 말인가?"

"아니요. 그저 시나리오가 별로였을 뿐이라면, 마지막까지 《유리관의 살인》의 명탐정 역할에 충실했겠죠. 제 등을 떠민 건 실망과, ……분노였습니다."

"분노? 대체 뭐가 자네의 역린을 건드린 건가?"

"코즈시마 씨는 미스터리에 관해서는 아주 공정한 분이었는지 세 건의 밀실 살인을 해결할 힌트뿐만 아니라, 이 저택에서 벌어지는 사건이 전부 픽션이라는 걸 알아낼 단서도 제시했어요. 유리관이 트라이던트를 정확하게 모방했다고 알림으로써 나선계단이 이중임을 암시했고, '미스터리의 역사가 근본부터 뒤집힐 미공개 원고를 발표하겠다'고 이치조 군에게 말한 것도 단서 중 하나예요. 아참, 전망실의 냉난방장치가 고장 났다는 것도 거짓말이겠죠. 그렇게 설정함으로써 전망실 유리에는 눈이 쌓였는데 일호실 창문에는 눈이 쌓이지 않았다는 상황을 만들어 내, 자신이 실은 살아 있음을 암시했어요. 그리고 코즈시마 씨는 모두의 방에 가장 큰 단서를 배치해 놓았습니다."

"가장 큰 단서라니?"

츠키요는 쿠루마의 질문에 대답하지 않고 유마에게 시선을 돌렸다.

"이치조 군, 내가 셋째 날에 세 사람을 살해했을 때 《유리관의 살인》이라는, 리얼 본격 미스터리의 제목을 알았다고 했지? 틀렸어. 그 전부터 제목은 알고 있었지. 셋째 날 저녁에야 처음으로 그 제목을 입에 담은 건, 나 자신이 코즈시마 씨 대신 메타 레벨의 존재가 되었으니 말해도 불공정하지 않다고 판단했기 때문이야."

"그 전부터 알고 있었다니, 대체 어떻게?"

유마가 눈썹을 찌푸리자 츠키요는 작게 콧김을 내뿜었다.

"흠, 이치조 군, 명탐정 역할치고는 주의력이 좀 부족하네. 단서는 쭉 네 곁에 있었어. 일호실부터 십호실의 책장 제일 위 칸에."

"제일 위 칸……."

유마는 사호실에 있는 책장을 떠올렸다. 신본격을 사랑하는 코즈시마답게 위 칸에는 시마다 소지, 아야츠지 유키토, 노리즈키 린타로, 아리스가와 아리스 등의 작품이 죽 꽂혀 있었을 것이다. 특히 제일 위 칸에는 《십각관의 살인》부터 《기면관의 살인》까지 '관 시리즈' 노벨스판이 열한 권…….

거기까지 생각했을 때 유마의 입에서 "아앗?" 하고 목소리가 튀어나왔다.

"알아차린 모양이네. 아야츠지 유키토의 '관 시리즈' 노벨스판은 열 권밖에 출간되지 않았어•. 그런데 각 방의 책장에는 어째선지 관 시리즈가 열한 권 꽂혀 있었지. 왜까? 답은 간단해. 이걸 숨겨 놨거든."

츠키요는 양복 호주머니에서 책 한 권을 꺼냈다. 고단샤 노벨스와 똑같이 만든 그 책의 책등에는《유리관의 살인》이라는 제목과 '코즈시마 타로'라는 저자명이 적혀 있었다.

"봐봐."

츠키요는 책을 유마에게 아무렇게나 던졌다. 유마는 발치에 떨어진 책을 신중하게 집어 들고 페이지를 팔락팔락 넘겼다. 본문은 백지였지만, 첫머리에 유리관의 입체도와 등장인물 목록이 실려 있었다.

'이치조 유마: 의사'

목록에서 자신의 이름을 발견하고 유마는 입술을 깨물었다.

"난 이걸 용서할 수 없었어. 신본격 무브먼트의 효시이자 상징이라고도 할 수 있는 '관 시리즈'. 그것과 비슷한 제목을 붙이고 오마주라고 하기에는 너무나 조잡한 스토리를 만든 것도 모자라, 그 졸작을 창피한 줄도 모르고 시리즈 작품 속에 숨겨 놓는 어리

• 현재까지 출간된 '관 시리즈'는 총 아홉 작품이고, 그중《암흑관의 살인》노벨스판은 상하 두 권이라 총 권수는 열 권이다.

석은 짓을 저지르다니. 그건 본격 미스터리라는 장르를 모욕하는 짓이야. 안 그래, 이치조 군?"

'난 제임스 D. 왓슨이나 프랜시스 크릭이 아니라 아야츠지 유키토가 되고 싶었던 거야.'

유마는 첫째 날에 코즈시마에게 들은 말을 떠올렸다. 그때는 아야츠지 유키토를 경애하는 마음에서 나온 말인 줄 알았는데, 실은 아야츠지 유키토를 질투해서 이렇게 생각했는지도 모른다.

만약 내가 연구자가 아니라 미스터리 작가를 지망했다면 아야츠지 유키토 대신 본격 미스터리 무브먼트의 선구자가 됐을 거라고.

강한 선망은 어느덧 망집으로 변했고, 그 망집은 유리관으로 구현됐다. 코즈시마는 이 저택에서 자신이 기획한 본격 미스터리를 현실화하고, 《유리관의 살인》이라는 제목으로 관 시리즈에 포함시킴으로써 자신의 열등감을 해소하려 했다.

하지만 그 행위가 아오이 츠키요의 역린을 건드렸다.

"……그렇다고, 그 정도로 사람을 죽이지는 않아."

"아니, 죽여. 인간은 가장 소중한 걸 짓밟혔을 때 남을 죽이지. 그게 네게는 여동생이고, 내게는 미스터리 소설이었어. 나와 너의 차이는 그뿐이라고."

츠키요는 한 치의 망설임도 없는 어조로 힘 있게 말했다. 그때 쿠루마가 입을 열었다.

"아닐세, 아오이 씨. 자네의 행동은 이치에 맞지 않아."

"이치에 맞지 않다고요? 어디가요?"

츠키요의 목소리가 급격히 차가워졌다.

"자네는 명탐정에 유독 집착하지 않았는가. 어릴 적부터 명탐정을 원해 왔다고 했어. 그런데 사람을 네 명이나 죽이는 불상사를 저지르다니. 이제 자네는 두 번 다시 명탐정으로 활동할 수 없어."

쿠루마의 규탄을 받자 츠키요는 입가에 손을 대고 고개를 끄덕였다. 이윽고 츠키요의 어깨가 부들부들 떨렸다. 참을 수 없는지 손 아래에서 웃음소리가 크큭 새어 나왔다.

"뭐가 그렇게 우습나!"

쿠루마가 버럭 고함을 지르자 츠키요는 유마를 곁눈질했다. 마치 "너라면 알겠지." 하고 말하듯이.

"쿠루마 선생님, 그게 아닙니다." 유마는 억누른 목소리로 말했다. "명탐정을 원하는 것과 사람을 죽이는 것은 아오이 씨에게 모순이 아니에요."

"무슨…… 소리를 하는 건가……? 이해가 안 되는군……."

쿠루마가 벗어진 머리를 양손으로 끌어안았다.

"아오이 씨는 분명 명탐정에 집착하고, 명탐정을 원해 왔습니다. 하지만 '본인이 명탐정이어야 한다는 것'에는 집착하지 않았어요. 그건 타협 끝에 얻은 결과에 지나지 않습니다."

"타협이라니, 그럼 아오이 씨는 원래 뭘 원했다는 말입니까?"

사쿄가 머뭇머뭇 물었다.

"명탐정과 만나는 거요. 괴로운 유년 시절에 미스터리의 세계로 도피한 아오이 씨는 명탐정과 만나기를 갈망했습니다. 하지만 픽션과는 달리 실제로는 좀처럼 명탐정이 나타나지 않았죠. 그래서 할 수 없이 스스로 명탐정이 된 거예요. 하지만 여전히 명탐정과 만나고 싶다는 소망을 마음속 깊이 품고 있죠. 백마를 탄 왕자님을 기다리는 소녀처럼요."

"이치조 군, 백마를 탄 왕자님이라는 표현은 여성으로서 좀 화나는데."

유마가 "미안해." 하고 사과하자 츠키요는 입술 한쪽 가장자리를 치켜올렸다.

"하지만 네 말은 대체로 정답이야. 난 내내 명탐정과 만나길 꿈꿨어. 그날이 오기를 얼마나 고대했는지 몰라."

"그 소망이 왜 사람을 죽이는 걸로 이어지는 건가?"

쿠루마는 정체 모를 생물을 보는 것 같은 눈으로 츠키요를 바라보았다.

"명탐정은 혼자만으로는 존재할 수 없기 때문입니다."

유마의 말에 쿠루마는 얼굴을 찡그렸다.

"선문답 같은 대답은 그만두게. 이해할 수 없는 일이 너무 많아서 머리가 터질 것만 같아."

"아아, 죄송합니다. 아오이 씨는 어제 제게 이렇게 말했습니다. 명탐정도 실상은 자신의 추리력을 발휘할 수 있는 사건이 벌어지기를 그저 기다릴 뿐인 수동적인 존재, 약하디약한 존재라고요. 즉, 명탐정이 존재하기 위해서는 명탐정이 해결할 가치가 있는 '어려운 사건'이 필요하다는 뜻입니다."

유마의 의도를 이해했는지 쿠루마와 사쿄의 표정이 굳어지는 가운데, 유메요미만 "그게 무슨 뜻이에요?" 하고 눈을 깜박거렸다.

"누구보다도 명탐정을 원하던 아오이 씨가 스스로 '어려운 사건'

을 일으키고 그걸 해결할 인물을 찾는 건, 전혀 모순 없는 행동이라는 뜻이예요. 다시 말해 아오이 씨는 스스로 '명탐정'을 탄생시키려 한 겁니다."

이해력이 따라오지 못하는지 유메요미는 입을 떡 벌렸다. 그 옆에서 쿠루마가 몸을 바들바들 떨었다.

"그런 게……, 가능할 리 없어. 논리적으로는 말이 되더라도 그런 이유로 주저 없이 사람을 죽일 수 있을 리가……."

"아니요, 아오이 씨는 할 수 있습니다. 왜냐하면, ……익숙하니까요."

"익숙하다고……?" 쿠루마가 몸을 더 심하게 떨었다.

"쿠루마 선생님, 기억 안 나세요? 첫째 날 저녁을 먹고 다 함께 휴게실에서 쉬고 있을 때, 카가미 씨가 시비를 걸었잖아요. 아오이 씨가 수사하기를 거절한 불가해한 미결 사건을 언급했죠. 그러자 츠키요 씨는 이렇게 대답했습니다. '혼자서 두 사람 역할을 할 수는 없으니까' 부득이하게 거절했다고요."

유마는 츠키요를 곁눈질하며 이야기했다.

"'혼자서 두 사람 역할'이라길래 그때는 그저 다른 사건을 수사하느라 바빠서 거절했다고 받아들였지만, 그렇다고 보기에는 별로 적절한 표현이 아니에요. 그 말에 담긴 진짜 의미는 이거였습니다……."

유마는 말을 한 번 끊고 나서 엄숙하게 답을 알려 주었다.

"명탐정 역할과 범인 역할을 혼자 동시에 맡을 수는 없다."

"그, 그럼……." 쿠루마의 얼굴에서 핏기가 싹 가셨다.

"네. 점보기에서 승객이 사라진 사건. 수영 선수가 수영장에서 불타 죽은 사건, 박물관 공룡 화석이 습격받은 사건. 세상을 뒤흔든 이 세 사건의 범인은 바로 명탐정 아오이 츠키요였습니다. 그렇지, 아오이 씨?"

유마가 묻자 츠키요는 고개를 살짝 젖혔다.

"아주 재미있는 이야기인걸, 이치조 군."

"아니라는 거야?"

"아니, 부정하려는 건 아니야. 하지만 근거가 '혼자서 두 사람 역할을 할 수는 없다'라는 내 말뿐이라서야 되겠어? 탐정 역할이 추리를 할 때는 좀 더 설득력이 있어야지."

"그럼 명탐정인 너의 원점에 대해 이야기해 볼까?"

"내 원점?" 츠키요의 목소리가 살짝 낮아졌다.

"그래, 네가 명탐정이 되기로 결심하는 계기가 된 사건, 밀실에서 부모님이 끔찍하게 살해된 사건 말이야."

츠키요는 "계속해." 하고 입꼬리를 끌어올렸다.

"부모님이 살해당한 사건을 해결해 줄 명탐정이 나타나지 않자 넌 실망해서 스스로 명탐정이 되기로 결심했고, 뜻을 이루었어. 하지만 넌 여태 부모님이 살해당한 사건을 해결하지 않았지. 그건 이상하지 않아?"

"어디가?" 츠키요는 도발적으로 고개를 살짝 젖혔다.

"넌 명탐정이 됐어. 그럼 자신의 힘으로 부모님이 살해당한 사건을 해결하려 하는 게 당연하잖아. 그런데 왜 아직도 손 놓고 있는 거지?"

"왜일까?"

"혼자서 두 사람 역할을 할 수는 없으니까."

츠키요의 얼굴에 행복해 보이는 웃음이 퍼졌다. 인생을 살며 처음으로 자신을 이해해 주는 사람을 찾은 것을 기뻐하는 웃음이.

"즉 아오이 씨는……."

쿠루마는 산소가 모자란 금붕어처럼 입을 뻐끔거렸다.

"네. 아오이 씨는 자기 부모님을 죽이고 현장을 밀실로 만든 겁니다. 그러면 어린 시절부터 동경했던 명탐정을 만날 수 있을 거라는 생각으로요."

"고작 그런 이유로 부모님을 죽였다는 건가?"

"아니요, 그뿐만은 아니었을 겁니다. 아오이 씨는 부모님이 살해당하는 사건이 발생할 때까지 주위 사람에게 박해를 당해 방에 틀어박혀 지냈다고 했어요. 영락없이 학교에서 괴롭힘이라도 당한 줄 알았는데, 생각해 보면 아오이 씨가 들려준 학창 시절의 일화는 도저히 괴롭힘을 당하는 학생이 겪을 만한 일이 아니었어요. 즉, 아오이 씨를 방에 가둬 놓았던 공포의 대상은 분명 반 아이가 아니라…… 부모님이었을 겁니다."

"……학대."

쿠루마가 중얼거린 순간, 츠키요의 얼굴에 한순간 어두운 그림자가 드리웠다.

"얼마나 심한 학대를 당했는지는 모르겠습니다. 아무튼 아오이 씨는 잔혹한 환경에서 탈출하기 위해 부모님을 살해하고, 동시에 동경하는 명탐정을 만나려고 했죠. 하지만 명탐정은 나타나지 않았고 어쩔 수 없이 스스로 명탐정이 됨으로써 마음에 생긴 구멍을 메우기로 했어요. 하지만 명탐정을 만난다는 꿈을 버릴 수 없어서 두 얼굴로 활동했죠."

"두 얼굴이라니……?"

쿠루마는 완전히 혼이 빠져나간 것 같은 표정으로 중얼거렸다.

"하나는 어려운 사건을 척척 해결하는 명탐정 츠키요 아오이입니다. 하지만 명탐정으로 활약하는 한편으로, 직접 불가사의한 사건을 일으키고 그걸 해결할 명탐정을 찾았죠. 즉, 아오이 씨의 또 다른 얼굴은 이렇게 부를 수 있습니다."

유마는 진심으로 행복한 듯 미소 짓는 츠키요를 바라보며 조용히 츠키요의 진정한 이름을 말했다.

"명범인, 츠키요 아오이."

"명범인……."

쿠루마와 사쿄가 동시에 익숙지 않은 그 단어를 중얼거렸다.

"초인적인 지성을 지닌 사람밖에 해결할 수 없는 사건을 수없이 일으켜 명탐정을 발굴한다. 뛰어난 '명범인' 한 명으로 수많은 '명탐정'을 배출할 가능성이 생기는 거야. 누구보다도 명탐정을 원하는 사람에게는 아주 합리적인 선택이라 할 수 있겠지. 그리고 아오이 씨, 넌 그 방법을 실행할 만한 지성과 행동력, 그리고……비정상성을 갖추고 있었어."

유마는 양손을 모았다.

"그러고 보니 내가 자백한 후 모리아티의 이름을 꺼냈을 때 몸시 거부 반응을 보였지, 참. 그건 자기야말로 진짜 모리아티 역할, 요컨대 명탐정의 라이벌이라는 자부심이 있었기 때문이겠지?"

유마는 츠키요에게 시선을 고정한 채 부드러운 투로 말했다. 츠키요는 웃음을 지었다. 진심으로 행복해 보이는 웃음을.

"고마워, 이치조 군. 정말 고마워. 내 속마음을 이해해 준 사람은 네가 처음이네. 넌 최고의 왓슨이야."

살짝 젖은 눈가를 손등으로 닦은 후, 츠키요는 벅찬 기분을 진정시키려는지 크게 숨을 내쉬었다.

"그런데 이제 어떻게 할 거야?"

"어떻게 할 거냐고?"

"그래, 이치조 군. 현재 시점에서 명탐정 역할을 맡은 건 너야. 사건의 진상을 밝힌다고 명탐정은 아니지. 사건을 해결해야 명탐정인 거야."

츠키요는 사카이즈미의 목을 누르고 있는 무릎에 체중을 더 실었다. 사카이즈미의 입에서 고통에 찬 신음소리가 새어 나왔다.

"난 인질이 있고 넌 총을 못 써. 자, 어떻게 날 붙잡을 생각이지? 설마 진상을 전부 밝히면 내가 얌전히 경찰에 자수할 줄 알았어?"

"고, 곧 경찰이 올 거야! 포기해!"

유메요미가 쿠루마와 사쿄 뒤로 숨으며 외쳤다. 츠키요는 어처구니없다는 표정을 지었다.

"유메요미 씨, 그건 코즈시마 씨가 기획한 픽션 속 설정이에요. 실제로는 신고하지 않았고, 애당초 눈사태로 길이 막혔다는 것도 거짓말이죠. 아직도 이해가 안 되세요?"

"……그래도 상황이 바뀌는 건 아닐세." 쿠루마가 꽉 눌린 목소리로 말했다. "우리와 연락이 안 된다는 걸 알고 조만간 관계자가 찾아오겠지. 그러면 경찰에도 신고가 들어갈 테고. 그러면 이 저택에서 자네가 저지른 범행은 모조리 드러나. 이제 도망칠 길은 없어."

"쿠루마 선생님, 저는 '명범인'이에요. 이를테면 이 분야의 전문가죠. 그 정도도 계산 안 했을 것 같으세요? 가령 이치조 군이 진상을 알아내지 못했더라도, 감식반이 철저히 조사하면 《유리관의 살인》이 픽션이고 제가 그걸 이용해 범행을 저질렀다는 사실이 밝혀질 수도 있겠죠. 당연히 대처 방안을 준비해 놨답니다."

츠키요는 쿠루마에게서 유마로 시선을 옮겼다.

"이치조 군은 알아차리지 않으려나. 내게 어떤 기술이 있는지 이것저것 알려 줬으니까."

'마음만 먹으면 이 저택에 있는 물건으로 원격 폭파 장치도 만들 수 있어.'

둘째 날에 츠키요와 나눈 이야기가 갑자기 귓속에 되살아났다. 몇 시간 전에 발전실에서 본 빈 선반이 떠오르는 것과 동시에.

"설마 폭탄을?"

유마가 소리치자 츠키요는 양복 품속에서 손안에 쏙 들어가는 크기의 물체를 꺼냈다. 직육면체 모양의 검은색 기기에 달린 뚜껑을 열자 새빨간 버튼이 나타났다.

"이걸 누르면 지하의 큰 주방에 있는 대량의 휘발유가 폭발해서 유리관은 불길에 휩싸일 겁니다. 나머지 분들은 죽이지 않을 작정이었어요. 이치조 군과 카가미 씨가 범인인 걸로 마무리되도록 《유리관의 살인》에 대해 자세히 증언해 주셨으면 했거든요. 하지만 이제 그럴 수도 없겠네요. 아쉬워요."

인간의 소리 같지 않은 비명을 지르며 그 자리에 주저앉은 유메요미가 기다시피 출입구로 향하려 했다.

"움직이지 마!"

츠키요가 버럭 소리치자 유메요미는 몸을 부르르 떨더니 엎드린 자세로 돌아보았다. 두 눈에서 눈물이 쏟아진 눈물로 짙은 화장이 지워져 피에로 분장처럼 변했다.

"멋대로 움직이면 버튼을 누를 거예요. 싫으면 얌전히 계세요. 자, 기다리게 해서 미안해, 이치조 군. 명탐정 역할로서 어떤 선택을 할지 말해 줄래? 이 난국을 어떻게 타개할 거야?"

얼굴이 발그레해진 츠키요가 들뜬 목소리로 물었다. 마치 소풍을 앞둔 어린아이 같았다.

"가만히 놔두면 인질과 함께 현관으로 탈출해 우리를 유리관에 가둬서 태워 죽이고, 마지막에는 인질도 살해하고 자취를 감출 거야?"

"그게 내가 택해야 할 최상의 선택지겠지. 그러면 내가 명범인이라는 사실이 아무에게도 알려지지 않을 테니, 명탐정과 명범인 두 가지 얼굴을 유지할 수 있어."

"그건 비겁해."

"……뭐라고?" 츠키요가 뺨을 씰룩했다.

"비겁하다고 했어. 넌 《유리관의 살인》이라는 본격 미스터리를 수정해, 현실에서 본격 미스터리 같은 범죄를 저질렀어. 그리고 난 탐정 역할로서 그 수수께끼를 해명했고. 본격 미스터리에는 순수한 지적 게임이라는 측면이 있잖아. 즉, 난 명범인인 네게 도전해서 승리한 거야. 게임의 승리자에게는 상품이, 패자에게는 벌칙이 주어지는 게 상식이지."

"폭탄을 예상하지 못했으니 완전히 승리한 건 아니야."

"그러니 우리를 전부 풀어 주고 자수하라고는 하지 않겠어. 타협점을 잘 찾아보자."

"타협점? 재미있겠네."

점점 험악해지던 츠키요의 표정이 확 풀어졌다.

"그럼 교섭 시간을 가져 볼까. 이치조 군, 어떤 조건을 내놓을 건데?"

"나 말고 다른 사람은 전부 유리관에서 풀어 줘."

"다른 사람의 안전을 보증하라는 거야? 하지만 그러면 내가 명범인이라는 사실이 경찰에 알려질 텐데."

"그게 네가 받아야 할 벌칙이지. 별것 아니잖아. 넌 어제부로 명탐정이 아니라 명범인으로 살아가기로 결심했으니까."

"무슨 소리야?" 시치미를 떼는 듯한 투로 츠키요가 말했다.

"'네가 지금 해야 할 일을 하자. 진정한 모습을 되찾는 거야'. 어제 세 번째 사건이 발생한 후, 우울해하는 너를 격려하기 위해 내가 한 말이야. 그러자 넌 패기를 되찾았지. 물론 난 명탐정으로서 해야 할 일을 하라고 말한 거지만, 넌 다르게 받아들였어. '명범인이야말로 자신의 진정한 모습'이라고 말이야. 그리고 넌 《유리관의 살인》을 가로채 메타 레벨의 존재로서 예술적인 본격 미스터리를 창조하기로 결심했지."

유마는 숨을 크게 쉬었다.

"어떤 의미에서는 내가, 망설이는 너를 명범인으로 살아가는 길로 떠민 셈이야."

"그러니 자기만 저택에 혼자 남아 책임을 지겠다?"

"응, 그래. 어때? 나쁘지 않은 제안 같은데."

"《유리관의 살인》에서 왓슨 역할을 맡았고, 내가 지어낸 이야기에서 명탐정 역할을 맡은 너와 단둘이 대단원을 맞이하는 건가. 확실히 나쁘지 않은 제안이네. ……그럼 이렇게 하자."

츠키요가 갑자기 들고 있던 폭파 스위치를 유마에게 던졌다. 유마는 눈을 부릅뜨고 크게 포물선을 그리며 날아오는 스위치를 두 손으로 신중하게 잡았다. 떨어뜨리지 않고 받아 내 안도한 순간, 명치에 충격이 느껴졌다. 스위치를 던지는 것과 동시에 달려온 츠키요가 기세를 몰아 몸으로 부딪쳤다는 사실을 쓰러지면서 알아차렸다.

바닥에 떨어진 산탄총과 폭파 스위치를 차지한 츠키요는 격하게 콜록거리는 유마에게 총을 겨눴다.

"이 상태라면 네 조건을 받아들일게. 쿠루마 선생님, 죄송하지만 사쿄 씨, 유메요미 씨와 함께 사카이즈미 씨를 데리고 현관으로 나가세요. 위험하니까 충분히 거리를 두시고요. 그렇지, 주차장까지는 대피하는 게 안전할 거예요."

"하지만 이치조 선생이……." 쿠루마의 얼굴에는 망설이는 빛이 가득했다.

"괜찮습니다, 가세요! 이건 저와 아오이 씨의 문제입니다."

유마는 욱신거리는 명치를 누르며 외쳤다.

유메요미가 "빨리 가요!" 하고 재촉하자 쿠루마는 아픔을 참는 듯한 표정으로 사쿄와 함께 사카이즈미를 부축해 출입구로 향했다. 우물쭈물 문으로 나가는 쿠루마를 보고 유마는 힘차게 고개를 끄덕였다.

네 명의 모습이 사라지고 문이 닫히는 묵직한 소리가 울렸다.

"이제 둘만 남았네. 차분히 이야기할 수 있겠어."

"총을 겨누고 있으면 차분하게 이야기를 못 하는 거 아니었나?"

유마는 쓴웃음을 지었다. 신기하게도 무섭지는 않았다. 오히려 츠키요와 단둘이 있자 마음이 편하기까지 했다.

"자, 이치조 군, 이 이야기를 어떻게 끝낼까. 아무리 트릭이 굉장한 미스터리라도, 마지막 장면이 별로면 명작은 될 수 없거든."

"그건 네가 정해야지. 이건 네 이야기니까. 다만 막을 내리기 전에 한마디만 하자."

유마는 눈을 가늘게 떴다.

"고마워."

"고맙다고? 뭐가?"

츠키요는 여우에 홀린 것처럼 눈을 깜박깜박했다.

"내게 기회를 줘서. 원래는 수수께끼를 풀 여유를 주지 않고, 냉큼 나와 함께 유리관을 불태워도 됐겠지. 하지만 넌 일부러 내게 힌트를 줬어. 전망실에 트라이던트 모형과 유전자 공학 서적, 그리고 《THINK OF A NUMBER》를 놓아둔 거, 너지? 명탐정 역할을 맡기에는 너무 역부족인 날 배려해 커다란 힌트를 여러 가지 남겨 줬어. 그래서 겨우겨우 진상에 도달할 수 있었던 거야."

"고생해서 기껏 이야기를 만들어 냈는데, 아무도 도전하지 않고 끝나면 너무 애석하니까. 《유리관의 살인》을 가로챘다고 간단하게 말하지만 고생이 많았어. 토모에 씨의 시신에 웨딩드레스를 입혀야지, 쥐약을 잘게 바수어서 캡슐에 넣어야지. 네가 코를 골며 기분 좋게 잠든 사이에 말이야."

작은 캡슐에 쥐약을 넣으려 낑낑대는 츠키요의 모습을 상상하자 유마는 무심코 얼굴이 누그러졌다.

"봐, 총을 겨누고 있어도 우리끼리는 긴장을 풀 수 있잖아."

츠키요가 장난치듯 말했다. 두 사람은 마주 보다가 동시에 크게 웃음을 터뜨렸다. 어째서인지 기분이 상쾌했다.

"그런데 아오이 씨, 명탐정을 찾아서 어쩌려고?"

발작 같은 웃음에 한동안 몸을 맡긴 후 유마는 물었다.

"어쩌다니?" 츠키요는 궁금한 듯 되물었다.

"명탐정과 만난다는 건 범행이 들통난다는 뜻이야. 그때 범인인 너는……."

"명범인."

"그래, 그래, 명범인인 넌 어쩔 생각인데?"

"어떻게 하느냐……. 그렇게까지 깊게 생각하진 않았는데. 흠, 난 명탐정을 만나면 어쩔 생각이었을까?"

츠키요는 턱에 손을 대고 진지한 표정으로 생각에 잠겼다.

"내 추리를 말해도 될까?"

츠키요는 눈을 몇 번 깜박인 후 씩 웃었다.

"물론이지, 이치조 군. 넌 지금 명탐정 역할이니까."

유마는 "그럼, 허락했으니까." 하고 쑥스러운 표정으로 츠키요에게 말했다.

"넌 명탐정과 함께 라이헨바흐 폭포에 떨어지고 싶은 것 아닐까?"

"……요컨대 내가 명탐정과 동반자살하고 싶어 한다고?"

"응, 맞아. 내가 코즈시마 씨를 죽인 혐의로 전망실에 갇힐 때나 자신을 '모리아티'로 표현하자 넌 심한 거부 반응을 보였어. 그건 자신이야말로 '모리아티'라는 강한 자부심이 잠재의식에 존재했기 때문이지. 넌 명탐정과 함께 목숨을 잃기를 꿈꿔. 그렇기에 한니발 렉터도, 마가타 시키 박사•도 아니라 스스로를 모리아티에 비유하는 거야."

"내가…… 명탐정과……."

츠키요는 억양 없는 목소리로 중얼거리며 시선으로 허공을 더듬었다. 혹시 지금 덤벼들며 총과 폭파 스위치를 빼앗을 수 있을지도 모른다. 하지만 유마는 움직이지 않았다.

츠키요의 눈이 점차 젖어들었다. 얼굴에는 황홀한 표정이 번졌다.

"아아, 그래. 그 말이 맞아. 난 내내 명탐정과 함께 죽고 싶었어. 최고의 라이벌과 싸우다 함께 목숨을 잃고 싶었어."

츠키요는 맑은 눈동자로 유마를 보았다.

"고마워, 이치조 군. 이런 상황이 아니었다면 널 끌어안고 키스

• 일본의 미스터리 작가 모리 히로시의 시리즈 작품 속 등장인물

라도 해 줄 텐데."

"파트너와 남녀관계가 될 생각은 없는 거 아니었어?"

"지금이라면 그 금기를 깨도 될 것 같은 기분이야. 애당초 파트너 관계는 오늘 아침 시점에 끝났잖아."

츠키요는 빨간 혀로 입술을 핥았다. 등골이 파르르 떨릴 만큼 섹시하게 느껴지는 동작이었다.

"그건…… 솔직히 아주 기쁘지만, 지금은 그럴 때가 아니잖아."

"응, 아쉽게도 너랑 그럴 시간은 없어. 게다가 밖에서 훤히 다 보이잖아. 내 성적 취향은 그렇게 특이하지 않거든."

유마는 가벼운 농담을 주고받는 이 시간이 왠지 사랑스럽게까지 느껴졌다. 계속 츠키요와 함께 있고 싶다는 욕구가 가슴속에 차올랐다.

하지만 아무리 매력적이라도 츠키요는 연쇄 살인범이다. 일개 의사인 자신과는 결코 어우러질 수 없는 존재다.

유마는 "자." 하고 미소 지었다.

"그럼 미련은 남지만 이만 마무리를 지을까. 그 총으로 날 쏴 죽이든지, 아니면 폭파 스위치를 누를지 결정해."

"내가 결정해도 돼?"

"당연하지. 《유리관의 살인》을 가로챈 네가 이 이야기의 지배자야. 네게는 이 잔혹하면서도 마치 유리 세공품처럼 덧없고 아름다운 본격 미스터리에 마침표를 찍을 의무가 있어."

"어느 쪽을 선택하든 넌 목숨을 잃어."

유마는 "그렇겠지." 하고 천장에 매달린 샹들리에를 바라보았다.

"내 손을 더럽히지 않고 코즈시마 씨가 목숨을 잃었어. 이제 동생은 신약의 혜택을 받을 수 있고, 살인자의 가족으로 규탄받지도 않겠지. 더할 나위 없는 결과야. 그리고……."

유마는 폐에 고인 숨을 내뱉었다.

"실제로는 죽이지 않았더라도 난 분명 살의를 품고 코즈시마 씨에게 캡슐을 건넸어. 그 벌은 받아야겠지."

"참 양심적이구나, 이치조 군. 그럼 네가 명탐정으로서 나와 함께 라이헨바흐 폭포에 뛰어들겠다는 거야?"

"범인에게 배려를 받고서야 겨우 진상에 도달하는 수준의 한심한 사이비 명탐정이야. 진짜 명탐정과 비견할 수는 없겠지만, 너만 괜찮다면 기꺼이 지옥으로 가는 길을 함께할게."

츠키요와 손을 마주 잡고 인생을 끝낸다면, 그것도 나쁘지 않다. 진심이었다.

"고마워, 이치조 군. 널 만나서 정말 다행이야."

츠키요는 총구를 내리더니 폭파 스위치를 든 손을 천장으로 쭉 뻗었다.

"아참, 잠깐만."

유마가 부르자 츠키요는 엄지손가락을 버튼에 얹은 채 "왜?" 하고 고개를 살짝 기울였다.

"마지막으로 네가 만든 이 이야기의 제목을 알려 줘."

"제목?"

"응. 넌 《유리관의 살인》을 가로채서 자신만의 본격 미스터리로 승화시켰어. 그건 《유리관의 살인》이 아니라 완전히 다른 작품이지. 그러니 마지막으로 제목을 알려 줘. 내가 어떤 이야기에서 명탐정 역할을 맡았고, 목숨을 잃었는지 가슴에 새겨 두고 싶거든."

"아아, 확실히 본격 미스터리 소설에는 제목이 중요하지. 제목에 따라 판매량이 크게 달라지기도 해. 그나저나 큰일이네……. 제목까지는 생각해 보지 않았어."

츠키요는 이마에 주름을 잡고 바닥을 내려다보았다.

"유리 세공품처럼 아름다운 본격 미스터리라는 이치조 군의 말을 빌려서 《유리 세공품의 살인》이라고 하는 건……. 아니, 클로즈드 서클로 변한 기묘한 저택이 무대니까 이왕이면 그게 연상되는 제목이……. 역시 본격 미스터리라면 '살인'이나 '참극'이 들어가는 편이 좋을 테고……."

진지한 표정으로 중얼중얼하며 몇십 초쯤 생각한 후 츠키요는 천천히 고개를 들었다.

"제목은 정했어?"

"응, 정했어."

행복하게 미소 지으며 츠키요는 말했다.

이 이야기의 제목을.

"유리탑의 살인."

츠키요의 엄지손가락이 빨간 버튼을 눌렀다.

5

고막이 찢어질 듯한 폭음이 울려 퍼졌다. 지진이 난 것처럼 건물 전체가 진동했고, 천장의 샹들리에가 시계추처럼 흔들렸다.

"휘발유의 폭발 효과와 건물 중심을 관통하는 나선계단의 굴뚝 효과로 저택은 금방 불길에 휩싸일 거야. 연기와 불길이 여기도 곧 덮치겠지."

"그렇구나, 그렇게 괴롭지 않길 빌어야겠네."

유마는 온화하게 말했다. 왠지 죽음에 대한 공포는 거의 느껴지지 않았다.

"그건 걱정 안 해도 될걸. 의사인 네게는 공자 앞에서 문자 쓰는 격이겠지만, 화재가 발생하면 대부분 연기 때문에 일산화탄소 중독으로 죽어. 연기를 들이마시고 금방 의식을 잃을 거야. 그리고……."

츠키요는 들고 있던 폭파 스위치를 내던지고 다시 산탄총을 겨누었다.

"넌 화재로 죽지 않아."

"그걸로 쏠 거야?"

"그래. 역시 범인과 탐정이 사이좋게 최후를 맞는 건 좋지 않아. 라이벌끼리 온 힘을 다해 싸우다 장렬하게 산화하는 게 이상적 아니겠어?"

"그럴지도 모르지."

유마가 총구를 바라보며 대답하는 것과 동시에 문틈으로 검은 연기가 흘러들었다. 연기는 순식간에 급증해 천장에서 똬리를 틀었다.

"더는 시간도 없겠네. 이치조 군, 그만 막을 내리도록 할까."

"응, 그래. 연기에 휩싸여 죽느니 네 손에 죽는 게 낫겠어."

"영광이야. 그럼, 간다."

유마는 눈을 감았다. 다음 순간 잇달아 울려 퍼진 굉음이 내장을 뒤흔들었다. 하지만 각오했던 충격과 통증은 덮쳐오지 않았다.

유마는 머뭇머뭇 눈을 뜨고 자신의 몸을 내려다보았다. 피가 나는 곳은 없다. 대신에 찌르는 듯 차가운 바람이 옆얼굴을 때렸다.

반사적으로 바람이 부는 방향으로 눈을 돌린 유마는 숨을 헉 삼켰다. 휴게실 유리창이 산산조각 났다. 산탄총에 맞은 듯했다.

뭐가 어떻게 된 건지 몰라서 츠키요에게 고개를 돌리려 한 순간, 목덜미에 충격이 느껴졌다. 온몸의 근육이 뻣뻣해졌다가 단숨에 이완됐다. 실이 끊어진 인형처럼 유마는 풀썩 쓰러졌다.

츠키요의 손에 쥐어진 투박한 기기를 보고 유마는 전기 충격기로 공격당했음을 깨달았다.

"무, 무슨 짓을……?" 혀가 굳어서 말이 잘 나오지 않았다.

"설명은 나중에. 일단 대피부터 하자."

츠키요는 전기 충격기를 내던지고, 유마의 두 겨드랑이에 손을 끼워 질질 끌어당겼다. 유마는 총에 맞아 깨진 유리창을 지나 밖으로 끌려 나갔다.

"유리 조각에 좀 찔릴지도 모르지만 참아. 깨진 창문으로 신선한 공기가 공급돼 백 드래프트 현상•이 일어날지도 모르니까."

• 밀폐된 화재 현장에 다량의 산소가 갑자기 공급될 때 발생하는 불길 역류 현상

츠키요는 날씬한 몸만 봐서는 상상도 할 수 없을 만큼 강한 힘으로 유마를 질질 끌며 눈밭을 나아갔다.

저택에서 20미터쯤 떨어지자 츠키요는 "이 정도면 안심해도 되겠지." 하며 유마의 몸에서 손을 놓았다. 그와 거의 동시에 도자기가 깨지는 듯한 소리가 들리며 유리관의 전망실을 감싸고 있던 원뿔형 유리가 터져 나갔다. 거기서 화염의 용이, 눈이 휘날리는 하늘로 날아올랐다.

"이제 굴뚝 효과가 최대한으로 발휘될 거야. 어쩔 수 없었다고는 하지만 코즈시마 컬렉션이 불타다니 가슴이 아프네. 이야, 정말 아까워."

츠키요는 진심으로 슬픈 듯이 양손을 가슴에 댔다. 유리관에 있는 각 방의 창문에서 화염이 뿜어져 나오기 시작했다.

"왜……, 나를 죽이지 않았어……?"

혀는 겨우 기능을 되찾았지만 몸은 여전히 말을 듣지 않았다.

"너와 손을 마주 잡고 불길 속으로 사라지는 것도 아주 매력적인 제안이었지만, 역시 초심을 잃어서는 안 되겠구나 싶어서."

"초심……?"

"진짜 명탐정을 만나는 것 말이야. 세상은 넓어. 분명 내가 원하는 인물이 이 세상 어딘가에 있겠지. 이제부터는 명범인으로서 명탐정을 찾아 나서겠어."

"나는……, 모자랐다는 거야?"

자학적으로 말하는 유마 옆에 츠키요가 털썩 앉았다. 가루눈이 훅 피어올랐다.

"그래. 솔직히 넌 내가 원했던 명탐정과는 거리가 멀어."

어째선지 날카로운 통증이 가슴을 후비고 지나갔다. 츠키요는 입을 꾹 다문 유마에게 부드러운 눈빛을 던졌다.

"하지만 탐정으로는 별로라도 왓슨으로는 이상적이었어. 명탐정 아오이 츠키요의 제일가는 파트너였다고. 짧은 시간이었지만 너와 함께 수사할 수 있어서 아주 즐거웠어."

츠키요가 눈이 동그래진 유마의 뺨을 살짝 만졌다.

"그러니 명탐정으로서 마지막 임무를 수행하기로 한 거야. 파트너를 구한다는 무엇보다도 중요한 임무를."

츠키요는 유마의 뺨에 살짝 입술을 댔다.

"작별 키스야. 이 정도라면 우정의 범위겠지."

츠키요는 장난스럽게 윙크하더니 어쩐지 섭섭해하는 표정으로 일어섰다.

"다시는 못 만나겠지만, 잘 지내."

츠키요는 몸을 돌려 걸어갔다.

"잠깐, 기다려, 츠키요!"

유마는 필사적으로 상체를 일으켜 작아지는 뒷모습에 대고 불렀다. 츠키요가 걸음을 멈추고 돌아보았다.

"마지막에야 겨우 이름을 불러 주는구나. 기쁘다. 잘 있어, 내 소중한 왓슨 군."

츠키요가 소녀같이 수줍어한 순간, 옆으로 휘날리는 눈이 시야를 새하얗게 물들였다. 반사적으로 눈을 감은 유마가 다시 눈을 떴을 때, 일찍이 명탐정이었고 이제는 명범인이 된 여성의 모습은 사라지고 없었다.

"츠키요……."

목소리가 눈 섞인 바람에 지워졌다.

유리탑을 삼킨 불길이 유마의 옆얼굴을 붉게 비추었다.

에필로그

“오빠, 좋은 아침. 우편물 가져왔어.”

여동생 이치조 미카가 지팡이를 짚으며 비틀비틀 거실로 들어왔다.

“어, 괜찮아? 혼자서 돌아다니지 말라고 몇 번을 말했니?”

아침으로 토스트를 먹고 있던 유마는 동생을 부축하러 얼른 일어서려고 했다.

“괜찮대도. 재활 훈련 선생님이 혼자 걸어도 된다고 보증했단 말이야. 오빠는 과보호가 너무 심해. 그러다 내가 사회생활에 적응을 못 하면 어쩔 거야?”

따끔한 핀잔에 유마는 “알았어.” 하고 입을 삐죽거리고, 테이블에 놓아둔 스마트폰의 화면에 시선을 주었다.

“뭐야? 또 유리관에 관한 뉴스를 찾아보고 있었어? 이제 그렇게 새로운 소식은 없을 텐데.”

미카가 질렸다는 듯이 말했다.

유리 첨탑에서 참극이 벌어진 지 반년도 넘게 지났다. 그날 츠키요가 밖으로 끌어낸 유마는 금방 쿠루마 일행에게 발견돼 구출됐다.

눈보라가 치는 가운데, 다섯 사람은 주차장에 있는 차에 들어가 난방을 틀어 겨우 동사를 면했다.

다음 날 아침, 거짓말처럼 날이 맑게 개자 왜건 차량 한 대가 산길을 올라왔다. 유메요미와 연락이 끊긴 게 걱정돼서 찾아온 기획사 매니저였다. 왜건 차량을 타고 하산한 유마 일행은 바로 경찰에 신고했다.

지역 명사이자 세계적으로도 유명한 과학자인 코즈시마가 살해당했다는 걸 알자 경찰은 수많은 수사원을 동원해 범인 츠키요의 행방을 쫓았다. 하지만 츠키요를 체포하기는커녕 발자취조차 파악하지 못했다.

최종적으로 나가노 현경은 아오이 츠키요가 눈보라 속에서 조난돼 목숨을 잃었다고 결론 내리고, 용의자 사망으로 서류 송검함으로써 억지로 사건의 막을 내렸다.

기묘한 저택에서 명탐정이 일으킨 연쇄 살인 사건에 매스컴은 한때 크게 열을 올렸다. 하지만 범인이 사망한 것으로 추정된다는 공식 발표가 나오고, 유마를 비롯한 관계자들이 하나같이 입을 굳게 다물자 유리관에서 벌어진 참극은 이윽고 세상의 관심에서 멀어졌다.

다행스럽게도 관계자들은 유마가 코즈시마의 독살을 꾀했다는 사실을 경찰에 알리지 않았다. 덕분에 유마는 운 없이 사건에 휘말린 사람 중 한 명으로 취급돼 엄한 취조도 받지 않았다.

코즈시마가 죽자 신약 출시 금지 소송은 중지됐고, ALS 신약은 무사히 승인돼 미카는 약을 계속 복용 중이다. 덕분에 근육 위축이 억제됐고 재활 훈련을 열심히 한 보람이 있어 요즘은 얼마 안 되는 거리는 지팡이를 짚고 걸을 수 있을 정도로 회복됐다. 간병할 필요도 거의 없으므로 유마는 지난달부터 근처 종합병원에서 비상근 의사로 일하기 시작했다.

《유리관의 살인》은 끝났고, 자신은 새로운 일상을 살고 있다. 하지만 요 반년간 유마의 마음 한구석에서는 의문이 계속 고개를 쳐들고 있었다.

정말로 아오이 츠키요는 조가타케산에서 목숨을 잃었을까?

눈보라가 치는 가운데 걸어서 설산에 들어갔는데 살아 있을 리 없다. 하지만 그 아름다운 명범인이 그렇게 쉽게 죽을 것 같지는 않았다.

코즈시마 타로는 신중한 사람이었다. 자기 시나리오 속에서는 외부와 연락을 끊고 차를 펑크냈지만, 긴급 사태에 대비해 뭔가 준비해 놓은 것 아닐까.

예를 들어 마음만 먹으면 혼자서라도 산을 내려갈 수 있도록 숲 속에 제트 스키를 숨겨 놨다든가…….

생각해 본들 소용없나. 유마는 고개를 젓고 다시 토스트를 먹었다. 설령 살아 있더라도 다시는 츠키요와 만날 수 없다. 한번 갈라진 두 사람의 길이 다시 교차될 일은 없을 테니까.

슬슬 나가지 않으면 외래 진료 시간에 늦겠는걸. 유마는 남아 있던 토스트를 입에 쑤셔 넣고 우유로 삼켰다.

일어서려는데 미카가 "자." 하고 엽서를 내밀었다.

"이게 뭔데?"

"잘 모르겠지만 오빠 앞으로 왔어."

받아든 엽서 앞면에는 '이치조 유마 군'이라고 적혀 있었다. 보낸 사람의 이름은 없다.

대체 누가 보낸 거지? 받는 사람 이름에는 보통 '귀하'를 붙일 텐데.

그런 생각을 하며 엽서를 뒤집은 유마는 눈이 휘둥그레졌다. 뒷면에는 아름다운 그림이 그려져 있었다.

별로 가득한 검푸른 밤하늘에 보름달이 빛나는 그림.

거기에 유려한 필기체로 'Godspeed you, my dear Watson'이라고 적혀 있었다.

"뭐야, 예쁜 밤하늘이 그려진 그림엽서네. 무슨 의미야?"

"……'너의 여행길에 행운이 있기를, 친애하는 왓슨 군'이래."

유마는 눈을 가늘게 뜨고 그림엽서의 메시지를 바라보았다.

"그 정도 영어는 나도 알아. 왓슨 군은 셜록 홈스에 나오는 사람이잖아. 왜 엽서에 이런 글을 썼는지 묻는 거야. 역시 미스터리 오타쿠 친구야?"

미카는 지팡이를 테이블에 기대어 놓고 의자에 앉았다.

"오타쿠라고 하지 마. 마니아야. 미스터리 마니아."

"그거나 그거나. 그나저나 그 사람과 어떤 사이야?"

"파트너야. 아니, 예전 파트너라고 해야 하나."

"파트너라니, 혹시 여자 친구라는 뜻? 앗, 어느 틈에? 나한테도 소개해 줘."

미카의 눈이 호기심으로 반짝였다. 유마는 쓴웃음을 지으며 자리에서 일어섰다.

"예전이라고 했잖아. 이제 만난 일 없어."

"뭐야, 헤어졌어? 에이, 아쉽다."

뒤통수에 깍지를 끼는 미카를 놓아두고 유마는 그림엽서에 시선을 주었다.

그렇다, 이제 츠키요에게 나는 필요 없다. 모리아티가 원하는 건 왓슨이 아니라 최강의 라이벌인 셜록 홈스다.

원래는 그림엽서를 경찰에 제공해야 할지도 모른다. 하지만 그럴 생각은 없었다.

츠키요가 살아 있다는 걸 안들 경찰이 체포할 수 있을 것 같지는 않았다.

아오이 츠키요를 궁지에 몰 수 있는 건 그녀가 오랜 세월 찾아온 '명탐정'뿐이다.

명범인, 아오이 츠키요.

츠키요는 앞으로도 함께 라이헨바흐 폭포에 뛰어들 명탐정을 찾겠지.

그 소망이 이루어지길 바라는지는 유마 본인도 잘 알 수 없었다.

"일단 너의 여행길에도 행운이 있기를 빌게. ……츠키요."

유마는 작게 중얼거린 후 그림엽서를 재킷 안주머니에 넣고 현관으로 향했다.

"그럼 다녀올게."

현관문을 열고 맨션 복도로 나가자 "잘 다녀와, 오빠" 하는 목소리가 쫓아왔다.

초여름 바람이 불었다.

유마는 신록의 향기가 풍기는 공기를 가슴 가득 들이마셨다.

추천의 말

《유리탑의 살인》 출간을 축하하며

헤이세이• 시대부터 레이와• 시대를 맞이하기까지, 전원 이십 대에 데뷔한 작가들이 추리 문단을 떠받치는 세계적으로도 희귀한 현상이 일본에서 일어났다. 본 작품 《유리탑의 살인》은 '신본격'이라고 불린 이 특수한 시대를 레이와의 상공에서 부감해, 공들여 총괄하고 장르의 작법을 완벽하게 구사함으로써, 그 붐의 끝자락에 아무도 예상하지 못한 최고의 작품으로 자리매김했다. 이 또한 좀처럼 보기 드문 사건이리라.

클로즈드 서클, 아주 독특한 건축물, 건축물에 모인 수상한 사람들, 어떤 경향을 띤 그들의 발언과 행동거지, 전반부의 솔직한 정보 제시와 복선, 정보와 복선을 장기짝처럼 움직인 결과 부각되는 치밀한 논리성, 일단 끝난 것 같다가도 이면에 숨겨 놓은 진짜 논리를 이제부터 시작이라는 듯 펼쳐 보이는 후반부의 반전, 메타 발상에 대한 이해와

• 일본 연호, 1989~2019
• 일본 연호, 2019년~현재

자유자재한 활용…….

이 모든 요소는 '신본격' 작법을 완벽히 구현한 것으로, 여기에 더해 작자의 방대한 장르 작품 지식이 가끔 교양 수업처럼 등장하고 일류 대학 출신답게 난해한 개념이 제시되기도 한다. 이렇듯 의사이자 미스터리 작가로서 지성과 지식을 적절히 활용한 이 역작은 분명 방정식을 짜듯이 책상에서 지적 작업을 통해 설계도를 그렸다고 추측된다. 헤이세이 시대가 멀어진 지금, 철저하게 신본격에 치중한 작품이 예상치 못하게 완전한 형태로 나타났으니, 그런 의미에서도 수많은 애호가가 깜짝 놀랄 듯하다.

하기야 나는 본격 미스터리를 사랑하는 작자의 마음을 알고 있었고, 작자 본인도 언젠가 진정한 본격 미스터리를 쓸 테니 두고 보라고 주위에 말하고 다녔기에, 이 작품의 출간이 더할 나위 없이 만족스럽다. 작자가 바라노마치 후쿠야마 미스터리 문학 신인상을 수상했을 때, 수상작 《레종 데트르》를 보고 모험 소설 작가가 섞여 들었다고 지레짐작해 피하거나 거리를 두려고 했던 당시의 출판 관계자는 이제 자신의 어리석음을 부끄러워해야 할 것이다.

이 작품에서 일본의 신본격 붐에 장작을 넣은 건 시마다 소지이고 휘발유를 퍼부은 건 아야츠지 유키토라고 설명하는 대목이 있다. 치넨 미키토가 특필한, 미스터리 역사의 한 시대에 종지부를 찍기 위해 내놓은 역작의 추천사에 그 두 사람의 이름이 올라간다면, 이 또한 시대가 잘 흘러갔다는 증거 아니겠는가. 창작의 여신의 은총이 느껴진다.

치넨 미키토 본인도 앞으로 새로운 걸음을 내딛겠지만 신본격 시대를 짊어졌던 수많은 재능 있는 작가들도 이 작품의 출간을 계기로, 세

월과 함께 농익은 글솜씨와 아이디어를 발휘해 신세기의 미스터리를 개척할 결의를 다질 것이다.

이 수작에는 문단에서 활동하는 작가들에게 어떤 결단을 가져올 힘이 숨어 있다. 앵글로색슨을 비롯한 세계 어떤 재능에도 뒤지지 않고 중국, 대만, 한국 또는 베트남, 인도네시아의 재능을 견인할 아시아의 선봉 자리를 자각시키기 위해, 내가 사랑하는 '본격 미스터리'가 지금이 뛰어난 작품을 치넨 미키토에게 선사했다고 믿는다. 우리는 이 시대의 의지를 이해하고, 과거의 성취를 가슴에 간직한 채 새로운 전진을 시작해야 한다.

2021년 6월 3일

시마다 소지

역자 후기

번역가 일문일답

*작품의 스포일러가 포함되어 있습니다.

Q : 안녕하세요. 선생님. 우리나라에서 독보적인 일본 미스터리 번역가로서 자리매김하고 계신데요. 간략하게 근황 부탁드립니다.

안녕하세요. '독보적'이라는 수식어가 붙으니 어쩐지 민망하네요. 번역가로 일하기 시작한 뒤로 근황은 늘 비슷해요. 번역 중입니다. 집에 있으면 자꾸 놀고 싶어져서 사무실을 얻은 지 꽤 되었다는 게 달라진 점이랄까요.

Q : 일본에서 출간 당시, 국내 소개되기 전부터 꽤 떠들썩한 작품이었습니다. 시마다 소지나 아야츠지 유키토와 같은 유명 작가들이 극찬을 남기기도 했지요. 화제의 《유리탑의 살인》, 번역을 마치신 후 소감이 어떠셨나요?

치넨 미키토의 작품을 몇 권 읽고, 번역하기도 했는데요. 지금까지 접한 치넨 미키토의 작품과는 결이 많이 달라서 놀랐습니다. 사실 큰 기대는 없었는데 본격 미스터리를 이렇게 잘 쓸지는 몰랐어요. 작업하는 내내 즐거웠습니다.

Q : 이 작품에는 미스터리 마니아들이 다수 등장합니다. 특히 모두 '신본격 미스터리'를 특히 좋아하는데요. 그가 언급한 '신본격 무브먼트'에 대해 보다 자세히 설명해 주실 수 있을까요? 그리고 신본격 미스터리와 본격 미스터리는 어떻게 다른지도 알려 주시면 좋을 것 같습니다.

1980년대 후반, 작가 시마다 소지와 뜻 있는 편집자들이 침체된 본격 미스터리를 부흥시키기 위해 젊은 작가들을 대거 데뷔시켜 활동을 지원하고, 독자들도 그들의 작품에 폭발적인 관심을 보이는 일련의 움직임을 '신본격 무브먼트'라고 할 수 있겠습니다. 따라서 본격 미스터리와 신본격 미스터리를 아예 별개로 보기는 힘들 것 같네요. 본격 미스터리라는 장르의 리마스터라고 하면 이해하기가 쉬우시려나요.

Q : 워낙 잘 읽히는 좋은 문장을 쓰는 작가이니 만큼 독서에 큰 부담을 주지는 않지만, 그래도 일반 독자들에게는 낯선 용어들이 자주 나오는 편입니다. 특히 그중 독자들에게 특히 생소할 만한 것이 '후기 퀸 문제'와 '메타 미스터리'라고 생각합니다. 혹시 이 두 개념에 대해 설명해 주실 수 있을까요?

소설 속에서 명탐정이 수집한 정보와 그 정보를 토대로 이끌어 낸 진상은 절대적인 힘을 발휘하는데요. 하지만 명탐정이 얻은 정보가 진실인지 또는 빠뜨린 정보는 없는지, 명탐정이 이끌어 낸 진상이 유일무이한지 작품 속에서는 증명할 방도가 없다는 것이 바로 '후기 퀸 문제'입니다. 명탐정의 신뢰성에 대한 문제라고 할 수 있겠습니다.

메타 미스터리는 '미스터리 소설 속 세계'와 '실제 세계'의 경계가 희미해진 미스터리라고 하면 이해하기 쉬우실 것 같습니다. 영화 〈데드풀〉의 주인공 데드풀처럼 자신이 가공의 캐릭터임을 인지하거나, 작가 미쓰다 신조의 소설에 미쓰다 신조 본인이 직접 등장하는 걸 예로 들 수 있겠죠.

Q : 신본격 미스터리의 분위기에 익숙한 독자라면, 첫 페이지부터 익숙한 기시감을 느낄 수 있을 것 같은데요. 《유리탑의 살인》이 영향받은, 또는 참고했다고 여겨지는 명작들이 있을까요? 있다면 어떤 작품들일까요?

일단 아야츠지 유키토의 '관 시리즈'입니다. 대놓고 오마주했다고 할 수 있겠죠. 스포일러라서 밝힐 수 없는 어떤 특징까지도 비슷하더라고요. 그리고 클로즈드 서클물에서 벌어지는 연쇄 살인 하면 당연히 애거사 크리스티의 《그리고 아무도 없었다》도 나와야겠고요. 덧붙여 개성적이다 못해 괴짜 같은 탐정 캐릭터는 시마다 소지의 시리즈 캐릭터 미타라이 기요시를 참고한 것 같기도 합니다.

Q : 코즈시마가 연출한 '유리관의 살인'은 작품 내내 수준이 낮은 미스터리 소설이라고 언급됩니다. 누구보다도 미스터리를 많이 읽으신 선생님이 생각하시기에도 그런가요?

사실 저도 두 번째 사건의 트릭 빼고는 좀 평범하다고 느꼈습니다. 트릭 중 하나는 일부러 모 작품의 트릭을 고스란히 가져오기도 했고요. 다만, 전체적으로 트릭이 단순한 건 마음에 들었습니다. 물리 트릭이든 심리 트릭이든 단순해야 독자에게 단번에 전달되고 파괴력도 크니까요.

Q : 번역하면서 특별히 인상 깊었던 부분이나 혹은 개인적으로 좋아하는 부분이 있으셨나요? 있다면 어떤 부분인지 알려 주시면 좋을 것 같습니다.

작품 속에 실제 미스터리 소설이 많이 언급되는데요. 대부분 국내에도 소개됐다는 사실이 인상 깊었습니다. 재미있는 작품들이니 안 읽어 보신 분은 나중에 읽어 보셔도 좋겠네요.

개인적으로 좋아하는 부분은 '나카무라 세이지를 죽여라'입니다. 나카무라 세이지가 누구인지 아시는 분은 아시겠죠? 저 장면에서 등장인물이 어떻게 행동할지 미리 알아서 신났습니다.

Q : 일반 독자층과 미스터리 장르의 맥락을 어느 정도 이해하는 독자층. 《유리탑의 살인》은 이 두 독자층에게 조금씩 달리 읽힐 것 같기도 한데요. 그렇다면 어떤 부분에 유의하면서 읽는 게 좋을까요?

본격 미스터리 초심자는 작가가 등장인물의 입을 통해 설명하는 본격 미스터리의 배경과 특징을 받아들이면서, 수수께끼를 어떻게 내놓고 트릭을 어떻게 해명하는지에 초점을 맞추시는 편이 좋겠습니다. 본격 미스터리를 좀 읽어 보신 분은 작품 속에 가득한 본격 미스터리에 대한 사랑에 취해 보시는 것도 좋을 것 같네요.

Q : 이 책의 번역자로서 독자들에게 마지막으로 해 주실 말씀이 있을까요?

세계적으로 볼 때 '본격 미스터리'는 희귀종입니다. 그렇지만 '누가 범인인가'를 맞힌다는 의미에서 추리소설의 본질이 담겨 있는 장르이기도 합니다. 《유리탑의 살인》을 통해 본격 미스터리의 진수를 맛보시고, 본격 미스터리와 더 친해지시길 기원합니다.

유리탑의 살인

1판 1쇄 발행 2022년 6월 30일
1판 8쇄 발행 2024년 9월 25일
지은이 치넨 미키토 | **옮긴이** 김은모 | **펴낸이** 최원영
편집부장 윤영천 | **편집부** 김서연 이지윤 | **북디자인** 형태와내용사이
본문조판 양우연 | **국제업무** 박진해 조은지 남궁명일 | **마케팅** 김민원 조은걸
펴낸곳 (주)디앤씨미디어 | **출판등록** 2002년 4월 25일 제20-260호
주소 서울시 구로구 디지털로 32길 30 코오롱디지털타워빌란트 1301-1308호
전화번호 02.333.2513 | **팩스** 02.333.2514

ISBN 979-11-977085-6-5 03830

정가 16,800원